O PRIORADO DA LARANJEIRA — A RAINHA

SAMANTHA SHANNON

O PRIORADO DA LARANJEIRA

VOLUME II

A RAINHA

Tradução
Alexandre Boide

PLATA
FORMA

TÍTULO ORIGINAL *The Priory of the Orange Tree*
© 2019 Samantha Shannon-Jones
Publicado originalmente em inglês por Bloomsbury, Londres, sob o título *The Priory of the Orange Tree* (páginas 405-830).
Edição brasileira © 2022 VR Editora S.A.

Plataforma21 é o selo jovem da VR Editora

DIREÇÃO EDITORIAL Marco Garcia
EDIÇÃO Thaíse Costa Macêdo
PREPARAÇÃO Laura Pohl
REVISÃO João Rodrigues e Juliana Bormio de Sousa
DIAGRAMAÇÃO Monique Sena e Pamella Destefi
ILUSTRAÇÕES E MAPAS © 2019 Emily Faccini
ARTE DE CAPA Isabelle Hirtz, Inkcraft, baseado na arte original de Bloomsbury Publishing Plc.
DESIGN DE CAPA Ivan Belikov
ADAPTAÇÃO DE CAPA Monique Sena

Dados Internacionais de Catalogação na Publicação (CIP)
(Câmara Brasileira do Livro, SP, Brasil)

Shannon, Samantha
O priorado da laranjeira: a rainha / Samantha Shannon ; tradução Alexandre Boide. – Cotia, SP : Plataforma21, 2022.
(O Priorado da Laranjeira; v. 2)

Título original: The priory of the orange tree
ISBN 978-65-88343-34-0

1. Ficção inglesa I. Título. II. Série.

22-113671   CDD-823

Índices para catálogo sistemático:
1. Ficção: Literatura inglesa 823
Cibele Maria Dias – Bibliotecária – CRB-8/9427

Todos os direitos desta edição reservados à
VR EDITORA S.A.
Via das Magnólias, 327 – Sala 01 | Jardim Colibri
CEP 06713-270 | Cotia | SP
Tel.| Fax: (+55 11) 4702-9148
plataforma21.com.br | plataforma21@vreditoras.com.br

Nota da autora

Os lugares fictícios desta obra literária são inspirados em acontecimentos e lendas de diversas partes do mundo. Nenhum deles tem intenção de ser uma representação fiel de qualquer país ou cultura, em qualquer momento histórico.

Sumário

Mapas   8

I   Uma bruxa viva   13
II   O Rainhado é seu   139
III   Que venham os dragões   281
IV   As chaves do Abismo   397

Personagens da trama   509
Glossário   524
Linha do tempo   530
Agradecimentos   532

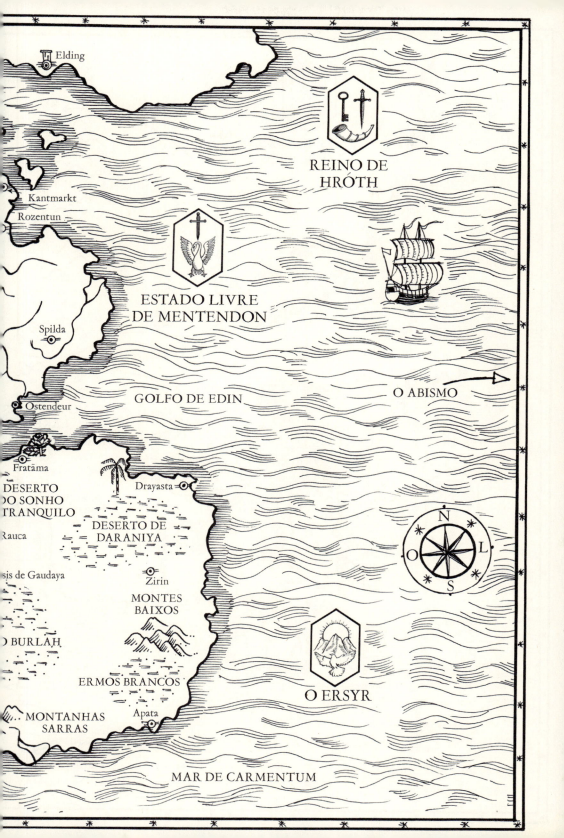

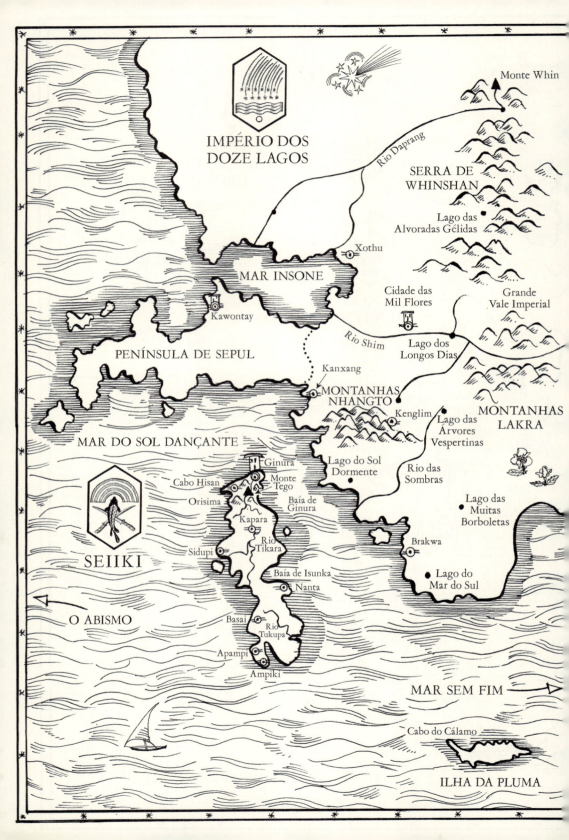

PARTE I
Uma bruxa viva

Os loureiros de nossa nação estão todos definhando,
E meteoros metem medo nas estrelas fixas do céu.

— William Shakespeare

I

Leste

Um sino tocava vigoroso todas as manhãs, assim que o sol raiava. Ao ouvir o toque, os acadêmicos da Ilha da Pluma arrumavam suas camas e seguiam para a casa de banhos. Depois de se lavarem, comiam todos juntos e, antes que os eruditos acordassem, tinham uma hora livre para orações e reflexões. Para Tané, esse era o melhor momento do dia.

Ela se ajoelhou diante da imagem do grande Kwiriki. A água escorria pelas paredes da caverna subterrânea e formava uma pequena lagoa. Apenas a luz de uma lamparina quebrava a escuridão total.

Aquela estátua do Grande Ancião não era como as outras diante das quais ela rezara antes em Seiiki. Aquela o retratava com partes de algumas das formas que assumira durante a vida: com as galhadas de um cervo, as garras de uma ave e a cauda de uma cobra.

Demorou um certo tempo até que Tané se desse conta do *clunc* de uma perna de ferro contra a rocha. Ela se levantou e viu o eminente Erudito Ivara diante da entrada da gruta.

— Acadêmica Tané. — Ele inclinou a cabeça. — Me desculpe por interromper sua reflexão.

Ela fez uma reverência em resposta.

O Erudito Ivara era considerado um tipo excêntrico pela maioria dos residentes do Pavilhão da Veleta. Um homem magro com a pele marrom castigada pelo sol e rugas ao redor dos olhos, estava sempre sorrindo e dizendo palavras gentis para ela. Seu principal dever era proteger e administrar o repositório, mas também atuava como curandeiro quando surgia a necessidade.

— Eu ficaria honrado se você pudesse se juntar a mim no repositório esta manhã — disse ele. — Outra pessoa pode fazer suas tarefas. E, por favor, não se apresse.

Tané hesitou.

— Eu não tenho permissão para entrar no repositório.

— Bem, hoje tem.

Antes mesmo que Tané pudesse responder, ele desapareceu. Com gestos lentos, ela se ajoelhou mais uma vez.

Aquela caverna era o único lugar onde ela conseguia se esquecer de si mesma. Fazia parte de um conjunto de grutas atrás de uma queda-d'água, e era compartilhada pelos acadêmicos seiikineses daquele lado da ilha.

Tané abanou o incenso e fez uma prostração para a estátua. Os olhos de pedras preciosas brilhavam para ela.

Depois de subir as escadas, ela emergiu à luz do dia. O céu estava com o tom de amarelo da seda ainda não embranquecida. Tané seguiu descalça pelos degraus.

A Ilha da Pluma, isolada e de relevo escarpado, era um lugar distante de tudo. Os penhascos íngremes e as nuvens sempre presentes formavam uma fachada grandiosa para qualquer embarcação que ousasse se aproximar. As cobras descansavam nas praias pedregosas. A ilha abrigava pessoas de todo o Leste — e os ossos do grande Kwiriki, que segundo diziam decidira descansar no fundo da ravina que dividia a ilha, que era chamada de Caminho do Ancião. Também se dizia que eram seus ossos que mantinham a ilha envolta na névoa, pois um dragão continuava a atrair água mesmo depois de sua morte. Era por isso que Seiiki era um lugar tão úmido.

Seiiki.

O Pavilhão de Barlavento ficava no Cabo do Cálamo, mais ao norte, enquanto o Pavilhão da Veleta, o menor — onde Tané tinha sido alocada —, ficava no alto de um vulcão inativo há muito tempo, cercado pela floresta. Havia cavernas de gelo logo atrás da estrutura, onde antes a lava fluía. Para ir de um eremitério a outro, era preciso atravessar uma ponte de cordas sobre a ravina.

Não havia outros assentamentos. Os acadêmicos estavam sozinhos no meio da vastidão do mar.

O eremitério era um quebra-cabeça do conhecimento. Cada nova peça de sabedoria era conquistada compreendendo onde se encaixava a anterior. Em suas dependências, Tané aprendera primeiro sobre o fogo e a água. O fogo, elemento dos demônios alados, precisava ser alimentado constantemente. Era o elemento da guerra e da cobiça e da vingança — sempre faminto, nunca satisfeito.

A água não precisava de carvão nem de lenha para existir. Era capaz de se moldar a qualquer espaço. Nutria a carne e a terra e não pedia nada em troca. Era por isso que os dragões do Leste, senhores da chuva e dos lagos e dos mares, sempre triunfariam sobre os cuspidores de fogo. Quando o oceano engolisse o mundo e a humanidade desaparecesse, eles permaneceriam.

Um gavião-pescador pegou um peixe no rio. Um vento gelado soprava entre as árvores. O Dragão do Outono logo voltaria ao seu repouso, e o Dragão do Inverno despertaria no décimo segundo lago.

Quando chegou à passarela coberta que levava ao eremitério, Tané colocou o capuz sobre os cabelos, que tinha cortado depois de sair de Ginura e agora ficava na altura das clavículas. Miduchi Tané usava cabelos compridos. O fantasma que ela se tornara, não.

Depois do momento de reflexão, em geral ela varria o chão, ajudava a colher frutas na floresta, limpava as folhas secas caídas nos túmulos ou alimentava as galinhas. Não havia serviçais na Ilha da Pluma, então os acadêmicos dividiam os trabalhos manuais, com os jovens e sadios assumindo a maior parte da tarefa. Era estranho que o Erudito Ivara solicitasse sua presença no repositório, onde ficavam os documentos mais importantes.

Quando ela chegou à Ilha da Pluma, fora levada a um quarto e lá ficara por vários dias, sem comer nem falar com ninguém. Suas armas foram tomadas em Ginura, e ela se sentira destroçada por dentro. Só pensava em viver o luto pela perda de seu sonho até não ser mais capaz de respirar.

Foi o Erudito Ivara quem conseguiu acender algo parecido com uma faísca de vida dentro dela novamente. Quando ficou fraca demais por passar fome, ele a convenceu a tomar sol e lhe mostrou flores que ela nunca vira antes. No dia seguinte, preparou uma refeição, que ela não quis fazer a desfeita de deixar intocada.

Os outros acadêmicos a chamavam de Fantasma do Pavilhão da Veleta. Ela podia se alimentar e trabalhar e ler como os outros, mas o olhar estava sempre voltado para um mundo onde Susa ainda estava viva.

Tané saiu da passarela e chegou ao repositório. Normalmente, apenas os eruditos podiam entrar lá. Quando se aproximou dos degraus da entrada, a Ilha da Pluma tremeu. Ela se jogou no chão e cobriu a cabeça. Enquanto o terremoto sacudia o eremitério, ela sibilou entre os dentes por causa da dor repentina.

A pontada em seu flanco parecia a de uma facada. Uma dor fria — o toque do gelo contra a pele descoberta, congelando suas entranhas. As lágrimas escorriam do rosto enquanto ondas de agonia a invadiam.

Ela devia ter perdido a consciência. Uma voz gentil a chamou de volta.

— Tané. — Mãos secas como papel seguraram seus braços. — Acadêmica Tané, você consegue falar?

Sim, ela gostaria de dizer, mas a voz não saiu.

O terremoto passara. A dor, não. O Erudito Ivara a pegou em seus braços magros. Foi incômodo para ela ser pega no colo como uma criança, porém a dor falava mais alto.

Ele a levou para o pátio atrás do repositório e a colocou sobre um banco de pedra ao lado do tanque de peixes. Havia uma chaleira logo ao lado.

— Eu ia levá-la para uma caminhada nos penhascos hoje — disse ele —, mas vejo que você precisa de repouso. Fica para uma próxima vez. — Ele serviu chá para os dois. — Está com dor?

Era como se sua caixa torácica estivesse abarrotada de gelo.

— Um ferimento antigo. Não é nada, Erudito Ivara. — A voz dela soou rouca. — Esses terremotos andam bastante frequentes.

— Sim. É como se o mundo quisesse mudar de forma, como os dragões de antigamente.

Ela se lembrou das conversas com a grande Nayimathun. Enquanto tentava normalizar a respiração, o Erudito Ivara se sentou ao lado dela.

— Tenho medo de terremotos — confessou ele. — Quando ainda vivia em Seiiki, minha mãe e eu ficávamos encolhidinhos em nossa casinha em Basai quando o chão tremia, e ficávamos contando histórias um para o outro para distrair a mente do que estava acontecendo.

Tané tentou sorrir.

— Eu não lembro se a minha mãe fazia a mesma coisa.

Enquanto ela falava, o chão tremeu mais uma vez.

— Bem, talvez eu possa lhe contar uma, então — disse o Erudito Ivara. — Para manter a tradição.

— Claro.

Ele lhe entregou um copo fumegante. Tané aceitou em silêncio.

— Em uma época anterior à Grande Desolação, um cuspidor de fogo voou até o Império dos Doze Lagos e arrancou a pérola da garganta da Dragoa da Primavera, aquela que traz as flores e as garoas. Não havia nada que os demônios alados gostassem mais do que acumular tesouros, pois são avarentos, e nenhum tesouro era mais valioso que uma pérola de dragão. Apesar de gravemente ferida, a Dragoa da Primavera proibiu qualquer um de ir atrás do ladrão, por medo de que as pessoas também se ferissem, mas uma garota decidiu fazer isso mesmo assim. Tinha doze anos de idade, era pequena e ágil, e tão veloz que seus irmãos a chamavam de Menina-Sombra. Enquanto a Dragoa da Primavera lamentava a perda da pérola, um inverno sobrenatural caiu sobre a terra. Embora o frio queimasse sua pele e ela andasse descalça, a Menina-Sombra foi até a montanha onde o cuspidor de fogo escondia seu tesouro. Enquanto a fera caçava, ela entrou na caverna e recuperou a pérola da Dragoa da Primavera.

Deveria ser um tesouro bem difícil de carregar. Mesmo a menor das pérolas de dragão era do tamanho de um crânio humano.

— O cuspidor de fogo voltou bem no momento em que ela pegara a pérola. Enfurecido, ele cravou as mandíbulas na ladra que ousara entrar em seu covil e arrancou um naco da carne. A menina pulou no rio, e a correnteza a levou para longe da caverna. Ela fugiu com a pérola, mas, quando saiu da água, não encontrou ninguém para costurar a ferida, pois o sangue fez as pessoas temerem a doença vermelha.

Tané olhou para o Erudito Ivara em meio à nuvem de vapor.

— O que aconteceu com ela?

— Morreu aos pés da Dragoa da Primavera. E, quando as flores voltaram a desabrochar, e o sol derreteu a neve, a Dragoa da Primavera declarou que o rio em que a Menina-Sombra nadara deveria ser nomeado em sua homenagem, porque a criança recuperara a pérola que era seu coração. Dizem que o espírito da menina vaga pelas margens, protegendo os viajantes.

Tané nunca escutara um exemplo de tamanha coragem por parte de uma pessoa comum.

— Alguns consideram a história triste. Outros acham um belo exemplo de sacrifício altruísta — o Erudito Ivara complementou.

Mais um tremor abalou o chão, e alguma coisa dentro de Tané pareceu gritar em resposta. Ela tentou disfarçar a dor, mas o Erudito Ivara tinha um olhar afiado demais.

— Tané, posso ver esse seu antigo ferimento? — pediu ele.

Tané levantou a túnica apenas o suficiente para que visse a cicatriz. À luz do dia, parecia mais proeminente do que de costume.

— Posso? — perguntou ele.

Ela assentiu, e ele a tocou com um dedo e franziu a testa.

— Tem um inchaço por baixo.

Estava duro como um caroço.

— Meu professor disse que aconteceu quando eu era criança — falou Tané. — Antes de chegar nas Casas de Aprendizagem.

— Então você nunca consultou um médico para ver se alguma coisa poderia ser feita?

Ela sacudiu a cabeça e cobriu a cicatriz.

— Acho que nós deveríamos abrir esse ferimento, Tané — disse o Erudito Ivara com um tom convicto. — Vou mandar chamar em Seiiki a pessoa encarregada de nossa assistência médica. A maioria dos inchaços desse tipo são inofensivos, mas às vezes podem corroer o corpo por dentro. Não queremos que você tenha uma morte que poderia ser evitada, criança, como a Menina-Sombra.

— Mas ela não morreu em vão — respondeu Tané, com uma expressão vazia. — Em seu último suspiro, restaurou a alegria de uma dragoa e, com isso, restabeleceu a normalidade no mundo. Existe uma coisa mais honrosa a fazer com uma vida?

2

Sul

Uma caravana de quarenta almas cruzava o deserto. Sob a luz fraca do crepúsculo, a areia brilhava.

Montada em um camelo, Eadaz uq-Nāra via o céu ficar cada vez mais vermelho. A pele assumira um tom marrom mais intenso, e o cabelo, cortado na altura dos ombros, estava coberto com um *pargh* branco.

A caravana à qual tinha se juntado na Morada dos Pombos passava agora perto da extremidade norte do Burlah — o deserto que se estendia na direção de Rumelabar. O Burlah era o domínio das tribos Nuram. A caravana já cruzara o caminho de alguns de seus mercadores, que lhes abasteceram de suprimentos e avisaram que os wyrms vinham se aventurando além das montanhas, sem dúvida encorajados pelos boatos de que mais um Altaneiro do Oeste tinha sido avistado no Leste.

Ead tinha parado na Cidade Soterrada a caminho de Rauca. O Monte Temível, local de nascimento dos wyrms, era tão terrível quanto se lembrava, apontando para o céu como uma espada quebrada. Uma ou duas vezes, enquanto caminhava por entre pilares corroídos, viu um bater distante de asas no alto do cume. Wyverns voando para o ninho onde ganharam vida.

À sombra da montanha ficavam as ruínas da outrora grandiosa cidade de Gulthaga. O pouco que restou na superfície ocultava a estrutura mais abaixo. Em algum lugar lá dentro, Jannart utt Zeedeur encontrara a morte enquanto buscava conhecimento.

Ead pensou em seguir os passos dele, para ver se encontrava mais informações sobre a tal Estrela de Longas Madeixas, o cometa que trazia equilíbrio ao mundo. Ela vasculhara as ruínas em busca do caminho que ele usara para se enfiar entre as cinzas petrificadas. Depois de procurar por horas, estava quase desistindo quando viu um túnel, com uma abertura tão pequena que ela mal pôde engatinhar pela passagem. Estava soterrada por um deslizamento de pedras.

Não haveria muito sentido naquela exploração. Afinal, ela não conhecia a língua gulthagana — porém, a profecia de Truyde reverberava em seu ouvido.

Ela acreditara que o retorno ao Sul revigoraria suas forças. E, de fato, o primeiro passo no Deserto do Sonho Intranquilo pareceu um renascimento. Depois de deixar Valentia em segurança no Desfiladeiro de Harmur, ela caminhou sozinha pelas areias até Rauca. Ver a cidade novamente restaurou suas energias, que logo foram drenadas mais uma vez pelos ventos quentes que sopravam do Burlah.

A pele estava desacostumada ao toque do deserto. Ela era apenas mais uma viajante empoeirada, e sua memória passou a ser uma miragem. Em alguns dias ela quase acreditava que nunca usara sedas finas e joias na corte de uma rainha do Oeste. Que nunca fora Ead Duryan.

Um escorpião passou correndo na frente de seu camelo. Os demais viajantes cantavam para passar o tempo. Ead escutava em silêncio. Fazia uma eternidade que não ouvia ninguém cantar em ersyrio.

Um passarinho pousou em um cipreste.
E, solitário, cantou para atrair uma companheira.
"Dance, dance", ele cantava, "nas dunas sob o luar."
"Dance, dance, meu amor, e juntos nós vamos voar."

Rumelabar ainda estava muito distante. Levaria semanas para a caravana cruzar o Burlah no inverno, quando as noites gélidas podiam matar tão depressa quanto o sol. Ela se perguntou se Chassar recebera a notícia de sua partida de Inys, que teria consequências diplomáticas para o Ersyr.

— Vamos para o acampamento dos Nuram — avisou o líder da caravana. — Tem uma tempestade a caminho.

A mensagem foi passada pelas fileiras. Ead apertou as mãos nas rédeas, frustrada. Ela não podia perder tempo só por causa de uma tempestade no Burlah.

— Eadaz.

Ela se virou na sela. Outro camelo havia emparelhado com o dela. Ragab era um mensageiro de muitas viagens, que seguia na direção sul com uma mala de correspondência.

— Uma tempestade de areia — disse ele, com um tom cansado. — Acho que essa viagem não vai terminar nunca.

Ead gostava de viajar com Ragab, que tinha muitas histórias interessantes de suas jornadas para contar, e afirmava ter feito a travessia quase cem vezes. Ele sobrevivera a um ataque de basilisco em seu vilarejo, que matara toda a sua família, cegando-o de um olho e o deixando cheio de cicatrizes. Os outros viajantes o olhavam com pena.

Também tinham pena de Ead. Ela ouvira os cochichos que a equiparavam a uma alma penada em um corpo de mulher, presa entre dois mundos. Somente Ragab ousava se aproximar.

— Eu tinha me esquecido de como o Burlah é um lugar difícil — disse Ead. — E desolador.

— Você já fez a travessia antes?

— Duas vezes.

— Quando você tiver feito a travessia tantas vezes quanto eu, vai ver a beleza nessa desolação. Mas, entre todos os desertos do Ersyr, eu gosto mais do Deserto do Sonho Intranquilo — contou ele. — Minha história favorita na infância era a de como esse nome surgiu.

— É uma história bem triste.

— Para mim, é linda. Uma história de amor.

Ead pegou seu cantil.

— Faz muito tempo que não a ouço. — Ela tirou a tampa. — E se você a contasse para mim?

— Se quiser — respondeu Ragab. — Ainda temos muito chão pela frente.

Ela ofereceu seu cantil a Ragab antes de beber. Ele deu um gole e limpou a garganta.

— Houve um tempo em que viveu um rei muito amado por seu povo. Ele governava do palácio de vidro azul, em Rauca. Sua mulher, a Rainha Borboleta, que ele amara mais do que tudo no mundo, morrera jovem, e o deixara em um luto profundo. Seus funcionários assumiram a administração de seus domínios enquanto ele se deixara aprisionar por seu próprio sentimento, cercado por riquezas que desprezava. Não havia joias nem moedas capazes de lhe trazer de volta o que ele perdera. E por isso se tornou conhecido como o Rei Melancólico. Certa noite, ele levantou da cama pela primeira vez em um ano para contemplar a lua vermelha. Quando olhou pela janela... ora, ele não conseguia acreditar. Lá estava sua rainha, nos jardins do palácio, vestida com a mesma roupa do dia do casamento, chamando-o para que ele se juntasse a ela nas areias. Com um olhar risonho, ela segurava a rosa que ele lhe dera no dia em que se conheceram. Pensando que estava em sonho, o rei saiu do palácio, atravessou a cidade e foi para o deserto, sem água, sem comida, sem uma túnica, até sem sapatos. Ele andou e andou, seguindo a sombra a distância. Mesmo com o frio castigando sua pele, e suas forças se esvaindo por causa da sede e os carniçais seguindo seus passos, ele dizia a si mesmo: *Estou só sonhando. Estou só sonhando.* Ele andou atrás de seu amor, sabendo que a alcançaria e poderia passar mais uma noite com ela, uma única noite que fosse, pelo menos em sonho, antes de acordar sozinho em sua cama.

Ead se lembrava da parte seguinte da história. Um calafrio percorreu seu corpo.

— Obviamente, o Rei Melancólico não estava sonhando, e sim seguindo uma miragem — continuou Ragab. — O deserto pregara uma peça nele, que morreu lá, e seus ossos se perderam na areia. E o deserto ganhou o nome dessa história. — Ele acariciou o camelo quando o animal bufou. — O medo e o amor fazem coisas estranhas com a nossa alma. Os sonhos que trazem, aqueles sonhos que nos deixam ensopados de água salgada e ofegantes como se fôssemos morrer sufocados... são esses os que chamamos de sonhos intranquilos. E apenas o perfume de uma rosa pode evitá-los.

Ead ficou toda arrepiada ao se lembrar de uma outra rosa, colocada debaixo de um travesseiro.

A caravana chegou ao acampamento bem no instante em que a tempestade de areia despontou no horizonte. Os viajantes foram levados a uma tenda central, onde Ead se sentou com Ragab em almofadas, e os Nuram, que adoravam receber visitantes, compartilharam com eles seu queijo e seu pão salgado. Também passaram um cachimbo d'água, que Ead recusou. Ragab, por sua vez, aceitou com o maior prazer.

— Nenhum de nós vai dormir bem hoje à noite. — Ele soltou uma lufada de fumaça aromática. — Quando a tempestade passar, vamos chegar ao Oásis de Gaudaya em três dias, pela minha estimativa. Depois temos a longa estrada pela frente.

Ead olhou para a lua.

— Quanto tempo duram essas tempestades? — perguntou ela.

Ragab sacudiu a cabeça.

— Não dá para saber. Podem ser minutos ou uma hora, ou mais.

Ead partiu no meio uma rodela de pão chato enquanto uma Nuram servia um chá doce e rosado para os dois. Até o deserto conspirava contra ela. Estava louca para deixar a caravana e viajar o tempo que fosse preciso para chegar a Chassar, mas ela não era o Rei Melancólico. Não permitiria que o medo tirasse sua razão. Ela não era orgulhosa a ponto de achar que era capaz de atravessar o Burlah sozinha.

Enquanto os viajantes ouviam a história do Ladrão de Vidro Azul de Drayasta, ela espanou a areia das roupas e mastigou um graveto macio para limpar os dentes, antes de encontrar um lugar para dormir atrás de uma cortina.

Os Nuram costumavam dormir a céu aberto, mas, no meio de uma tempestade de areia, estavam fechados em suas tendas. Pouco a pouco, os nômades e seus hóspedes foram se recolhendo, e as lamparinas a óleo foram se apagando.

Ead se cobriu com um cobertor de lã. A escuridão a envolveu, e ela sonhou que estava de volta com Sabran, com a carne em chamas só de se lembrar de seu toque. Porém, a Mãe foi misericordiosa e a contemplou com um sono sem sonho.

Um *baque* a acordou.

Os olhos se abriram. A tenda estremecia ao seu redor, mas, além da tempestade, era possível ouvir alguma outra coisa do lado de fora. Alguma coisa que certamente tinha pés. Ela tirou uma adaga da bagagem e saiu para a noite do deserto.

A areia varria o acampamento. Ead segurou o *pargh* sobre a boca. Quando viu a silhueta, levantou a adaga, com a certeza de que era um wyvernin... mas então a criatura se mostrou em toda sua glória em meio à poeira do Burlah.

Ead sorriu.

Parspa era a última *hawiz* de que se tinha conhecimento. Toda branca, a não ser pelas pontas cor de bronze das asas, eram aves que podiam chegar ao tamanho de wyverns, que haviam acasalado com elas para gerar as cocatrizes. Chassar, que sempre gostara de pássaros, encontrara Parspa quando era apenas um ovo e a levara para o Priorado. Ela obedecia apenas ao chamado dele. Ead juntou suas coisas e montou na ave, e em pouco tempo o acampamento foi deixado para trás.

Elas estavam voando para longe do céu nascente. Ead percebeu que estavam chegando quando viu começarem a aparecer as tamargueiras no meio da areia e então, de repente, estavam sobrevoando o Domínio da Lássia.

Sua terra natal era um lugar de desertos vermelhos e picos escarpados, de cavernas escondidas e cachoeiras trovejantes, de praias douradas banhadas pelas ondas do Mar de Halassa. Era uma nação árida em sua maior parte, como o Ersyr — mas a Lássia era atravessada por grandes rios, cercados por uma vegetação verdejante. Não importava o quanto visse do mundo, sempre acreditaria que aquele era o lugar mais bonito.

Em pouco tempo Parspa estava sobrevoando as ruínas de Yikala. Ead e Jondu procuraram tesouros muitas vezes por lá durante a infância, ávidas para encontrar lembranças dos tempos da Mãe.

Parspa tomou o rumo da Bacia Lássia. Era aquela floresta imensa e antiga, irrigada pelo Rio Minara, que abrigava o Priorado. Quando o sol despontou no céu, Parspa estava sobre suas árvores, lançando uma sombra sobre as copas embrenhadas.

A ave enfim desceu do céu, pousando em uma das poucas clareiras da floresta. Ead desmontou de suas costas.

— Obrigada, minha amiga — ela disse em selinyiano. — Daqui eu sei encontrar meu caminho.

Parspa decolou sem emitir nenhum ruído.

Ead caminhou por entre as árvores, se sentindo minúscula como uma das folhas. As figueiras estranguladoras se agarravam com firmeza aos troncos. Os pés exaustos lembraram sozinhos o caminho, mesmo que sua mente cansada não lembrasse. A entrada da caverna estava em algum lugar por ali, protegida por égides poderosas, escondida em meio à folhagem espessa. De lá ela se aprofundaria no subterrâneo, para um labirinto de corredores secretos.

Um murmúrio percorreu seu sangue. Ela se virou. Uma mulher estava parada sob um facho de raios de sol, com uma barriga de gestante.

— Nairuj — disse Ead.

— Eadaz — a mulher respondeu. — Seja bem-vinda de volta ao lar.

A luz entrava fragmentada pelas janelas arqueadas com treliças. Ead se deu conta de que estava em uma cama, com a cabeça apoiada em almofadas de seda. A sola dos pés queimavam depois de tantos dias de viagem.

Um rugido abafado a fez se sentar. Ofegante, ela tateou em busca de uma arma.

— Eadaz. — Mãos calejadas seguraram a dela, provocando um sobressalto nela. — Eadaz, fique tranquila.

Ela encarou o rosto barbado diante de si. Olhos escuros puxados para cima nos cantos, como os seus.

— Chassar — murmurou ela. — Chassar. Aqui é...

— Sim. — Ele sorriu. — Você está em casa, minha querida.

Ela colou o rosto ao peito dele, deixando o tecido da túnica molhado de lágrimas.

— Você fez uma longa viagem. — A mão dele passeou por seus cabelos impregnados de areia. — Se tivesse escrito para mim antes de partir de Ascalon, eu teria enviado Parspa muito antes.

Ead se agarrou ao braço dele.

— Eu não tive tempo — disse ela. — Chassar, eu preciso contar o que houve. Sabran está em perigo... os Duques Espirituais, acho que eles pretendem brigar pelo trono...

— Nada do que acontece em Inys importa agora. A Prioresa vai falar com você em breve.

Ela dormiu de novo. Quando acordou, o céu estava vermelho como brasas. Na Lássia fazia calor a maior parte do ano, mas o vento noturno tinha um toque gelado. Ela se ergueu e vestiu uma túnica de brocado antes de sair para a varanda. E então, Ead a viu.

A laranjeira.

A árvore se erguia do coração da Bacia Lássia, mais alta e linda do que ela sequer sonhara em Inys. Flores brancas adornavam seus galhos e a grama no chão. Ao seu redor ficava o Vale de Sangue, onde a Mãe derrotara o Inominado. Ead respirou aliviada.

Ela estava em casa.

As câmaras subterrâneas terminavam no vale. Apenas aqueles cômodos — os solários — tinham o privilégio de uma vista para lá. A Prioresa a honrara com a possibilidade de descansar em um deles. Em geral, eram reservados para orações e parturientes.

Uma queda-d'água de quase mil metros retumbava de um lugar mais acima. Foi aquele o rugido que ouvira. Siyāti uq-Nāra tinha nomeado a cachoeira de Choro de Galian, para zombar de sua covardia. Bem mais abaixo, o Rio Minara atravessava o vale, alimentando as raízes da árvore.

O olhar dela percorreu o labirinto de galhos. Havia frutos aqui e ali, reluzindo em tons dourados. Aquela vista a deixou de boca seca. Não havia água capaz de saciar a sede que pulsava dentro dela.

Quando voltou ao quarto, deteve o passo e colou a testa à pedra fria e rosada da arcada.

Em casa.

Um rosnado baixinho arrepiou-lhe os cabelos da nuca. Ela se virou e viu um ichneumon adulto parado na porta.

— Aralaq?

— Eadaz. — A voz dele era grave e impassível. — Você era uma filhotinha da última vez que nos vimos.

Ela não conseguia acreditar no tamanho dele. Houve um tempo em que conseguia pegá-lo no colo. Agora estava imenso, com o peito largo, uma cabeça mais alto que ela.

— Você também. — O rosto dela se abriu em um sorriso. — Está tomando conta de mim o dia todo?

— Há três dias.

O sorriso desapareceu do rosto dela.

— Três — murmurou ela. — Eu devia estar mais exausta do que imaginava.

— Você morou por tempo demais longe da laranjeira.

Aralaq caminhou até junto dela e passou o focinho em sua mão. Ead sorriu quando ele lambeu seu rosto. Ela se lembrava de quando ele era uma bolinha de pelos, com olhos enormes e sempre fungando e tropeçando em sua cauda comprida.

Uma das irmãs o encontrara abandonado no Ersyr e o trouxera para o Priorado, onde Ead e Jondu foram encarregadas de seus cuidados. Elas o alimentaram com leite e restos de carne de cobra.

— Você deveria tomar um banho. — Aralaq lambeu os dedos dela. — Está com cheiro de camelo.

Ead estalou a língua.

— Obrigada. Você também tem um cheirinho bem forte, sabia?

Ela pegou a lamparina a óleo da mesinha de cabeceira e o seguiu.

Ele a conduziu pelos túneis e lances de escadas. Os dois passaram por dois homens lássios — os Filhos de Siyāti, que serviam às irmãs. Os dois abaixaram a cabeça em sinal de respeito quando Ead passou.

Quando chegaram à sala de banhos, Aralaq a cutucou no quadril com o focinho.

— Vá em frente. Um criado vai levar você até a Prioresa depois. —

Um par de olhos dourados a encarou com ar solene. — Seja cautelosa ao lidar com ela, filha de Zāla.

Ele saiu agitando a cauda. Ead o observou enquanto se retirava e então se voltou para o ambiente iluminado à luz de velas.

Aquela sala de banhos, assim como os solários, ficava no lado aberto ao ar livre do Priorado. Uma brisa agitava o vapor na superfície da água, como os respingos de água na superfície do mar. Ead depositou a lamparina a óleo no chão e tirou a túnica para entrar na piscina. A cada passo, ia deixando para trás a areia, a poeira e o suor, se sentindo renovada.

Ela usou sabão de cinzas para limpar a pele. Quando conseguiu tirar a areia dos cabelos, deixou a água quente aplacar seu corpo cansado.

Seja cautelosa.

Os ichneumons não eram conhecidos por fazer alertas sem motivos. A Prioresa iria inquerir o motivo por Ead ter insistido tanto em ficar em Inys.

Você precisa estar sempre comigo, Ead Duryan.

— Irmã.

Ela virou a cabeça. Um dos Filhos de Siyāti estava parado na entrada.

— A Prioresa a convocou para se juntar a ela na refeição noturna — disse ele. — Suas vestimentas já estão à sua espera.

— Obrigada.

Ao voltar para o quarto, ela se trocou sem pressa. As vestimentas separadas para ela não eram formais, porém eram condizentes com sua nova posição de postulante. Havia partido para Inys como uma noviça, e completara um trabalho relevante para o Priorado, o que a tornava elegível para ser nomeada como uma Donzela Vermelha. Só a Prioresa tinha autoridade para decidir quem era digna dessa honra.

Primeiro vestiu um mantelete de seda marinha, que brilhava como se fosse tecido com fios de ouro e a cobriu até o umbigo. Em seguida, uma saia branca bordada. Uma pulseira de vidro envolveu um pulso — o da mão que segurava a espada — e os cordões de contas de madeira foram pendurados no pescoço. Ela deixou os cabelos soltos e úmidos.

A nova Prioresa não a via desde os dezessete anos. Quando serviu um pouco de vinho para se acalmar, ela viu seu reflexo na lâmina da faca de comer.

Lábios cheios. Olhos da cor de mel de carvalho, com sobrancelhas baixas e retas logo acima. O nariz estreito se alargava perto da ponta. Tudo aquilo ela reconhecia. Porém, então viu, pela primeira vez, como a chegada da idade adulta a transformara. Tornara seu rosto mais angulado, eliminando as feições arredondadas da juventude. Havia uma magreza aparente também, provocada por um tipo de privação que só as guerreiras do Priorado compreendiam.

Seu aspecto era o da mulher que sempre quisera ser quando era mais nova. Como se fosse feita de pedra.

— Está pronta, irmã?

O homem estava de volta. Ead alisou a saia.

— Sim. Me leve até ela.

Quando fundou o Priorado da Laranjeira, Cleolind Onjenyu abandonara sua vida de princesa do Sul e desaparecera com suas damas de honra no Vale de Sangue. Elas nomearam assim seu refúgio em um ato de desafio a Galian. Na época em que ele chegara, os cavaleiros das Ilhas de Inysca faziam seus juramentos em lugares chamados priorados. Galian planejara fundar o primeiro priorado sulino em Yikala.

Fundarei um priorado de outra espécie, Cleolind declarara, *e nenhum cavaleiro ambicioso há de conspurcar seu chão.*

A própria Mãe fora a primeira Prioresa. A segunda fora Siyāti uq-Nāra, de quem muitos irmãos e irmãs do Priorado, inclusive Ead, afirmavam ser descendentes. Depois da morte de uma Prioresa, as Donzelas Vermelhas escolhiam uma nova sucessora.

A Prioresa estava sentada à mesa com Chassar. Quando viu Ead, ela se levantou e segurou suas mãos.

— Amada filha. — Ela deu um beijo em seu rosto. — Seja bem-vinda de volta à Lássia.

Ead retribuiu o gesto.

— Que a chama da Mãe lhe dê força, Prioresa.

— E a você também.

Olhos cor de avelã a observaram, reparando em cada mudança, antes que ela voltasse a se sentar.

Mita Yedanya, a antiga *munguna* — a herdeira designada —, estava em sua quinta década de vida. Seu físico era semelhante a uma espada de lâmina larga, com ombros grandes e corpo esguio. Como Ead, era descendente de lássios e ersyrios, com a pele da cor da areia banhada pelo mar. Os cabelos pretos, agora com fios prateados, estavam presos por um grampo de madeira.

Sarsun gritou um cumprimento de seu poleiro. Chassar estava comendo yogush com carneiro guisado. Ele parou para sorrir para ela. Ead se sentou ao seu lado, e um Filho de Siyāti colocou uma tigela de sopa de amendoim diante dela.

Havia travessas com comida por toda a mesa. Queijo branco, tâmaras com mel, frutas de palmeiras e damascos, pão chato quente com grão-de-bico moído, arroz com cebolas e tomate, peixes curados, mariscos fumegantes, bananas vermelhas fatiadas e temperadas. Sabores que ela ansiava experimentar há quase uma década.

— Uma menina nos deixou, e quem volta é uma mulher — disse a Prioresa assim que o Filho de Siyāti serviu a Ead o máximo de comida que era possível colocar em um prato. — Detesto apressá-la, mas precisamos saber em que circunstâncias você deixou Inys. Chassar me disse que você foi exilada.

— Eu fugi para não ser presa.

— O que aconteceu, filha?

Ead se serviu de um jarro de vinho de tamareira, o que lhe deu mais alguns instantes para pensar.

Ela começou falando de Truyde utt Zeedeur e seu envolvimento amoroso com o escudeiro. Contou sobre a travessia de Triam Sulyard para o Leste. E sobre a Tabuleta de Rumelabar e a teoria que Truyde extraiu de lá. Uma história de equilíbrio cósmico — e de fogo e estrelas.

— Isso talvez possa se sustentar, Prioresa — disse Chassar, pensativo. — Existem *mesmo* tempos de fartura, em que a árvore frutifica abundantemente, como o que estamos vivendo agora, e épocas em que oferece menos frutos. Houve dois desses períodos de escassez, um deles logo depois da Era da Amargura. Essa teoria de um equilíbrio cósmico ajuda a explicar essa questão.

A Prioresa pareceu refletir a respeito, mas não manifestou sua opinião.

— Continue, Eadaz — pediu ela.

Ead continuou falando. Contou sobre o casamento, e o assassinato, e a criança e sua perda. Sobre os Duques Espirituais e o que Combe insinuara sobre as intenções deles em relação a Sabran.

Algumas coisas foram deixadas de fora, claro.

— Agora que não é mais capaz de engravidar, a legitimidade dela está sob ameaça. Pelo menos uma pessoa no palácio, o tal Copeiro, está tentando matá-la, ou pelo menos assustá-la — terminou Ead. — Precisamos mandar mais irmãs, ou acredito que os Duques Espirituais atacarão o trono. Agora que o segredo se tornou conhecido, ela está à mercê deles, que podem usar isso para chantageá-la. Ou simplesmente usurparem sua coroa.

— Guerra civil. — A Prioresa franziu os lábios. — Eu avisei à Prioresa anterior que isso aconteceria mais cedo ou mais tarde, porém ela não me deu ouvidos. — Ela cortou uma fatia de melão. — Não iremos mais nos intrometer no que acontece em Inys.

Ead tinha certeza de que ouvira alguma coisa errada.

— Prioresa, me permite perguntar o que isso significa? — perguntou ela.

— Significa exatamente o que eu disse. O Priorado não vai mais interferir nas questões que envolvem Inys.

Perplexa, Ead se voltou para Chassar, que de repente pareceu concentradíssimo no que estava comendo.

— Prioresa... — Ead se esforçou para manter seu tom de voz sob controle. — Sua intenção é mesmo *abandonar* a Virtandade a um destino incerto?

Não houve resposta.

— Se for revelado que Sabran não pode ter uma filha, não haverá só uma guerra civil em Inys, mas um cisma perigoso que vai cindir a Virtandade. As diferentes facções vão apoiar cada uma seu favorito entre os Duques Espirituais. Até mesmo os Condes Provinciais podem se arriscar a tomar o trono. Os arautos do fim vão se espalhar pela cidade. E, em meio ao caos, Fýredel vai tomar o poder.

A Prioresa mergulhou os dedos em uma tigela de água, para limpar o suco do melão.

— Eadaz, o Priorado da Laranjeira é a vanguarda na luta contra os wyrms. E tem sido assim por mil anos. — A Prioresa sustentou o olhar dela. — *Não é* sua função apoiar monarquias decadentes. Nem interferir em guerras estrangeiras. Não somos pessoas da política, nem guarda-costas, nem mercenárias. Somos veículos da chama sagrada.

Ead se manteve em silêncio.

— Como disse Chassar, existem registros que indicam períodos de escassez no Priorado. Se nossos estudos estiverem corretos, vai ocorrer mais um em breve. Provavelmente estaremos em guerra com o Exército Dragônico durante esse período. E talvez com o próprio Inominado — continuou a Prioresa. — Precisamos estar prontas para a mais cruel das lutas desde a Era da Amargura. Sendo assim, devemos concentrar nossos esforços no Sul e economizar nossos recursos sempre que possível. Nós *precisamos* sobreviver a essa tempestade.

— Claro, mas...

— Portanto — interrompeu a Prioresa —, eu não vou mandar *nenhuma* irmã para uma guerra civil na Virtandade para salvar uma rainha que praticamente já foi derrubada. Nem correr o risco de que elas sejam executadas por heresia. Não quando elas poderiam ser usadas para caçar os Altaneiros do Oeste. Ou dando apoio a nossos aliados nas cortes do Sul.

— Prioresa — insistiu Ead, se sentindo frustrada —, certamente que o objetivo do Priorado é proteger a humanidade.

— E faz isso derrotando o mal dragônico neste mundo.

— Para derrotar este mal, é preciso haver estabilidade no mundo. O Priorado é a primeira linha de defesa contra os wyrms, mas não temos como vencer sozinhas — assinalou Ead. — A Virtandade tem um grande poderio militar e naval. A única forma de mantê-la unida, e evitar que entre em colapso a partir de dentro, é manter Sabran Berethnet viva e no tro...

— Basta.

Ead parou de falar. O recinto foi dominado por um silêncio que pareceu durar horas.

— Você é determinada, Eadaz. Como Zāla costumava ser — a Prioresa falou, em um tom mais suave. — Eu respeitei a decisão da Prioresa anterior de alocá-la em Inys. Ela acreditava ser isso o que a Mãe queria... mas eu não acredito em tal coisa. É momento de nos preparamos. De olharmos pelos nossos e estarmos prontas para a guerra. — Ela sacudiu a cabeça. — Você não vai passar mais uma temporada em Ascalon ecoando aquelas preces repugnantes.

— Então foi tudo por nada. Anos e anos trocando lençóis para nada — disse Ead, em um tom ácido.

O olhar que a Prioresa lhe lançou fez gelar até sua alma. Chassar limpou a garganta.

— Mais vinho, Prioresa?

Ela fez um leve aceno, e ele serviu a bebida.

— Não foi por nada. — A Prioresa fez sinal para ele parar quando a taça estava quase cheia. — Minha predecessora acreditava que a afirmação dos Berethnet poderia ser verdadeira, e essa possibilidade justificava a proteção de suas rainhas, mas, seja verdade ou não, você mesma nos disse que Sabran é a última da linhagem. A Virtandade *vai cair*, agora ou no futuro próximo, quando a infertilidade dela for revelada.

— E o Priorado não vai fazer *nada* para amortecer a queda. — Ead não conseguia digerir aquilo. — Sua intenção é ficarmos inertes enquanto metade do mundo mergulha no caos.

— Não cabe a nós alterar o curso natural da história. — A Prioresa pegou sua taça. — Precisamos olhar para o Sul agora, Eadaz. Cuidar do nosso propósito.

Ead estava rígida na cadeira.

Ela pensou em Loth e Margret. Em crianças inocentes, como Tallys. Em Sabran, sozinha e destituída em sua torre. Todos perdidos.

A Prioresa anterior não toleraria tamanha indiferença. Ela sempre acreditara que a intenção da Mãe era que o Priorado protegesse e ajudasse a humanidade em todos os cantos do mundo.

— Fýredel despertou — disse a Prioresa, enquanto Ead cerrava os dentes. — Seus irmãos, Valeysa e Orsul, também foram vistos, ela no Leste, e ele aqui no Sul. Você nos contou sobre esse Wyrm Branco, que devemos encarar como um novo aliado poderoso que está em conluio com eles. Precisamos liquidar os quatro para aplacar a chama do Exército Dragônico.

Chassar assentiu com a cabeça.

— Em que lugar do Sul está Orsul? — Ead quis saber, quando se sentiu capaz de falar sem ter uma explosão de raiva.

— Foi visto pela última vez perto do Portão de Ungulus.

A Prioresa limpou o canto da boca com um guardanapo. Um Filho de Siyāti retirou seu prato.

— Eadaz — disse ela —, você concluiu um trabalho relevante para o Priorado. Está na hora de vestir o manto de uma Donzela Vermelha, filha. Não tenho dúvida de que você vai ser uma de nossas melhores guerreiras.

Mita Yedanya era uma mulher direta e sem rodeios. Concedeu a Ead seu sonho como se fosse um pedaço de fruta em uma travessa. Seus anos em Inys sempre tiveram como objetivo aproximá-la de vestir aquele manto.

Porém, o momento para isso era conveniente demais, e aquilo era difícil de engolir. A Prioresa estava usando a nomeação para conquistar seu apoio. Como se ela fosse uma criança que pudesse ser distraída com um brinquedinho novo.

— Obrigada — disse Ead. — É uma honra para mim.

Ead e Chassar comeram em silêncio por um tempo, e Ead bebeu do vinho opaco.

— Prioresa — disse ela por fim —, preciso perguntar o que houve com Jondu. Ela voltou para a Lássia?

A Prioresa desviou o olhar, com os lábios contraídos em uma linha reta, e Chassar sacudiu a cabeça.

— Não, querida. — Ele pôs a mão sobre a dela. — Jondu está com a Mãe agora.

Alguma coisa morreu dentro de Ead. Ela tinha certeza *absoluta* de que Jondu conseguiria voltar ao Priorado. A firme, implacável e destemida Jondu. Sua mentora, irmã e amiga de todas as horas.

— Tem certeza? — ela perguntou, baixinho.

— Sim.

Uma pontada de dor atravessou sua barriga. Ela fechou os olhos, imaginando que a dor fosse uma vela, e a apagou.

Mais tarde. Ela deixaria para sentir a tristeza quando houvesse mais espaço para respirar.

— Ela não morreu em vão — continuou Chassar. — Estava decidida a localizar a espada de Galian, o Impostor. Não encontrou Ascalon em Inys, mas... descobriu outra coisa.

Sarsun bateu com uma das garras no poleiro. Entorpecida pela notícia, Ead contemplou com olhos vazios o objeto ao lado dele.

Uma caixa.

— Não sabemos como abrir — admitiu Chassar quando Ead se levantou. — Existe um enigma que precisamos solucionar para ter acesso a esse segredo.

Lentamente, Ead se aproximou da caixa e passou um dedo pelos entalhes na superfície. O que um olho não treinado via como mera decoração, ela sabia ser inscrições em selinyiano, o antigo idioma do Sul, com as letras sobrepostas e entrelaçadas para dificultar a leitura.

uma chave sem fechadura nem ranhuras no metal
para elevar o mar em época conturbada
se fechou em nuvens de vapor e sal
se abre com uma faca dourada

— Acredito que vocês já tenham testado todas as chaves do Priorado — disse Ead.

— Claro.

— Talvez seja Ascalon, então.

— O que dizem sobre Ascalon é que era uma lâmina de prata. — Chassar suspirou. — Os Filhos de Siyāti estão vasculhando os arquivos em busca de uma resposta.

— Precisamos rezar para que eles descubram — disse a Prioresa. — Se Jondu estava disposta a morrer para trazer esta caixa para nós, devia achar que saberíamos abrir. Sempre devota, até o fim. — Ela olhou mais uma vez para Ead. — Por ora, Eadaz, o que você precisa fazer é comer do fruto da árvore. Depois de oito anos, sei que seu fogo foi consumido. — Ela fez uma pausa. — Quer que alguma de suas irmãs a acompanhe?

— Não — respondeu Ead. — Eu vou sozinha.

Era noite cerrada. Com as estrelas incandescentes sobre o Vale de Sangue, Ead começou sua descida.

Mil degraus a conduziram para a entrada do vale. Os pés descalços afundaram na grama e na terra. Ela fez uma pausa para respirar o ar noturno antes de deixar sua túnica ir ao chão.

As flores brancas se espalhavam pelo vale. A laranjeira se destacava contra o céu, com os galhos espalhados como mãos abertas. A cada passo que dava para se aproximar, ela sentia a garganta arder. Tinha atravessado meio mundo para voltar para onde estava a fonte de seu poder.

A noite pareceu abraçá-la quando se ajoelhou. Quando os dedos afundaram no solo, as lágrimas de alívio correram soltas, e a cada respiração parecia haver uma faca subindo por sua garganta. Ela se esqueceu de absolutamente tudo. Só existia a árvore. A concessora do fogo. Seu propósito, sua razão de existir. E estava lhe chamando, depois de oito anos, com a promessa da chama sagrada.

Em algum lugar ali perto, a Prioresa, ou uma das Donzelas Vermelhas, estaria observando. Elas precisavam verificar se Ead ainda era digna de sua posição. Só a árvore poderia determinar aquilo.

Ead virou as palmas para cima e esperou, assim como as plantações esperam pela chuva.

Preencha-me com seu fogo mais uma vez. Ela rogou com o coração. *Deixe-me servi-la.*

A noite se tornou imóvel e silenciosa. E então — lentamente, como se estivesse afundando na água — um fruto dourado caiu de uma grande altura.

Ela o apanhou com as duas mãos. Com um suspiro, cravou os dentes em sua polpa.

Um sentimento parecido com morrer e voltar à vida. O sangue da árvore se espalhando por sua língua, acalmando o ardor em sua garganta. Veias se transformando em ouro. Assim que aplacou um fogo, o fruto acendeu outro, um que se espalhou por todo o seu ser. E aquele calor a fez rachar ao meio como um molde de argila e fez seu corpo lançar um apelo ao mundo.

E, por toda parte ao seu redor, o mundo respondeu.

3
Leste

A chuva caía sobre o Mar do Sol Dançante. Era antes do meio-dia, mas a Frota do Olho de Tigre continuava com suas lamparinas acesas.

Laya Yidagé caminhava pelo *Perseguidor*. Enquanto a seguia, estremecendo sob o manto encharcado, Niclays não conseguia conter o impulso de olhar para o céu maculado, como vinha fazendo todos os dias há semanas.

Valeysa, a Atormentadora, estava desperta. A visão dela acima dos navios, ruidosa e infernal, ficaria gravada em sua mente para sempre.

Ele já vira diversas pinturas dela. Com escamas de um laranja incandescente e espinhos dourados, era como uma brasa viva, tão acesa como se tivesse acabado de ser expelida pelo Monte Temível.

E agora estava de volta, e a qualquer momento poderia reaparecer e reduzir o *Perseguidor* a cinzas. Poderia, inclusive, ser uma morte mais rápida do que o suplício que os piratas poderiam inventar para acabar com ele caso tivesse a infelicidade de contrariá-los. Ele estava no navio fazia semanas e até então tinha evitado ter sua língua cortada ou a mão decepada, mas vivia na expectativa de que isso acontecesse a qualquer momento.

Seus olhos se voltaram para o horizonte. Três navios encouraçados seiikineses estavam em seu encalço há dias, mas, como a Imperatriz

Dourada previra, não conseguiram chegar perto o bastante para atacar. O *Perseguidor* estava navegando para leste mais uma vez, a caminho de Kawontay, onde os piratas venderiam o dragão lacustre. Niclays queria muito saber o que seria feito dele.

A chuva respingava em seus óculos. Ele inutilmente tentou limpá-los antes de voltar a seguir Laya.

A Imperatriz Dourada o convocara à cabine dela, onde um fogo aplacava o frio. Ela estava sentada à cabeceira da mesa, usando um casaco acolchoado e um chapéu de pele de lontra.

— Lua-Marinha, sente-se — disse ela.

Niclays mal tinha aberto a boca desde que Valeysa o deixara tão apavorado que perdera parte dos miolos, mas naquele momento não foi capaz de segurar a língua:

— A senhora fala seiikinês, ilustríssima capitã?

— Claro que eu falo seiikinês, caralho. — O olhar dela estava voltada para a mesa, onde havia um mapa do Leste pintado em detalhes. — Pensa que eu sou idiota?

— Bem, há, não. Mas a presença de uma intérprete me levou a acreditar...

— Eu tenho uma intérprete para que os meus reféns pensem que eu sou idiota. Você acha que Yidagé fez um trabalho ruim?

— Não, não — respondeu Niclays, horrorizado. — Não, ilustríssima Imperatriz Dourada. Ela fez um excelente trabalho.

— Então você pensa que eu sou idiota.

Sem saber o que dizer, ele ficou quieto. Ela enfim ergueu os olhos para encará-lo.

— Sente-se aí.

Ele obedeceu. Sem tirar os olhos dele, a Imperatriz Dourada sacou uma faca de comer do cinto e passou a ponta pelas unhas das mãos, todas com uns três centímetros de comprimento e pintadas de preto.

O PRIORADO DA LARANJEIRA — A RAINHA

— Passei os último trinta anos no mar — disse ela. — Já lidei com todo tipo de gente, de pescadores a vice-reis e rainhas. Com essa experiência aprendi quem eu preciso torturar, quem preciso matar e quem vai me contar seus segredos, ou entregar suas riquezas, sem derramar uma gota de sangue. — Ela girou a faca na mão. — Antes de ser levada como refém por piratas, eu era dona de um bordel em Xothu. Sei mais sobre as pessoas do que elas sabem sobre si mesmas. Conheço as mulheres. E os homens também, o que eles pensam com a cabeça de cima e com a de baixo. E sei julgar o caráter deles quase só de bater o olho.

Niclays engoliu em seco.

— Podemos deixar a cabeça de baixo de fora da conversa. — Ele abriu um sorriso tenso. — Apesar da idade, eu ainda sou apegada à minha.

A Imperatriz Dourada caiu na gargalhada ao ouvir aquilo.

— Você é engraçado, Lua-Marinha — comentou ela. — O seu povo, lá do outro lado do Abismo, está sempre rindo. Não é à toa que tem tantos bobos nas suas cortes. — Os olhos pretos dela se cravaram nele. — Eu consigo ver quem é você. Sei o que você quer, e não tem nada a ver com o seu pau. Tem a ver com o dragão que pegamos em Ginura.

Niclays achou melhor ficar em silêncio. Era preciso ter o máximo de cautela ao lidar com uma pessoa louca e armada.

— O que você quer tirar dele? — perguntou ela. — Saliva, talvez, para perfumar alguém que ama? Os miolos, para curar diarreia com sangue?

— Qualquer coisa. — Niclays limpou a garganta. — Eu sou alquimista, sabe, ilustríssima Imperatriz Dourada.

— Alquimista — repetiu ela com um tom de voz mordaz.

— Sim — Niclays falou com grande sinceridade. — Um mestre do método. Estudei essa arte na universidade.

— Pensei que tivesse estudado anatomia. Foi por isso que ganhou seu posto. E continua vivo.

— Ah, *sim* — ele se apressou a dizer. — Eu *sou* um anatomista, um dos bons, posso garantir, um gigante nesse campo, mas também tenho conhecimentos de alquimia, um objeto de estudo que me fascina. Venho buscando o segredo da vida eterna há muitos anos. Apesar de ainda não ter conseguido criar um elixir, acredito que os dragões do Leste podem me ajudar. Seus corpos perduram por mais de mil anos, e se eu pudesse recriar essa façanha...

Ele se interrompeu, esperando para ver o que a Imperatriz Dourada diria. Ela não tirou os olhos dele.

— Então você está tentando me convencer que o seu cérebro não é atrofiado como os seus colhões — disse ela. — Sem dúvida seria mais fácil arrancar o tampo do seu crânio e examinar eu mesma.

Niclays não ousou responder.

— Acho que podemos fazer um acordo, Lua-Marinha. Talvez você seja o tipo de homem que saiba negociar. — A Imperatriz Dourada enfiou a mão no casaco. — Você disse que este objeto lhe foi entregue por um amigo. Me fale mais sobre ele.

Ela sacou um fragmento familiar com inscrições. Em sua mão enluvada estava a última lembrança de Jannart.

— Quero saber quem lhe deu isso.

Niclays ficou em silêncio, e ela se virou e aproximou o fragmento do fogo.

— Responda.

— O amor da minha vida — disse ele, com o coração na boca. — Jannart, o Duque de Zeedeur.

— Você sabe o que é isso?

— Não. Só sei que ele o deixou para mim.

— Por quê?

— Bem que eu gostaria de saber.

A Imperatriz Dourada estreitou os olhos.

— Por favor — disse Niclays, com a voz embargada. — Esse fragmento de escrita é tudo o que tenho dele. É só o que restou.

O canto da boca dela se ergueu em um meio-sorriso. Ela colocou o fragmento sobre a mesa. O cuidado com que o manuseou fez Niclays se dar conta de que ela jamais o atiraria no fogo.

Seu tolo, ele pensou. *Jamais revele sua fraqueza.*

— Isso é uma parte de um texto do Leste escrito muito tempo atrás — explicou a Imperatriz Dourada. — Fala de uma fonte de vida eterna. Uma amoreira. — Ela deu um tapinha no fragmento sobre a mesa. — Eu venho procurando esse fragmento que faltava há muitos anos. Pensei que conteria instruções, mas não fala sobre a localização da árvore. Apenas completa a história.

— Isso não é... só uma lenda, ilustríssima Imperatriz Dourada?

— Todas as lendas contêm alguma verdade. Disso eu sei — respondeu ela. — Dizem até que eu comi o coração de um tigre e que isso me deixou louca. Alguns dizem que sou uma fantasma d'água. A verdade é que eu desprezo os chamados deuses do Leste. Todos os boatos a meu respeito surgiram a partir disso. — Ela bateu no texto com o dedo. — Duvido que amoreira tenha nascido do coração do mundo, como diz a lenda. O que *não* duvido é que a árvore contém o segredo da vida eterna. Portanto, você não precisará fazer nada com o dragão.

Niclays não conseguia acreditar no que ouviu. Jannart tinha herdado a chave da alquimia.

A Imperatriz Dourada o examinou. Ele percebeu pela primeira vez que havia nós em toda a extensão de seu braço de madeira. Ela se voltou para Laya, que pegou uma caixa de madeira folheada a ouro embaixo do trono.

— A minha oferta é a seguinte — anunciou a Imperatriz Dourada. — Se você conseguir desvendar o enigma e encontrar o caminho até a amoreira, poderá beber do elixir da vida. E vai ter uma parte de nossos butins.

Laya levou a caixa até Niclays e abriu a tampa. Lá dentro, sobre um forro de seda d'água, estava um livro fino. Brilhando sobre a capa de madeira estava o que restava de uma amoreira com folhas de ouro. Com reverência, Niclays o tomou nas mãos. Era encadernado no estilo seiikinês, com as folhas costuradas em uma lombada aberta. Todas as páginas eram feitas de seda. Quem o produzira queria que durasse muitos séculos, e foi bem-sucedido nesse intento.

Aquele era o livro que Jannart sonhava ver.

— Eu já procurei todas as acepções possíveis de cada palavra em seiikinês antigo, mas não encontrei nada além de uma história — explicou a Imperatriz Dourada. — Talvez um mentendônio possa ver o texto de uma perspectiva diferente. Ou talvez o amor da sua vida tenha lhe deixado uma mensagem que você ainda não captou. Me traga uma resposta daqui a três dias ao amanhecer, ou eu talvez descubra que já me cansei do meu novo cirurgião. E, quando eu me canso de uma pessoa, ela não tem mais lugar neste mundo.

Sentindo seu estômago se revirar, Niclays passou os polegares pelo livro.

— Sim, ilustríssima Imperatriz Dourada — murmurou ele.

Laya o conduziu para fora, onde o ar estava carregado e gelado.

— Pois bem — Niclays falou com um tom pesado —, acho que esse foi um de nossos últimos encontros, Laya.

Ela franziu a testa.

— Está abrindo mão da esperança, Niclays?

— Eu não vou resolver esse mistério em *três dias*, Laya. Nem se tivesse trezentos eu conseguiria.

Laya o segurou pelos ombros, e a força nas mãos dela o fez parar.

— Esse Jannart... o homem que você amava — disse ela, olhando-o bem nos olhos. — Você acha que ele iria querer que você desistisse ou continuasse?

— Eu *não quero* continuar! Você não entende? Ninguém neste mundo entende isso, ora? Ninguém mais se sente perturbado? — Um tremor de raiva se insinuou em sua voz. — Tudo o que eu fiz... tudo o que eu era... tudo o que sou, eu devo a ele. Jannart era alguém antes de mim. Eu não sou ninguém sem ele. Estou cansado de viver sem ele ao meu lado. Ele me deixou por esse livro e, pelo Santo, eu guardo um ressentimento disso. A cada minuto, todos os dias. — A voz falhou. — Vocês, lássios, acreditam na vida após a morte, não?

Laya o observou.

— Alguns, sim. No Pomar das Divindades — disse ela. — Ele pode estar à sua espera lá, ou na Grande Távola do Santo. Ou talvez não esteja em lugar nenhum. Seja o que for que aconteceu com ele, *você* ainda está aqui. E por um motivo. — Ela levou uma mão calejada ao seu rosto. — Você tem um fantasma na sua vida, Niclays. Mas não precisa se transformar em um por causa disso.

Há quantos anos que alguém não tocava seu rosto, nem o olhava com empatia?

— Boa noite — respondeu ele. — E obrigado, Laya.

Em seu pedaço de chão, ele se deitou de lado e levou um punho fechado à boca. Ele fugira de Mentendon. Ele fugira do Oeste. Por mais que tentasse escapar, seu fantasma continuava a segui-lo.

Era tarde demais. O luto o enlouquecera. Ele estava louco há anos. Perdeu a cabeça na noite em que encontrou Jannart morto na hospedaria Sol em Esplendor, onde os dois tinham seu ninho de amor.

Fazia uma semana que Jannart deveria ter voltado de viagem, mas ninguém o vira. Como não o encontrou na corte, e a carta que recebeu de Aleidine dizia que ele não estava em Zeedeur, Niclays foi ao único outro lugar onde Jannart poderia estar.

A primeira coisa que notara fora o cheiro de vinagre. Uma médica com uma máscara contra a peste estava do lado de fora do quarto, pintando asas vermelhas na porta. E, quando Niclays passara por ela e entrara no quarto, lá estava Jannart, deitado como quem dormia, com as mãos vermelhas sobre o peito.

Jannart tinha mentido para todos. A biblioteca onde esperava encontrar respostas não ficava em Wilgastrōm, e sim em Gulthaga, a cidade destruída pela erupção do Monte Temível. Sem dúvida ele pensara que nas ruínas estaria seguro, mas devia saber que existia um risco. Por isso enganou sua família e o homem que amava. E tudo para consertar um único ponto na história.

Um wyvern estivera dormindo nos pavilhões desertos de Gulthaga havia tempos. Uma única mordida fora o que bastara.

Não havia cura. Jannart sabia disso, e queria ir embora antes que seu sangue começasse a ferver e sua alma fosse calcinada. E por isso foi ao mercado das sombras disfarçado para comprar um veneno chamado pó da eternidade. Aquilo lhe proporcionara uma morte tranquila.

Niclays estremeceu. Ele ainda era capaz de ver aquela cena diante de seus olhos, detalhada como uma pintura. Jannart na cama, a cama *deles*. Em uma das mãos o medalhão de cabelos que Niclays lhe havia dado na manhã seguinte ao primeiro beijo que compartilharam, com o fragmento dentro. Na outra, um frasco vazio.

Foi necessária a intervenção da médica, junto com o dono da hospedaria e de quatro outras pessoas, para tirar Niclays de lá. Ele ainda conseguia ouvir seus próprios gritos incrédulos, sentir o gosto das lágrimas, o cheiro adocicado do veneno.

Seu idiota, ele gritara. *Seu idiota egoísta do caralho. Eu esperei você. Esperei você por trinta anos...*

Os amantes por acaso chegavam mesmo à Lagoa Láctea ou só sonhavam com aquilo?

Ele levou as mãos à cabeça. Com a morte de Jannart, ele perdera uma parte de si mesmo. A parte pela qual valia a pena viver. Niclays fechou os olhos, sentindo a cabeça doer e o peito ofegante — e quando conseguiu cair em um sonho agitado, sonhou com o quarto no alto do Palácio de Brygstad.

Existe uma mensagem escondida ali, Clay.

Ele até sentiu o gosto do vinho escuro na língua.

Minha intuição me diz que é uma peça vital da história.

Ele sentiu o calor do fogo em sua pele. Viu as estrelas, lindamente pintadas no teto em suas constelações, realistas a ponto de fazer parecer que o ninho de amor era mesmo aberto para o céu.

Alguma coisa naqueles caracteres me parece muito estranha. Alguns são maiores, outros menores, e são espaçados de um jeito peculiar.

Os olhos dele se abriram.

— Jan — sussurrou ele. — Sua raposa dourada ainda não perdeu toda a esperteza.

4
Sul

Ead estava deitada em seu habitáculo, banhada em suor. O sangue corria quente e acelerado pelas veias.

Isso já acontecera antes. A febre. Ela passou oito anos com uma névoa embotando os sentidos, e agora o sol a dissipara. Cada lufada de vento era como o toque de um dedo em sua pele.

O som da cachoeira era cristalino. Ela conseguia ouvir os chamados dos passarinhos indicadores e dos beija-flores e dos papagaios na floresta. Conseguia sentir o cheiro dos ichneumons e das orquídeas brancas e o perfume da laranjeira.

Sentia saudades de Sabran. Com a pele tão sensível, lembrar-se dela era tortura. Ead deslizou uma das mãos entre as pernas e imaginou aquele toque frio, aqueles lábios sedosos, a doçura do vinho. Seus quadris subiram em um último ímpeto antes que ela afundasse na cama.

Depois disso, ela ficou imóvel, queimando.

Já devia estar quase amanhecendo. Mais outro dia em que Sabran estaria sozinha em Inys, cercada por lobos. Margret só conseguiria protegê-la até certo ponto. Era muito esperta e inteligente, mas não era uma guerreira treinada.

Ead precisava encontrar uma maneira de convencer a Prioresa a defender o trono inysiano.

Os serventes haviam deixado uma travessa de frutas e uma faca em sua mesinha de cabeceira. Por um tempo, o corpo queimaria comida suficiente para três homens adultos. Ela pegou uma romã da travessa.

Quando cortou a flor, sua mão, enfraquecida pela febre, escorregou. A lâmina roçou o outro punho, e o sangue escorreu da ferida. Uma gota foi escorrendo até o cotovelo.

Ead a olhou por um bom tempo, pensativa. Em seguida vestiu uma túnica e acendeu uma lamparina a óleo com um estalar de dedos.

Uma ideia estava ganhando forma.

Os corredores estavam silenciosos naquela madrugada. No caminho para a câmara de refeições, ela parou de repente diante de uma das portas.

Ela se lembrava de correr por aquelas passagens com Jondu, carregando o então filhote Aralaq. Como ela temia aquele corredor, pois sabia que era onde sua mãe biológica tinha soltado o último suspiro.

Zāla du Agriya uq-Nāra, que era a *munguna* antes de Mita Yedanya. Atrás daquela porta ficava o quarto onde ela morrera.

Havia muitas irmãs lendárias no Priorado que realizaram feitos extraordinários, mas Zāla fizera disso uma rotina. Aos dezenove anos, no segundo mês de gestação, atendera a um chamado da jovem Sahar Taumargam, futura Rainha de Yscalin, que na época era uma princesa do Ersyr. Uma tribo Nuram tinha despertado involuntariamente dois wyverns nos Montes Baixos. Zāla encontrara não dois, mas seis deles atacando os nômades e, contrariando todas as probabilidades, matara um por um com as próprias mãos, sozinha. Em seguida se limpou e cavalgou até o mercado em Zirin para satisfazer seu desejo de comer doce de rosas.

Ead nascera meio ano depois, prematura. *Você era tão pequena que cabia na palma da mão*, Chassar uma vez lhe contara, aos risos, *mas seu choro era capaz de derrubar montanhas, querida.* As irmãs não podiam se envolver demais com as crianças que geravam, pois o Priorado era uma única grande família, mas Zāla muitas vezes dava bolos de mel para Ead e a aninhava junto de si quando não havia ninguém olhando.

Minha Ead, murmurava ela, e sentia o cheirinho de bebê na cabeça. *Minha estrela do crepúsculo. Se o céu se apagasse amanhã, sua chama iluminaria o mundo.*

Aquela lembrança fez Ead ansiar por um abraço. Tinha só seis anos quando Zāla morrera na cama.

Ela pôs a mão na porta e seguiu em frente. *Que sua chama ascenda para iluminar a árvore.*

A câmara de refeições estava escura e silenciosa. Apenas Sarsun estava lá, com a cabeça aninhada junto ao peito. Quando ela pisou lá dentro, ele acordou sobressaltado.

— Shhh.

Sarsun eriçou as penas.

Ead colocou a lamparina a óleo ao lado do poleiro dele. Como se pressentisse suas intenções, ele saltou para observar a caixa que continha o enigma. Ead segurou a faca. Quando levou a lâmina à pele, Sarsun piou baixinho. Ela cortou a palma da mão, o suficiente para fazer o sangue escorrer em abundância, e a colocou sobre a tampa da caixa.

se fechou em nuvens de vapor e sal
se abre com uma faca dourada

— Siyāti uq-Nāra certa vez falou que o sangue de maga era dourado, sabe — ela comentou com Sarsun. — Para ter uma faca dourada, preciso fazê-la verter sangue.

Ela jamais acreditaria que uma ave poderia lançar um olhar cético, mas então viu o rosto dele.

— Eu sei. Não é *literalmente* dourado.

Sarsun abaixou a cabeça.

As letras entalhadas aos poucos foram sendo preenchidas, ficando inteiramente vermelhas. Ead esperou. Quando o sangue chegou ao final da última palavra, a caixa se abriu ao meio. Ead se sobressaltou, e Sarsun voou de volta para o poleiro quando a caixa se abriu como uma flor noturna.

Dentro dela estava uma chave.

Ead a tirou de cima do forro de cetim. Era do comprimento do dedo indicador, com a cabeça no formato de uma flor de cinco pétalas. Uma flor de laranjeira. O símbolo do Priorado.

— Criatura de pouca fé — disse ela para Sarsun.

Ele bicou a manga de sua roupa e voou para a porta, onde ficou parado, olhando para ela.

— Sim?

Ele a encarou com seu olho miúdo e saiu voando.

Ead o seguiu até uma porta estreita e desceu por um lance de degraus em espiral. Tinha uma lembrança vaga daquele lugar. Alguém a trouxera até lá quando ela era bem pequena.

Quando chegou ao fim da escada, ela viu um ambiente sem luz, com teto abobadado.

A Mãe estava diante dela.

Ead levantou sua lamparina para a efígie. Aquela não era a Donzela frágil da lenda inysiana. Era a Mãe como tinha sido em vida. Com os cabelos cortados bem rentes, um machado em uma das mãos e uma espada na outra. Estava vestida para a batalha, no estilo dos guerreiros da Casa de Onjenyu. Guardiã, lutadora e líder nata — aquela era Cleolind da Lássia, filha de Selinu, o Detentor do Juramento. Entre seus pés havia uma estatueta de Washtu, a deusa do fogo.

Cleolind não fora enterrada no Santuário de Nossa Dama. Seus ossos descansavam ali, em seu amado país, em um esquife de pedra sob a estátua. A maioria das efígies eram imagens deitadas, mas não aquela. Ead estendeu a mão para tocar a espada, e depois se virou para Sarsun.

— E então?

Ele inclinou a cabeça para o lado. Ead baixou a lamparina, à procura do que poderia encontrar ali.

O esquife estava erguido sobre um pedestal. Diante do pedestal havia um buraco de chave com um entalhe quadrado ao redor. Depois de uma olhada para Sarsun, que a cutucou com a garra, ela se ajoelhou e enfiou a chave no buraco.

Quando a chave girou, a nuca de Ead umedeceu de suor. Ela respirou fundo e puxou a chave. Um compartimento deslizou para fora da parte inferior do esquife. Lá dentro havia outra caixa de ferro. Ead girou o fecho em formato de flor de laranjeira e a abriu.

Havia uma joia diante dela. Com uma superfície lisa como uma pérola, ou como uma névoa capturada por uma gota de vidro.

Sarsun piou de novo. Ao lado da joia havia um pergaminho do tamanho de seu dedo mindinho, mas Ead mal o viu. Fascinada com a luz que dançava dentro da joia, estendeu a mão para pegá-la entre os dedos.

Assim que tocou a superfície, um grito escapou de seus lábios. Sarsun também gritou quando Ead desabou diante da Mãe, com os dedos colados à joia como uma língua que encostou no gelo. A última coisa que ela ouviu foi o ruflar das asas do pássaro.

— Tome aqui, querida.

Chassar entregou a Ead um copo de leite de nozes. Aralaq estava deitado em sua cama, com a cabeça apoiada nas patas dianteiras.

A joia estava sobre a mesa. Ninguém a tocara desde que Chassar, depois de ser alertado por Sarsun e encontrá-la inconsciente, carregara Ead de volta para o solário. Os dedos dela só soltaram a joia quando por fim despertou.

Naquele momento, o que Ead tinha nas mãos era a tradução do pergaminho que estava na caixa. O selo já fora quebrado. Escrita em um papel frágil com um brilho um tanto estranho, era uma mensagem em seiikinês antigo, segundo as especialistas do Priorado, com uma ou outra palavra em selinyiano.

Saudações, honorável Siyāti, amada irmã da honradíssima e eminente Cleolind.

Neste terceiro dia de primavera do vigésimo ano do reinado da ilustríssima Imperatriz Mokwo, eu e Cleolind aprisionamos o Inominado com duas joias sagradas. Não conseguimos destruí-lo porque seu coração de fogo não foi perfurado pela espada. Por mil anos ele permanecerá preso, nem um nascer do sol a mais.

Envio a você com grande pesar os restos mortais de nossa querida amiga e sua joia minguante para ser guardada até que ele retorne. A outra joia poderá ser encontrada em Komoridu, e acrescento aqui uma carta celeste para orientar sua descendência até lá. É preciso usar tanto a espada como as joias contra ele. As joias ficarão em poder do mago que as tocar, e apenas a morte pode alterar seu portador.

Rezo para que nossos filhos, daqui a muitos séculos, assumam esse fardo com corações dispostos.

Assinado,
Neporo, Rainha de Komoridu

— Durante todos esses anos o alerta esteve com a Mãe. A verdade estava bem debaixo de nossos pés — disse a Prioresa, com um tom abatido. — Por que uma irmã do passado fez tanto esforço para ocultá-la? Por que esconder a chave da tumba e enterrá-la justamente em *Inys*?

— Talvez para protegê-la — disse Chassar. — De Kalyba.

Um silêncio se instaurou.

— Não fale esse nome — a Prioresa disse bem baixinho. — Não aqui, Chassar.

Chassar abaixou a cabeça, aceitando.

— Estou certo de que uma irmã teria deixado mais coisas para nós, mas deveria estar tudo nos arquivos — complementou ele. — Antes da inundação.

A Prioresa andava em círculos, vestindo sua camisola vermelha.

— Não havia nenhuma carta celeste na caixa. — Ela passou a mão no colar de ouro em seu pescoço. — Ainda assim... nós obtivemos muitas informações com essa mensagem. Se pudermos mesmo acreditar nessa Neporo de Komoridu, a Mãe não conseguiu atingir o coração do Inominado. Em seus anos perdidos, ela o feriu o bastante para conseguir *aprisioná-lo* de alguma forma, mas não para impedir que ele ressurgisse.

Por mil anos ele permanecerá preso, nem um nascer do sol a mais.

Aquela ausência nunca teve nada a ver com Sabran.

— O Inominado voltará — disse a Prioresa, quase para si mesma —, mas a partir desse pergaminho podemos determinar o dia exato que isso acontecerá. Mil anos depois do terceiro dia de primavera do *vigésimo* ano da Imperatriz Mokwo de Seiiki... — Ela tomou o rumo da porta. — Preciso passar essa informação para nossas especialistas. Para descobrir quando foi que Mokwo governou. E eles podem ter ouvido falar de alguma lenda que cite essas joias.

Ead mal conseguia pensar. Estava gelada como se alguém a tivesse resgatado do Mar Cinéreo.

Chassar percebeu.

— Eadaz, durma um pouco mais. — Ele deu um beijo em sua cabeça. — E, por enquanto, não encoste mais na joia.

— Eu sou intrometida, mas não tola — murmurou Ead.

Depois que ele saiu, Ead se aninhou ao corpo peludo e quente de Aralaq, com pensamentos mais do que confusos.

— Eadaz — disse Aralaq.

— Sim?

— Trate de nunca mais seguir pássaros idiotas até lugares escuros.

Ela sonhou com Jondu em um cômodo escuro. Ouviu os gritos dela quando uma garra incandescente rasgava sua pele. Aralaq a acordou cutucando-a com o focinho.

— Você estava sonhando — a voz dele retumbou.

Seu rosto estava banhado de lágrimas. Ele aninou a cabeça junto dela, que o acariciou.

Segundo diziam, o Rei de Yscalin tinha uma câmara de tortura nos porões de seu palácio. Jondu deve ter encontrado sua morte lá. Enquanto isso, Ead estava na reluzente corte de Inys, recebendo salário e vestida com trajes finos. Ela carregaria aquela tristeza consigo pelo resto de seus dias.

A joia tinha parado de brilhar. Ela a observou com curiosidade enquanto bebia o chá azul como safira que haviam lhe deixado.

A Prioresa entrou às pressas no solário.

— Não temos *nada* sobre essa tal de Neporo de Komoridu nos arquivos — anunciou ela sem cerimônia. — Ou sobre essa joia. O que quer que seja, não é nosso tipo de magia. — Ela parou ao lado da cama. — É uma coisa... desconhecida. Perigosa.

Ead deixou o copo de lado.

— Por mais que ouvir isso a desagrade, Prioresa — disse ela —, Kalyba deve saber.

Mais uma vez, a menção ao nome deixou a Prioresa tensa. Os maxilares cerrados denunciavam seu descontentamento.

— A Bruxa de Inysca forjou Ascalon. Um objeto imbuído de poder. Essa joia pode ser outra de suas criações — argumentou Ead. — Kalyba já andava por este mundo muito antes de a Mãe soltar seu primeiro suspiro.

— De fato. E então andou pelos corredores do Priorado. E matou sua mãe biológica.

— Mesmo assim, ela sabe de muitas coisas que são desconhecidas por nós.

— Uma década em Inys embotou seu juízo? — a Prioresa retrucou, contrariada. — A bruxa não é confiável.

— O Inominável já pode estar a caminho. Como irmãs do Priorado, nosso propósito é defender o mundo contra ele. Se precisarmos nos aliar a inimigos de menor importância para que possamos cumprir nosso objetivo, que seja.

A Prioresa a encarou.

— Eu já lhe disse, Eadaz — disse ela. — Nosso propósito é proteger o Sul. Não o mundo.

— Então me deixe proteger o Sul.

Soltando o ar com força pelo nariz, a Prioresa apoiou as mãos na balaustrada.

— Acho que existe outra razão para procurarmos Kalyba — complementou Ead. — Sabran sonhava com ela com frequência na Pérgola da Eternidade. Não sabia o que era, claro, mas me contou que viu uma passagem de flores de sabra e um lugar horrível adiante. Eu gostaria de saber porque ela vem assombrando a rainha inysiana.

A Prioresa continuou na janela por um bom tempo, rígida como um torreão.

— Não é necessário convidar Kalyba para vir aqui — disse Ead. — Me deixe ir até ela. Eu posso levar Aralaq.

A Prioresa espremeu os lábios.

— Pois bem, vá — respondeu ela—, mas duvido que ela possa ou queira lhe dizer qualquer coisa. O banimento a deixou amargurada. — Ela usou um pedaço de tecido para pegar a joia. — Vou guardar isto aqui.

Ead sentiu uma pontada inesperada de inquietação.

— Eu posso precisar do poder da joia — disse ela. — Kalyba é uma maga poderosa como eu jamais serei.

— Não. Eu não vou me arriscar a deixar que isso caia nas mãos dela. — A Prioresa enfiou a joia em uma bolsinha na cintura. — Você levará armas. Kalyba é poderosa, isso ninguém pode negar, mas não come do fruto há muitos anos. Tenho confiança de que você superará qualquer dificuldade, Eadaz uq-Nāra.

5

Leste

O suor escorria da ponta do nariz. Enquanto Niclays molhava o pincel e colocava a mão em concha embaixo da ponta, para que a tinta não respingasse em sua obra-prima, Laya trouxe uma tigela de caldo até a mesa.

— Lamento interromper, Velho Rubro, mas você não come nada há horas — falou Laya. — Se cair de cara, seu mapinha vai ficar arruinado antes que a capitã possa cuspir nele.

— Este mapinha, Laya, é a chave para a imortalidade.

— Para mim, parece loucura.

— Todo alquimista tem a loucura correndo nas veias. É por isso, minha cara, que conseguimos fazer as coisas.

Ele estava debruçado sobre a mesa pelo que parecia ser uma eternidade, copiando os caracteres maiores e menores de *O conto de Komoridu* em um enorme rolo de seda, deixando de lado os de tamanho mediano. Caso a empreitada se revelasse inútil, ele provavelmente estaria no fundo do mar ao amanhecer.

Assim que se lembrou do teto estrelado no Palácio de Brygstad, ele compreendeu tudo. A princípio, tentou arranjar os caracteres de tamanhos estranhos em um círculo, como faziam os astrônomos mentendônios, mas o resultado não fez o menor sentido. Com um pouco de convencimento, Padar, o navegador sepulino, mostrou suas cartas celestes, que eram retangulares. A partir daí, Niclays passou a transpor cada página de texto para um painel naquele formato que traçara na seda, mantendo-os na ordem que apareciam no livro.

Quando os painéis estivessem cheios de caracteres grandes e pequenos, ele estava certo de que formariam um mapa de parte do céu. Desconfiava que o tamanho do caractere representava a medida de radiância da estrela correspondente, sendo os maiores uma indicação das que eram mais brilhantes.

Em algum lugar mais abaixo, o dragão começou a se debater como um peixe fora d'água outra vez, sacudindo o navio.

— Criatura maldita. — Niclays marcou a posição do caractere seguinte. — Essa coisa não fica quieta?

— Ele deve sentir falta de ser idolatrado.

Laya esticou a seda para ele. Enquanto Niclays trabalhava, ela observava seu rosto.

— Niclays — murmurou ela—, como foi que Jannart morreu?

O nó em sua garganta se instalou como de costume, porém era mais fácil de suportar quando tinha algo para ocupar sua mente.

— De peste — respondeu ele.

— Sinto muito.

— Não tanto quanto eu.

Ele nunca tinha conversado com ninguém sobre Jannart. Como poderia, se ninguém poderia saber o quanto os dois eram íntimos? Mesmo àquela altura, o assunto ainda lhe provocava um frio na barriga, mas Laya não fazia parte de nenhuma corte da Virtandade, e Niclays se deu conta de que já confiava nela. Era alguém que saberia guardar seus segredos.

— Você teria gostado dele. E ele, de você. — A voz ficou embargada. — Jannart era fascinado por idiomas. Principalmente os antigos e mortos. Era apaixonado pelo conhecimento.

Ela sorriu.

— Vocês mentendônios não são todos um pouco apaixonados pelo conhecimento, Niclays?

— Para o desgosto de nossos primos na Virtandade. Eles muitas vezes ficam perplexos por nós questionarmos as bases da religião que adotamos, embora seja fundada por uma única linhagem que não tem nada de excepcional, o que não parece nada sensat...

A porta foi escancarada, trazendo uma lufada de vento. Eles correram para segurar as páginas enquanto a Imperatriz Dourada entrava, seguida de Padar, cujo rosto e peito estavam ensanguentados, e Ghonra, autointitulada Princesa do Mar do Sol Dançante e capitã do *Corvo Branco*. Laya contara a Niclays que a rara beleza da mulher só rivalizava com sua igualmente rara sede de sangue. A tatuagem na testa era um enigma que ninguém nunca conseguira decifrar — dizia simplesmente *amor*.

Niclays manteve a cabeça baixa quando ela passou. A Imperatriz Dourada se serviu de uma taça de vinho.

— Espero que esteja quase acabando, Lua-Marinha.

— Sim, ilustríssima Imperatriz Dourada — disse Niclays, todo animado. — Em breve vou determinar a localização da árvore.

Ele se concentrou o melhor que podia com Padar e Ghonra fungando em seu cangote. Quando transpôs o último caractere, soprou a tinta de leve. A Imperatriz Dourada levou a taça de vinho até a mesa (Niclays rezou com todas as forças para que não a derrubasse) e observou a criação dele.

— O que é isso?

Ele fez uma reverência.

— Ilustríssima Imperatriz Dourada — anunciou ele —, acredito que esses caracteres de *O conto de Komoridu* representam as estrelas, nosso guia mais antigo de navegação. Se puderem ser comparadas a uma carta celeste já existente, creio que isso vai nos levar até a amoreira.

Ela o observou por debaixo do ornamento na frente de seu toucado. As contas do enfeite lançavam sombras sobre sua testa.

— Yidagé, você conhece o seiikinês antigo? — a Imperatriz Dourada perguntou para Laya.

— Um pouco, ilustríssima capitã.

— Leia os caracteres.

— Creio que eles não devam ser lidos como palavras — sugeriu Niclays—, e sim como...

— Você crê, Lua-Marinha — interrompeu a Imperatriz Dourada. — E os crentes me entediam. Leia, Yidagé.

Niclays segurou a língua. Laya passou o dedo por cima de cada um dos caracteres.

— Niclays. — A testa dela ficou franzida. — Acho que eles devem, *sim*, ser lidos como palavras. Existe uma mensagem aqui.

Seu nervosismo simplesmente evaporou.

— É mesmo? — Ele empurrou os óculos mais para cima no nariz. — Pois bem, e o que diz?

— "O Caminho dos Proscritos" — Laya começou a ler em voz alta —, "começa na nona hora da noite. A... joia crescente..." — Ela espremeu os olhos. — Sim, "a joia crescente... está plantada no solo de Komoridu. Sob o olho da Cissa, vá para o sul na direção da Estrela Sonhadora e procure embaixo da..." — Quando chegou ao último caractere do último painel, ela soltou um suspiro. — Ah. Esses são os caracteres para "amoreira".

— As cartas celestes — disse Niclays, ofegante. — Esses padrões correspondem ao do céu?

A Imperatriz Dourada se voltou para Padar, que espalhou suas cartas celestes pelo chão. Depois de estudá-las por um tempo, pegou o pincel ainda molhado de tinta e fez um traçado entre alguns caracteres na seda. Niclays fez uma careta ao ver a primeira pincelada, mas então viu o que estava se formando.

Constelações.

O coração dele batia com a força de um machado rachando lenha. Quando Padar terminou, baixou o pincel e considerou o resultado.

— Está entendendo o que é isso, Padar? — perguntou a Imperatriz Dourada.

— Estou. — Ele assentiu com um gesto lento. — Sim. Cada painel mostra o céu em uma determinada época do ano.

— E esta aqui? — Niclays apontou para o último painel. — Como é o nome dessa constelação?

A Imperatriz Dourada trocou um olhar com seu navegador, que contorceu a boca.

— Os seiikineses a chamam de Cissa, por causa do pássaro — disse ela. — Os caracteres para *amoreira* formam seu olho.

Sob o olho da Cissa, vá para o sul e na direção da Estrela Sonhadora e procure embaixo da amoreira.

— Sim — disse Padar, andando em círculos em volta da mesa. — O livro nos indicou um ponto específico. Como as estrelas se movem a cada noite, precisamos iniciar nossa rota quando estivermos exatamente abaixo do olho da Cissa na nona hora da noite, em uma determinada época do ano.

Niclays não conseguia conter sua agitação.

— Que é?

— O fim do inverno. Depois disso, devemos nos posicionar entre a Estrela Sonhadora e a Estrela Austral.

Um silêncio se instaurou, carregado de expectativa, e a Imperatriz Dourada sorriu. Niclays sentiu os joelhos fraquejarem, talvez por exaustão, ou talvez pelo súbito alívio de dias de medo.

De sua cova, Jannart lhe mostrara a estrela de que eles precisavam para servir como referência de navegação. Sem aquilo, a Imperatriz Dourada jamais saberia como chegar ao local indicado.

Uma dúvida surgiu na mente mais uma vez. Talvez fosse melhor não ter revelado aquilo a ela. Alguém tinha se esforçado muito para manter aquele conhecimento bem distante do Leste, e ele o entregara a uma fora-da-lei.

— Yidagé, você mencionou uma joia. — Ghonra tinha um brilho nos olhos. — Uma joia crescente.

Laya sacudiu a cabeça.

— Uma descrição poética de uma semente, imagino. Uma pedra que dá origem a uma árvore.

— Ou um tesouro — sugeriu Padar. Ela trocou um olhar cheio de avidez com Ghonra. — Um tesouro enterrado.

— Padar, avise aos tripulantes para se prepararem para a grande caçada de suas vidas — ordenou a Imperatriz Dourada. — Vamos a Kawontay renovar nossos mantimentos, e depois zarpamos para a amoreira. Ghonra, informe às tripulações do *Pombo Preto* e do *Corvo Branco*. Temos uma longa jornada pela frente.

Os dois se retiraram imediatamente.

— Está... — Niclays limpou a garganta. — Está contente com essa solução, ilustríssima capitã?

— Por ora — respondeu a Imperatriz Dourada. — Mas, se não houver nada à nossa espera ao final do caminho, eu vou saber exatamente quem nos enganou.

— Eu não tenho a intenção de enganá-la.

— Espero que não.

Ela enfiou a mão por baixo da mesa e lhe mostrou um pedaço do que parecia ser madeira de cedro.

— Todo mundo na tripulação possui uma arma. Este cajado será a sua — disse ela. — Faça bom uso dele.

Ele o pegou da mão dela. Era leve, mas parecia capaz de desferir golpes destruidores.

— Obrigado, ilustríssima capitã — ele falou com uma mesura.

— A vida eterna nos espera — disse ela—, mas se ainda quiser ver o dragão, e retirar alguma parte da criatura, pode ir agora. Talvez possa nos dizer alguma outra coisa sobre essa joia d'*O conto de Komoridu*, ou sobre a ilha. Yidagé, pode levá-lo até lá.

Eles saíram da cabine. Assim que a porta se fechou atrás deles, Laya agarrou Niclays pelo pescoço e o abraçou. Seu nariz bateu no ombro dela, e as contas que usava pressionaram seu peito, mas de repente ele se pegou rindo tanto quanto ela, até perder o fôlego.

As lágrimas escorriam por seu rosto. Estava inebriado de alívio, mas também pela excitação de ter resolvido um enigma. Em todos os seus anos de Orisima, ele jamais chegara perto de encontrar a chave para o elixir, mas tinha revelado o caminho até ela, concluindo o que Jannart começara.

Seu coração se inflou dentro do peito. Laya segurou sua cabeça entre as mãos e abriu um sorriso que levantou seu moral.

— Você é um gênio, Lua-Marinha — disse ela. — Brilhante. Simplesmente brilhante!

Os piratas estavam todos no convés. Padar rugia ordens para eles em lacustre. As estrelas brilhavam no céu sem nuvens, indicando o horizonte.

— Gênio, não — respondeu Niclays, ainda com as pernas bambas. — Só louco mesmo. E sortudo. — Ele deu um tapinha no braço dela. — Obrigado, Laya. Por sua ajuda, e por sua fé. Talvez nós dois possamos provar do fruto da imortalidade.

Niclays notou a cautela estampada nos olhos dela.

— Talvez. — Abrindo um sorriso, ela colocou a mão em seus ombros e o guiou em meio à aglomeração de piratas. — Venha. Está na hora de recolher sua recompensa.

Nas profundezas do *Perseguidor*, um dragão lacustre estava acorrentado do focinho até a ponta da cauda. Niclays o tinha achado magnífico quando o vira na praia. Naquele momento, porém, parecia quase frágil.

Laya aguardava nas sombras junto com ele.

— Preciso voltar — disse ela. — Você vai ficar bem?

Ele se apoiou em seu novo cajado.

— Claro. A fera está amarrada. — Ele sentia a boca seca. — Pode ir.

Ela deu uma última olhada para o dragão antes de enfiar a mão no casaco. Lá de dentro, tirou uma faca com bainha de couro.

— Um presente meu. — Ela lhe estendeu a arma, segurando-a pela lâmina. — Só por garantia.

Niclays pegou a faca. Em Mentendon, ele tinha uma espada, mas só usava uma arma nas aulas de esgrima com Edvart, que sempre o desarmava em questão de segundos. Antes que pudesse agradecer, Laya já estava subindo a escada de volta.

O dragão parecia estar dormindo. Uma crina embaraçada revoava ao redor de seus chifres. O rosto era mais largo que as cabeças serpentinas dos wyrms, e mais espalhafatosa, parecendo adornada.

Nayimathun, era como se chamava, segundo Laya. Um nome de origem indefinida.

Niclays se aproximou da fera, mantendo distância da cabeça. O maxilar inferior estava caído em meio ao sono, revelando dentes do tamanho de um antebraço.

A protuberância sobre sua cabeça estava dormente. Panaya o ensinara a respeito daquilo, na primeira noite em que ele vira um dragão. Quando iluminado, aquela protuberância era um chamado para o plano celestial, elevando o dragão na direção das estrelas. Ao contrário dos wyrms, os dragões não precisavam de asas para voar.

Ele tentou encontrar uma explicação racional para aquilo durante semanas. Meses. Talvez a protuberância fosse uma espécie de magnetita, atraída por partículas que flutuavam no ar ou pelo núcleo de mundos distantes. Talvez os dragões tivessem ossos ocos, o que lhes permitia pegar carona nas correntes de vento. Aquele era o alquimista que vivia dentro dele, teorizando. No entanto, seu instinto lhe dizia que, a não ser que pudesse abrir um dragão e vê-lo com os olhos de um anatomista, a questão permaneceria inexplicável. Mágica, para todos os propósitos.

Enquanto ele observava a fera, ela abriu os olhos e, apesar de tentar resistir ao impulso, Niclays recuou. Nos olhos daquela criatura havia todo um cosmo de conhecimento: gelo e vácuo e constelações — e nada sequer próximo da condição humana. Sua pupila era do tamanho de um escudo, e emitia um brilho azulado.

Por um bom tempo, eles ficaram se encarando. Um homem do Oeste e um dragão do Leste. Niclays se pegou com vontade de cair de joelhos, mas simplesmente apertou com mais força o cajado.

— Você.

Era uma voz fria e sussurrante. Como o inflar de uma vela.

— Foi você quem tentou barganhar para obter minhas escamas e meus sangue. — Uma língua azul escura tremelicou por trás dos dentes dela. — Você é Roos.

Era uma dragoa, e falava seiikinês. Cada palavra tinha a suavidade de uma sombra ao nascer do sol.

— Sim, sou eu — confirmou Niclays. — E você é a grande Nayimathun. Ou talvez não seja tão grandiosa assim — acrescentou ele.

Nayimathun prestou atenção em sua boca enquanto eles falavam. Na ilha, Panaya dissera que a audição dos dragões era como a dos humanos debaixo d'água.

— Quem usa as correntes é mil vezes mais grandioso do que aquele que as empunha — respondeu Nayimathun. — Correntes são covardia. — Um rugido retumbou no casco cavernoso do navio. — Onde está Tané?

— Em Seiiki, imagino. Mal conheço a garota.

— Conhecia o suficiente para a ameaçá-la. Para tentar manipulá-la em seu próprio benefício.

— Nós vivemos em um mundo cruel, fera. Eu fiz apenas uma negociação — retrucou Niclays. — Precisava de seu sangue e escamas para continuar com meu trabalho, para descobrir o segredo de sua imortalidade. Meu desejo era que os humanos tivessem uma chance de sobrevivência em um mundo governado por gigantes.

— Nós tentamos defendê-los durante a Grande Desolação. — O olho dela se fechou por um momento, escurecendo o ambiente. — Muitos de vocês pereceram. Mas nós tentamos.

— Talvez a sua espécie não seja tão violenta como a do Exército Dragônico — disse Niclays —, mas vocês ainda fazem questão que os humanos idolatrem sua imagem e roguem pelas chuvas que fazem crescer as colheitas. Como se as maravilhas do homem também não fossem dignas de adoração.

A dragoa bufou, e uma nuvem de vapor saiu por suas narinas.

Foi quando Niclays decidiu. Mesmo sem suas ferramentas de alquimia, e apesar de estar a caminho de uma fonte de vida eterna, ele obteria aquilo que lhe fora negado por muito tempo.

Ele deixou o cajado de lado e desembainhou a faca que Laya lhe dera. O cabo era laqueado, e a lâmina, serrilhada de um dos lados. Niclays percorreu com o olhar a carapaça da dragoa. Quando encontrou uma escama sem manchas nem cicatrizes, colocou a mão sobre ela.

A dragoa era lisa e gelada como um peixe. Niclays usou a faca para levantar a escama, expondo o brilho da carne prateada mais abaixo.

— Vocês não são feitos para viver por toda a eternidade.

Niclays lançou um olhar de relance na direção da cabeça dela.

— Como alquimista, sou obrigado a discordar — disse ele. — Acredito que seja uma possibilidade, sabe. Mesmo se eu não conseguir encontrar o elixir da vida em seu corpo, a Imperatriz Dourada está a caminho da ilha de Komoridu. Lá nós vamos encontrar a amoreira, e a joia enterrada sob ela.

O olho da dragoa se arregalou.

— Joia. — Ela estremeceu. — Você está falando das joias celestiais.

— Joias — repetiu Niclays. — Sim. A joia crescente. — Ele amenizou o tom de voz. — O que você sabe a respeito?

Nayimathun permaneceu em silêncio. Niclays inclinou a lâmina para cima, beliscando a escama, e a dragoa se debateu nas correntes.

— Não vou revelar nada para você — disse ela. — Só digo que elas não podem cair na mão de piratas, filho de Mentendon.

De acordo com o diário dela, minha tia o recebeu de um homem que lhe disse para levá-lo embora do Leste e nunca mais trazer de volta. As palavras de Jannart continuavam voltando à sua mente, girando em sua cabeça como um pião. *Nunca mais trazer de volta.*

— Não espero que você desista da busca. É tarde demais para isso — disse a dragoa. — Mas não deixe a joia cair nas mãos de quem a usaria para destruir o pouco que ainda resta do mundo. A água em você está estagnada, Roos, mas ainda pode ser purificada.

Niclays apertou com mais força o cabo da faca, estremecendo.

Estagnada.

A dragoa estava certa. Tudo o que o cercava era pura imobilidade. Sua vida tinha parado, como um relógio ao cair na água, quando Sabran Berethnet o mandara para Orisima. Ele vinha fracassando em solucionar o mistério desde então. O mistério da vida eterna. Não porque Jannart tinha morrido.

Ele era um alquimista, um revelador de mistérios. E não voltaria a ficar estagnado.

— Já chega disso — esbravejou ele, cravando a faca.

6

Sul

O armeiro forneceu a Ead um arco de neumosso, uma espada de ferro, um machado com preces gravadas em selinyiano e uma adaga fina com cabo de madeira. Em vez do manto verde-oliva que usara na juventude, ela agora envergava o branco de uma postulante, um sinal de seu desabrochar como mulher. Chassar, que viera com Sarsun para se despedir, colocou as mãos nos ombros dela.

— Zāla ficaria orgulhosíssima se visse você agora — disse ele. — Em breve o manto vermelho será seu.

— Se eu voltar viva.

— Vai, sim. Kalyba é uma criatura temível, mas não é tão poderosa quanto já foi. Não prova do fruto da laranjeira há vinte anos, e não deve ter mais nenhuma siden restante.

— Ela tem outros tipos de magia.

— Acredito que você vai ser bem-sucedida, querida. Ou que vai abortar a missão se o risco for muito grande. — Ele acariciou o ichneumon ao lado dela. — Trate de trazê-la sã e salva de volta para mim, Aralaq.

— Eu não sou um pássaro estúpido — respondeu Aralaq. — Os ichneumons não conduzem as irmãzinhas diretamente para o perigo.

Sarsun piou, indignado.

Quando foi banida, Kalyba fugira para uma parte da floresta que batizara como Pérgola da Eternidade. Segundo diziam, ela fizera um encantamento para enganar os olhares daqueles que passavam por lá. Ninguém sabia como ela criava suas ilusões.

Era fim de tarde quando Ead partiu com Aralaq do Vale de Sangue, de volta para a floresta. Os ichneumons corriam mais rápido que cavalos, e eram mais velozes inclusive que os leopardos caçadores que viveram em outros tempos na Lássia. Ead manteve a cabeça abaixada enquanto ele se lançava entre cipós, passava por baixo de raízes expostas e saltava os muitos riachos tributários do Minara.

Ele cansou pouco antes do amanhecer, e decidiram acampar em uma caverna atrás de uma queda-d'água. Aralaq saiu para caçar, enquanto Ead se refrescava nas águas mais abaixo. Enquanto fazia a escalada de volta para a caverna, Ead se recordou da época em que Kalyba estivera no Priorado.

Ela se lembrava de Kalyba como uma mulher ruiva com olhos escuros que pareciam poços sem fundo. Chegara ao Priorado quando Ead tinha dois anos de idade, afirmando tê-lo visitado diversas vezes antes durante seus muitos séculos de vida, pois também alegava ser imortal. Sua siden não tinha sido concedida pela laranjeira, e sim por um espinheiro que existira no passado na ilha inysiana de Nurtha.

A Prioresa a recebera bem. As irmãs a chamavam de Irmã do Espinheiro ou Língua de Cobra, a depender de acreditarem ou não na história que contava. A maioria preferia manter distância, pois Kalyba tinha dons desconcertantes. Dons que não lhe foram concedidos por árvore nenhuma.

Certa vez, Kalyba passara por Ead e Jondu enquanto elas brincavam ao sol, e sorrira para as duas de uma forma que conquistara completamente a confiança de Ead. "O que vocês gostariam de ser, irmãzinhas", ela perguntara na ocasião, "se pudessem ser qualquer coisa?"

"Um pássaro", foi a resposta de Jondu, "para poder ir aonde quisesse."

"Eu também", Ead falou, porque sempre imitava Jondu. "Eu poderia derrubar os wyrms pela Mãe mesmo quando estivessem em pleno voo."

"Vejam só", foi o que Kalyba dissera em seguida.

A partir desse ponto a lembrança ficava turva, mas Ead estava certa de que Kalyba tinha transformado os próprios dedos em penas. Sem dúvida nenhuma fizera algo que encantara Ead a Jondu a ponto de acreditarem que Kalyba deveria ser a mais sagrada entre as damas de honra.

O motivo para seu banimento nunca fora explicado inteiramente, mas os boatos diziam que foi ela quem envenenara Zāla durante o sono. Talvez tenha sido naquele momento que a Prioresa se dera conta de que ela era a Dama do Bosque, o terror mencionado na lenda inysiana, tornada célebre por sua sede de sangue.

Enquanto Ead secava a espada, Aralaq atravessou a queda-d'água e lhe lançou um olhar severo.

— É muita tolice sua empreender essa jornada. A Bruxa de Inysca vai engolir você viva.

— Pelo que ouvi dizer, Kalyba gosta de brincar com suas presas antes de matá-las. — Ela poliu a lâmina no manto. — Além disso, a bruxa é uma criatura curiosa. Vai querer saber porque fui procurá-la.

— Ela vai mentir para você.

— Ou então vai querer esbanjar seu conhecimento. Isso ela tem de sobra. — Com um suspiro comprido e cansado, ela levou a mão ao arco. — Acho que preciso ir caçar alguma coisa para comer.

Aralaq rosnou antes de atravessar novamente a queda-d'água, e Ead sorriu. Ele arrumaria algo para que ela pudesse comer. Quando voltou pela segunda vez, soltou um peixe sarapintado aos seus pés.

— Isso é porque você me alimentou como filhote — disse ele antes de ir se deitar na penumbra.

— Obrigada, Aralaq.

Ele soltou um ruído rabugento.

Ead enrolou o peixe em uma folha de bananeira e o colocou sobre o fogo. Enquanto cozinhava, seus pensamentos se voltaram para Inys, como se estivessem sendo carregados pelo vento sul.

Sabran estaria dormindo àquela hora, com Roslain ou Katryen ao lado. Com febre, talvez. Ou então poderia ter se recuperado. A essa altura, já teria escolhido uma nova Dama da Alcova — ou aceitado que escolhessem uma em seu lugar. Com os Duques Espirituais rondando o trono, era quase certo que seria outra mulher da família de um deles, para que pudessem espioná-la de forma mais eficiente.

O que eles teriam dito à Rainha de Inys sobre Ead? Que era uma feiticeira e uma traidora, sem dúvida. Se Sabran acreditara naquilo, do fundo do coração, era outra história. Ela poderia não querer aceitar — mas como desafiar os Duques Espirituais se eles conheciam seu segredo, se sabiam como destruí-la usando apenas uma palavra?

Será que Sabran ainda confiava nela? Não que Ead merecesse. As duas compartilharam a cama, entregaram seus corpos uma à outra, mas Ead nunca dissera a verdade sobre quem era. Sabran nunca soubera nem seu verdadeiro nome.

Aralaq despertaria em breve. Ead se deitou ao lado dele, perto o bastante para sentir os respingos da queda-d'água esfriar sua pele, e tentou descansar um pouco. Para enfrentar Kalyba, ela precisaria se valer de todas as suas habilidades. Quando Aralaq se mexeu, ela juntou suas armas e montou nele outra vez.

Eles viajaram pela floresta até o meio-dia. Quando chegaram ao Minara, Ead protegeu os olhos do sol. Era um rio implacável, profundo e com uma correnteza poderosa. Aralaq saltou de pedra em pedra na parte mais rasa e, quando não havia mais jeito, começou a nadar. Ead se agarrou com força à sua pelagem.

Uma chuva quente começou a cair quando chegaram ao outro lado do rio, encharcando os cachos, o rosto e o pescoço de Ead. Ela comeu um caqui enquanto Aralaq se embranhava cada vez mais na floresta. Só parou quando o sol começou a se pôr.

— A Pérgola é perto daqui. — Ele farejou o ar. — Se não voltar em uma hora, vou atrás de você.

— Muito bem.

— Não se esqueça, Eadaz — disse Aralaq. — Tudo o que você vê neste lugar não passará de uma ilusão.

— Eu sei. — Ela vestiu um braçal para se proteger. — Nós nos vemos daqui a pouco.

Aralaq soltou um grunhido de insatisfação. Com o machado em punho, Ead penetrou a névoa.

Galhos retorcidos no formato de uma arcada adornada com flores marcavam a entrada. Flores da cor de nuvens de tempestade.

Eu sonho com uma pérgola sombreada em uma floresta com a luz do sol filtrada sobre a grama. A entrada é um portão de flores roxas... flores de sabra, eu acho.

Ead ergueu uma das mãos e, pela primeira vez em anos, conjurou seu fogo mágico, que dançando em seus dedos incendiou as flores, revelando os espinhos por trás da ilusão.

Ela fechou as mãos. A chama azul do fogo mágico era capaz de desfazer um encantamento se queimasse por tempo suficiente, mas Ead precisaria usá-lo com moderação se quisesse conservar energias para se defender. Depois de olhar uma última vez para Aralaq, ela abriu caminho entre os espinhos com o machado e saiu intacta em uma clareira do outro lado.

Estava no Pomar das Divindades. Quando deu um passo à frente, um cheiro se desprendeu do chão, tão forte e enjoativo que ela quase era capaz de senti-lo na língua. Uma luz dourada salpicava um relvado alto o bastante para envolver os pés e afundá-los até os tornozelos.

As árvores eram mais próximas uma da outra ali. As vozes ecoavam além da floresta — próximas e distantes ao mesmo tempo, dançando ao som suave da água corrente.

Estariam lá mesmo ou eram só parte do encantamento?

Min mayde of strore, I knut thu smal,
as lutil as mus in gul mede.
With thu in soyle, corn grewath tal.
In thu I hafde blowende sede.

Uma lagoa alimentada por uma nascente surgiu em seu campo de visão. Ead se viu andando na direção dela. A cada passo, as vozes nas árvores ganhavam corpo, e a cabeça dela girava como um redemoinho. A língua em que cantavam era desconhecida, mas algumas palavras sem dúvida eram de uma forma arcaica de inysiano. Era mais antiga do que a antiguidade. Tão antiga quanto o Haith.

In soyle I soweth mayde of strore
boute in belga bearn wil nat slepe.
Min wer is ut in wuda frore —
he huntath dama, nat for me.

A mão estava escorregadia no cabo do machado. As vozes falavam de um ritual da alvorada de uma era deixada para trás há muito tempo. Enquanto observava os galhos que se cruzavam acima da cabeça, Ead se forçou a imaginar que estavam encharcados de sangue, e que as vozes a atraíam para uma armadilha.

Ao fim do caminho, encontro uma grande rocha, e estendo o braço para tocá-la com uma mão que não creio ser a minha. Ead se virou. Lá estava, uma pedra quase de sua altura, protegendo a entrada de uma caverna. *A rocha se parte em duas, e lá dentro...*

— Olá.

Ead ergueu o olhar. Um menininho estava sentado em um galho acima dela.

— Olá — ele repetiu em selinyiano. A voz era aguda e doce. — Você veio brincar comigo?

— Eu vim ver a Dama do Bosque — respondeu Ead. — Pode ir chamá-la para mim, criança?

O menino soltou uma risada melodiosa. Em um momento, ele estava lá. Em um piscar de olhos, não estava mais.

Alguma coisa atraiu Ead para a lagoa. O suor brotou em sua nuca enquanto ela procurava por qualquer ondulação na superfície.

Ela respirou fundo quando uma cabeça surgiu da água. Uma mulher de olhos escuros emergiu, inteiramente nua.

— Eadaz du Zāla uq-Nāra. — Kalyba deu um passo em direção à clareira. — Há quanto tempo.

A Bruxa de Inysca. A Dama do Bosque. Sua voz era grave e límpida como sua lagoa, com uma inflexão estranha. Lembrava o sotaque dos inysianos nortenhos, mas não era exatamente a mesma coisa.

— Kalyba — disse Ead.

— Da última vez que nos vimos, você devia ter no máximo seis anos de idade. Agora é uma mulher — observou Kalyba. — Como o tempo passa. Nós acabamos esquecendo, se os anos não causam nenhuma transformação na carne.

Ead se lembrava agora bem do rosto, com as maçãs do rosto salientes e o lábio superior bem grosso. A pele era bronzeada e os membros, compridos e bem formados. Os cabelos castanhos-acobreados desciam em ondas por cima dos seios. Qualquer um que a visse juraria que ela não tinha mais de 25 anos. Era linda, porém marcada pelo mesmo aspecto de privação que Ead vira em seu próprio reflexo.

— Minha última visitante foi uma de suas irmãs, que veio para levar minha cabeça para Mita Yedanya como punição por um crime que não cometi. Imagino que você esteja aqui para fazer o mesmo — disse Kalyba. — Eu não recomendaria fazer isso, mas as irmãs do Priorado se tornaram mais arrogantes durante os anos que estive longe.

— Não estou aqui para te machucar.

— Então por que veio me ver, querida maga?

— Para aprender.

Kalyba continuou imóvel e inexpressiva. A água escorria pela barriga e coxas.

— Acabei de voltar de Inys — disse Ead. — A Prioresa anterior me mandou para lá para servir à rainha. Enquanto estava em Ascalon, eu a ouvi falar do grande poder da Dama do Bosque.

— Dama do Bosque. — Kalyba fechou os olhos e respirou fundo, como se aquele nome tivesse um perfume agradável. — Ah, já faz *muito* tempo que não sou chamada por esse nome.

— Você é temida e reverenciada em Inys até hoje.

— Sem dúvida. Tão estranho, porém, já que eu tão raramente ia ao Haith, mesmo quando criança — disse a bruxa. — Os aldeões não colocavam os pés lá por me temerem, mas passei a maior parte dos meus anos no meu local de nascimento. Eles demoraram demais para se darem conta de que o meu verdadeiro lar era o espinheiro.

— As pessoas têm medo do Haith por sua causa. Só uma estrada o atravessa, e os que passam por lá falam que observam velas espectrais e ouvem gritos. Resquícios de sua magia, segundo dizem.

Kalyba abriu um leve sorriso.

— Mita Yedanya me chamou de volta à Lássia, mas eu preferiria colocar minha espada a serviço de uma maga de talentos maiores. — Ead deu um passo na direção dela. — Vim me oferecer para ser sua aprendiz. Para aprender a verdade sobre a magia.

A voz dela soou repleta de admiração até aos seus próprios ouvidos.

Se foi capaz de enganar a corte inysiana por quase uma década, também poderia fazer o mesmo com uma bruxa.

— Fico lisonjeada — respondeu Kalyba —, mas certamente sua Prioresa pode revelar a verdade para você.

— Mita Yedanya não é como suas predecessoras. Ela só está preocupada com o que acontece porta adentro do Priorado — disse Ead. — Eu, não.

Aquela parte, pelo menos, era verdade.

— Uma irmã que enxerga além do próprio umbigo. Isso é raro como mel prateado, sou obrigada a dizer — comentou Kalyba. — Você não tem medo das histórias que contam a meu respeito em minha terra natal, Eadaz uq-Nāra? Que eu sou uma sequestradora de crianças, uma feiticeira, uma assassina? Um monstro das histórias de tempos antigos?

— São histórias para assustar crianças desobedientes. Eu não tenho medo do que não compreendo.

— E o que faz você pensar que é *digna* do poder que acumulei ao longo das eras?

— Eu não acredito que sou digna, Senhora — respondeu Ead —, mas, sob sua orientação, talvez possa me tornar. Se me der a honra de transmitir seu conhecimento.

Kalyba a analisou por um tempo, como um lobo que observava um cordeiro.

— Me diga, como vai Sabran? — perguntou ela.

Ead quase estremeceu ao ouvir o tom de intimidade com que a bruxa disse aquele nome, como se estivesse falando de uma amiga íntima.

— A Rainha de Inys vai bem — disse ela em resposta.

— Você me pede a verdade, mas seus próprios lábios soltam mentiras.

Ead a encarou. O rosto dela era como um entalhe, com marcações antigas demais para serem traduzidas.

— A Rainha de Inys está em perigo — admitiu ela.

— Melhor assim. — Kalyba inclinou a cabeça para o lado. — Se estiver mesmo sendo sincera, faça a gentileza de me entregar suas armas. Quando eu vivia em Inysca, era uma ofensa grave que os visitantes aparecessem armados diante da entrada dos domínios de alguém. — O olhar dela se voltou para a arcada de espinhos. — E entrar armado era uma ofensa ainda pior.

— Perdão. Eu não tive a intenção de ofender.

Kalyba continuou a observá-la sem nenhuma expressão no rosto. Sentindo que estava decretando a própria sentença de morte, Ead se desfez de suas armas e as deixou sobre a relva.

— Muito bem. Agora vejo que você confia em mim — Kalyba falou em um tom quase gentil —, e, em troca, não vou lhe fazer mal.

— Eu agradeço, senhora.

Elas se encararam por um bom tempo, com metade da clareira a separá-las.

Kalyba não tinha motivo nenhum para revelar coisa alguma. Ead sabia disso, e a bruxa também.

— Você diz que deseja conhecer a verdade, mas a verdade é um tapete de muitos fios — disse Kalyba. — Eu sou uma maga, e você sabe disso. Uma detentora da siden, como você. Ou pelo menos *era*, antes que a Prioresa me negasse o fruto da laranjeira. Tudo porque Mita Yedanya disse a ela que eu envenenara a sua mãe biológica. — Ela sorriu. — Como se eu precisasse me rebaixar a usar venenos.

Então Mita era pessoalmente responsável pelo banimento da bruxa. A Prioresa anterior era uma mulher bondosa, mas muito influenciável pelas pessoas ao seu redor, inclusive sua *munguna*.

— Eu tenho o Sangue Primordial. Fui a primeira e última a comer do espinheiro, o que me concedeu a vida eterna. Mas é claro que você não veio até aqui por curiosidade sobre minha siden, pois com isso já está familiarizada — disse Kalyba. — Você quer saber da fonte do meu *outro* poder, aquele que nenhuma irmã é capaz de compreender. O poder do sonho e da ilusão. O poder de Ascalon, minha *hildistérron*.

Estrela de guerra. Um termo poético para se referir à espada. Ead já vira isso antes, em livros de oração — mas naquele momento reverberou dentro dela, e ecoou como uma nota musical.

O fogo ascende da terra, a luz descende do céu.

A luz do céu.

Hildistérron.

E *Ascalon*. Outro nome da língua antiga das Ilhas de Inysca. Uma corruptela de *astra* — uma outra forma de dizer *estrela* — e *lun*, que significava força. Loth contara isso a ela.

Estrela forte.

— Quando estava em Inys... eu me lembrei do texto da Tabuleta de Rumelabar. Falava de um equilíbrio entre o fogo e a luz das estrelas. — Enquanto Ead falava, sua própria mente seguia elaborando uma explicação que parecia cada vez mais sólida. — As árvores de siden concedem o fogo às magas. Eu fiquei me perguntando se o seu poder, seu *outro* poder, não poderia vir do céu. Da Estrela de Longas Madeixas.

Kalyba não tinha um rosto que pudesse expressar seu choque, mas Ead notou aquilo nela. Uma oscilação no brilho do olhar.

— Bom. Ah, *muito* bom. — Ela deixou escapar uma risada discreta. — Pensei que esse nome houvesse se perdido com o tempo. Como foi que uma maga ouviu falar da Estrela de Longas Madeixas?

— Eu fui a Gulthaga.

Foi Truyde utt Zeedeur quem dissera aquelas palavras. A garota que agira como uma tola, mas cujos instintos estavam corretos.

— Inteligente *e* corajosa, para se aventurar na Cidade Soterrada. — Kalyba a observou. — Seria muito agradável ter companhia em minha Pérgola, já que não tenho mais direito à sororidade do Priorado. E como você já sabe a maior parte da verdade... não vejo mal em revelar o restante.

— Eu valorizarei tal conhecimento.

— Sem dúvida — disse Kalyba. — Mas, obviamente, para entender meu poder, você precisaria saber toda a verdade a respeito da siden, e dos dois ramos de magia, e Mita tem pouquíssima compreensão sobre essas coisas. Ela mantém suas filhas no escuro, no território confortável de livros já lidos e relidos inúmeras vezes. Todas vocês estão mergulhadas na ignorância. Meu conhecimento, o *verdadeiro* conhecimento, é uma coisa valiosa.

Era chegada a hora de ver qual seria a cartada seguinte no jogo.

— Eu diria que é uma coisa que não possui preço — concordou Ead.

— Eu paguei um preço por isso. E você também precisa pagar.

Por fim, Kalyba se aproximou. A água escorria de seu corpo enquanto ela andava em voltá de Ead.

— Eu aceito um beijo — Kalyba sussurrou no ouvido dela. Ead continuou imóvel. — Estou sozinha há muitos anos. Me conceda um beijo seu, doce Eadaz, e pode ter todo o meu conhecimento.

Um odor metálico pairava na pele de Kalyba. Durante um instante repentino e sobrenatural, Ead sentiu algo em seu sangue, alguma coisa vital, reagir em resposta àquele aroma.

— Senhora — murmurou Ead—, como saberei se o que vou ouvir é mesmo a verdade?

— Você fez essa mesma pergunta a Mita Yedanya ou ela tem sua confiança incondicional? — Como não obteve resposta, Kalyba complementou: — Eu dou minha palavra que direi a verdade. Quando eu era jovem, a palavra equivalia a um juramento formal. Isso foi há muito tempo, mas eu ainda respeito os costumes antigos.

Não havia escolha a não ser se arriscar. Ead se preparou mentalmente, inclinando-se em direção à bruxa, e deu um beijo na bochecha de Kalyba.

— Pronto — disse Kalyba. O hálito dela era gelado. — O preço está pago.

Ead se afastou o mais rapidamente que sua coragem permitia. Ela precisou reprimir o pensamento que se voltou para Sabran.

— Existem dois ramos de magia — começou Kalyba. A luz do sol dourava algumas mechas dos cabelos e destacava cada gota-d'água. — As irmãs do Priorado, como você sabe, são praticantes da *siden*, a magia terrena. Ela vem do núcleo do mundo, e é canalizada através da árvore. Aqueles que comem o fruto se tornam possuidores de sua magia. Houve um tempo em que existiram ao menos três árvores de siden, a laranjeira, o espinheiro e a amoreira, mas hoje, pelo que sei, só resta uma. Porém, a siden, cara Eadaz, tem uma oponente natural. A magia sideral, ou *sterren*, o poder das estrelas. Essa magia é fria e elusiva, elegante e esquiva. Permite àqueles que a possuem criar ilusões, controlar a água... e até mudar de forma. É bem mais difícil de dominar tal magia.

Ead não precisava mais fingir uma expressão de curiosidade.

— Quando a Estrela de Longas Madeixas passa, deixa para trás um líquido prateado, que se chama *resíduo estelar* — explicou Kalyba. — É no resíduo estelar que vive a sterren, assim como a siden vive no fruto.

— Deve ser bem raro.

— Indescritivelmente raro. Não ocorre uma chuva de meteoros desde o fim da Era da Amargura. E, ouça bem, Eadaz, foi *esse* acontecimento que pôs um fim à Era da Amargura. Não foi uma coincidência que os wyrms tombaram justamente naquele momento. O povo do Leste acredita que o cometa foi enviado por seu deus dragão, Kwiriki. — Kalyba abriu um sorriso. — A chuva de meteoros encerrou uma era em que siden estava mais forte, e forçou os wyrms, que são feitos delas, a hibernar.

— E então a sterren ficou mais forte — disse Ead.

— Por um tempo — confirmou Kalyba. — Existe um equilíbrio entre os dois ramos de magia. Um mantém o outro sob controle. Quando um cresce, o outro míngua. Uma Era do Fogo é sucedida por uma Era de Luz Estelar. No momento, a siden está bem mais forte, e a sterren é só uma sombra do que costumava ser. Porém, quando a chuva de meteoros vier... a sterren vai brilhar novamente.

O mundo ridicularizava os alquimistas por seu fascínio pela Tabuleta de Rumelabar, mas durante séculos eles se aproximavam da verdade.

E era mesmo verdade. Ead sentia isso em seu âmago, em seu coração. Ela não acreditaria se fosse somente a palavra de Kalyba, mas aquela explicação formava o cordão que unia todas as contas até então soltas. A Estrela de Longas Madeixas. A Tabuleta de Rumelabar. A queda dos wyrms na Era da Amargura. Os estranhos dons da mulher diante dela.

Tudo estava conectado. E tinha como origem uma única verdade: o fogo que vinha de baixo, a luz que vinha de cima. Um universo constituído sobre essa dualidade.

— A Tabuleta de Rumelabar fala sobre esse equilíbrio — disse Ead. — Mas também sobre o que acontece quando o equilíbrio de perde.

— *O excesso de um inflama o outro, e aí reside a extinção do universo* — recitou Kalyba. — Um aviso sombrio. Mas ora, quem, ou o quê, é a extinção do universo?

Ead sacudiu a cabeça. Ela sabia muito bem a resposta, mas era melhor se fazer de tola. Aquilo faria com que a Bruxa mantivesse a guarda baixa.

— Oh, Eadaz, você estava indo tão bem — disse Kalyba. — Por outro lado, você ainda é bem jovem. Eu não devo ser tão rigorosa em meu julgamento.

Ela se virou. Enquanto se movia, levou a mão ao lado direito do corpo, que era liso e sem marcas como o restante do corpo, mas seu andar denunciou a dor que sentia.

— Está ferida, senhora? — perguntou Ead.

Kalyba não respondeu.

— Muito tempo atrás, a dualidade cósmica foi... perturbada — foi o que ela se limitou a dizer.

Ead teve a impressão de que viu algo terrível naqueles olhos. Um indício de ódio.

— A sterren ganhou força demais no mundo e, como reação, o fogo sob nossos pés forjou uma abominação. Uma *deformação* da siden.

A extinção do universo.

— O Inominado — disse Ead.

— E seus seguidores. Eles são filhos do desequilíbrio. Do caos. — Kalyba se sentou em uma pedra. — Diversas Prioresas enxergaram a conexão entre as árvores e os wyrms, mas recusavam a explicação, tanto para si mesmas como para suas filhas. As magas são capazes até de criar chamas dragônicas durante Eras do Fogo, como esta que vivemos... mas, obviamente, vocês são proibidas de fazer isso.

Todas as irmãs sabiam que tinham o potencial de fazer o fogo dos wyrms, mas aquela arte não lhes era ensinada.

— Suas ilusões vêm da sterren — murmurou Ead —, é por isso que a siden consegue queimá-las e fazê-las sumir.

— A siden e a sterren podem destruir uma à outra em determinadas circunstâncias — concedeu Kalyba —, mas também podem se *atrair* mutuamente. As duas formas de magia são atraídas principalmente pelas forças que são suas semelhantes, mas também pelas forças opostas. — Os olhos escuros dela se acenderam, interessados. — Agora, amante de quebra-cabeças. Se a laranjeira é o canal natural da siden, quais são os canais naturais da sterren?

Ead pensou a respeito da pergunta.

— Os dragões do Leste, talvez.

Pelo pouco que sabia sobre eles, eram criaturas da água. Foi só um palpite, mas Kalyba sorriu.

— Muito bem. Eles nasceram da sterren. Quando a Estrela de Longas Madeixas passa, eles conseguem moldar sonhos e mudar de forma e conjurar ilusões.

Para demonstrar o que estava dizendo, a bruxa passou uma das mãos pela extensão de seu corpo. Imediatamente, apareceu com um vestido inysiano marrom de samito e um cintilho adornado com cornalinas e pérolas. Seus cabelos estavam adornados por lírios. A nudez tinha sido uma ilusão, ou eram aquelas roupas?

— Muito tempo atrás, eu usei meu fogo para remoldar o resíduo estelar que eu juntara. — Kalyba passou os dedos pelos cabelos. — Para criar a arma mais notável já feita.

— Ascalon.

— Uma espada de sterren, forjada com siden. Uma união perfeita. Foi quando a vi, a espada que fiz usando as lágrimas de um cometa, que percebi que não era só uma maga. — Ela franziu os lábios. — A Prioresa me chama de *bruxa* por causa dos meus dons, mas eu prefiro *encantatriz*. É muito mais bonito.

Ead já aprendera mais do que esperava, mas tinha ido até lá para perguntar sobre a joia.

— Senhora, seus dons são de fato miraculosos — disse ela. — Por acaso já forjou mais alguma coisa usando sterren?

— Nunca. Eu queria que Ascalon fosse diferente de todas as outras coisas no mundo. Um presente para o maior cavaleiro de seu tempo. Obviamente — continuou Kalyba —, isso não significa que não *existam* outros objetos... mas esses não foram feitos pelas minhas mãos. E, se existem, estão perdidos há muito tempo.

Falar sobre a joia era tentador, mas era melhor que Kalyba não soubesse da existência do objeto, pois faria de tudo para consegui-la para si.

— Não existe nada que eu deseje mais do que ver essa espada. Em Inys só se fala nela — disse Ead. — Você pode me mostrar?

Kalyba riu baixinho.

— Se estivesse comigo, eu mostraria com prazer. Venho procurando Ascalon há séculos, mas Galian a escondeu muito bem.

— Ele não deixou pistas sobre seu paradeiro?

— Só que pretendia deixá-la nas mãos de pessoas que prefeririam morrer a permitir que voltasse para as minhas mãos. — O sorriso desapareceu do rosto dela. — As Rainhas de Inys também a procuraram, já que é um objeto sagrado para elas... mas também não encontraram nada. Se eu não consegui, ninguém nunca conseguirá.

O fato de que foi Kalyba quem forjara Ascalon para Galian Berethnet era de conhecimento de todos no Priorado. E uma parte do motivo de muitas irmãs a tratarem com desconfiança. Os dois eram nascidos na mesma era e moraram no vilarejo de Goldenbirch, ou nos arredores, mas, fora isso, ninguém tinha informações sobre a natureza da relação deles.

— A Rainha Sabran sonhava com esta Pérgola da Eternidade — disse Ead. — Quando eu era sua dama de companhia, ela me contou isso. Só você pode gerar sonhos. Foi você que os mandou para ela?

— Esse conhecimento tem um preço mais alto — disse Kalyba.

Depois de dizer aquilo, a bruxa deslizou para longe da pedra. Mais uma vez nua, ela se deitou de lado, e o chão sob ela se transformou em um leito de flores. Tinham cheiro de creme e mel.

— Venha até mim. — Ela passou a mão por cima das pétalas. — Venha se deitar comigo em minha Pérgola, e eu te contarei sobre sonhos.

— Senhora, não existe nada que eu deseje mais do que a agradar e provar minha lealdade — respondeu Ead. — Mas o meu coração pertence a outra pessoa.

— O segredo de como criar sonhos certamente vale o preço de uma única noite. Faz séculos que eu não sinto o toque de um amante. — Kalyba passou um dedo pelo abdome, parando pouco antes de sua mão chegar ao meio das pernas. — Mas... a fidelidade é uma característica que eu admiro. Por isso, aceitarei outro presente de você. Em troca do meu conhecimento sobre as estrelas, e o *que* elas concedem.

— Qualquer coisa.

— Faz vinte anos que elas me mantêm longe da laranjeira. Quando uma maga prova do fogo, fica queimando para sempre. Essa privação me consome por dentro. Eu gostaria muito de ter a minha chama de volta. — Kalyba sustentou o olhar dela. — Me traga o fruto, e você será minha herdeira. Jure para mim, Eadaz du Zāla uq-Nāra. Jure para mim que vai trazer o que desejo.

— Senhora, — respondeu Ead —, eu juro pela Mãe.

— E ela não disse nada sobre as joias? — disse a Prioresa. — A não ser que não foi ela quem as fabricou?

Ead estava diante dela no solário.

— Isso mesmo, Prioresa — ela falou. — Somente Ascalon é uma criação dela. Achei melhor não mencionar as joias, por medo de que ela pudesse querer pegá-las para si.

— Ótimo.

Chassar estava com uma expressão severa. A Prioresa apoiou as mãos na balaustrada, e seu anel reluziu sob o céu.

— Duas vertentes de magia. Nunca ouvi falar em nada do tipo. — Ela respirou fundo. — Não gosto disso. A bruxa é mentirosa por natureza. Existe um motivo por ser chamada de Língua de Cobra.

— Ela pode até exagerar a verdade — disse Chassar—, mas, por mais fria e com desejo de sangue que seja, nunca me pareceu uma mentirosa. Em sua época em Inysca, havia punições brutais para quem quebrava seus juramentos.

— Você está se esquecendo, Chassar, de que ela mentiu sobre Zāla. Ela afirma que não a envenenou, mas só alguém de fora poderia assassinar uma irmã.

Chassar baixou o olhar.

— As joias devem ser de sterren — disse Ead. — Mesmo se não

tiverem sido fabricadas por Kalyba. Se não são do nosso tipo de magia, devem ser do outro.

A Prioresa assentiu com um gesto vagaroso.

— Eu jurei para ela que levaria o fruto — continuou Ead. — Ela virá atrás de mim se eu não cumprir o que prometi?

— Duvido que ela vá desperdiçar a magia em uma caçada. De qualquer forma, aqui você está protegida. — A Prioresa ficou observando o pôr do sol. — Não conte nada disso para suas irmãs. Nossa próxima linha de investigação será por essa... Neporo.

— Uma mulher do Leste — acrescentou Ead, baixinho. — Isso nos diz claramente que a Mãe estava interessada no mundo que existe além do Sul.

— Já estou cansada dessa conversa, Eadaz.

Ead mordeu a língua. Chassar lançou para ela um olhar de advertência.

— Se o que Neporo afirmava é verdade, então, para derrotar nosso inimigo, vamos precisar de Ascalon e também das joias. — A Prioresa esfregou as têmporas. — Me deixe, Eadaz. Eu preciso... refletir sobre nosso plano de ação.

Ead abaixou a cabeça e saiu.

No solário, Ead encontrou Aralaq cochilando no pé de sua cama, cansado da viagem. Ela se sentou ao lado dele e alisou suas orelhas sedosas. Elas estremeceram enquanto ele dormia.

A mente dela era um caldeirão de estrelas e fogo. O Inominável voltaria, e o Priorado só dispunha de um dos três instrumentos que precisariam para destruí-lo. A cada hora que passava, o perigo na Virtandade crescia, expondo Sabran a um risco ainda maior. Enquanto isso, Sigoso Vetalda estava construindo uma frota invasora na Baía das Medusas. Um Oeste dividido não estaria à altura de enfrentar o Rei de Carne e Osso.

Ead se aninhou junto a Aralaq e fechou os olhos. De alguma forma, era preciso encontrar uma forma de ajudá-la.

— Eadaz.

Ela levantou a cabeça.

Uma mulher estava parada na porta. Os cabelos cacheados emolduravam seu rosto marrom, e caíam sobre os olhos castanhos-claros.

— Nairuj — Ead falou, ficando de pé.

As duas eram rivais na época de infância. Nairuj estava sempre competindo com Jondu pela atenção da Prioresa, o que Ead, que amava Jondu como se fosse sua irmã mais velha, tomava como uma afronta pessoal. Mesmo assim, Ead segurou as mãos de Nairuj e a beijou no rosto.

— Fico contente em vê-la — disse Ead. — Você honra seu manto.

— E você honrou todas nós protegendo Sabran por tanto tempo. Confesso que me alegrei quando foi despachada para aquela corte ridícula, quando eu era mais jovem e tola — Nairuj falou com um sorriso irônico —, mas agora entendo que todas trabalhamos para a Mãe, cada uma a seu modo.

— E vejo que você a está servindo neste exato momento. — Ead retribuiu um sorriso. — Já deve estar perto de dar à luz.

— Pode acontecer a qualquer momento. — Nairuj pôs a mão na barriga. — Vim até aqui para preparar você para a iniciação entre as Donzelas Vermelhas.

Ead sentiu seu sorriso se alargar.

— Esta noite?

— Sim. Hoje mesmo. — Nairuj deu uma risadinha. — Você achou que, depois de ter expulsado Fýredel, não seria promovida quando voltasse?

Ela conduziu Ead até uma cadeira. Um menino apareceu e deixou uma bandeja no quarto antes de se retirar.

Ead colocou a mão no colo. Parecia haver uma revoada de pássaros em seu coração.

Por uma noite, ela poderia deixar de lado tudo o que soubera por Kalyba. Ela se esqueceria de tudo o que acontecia fora daqueles muros. Desde que se entendia por gente, ela sonhava em se tornar uma Donzela Vermelha.

Seu sonho estava se realizando. Ela precisava saborear a ocasião.

— Para você. — Nairuj lhe entregou uma taça. — Da Prioresa.

Ead deu um gole.

— Pela Mãe. — Toda uma gama de sabores adocicados se espalhou por sua língua. — O que é isso?

— Vinho do sol. De Kumenga. A Prioresa tem um estoque — sussurrou Nairuj. — Tulgus, que trabalha da cozinha, às vezes me arruma um pouco. Ele também pode fornecer para você, se disser que fui eu que mandei pedir. Só não conte para a Prioresa.

— Jamais.

Ead bebeu outro gole. O sabor era extraordinário. Nairuj pegou um pente de madeira da bandeja.

— Ead, eu gostaria de oferecer minhas condolências — disse ela. — Por Jondu. Nós tínhamos nossas diferenças, mas eu a respeitava muito.

— Obrigada — disse Ead, baixinho. Ela sacudiu a cabeça para espantar a tristeza. — Então vamos lá, Nairuj. Me conte tudo o que aconteceu nos últimos oito anos.

— Vou contar — Nairuj disse, batendo com o pente na palma da mão —, se você prometer que vai me revelar todos os segredos da corte de Inys. — Ela pegou uma tigela com óleo. — Ouvi dizer que viver lá é como andar em carvão em brasas. Que os cortesãos pisam em cima uns dos outros para chegar mais perto da rainha. Que existem mais intrigas na corte de Sabran IX do que pedras celestes em Rumelabar.

Ead olhou para a janela. As estrelas estavam despontando.

— Realmente — concordou ela. — Até mais do que você imagina.

Enquanto Nairuj preparava Ead, ela contou sobre o despertar constante de wyrms no Sul, e que as Donzelas Vermelhas precisavam se esforçar cada dia mais para conter aquela ameaça. O Rei Jentar e a Alta Regente

Kagudo — os únicos governantes que conheciam a verdade do Priorado — tinham solicitado mais irmãs para serem alocadas em suas cidades e cortes. Enquanto isso, os homens do Priorado, que cuidavam dos trabalhos domésticos, em breve teriam que ser treinados como matadores.

Em troca, Ead contou sobre as facetas mais absurdas de Inys. As inimizades mesquinhas entre cortesãos e amantes e poetas. Seus tempos como dama de companhia sob a tutela de Oliva Marchyn. Os charlatães que receitavam esterco para febre e sanguessugas para dor de cabeça. Os dezoito pratos servidos a Sabran toda manhã, dos quais ela comia apenas um.

— E Sabran. Ela é tão cheia de caprichos quanto dizem? — Nairuj quis saber. — Ouvi dizer que, em uma única manhã, ela pode estar jubilante como um desfile da vitória, triste como uma canção de lamento e feroz como uma felina selvagem.

Ead demorou um bom tempo para responder.

— Isso é verdade — disse ela, por fim.

Uma rosa sob um travesseiro. Mãos tocando um virginal. O riso dela quando apostavam corrida depois de uma caçada.

— Acho que um pouco de instabilidade é de se esperar em uma mulher nascida para ocupar um trono como aquele, a um preço tão alto. — Nairuj passou a mão na barriga. — Isto já é um peso suficiente sem ter que carregar o destino de várias nações também.

A hora da cerimônia se aproximava. Ead permitiu que Nairuj e outras três irmãs a ajudassem a colocar as vestes cerimoniais. Quando seus cabelos foram penteados, elas o adornaram com um diadema de flores de laranjeira. Colocaram pulseiras de vidro e ouro em seus braços. Quando terminaram, Nairuj a segurou pelos ombros.

— Está pronta?

Ead assentiu. Era para aquilo que tinha se preparado a vida toda.

— Que inveja de você — disse Nairuj. — A tarefa que a Prioresa vai lhe atribuir a seguir parece...

— Tarefa. — Ead a encarou. — Que tarefa?

Nairuj fez um gesto com a mão.

— É melhor eu não dizer mais nada. Você logo ficará sabendo. — Ela deu o braço para Ead. — Vamos lá.

Ela foi conduzida até a tumba da Mãe. A câmara mortuária fora iluminada com cento e vinte velas, o número de pessoas sacrificadas no sorteio para o Inominado antes de Cleolind enfim encerrar seu reinado de sangue.

A Prioresa estava à sua espera diante da estátua. Todas as irmãs não alocadas em outras partes estavam presentes para ver a filha de Zāla assumir seu lugar como uma Donzela Vermelha.

As cerimônias costumavam ser sucintas no Priorado. Cleolind não queria a pompa e circunstância das cortes para suas damas de honra. O que mais importava era a intimidade. A união das irmãs apoiando e celebrando umas às outras. Na escuridão uterina da câmara, com a Mãe olhando por todas, Ead se sentiu mais próxima dela do que nunca.

Chassar estava ao lado da Prioresa. Parecia orgulhoso como se fosse seu pai biológico.

Ead se ajoelhou.

— Eadaz du Zāla uq-Nāra — disse a Prioresa. A voz dela ecoou pela câmara. — Você vem servindo à Mãe fielmente e sem questionamentos. Como nossa irmã e amiga, nós lhes damos as boas-vindas às fileiras das Donzelas Vermelhas.

— Eu, Eadaz du Zāla uq-Nāra, renovo meu juramento à Mãe, que fiz pela primeira vez ainda criança — disse Ead.

— Que ela mantenha sua lâmina afiada e seu manto vermelho banhado em sangue — as irmãs disseram em coro —, e que o Inominado tema a sua luz.

Era tradicional que a mãe biológica da irmã lhe entregasse seu manto. Na ausência de Zāla, foi Chassar que o colocou em seus ombros. Ele o prendeu com um broche pouco abaixo do pescoço e, quando envolveu seu rosto com as mãos, Ead retribuiu o sorriso dele.

Ela estendeu a mão direita. A Prioresa colocou o anel de prata, adornado com uma flor de cinco pétalas de pedra-do-sol. O anel que ela se imaginou usando a vida toda.

— Que você saia pelo mundo — a Prioresa continuou —, e enfrente o fogo implacável. Hoje e sempre.

Ead puxou o brocado para mais perto da pele. O vermelho era de um tom intenso impossível de reproduzir. Apenas o sangue dragônico poderia tingir o tecido daquela forma.

A Prioresa estendeu as duas mãos, com as palmas para cima, e sorriu. Ead as segurou e se levantou, e os aplausos irromperam na câmara mortuária. Quando a Prioresa a virou para as irmãs, apresentando-a como uma Donzela Vermelha, Ead olhou por acaso para os Filhos de Siyāti. E entre eles havia um homem cujas feições eram familiares.

Era mais alto que ela. Com pernas e braços compridos e fortes. Pele negra de um tom profundo. Quando levantou a cabeça, as feições foram reveladas pela luz das velas.

Não era possível que ela estivesse vendo aquilo. Kalyba deveria ter feito alguma coisa para confundir seus sentidos. Ele estava morto. Estava perdido. Não poderia estar lá.

E mesmo assim... lá estava ele.

Loth.

7
Sul

Ead.

Ela o encarava como se estivesse diante de um fantasma.

Durante meses, ele caminhou por aqueles corredores em um estado entorpecido. Desconfiava que estivessem colocando alguma coisa em sua comida, para que se esquecesse do homem que fora outrora. Já tinha inclusive começado a se esquecer de detalhes do rosto dela — sua amiga de terras distantes.

Agora lá estava ela, com um manto vermelho, os cabelos enfeitados com flores. E parecia... plena, energizada e renovada pelo fogo. Como se tivesse passado muito tempo sem água, mas então tivesse enfim desabrochado.

Ead desviou o olhar. Como se nunca o tivesse visto na vida. A Prioresa — líder daquela seita — a conduziu para fora da câmara. A traição a princípio doeu, mas ele sabia, desde o instante em que os olhos dela faiscaram e seus lábios se abriram, que Ead estava tão surpresa quanto ele com o reencontro.

Não importava onde estivesse, ela ainda era Ead Duryan, ainda era sua amiga. De alguma forma, precisava chegar até ela.

Antes que fosse tarde demais para se lembrar disso.

Chassar estava na cama quando Ead o encontrou, lendo à luz de velas, com os óculos apoiados no nariz. Ele ergueu os olhos quando ela entrou como uma tempestade em seus aposentos.

— O que Lorde Arteloth está fazendo aqui?

Ela não fez o mínimo esforço para manter um tom de voz discreto. As sobrancelhas grossas dele se franziram.

— Eadaz, se acalme — disse ele.

— O Gavião Noturno mandou Loth para Cárscaro — Ead falou com frieza. — Por que ele está aqui?

Chassar soltou um longo suspiro.

— Foi ele que trouxe a caixa com o enigma. Recebeu das mãos da Donmata Marosa. — Chassar tirou os óculos. — Ela mandou que ele me procurasse. Depois de conhecer Jondu.

— A Donmata é uma aliada?

— Aparentemente, sim. — Chassar fechou o robe de dormir sobre o peito e deu um nó no cinto. — Lorde Arteloth não deveria estar na câmara mortuária hoje.

— Então você o manteve longe de mim de propósito.

A mentira poderia magoar vinda de qualquer um, mas era mais dolorosa por ter sido orquestrada por Chassar.

— Eu sabia que você não iria gostar — murmurou ele. — Queria contar tudo eu mesmo, depois da cerimônia. Você sabe que, quando os forasteiros encontram o Priorado, nunca mais podem ir embora.

— Ele tem família. Nós não podemos simplesmente...

— Podemos, sim. Pelo Priorado. — Com gestos lentos, Chassar se levantou da cama. — Se nós o deixássemos partir, ele contaria tudo a Sabran.

— Não se preocupe quanto a isso. O Gavião Noturno jamais vai deixá-lo voltar para a corte — disse Ead.

— Eadaz, me escute. Arteloth Back é um devoto do Impostor. Talvez tenha sido bondoso com você, mas nunca seria capaz de *entender* quem você é. Não vá me dizer que você passou a gostar de Sabran Bereth...

— E se eu gostar?

Chassar observou seu rosto. A boca parecia uma fenda perdida no meio da barba.

— Você ouviu as blasfêmias dos inysianos — disse ele. — Sabe o que fizeram com a memória da Mãe.

— Foi você quem me disse para me aproximar dela. É alguma surpresa que eu tenha feito isso? — rebateu ela. — Você me deixou por minha própria conta naquela corte por quase uma década. Eu era uma forasteira. Uma convertida. Se não encontrasse pessoas de quem pudesse me aproximar para tornar a espera suportável...

— Eu sei. E vou me arrepender disso pelo resto da vida. — Ele pôs a mão em seu ombro com um gesto carinhoso. — Você está cansada. E irritada. Podemos conversar de manhã.

Ela quis retrucar, mas aquele era Chassar, que ajudara os Filhos de Siyāti a criá-la, que a fizera rir até chegar à beira de lágrimas quando era pequena, que cuidara dela quando Zāla morrera.

— Nairuj me contou que a Prioresa vai me passar uma nova tarefa em breve — disse Ead. — Quero saber o que é.

Chassar massageou o nariz entre os olhos. Ela ficou à espera da resposta, com as mãos na cintura.

— Você defendeu Sabran de Fýredel quase nove anos depois de ter ido embora da Lássia. Esse vínculo profundo com a árvore, que resiste ao tempo e à distância, é uma coisa rara. Muito rara. — Ele se afundou de volta na cama. — A Prioresa quer fazer um bom uso disso. Ela pretende mandá-la para as terras que ficam além do Portão de Ungulus.

O coração dela disparou.

— Com qual propósito?

— Uma irmã relatou os boatos que circulam em Drayasta. Um grupo de piratas afirma que Valeysa botou um ovo em algum lugar do Eria durante a Era da Amargura — explicou Chassar. — A Prioresa quer que você o encontre e o destrua. Antes que possa ser chocado.

— Ungulus. — Ead perdeu a sensação em boa parte do seu corpo. — Talvez eu fique longe durante anos.

— Sim.

O Portão de Ungulus marcava o limite do mundo conhecido. Para além dele, o continente sulino não era mapeado. Os poucos exploradores que se aventuraram por lá descreveram um ermo sem fim, chamado Eria — com desertos salinos ofuscantes, um sol brutal e nem uma única gota-d'água. Se alguém conseguiu atravessá-lo alguma vez, não voltou vivo para contar a história.

— Sempre existiram boatos circulando em Drayasta. — Ead caminhou a passos lentos até a varanda. — Pela Mãe, o que foi que eu fiz para merecer *mais um* exílio?

— Essa é mesmo uma missão urgente — disse Chassar —, mas sinto que ela a escolheu não só por sua resistência, mas também porque essa incumbência faria você voltar sua atenção de novo para o Sul.

— Então a minha lealdade está sendo questionada.

— Não — disse Chassar em um tom mais gentil. — Ela simplesmente acha que você pode se beneficiar dessa jornada. Assim terá a chance de recordar qual é seu propósito, e eliminar as impurezas da sua mente.

A Prioresa a queria o mais longe possível da Virtandade, para que não visse quando o turbilhão do caos se instaurasse por lá. Esperava que, quando voltasse, Ead já tivesse deixado de acreditar que algum lugar além do Sul importava.

— Só existe uma alternativa.

Ead o olhou por cima do ombro.

— Pois diga.

— Você pode oferecer a ela uma criança. — Chassar a encarou. —

Precisamos de mais guerreiras para o Priorado. A Prioresa acredita que sua descendência herdaria seu vínculo com a árvore. Faça isso, e ela pode mandar Nairuj mais para o sul em vez disso, depois que der à luz.

A mandíbula de Ead até doeu por causa do riso seco que precisou segurar.

— Para mim, isso não é uma alternativa — respondeu ela.

Ela saiu pisando duro do quarto.

— Eadaz — Chassar gritou atrás dela, mas Ead não olhou para trás. — Aonde você vai?

— Falar com ela.

— Não.

Em questão de instantes, ele a alcançou no corredor, e estava diante dela.

— Eadaz, olhe para mim. A decisão está tomada. Se você resistir, ela só vai aumentar ainda mais seu tempo longe daqui.

— Eu não sou uma criança que precisa de um castigo para pensar no que fez de errado. Sou uma...

— O que está acontecendo?

Ead se virou. A Prioresa, com suas vestes resplandecentes de seda cor de ameixa, estava parada diante da entrada do corredor.

— Prioresa. — Ead foi até ela. — Eu imploro para que não me envie para essa tarefa além de Ungulus.

— Já está tudo acertado. Há muito tempo desconfiamos que os Altaneiros do Oeste têm um ninho — disse a Prioresa. — A irmã que o destruir precisa ser capaz de sobreviver sem o fruto. Tenho certeza de que você fará isso para mim, filha. Que servirá à Mãe mais uma vez.

— Não é assim que eu deveria servir à Mãe.

— Você não está disposta a aceitar nada que não seja seu retorno a Inys. Está determinada a isso. Portanto, precisa ir além do Portão de Ungulus, para se lembrar de quem você é.

— Eu sei muito bem quem sou — esbravejou Ead. — Só não sei por que, nos anos em que estive ausente, esta nossa casa se tornou incapaz de enxergar além do próprio umbigo.

Pelo silêncio que se seguiu, ela percebeu que tinha ido longe demais.

A Prioresa a encarou por um bom tempo, tão imóvel que poderia ser uma estátua de bronze.

— Se pedir mais uma vez para se abster de seu dever, serei obrigada a confiscar o seu manto — respondeu ela por fim.

Ead não conseguiu dizer nada. Um calafrio percorreu seu corpo.

A Prioresa se fechou em seu solário. Chassar olhou feio para Ead antes de se afastar, deixando-a sozinha e trêmula.

Uma sociedade tão antiga e tão secreta precisava ser administrada com toda a cautela e rigidez. E Eadaz du Zāla uq-Nāra estava sentindo na pele o que aquilo significava.

O trajeto de volta para o quarto foi como um borrão. Ela caminhou até a varanda e contemplou o Vale de Sangue mais uma vez. A laranjeira estava linda como sempre. De uma perfeição de abalar a alma.

A Prioresa não impediria a queda de Inys. Quando a Virtandade fosse corroída por dentro pela guerra civil, seria uma presa fácil para o Rei de Carne e Osso e o Exército Dragônico. Ead não conseguia digerir isso.

O vinho do sol ainda estava em sua mesinha de cabeceira. Ela bebeu o que sobrou, tentando acalmar seus tremores de raiva. Depois de entornar tudo, ficou olhando para a taça. E, quando a virou em suas mãos, alguma coisa despertou sua memória.

O par de cálices. O símbolo ancestral da Cavaleira da Justiça. E de sua descendência.

Crest.

Descendente da Cavaleira da Justiça. Aquela que equilibrava os cálices da culpa e da inocência, do apoio e da oposição, da virtude e do vício. Uma servidora leal da coroa.

O PRIORADO DA LARANJEIRA — A RAINHA

Aquela que exercia a função do *Copeiro*.

Igrain Crest, que nunca aceitara Aubrecht Lievelyn. Cujos criados assumiram o controle da Torre da Rainha enquanto Ead fugia de lá, sob o pretexto de proteger Sabran.

Ead se agarrou à balaustrada. Loth tinha mandado um alerta de Cárscaro. *Cuidado com o Copeiro*. Ele estava investigando o desaparecimento do Príncipe Wilstan, que por sua vez suspeitava do envolvimento dos Vetalda no assassinato da Rainha Rosarian.

Será que Crest tinha tramado a morte precoce da Rainha Rosarian, deixando uma menina no trono de Inys?

Uma rainha que precisaria de uma tutora antes de chegar à maioridade. Uma jovem princesa que Crest se incumbira de moldar...

Mesmo com a ideia ainda não inteiramente formada, o instinto de Ead lhe dizia que era a verdade. Estava tão cega de ódio por Combe, tão decidida a responsabilizá-lo por tudo o que acontecia em Inys, que deixara de ver o que estava bem diante de seus olhos.

Como seria conveniente para você poder colocar a culpa de tudo o que acontece de errado em mim, Combe dissera.

Se a responsável fosse *mesmo* Crest, então Roslain poderia estar envolvida. Talvez sua lealdade a Sabran tivesse se perdido, junto com a criança que não nascera. A família inteira poderia estar conspirando para usurpar o trono.

E tinha a Torre da Rainha sob seu controle.

Ead andava de um lado para o outro na escuridão. Apesar do calor carregado de umidade da Bacia Lássia, ela estava tão gelada que seu queixo tremia.

Se voltasse para Inys, Ead seria expulsa do Priorado. Seu nome seria proscrito, e desistiria da vida que tinha.

Se *não* voltasse para Inys, abandonaria toda a Virtandade à própria sorte. Aquilo parecia uma traição a tudo o que ela considerava como o correto, tudo o que o Priorado representava. Ead devia lealdade à Mãe, e não a Mita Yedanya.

Era preciso seguir a chama que queimava em seu coração. A chama que a árvore lhe concedera.

Aquela conclusão sobre o que precisava fazer dilacerou sua alma. Ela sentiu o gosto de sal nos lábios. As lágrimas escorreram do queixo e caíram em gotas gordas.

Ela nascera naquele lugar. Ela pertencia àquele lugar. Tudo o que sempre quisera, durante toda a vida, era um manto vermelho. O manto que precisaria deixar para trás.

Ela daria continuidade à obra da Mãe. Em Inys, poderia terminar o que Jondu começara.

Ascalon. Sem a espada, não haveria como derrotar o Inominado. As Donzelas Vermelhas a procuraram por um tempo. Kalyba a procurara. Tudo em vão.

Nenhuma delas estava de posse da joia minguante.

As duas formas de magia são atraídas principalmente pelas forças que são suas semelhantes, mas também pelas forças opostas.

A joia só podia ser feita de sterren. Ascalon poderia reagir a ela, que por sua vez faria o mesmo.

Ead olhou para a laranjeira, com a garganta ardendo. Ela se ajoelhou e rezou para ter tomado a decisão certa.

―

Aralaq a encontrou lá de manhã, quando o sol já queimava no céu azul-perolado.

— Eadaz.

Ela se virou para olhá-lo, com os olhos vermelhos pela falta de sono. A língua dele passeou pelas bochechas dela.

— Meu amigo — disse ela. — Preciso da sua ajuda. — Ela segurou o rosto dele com as mãos. — Lembra que eu alimentava você, quando era filhote? Que cuidava de você?

Os olhos cor de âmbar dele pareciam capturar a luz do sol.

— Sim — disse ele.

Claro que ele se lembrava. Os ichneumons não se esqueciam da primeira mão que os alimentara.

— Tem um homem aqui, entre os Filhos de Siyāti. O nome dele é Arteloth.

— Sim. Fui eu quem o trouxe para cá.

— Você fez bem em salvá-lo. — Ela engoliu em seco, sentindo um nó na garganta. — Preciso que você o tire do Priorado e o leve para a abertura da caverna na floresta, depois do pôr do sol.

Ele a encarou.

— Você está indo embora.

— Eu preciso.

As narinas dele se alargaram.

— Vão seguir você.

— É por isso que eu preciso da sua ajuda. — Ela acariciou as orelhas dele. — Você precisa descobrir onde a Prioresa guarda a joia branca que tirou do meu aposento.

— Você é uma tola. — Ele roçou a testa dela com o focinho. — Sem a árvore, vai definhar. Assim como todas as irmãs.

— Então que eu definhe. É melhor do que não fazer nada.

Ele bufou.

— Mita leva a joia consigo — rugiu ele. — Consigo sentir o cheiro nela. Tem o cheiro do mar.

Ead fechou os olhos.

— Eu darei um jeito.

8

Leste

As praias da Ilha da Pluma foram inundadas pelo mar. Tané passara horas com o Erudito Ivara enquanto o chão tremia, tornando qualquer leitura impossível.

O Erudito Ivara conseguia ler, claro. O mundo poderia acabar e ele ainda encontraria um jeito de continuar lendo.

Depois da inundação, um silêncio terrível se seguiu. Todos os pássaros da floresta perderam a voz. Foi quando os acadêmicos começaram a avaliar os estragos produzidos pelos tremores. A maioria escapou ilesa, mas dois homens foram arremessados de cima dos penhascos. O mar ainda não tinha devolvido seus corpos, mas um outro cadáver apareceu um dia depois.

O cadáver de um dragão.

Tané tinha ido com o Erudito Ivara ver o deus sem vida ao entardecer. Os degraus eram um obstáculo difícil para a perna de ferro dele, e os dois demoraram um bom tempo para chegar à praia, mas ele estava determinado a ir, e Tané permanecera o tempo todo ao seu lado.

Eles encontraram a jovem dragoa seiikinesa estendida sobre a areia, a boca aberta e frouxa. As bicadas dos pássaros já tinham tirado o lustro de suas escamas, e a névoa se agarrava aos seus ossos expostos. Tané estremecera com aquela visão, e por fim, quando não conseguiu mais suportar, deu as costas, desolada pelo luto.

O PRIORADO DA LARANJEIRA — A RAINHA

Nunca vira a carcaça de um dragão antes. Era a coisa mais terrível que seus olhos já haviam testemunhado. A princípio, pensaram que a pequena fêmea fora abatida em Kawontay, e os restos mortais abandonados no mar — Tané pensou em Nayimathun e sentiu o estômago revirar —, mas o corpo estava intacto, com todas as escamas e dentes e garras.

Os deuses não se afogavam. Eles e a água eram uma coisa só. No fim, os eruditos concluíram que a dragoa morrera porque tinha sido fervida.

Fervida viva no próprio mar.

Não havia nada mais antinatural. Nenhum agouro poderia ser mais sinistro do que aquele.

Mesmo se todos os acadêmicos juntassem suas forças, não teriam conseguido mover a dragoa. Ela precisaria ser deixada para se decompor até todos os indícios de sua existência desaparecessem. No fim, só o que restariam seriam ossos iridescentes.

A assistência médica chegou enquanto Tané estava varrendo folhas secas com três outros acadêmicos, que trabalhavam em silêncio. Alguns estavam às lágrimas. A dragoa morta deixara todos em estado de choque.

— Acadêmica Tané — chamou o Erudito Ivara.

Ela foi andando atrás dele como uma sombra pelos corredores.

— A assistência médica enfim chegou. Acho que ela pode querer examinar sua cicatriz — disse ele. — Moyaka é praticante da medicina seiikinesa e mentendônia.

Tané deteve o passo.

Moyaka. Ela conhecia aquele nome.

O Erudito Ivara se virou para olhá-la, com a testa franzida.

— Acadêmica Tané, você parece aflita.

— Eu não quero falar com esse médico. Por favor, eminente Erudito Ivara. O Doutor Moyaka... — Ela sentiu o estômago se embrulhar.

— Ele tem relações com uma pessoa que me ameaçou. Que ameaçou a minha dragoa.

Tané era capaz de ver Roos diante dela na praia. Com um sorriso ardiloso, dizendo que ela precisaria mutilar sua dragoa e perder tudo o que tinha. Moyaka hospedara aquele monstro em sua casa.

— Sei que seus últimos dias em Seiiki foram infelizes, Tané — disse o Erudito Ivara em um tom gentil. — E também sei como é difícil se desvencilhar do passado. Mas, na Ilha da Pluma, isso é uma *necessidade*.

Ela observou o rosto enrugado do erudito.

— E o que você sabe do meu passado? — sussurrou ela.

— Tudo.

— Quem mais sabe?

— Só eu e o ilustríssimo Erudito Mor.

Aquelas palavras a fizeram se sentir exposta como se estivesse nua. No fundo, ela mantinha a esperança de que a Governadora de Ginura não revelaria a ninguém o motivo de seu banimento de Seiiki.

— Se tem certeza de que não quer assistência médica, é só me dizer mais uma vez que eu a levo de volta para seu quarto — disse o Erudito Ivara.

Ela não tinha a menor vontade de falar com o Doutor Moyaka, mas também não queria envergonhar o Erudito Ivara se comportando como uma criança.

— Eu falarei com ele — disse Tané.

— Ela — corrigiu o Erudito Ivara.

Uma mulher seiikinesa de compleição robusta a aguardava na sala de convalescência, onde uma fonte de água quente borbulhava. Tané nunca a vira antes, mas era óbvio que se tratava de uma parente do Doutor Moyaka que conhecera em Ginura.

— Bom dia, honorável acadêmica. — A mulher fez uma reverência. — Fui informada de que você tem um ferimento na lateral do corpo.

— Um ferimento antigo — explicou o Erudito Ivara, enquanto Tané retribuía a reverência. — Um inchaço que ela tem desde criança.

— Compreendo. — A eminente Doutora Moyaka deu um tapinha nas esteiras, onde havia um cobertor estendido e um travesseiro. — Abra sua túnica, por favor, honorável acadêmica, e se deite.

Tané obedeceu.

— Me diga uma coisa, Purumé — o Erudito Ivara falou para a médica. — Houve mais algum ataque da Frota do Olho de Tigre em Seiiki?

— Que eu saiba, desde a noite em que apareceram em Ginura, não mais — Moyaka respondeu com um tom pesaroso. — Mas eles voltarão em breve. A audácia da Imperatriz Dourada só cresce.

Tané precisou se segurar com todas as forças para não se encolher ao sentir o toque dela. O inchaço ainda estava sensível.

— Ah, aqui está. — Moyaka apalpou em volta do caroço. — Quantos anos você tem, honorável acadêmica?

— Vinte — respondeu Tané, baixinho.

— E teve isso a vida toda.

— Desde criança. Meu eminente professor disse que eu fraturei uma costela uma vez.

— E dói?

— Às vezes.

— Humm. — Moyaka sentiu o inchaço com dois dedos. — Pelo que parece, provavelmente é um esporão ósseo, nada muito preocupante, mas eu gostaria de fazer uma pequena incisão. Só para ter certeza. — Ela abriu uma maleta de couro. — Precisa de alguma coisa para a dor?

A antiga Tané teria recusado, mas tudo o que ela queria desde que chegara na ilha era não sentir mais nada. Esquecer-se de quem era.

Um acadêmico mais jovem trouxe gelo das cavernas, enrolado em lã para manter a temperatura. Moyaka preparou a droga, que Tané inalou de um cachimbo. A fumaça deixou a garganta ardendo. Quando chegou ao peito, espalhou uma doce e obscura sensação de conforto pelo corpo, que ficou parecendo ser metade pluma e metade pedra, afundando enquanto seus pensamentos se tornavam cada vez mais leves.

O peso da vergonha evaporou. Pela primeira vez em semanas, ela respirou tranquila.

Moyaka pressionou o gelo contra sua lateral. Quando Tané não estava sentindo mais quase nada no local, a médica apanhou um instrumento, passou na água fervida e deslizou o gume afiado logo abaixo do caroço.

Ela sentiu uma dor distante. Um espectro de dor. Tané colou a palma das mãos ao chão.

— Está tudo bem, criança? — perguntou o Erudito Ivara.

A visão dela mostrava três dele. Tané assentiu, e o mundo todo pareceu balançar junto com sua cabeça. Moyaka abriu a incisão.

— Isso é... — Ela piscou algumas vezes, confusa. — Estranho. Muito estranho.

Tané tentou erguer a cabeça, mas o pescoço estava mole como uma folha de relva. O Erudito Ivara pôs uma das mãos em seu ombro.

— O que é, Purumé?

— Não tenho como saber até remover — foi a resposta intrigada dela. — Mas... bem, parece ser...

Sua descoberta foi interrompida por um estrondo do lado de fora.

— Outro tremor de terra — disse o Erudito Ivara. A voz dele parecia muito, muito distante.

— Não parece ser um tremor de terra. — Moyaka parecia tensa. — Que o Grande Kwiriki nos ajude...

Um brilho forte entrou pela janela. O chão estremeceu, e alguém gritou *fogo*. Instantes depois, a mesma voz soltou um grito de gelar a espinha antes de ser abruptamente interrompida.

— Cuspidores de fogo. — O Erudito Ivara já estava de pé. — Tané, depressa. Precisamos nos abrigar na ravina.

Cuspidores de fogo. Há séculos que não havia cuspidores de fogo no Leste...

Ele apoiou o braço dela nos ombros magros e a levantou das esteiras. Tané cambaleou. A mente estava longe, mas ela estava lúcida o bastante para se mexer. Descalça e entorpecida, atravessou os corredores com o Erudito Ivara e a Doutora Moyaka até o refeitório, onde ele abriu uma porta de correr para o pátio. Os demais acadêmicos estavam a caminho da floresta.

Os cheiros de chuva e de fogo se misturavam ao redor dela. O Erudito Ivara apontou para a ponte.

— Atravesse. Há uma caverna do outro lado. Espere por mim lá dentro, e vamos descer juntos — instruiu o Erudito Ivara. — A Doutora Moyaka e eu precisamos verificar se ninguém foi deixado para trás. — Ele a empurrou de leve. — Vá, Tané. Depressa!

— E mantenha a compressão sobre o ferimento — gritou a Doutora Moyaka em seguida.

Tudo se movia como se ela estivesse dentro d'água. Tané saiu correndo, mas parecia que estava atravessando uma correnteza.

A ponte ficava próxima do Pavilhão da Veleta. Ela estava bem perto quando sentiu uma sombra alada acima de si, e um calor nas costas. Tané tentou acelerar a corrida, mas a exaustão a deixou letárgica e, a cada passo, a incisão vertia mais sangue. A dor estava golpeando a armadura acolchoada em que a droga a envolvera.

A ponte atravessava a ravina perto das Cataratas de Kwiriki. Um erudito já estava encaminhando um grupo de acadêmicos na travessia. Tané foi cambaleando atrás, com a mão espalmada sobre o flanco.

Sob a ponte ficava uma queda fatal para o Caminho do Ancião, onde as copas das árvores se erguiam em meio à neblina.

Mais uma sombra pairou do alto. Ela tentou gritar um alerta para os outros acadêmicos, mas a língua parecia uma bola de pano em sua boca. Uma bola de fogo acertou a cobertura da ponte. Segundos depois, uma cauda com espinhos a transformou em uma explosão de detritos. A madeira rangeu e rachou abaixo dos pés deles. Tané quase caiu ao parar, sem correr para a ponte. Impotente, viu a estrutura estremecer e um buraco se abrir bem no meio da passagem. Um terceiro cuspidor de fogo destruiu um dos pilares de sustentação. Silhuetas sem rosto gritavam enquanto escorregavam para a beirada e mergulhavam para a morte.

As chamas consumiam os corpos e a madeira. Outra seção da ponte desmoronou, como uma pilha de lenha em uma lareira. O vento rugia no rastro das batidas das asas.

Não havia escolha. Ela precisaria pular o buraco. Tané correu para a ponte, com os olhos ardendo por causa da fumaça, enquanto os cuspidores de fogo preparavam um segundo ataque.

Antes que chegasse à abertura, os joelhos cederam. Ela rolou para amortecer a queda, e a pele se rasgou como papel molhado. Chorando de agonia, ela levou a mão ao flanco — e o caroço, que ela carregava consigo há anos, escapou pelo corte aberto em seu corpo. Estremecendo, Tané viu o que estivera dentro dela.

Uma joia. Suja de sangue, e mais ou menos do tamanho de uma avelã. Uma estrela aprisionada em uma pedra.

Não havia tempo para ficar aturdida. Mais cuspidores de fogo estavam chegando. Enfraquecida pela dor, Tané fechou a mão em torno da joia. Enquanto se esforçava para atravessar a ponte, cada vez mais zonza, alguma coisa se chocou contra a cobertura e pousou bem diante dela.

Tané se viu frente a frente com um pesadelo.

Tinha a aparência e o cheiro de algo expelido por uma erupção vulcânica. No lugar onde deveriam ficar os olhos estavam carvões em brasas. As escamas eram pretas como cinzas. O vapor sibilava onde a chuva atingia o couro. Duas pernas musculosas sustentavam a maior parte do peso, e as juntas das garras terminavam em ganchos ferozes — e aquelas *asas*. Eram as asas de um morcego. Uma cauda de lagarto chicoteava mais atrás. Mesmo com a cabeça baixa, era muito maior que ela, com os dentes expostos e manchados de sangue.

Tané estremeceu sob aquele olhar. Não tinha uma espada nem uma alabarda à mão. Nem mesmo uma adaga para cravar em um dos olhos. Em outros tempos, ela poderia rezar, mas deus nenhum ouviria uma ginete caída em desgraça.

O cuspidor de fogo rugiu um desafio. Um brilho acendeu na garganta dele, e Tané percebeu, como se estivesse distante, que estava prestes a morrer. O Erudito Ivara encontraria apenas seus restos carbonizados, e aquele seria seu fim.

Ela não tinha medo da morte. Os ginetes de dragões enfrentavam perigos mortais todos os dias e, desde criança, Tané sabia dos riscos que correria quando fizesse parte do Clã Miduchi. Uma hora antes, poderia até ter considerado bem-vindo aquele fim. Era melhor do que a podridão da vergonha.

No entanto, quando seus instintos disseram para se agarrar à joia — para lutar com todas as forças que lhe restavam —, ela obedeceu.

Queimava com uma frieza branca na palma da mão, e ela a estendeu na direção da fera. Uma luz cegante irrompeu de dentro da joia.

Ela segurava o próprio luar nas mãos.

Com um grito, o cuspidor de fogo se encolheu diante do brilho. Protegendo o rosto com as asas, soltou um chamado que era como guincho áspero, diversas vezes, como um corvo saudando o anoitecer.

As respostas começaram a ecoar pelo céu.

Ela chegou mais perto, ainda segurando a joia. Com um último olhar de ódio, o cuspidor de fogo rugiu mais uma vez, fazendo os cabelos de Tané voarem para longe do rosto, e levantou voo. Quando tomou o caminho do mar, seus semelhantes foram atrás e desapareceram noite adentro.

O outro lado da ponte tinha desmoronado na ravina, fazendo subir de lá uma nuvem de cinzas. Os olhos de Tané se encheram de lágrimas. Enfraquecida pela dor, ela rastejou de volta para o Pavilhão da Veleta. Metade da túnica estava encharcada de vermelho.

Ela enterrou a joia no solo do pátio. O que quer que fosse, precisava ser mantida escondida. Assim como ficara durante sua vida toda.

O teto da sala de convalescência cedera. Entre as esteiras molhadas, ela procurou pela maleta de Moyaka, e a encontrou tombada em um canto. Perto do fundo havia um rolo de fio de tripa e uma agulha curva.

O cachimbo entorpecente estava destruído. Quando ela tirou a mão da ferida, o sangue jorrou.

Com gestos desajeitados, ela colocou o fio na agulha. Em seguida, limpou o corte da melhor maneira que conseguia, mas ainda havia sujeira nas bordas. A cada toque, sua visão ficava borrada. Sentindo a cabeça girar, e a boca seca, ela vasculhou a maleta de estranhos objetos e encontrou um frasco cor de âmbar.

A pior parte ainda estava por vir. Ela precisava ficar acordada, só mais um pouco. Nayimathun e Susa tinham enfrentado sofrimentos terríveis por sua causa. Agora era a vez dela.

A agulha perfurou sua pele.

9
Sul

As cozinhas ficavam atrás da queda-d'água, logo abaixo dos solários. Quando criança, Ead adorava entrar lá às escondidas com Jondu e roubar doces de rosas de Tulgus, o cozinheiro-chefe.

A área de serviço pesado era ensolarada e sempre cheirava a especiarias. Os serventes estavam preparando arroz com nozes e frutas secas, chalotas e frango marinado com limão para a refeição noturna.

Ela encontrou Loth arrumando uma travessa de frutas com Tulgus. As pálpebras dele pareciam pesadas.

A raiz-do-sonho. Eles deviam estar tentando fazê-lo se esquecer de tudo.

— Boa tarde, irmã — disse o cozinheiro grisalho.

Ead sorriu, tentando não olhar para Loth.

— Você se lembra de mim, Tulgus?

— Sim, irmã. — Ele retribuiu o sorriso. — E não esqueço quanta comida você já roubou daqui.

Os olhos dele tinham o tom amarelo-claro de amendoim. Talvez tivesse sido ele quem dera a Nairuj seus olhos.

— Já sou mais crescidinha. Agora eu venho pedir. — Ead baixou o tom de voz e chegou mais perto. — Nairuj disse que você me daria um pouquinho do vinho do sol da Prioresa.

— Humm. — Tulgus enxugou as mãos marcadas com manchas da

idade com um pano. — Só uma tacinha. Considere um presente de boas-vindas da parte dos Filhos de Siyāti. Vou mandar entregar nos seus aposentos.

— Obrigada.

Loth a olhava como se ela fosse uma desconhecida. Ead precisou se segurar com todas as forças para não o encarar de volta.

Enquanto saía, ela espiou os potes onde ficavam guardadas as ervas e especiarias. Quando notou que Tulgus estava ocupado, Ead encontrou o jarro de que precisava, pegou uma pitada generosa do pó que continha e guardou em uma bolsinha.

Ela ainda afanou um bolo de mel de uma travessa antes de sair. Demoraria um bom tempo para ter a oportunidade de provar outro de novo.

Pelo resto do dia, ela se dedicou ao que uma Donzela Vermelha obediente faria quando estava prestes de sair em uma longa jornada. Praticou com o arco sob o olhar vigilante das Donzelas Prateadas. Cada uma de suas flechas atingiu o alvo. Entre um tiro e outro, Ead fez questão de parecer tranquila, posicionando seus projéteis sem a menor pressa. Uma gota de suor bastaria para denunciá-la.

Quando chegou ao solário, viu que seus alforjes de sela e suas armas não estavam lá. Aralaq já deveria tê-las levado.

Um calafrio a percorreu. Era a chegada a hora.

Um lugar sem volta.

Ela respirou fundo, e sentiu uma determinação férrea se estabelecer dentro de si. A Mãe não ficaria só olhando de braços cruzados enquanto o mundo pegava fogo. Eliminando os últimos vestígios de dúvida, Ead vestiu sua roupa de dormir e foi se deitar na cama, onde fingiu que estava lendo. Do lado de fora, a luz do dia começou a rescindir.

Loth e Aralaq já estariam à sua espera naquele momento. Quando escureceu por completo, houve uma batida em sua porta.

— Entre — disse ela.

Um dos homens entrou com uma bandeja. Sobre ela, duas taças e um jarro.

— Tulgus falou que você queria experimentar o vinho do sol, irmã — disse ele.

— Sim. — Ela apontou para a mesinha de cabeceira. — Deixe aqui. E abra as portas, por favor.

Enquanto ele posicionava a bandeja, Ead manteve uma expressão neutra e virou a página do livro. Enquanto o homem caminhava na direção das portas da varanda, ela tirou a bolsinha com a raiz-do-sonho de dentro da manga e esvaziou em uma das taças. Quando ele se virou, ela estava com a outra taça na mão, e a bolsinha não estava mais à vista. Ele pegou a bandeja e saiu.

O vento invadiu o solário e apagou a lamparina a óleo. Ead vestiu as roupas e botas de viagem, ainda cheias da areia do Burlah. A Prioresa deveria estar bebendo o vinho com as drogas a essa altura.

Ead pegou a única faca que não colocara na bagagem e prendeu a bainha na coxa. Quando se certificou de que não encontraria ninguém do lado de fora, cobriu o rosto com o capuz e se uniu à escuridão.

A Prioresa dormia no solário mais alto do Priorado, perto do topo da queda-d'água de onde podia ver o sol nascer sobre o Vale de Sangue. Ead parou diante da entrada arqueada da passagem. Duas Donzelas Vermelhas protegiam a porta.

O que ela fez em seguida foi uma coisa delicada. Uma habilidade antiga, que não era mais ensinada no Priorado. *Chamuscar*, era como Jondu chamava aquilo. Acender a menor chama imaginável dentro de um corpo vivo, só o suficiente para inibir a respiração. Aquilo exigia certa agilidade.

Contorcendo os dedos bem de leve, ela acendeu uma chama em cada mulher.

Fazia muito tempo que uma irmã não se voltava contra suas iguais. As gêmeas estavam despreparadas para o calor seco que subiu por suas gargantas. A fumaça se desprendia das bocas e dos narizes, emanando lufadas escuras na mente e entorpecendo os sentidos. Quando elas caíram, Ead se aproximou com passos leves e colou o ouvido à porta. Estava tudo silencioso.

Do lado de dentro, o luar entrava em filetes pelas janelas. Ela se posicionou na sombra mais penumbrosa.

A Prioresa estava na cama, cercada de véus. A taça estava na mesinha de cabeceira. Ead chegou mais perto, com o coração disparado, e olhou dentro dela.

Vazia.

O olhar dela se voltou para a Prioresa. O suor era perceptível na ponta de uma mecha de cabelos sobre seus olhos.

Ela precisou só um instante para encontrar a joia. A Prioresa a envolvera em argila e pendurara em um cordão no pescoço.

— Você deve achar que eu sou tola.

Um calafrio se espalhou no estômago de Ead, como se a ponta de uma lança tivesse se encravado lá. A Prioresa se virou.

— Por algum motivo, pressenti que não deveria beber o vinho hoje. Uma premonição concedida pela Mãe. — A mão dela se fechou em torno da joia. — Imagino que essa... rebeldia em você não seja sua culpa. Era inevitável que Inys a acabasse envenenando.

Ead não ousou se mexer.

— Você quer voltar para lá. E proteger a impostora — continuou a Prioresa. — Sua mãe biológica está em você. Zāla também acreditava que deveríamos esgotar nossos limitados recursos tentando proteger toda a humanidade. Estava sempre sussurrando no ouvido da antiga Prioresa, dizendo que deveríamos proteger todos os governantes em todas as cortes, mesmo no Leste, onde cultuam os wyrms do mar. Onde os idolatram como *deuses*. Assim como o Inominado nos obrigaria a fazer com ele. Ah, sim… Zāla queria que nós os protegêssemos também.

Alguma coisa naquele tom de voz causou um estranhamento em Ead. Continha um ódio profundo.

— A Mãe amava o Sul. Era o Sul que ela queria proteger do Inominado, e é o Sul que jurei proteger em nome dela — disse a Prioresa. — Zāla nos faria abrir os braços para o mundo e, com isso, nos deixaria expostas a golpes da espada.

Tudo porque Mita Yedanya disse a ela que eu tinha envenenado a sua mãe biológica. Kalyba dissera aquilo com um sorriso de deboche. *Como se eu precisasse me rebaixar a usar venenos.*

Mita banira a bruxa para nunca mais voltar. Uma forasteira, afinal, era um alvo fácil para ser um bode expiatório.

— Não foi a bruxa que matou Zāla. — Ead fechou a mão sobre o cabo da faca, fornecendo coragem. — Foi *você*.

Ela estava gelada até os ossos. A Prioresa ergueu as sobrancelhas.

— O que você pensa que está dizendo, Eadaz?

— Você detestava a ideia de Zāla de tentar defender o mundo além do Sul. Detestava a influência dela. E sabia que isso só cresceria quando ela fosse nomeada Prioresa. — Um arrepio percorreu sua pele. — Para controlar o Priorado… você precisava se livrar dela.

— Eu fiz isso pela Mãe.

A confissão foi brusca como tudo em Mita.

— Assassina — sussurrou Ead. — Você assassinou uma *irmã*.

Os bolos de mel. Os abraços carinhosos. Todas as suas vagas lembranças de Zāla voltaram de uma vez, e ela sentiu os olhos marejarem.

— Para *proteger* minhas irmãs, e para garantir que o Sul sempre seria defendido como necessário, eu estava disposta a qualquer coisa. — Com um suspiro quase de irritação, a Prioresa se sentou. — Proporcionei a ela uma morte tranquila. A maioria já condenara Kalyba antes mesmo que eu abrisse a boca. Era um insulto à Mãe a presença dela aqui... alguém que amava o Impostor a ponto de forjar uma espada para ele. Ela é nossa inimiga.

Ead mal conseguia ouvir. Pela primeira vez na vida, ela *sentiu* o fogo dragônico em seu sangue. A raiva era como uma fornalha na barriga, e o rugido encobria todos os outros sons.

— A joia. Me entregue, que eu vou embora em paz. — A voz soou distante até a seus próprios ouvidos. — Posso usá-la para encontrar Ascalon. Me deixe terminar o que Jondu começou, e proteger a integridade da Virtandade, não vou dizer uma palavra sobre seu crime.

— Alguém usará essa joia — foi a resposta —, mas não será você.

O movimento foi veloz como o bote de uma víbora, impossível de se esquivar. Um calor intenso se espalhou em sua pele. Ead deu um passo atrás, com a mão abaixo da garganta, onde o sangue espesso jorrava com rapidez.

A Prioresa afastou os demais véus. A lâmina em sua mão estava suja de sangue.

— Apenas a morte pode alterar o portador. — Ead olhou para o sangue em seus dedos. — Você pretende matar a filha agora, além da mãe?

— Eu não admito ver uma bênção deixada pela Mãe nas mãos de alguém que vira as costas para ela assim tão facilmente — Mita falou com toda a calma. — A joia ficará sob os ossos dela até que o Inominado represente uma ameaça para o povo do Sul. Ela *não* será usada para proteger uma impostora do Oeste.

Ela ergueu sua faca em um movimento fluido, como uma nota musical em crescendo.

— Não, Eadaz — disse ela. — Não admitirei tal coisa.

Ead encarou aqueles olhos resolutos. Seus dedos seguraram com firmeza o cabo da lâmina.

— Nós duas servimos à Mãe, Mita — disse ela. — Vamos ver qual de nós duas ela favorece.

A maior parte da luz do luar não chegava ao chão da Bacia Lássia, de tão densa que era a folhagem das árvores. Loth andava de um lado para o outro na semipenumbra, limpando o suor das mãos na camisa, tremendo como se estivesse com febre.

O ichneumon o conduzira por um labirinto de passagens antes de emergirem ali. Loth só entendeu que estava sendo resgatado quando já estavam respirando o ar quente da floresta. A bebida que vinham lhe dando enfim estava perdendo o efeito.

Agora, o ichneumon estava deitado em uma pedra ali perto, com os olhos voltados para a abertura da caverna. Loth tinha fixado a sela que eles levaram, junto com as sacolas de tecido e os cantis.

— Onde ela está?

Ele foi ignorado. Loth enxugou o lábio superior com uma das mãos e murmurou uma prece para o Cavaleiro da Coragem.

Ele não se esquecera. Tentaram arrancar aquilo dele, mas o Santo nunca deixou de estar em seu coração. Tulgus o desaconselhou a resistir, então ele rezara e esperara por sua salvação, que viera na forma da mulher que Loth conhecera como Ead Duryan.

Ela o ajudaria a voltar para Inys. Ele acreditava nisso com a mesma força com que mantinha sua crença na Cavaleira da Confraternidade.

Quando o ichneumon enfim se ergueu, foi com um rosnado. Ele se afastou para se enfiar entre as raízes das árvores e voltou carregando Ead, que estava com ar exausto. Apoiada no pescoço do ichneumon, ela carregava mais uma sacola de tecido no ombro. Loth correu até ela.

— Ead.

Ela estava coberta de sangue e suor, com os cabelos úmidos fazendo cachos sobre os ombros.

— Loth, precisamos ir agora mesmo — disse ela.

— Ajude-a a montar em mim, homem de Inys.

Loth quase morreu de susto ao ouvir aquela voz grossa. Quando se deu conta de onde tinha vindo, ficou boquiaberto.

— Você *fala* — ele conseguiu dizer.

— Sim — respondeu o ichneumon, voltando em seguida seus olhos lupinos para Ead. — Você está sangrando.

— Logo vai parar. Precisamos ir.

— As irmãs do Priorado vão vir atrás de você em breve. Os cavalos são lentos. E burros. É impossível alcançar um ichneumon, a não ser que esteja montada em um também.

Ela encostou o rosto na pelagem dele.

— Se nós formos pegos, vão matar você. Fique aqui, Aralaq. Por favor.

— Não. — Ele mexeu as orelhas. — Vou para onde você for.

O ichneumon dobrou as patas dianteiras. Ead olhou para Loth.

— Loth, você ainda confia em mim?

Ele engoliu em seco.

— Não sei se confio na mulher que você é — admitiu ele. — Mas confio na mulher que conheci.

— Então venha comigo — disse ela, colocando a mão em seu rosto. — E, se eu perder a consciência, prossiga na direção noroeste até Córvugar. — Seus dedos deixaram uma mancha no rosto dele. — Seja o que for que acontecer, Loth, não deixe que elas fiquem com isto. Mesmo se tiver que me deixar para trás.

A mão dela segurava algo amarrado em um cordão. Uma joia branca e redonda, envolvida em argila.

— O que é isso? — murmurou ele.

Ela sacudiu negativamente a cabeça.

Juntando todas as forças, Loth a colocou sobre a cela. Ele subiu em seguida, a envolveu com um braço e colou as costas dela ao seu peito, se segurando no ichneumon com a outra mão.

— Fique comigo — ele falou perto do ouvido de Ead. — Eu vou cuidar de nós até chegarmos a Córvugar. Assim como você cuidou de mim aqui.

10

Sul

Aralaq correu em alta velocidade pela floresta. Loth pensou que tinha testemunhado toda sua agilidade nos Espigões, mas ali tudo o que podia fazer era se segurar com todas as forças enquanto o ichneumon saltava raízes retorcidas e riachos e se desviava das árvores, ligeiro como uma pedra quicando sobre a superfície da água.

Ele cochilou quando Aralaq os levou mais para o norte, para longe da mata fechada. Seus sonhos o conduziram primeiro para aquele maldito túnel em Yscalin, onde Kit provavelmente ainda permanecia — depois para mais longe, de volta para a sala dos mapas de sua propriedade, onde o professor lhe ensinara sobre a história do Domínio da Lássia, com Margret sentada ao lado dele. Ela sempre fora uma ótima aluna, interessadíssima em aprender sobre as raízes ancestrais da família no Sul.

Ele tinha desistido da esperança de rever a irmã. Porém, agora, talvez houvesse uma chance.

O sol subindo e descendo. O ressoar das patas sobre a terra. Quando o ichneumon parou, Loth enfim despertou.

Ele limpou a areia dos olhos. Um lago dominava boa parte da paisagem, como uma mancha de safira sob o céu. Os olifantes d'água se banhavam na parte rasa. Além do lago ficavam os grandes picos rochosos que protegiam Nzene, e o marrom-avermelhado da terra batida ao redor. O Monte Dinduru se destacava como o mais alto, quase perfeito em sua simetria.

Por volta do meio-dia, estavam no sopé das montanhas. Aralaq subiu o pico mais próximo por uma trilha usada por animais. Quando estavam alto o suficiente para fazer suas pernas tremerem, Loth arriscou uma olhada para baixo.

Nzene estava diante deles. A capital da Lássia se abrigava nas Espadas dos Deuses, cercada por muros altos de arenito. As montanhas — mais altas e íngremes do que quaisquer outras do mundo conhecido — projetavam sombras sobre as ruas. Uma estrada imensa se estendia mais abaixo, sem dúvida uma rota comercial para o Ersyr.

Tamareiras e zimbros ladeavam as ruas, que brilhavam sob o sol. Loth viu a Biblioteca Dourada de Nzene, construída com o arenito retirado das ruínas de Yikala, que se conectava através de uma passarela com o Templo do Sonhador. Acima de todas as demais construções ficava o Palácio do Grande Onjenyu, onde a Alta Governante Kagudo e sua família residiam, destacado de todas as demais residências em cima de um promontório. O Rio Lase se bifurcava ao redor do pomar sagrado.

Aralaq farejou um abrigo sob uma rocha, profundo o bastante para protegê-los dos elementos.

— Por que estamos parando? — Loth enxugou o suor do rosto. — Ead disse para seguirmos até Córvugar.

Aralaq dobrou as patas dianteiras para que Loth pudesse desmontar.

— A lâmina com que ela foi ferida estava envenenada com uma secreção de sanguessugas do gelo. Isso impede o sangue de coagular — explicou ele. — Existe a cura para isso em Nzene.

Loth ergueu Ead da cela.

— Quanto tempo você vai demorar?

O ichneumon não respondeu. Ele lambeu a testa de Ead antes de se afastar e desaparecer.

Quando Ead se ergueu de seu mundo de sombras, o pôr do sol brilhava no horizonte. A cabeça fervilhava como um caldeirão. Ela percebeu que estava em uma caverna, mas não se lembrava de como chegara até lá.

Suas mãos foram até suas clavículas. Ao sentir a joia minguante entre elas, respirou aliviada.

Recuperá-la tinha lhe custado muito caro. Ela se lembrou do aço da lâmina, e do ardor do veneno que estava embebido, quando a tomou de Mita. O fogo espocou em seus dedos, incendiando a cama antes que ela saltasse por sobre a balaustrada para céu aberto.

Caiu como uma gata, aterrissando em um terraço do lado de fora da cozinha, que felizmente estava vazio, proporcionando uma rota de fuga desobstruída. Mesmo assim, ela quase não conseguira chegar até onde estavam Aralaq e Loth antes que suas forças se esvaíssem.

Mita merecia uma morte cruel pelo que tinha feito com Zāla, mas não seria pelas mãos de Ead. Ela não se rebaixaria a ponto de assassinar uma irmã.

Uma língua quente lambeu uma mecha de cabelos para longe de seu rosto. O nariz estava quase tocando o focinho de Aralaq.

— Onde? — perguntou ela com a voz rouca.

— Nas Espadas dos Deuses.

Não. Ela se sentou, soltando um gemido ao sentir seu corpo latejar.

— Vocês pararam. — Seu tom de voz se tornou mais áspero. — Seus tolos. As Donzelas Vermelhas...

— Era isso ou você sangraria até a morte. — Aralaq apontou com focinho para o cataplasma na barriga dela. — Você não falou que a Prioresa tinha envenenado a lâmina.

— Eu não fazia ideia.

Porém, aquilo era de se esperar. A Prioresa queria Ead morta, só não podia matá-la ela mesma para não levantar suspeitas. Era melhor retardar sua fuga com uma hemorragia, e então dizer às Donzelas Vermelhas que sua irmã recém-retornada era uma traidora e ordenar sua condenação à morte. Dessa forma, as mãos delas ficariam limpas.

Ead levantou o cataplasma. A ferida era dolorida, mas a pasta de flores de sabra sugara todo o veneno.

— Aralaq — disse ela, em inysiano —, você sabe como as Donzelas Vermelhas são velozes na caçada. — A presença de Loth fez o idioma voltar a soar natural aos seus ouvidos. — Você não deveria parar por nada.

— A Alta Governante Kagudo tem um bom estoque do remédio. Os ichneumons não deixam suas irmãzinhas morrerem.

Ead respirou fundo, para tentar se acalmar. Era improvável que as Donzelas Vermelhas estivessem vasculhando as Espadas dos Deuses ainda.

— Precisamos retomar nosso caminho em breve — falou Aralaq, lançando um olhar para Loth. — Vou verificar se é seguro.

Um silêncio se instaurou depois que ele se foi.

— Está com raiva, Loth? — Ead perguntou por fim.

Ele estava com os olhos voltados para a capital. As tochas foram acesas nas ruas de Nzene, fazendo-a brilhar como brasas mais abaixo de onde os dois estavam.

— Eu deveria — murmurou ele. — Você mentiu sobre tanta coisa. Seu nome. Seu motivo para estar em Inys. Sua conversão.

— Nossas religiões têm elementos em comum. Ambas são adversárias do Inominável.

— Você nunca acreditou no Santo. Na verdade, acreditou, *sim* — ele se corrigiu. — Mas achava que ele era um bruto e um covarde que tentou forçar uma nação inteira a aceitar sua religião.

— E exigiu se casar com a Princesa Cleolind antes de matar o monstro.

— Como pode dizer uma coisa *dessas*, Ead, depois de ir ao santuário para louvá-lo?

— Só fiz isso para sobreviver. — Percebendo que ele ainda se recusava a olhá-la, ela complementou: — Confesso que sou aquilo que você chamaria de feiticeira, mas nenhuma magia é má por si só. Apenas quem a comanda.

Ele arriscou um olhar desconfiado em sua direção.

— O que você é capaz de fazer?

— Sou capaz de deter o fogo dos wyrms. Sou imune à peste dragônica. Consigo criar barreiras de proteção. Meus ferimentos saram rapidamente. Consigo me mover pelas sombras. E sei fazer as lâminas entoarem a canção da morte como nenhum outro cavaleiro jamais conseguiu.

— Você consegue fazer fogo sozinha?

— Sim. — Ela abriu a mão, e uma chama ganhou vida sobre a palma. — Fogo natural. — Com um outro gesto, a chama se tornou prateada. — Fogo mágico, para desfazer encantamento. — Com outro movimento, a chama ficou vermelha, tão quente que fez Loth transpirar. — Fogo de wyrm.

Loth fez o sinal da espada. Ead fechou a mão, extinguindo a heresia.

— Loth, nós precisamos decidir se ainda podemos ser amigos — disse ela. — E nós precisamos ser amigos de Sabran se quisermos que este mundo sobreviva.

— Como assim?

— Existe muita coisa que você não sabe. — Aquilo para dizer o mínimo. — Sabran concebeu uma criança com Aubrecht Lievelyn, o Alto Príncipe de Mentendon. Ele foi morto. Sobre isso eu conto direito mais tarde — avisou Ead quando o olhar dele se voltou para ela. — Não muito tempo depois, um Altaneiro do Oeste deu as caras no Palácio de Ascalon. O Wyrm Branco, como vem sendo chamado. — Ela fez uma pausa. — Sabran sofreu um aborto.

— Pelo Santo — exclamou ele. — Sab... — O rosto dele se contorceu de tristeza. — Eu lamento muito por não estar lá.

— Eu gostaria que você estivesse. — Ead o observou. — Não vai haver outra criança, Loth. A linhagem dos Berethnet chegou ao fim. Os wyrms estão despertando, Yscalin está prestes a declarar uma guerra e o Inominado vai despertar em breve. Estou certa disso.

Loth parecia estar nauseado.

— O Inominado.

— Sim. Ele vai ressurgir — disse Ead —, mas não por causa do que aconteceu com Sabran. Isso não tem nada a ver com ela. Não importa se existe uma rainha em Inys ou um sol brilhando no céu, ele vai reaparecer.

O suor brotou na testa dele.

— Acho que conheço um jeito de derrotar o Inominado, mas primeiro precisamos garantir a preservação da Virtandade. Se houver uma guerra civil, o Exército Dragônico e o Rei de Carne e osso vão tomar conta de tudo em pouco tempo. — Ead pressionou o cataplasma contra a barriga. — Alguns Duques Espirituais vêm abusando de seu poder há anos. Agora que sabem que ela não vai gerar uma herdeira, acredito que vão tentar controlar Sabran, ou até usurpar seu trono.

— Pelo amor do Santo — murmurou Loth.

— Você avisou Meg sobre o Copeiro. Por acaso sabe quem é?

— Não. Eu só ouvi Sigoso falar a respeito.

— A princípio pensei que fosse o Gavião Noturno — admitiu Ead. — Mas agora tenho quase certeza de que é Igrain Crest. Os dois cálices são a insígnia dela.

— Lady Igrain. Mas Sab a ama — comentou Loth, visivelmente perplexo. — Além disso, todos os que têm a Cavaleira da Justiça como padroeira usam os dois cálices... e o Copeiro conspirou com o Rei Sigoso para matar a Rainha Rosarian. Por que Crest faria uma coisa dessas?

— Não sei — respondeu Ead com sinceridade. — Mas ela recomendou que Sabran se casasse com o Caudilho de Askrdal. Sabran escolheu

Lievelyn em vez dele, e então o Alto Príncipe foi assassinado. E os assassinos...

— Foi *você* que os matou?

— Sim — respondeu Ead, pensativa. — Mas não sei se eles estavam mesmo dispostos a matar. Talvez sempre tenha sido a intenção de Crest que fossem pegos. A cada invasão, Sabran ficava mais apavorada. Um medo quase constante da morte era seu castigo por resistir à gravidez.

— E a Rainha Mãe?

— Havia um rumor persistente na corte de que a Rainha Rosarian ia para a cama com Gian Harlowe enquanto era casada com o Príncipe Wilstan — Ead lembrou. — A infidelidade vai contra os ensinamentos da Cavaleira da Confraternidade. Talvez Crest queira que suas rainhas sejam... obedientes.

— Então você quer montar uma ofensiva nossa contra Crest — disse ele. — Para proteger Sabran.

— Sim. E depois uma ofensiva contra um inimigo bem mais antigo. — Ead olhou para a entrada da caverna. — Ascalon pode ainda estar em Inys. Se conseguirmos encontrá-la, podemos usá-la para enfraquecer o Inominável.

Um pássaro cantou em algum lugar acima do abrigo dos dois. Loth lhe passou um cantil de sela.

— Ead, você não acredita nas Seis Virtudes. — Ele a olhou bem nos olhos. — Por que arriscar tudo o que tem por Sabran?

Ela deu um gole na água.

Era uma pergunta que já deveria ter feito a si mesma há muito tempo. Seus sentimentos haviam surgido como uma flor em uma árvore. Primeiro como um broto delicado... e depois, do nada, desabrochando para nunca mais se fechar.

— Eu percebi que ela precisou engolir uma história praticamente desde o dia em que nasceu — Ead falou depois de um instante de silêncio.

— Ela nunca aprendeu outra forma de viver ou de ser. E mesmo assim, vi que, apesar de tudo, uma parte dela era genuína. Essa parte, que a princípio parecia pequena, foi forjada no fogo de suas próprias forças, e não sucumbiu aos limites da jaula em que ela foi colocada. E eu entendi... que essa parte era feita de aço. E era quem Sabran de fato é. — Ead o encarou. — Ela vai ser a rainha que Inys precisa nos dias que estão por vir.

Loth foi se sentar ao seu lado. Quando seus cotovelos se tocaram, ela ergueu os olhos.

— Fico feliz com o nosso reencontro, Ead Duryan. — Ele fez uma pausa. — Eadaz uq-Nāra.

Ead apoiou a cabeça no ombro dele. Com um suspiro, ele a abraçou. Aralaq voltou naquele momento, dando um susto nos dois.

— O grande pássaro se aproxima — disse ele. — As Donzelas Vermelhas estão por perto.

Loth ficou de pé imediatamente. Uma estranha calma tomou conta de Ead quando e ela se levantou e pegou seu arco e flecha.

— Aralaq, vamos atravessar as terras calcinadas até Yscalin. Não podemos parar até chegar a Córvugar.

Loth montou. Ead lhe entregou o manto e, quando subiu na sela, ele o usou para envolveu os dois.

Aralaq foi descendo para o sopé da montanha e saiu de sua sombra para contemplar o lago, que Parspa sobrevoava em silêncio.

A escuridão era suficiente para dar cobertura à fuga. Eles seguiram à sombra das demais montanhas da cadeia das Espadas dos Deuses. Quando não havia mais onde se esconder, Aralaq saiu em disparada.

As terras calcinadas da Lássia, onde outrora ficara a cidade de Jotenya, se estendiam pelo norte da nação. Durante a Era da Amargura, o lugar fora destruído pelo fogo inteiramente, mas uma nova relva já crescera no local, e árvores esparsas de folhas largas tinham se erguido das cinzas.

O terreno começou a mudar. Aralaq ganhou velocidade, até suas patas estarem praticamente voando sobre a relva amarela. Ead se agarrou à pelagem dele. A barriga ainda doía, mas era preciso se manter alerta, estar preparada. Os outros ichneumons já deviam ter sentido o cheiro deles a essa altura.

As estrelas brilhavam em espirais acima deles, como brasas em um céu tão escuro que parecia carbonizado. Bem diferente daquelas que salpicavam o céu noturno de Inys.

Mais árvores despontavam do chão. Os olhos dela estavam secos por causa do vento. Atrás dela, Loth tremia. Ead apertou o manto com mais força ao redor dos dois, cobrindo as mãos dele, e imaginou a embarcação que os levaria embora de Córvugar.

Uma flecha zuniu ao lado de Aralaq, errando-o por pouco. Ead se virou para ver qual era a ameaça.

Eram seis vultos. Com chamas vermelhas, cada qual em um ichneumon. O branco era o de Nairuj.

Aralaq rosnou e acelerou o ritmo. Era a hora da verdade. Reunindo todas as suas forças, Ead se desvencilhou do manto, se segurou nos ombros de Loth e saltou para trás, colando suas costas à dele.

A melhor chance que tinha era ferir os ichneumons. Aralaq era veloz mesmo em comparação com os outros de sua espécie, e ela se lembrou de Nairuj, quando mais nova, se gabando da rapidez com que a montaria era capaz de atravessar a Bacia Lássia.

Em primeiro lugar, ela esperou para se ajustar à movimentação de Aralaq. Quando captou a cadência das passadas, ela ergueu o arco. Loth esticou as mãos pelas costas, segurando-a pelos quadris, como se tivesse medo de que Ead fosse cair.

A flecha saiu rente ao relvado, com uma trajetória reta e certeira. No último instante, porém, o ichneumon branco saltou. O segundo tiro se perdeu porque Aralaq precisou desviar da carcaça de um cão selvagem.

O PRIORADO DA LARANJEIRA — A RAINHA

Eles não teriam como fugir. Nem havia como parar e lutar. Ela conseguiria enfrentar duas magas, talvez três, mas não seis Donzelas Vermelhas, não quando estava ferida. Loth seria lento demais para elas, e os outros ichneumons trucidariam Aralaq. Quando puxou a corda do arco pela terceira vez, ela fez uma oração para a Mãe.

A flecha perfurou a pata dianteira de um ichneumon, que foi ao chão, levando a Donzela Vermelha consigo.

Restavam cinco. Ela estava se preparando para atirar de novo quando uma flecha a acertou na perna. Um grito estrangulado escapou de sua garganta.

— Ead!

A qualquer momento, uma flecha acertaria Aralaq. E aquilo seria o fim para os três.

Nairuj esporeava seu ichneumon. Estava perto o bastante para Ead identificar os olhos de tom ocre e os lábios contorcidos dela. Não havia nenhum ódio naqueles olhos. Só determinação pura e fria. O olhar de uma caçadora para sua presa. Ela ergueu o arco e apontou a flecha para Aralaq.

Foi quando o fogo se espalhou sobre as terras calcinadas.

A erupção de luz quase cegou Ead. As árvores mais próximas pegaram fogo. Ela olhou para cima, em busca da origem da perturbação, e Loth deixou escapar um grito sem palavras. Vultos se moviam acima deles — silhuetas com asas e caudas parecidas com chicotes.

Wyvernins. Deviam ter saído dos Montes Baixos, famintos por carne fresca depois de séculos de hibernação. Em questão de instantes, Ead já lançara uma flecha diretamente no olho do mais próximo. Com um grito de gelar a alma, ele caiu de cabeça na relva, por pouco não acertando as Donzelas Vermelhas, que conseguiram desviar da fera.

Três delas se encarregaram de combater os wyvernins, enquanto Nairuj e mais uma continuaram a perseguição. Quando uma fera esquelética voou baixo e fechou as mandíbulas perto deles, Aralaq tropeçou. Ead se contorceu, sentindo o coração na boca, temendo uma mordida. Uma flecha roçou a lateral do corpo do ichneumon.

— Você consegue — ela disse em selinyiano. — Aralaq, continue correndo. Siga em frente.

Outro wyvernin despencou do céu e se chocou com uma palmeira diante deles. Depois da queda, com as raízes arrancadas do chão rangendo em protesto, Aralaq conseguiu desviar do caminho e passar em disparada. Ead sentiu o cheiro de enxofre do corpo da criatura que soltava um longo e derradeiro sibilo fatal.

Uma de suas perseguidoras estava ganhando terreno. Seu ichneumon era preto, com dentes afiados como facas.

Todos só viram o wyvernin quando já era tarde demais. O fogo que veio do alto consumiu a Donzela Vermelha, incendiando seu manto. Ela rolou pelo chão para apagá-lo. As chamas se espalhavam pela relva, quase alcançando Aralaq. Ead estendeu a mão.

Sua efígie deteve o calor da mesma forma como um escudo faria com uma arma. Loth soltou um berro ao sentir as chamas cada vez mais próximas. O wyvernin se afastou com um guincho, engolindo de volta seu fogo. As Donzelas Vermelhas estavam envoltas no caos, caçadas e acossadas, cercadas pelas criaturas. Ead se virou à procura de Nairuj.

O ichneumon branco estava no chão, ferido. Um wyvernin atacava Nairuj, com os dentes manchados pelo sangue de sua montaria. Sem hesitação, Ead encaixou sua última flecha no arco.

Ela acertou o wyvernin bem no coração.

Loth a puxou de volta para a sela. Ead viu Nairuj olhando para eles, com um braço sobre a barriga, antes que Aralaq os afastasse do meio das árvores, em direção da escuridão.

O cheiro de queimado era forte. Loth envolveu Ead com o manto mais uma vez. Apesar de estarem distantes, ela ainda conseguia ver as chamas nas terras calcinadas, brilhando como os olhos do Inominado. Sua cabeça tombou para a frente, e então ela não viu mais nada.

Ela acordou com Loth chamando seu nome. A relva e o fogo e as árvores tinham sumido. Em vez disso, casas construídas com fragmentos de coral apareciam em sua visão. Corvos nos telhados. E silêncio. Um silêncio completo.

Era uma cidade que havia enterrado mais almas do que as que restavam em suas ruas. Uma embarcação com velas desbotadas e uma figura de proa em forma de ave marinha em pleno voo aguardava no porto — um cais silencioso na extremidade do Oeste. O amanhecer conferia ao céu um tom delicado de rosa, e a imensidão de água escura e salgada se estendia diante deles.

Córvugar.

11
Leste

As árvores na Ilha da Pluma finalmente pararam de queimar. A chuva caiu em pingos grossos para aplacar seus galhos, que soltavam uma fumaça amarela doentia. A Menina-Sombra abandonou seu local de exílio e afundou as mãos na terra.

O cometa encerrou a Grande Desolação, mas já veio a este mundo muitas vezes antes. Certa vez, muitas luas atrás, deixou para trás duas joias celestiais, ambas infundidas com seu poder. Fragmentos sólidos do cometa.

Ela segurou a joia que estava sob sua pele, que protegeu e nutriu com o próprio corpo, e a chuva a lavou por inteiro. A lama e a água escorreram para seus pés.

Com elas, nossos ancestrais eram capazes controlar as ondas. Sua presença nos permitiu manter nossas forças por mais tempo do que antes.

A joia brilhava entre suas mãos em concha. Era de um azul-escuro como o Abismo, como o seu coração.

Elas estão perdidas há quase mil anos.

Perdidas, não. Escondidas.

Tané apertou a joia junto ao peito. No olho da tempestade, onde promessas inquebráveis foram feitas em tempos remotos e anteriores aos deuses, ela fez seu voto.

Mesmo que precisasse se dedicar até seu último dia de vida, ela encontraria Nayimathun, a libertaria do cativeiro e a presentearia com aquela joia. Mesmo que demorasse toda sua vida, ela reuniria a dragoa àquilo que lhe fora roubado.

PARTE II
O Rainhado é seu

Por que não inala
essências da lua e das estrelas,
Fortalece o espírito com preciosos textos?

— Lu Qingzi

PARTE II
O Rainha de seu

Porque não sinta
mais dos da fira y dolor amar,
ham llevado papel a quien a de mi amor.

Dante

12
Oeste

Loth estava no convés do *Pássaro da Verdade*. Ele sentiu um peso no coração ao ver Inys se aproximar cada vez mais.

Melancolia. Aquela foi a primeira palavra que lhe veio à mente quando viu a costa desolada. Parecia que nunca fora banhada pelo sol, nem ouvido uma canção feliz. Eles estavam navegando rumo à Ponta do Albatroz, o povoamento mais a oeste de Inys, o lugar que em outros tempos fora o grande centro das trocas comerciais com Yscalin. Se viajassem depressa, descansassem o mínimo possível e não encontrassem com salteadores no caminho, poderiam chegar a Ascalon dentro de uma semana.

Ead mantinha a vigília ao seu lado. Já estava parecendo bem menos cheia de vida do que na Lássia.

O *Pássaro da Verdade* passara pela Baía das Medusas a caminho de Inys. O local estava protegido por navios ancorados, mas, através de uma luneta, foi possível ver a frota naval em construção do Exército Dragônico.

O Rei Sigoso em breve estaria pronto para a invasão. E Inys precisaria ter as condições necessárias para enfrentar o ataque.

Ead não dissera nada enquanto avaliava a paisagem. Simplesmente abrira a mão na direção de cinco navios ancorados, e o fogo, aparecendo no ar, começara a rugir em seus mastros. Ela assistira ao incêndio sem nenhuma expressão no rosto, com a luz alaranjada refletindo em seus olhos.

Os pensamentos de Loth foram trazidos de volta ao presente por uma rajada de vento gelado que o fez se encolher dentro do manto.

— Inys. — Seu hálito se condensou em um vapor branco e espesso. — Nunca pensei que fosse ver meu lar novamente.

Ead pôs a mão em seu braço.

— Meg nunca perdeu a esperança de rever você — disse ela. — Nem Sabran.

Depois de um instante, ele cobriu a mão dela com a sua.

Havia uma barreira entre os dois no início da jornada. Loth não se sentia à vontade perto dela, e Ead lhe concedera espaço para ruminar a mágoa. Pouco a pouco, porém, a antiga proximidade foi voltando. Na cabine miserável que dividiam no *Pássaro da Verdade*, eles compartilharam histórias sobre os meses anteriores um para o outro.

Também evitaram conversar sobre religião. Quanto a isso, provavelmente nunca concordariam. Por ora, no entanto, compartilhavam do mesmo desejo de que a Virtandade sobrevivesse.

Loth coçou o queixo com a mão livre. Não gostava daquela barba, mas Ead dissera que eles precisariam ficar disfarçados quando chegassem a Ascalon, pois estavam ambos banidos da corte.

— Eu poderia ter queimado todos aqueles navios. — Ead cruzou os braços. — Mas preciso ser cautelosa com minha siden. Posso demorar anos para provar do fruto da laranjeira de novo.

— Você incendiou cinco — disse Loth. — São cinco a menos para Sigoso usar.

— Você parece menos receoso em relação a mim do que antes.

O anel com a flor reluziu no dedo dela. Loth vira que todas as irmãs do Priorado usavam um.

— Todos temos sombras escondidas dentro de nós. Eu aceitei as suas

— disse ele, colocando a mão sobre o anel dela. — E espero que você também aceite as minhas.

Com um sorriso cansado, ela entrelaçou os dedos com os dele.

— Com prazer.

O cheiro de peixes e algas podres foi carregado pelo vento. O *Pássaro da Verdade* atracou com certa dificuldade no porto, e os passageiros exaustos desceram para o cais. Loth estendeu o braço para ajudar Ead. Ela ficou mancando por apenas alguns dias, embora a flecha tivesse atravessado por completo sua coxa. Loth já tinha visto cavaleiros andantes chorarem por causa de ferimentos bem mais leves.

Aralaq deixaria o navio quando todos fossem embora. Ead o convocaria quando chegasse a hora.

Eles saíram do atracadouro na direção das casas. Quando Loth viu os sacos aromáticos pendurados nas casas, deteve o passo. Ead também olhava a mesma coisa.

— O que você acha que tem aí dentro? — perguntou ela.

— Flores de espinheiros e frutas vermelhas secas. Uma tradição que vem de muito antes da fundação de Ascalon. Para afastar os males que possam atingir a casa. — Loth umedeceu os lábios. — Nunca tinha visto um na vida.

A lama se agarrava às botas à medida que seguiam em frente. Em pouco tempo, todas as casas pelas quais passavam tinham um saco aromático do lado de fora.

— Você disse que isso era um costume antigo — especulou Ead. — Qual *era* a religião de Inys antes das Seis Virtudes?

— Não havia uma religião oficial, mas, pelo pouco que restou nos registros, os plebeus consideravam o espinheiro uma árvore sagrada.

Ead se recolheu a um silêncio pensativo. Eles saltaram um muro de pedras para o calçamento da rua principal.

O único estábulo do povoamento só tinha duas montarias, ambas de aparência doentia. Eles cavalgaram lado a lado. A chuva castigava suas costas enquanto atravessavam campos semicongelados e rebanhos de ovelhas encharcadas. Enquanto ainda estavam nas províncias dos Alagadiços, onde os salteadores eram raros, decidiram continuar viajando noite adentro. Ao amanhecer, Loth estava dolorido por causa da sela, mas ainda desperto.

Mais adiante, Ead conduzia sua montaria a meio galope. O corpo dela parecia tomado de impaciência.

Loth se perguntou se ela estaria correta. Se Igrain Crest estava de fato manipulando a corte inysiana de trás do trono. Moldando Sabran até onde era possível. Fazendo-a sentir medo de dormir no escuro. Afastando as pessoas que amava a cada erro que cometia. Aquele pensamento fez suas entranhas se inflamarem. Sabran sempre se espelhara em Crest durante a minoridade, e confiava nela.

Ele esporeou a montaria para alcançar Ead. Os dois passaram por um vilarejo destruído pelo fogo, onde um santuário expelia lufadas de fumaça. Os tolos tinham construído suas casas com telhados de palha.

— Wyrms — murmurou Loth.

Ead afastou os cabelos soprados pelo vento de seu rosto.

— Sem dúvida os Altaneiros do Oeste estão mandando seus lacaios para intimidar Sabran. Devem estar esperando seus mestres antes de montarem um ataque verdadeiro. Dessa vez, o próprio Inominado liderará seus exércitos.

Ao entardecer, eles chegaram a uma hospedaria pequena e impregnada de umidade nas margens do Rio Catkin. Àquela altura, Loth estava tão cansado que mal conseguia se manter sentado na sela. Eles amarraram os cavalos no estábulo e foram até o salão, trêmulos e encharcados até os ossos.

Ead manteve o capuz sobre a cabeça e foi falar com o dono do lugar. Loth sentiu a tentação de ficar no salão, ao lado da lareira crepitante, mas havia um risco grande demais de ser reconhecido.

Quando Ead conseguiu uma vela e uma chave, Loth as pegou e foi para o andar de cima. O quarto era apertado e gelado, mas um avanço em relação à cabine esquálida que ocuparam no *Pássaro da Verdade*.

Ead chegou logo em seguida com o jantar. Estava com a testa franzida.

— O que foi? — perguntou Loth.

— Escutei algumas conversas lá embaixo. Sabran não foi mais vista desde sua aparição pública com Lievelyn — contou ela. — O povo pensa que ela ainda está grávida... mas a escassez de notícias, junto com as incursões dragônicas, andam deixando os súditos inquietos.

— Você disse que ela já estava um tanto avançada na gestação quando perdeu a criança. Se ainda estivesse grávida, talvez já estaria em repouso para esperar pelo parto — argumentou Loth. — Uma justificativa perfeita para sua ausência.

— Sim. Talvez ela até tenha colaborado com isso... mas eu não acho que os traidores entre os Duques Espirituais pretendem deixá-la continuar governando. — Ead serviu a refeição e pendurou o manto para secar em uma cadeira. — Sabran previu isso. Ela está correndo um perigo mortal, Loth.

— Ela ainda é a única descendente viva do Santo. O povo não vai apoiar nenhum dos Duques Espirituais enquanto ela estiver viva.

— Ah, eu acho que apoiaria, sim. Se as pessoas soubessem que ela não vai conceber uma herdeira, os plebeus culpariam Sabran pelo despertar do Inominado. — Ead se sentou à mesa. — A cicatriz na barriga dela, e o que isso representa, custaria sua legitimidade aos olhos de muitos.

— Ela *ainda* é uma Berethnet.

— E é a última de sua linhagem.

O dono da hospedaria providenciara duas tigelas de um guisado cheio de cartilagem e um pedaço de pão velho. Loth se forçou a comer sua parte, empurrando com cerveja.

— Eu vou me lavar — disse Ead.

Enquanto ela estava ausente, Loth se deitou em seu catre e ficou ouvindo o barulho da chuva.

Igrain Crest era uma presença incômoda em seus pensamentos. Quando criança, ele a via como uma figura reconfortante. Severa, porém gentil, irradiava uma sensação de que tudo ficaria bem.

No entanto, Loth sabia que ela colocara um grande peso sobre os ombros de Sabran durante os quatro anos de sua minoridade. Mesmo antes disso, quando a amiga era só uma jovem princesa, Crest vivia martelando na cabeça dela a necessidade da temperança, da perfeição, da devoção pelo dever. Durante aqueles anos, Sabran não tinha permissão para falar com nenhuma outra criança, além de Roslain e Loth, e Crest sempre estava por perto, de olho nela. Embora o Príncipe Wilstan fosse o Protetor da Nação, estava abalado demais pelo luto para criar a filha. Crest se encarregara disso.

E houvera também um incidente. Antes da morte da Rainha Mãe.

Ele se lembrou de uma certa tarde congelante. Sabran, com doze anos de idade, na extremidade da Floresta de Chesten, fazendo uma bola de neve com as mãos enluvadas, o rosto vermelho de frio. Os dois rindo até doer a barriga. Mais tarde, subiram em um carvalho coberto de neve e se empoleiraram juntos em um galho, para a consternação dos Cavaleiros do Corpo.

Tinham subido até quase o alto da árvore, a ponto de conseguirem ver a Casa Briar. E lá estava a Rainha Rosarian em uma janela, visivelmente furiosa, com uma carta na mão.

Ao lado dela estava Igrain Crest, com as mãos atrás das costas. Rosarian saíra pisando duro. O único motivo de Loth se lembrar tão nitidamente daquela imagem era porque Sabran caíra da árvore logo em seguida.

Ead ainda demorou um tempo para voltar, com os cabelos molhados do rio. Ela tirou as botas e se acomodou no outro catre.

— Ead, você se arrepende de ter abandonado o Priorado? — perguntou Loth.

Ela manteve os olhos voltados para o teto.

— Eu não abandonei nada — disse ela. — Tudo o que eu faço é pela Mãe. Para glorificar seu nome. — Ead fechou os olhos. — Mas espero, ou rezo, que meu caminho me leve de novo para o Sul algum dia.

Diante do tom de mágoa na voz dela, Loth estendeu a mão. Com um gesto cauteloso, passou o polegar em seu rosto.

— Fico feliz que o seu caminho tenha trazido você para o Oeste hoje.

Ela retribuiu o sorriso.

— Eu senti saudades, Loth — Ead falou.

Eles retomaram a viagem antes do amanhecer, e continuaram cavalgando durante dias. Uma nevasca retardou o ritmo, e em uma noite foram abordados por salteadores, que exigiram todas as suas moedas. Caso estivesse sozinho, Loth não teria como reagir, mas Ead resistiu com tanta determinação que eles recuaram.

Não havia mais tempo para dormir. Antes mesmo que os salteadores sumissem das vistas, Ead já estava de volta à sela; Loth não tinha escolha a não ser acompanhá-la. Eles tomaram o rumo noroeste na Mata dos Corvos e galoparam pela Passagem Sul, mantendo a cabeça baixa enquanto se juntavam a carroças, comboios de cavalos e carruagens que seguiam para Ascalon. E, por fim, no meio da madrugada, eles chegaram.

Loth fez seu cavalo diminuir o passo. As torres de Ascalon eram vultos escuros contra o céu noturno. Mesmo em meio à chuva, a cidade parecia acesa como um farol, chamando seu coração para o porto seguro.

Eles cavalgaram pela Via Berethnet. A neve fresca a cobria como um lençol antes de ser amarrotado. Ao longe, estavam os portões de ferro do Palácio de Ascalon. Mesmo na penumbra, Loth conseguiu ver o estrago feito na Torre da Solidão. Ele quase não conseguia acreditar que Fýredel pousara lá.

Era possível sentir o cheiro do Rio Limber. Os sinos do Santuário de Nossa Dama ressoavam.

— Quero contornar o palácio — disse Ead. — Para ver se as defesas estão reforçadas.

Loth assentiu.

Cada distrito da cidade contava com sua própria casa da guarda. Rainhato, o mais próximo do palácio, tinha a mais imponente, alta e revestida em dourado, com entalhes mostrando as figuras de antigas rainhas. Quando se aproximaram, a rua, que geralmente era movimentada ao amanhecer, com as pessoas se dirigindo para as rogatórias, estava deserta.

A neve abaixo da casa da guarda estava escura. Quando Loth ergueu o olhar, sentiu o corpo ficar sem reação. Mais acima, duas cabeças decepadas estavam empaladas em estacas.

Uma era irreconhecível. Não sobrava muita coisa além do crânio. A outra tinha sido queimada com água fervente e piche, mas as feições em decomposição ainda eram visíveis. A podridão vazava pelas orelhas e pelo nariz. As moscas enxameavam a pele pálida.

Ele não a teria reconhecido se não fossem os cabelos. Longos e ruivos, escorrendo como sangue.

— Truyde — murmurou Ead.

Loth não conseguia tirar os olhos da cabeça. Os cabelos voando ao vento, grotescamente vivos.

Certa vez, ele, Sabran e Roslain se juntaram próximos ao fogo na Câmara Privativa e ouviram Arbella Glenn contar a respeito de Sabran V, a única tirana na história da Casa de Berethnet, que adornava cada uma das pontas do portão do palácio com a cabeça daqueles que a desagradavam. Nenhuma rainha tivera coragem de evocar seu fantasma a fazer aquilo novamente.

— Depressa. — Ead virou a montaria. — Venha comigo.

Eles cavalgaram até o Porto Sul, onde os mercadores e comerciantes de tecidos reinavam. Em pouco tempo chegaram à Rosa e Vela, uma das melhores hospedarias da cidade, onde entregaram suas montarias a um cavalariço. Loth parou para vomitar. Seu estômago estava embrulhado.

— Loth. — Ead o chamou para dentro. — Venha logo. Eu conheço a dona. Aqui ficaremos seguros.

Loth não tinha sequer uma lembrança da sensação de estar seguro. O fedor de carniça ainda estava enroscado em sua garganta.

Um criado os levou para dentro e bateu em uma porta. Uma mulher de rosto vermelho e gibão largo atendeu. Quando viu Ead, levantou as sobrancelhas de surpresa.

— Ora — disse ela quando se recuperou do susto. — É melhor vocês entrarem.

Ela os recebeu em seus aposentos. Assim que a porta se fechou, deu um abraço em Ead.

— Minha querida. Há quanto tempo — disse ela em um tom sussurrado. — Pela donzelice, o que vocês estavam fazendo nas ruas?

— Não tivemos escolha. — Ead deu um passo atrás. — Nosso amigo em comum me disse que você me ofereceria abrigo se algum dia eu precisasse.

— A promessa ainda vale. — A mulher abaixou a cabeça para Loth. — Lorde Arteloth. Bem-vindo ao Rosa e Vela.

Loth limpou a boca.

— Nós a agradecemos pela hospitalidade, estalajadeira.

— Precisamos de um quarto — disse Ead. — Tem como nos ajudar?

— Sim. Mas por acaso vocês acabaram de chegar a Ascalon?

Eles assentiram, e ela pegou um pergaminho enrolado sobre a mesa.

— Veja só — disse ela.

Ead desenrolou o pergaminho. Loth leu por cima do ombro dela.

Em nome da RAINHA SABRAN, *Sua Graça, a* DUQUESA DA JUSTIÇA, *oferece uma recompensa de dezoito mil coroas pela captura de Ead Duryan, uma sulista de nascimento inferior que se infiltrou no palácio como uma dama, a ser entregue com vida por Feitiçaria, Heresia e Alta Traição contra* SUA MAJESTADE. *Cabelos escuros cacheados, olhos castanhos-escuros. Comunicar sua presença imediatamente à guarda da cidade.*

— Os mensageiros estão lendo seu nome e sua descrição todos os dias — contou a dona da hospedaria. — Confio nas pessoas por quem passaram no pátio, mas vocês não podem falar com mais ninguém. E precisam sair da cidade assim que possível. — Ela estremeceu. — Tem alguma coisa errada no palácio. Dizem que aquela menina era uma traidora, mas não acredito que a Rainha Sabran mandaria executar alguém tão jovem.

Ead entregou de volta o pergaminho.

— Havia duas cabeças — disse ela. — De quem era a outra?

— Bess Weald. A Maligna Bess, como se referem a ela agora.

Aquele nome não significava nada para Loth, mas Ead assentiu.

— Não podemos ir embora da cidade — declarou ela. — Temos questões importantíssimas a tratar aqui.

A dona da hospedaria bufou.

— Muito bem — disse ela —, se quiserem se arriscar e ficar, eu prometi ao embaixador que a ajudaria no que precisasse. — A mulher pegou uma vela. — Venham.

Ela os conduziu escada acima. A música e os risos ecoavam no salão. A dona da hospedaria abriu uma das portas e entregou a chave a Ead.

— Vou mandar trazer a bagagem de vocês.

— Obrigada. Não vou me esquecer disso, nem Sua Excelência — disse Ead. — Também vamos precisar de roupas. E de armas, se puder conseguir.

— Claro.

O PRIORADO DA LARANJEIRA — A RAINHA

Loth pegou a vela antes de se juntar a Ead, que trancou a porta. O aposento tinha uma cama, uma lareira acesa e uma banheira de cobre cheia de água quente.

— Bess Weald era a comerciante que atirou em Lievelyn. — Ead engoliu em seco. — Isso é coisa de Crest.

— Por que ela mataria Lady Truyde?

— Para silenciá-la. Apenas Truyde, Sabran e eu sabíamos que Bess Weald estava a mando de alguém que chamam de Copeiro. E Combe — acrescentou ela depois de um instante. — Crest está encobrindo seu rastro. Minha cabeça estaria lá também, mais cedo ou mais tarde, se eu não tivesse ido embora da corte. — Ela andou em círculos pelo quarto. — Crest não teria como executar Truyde sem o conhecimento de Sabran. Certamente as condenações à morte possuem a assinatura real.

— Não. A assinatura de quem ocupa o Ducado da Justiça também é válida em condenações à morte — disse Loth. — Mas só se a rainha não puder assiná-la de próprio punho.

Aquela possibilidade pesou na mente dos dois, carregada de mau agouro.

— Temos que entrar no palácio. Esta noite — Ead disse, com a voz carregada de frustração. — Preciso conversar com uma pessoa. Em outro distrito.

— Ead, não. A cidade *inteira* está procurando você...

— Eu sei como me movimentar sem ser vista. — Ead vestiu o capuz outra vez. — Tranque a porta depois que eu sair. Quando voltar, vamos elaborar um plano. — Ela parou para beijá-lo na bochecha antes de ir embora. — Não precisa temer por mim, meu amigo.

E então ela se foi.

Loth se despiu e entrou na banheira de cobre. Só conseguia pensar nas cabeças empaladas na casa da guarda. O indício de uma nação que ele não reconhecia. Inys sem uma rainha.

Ele se esforçou ao máximo para resistir ao sono, mas os dias de cavalgada no frio cobraram seu preço. Quando caiu na cama, não sonhou com cabeças decepadas, e sim com a Donmata Marosa. Ela vinha nua até ele, com os olhos cheios de cinzas, e seu beijo tinha gosto de artemísia. *Você me abandonou*, murmurou ela. *Me deixou morrer. Assim como fez com seu amigo.*

Quando a batida na porta enfim veio, ele despertou com um sobressalto.

— Loth.

Ele correu para abrir o trinco. Ead estava lá. Loth deu um passo para o lado para deixá-la entrar.

— Nós temos como nos infiltrar — informou ela. — Vamos com os barqueiros.

Ela se referia aos tripulantes das balsas e barcaças que atravessavam o Rio Limber todos os dias, levando pessoas e mercadorias de uma margem à outra.

— Imagino que você tenha amigos entre eles.

— Só um — confirmou ela. — Um carregamento de vinho vai ser levado pela Escada Privativa para o Festim do Auge do Inverno. Ele concordou em nos levar junto com os barqueiros. Com isso, vamos poder entrar.

— E depois disso?

— Minha ideia é encontrar Sabran. — Ead o encarou. — Se preferir ficar aqui, posso ir sozinha.

— Não — disse Loth. — Nós vamos juntos.

Eles se vestiram como mercadores, armados até o pescoço por baixo dos mantos. Em pouco tempo estavam no distrito da Ponte de Fiswich, e desceram a escada para as barcaças na Rua do Delfim. Os degraus ficavam espremidos na lateral de uma taverna, a Gato Pardo, onde os barqueiros bebiam depois dos longos dias de trabalho no Limber.

A taverna dava para a muralha leste do Palácio de Ascalon. Loth seguiu Ead. As botas de cavalgada esmagavam as conchas na barranca do rio.

Ele nunca tinha colocado os pés naquela parte da cidade. O distrito da Ponte de Fiswich desfrutava da má reputação de ser frequentado por vigaristas.

Ead se aproximou de um dos homens do lado de fora da taverna.

— Meu amigo — disse ela. — Saudações.

— Mestra. — O homem era desmazelado como um rato, mas tinha olhos atentos e afiados. — Ainda desejam se juntar a nós?

— Se nos aceitarem.

— Já disse que sim. — Ele lançou um olhar para a taverna. — Espere na balsa. Preciso separar os outros dos copos.

Ali perto, a balsa em questão estava sendo carregada de barris de vinho. Loth caminhou até a beira do rio e viu as velas se acendendo nas janelas da Torre Alabastrina. Era possível ver apenas o alto da Torre da Rainha. Os aposentos reais. Estavam às escuras.

— Me diga uma coisa — ele murmurou a Ead. — Qual é o segredo do Embaixador uq-Ispad para tornar seus amigos tão prestativos?

— Chassar paga uma pensão para a dona da hospedaria. E saldou as dívidas de jogo desse homem — explicou ela. — Ele os chama de Amigos do Priorado.

O barqueiro reuniu seus parceiros, pescando-os da taverna. Quando o último barril foi posicionado na balsa, Loth e Ead embarcaram e encontraram um banco para se sentarem.

Ead sacou uma touca simples e prendeu todos os cachos sob ela. Os barqueiros assumiram cada qual um remo e puseram a embarcação em movimento.

O Limber era um rio largo e de correnteza forte. A travessia demorou um bom tempo.

A Escada Privativa dava acesso a uma porta traseira na muralha do palácio, criada para ser uma saída discreta a ser usada pela família real. Sabran nunca usou sua balsa recreativa, mas a mãe sempre saía para o rio, de onde acenava para o povo, passando os dedos na água. Loth se perguntou se a Rainha Rosarian também não usara aquela escadaria para seus encontros com Gian Harlowe.

Ele estava em dúvida se deveria acreditar naquele boato. Todas as suas crenças estavam abaladas. Talvez nada do que pensava sobre a corte fosse verdadeiro.

Ou talvez aquilo tudo fosse uma provação para sua fé.

Eles seguiram os barqueiros pelos degraus de acesso. Do outro lado da muralha, Loth viu os três cavaleiros andantes que bloqueavam a passagem. Ead o puxou para uma reentrância mais à esquerda, e eles se agacharam atrás do poço.

— Boa noite a todos — disse um dos cavaleiros andantes. — Estão com o vinho?

— Sim, senhores. — O chefe dos barqueiros tirou seu gorro. — Sessenta barris.

— Levem para a Grande Cozinha. Mas primeiro seus companheiros precisam mostrar o rosto. Tratem de tirar os capuzes e tirar os gorros.

Os barqueiros obedeceram.

— Muito bem. Sigam em frente — disse o cavaleiro andante.

Os barris foram devidamente carregados escada acima. Ead se aproximou da abertura da reentrância, mas recuou logo em seguida.

Um dos cavaleiros andantes estava descendo os degraus. Quando estendeu a tocha para o esconderijo dos dois, uma voz disse:

— O que é isso? — A chama se aproximou. — Estão desonrando a Cavaleira da Confraternidade aqui?

O PRIORADO DA LARANJEIRA — A RAINHA

Foi quando o cavaleiro andante viu Loth, e então Ead, e em meio à sombra lançada sobre seu rosto pelo elmo, Loth viu quando a boca dele abriu para dar o alarme.

Naquele instante, uma faca cortou sua garganta. Com o sangue ainda jorrando, Ead o arremessou dentro do poço.

Depois do tempo necessário para contar até três, o corpo dele atingiu o fundo.

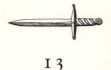

13
Oeste

Ela estava torcendo para não precisar matar ninguém no palácio. Se tivesse mais tempo, poderia ter simplesmente chamuscado o homem.

Ead pegou a tocha e a jogou no poço. Em seguida, limpou o sangue da faca.

— Encontre Meg e se esconda nos aposentos dela — disse, baixinho. — Quero fazer um reconhecimento do palácio.

Loth a encarava como se ela fosse uma desconhecida. Ela o empurrou de leve na direção dos degraus.

— Depressa. Vão começar a revistar tudo quando encontrarem o corpo.

Ele partiu.

Ead o seguiu por um tempo antes de seguir por outro caminho. Ela atravessou o pátio da macieira e se pressionou contra a parede caiada da Grande Cozinha. Esperou um destacamento de guardas passar antes de se esgueirar para a passagem que levava ao Santuário Real.

Dois outros cavaleiros andantes, ambos de sobrecota preta e armados com partasanas, guardavam a porta.

Ela chamuscou os dois. Com a bênção da Mãe, eles ficariam atordoados demais quando despertassem para relatar o ocorrido. Uma vez lá dentro, Ead se escondeu atrás de um pilar e examinou o local envolto em penumbra. Como sempre, havia muitos cortesãos reunidos para as rogatórias. As vozes se elevavam para o teto abobadado.

Sabran não estava lá. Nem Margret.

Ead notou como os fiéis estavam distribuídos pelo recinto. Normalmente, se sentavam juntos nos bancos, seguindo o espírito da confraternidade. Naquela noite, porém, havia uma facção que se destacava dos demais. Atendentes plenamente trajados. De preto e morado, com os dois cálices bordados no tabardo.

Em outros tempos, veríamos os atendentes de Combe andando por aí com as cores dele, Margret tinha lhe dito certa vez, *como se não devessem lealdade acima de tudo à sua rainha.*

— Agora — disse o Arquissantário, quando o hino terminou de ser entoado —, rezemos ao Cavaleiro da Generosidade em nome de Sua Majestade, que prefere orar em reclusão neste momento tão sagrado. Rezemos pela princesa em sua barriga, que algum dia será nossa rainha. E agradeçamos a Sua Graça, a Duquesa da Justiça, que está em vigília, cuidando de ambas com tanto afinco.

Ead se retirou do santuário tão silenciosamente quanto havia entrado. Já tinha visto o bastante.

A Casa Carnelian não ficava muito longe da Escada Privativa. Loth se esquivara de uma dupla de atendentes, ambos usando a insígnia da Duquesa da Justiça, e entrou por uma porta destrancada.

Seguiu por uma escada em espiral e saiu para um corredor que conhecia bem, decorado com retratos das Damas da Alcova que serviram rainhas mortas há tempo. Um novo retrato de Lady Arbella Glenn tinha sido pendurado em uma das extremidades.

Quando chegou à porta que procurava, ficou à escuta. Lá dentro, reinava o silêncio. Ele virou a maçaneta e entrou.

O quarto estava iluminado por velas. Sua irmã estava debruçada sobre um livro. Ao ouvir o som da porta, ficou de pé em um pulo.

— Em nome da *cortesia*... — Ela pegou a faca da mesinha, com os olhos arregalados. — Vá embora daqui, patife, ou corto você em pedacinhos. O que traz você aqui?

— O dever fraternal. — Ele abaixou o capuz. — E um medo terrível de sofrer sua ira se não viesse imediatamente.

A faca caiu das mãos dela, e os olhos se encheram de lágrimas. Ela correu até ele e o agarrou pelo pescoço.

— Loth. — Ela começou a chorar de soluçar. — Loth...

Ele a abraçou, também quase às lágrimas. Só depois de tê-la nos braços conseguiu acreditar que estava em casa.

— Eu deveria mesmo cortar você em pedacinhos, Arteloth Beck. Depois de me abandonar por tantos meses, entra aqui sorrateiro como um canalha... — Margret olhou para o rosto dele. O dela estava banhado de lágrimas. — E o que é *isso* no seu rosto?

— Sou obrigado a me defender dizendo que o Gavião Noturno é o responsável pela minha ausência. Mas não pela barba. — Ele a beijou na testa. — Conto tudo para você mais tarde, Meg. Ead está aqui.

— Ead... — A alegria faiscou nos olhos dela, mas logo se apagou. — Não. É perigoso demais para vocês dois...

— Onde está Sab?

— Nos aposentos reais, imagino eu. — Margret apertou seu ombro com uma das mãos, enquanto usava a outra para enxugar os olhos. — Dizem que está em confinamento por causa da gravidez. Só Roslain tem permissão para servi-la, e os atendentes de Crest estão o tempo todo vigiando a porta.

— Onde está Combe, no meio de tudo isso?

— O Gavião Noturno bateu asas alguns dias atrás. Stillwater e Fynch também foram embora. Só não sei se por iniciativa própria.

O PRIORADO DA LARANJEIRA — A RAINHA

— E os outros Duques Espirituais?

— Ao que parece, estão ajudando Crest. — Ela olhou pela janela. — Está vendo que não tem nenhuma luz acesa na torre?

Loth assentiu, compreendendo bem o que aquilo significava.

— Sabran não consegue dormir no escuro.

— Pois é. — Margret fechou as cortinas. — Só de pensar que ela vai ter sua criança naquele quarto sem alegria...

— Meg.

Ela se virou.

— Não vai haver uma Princesa Glorian — disse Loth, baixinho. — Sab não está mais grávida. E não vai conseguir conceber de novo.

Margret ficou imóvel.

— Como aconteceu isso? — ela perguntou por fim.

— A barriga dela foi... perfurada. Quando o Wyrm Branco apareceu. A irmã tateou em busca de seu setial.

— Agora tudo começa a fazer sentido. — Ela se sentou. — Crest não quer esperar a morte de Sabran para assumir o trono.

Ela soltou um suspiro trêmulo. Loth foi se sentar ao lado dela, dando tempo para que absorvesse aquilo tudo.

— O Inominado vai voltar. — Margret se recompôs. — Suponho que tudo o que podemos fazer é nos prepararmos para isso.

— E não podemos fazer isso se Inys estiver dividida — uma nova voz falou.

Loth se levantou com a espada em punho, mas então viu Ead na porta. Margret soltou um suspiro de alívio e foi até ela. As duas se abraçaram como irmãs.

— Eu devo estar sonhando — falou Margret, com a cabeça enterrada no ombro dela. — Você voltou.

— Você disse que nós iríamos nos encontrar de novo. — Ead a puxou mais para perto. — Não queria que passasse por mentirosa.

— Você tem muito o que se explicar. Mas tudo pode esperar. — Margret interrompeu o abraço. — Ead, Sabran está na Torre da Rainha.

Ead trancou a porta.

— Me conte tudo.

Margret repetiu exatamente o que dissera para Loth. Enquanto escutava, Ead ficou imóvel como uma estátua.

— Precisamos chegar até ela — disse por fim.

— Nós três não temos como chegar até lá — murmurou Loth.

— Onde estão os Cavaleiros do Corpo em meio a tudo isso?

Os leais guarda-costas das Rainhas de Inys. Loth não tinha nem pensado em perguntar o que acontecera com eles.

— Não vejo o Capitão Lintley há uma semana — admitiu Margret. — Alguns outros estão de guarda diante da Torre da Rainha.

— Não é o dever deles proteger Sua Majestade? — questionou Ead.

— Eles não têm nenhum motivo para acreditar que a Duquesa da Justiça lhe faria mal. Pensam que Sab está em repouso.

— Então precisamos avisar que Sabran está detida contra sua vontade Os Cavaleiros do Corpo são formidáveis. Mesmo com apenas metade deles do nosso lado, podemos esmagar a insurreição — disse Ead. — Precisamos tentar encontrar Lintley. Talvez ele esteja na casa da guarda.

— Podemos ir pela rota secreta que eu mostrei para você — disse Margret.

Ead tomou o rumo da porta.

— Ótimo.

— Espere. — Margret estendeu a mão para Loth. — Me empreste uma arma, meu irmão, ou eu vou ser tão inútil como uma tocha embaixo d'água.

Ele entregou a baselarda sem reclamar.

Margret pegou uma vela e saiu para o corredor. Ela os conduziu até o retrato de uma mulher e, quando afastou um dos lados do quadro da parede, uma passagem se revelou. Ead entrou e deu a mão para Margret. Loth recolocou o retrato no lugar atrás deles.

Uma corrente de vento apagou a vela, deixando-os às escuras. Tudo o que Loth conseguia ouvir era a respiração dos três. Então Ead estalou os dedos, e uma chama azul-prateada surgiu como uma faísca de uma pederneira. Loth trocou um olhar com a irmã enquanto Ead abrigava o fogo na palma da mão.

— Nem todo fogo deve ser temido — disse Ead.

Margret pareceu ficar tensa.

— Seria bom você fazer Crest temê-lo até o amanhecer.

Eles seguiram por um lance de escadas até chegarem a uma saída. Ead abriu uma fresta da porta.

— Tudo certo — murmurou ela. — Meg, qual é a porta?

— A mais próxima — Margret respondeu de imediato. Quando Loth ergueu as sobrancelhas, ela deu um pisão no pé dele.

Ead saiu para a passagem às escuras e tentou abrir, mas a porta não cedeu.

— Capitão Lintley? — Ela falou bem baixinho. Como não houve resposta, ela bateu. — Sir Tharian.

Depois de uma pausa, eles escutaram:

— Quem está aí?

— Tharian. — Margret se colocou ao lado de Ead junto à porta. — Tharian, sou eu, Meg.

— Meg... — Ouviu-se um praguejar baixinho. — Margret, você precisa sair daqui. Crest mandou me trancar.

Ela estalou a língua.

— Isso é um motivo para tirar você daí, seu tolo, não para ir embora.

Loth olhou para o corredor. Se alguém abrisse a porta da casa da guarda, eles não teriam onde se esconder.

Ead se ajoelhou ao lado da porta trancada. Quando dobrou os dedos, o fogo começou a pairar ao lado dela como uma vela fantasmagórica. Ela examinou a fechadura e usou a outra mão para enfiar um grampo retirado dos cachos no buraco. Quando ouviu o clique, Margret empurrou a porta devagar, tomando cuidado para não fazer as dobradiças rangerem.

Dentro do aposento, Sir Tharian Lintley estava em mangas de camisa e de calça. Todas as velas do recinto já tinham sido queimadas até o toco. Ele foi direto até Margret e colocou a mão na bochecha dela.

— Margret, você não deveria... — Ao ver Loth, ele tomou um susto e fez sua mesura em estilo militar. — Pelo Santo. Lorde Arteloth. Não fazia ideia de que estava de volta. E... — A postura dele mudou. — Mestra Duryan.

— Capitão Lintley. — Ead continuava segurando sua chama na mão. — Devo esperar que tente me prender?

Lintley engoliu em seco.

— Me perguntei até se você não seria a própria Dama do Bosque — disse ele. — Os atendentes do Secretário Principal contaram muitas histórias sobre suas feitiçarias.

— Calma. — Margret tocou no braço dele. — Eu também não entendo nada desse assunto, mas Ead é minha amiga. Ela arriscou a vida para voltar e nos ajudar. E trouxe Loth de volta para mim.

Um olhar dela foi o que bastou para acalmar Lintley.

— Combe nos mandou prender você naquela noite — ele disse para Ead. — Ele está mancomunado com Crest?

— Isso eu não sei. Ele é moralmente questionável, estamos certos disso, mas pode não ser o verdadeiro inimigo. — Ead fechou a porta. — Nós suspeitamos que Sua Majestade esteja sendo detida contra sua vontade. E que pode não haver muito tempo para chegarmos até ela.

— Eu já tentei. — Lintley parecia totalmente desesperançoso. — E vou ser banido por isso.

— O que aconteceu?

— Segundo os boatos, você era uma aliada do Rei Sigoso, e voltou para junto dele, mas, como foi logo depois do desaparecimento de Lorde Arteloth, eu pressenti uma tentativa deliberada de deixar Sua Majestade em uma posição vulnerável.

— Me conte mais — pediu Ead.

— Sua Majestade não saiu mais da Torre da Rainha desde que o Wyrm Branco apareceu, e não havia luz em sua janela. A Dama Joan Dale e eu exigimos acesso à Grande Alcova para nos assegurarmos de que ela estava bem. Crest nos desinvestiu de nossa armadura por desobediência — disse ele, amargurado. — Agora estou confinado aqui.

— E quanto aos outros Cavaleiros do Corpo? — perguntou Margret.

— Três deles também estão presos aqui por protestar.

— Não por muito tempo — respondeu Ead. — Quantos atendentes vamos precisar enfrentar se fizermos uma investida esta noite?

— Dos trinta e seis atendentes que Crest tem na corte, eu diria que metade andam armados. Ela também conta com vários cavaleiros andantes.

Os Cavaleiros do Corpo eram alguns dos melhores guerreiros de Inys, selecionados a dedo por suas habilidades. Eram mais do que capazes de derrotar um bando de criados.

— Você acha que os outros ainda são leais à rainha? — perguntou Ead.

— Tenho certeza. Seu compromisso maior é sempre com Sua Majestade.

— Ótimo — disse ela. — Reúna todos eles para uma investida contra Crest. Quando ela for capturada, seus atendentes vão depor as armas.

Eles saíram do aposento. Ead arrombou a fechadura de três outras portas, e Lintley sussurrou o plano para seus soldados. Em pouco tempo estavam acompanhados de Dama Joan Dale, Dama Suzan Thatch e Sir Marke Birchen.

— Não há muitos guardas do lado de fora da armaria. — Ead ofereceu a Lintley uma de suas lâminas. — Recuperem suas armas, mas eu não recomendaria que usassem armaduras. Vão deixá-los mais lentos. E barulhentos.

Lintley empunhou a lâmina.

— O que você vai fazer?

— Vou encontrar Sua Majestade.

— Ela estará cercada de atendentes a serviço de Crest — lembrou Lintley. — Eles estavam espalhados por quase todos os andares da Torre da Rainha na última vez em que estive por lá.

— Eu cuido deles.

Lintley sacudiu negativamente a cabeça.

— Ead, não sei se você perdeu o juízo ou se representa a segunda vinda do Cavaleiro da Coragem.

— Me deixe ir com você — Loth pediu a ela. — Eu posso ajudar.

— Se você pensa que meia dúzia de traidores vão me impedir de chegar até ela, está redondamente enganado — disse ela em resposta. Então, em tom mais brando, acrescentou: — Eu posso fazer isso sozinha.

A convicção em seu tom de voz o pegou de surpresa. Loth a tinha visto derrubar um wyvernin. Ela era mesmo capaz de lidar com um punhado de atendentes.

— Então vou com você, Sir Tharian — disse ele.

Lintley assentiu.

— Seria uma honra para mim lutar ao seu lado, Lorde Arteloth.

— Eu também vou com você — Margret se ofereceu. — Se me aceitar como companheira.

— Eu aceito, Lady Margret. — Lintley abriu um sorriso. — Eu te aceitarei.

O olhar deles se demorou um no outro por mais tempo que necessário. Loth pigarreou, o que fez Lintley desviar o olhar.

— Eu ainda acho que você vai ser detida antes de chegar à porta dela — alguém dos Cavaleiros do Corpo disse para Ead em um tom pessimista.

— Você fala como se tivesse certeza absoluta. — Ead cruzou os braços. — Se alguém desejar desistir, fale agora mesmo. Não existe lugar para covardia entre nós.

— Estamos no mesmo número que o Santo e seu Séquito Sagrado — Margret falou com firmeza. — Se os sete foram capazes de fundar uma religião, então eu sinceramente acredito que nós sete conseguimos derrotar um punhado de patifes covardes.

Ead subiu pelas trepadeiras da Torre da Rainha, assim como fizera outra vez. Quando se aproximou da Cozinha Privativa, se dependurou no parapeito da janela. Enfraquecidas por sua escalada anterior, as trepadeiras se soltaram sob seus pés e despencaram sobre a estufa mais abaixo.

Ela saltou para dentro e caiu agachada. Em algum lugar lá embaixo, um sino começou a soar. O corpo no poço deveria ter sido encontrado.

Para Lintley, o alarme era benéfico. Ele e os Cavaleiros do Corpo poderiam tirar vantagem da distração causada para recuperar suas espadas da armaria. Para Ead, porém, a perspectiva não era das melhores. Aquela comoção faria todos os atendentes alocados na Torre da Rainha se levantarem da cama.

Apenas alguns cômodos a separavam de Sabran.

A Galeria do Sangue Real estava vazia. Ela foi passando pelos retratos das mulheres da Casa de Berethnet. Os olhos verdes pintados a seguiam à medida que se aproximava da escada. Havia diferenças entre as rainhas — alguns cachos nos cabelos, uma covinha no rosto, um queixo mais pronunciado —, porém eram todas tão parecidas que podiam ser irmãs.

Sua siden vibrou, e Ead escutou o barulho no andar de cima. Passos se aproximando. Quando um grupo de atendentes de verde apareceu correndo na escada, ela se encolheu contra uma tapeçaria pendurada na parede, longe das vistas.

O sino os havia atraído para longe dos aposentos reais. Era sua chance de chegar a Sabran.

No patamar acima ficava o corredor onde ela fora alojada como Dama da Alcova. Ead parou quando ouviu uma voz vinda lá de baixo.

— Para a Torre da Rainha! — Era Lintley. — Cavaleiros do Corpo! Todas as espadas pela rainha!

Eles foram vistos, e cedo demais. Ead correu até a janela para olhar lá embaixo.

Com seus sentidos afiados, ela viu cada detalhe do confronto. No Jardim do Relógio de Sol, os atendentes de Crest empunhavam suas espadas contra os Cavaleiros do Corpo. Ela viu Loth, com uma lâmina reluzindo na mão. Margret estava com as costas coladas às dele.

A chama pedia para ser liberada. Pela primeira vez desde quando era criança, Ead conjurou o fogo dragônico, vermelho como o céu da manhã, e o lançou sobre o Jardim do Relógio de Sol, bem no meio dos traidores. O pânico se espalhou. Os atendentes olhavam para todas as direções em busca da origem do fogo, sem dúvida acreditando que havia um wyrm acima deles. Aproveitando o momento, Loth atacou seu adversário com uma cotovelada. Ead viu o rosto dele se crispar, a garganta se flexionar e o punho comprimir.

— Cortesãos, me ouçam! — gritou ele.

A comoção tinha despertado o palácio. Janelas se abriam em todas as construções.

— Eu sou Lorde Arteloth Beck, e fui banido de Inys por lealdade à coroa. — Loth caminhava pelo Jardim do Relógio de Sol, gritando acima do clangor das espadas. — Igrain Crest se voltou contra nossa rainha. Ela permite a seus atendentes que usem as cores dela e portem armas. Cospe no legado da Cavaleira da Confraternidade ao colocar seus criados para lutarem como cães dentro da corte. Esses são atos de traição!

Ele parecia um homem renascido.

— Eu convoco vocês, em nome da confraternidade e da fé, para se erguerem em nome de Sua Majestade — gritou ele. — Nos ajudem a chegar à Torre da Rainha para garantir a segurança dela!

Gritos de ultraje foram emitidos das janelas.

— Você. O que está fazendo aqui?

Ead se virou. Mais uma dúzia de atendentes tinha aparecido.

— É ela — rugiu um deles, e todos vieram correndo em sua direção. — Ead Duryan, entregue suas armas!

Ela não teria como chamuscar todos.

Era preciso um derramamento de sangue.

Ead já estava com duas espadas nas mãos. Ela deu um salto e aterrissou no meio deles com a suavidade de uma felina, cortando dedos e tendões, fazendo as barrigas cuspirem para fora as tripas como um ladrão fazia derramar o ouro das bolsas. A morte os atingiu feito vento do deserto.

As lâminas de Ead estavam vermelhas como o manto que ela abandonara. E, com os mortos caídos aos seus pés, ela ergueu os olhos, sentindo um gosto metálico na boca e as luvas ensopadas.

Lady Igrain Crest estava no fim do corredor, cercada por dois cavaleiros andantes.

— Já chega, Sua Graça. — Ead embainhou suas lâminas. — Já chega.

Crest não parecia abalada pela carnificina.

— Mestra Duryan — disse ela, com as sobrancelhas levantadas. — O sangue nunca é uma solução, minha cara.

— Belas palavras para quem tem as mãos encharcadas dele — retrucou Ead.

Crest sequer piscou.

— Há quanto tempo você se considera a juíza das rainhas? — Ead deu um passo na direção dela. — Há quanto tempo as vem punindo por se desviar do caminho que você considera virtuoso?

— Você está delirando, Mestra Duryan.

— O assassinato vai contra os ensinamentos de sua ancestral. E mesmo assim... você julgou as Berethnet e as considerou insatisfatórias. A Rainha Rosarian tinha um amante fora do leito matrimonial e, aos seus olhos, estava maculada. — Ead fez uma pausa. — Rosarian está morta por sua causa.

Era um tiro no escuro, lançado acima de tudo por instinto. Ainda assim, Crest sorriu.

E assim Ead obteve sua confirmação.

— A Rainha Rosarian — retrucou a Duquesa da Justiça —, foi removida por Sigoso Vetalda.

— Com sua aprovação. E sua ajuda dentro do palácio. Ele forneceu o bode expiatório e a arma do crime, mas a instigadora foi você — continuou Ead. — Acho que, como tudo correu bem, você compreendeu o poder que tinha. Queria moldar a filha e torná-la uma rainha mais obediente do que a mãe. Tentou tornar Sabran dependente de seus conselhos, e fazê-la amar você como uma segunda mãe. — Ela espelhou aquele sorrisinho. — Mas, obviamente, Sabran mostrou que tinha vontade própria.

— Eu sou a herdeira da Dama Lorain Crest, a Cavaleira da Justiça. — Crest falou em um tom tranquilo e comedido. — É ela quem garante que o grande duelo da vida seja conduzido licitamente, que pesa os cálices da culpa e da inocência, que pune os indignos e faz com que os justos sempre triunfem sobre os pecadores. Era ela a mais amada pelo Santo, e cujo legado minha vida é dedicada a defender.

Os olhos dela faiscavam de devoção.

— Sabran Berethnet destruiu sua casa — disse ela, baixinho. — É um ventre infértil. Uma bastarda. Não é uma verdadeira herdeira de Galian Berethnet. Uma Crest deve usar a coroa, para glorificar o Santo.

— O Santo não aceitaria tiranas no trono de Inys — disse uma voz atrás de Ead.

Sir Tharian Lintley apareceu com outros nove Cavaleiros do Corpo, que cercaram Crest e seus defensores.

— Igrain Crest — disse Lintley —, você está presa por suspeita de alta traição. Venha conosco para a Torre da Solidão.

— Você não pode realizar uma prisão sem um mandado de Sua Majestade — Crest falou. — Ou meu. — Ela olhava apenas para a frente, como se todos ali fossem seus inferiores. — Quem são vocês para apontarem suas espadas para o sangue sagrado?

Lintley não se dignificou a dar uma resposta para tal questionamento.

— Vá — ele disse para Ead. — Procure Sua Majestade.

Ead não precisava de mais incentivo. Ela lançou um último olhar para Crest e tomou o caminho no fim do corredor.

— Podemos ter uma transição pacífica agora ou uma guerra quando a verdade vier à tona — Crest gritou atrás dela. — E isso acontecerá, Mestra Duryan. Os justos sempre triunfam... no fim.

Cerrando os dentes, Ead continuou se afastando a passos largos. Assim que estava fora das vistas, saiu correndo. Deixando um rastro de sangue, seguiu pelo caminho que já percorrera inúmeras vezes antes.

Entrou correndo na Câmara da Presença. Estava fria e escura. Ela fez uma curva, e lá estavam as portas da Grande Alcova. As portas que atravessou em tantas ocasiões para encontrar a Rainha de Inys.

Alguma coisa se moveu na escuridão. Ead deteve o passo. Sua chama lançou uma luz fraca sobre a figura encolhida junto às portas. Com olhos como vidro azul-cobalto e uma cortina de cabelos escuros.

Roslain.

— Afaste-se. — Uma faca reluzia nas mãos dela. — Eu corto sua garganta se tocar nela, vovó, eu juro...

— Sou eu, Roslain. Ead.

A Dama Primeira da Alcova enfim conseguiu enxergar o que havia atrás da luz.

— Ead. — Roslain continuou empunhando a faca, ofegante. — Eu não acreditei nos boatos sobre sua feitiçaria... mas talvez você seja *mesmo* a Dama do Bosque.

— Sou uma bruxa mais humilde do que ela, isso eu garanto.

Ead se agachou ao lado de Roslain e segurou sua mão direita, o que a fez se encolher. Três dos dedos estavam contorcidos em um ângulo grotesco, com uma lasca de osso projetada para fora do dedo do anel do amor.

— Foi sua avó que fez isso? — Ead perguntou, baixinho. — Ou está mancomunada com ela?

Roslain soltou uma risada amarga.

— Pelo *Santo*, Ead.

— Você foi criada à sombra de uma rainha. Talvez tenha passado a se ressentir dela.

— Não estou à sombra dela. Eu *sou* a sombra dela. E isso — rugiu Roslain —, é meu *privilégio*.

Ead a observou, mas não havia nenhum sinal de falsidade naquele rosto banhado em lágrimas.

— Pode falar com ela, mas eu vou continuar vigiando — Roslain sussurrou. — Se minha avó voltar...

— Sua avó está presa.

Ao ouvir aquilo, Roslain soltou um soluço resfolegado. Ead apertou seu ombro. Em seguida se levantou e, pela primeira vez em um bom tempo, encarou as portas da Grande Alcova. Cada fibra de seu ser era como uma corda retesada.

Lá dentro, a escuridão parecia sinistra. A chama se desprendeu da mão e flutuou como uma chama espectral, mas, com um brilho fraco, Ead distinguiu apenas um vulto no pé da cama.

— Sabran.

O vulto se mexeu.

— Me deixe. Estou em oração.

Ead já estava ao lado de Sabran, erguendo a cabeça dela. Membros trêmulos se afastaram do toque.

— Sabran — disse ela com a voz embargada. — Sabran, olhe para mim.

Quando Sabran ergueu os olhos, Ead prendeu a respiração. Emaciada e sem vigor, escondida atrás dos próprios cabelos, Sabran Berethnet parecia mais um cadáver do que uma rainha. Os olhos, outrora cristalinos, não pareciam absorver muita coisa, e um cheiro de vários dias sem banho se desprendia de sua camisola.

— Ead.

Os dedos dela tocaram seu rosto. Ead pressionou aquela mão gelada contra a bochecha.

— Não. É mais um sonho. — Sabran se virou. — Me deixe em paz.

Ead a encarou. Então, ela riu pela primeira vez em semanas, uma risada que veio das profundezas de sua barriga.

— Ora, sua tola teimosa. — Ela quase engasgou em meio às risadas. — Atravessei o Sul e o Oeste para voltar para você, Sabran Berethnet, e é assim que sou recompensada?

Sabran a olhou por mais um tempo, e o rosto foi se abrindo. Subitamente, começou a chorar.

— Ead — disse ela, com a voz falhando, e Ead a puxou para mais perto, envolvendo-a o máximo possível nos braços.

Sabran se aninhou em seu colo como uma gatinha.

Aquilo não era nem um pouco do feitio dela. Ead puxou a coberta da cama e a embrulhou. As explicações ficariam para mais tarde. A vingança também. Por ora, só queria que Sabran estivesse segura e aquecida.

— Ela matou Truyde utt Zeedeur. — Sabran tremia tanto que mal conseguia falar. — Prendeu meus Cavaleiros do Corpo. Igrain. Eu tentei... Eu tentei...

— Shh. — Ead deu um beijo na testa dela. — Eu estou aqui. Loth está aqui. Vai ficar tudo bem.

14
Leste

O sol acabara de nascer e, no pátio do Pavilhão da Veleta, o Erudito Ivara lubrificava sua perna de ferro. Tané se aproximou. Os dedos estavam vermelhos por causa do frio.

— Bom dia, Erudito Ivara. — Ela depositou uma bandeja ao lado dele. — Pensei que você gostaria de fazer seu desjejum agora.

— Tané. — Ele abriu um sorriso cansado. — Quanta gentileza sua. Meus velhos ossos agradecem a oferta calorosa.

Ela se sentou junto dele.

— É preciso lubrificar sempre? — perguntou ela.

— Uma vez por dia em épocas de tempo úmido, ou começa a enferrujar. — O Erudito Ivara deu um tapinha no membro artificial. — Como o ferreiro que a fabricou para mim já morreu, é melhor não arriscar perdê-la.

Tané tinha se acostumado a ler as expressões dele. Desde o ataque, o medo tinha se instaurado em caráter permanente nos pavilhões da Ilha da Pluma, mas a preocupação estampada no rosto do erudito era nova.

— Alguma coisa errada?

O Erudito Ivara a encarou.

— A Eminente Doutora Moyaka me escreveu depois de sua chegada a Seiiki — contou ele. — A Guarda Superior do Mar desconfia que a Frota do Olho de Tigre vem mantendo uma dragoa como refém. Ao que parece, pretendem mantê-la viva... para garantir uma passagem segura pelas águas que desejarem. Uma tática nova e sinistra, usando nossos deuses como moeda de troca.

Tané se obrigou a servir o chá. O ódio fechou sua garganta.

— Existem rumores de que a Imperatriz Dourada está procurando a lendária amoreira — continuou o Erudito Ivara. — Na ilha perdida de Komoridu.

— Você sabe alguma coisa sobre a dragoa? — insistiu Tané. — Qual é o nome dela?

— Tané, eu lamento muito informar, mas... — O Erudito Ivara suspirou. — É a grande Nayimathun.

Tané engoliu em seco, a garganta ardendo.

— Ela ainda está viva?

— Se os rumores são verdadeiros, sim. — O Erudito Ivara tomou a chaleira de suas mãos com um gesto delicado. — Os dragões não vivem muito bem fora da água, Tané, como você bem sabe. Mesmo se *estiver* viva, não resta muito tempo para a grande Nayimathun neste mundo.

Tané já havia atravessado o luto por sua dragoa. No entanto, havia uma possibilidade, por menor que fosse, de que ela estivesse viva.

Aquela notícia mudava tudo.

— Precisamos torcer para que a Guarda Superior do Mar encontre uma forma de libertá-la. Eu estou certo de que isso acontecerá. — O Erudito Ivara lhe entregou uma xícara. — Por favor, me permita mudar de assunto. Você veio aqui me perguntar alguma coisa?

Com grande dificuldade, Tané afastou Nayimathun de seus pensamentos, mas sua cabeça estava um caos.

— Eu queria saber se posso ter sua permissão para uma visita ao repositório — ela se forçou a dizer. — Gostaria de ler a respeito das joias celestiais.

O Erudito Ivara franziu a testa.

— Trata-se de um conhecimento dos mais secretos. Pensei que apenas os eruditos o conhecessem.

— A grande Nayimathun me falou a respeito.

— Ah. — Ele refletiu um pouco. — Bem, se é esse seu desejo, claro que sim. Existe pouquíssimo material sobre as joias celestiais, que às vezes são chamadas de *joias das marés* ou *joias dos desejos*, mas você pode estudar o pouco que existe. — Ele apontou para o norte. — Você precisará dos documentos do reino da honradíssima Imperatriz Mokwo, que estão armazenados no Pavilhão de Barlavento. Vou mandá-la com uma carta de recomendação para permitir seu acesso.

— Obrigada, Erudito Ivara.

Tané vestiu roupas confortáveis para a jornada. Um casaco acolchoado sobre um uniforme, um tecido grosso em torno da cabeça e do rosto e botas com forro de pele que recebera para usar no inverno. Além do pergaminho destinado ao Grão-Acadêmico do Pavilhão de Barlavento, o Erudito Ivara também lhe dera uma sacola com comida.

Seria uma caminhada bastante longa, em especial no frio. Ela precisaria descer ao Caminho do Ancião, escalar as pedras do outro lado e andar um bocado até se abrigar no calor do Pavilhão de Barlavento. Os flocos de neve começaram a cair assim que ela partiu.

A única forma de descer daquele lado da ilha era através das rochas escarpadas junto às Cataratas de Kwiriki. Enquanto fazia a descida, o coração batia tão forte que ela até passou mal. Naquele instante, Nayimathun poderia estar lutando pela própria vida no porão de um navio-matadouro.

E ainda havia a joia celestial — caso fosse *mesmo* o que fora costurado em Tané, como um adorno em uma roupa…

Certamente aquilo tinha poder para libertar uma dragoa.

Era quase meio-dia quando chegou ao fundo da ravina, onde um portal construído com madeira de naufrágio marcava a entrada do lugar mais sagrado do Leste. Tané lavou as mãos na água salgada e pegou a trilha pavimentada em pedra.

No Caminho do Ancião, a névoa era tão espessa que era impossível ver o céu. Tané não conseguia sequer enxergar o alto dos cedros que se erguiam rumo ao cinza.

Não era exatamente um lugar silencioso. De tempos em tempos, as folhas farfalhavam, como se tivessem sido perturbadas por algum sopro.

As lanternas a guiavam, passando por túmulos de acadêmicos, eruditos e líderes do Leste, uma terra temente aos dragões, que solicitaram que seus restos mortais repousassem junto aos do Grande Ancião. Alguns blocos de pedra eram tão antigos que as inscrições haviam se apagado, deixando inominados os ocupantes das tumbas.

O Erudito Ivara a aconselhara a não pensar no passado. No entanto, caminhando por ali, foi impossível não pensar em Susa. Os corpos dos executados eram deixados para apodrecer a céu aberto, e seus ossos eram descartados.

Uma cabeça em uma vala, um corpo mutilado. As extremidades de seu campo de visão ficaram borradas.

A travessia do cemitério e a escalada da face rochosa do outro lado ocupou boa parte de um dia. Quando viu o Cabo do Cálamo — o braço estendido da ilha — o céu já assumia um tom mais escuro de roxo, e a única iluminação natural disponível era uma faixa dourada no horizonte.

Os caquis lilases pareciam pequenos sóis pendurados nas árvores do pátio central do Pavilhão de Barlavento, que dava vista para a paisagem do cabo. Tané foi recebida na entrada por um lacustre de cabeça raspada, que se apresentou como um louva-ossos. Aqueles acadêmicos passavam a maior parte dos dias no Caminho do Ancião, cuidando das tumbas e entoando louvores para os ossos do grande Kwiriki.

— Honorável acadêmica. — Ele fez uma mesura, assim como Tané. — Bem-vinda ao Pavilhão de Barlavento.

— Obrigada, eminente louva-ossos.

Ela tirou as botas e as guardou. O louva-ossos a conduziu para o interior pouco iluminado do eremitério, onde um queimador a carvão amenizava o frio.

— Muito bem, em que posso ajudar? — perguntou ele.

— Trouxe uma mensagem do eminente Erudito Ivara. — Ela estendeu o pergaminho. — Ele solicita que me deem acesso a seu repositório.

O jovem pegou a mensagem com as sobrancelhas erguidas.

— Devemos acatar os pedidos do Erudito Ivara, mas você deve estar cansada da travessia — disse ele. — Gostaria de visitar o repositório agora ou descansar no alojamento para hóspedes até o amanhecer?

— Agora — falou Tané. — Se não for incômodo me levar até lá.

— Pelo que sabemos, a Ilha da Pluma foi o único lugar do Leste que permaneceu intocado durante a Grande Desolação — o louva-ossos informou enquanto caminhavam. — Muitos documentos antigos foram enviados para cá para ficarem protegidos da destruição. Infelizmente, como os cuspidores de fogo despertaram e descobriram nosso paradeiro, esses documentos agora estão em perigo.

— Houve alguma perda com o ataque?

— Poucas — respondeu ele. — Nós organizamos os arquivos por reinados. Você sabe a qual pertence o arquivo que procura?

— Ao da honradíssima Imperatriz Mokwo.

— Ah, sim. Uma figura misteriosa. Dizem que tinha ambições de colocar todo o Leste sob o governo do Trono do Arco-Íris. E que seu rosto era tão bonito que as borboletas que a viam choravam de inveja. — O sorriso dele marcou seu rosto com covinhas. — Quando a história não consegue jogar luz sobre a verdade, o mito se encarrega de criar uma.

Tané desceu uma escada que levava a um túnel atrás dele.

O repositório circular e giratório se erguia como uma sentinela em uma caverna atrás do eremitério. Estátuas de antigos Grão-Acadêmicos do passado ocupavam as reentrâncias nas paredes, e inúmeras gotas de luz azul pendiam do teto, como pequenos acúmulos de seda de aranha.

— Não gostamos de arriscar trazer chamas por aqui — explicou o louva-ossos. — Felizmente, a caverna tem suas próprias lamparinas.

Tané estava fascinada.

— O que é isso?

— Gotas-de-lua. Ovos de lúmen-libélulas. — Ele girou o repositório. — Todos os nossos documentos são tratados com óleo de crina de dragão e deixados para secar nas cavernas de gelo. A Acadêmica Ishari estava cuidando do tratamento de nossas mais recentes adições ao repositório quando os cuspidores de fogo apareceram.

— Acadêmica Ishari — repetiu Tané, sentindo seu estômago dar um nó. — Ela... ela está no eremitério?

— Infelizmente, a eminente acadêmica foi ferida durante o ataque tentando salvar os documentos. Não resistiu aos ferimentos e acabou morrendo.

Ele falava da morte de uma maneira de que só os louva-ossos eram capazes, com um tom de aceitação e tranquilidade. Tané engoliu sua tristeza. Ishari vivera apenas dezenove anos, a maioria deles dedicados à preparação para uma vida que nunca recebeu a oportunidade de ter.

O louva-ossos abriu uma porta no repositório.

— Os documentos daqui são relativos ao reinado da honradíssima Imperatriz Mokwo.

Não havia muita coisa.

— Peço para que os manipule o mínimo possível. Volte para dentro quando quiser.

— Obrigada.

Ele fez uma reverência e se retirou. Sob a relaxante luz azul, Tané apanhou os pergaminhos. Ao brilho das gotas-de-lua, desenrolou o primeiro e começou a ler, fazendo de tudo para não pensar em Ishari.

Era uma correspondência de um diplomata da Cidade das Mil Flores. Tané era fluente em lacustre, mas aquele era um ofício escrito em um dialeto antigo. Traduzi-lo lhe deu uma grande dor de cabeça.

Através desta nos dirigimos a Neporo, autodeclarada Rainha de Komoridu, cujo nome ouvimos pela primeira vez, para agradecer-lhe pelo envio de uma delegação com um tributo. Embora apreciemos sua deferência, sua surpreendente reivindicação de terras no Mar sem Fim foi recebida como um insulto por nossa vizinha Seiiki, com cujo povo compartilhamos o vínculo do louvor aos dragões. Lamentamos informar que não podemos reconhecê-la como Rainha Regente enquanto a Casa de Noziken contestar tal coisa. Em vez disso, nós lhe conferimos o título de Senhora de Komoridu, Aliada dos Lacustres. Esperamos que governe seu povo de forma pacífica e que se esforce para ser dedicada e obediente tanto a nós como a Seiiki.

Komoridu. Tané nunca ouvira falar desse lugar. Nem de nenhuma governante de nome Neporo.

Ela abriu outro pergaminho. Era uma carta em seiikinês arcaico, em uma caligrafia apertada e borrada, mas ainda legível. Parecia endereçada à honradíssima Noziken Mokwo em pessoa.

Majestade, eu me dirijo à senhora mais uma vez. Neporo está de luto pela morte de sua amiga, a feiticeira de além-mar. Foram as duas que, usando os dois objetos que descrevi em minha missiva anterior — a joia minguante e a joia crescente —, causaram o grande caos no Abismo no terceiro dia da primavera. O corpo da feiticeira lássia agora será devolvido à sua terra natal, como uma escolta de doze súditos de Neporo, junto com a joia branca que a feiticeira usava no peito. Como Sua Eminência, o grande Kwiriki em sua enorme misericórdia, deu-nos esta oportunidade, tratarei de agir conforme me ordenar.

Os outros documentos eram todos registros da corte. Tané os examinou até sentir que a ruga em sua testa parecia ter sido entalhada com uma faca.

Quase pegou no sono sob a luz da caverna relendo cada documento, procurando algo que pudesse ter deixado passar, verificando as traduções. Com os olhos pesados, por fim voltou cambaleando para o alojamento de hóspedes, onde uma roupa de dormir e uma refeição haviam sido deixados para ela. Tané ficou deitada por um bom tempo de olhos abertos no escuro.

Estava na hora de desenterrar o que tinha escondido. De liberar o poder que havia dentro daquilo, fosse qual fosse.

O grande caos no Abismo.

Mas que caos, e por quê?

15
Oeste

—Se nenhum de vocês se manifestar — disse a Rainha de Inys —, vamos ficar aqui por um bom tempo.

Loth trocou olhares com Ead. Ela estava sentada do outro lado da mesa, usando uma camisa cor de marfim e calça, com os cabelos parcialmente presos para afastá-los do rosto.

Eles estavam na Câmara do Conselho, no alto da Torre Alabastrina. Uma luz dourada entrava pela janela. Com apenas um pouco de ajuda para se banhar e se vestir, a rainha tinha se recomposto e adquirido um ímpeto capaz de igualá-la a qualquer guerreiro.

Libertar Sabran tinha sido a primeira vitória da noite. A notícia de que a Duquesa da Justiça fora presa por alta traição levara a maioria de seus atendentes a abandonarem suas armas. Os Cavaleiros do Corpo, com a ajuda dos guardas do palácio, trabalharam até o amanhecer para desentocar os últimos traidores e impedir sua fuga.

Nelda Stillwater, Lemand Fynch e o Gavião Noturno chegaram à corte não muito tempo depois, cada um com sua própria comitiva de atendentes. Afirmaram ter vindo para libertar a rainha das garras de Crest, mas Sabran mandara trancafiar os três enquanto a apuração dos fatos era conduzida.

Ead reconstitui os acontecimentos. Na noite em que foi forçada a abandonar Inys, Sabran estava com uma febre alta. Aparentemente se recuperou alguns dias depois, mas então sofreu um colapso. Crest afirmava estar coordenando seus cuidados médicos, mas, durante semanas, atrás das portas trancadas da Grande Alcova, dedicou-se a pressionar a rainha a assinar um documento chamado Declaração de Abdicação. A assinatura dela entregaria o trono de Inys à família Crest do momento em que a tinta secasse no pergaminho até o fim dos tempos. Crest a ameaçara com a denúncia de infertilidade, ou até com a morte, caso se recusasse.

Sabran continuara resistindo. Mesmo quando mal tinha forças para se alimentar. Mesmo depois que Crest a trancara no escuro.

— Estou vendo que não vou precisar mandar vir ninguém para arrancar a língua de vocês — disse Sabran. — Pelo jeito, vocês já as engoliram.

Ead estava com um copo de cerveja nas mãos. Era a primeira vez em horas que se afastava mais de um passo de Sabran.

— Por onde começamos? — ela falou sem se alterar.

— Você pode começar confessando quem é, Mestra Duryan. Me disseram que era uma bruxa — disse Sabran. — Que abandonara a minha corte para jurar lealdade ao Rei de Carne e Osso.

— E você acreditou nesse absurdo.

— Eu não sabia no que acreditar. E, agora que voltou para mim, você está com as mãos encharcadas de sangue e deixou uma pilha de cadáveres mais alta que um cavalo atrás de si. Você não é uma dama de companhia.

Ead esfregou a têmpora com um dedo. Por fim, olhou para Sabran bem nos olhos.

— Meu nome é Eadaz du Zāla uq-Nāra. — Apesar de manter um tom de voz firme, seus olhos denunciavam um tremendo conflito interior. — E fui trazida até você por Chassar uq-Ispad para ser sua guarda-costas.

— E o que levou Sua Excelência a acreditar que você era mais qualificada para me proteger do que meus Cavaleiros do Corpo?

— Eu sou uma maga. Uma praticante de um ramo de magia chamado siden. Sua fonte é a mesma laranjeira localizada na Lássia que protegeu Cleolind Onjenyu quando ela derrotou o Inominado.

— Uma laranjeira encantada. — Sabran deu uma risadinha. — Daqui a pouco você vai me dizer que as peras sabem cantar.

— A Rainha de Inys costuma zombar daquilo que não entende?

Loth olhou para uma e depois para a outra. Ead quase nunca falava com Sabran quando ele estava na corte. E, ao que parecia, agora ela podia alfinetar a rainha e sair impune.

— Lorde Arteloth, que tal me dizer por que *você* deixou a corte? — Sabran questionou. — E como encontrou a Mestra Duryan em sua jornada? Ao que parece, a mente dela está confusa demais.

Ead bufou, levando o copo à boca. Loth estendeu o braço e se serviu do jarro de cerveja.

— Foi Lorde Seyton Combe que me despachou para Cárscaro, junto com Kit. Ele acreditava que eu era um empecilho para seus pretendentes — ele contou. — No Palácio da Salvação, encontramos a Donmata Marosa, que nos encarregou de uma tarefa. E, a partir daí, receio que os acontecimentos vão soar cada vez mais estranhos.

Ele relatou tudo. A confissão do Rei de Carne e Osso de que tinha tramado o assassinato da mãe dela. O misterioso Copeiro, cujas mãos também estavam manchadas de sangue. E também a morte de Kit e a caixa de ferro com a qual atravessara o deserto, além de seu confinamento no Priorado e a audaciosa fuga de volta a Inys no *Pássaro da Verdade*.

Ead fez alguns comentários em determinados pontos. Complementou e contextualizou a narrativa, contando a Sabran sobre seu banimento e sua visita às ruínas da cidade de Gulthaga. Sobre a Estrela de Longas Madeixas e a Tabuleta de Rumelabar. Explicou em detalhes a fundação do Priorado da Laranjeira e suas crenças, e o motivo pelo qual fora mandada a Inys. Sabran permaneceu completamente imóvel enquanto escutava. Apenas o faiscar de seus olhos denunciavam seus pensamentos a cada revelação.

— Se Sabran I não é filha de Cleolind, e eu não estou dizendo que acredito nisso, Ead... então *quem* era a mãe dela? — Sabran questionou por fim. — Quem foi a primeira Rainha de Inys?

— Isso eu não sei.

Sabran ergueu as sobrancelhas.

— Quando estava na Lássia, eu me informei melhor sobre a Tabuleta de Rumelabar — continuou Ead. — Para entender seu mistério, fiz uma visita a Kalyba, a Bruxa de Inysca. — Ao dizer isso, lançou um olhar para Loth. — Ela é conhecida por aqui como Dama do Bosque. Foi ela que forjou Ascalon para Galian Berethnet.

Ead não tinha falado sobre aquilo no navio.

— A Dama do Bosque existe de verdade? — questionou Loth.

— Sim.

Ele engoliu em seco.

— E você está dizendo que foi *ela* quem forjou a Espada da Verdade — retrucou Sabran. — O terror do Haith.

— A própria — respondeu Ead sem se deixar abalar. — Ascalon foi forjada usando a siden e a magia sideral, que se chama sterren, originada de uma substância deixada no rastro da Estrela de Longas Madeixas. São esses dois ramos de poderes que a Tabuleta de Rumelabar descreve. Quando um cresce, o outro míngua.

Sabran continuava demonstrando a mesma expressão de indiferença da qual se valia com frequência na Câmara da Presença.

— Recapitulando, então — disse ela, em um tom carregado de tensão. — Você acredita que meu ancestral, o abençoado Santo, era um covarde sedento por poder que tentou coagir um país a aceitar sua religião, empunhava uma espada que lhe foi presenteada por uma bruxa e jamais derrotou o Inominado?

— E tomou para si o reconhecimento pelo feito da Princesa Cleolind.

— Você me considera um fruto de um homem como esse.

— Às vezes belas rosas nascem de sementes corrompidas.

— O que você fez por mim não lhe dá o direito de blasfemar assim na minha presença.

— Então você quer que seu novo Conselho das Virtudes lhe diga apenas o que quer ouvir? — Ead ergueu seu copo. — Pois bem, Majestade. Loth pode ser o Duque da Bajulação, e eu, a Duquesa da Farsa.

— Basta — esbravejou Sabran.

— Calma — interveio Loth. — Por favor.

Nenhuma das duas se manifestou.

— Não podemos brigar entre nós. O que precisamos agora é de união. Por causa do... — Ele sentiu sua boca seca. — Por causa do que está por vir.

— E *o que* está por vir?

Loth tentou falar, mas se viu sem palavras. Ele lançou um olhar desolado para Ead.

— Sabran, o Inominado vai voltar — disse ela, baixinho.

Por um bom tempo, Sabran pareceu se refugiar em seu próprio mundo. Com gestos lentos, ficou de pé e caminhou até a varanda, onde ficou, banhada pelo sol.

— É verdade — Ead disse depois do silêncio que reinou. — Foi uma carta de uma mulher chamada Neporo, encontrada no Priorado, que me convenceu. Cleolind lutou ao lado dela para aprisionar o Inominado... mas apenas por mil anos. E esse milênio está bem perto de acabar.

Sabran apoiou as mãos na balaustrada. A brisa agitou algumas mechas de seus cabelos.

— Então isso confirma o que disse meu ancestral — ela falou. — Quando a Casa de Berethnet chegar ao fim... o Inominado voltará.

— Isso não tem nada a ver com você — retrucou Ead. — Nem com suas ancestrais. O mais provável é que Galian tenha feito essa afirmação para consolidar seu poder, e para se tornar um deus aos olhos de seu povo. Ele alimentou sua descendência com uma mentira.

Sabran não disse nada.

Loth queria consolá-la, mas nada era capaz de amenizar notícias como aquela.

— O Inominado foi aprisionado no terceiro dia da primavera do vigésimo ano do reinado de Mokwo, Imperatriz de Seiiki — continuou Ead —, mas eu não sei quando foi que ela governou. Você precisa pedir à Alta Princesa Ermuna que descubra a data. Ela é a Arquiduquesa de Ostendeur, onde estão armazenados os documentos sobre o Leste. — Vendo que Sabran continuava calada, Ead suspirou. — Sei que tudo isso parece uma heresia. Mas, se tiver algum amor pela mulher que conhece como a Donzela, se tiver algum respeito pela memória de Cleolind Onjenyu, então precisa fazer isso.

Sabran ergueu o queixo.

— E se descobrirmos a data? O que vem depois?

Ead enfiou a mão dentro da camisa e sacou a joia de cor clara que tinha trazido do Priorado.

— Esta é a joia minguante. Existe um par. — Ela a colocou sobre a mesa. — É feita de sterren. A sua irmã muito provavelmente está no Leste. A carta dizia que precisamos das duas.

Sabran olhou para o artefato por cima do ombro.

A luz do Sul brilhava sobre a joia minguante. Sua presença transmitia a Loth uma sensação de tranquilidade — quase o oposto do que ele sentia emanar de Ead. Ela era a chama viva do sol. Aquilo era a luz das estrelas.

— Depois que foi ferida pelo Inominado, ao que parece Cleolind viajou para o Leste — disse Ead. — Foi onde conheceu Neporo de Komoridu, e juntas elas aprisionaram o Inominado no Abismo. — Ela bateu com o dedo na joia. — Precisamos repetir o que foi feito mil anos atrás, mas desta vez liquidando a questão de uma vez por todas. E, para isso, também precisamos de Ascalon.

Sabran voltou a contemplar o horizonte.

— Todas as rainhas Berethnet procuraram pela Espada da Verdade, mas foi em vão.

— Nenhuma delas dispunha da joia para evocá-la. — Ead a colocou em torno do pescoço de novo. — Kalyba me disse que Galian tinha intenção deixar Ascalon nas mãos de pessoas que dariam a própria vida para mantê-la escondida. Sabemos que ele dispunha de um séquito leal, mas alguém se destacava nesse sentido?

— Edrig de Arondine — respondeu Loth imediatamente. — O Santo foi escudeiro dele antes de se tornar cavaleiro. E o considerava como um pai.

— Onde ele vivia?

Loth sorriu.

— Na verdade, ele é um dos fundadores da família Beck.

Ead ergueu as sobrancelhas.

— Goldenbirch — disse ela. — Talvez minha busca possa começar por lá... Com você e Meg, caso queiram me acompanhar. Seu pai vem insistindo para falar com ela há tempos, de qualquer forma.

— Você acha mesmo que pode estar em Goldenbirch?

— É um lugar bom para começar a busca tanto quanto qualquer outro.

Loth se lembrou da noite anterior.

— Um de nós precisa ficar — disse ele. — Meg pode acompanhar você.

Por fim, Sabran se voltou para eles de novo.

— Sendo essa lenda verdadeira ou não, eu não tenho escolha a não ser confiar em você, Ead — disse ela, com uma expressão severa no rosto. — Nosso inimigo em comum vai despertar. Ambas nossas religiões atestam isso. E eu pretendo ser resistência a ele. Pretendo liderar Inys à vitória, como fez Glorian, a Defensora.

— E eu acredito que seja capaz disso — afirmou Ead.

Sabran retornou a seu assento.

— Já que não existem navios navegando para o norte ainda hoje, eu gostaria que você comparecesse ao Festim do Auge do Inverno. Você também, Loth.

Loth franziu a testa.

— O festim ainda vai acontecer?

— Acho que no momento, isso é mais necessário do que nunca. Os preparativos já devem estar prontos.

— As pessoas vão ver que você não está grávida. — Loth hesitou. — Você vai comunicar que ficou infértil?

Sabran baixou os olhos para a barriga.

— Infértil. — Ela abriu um leve sorriso. — Precisamos de uma outra palavra para isso, creio eu. Essa me faz parecer um campo sem plantio. Uma terra arrasada sem nada a oferecer.

Ela estava certa. Era uma forma cruel de definir uma pessoa.

— Perdão — murmurou ele.

Sabran assentiu.

— Vou comunicar à corte que perdi a criança, mas sem dar a entender que sou incapaz de conceber outra.

Aquilo entristeceria os súditos, mas manteria acesa a chama da esperança.

— Ead — disse Sabran —, eu gostaria que você se tornasse membro do contingente de Cavaleiros Bacharéis.

— Eu não quero nenhum título.

— Você precisará aceitar um, caso contrário estará exposta demais ao perigo para permanecer na corte. Crest disse a todos que você era uma bruxa. Essa nova posição vai dissipar qualquer dúvida sobre sua lealdade.

— Eu concordo — disse Loth.

Ead balançou a cabeça muito discretamente como agradecimento.

— Pois bem, que eu seja uma Dama — ela falou depois de uma pausa.

Um longo silêncio se instaurou depois disso entre os três. Eram aliados, mas em uma condição muito frágil naquele momento — com um telhado de vidro rachado por questões religiosas e familiares.

— Vou avisar a Margret sobre nossa jornada — Ead falou e se levantou. — Ah, Sabran, eu não usarei mais as roupas da corte. Já sofri o bastante tentando protegê-la usando anáguas.

Ela saiu sem esperar ter permissão. Sabran ficou olhando para a porta com uma expressão estranha no rosto.

— Você está bem? — Loth perguntou, baixinho.

— Agora que você está de volta.

Ambos sorriram, e Sabran cobriu sua mão com a dele. Fria, como sempre, com as unhas contendo um tom de lilás. Ele a provocava por isso quando eram crianças. *Princesa Neve*.

— Ainda não agradeci por tudo o que fizeram para me libertar — disse ela. — Sei que foi você que convocou a corte em minha defesa.

Loth apertou a mão dela.

— Você é minha rainha. E minha amiga.

— Quando soube que você foi embora, pensei que fosse enlouquecer... Sabia que jamais faria isso por vontade própria, mas não havia provas. Me senti impotente na minha própria corte.

— Eu sei disso.

Ela apertou a mão dele mais uma vez.

— Por ora — disse Sabran —, vou confiar a você as atribuições do Ducado da Justiça. Você vai determinar se Combe, Fynch e Stillwater estavam mesmo voltando para me ajudar.

— É uma incumbência muito séria. Concebida para aqueles com sangue sagrado — disse Loth. — Com certeza um dos Condes Provinciais de fato investidos do título seria melhor.

— Eu só confio em você. — Sabran colocou uma folha de pergaminho sobre a mesa. — Aqui está a Declaração de Abdicação que Crest queria impor a mim. Com a minha assinatura, o documento entregaria o trono à família dela.

Loth leu o pergaminho. Ele sentiu sua garganta secar ao ver o selo de cera, com a marca impressa dos dois cálices.

— A febre e a dor me deixaram fraca demais para entender boa parte do que estava acontecendo comigo. Eu estava concentrada em sobreviver — disse Sabran. — Mas, em uma ocasião, ouvi Crest discutindo com Roslain, dizendo que a Declaração de Abdicação a tornaria rainha algum dia, e sua filha depois dela, e que ela era uma ingrata por resistir. E Ros... Ros falou que preferia a morte a tomar o trono de mim.

Loth sorriu. Ele não esperava nada menos de Roslain.

— Na noite antes da sua chegada — continuou Sabran —, eu acordei sem conseguir respirar. Crest estava pressionando um travesseiro sobre o meu rosto. Ela murmurava sem parar que eu era indigna, assim como minha mãe. Que a linhagem estava envenenada. Que até as Berethnet eram obrigadas a seguir os ditames da justiça. — A mão cobriu sua boca. — Ros quebrou os dedos enquanto a arrancava de cima de mim.

Tanto sofrimento desnecessário.

— Crest precisa morrer — concluiu Sabran. — Pela incapacidade de tomar uma atitude contra ela, Eller e Withy serão confinados a seus castelos até segunda ordem. E vão perder seus ducados em favor dos herdeiros. — Ela fechou a cara. — Eu lhe digo uma coisa. Com sangue sagrado ou não, eu vou ver Crest queimar na fogueira pelo que fez.

Em outras circunstâncias, Loth teria protestado contra uma punição tão cruel, mas Crest não merecia piedade.

— Por um tempo, *quase* acreditei que deveria entregar o trono. Que Crest só queria o melhor para a nação. — Sabran ergueu o queixo. — Mas precisamos estar unidos diante da ameaça dragônica. Vou manter meu trono, e vamos ver o que acontece a partir de agora.

Mais do que nunca, ela soava como uma rainha.

— Loth — ela acrescentou, em um tom mais baixo —, você esteve com Ead nesse tal... Priorado da Laranjeira. E viu quem ela é de verdade. — Sabran o encarou. — Você ainda confia nela?

Loth serviu mais cerveja para ambos.

— O Priorado me fez questionar os fundamentos de nossa visão de mundo — admitiu ele—, mas, mesmo em meio a tudo isso, continuei confiando em Ead. Ela salvou a minha vida, arriscando a dela para isso. — Ele lhe entregou um copo. — O desejo dela é manter você viva, Sab. Acredito que ela queira isso mais do que tudo.

Algo mudou no rosto de Sabran.

— Preciso escrever para Ermuna. Seus aposentos estão prontos à sua espera — avisou ela. — Mas trate de não se atrasar para o festim. — Quando olhou para ele, Loth viu um vislumbre da antiga Sabran nos olhos dela. — Seja bem-vindo de volta à corte, Lorde Arteloth.

No andar mais alto da Torre da Solidão, na cela onde Truyde utt Zeedeur passara seus últimos dias de vida, Igrain Crest rezava. Apenas uma seteira estreita deixava entrar a luz em sua prisão. Quando Loth apareceu, ela não ergueu a cabeça nem moveu as mãos unidas em oração.

— Lady Igrain — disse Loth.

Ela continuou imóvel.

— Se não se incomoda, gostaria de lhe fazer algumas perguntas.

— Eu só vou responder pelo que fiz — retrucou Crest —, apenas no Halgalant.

— Você não chegará à corte celestial — Loth disse, baixinho. — Então é melhor começarmos por aqui.

16
Oeste

O Festim do Auge do Inverno começou às seis horas no Pavilhão de Banquetes do Palácio de Ascalon. Como sempre, haveria música e dança mais tarde na Câmara da Presença.

Quando os sinos badalaram na torre do relógio, Ead observou seu reflexo. O vestido era de uma seda azul bem clarinha, salpicado com minúsculas pérolas, e um rufo feito de renda vazada.

Por uma última noite, ela se vestiria como uma cortesã. Suas irmãs a considerariam ainda mais como uma traidora quando descobrissem que ela aceitara um título da Rainha de Inys. Porém, se quisesse sobreviver ali, parecia não haver escolha.

Com uma batida na porta, Margret entrou. Ela vestia um traje de cetim cor de marfim e um cintilho prateado, e seu *attifet* era cravejado de pedras-da-lua.

— Acabei de falar com Sabran — contou ela. — Vou ser nomeada Dama da Alcova. — Margret baixou a vela. — Achei que você não fosse querer ir para o Pavilhão de Banquetes sozinha.

— Pois achou certo. Como sempre. — Ead a olhou através do espelho. — Meg, o que Loth contou a meu respeito?

— Tudo. — Margret a segurou pelos ombros. — Você sabe que eu tenho o Cavaleiro da Coragem como meu padroeiro. Ter uma mente aberta é sinal de coragem, penso eu, e pensar com a própria cabeça também. Se você é uma bruxa, talvez as bruxas não sejam assim tão más, no fim das contas. — O rosto dela assumiu uma expressão séria. — Agora, uma pergunta. Você prefere ser chamada de Eadaz?

— Não, mas obrigada por perguntar. — Ead ficou comovida. — Pode me chamar de Ead, assim como eu chamo você de Meg.

— Muito bem. — Margret a pegou pelo braço. — Então vamos reapresentar você à corte, Ead.

A neve se acumulava em cada plataforma e degrau. Os cortesãos vinham de todas as partes do palácio, atraídos pelas luzes nas janelas do Pavilhão de Banquetes. Quando elas entraram, foi feito a anúncio:

— Lady Margret Beck e Mestra Ead Duryan.

O antigo nome. O nome falso.

O Pavilhão de Banquetes foi tomado por silêncio. Centenas de olhos se voltaram para a bruxa. Margret segurou o braço de Ead com mais força.

Loth estava sozinho na mesa elevada, sentado à esquerda do trono. Ele acenou com uma das mãos.

Elas caminharam por entre as fileiras de mesas. Quando Margret se acomodou na cadeira do outro lado do trono, Ead se sentou ao lado. Nunca tinha comido na mesa elevada antes, que sempre fora reservada à rainha, aos Duques Espirituais e dois outros convidados de honra. Em outros tempos, os convidados costumavam ser Loth e Roslain.

— Já vi mais animação em um solo sepulcral — murmurou Margret. — Já falou com Roslain, Loth?

Loth estava com o rosto apoiado nas mãos, e virou para as duas, escondendo os lábios.

— Falei — disse ele. — Depois que os ossos de sua mão foram recolocados no lugar. — Ele manteve o tom de voz baixo. — Ao que parece, sua intuição estava certa, Ead. Crest acredita ser a juíza das rainhas.

Ead não sentiu nenhum prazer em estar certa.

— Não sei ao certo quando essa loucura começou — Loth continuou —, mas, na época em que a Rainha Rosarian ainda era viva, uma das damas de companhia relatou a Crest que o Capitão Gian Harlowe era seu amante. Crest via Rosarian como... uma meretriz, inadequada para a função de rainha. E a puniu de diversas formas. E então decidiu considerá-la incorrigível.

Ead notou no rosto dele que Loth estava tendo dificuldade para digerir aquilo, pois acreditara por muito tempo no delicado mecanismo da corte. Agora que as folhas lindamente arranjadas ao redor tinham sido sopradas para longe, ele viu a revelação dos dentes da armadilha.

— Ela alertou a Rainha Rosarian — Loth continuou, com a testa franzia. — Mas o caso com Harlowe continuou. Até... — Ele lançou um olhar para as portas. — Até mesmo depois que Sab nasceu.

Margret levantou as sobrancelhas.

— Então Sabran pode ser filha *dele*?

— Se Crest estiver dizendo a verdade. E acho que está. Quando começou a falar, ela pareceu quase desesperada para revelar cada detalhe de sua... empreitada.

Mais um segredo a ser guardado. Mais uma trinca no trono de mármore.

— Quando Sab chegou à idade de ter filhos — Loth continuou —, Crest foi pedir ajuda ao Rei Sigoso. Sabia que ele detestava Rosarian por ter recusado seu pedido de casamento, então os dois conspiraram para matá-la, e Crest esperava que a culpa recaísse sobre Yscalin.

— E Crest ainda se considera uma pessoa devota? — bufou Margret. — Depois de ter assassinado uma Berethnet?

— A devoção pode transformar as pessoas sedentas por poder em monstros — disse Ead. — São capazes de distorcer qualquer ensinamento para justificar suas ações.

Ela já tinha visto isso acontecer antes. Mita acreditara que estava servindo à Mãe quando executou Zāla.

— Crest então se pôs à espera — continuou Loth. — Para ver se Sabran seria mais dedicada ao dever do que a mãe. Quando Sab se recusou a engravidar assim que possível, Crest pressentiu que ela fosse se rebelar. Então pagava pessoas para entrar na Torre da Rainha armadas, só para assustá-la. Ead, era bem o que você desconfiava. Os assassinos estavam lá só para serem pegos. Crest prometia às famílias que haveria uma recompensa.

— E ela se infiltrou na farsa de Truyde para matar Lievelyn? — perguntou Margret, e Loth confirmou com a cabeça. — Mas *por quê*?

— Lievelyn tinha relações comerciais com Seiiki. Esse foi o motivo que ela me relatou. E também que o considerava um peso para Inys. Mas, na verdade, acho que ela não se conformou com o fato de Sabran ter recusado a escolha dela para o consorte. Que outra pessoa pudesse influenciar a rainha além de Crest.

— Sab aparentemente ouvia Lievelyn — concordou Margret. — Saiu do palácio pela primeira vez em catorze anos por um pedido dele.

— Exatamente. Um pecador recém-chegado com mais poder do que deveria. Depois que serviu seu propósito e Sabran engravidou, ele precisava morrer. — Loth sacudiu a cabeça. — Quando o médico disse que Sabran não poderia mais conceber, isso foi visto por Crest como a prova definitiva de que ela era o fruto de uma semente maculada, e que a Casa de Berethnet não estava mais em condições de servir ao Santo. E decidiu que o trono deveria finalmente ser passado para os únicos descendentes dignos do Séquito Sagrado. Para a linhagem dela.

— Essa confissão deve bastar para condenar Crest — falou Ead.

Loth parecia satisfeito, apesar de um tanto desolado.

— Acredito que sim.

Naquele momento, o cerimonialista bateu com o cajado nas tábuas do piso.

— Sua Majestade, a Rainha Sabran!

A corte se levantou em silêncio. Quando Sabran apareceu sob a luz das velas, com os Cavaleiros do Corpo e suas armaduras prateadas atrás de si, todos pareceram prender a respiração.

Ead nunca a tinha visto assim tão notavelmente sozinha. Em geral, ela ia ao Pavilhão de Banquetes acompanhada de suas damas, ou com Seyton Combe, ou com alguma outra figura relevante da corte.

Ela não usava pó de arroz no rosto. E também não usava joias, além do anel de coroação. O vestido era de veludo preto, com mangas e a parte frontal de um cinza de luto. Ficou claro para qualquer um com o mínimo de percepção que ela não estava grávida.

Os murmúrios de confusão se espalharam pelo ambiente. Era uma tradição que a rainha entrasse com a filha no colo em sua primeira aparição pública após o confinamento.

Loth se levantou para permitir a passagem de Sabran para o trono. Enquanto se acomodava, todos os olhares da corte estavam voltados para ela.

— Mestra Lidden — ela falou com um tom de voz retumbante. — Não vai cantar para nós?

Os Cavaleiros do Corpo assumiram suas posições atrás da mesa elevada. Lintley manteve a mão no cabo da espada o tempo inteiro. Os músicos da corte começaram a tocar, e Jillet Lidden cantou.

As bandejas de prata com a comida foram trazidas da Grande Cozinha e servidas à mesa, com tudo o que Inys tinha a oferecer no inverno. Torta de cisne, galinholas e gansos assados, cervos com um molho espesso de cravo, barbotos salpicados com flocos de amêndoa e ervas aromáticas, repolho branco e parstinaca com mel, mexilhões preparados na manteiga e no vinagre de vinho tinto. As conversas voltaram a se espalhar pelo pavilhão, mas ninguém tirava os olhos da rainha.

Um pajem encheu os cálices com vinho gelado de Hróth. Ead aceitou alguns mexilhões e um corte de ganso. Enquanto comia, deu uma espiada em Sabran.

Ead reconheceu o olhar no rosto dela. De fragilidade escondida atrás de uma fachada de força. Quando Sabran levou o cálice aos lábios, apenas Ead notou o tremor em suas mãos.

Biscoitos amanteigados, balas de açúcar, peras com especiarias e tortas de oxicoco, cones de massa crocante recheados com creme branco e tortinhas de maçã branqueada, entre outras iguarias, foram servidos depois do prato principal. Quando Sabran se ergueu e o cerimonialista anunciou seu nome, um silêncio mortal se fez outra vez.

Sabran ficou calada por um tempo, de pé com uma postura impecável, com as mãos entrelaçadas sobre a barriga.

— Minha boa gente — disse ela por fim —, nós sabemos que os acontecimentos dos últimos dias na corte foram inquietantes, e que nossa ausência deve tê-los preocupado. — De alguma forma, apesar do tom de voz baixo, ela conseguia se fazer ouvir por todos. — Ultimamente, certos integrantes desta corte vinham conspirando para destruir o espírito de confraternidade que sempre manteve unido o povo da Virtandade.

O rosto dela era uma porta trancada. A corte ficou à espera de uma revelação.

— Sei que será um grande choque para vocês ouvir que, durante nosso recente problema de saúde, fomos confinadas na Torre da Rainha por uma de nossas conselheiras, que tentou usurpar a autoridade a nós concedida pelo Santo.

Os murmúrios se espalharam pelo recinto.

— Essa conselheira tirou vantagem de nossa ausência para dar vazão a suas ambições e roubar nosso trono. Uma pessoa de sangue sagrado.

Ead notou que aquelas palavras reverberaram dentro dela, e sabia que todos estavam sentindo o mesmo. Passaram pelo cômodo como uma onda. Ninguém ficou intocado.

— Por causa das atitudes dela, somos obrigadas a lhes dar uma notícia tristíssima. — Sabran levou a mão à barriga. — Durante esse nosso suplício... nós perdemos a amada filha que carregávamos no ventre.

O silêncio se instaurou. E persistiu.

E permaneceu.

Então, uma das damas de companhia deixou escapar um soluço, e foi como se um trovão tivesse ressoado. O Pavilhão de Banquetes eclodiu em ruídos ao redor dela.

Sabran permaneceu imóvel e sem nenhuma expressão no rosto. Pelo recinto ecoavam as reprimendas para que os perpetradores pagassem pelo que fizeram. O cerimonialista bateu com o cajado no chão, gritando em vão que se fizesse a ordem, até Sabran levantar uma das mãos.

Imediatamente, o tumulto cessou.

— Vivemos tempos incertos — disse ela —, e não podemos ceder ao luto. Uma sombra recaiu sobre nossa nação. Mais criaturas dragônicas estão despertando, e com suas asas trouxeram ventos de medo. Nós vemos esse medo estampado em seus rostos. E já o vimos inclusive no nosso.

Ead observou os presentes. Aquelas palavras estavam tocando as pessoas. Ao permitir aquele vislumbre de vulnerabilidade — uma pequena trinca em sua armadura —, Sabran mostrou que era um deles.

— Mas são nestes tempos que devemos recorrer mais do que nunca ao Santo para nos guiar — continuou Sabran. — Ele abre seus braços para os temerosos. E nos protege com seu escudo. E seu amor, como uma espada em punho, nos torna mais fortes. Enquanto estivermos unidos na grande Cota de Malha da Virtandade, não podemos ser derrotados. Precisamos reforjar com amor o que a ganância destruiu. Nesta ocasião, o Festim do Auge do Inverno, nós concedemos o perdão a todos os que foram tão afoitos em servir sua senhora que negligenciaram, por precipitação e medo, seus deveres para com sua rainha. Eles não serão executados. Receberão o bálsamo da misericórdia. Porém, a mulher que os usou não pode ser perdoada. Foi sua sede de poder, e seu abuso desenfreado do poder que já detinha, que subjugou essas pessoas a fazer suas vontades.

Os acenos de aprovação se espalharam pelo pavilhão.

— Ela desonrou seu sangue sagrado. Escarneceu da virtude de sua padroeira... pois Igrain Crest ignorou a justiça ao agir de forma hipócrita e nociva.

Aquele nome espalhou uma onda de inquietação entre os presentes.

— Com suas atitudes, Crest desonrou não só a Cavaleira da Justiça, mas também o abençoado Santo e sua descendência. Portanto, esperamos que ela seja considerada culpada de alta traição. — Sabran fez o sinal da espada, e a corte repetiu o gesto. — No momento, todos os Duques Espirituais estão sendo interrogados. É nosso mais ardoroso desejo que os demais provem sua inocência, mas nós aceitaremos todas as evidências concretas.

Cada uma de suas palavras era como uma pedra quicando na superfície de um lago, causando ondas de comoção. A Rainha de Inys não era capaz de conjurar ilusões, mas sua voz e sua postura naquela noite a transformaram em uma feiticeira.

— Nós pregamos o amor. A esperança. E a resistência. A resistência àqueles que tentaram nos afastar de nossos valores. A resistência ao ódio dragônico. Nós nos erguemos para enfrentar os ventos do medo e, pelo Santo, haveremos de revertê-lo para nossos inimigos. — Ela começou a caminhar de um lado para o outro no tablado, e todos os olhos a seguiram. — Nós ainda não temos uma herdeira, pois nossa filha está nos braços do Santo, mas sua rainha ainda está muito viva. E iremos para o campo de batalha por vocês, assim como Glorian, a Defensora, fez por seu povo. Aconteça o que for.

As palavras de apoio começaram. Os acenos e os gritos de "Sabran Rainha".

— Provaremos para o mundo inteiro — ela continuou —, que o povo da Virtandade não se acovarda diante de wyrm nenhum!

— Virtandade! — as vozes ecoavam. — Virtandade!

Estavam todos de pé. Com brilho nos olhos em um frenesi de veneração. Os copos foram erguidos nos punhos cerrados.

Ela os conduzira das profundezas do terror às alturas da adoração.

Sabran tinha uma língua de ouro.

— Agora, com o mesmo espírito de resistência que esta nação vem professando há mil anos — gritou ela —, nós celebramos o Festim do Auge do Inverno e nos preparamos para a primavera, a estação da mudança. A estação do deleite. A estação da generosidade. E o que ela nos der, não haveremos de acumular, mas repassar a vocês. — Ela pegou seu cálice da mesa e o elevou para o alto. — À Virtandade!

— Virtandade — a corte rugiu em resposta. — Virtandade! Virtandade!

As vozes preencheram o ambiente como se fossem música, elevando-se até aos caibros do telhado.

As festividades se prolongaram até tarde da noite. Embora houvesse fogueiras do lado de fora, os cortesãos permaneceram de bom grado na Câmara da Presença, onde Sabran estava sentada em seu trono de mármore, e as chamas crepitavam alto na cavernosa lareira. Ead estava em um canto com Margret.

Enquanto bebia do vinho quente, um brilho vermelho chamou sua atenção. Sua mão foi direto para a faca no cintilho.

— Ead. — Margret tocou seu cotovelo. — O que foi?

Eram os cabelos ruivos do embaixador mentendônio, e não um manto. Mesmo assim, Ead não conseguiu relaxar. Suas irmãs deviam estar fazendo seus preparativos sem pressa, mas certamente viriam.

— Nada. Perdão — respondeu Ead. — O que você estava dizendo?

— Me diga qual é o problema.

— Não é nada em que você vá querer se intrometer, Meg.

— Eu não estava me intrometendo. Bem, talvez — admitiu Margret. — A pessoa se torna um pouco intrometida quando vem à corte, caso contrário ninguém teria assunto nenhum.

Ead sorriu.

— Está pronta para a nossa viagem a Goldenbirch amanhã?

— Estou. Nossa embarcação sai ao amanhecer. — Meg fez uma pausa antes de acrescentar: — Ead, suponho que não conseguiu trazer Valentia em sua jornada de volta.

Havia esperança nos olhos dela.

— Ele está com uma família ersyria de confiança, em uma propriedade no Desfiladeiro de Harmur — explicou Ead. — Eu não poderia levá-lo para o deserto. Você vai tê-lo de volta, eu prometo.

— Obrigada.

Alguém parou junto de Margret e tocou em seu ombro. Katryen Withy, usando um vestido de seda branca e adornos de prata cravejada de pérolas nos cabelos.

— Kate. — Margret a abraçou. — Kate, como você está?

— Já estive pior. — Katryen a beijou no rosto antes de se voltar para Ead. — Ah, Ead. Fico muito contente que você esteja de volta.

— Katryen. — Ead a observou. Havia um hematoma já em processo de melhora sob os olhos, e um inchaço no queixo. — O que aconteceu com você?

— Tentei chegar até Sabran. — Ela levou a mão ao machucado, com cuidado. — Crest mandou me trancarem em meus aposentos. O guarda dela fez isso quando eu reagi.

Margret sacudiu a cabeça.

— Se aquela tirana se sentasse no trono...

— Graças à Donzela, isso não vai acontecer.

Sabran, que estava em uma conversa séria com Loth, se ergueu, e o recinto ficou em silêncio. Era chegado o momento de recompensar quem havia se mostrado mais fiel à rainha.

A cerimônia foi breve, porém não menos impressionante que nenhuma outra. Primeiro, Margret foi nomeada formalmente Dama da Alcova, e os Cavaleiros do Corpo receberam comendas por sua lealdade inabalável à coroa. Aqueles que os auxiliaram receberam terras e joias. E então:

— Mestra Ead Duryan.

Ead se destacou do meio dos presentes. Os cochichos e olhares seguiram seus passos.

— Pela graça das Seis Virtudes — leu o cerimonialista —, Sua Majestade tem a satisfação de nomeá-la como Dama Eadaz uq-Nāra, Viscondessa de Nurtha. E membro do Conselho das Virtudes.

Os murmúrios se espalharam pela Câmara da Presença. *Viscondessa* era um título honorário em Inys, usado para elevar a posição de uma mulher que não era da nobreza e tampouco tinha sangue sagrado. Nunca fora concedido a ninguém que não fosse inysiano.

Sabran pegou a espada cerimonial das mãos de Loth. Ead ficou imóvel quando a parte cega da lâmina tocou seus ombros. Aquele segundo título seria considerado uma traição ainda maior aos olhos de suas irmãs — mas ela o aceitaria, caso a protegesse até que conseguisse encontrar Ascalon.

— De pé — disse Sabran. — Milady.

Ead se levantou e a olhou bem nos olhos.

— Obrigada. — Sua mesura foi das mais breves. — Majestade.

Ela pegou as cartas de nomeação das mãos do cerimonialista, e ouviu murmúrios de "milady" enquanto voltava para onde estava Margret.

Ela não era mais a Mestra Duryan.

Havia uma última honraria a ser concedida. Por sua coragem, Sir Tharian Lintley, que também era um plebeu de nascimento, recebeu um novo título. Foi nomeado Visconde de Morwe.

— Agora, Lorde Morwe — Sabran falou em um tom sugestivo quando Lintley recebeu sua comenda —, nós acreditamos que agora tenha um título apropriado para que possa se casar com uma das filhas dos Condes Provinciais. Diga, você tem... alguém em mente?

Uma bem-vinda explosão de risos se seguiu à pergunta.

Lintley engoliu em seco. Parecia um homem que tinha acabado de realizar todos os sonhos de sua vida.

— Sim. — Ele olhou ao seu redor. — Sim, Majestade, eu tenho. Mas prefiro falar com a referida dama em particular. Para saber se é isso que o coração dela deseja.

Margret, que observava tudo com os lábios franzidos, ergueu uma sobrancelha.

— Você já conversou por tempo demais, Sir Tharian — respondeu ela. — Agora está na hora de agir.

Mais gargalhadas. Lintley deu uma risadinha, assim como ela. As luzes das velas dançavam nos olhos dela. Margret atravessou o salão e segurou a mão estendida por ele.

— Majestade — disse Lintley —, peço sua permissão, e a da Cavaleira da Confraternidade, para me unir a esta mulher como minha companheira nos dias que virão. — Pela maneira como ele a olhava, era como se Margret fosse o nascer do sol depois de anos de noite fechada. — Para que eu possa amá-la como ela sempre mereceu.

Margret se virou para o trono. Ela engoliu em seco, mas Sabran já estava assentindo com a cabeça.

— Você tem nossa permissão, que concedemos de bom grado — disse ela.

Os aplausos ressoaram pela Câmara da Presença. Loth, para satisfação de Ead, vibrou com a mesma intensidade dos demais.

— Agora — anunciou Sabran —, nós achamos que chegou a hora das danças. — Ela fez um sinal para os músicos. — Vamos lá, toquem a Pavana do Rei dos Sereianos.

Dessa vez, os aplausos foram estrondosos. Lintley murmurou alguma coisa para Margret, que sorriu e lhe deu um beijo no rosto. Enquanto os dançarinos se juntavam em pares, Loth desceu de seu assento e fez uma mesura para Ead.

— Viscondessa — ele falou com uma solenidade fingida. — Me concede a honra dessa dança?

— Sim, milorde. — Ead pôs a mão sobre a dele, que a conduziu até o meio do salão. — O que achou do casal? — ele perguntou, lançando um olhar para Margret.

— Acho ótimo. Lintley é um bom homem.

A Pavana do Rei dos Sereianos de início era lenta. Começava como o mar em um dia tranquilo, que ia se tornando mais turbulento à medida que a música ganhava corpo. Era uma dança complexa, mas Ead e Loth tinham muita experiência em sua execução.

— Meus pais já vão estar sabendo da notícia quando vocês chegarem a Goldenbirch — disse Loth enquanto os dois saltitavam junto com os outros casais. — Mamãe vai ficar ainda mais incomodada por eu não estar comprometido.

— Acho que ela ficará aliviada demais por saber que você estará vivo para se incomodar com isso — respondeu Ead. — Além disso, você pode preferir nunca se casar.

— Como Conde de Goldenbirch, isso é parte do meu dever. E eu sempre quis ter companhia. — Loth a encarou. — Mas e quanto a você?

— Eu? — Ead deu um passo para a direita, e ele a acompanhou. — Se eu vou decidir por companhia algum dia, você quer dizer?

— Você não pode mais voltar para casa. Talvez possa... construir uma vida aqui. Com alguém. — O olhar dele se atenuou. — A não ser que já tenha uma pessoa em mente.

Ela sentiu um aperto no peito.

A dança os separou por um momento enquanto formavam uma roda com os outros casais. Quando se juntaram de novo, Loth falou:

— Crest me contou. Acho que ouviu da boca do Gavião Noturno.

Fazer comentários sobre aquilo em voz alta era perigoso. Ele sabia disso.

— Espero que você não tenha decidido deixar de me contar por medo de que eu fosse julgá-la — murmurou Loth. Ambos deram um rodopio. — Você é minha amiga mais querida. Só quero a sua felicidade.

— Apesar de ser um insulto à Cavaleira da Confraternidade. — Ead ergueu as sobrancelhas. — Nós não somos casadas.

— Eu teria pensado dessa forma antes — admitiu ele. — Mas agora vejo que existem coisas mais importantes.

Ead sorriu.

— Você mudou mesmo. — Eles deram as mãos de novo, e a pavana se acelerou. — Eu não queria jogar mais esse peso sobre seus ombros. Você já se preocupa demais.

— Eu sou assim mesmo — respondeu ele —, mas teria um peso muito maior saber que minha amiga acha que não pode abrir seu coração comigo. — Ele apertou a mão dela. — Você pode contar comigo. Sempre.

— E você comigo — Ead falou, torcendo para ser capaz de cumprir o que dizia.

Quando a pavana terminou, ela se perguntou se, depois de tudo o que viveram, eles poderiam algum dia ficar debaixo da macieira com a mesma despreocupação de antes, bebendo vinho e conversando até o amanhecer. Loth fez uma mesura, com um sorriso que enrugou o canto dos olhos, e ela retribuiu o gesto. Então se virou, com a intenção de escapulir para seus aposentos — e acabou encontrando Sabran à sua espera.

Ead a observou enquanto todos na corte abriam caminho.

— Toquem uma dança da vela — ordenou Sabran.

Dessa vez, houve murmúrios de deleite entre os cortesãos. A rainha não dançara em público nenhuma vez nos anos em que Ead vivera na corte. Loth tinha explicado para ela, muito tempo atrás, que Sabran deixara de dançar no dia da morte da mãe.

Muitos cortesãos jamais tinham visto essa dança, mas alguns criados mais antigos, que deviam ter visto a Rainha Rosarian executá-la, começaram a recolher as velas dos castiçais. Em pouco tempo, os demais se juntaram a eles nessa tarefa. Uma vela foi entregue a Sabran, e outra para Ead. Loth, que estava próximo o bastante para acabar envolvido também, ofereceu a mão para Katryen.

O conjunto de instrumentistas começou a executar uma melodia dolorosa, e Jillet Lidden se pôs a cantar. Três homens juntaram suas vozes à dela.

Ead fez uma mesura profunda para Sabran, que retribuiu o gesto. Cada pequeno movimento fazia a vela bruxulear.

Os volteios começaram. As velas eram mantidas na mão direita, enquanto a esquerda ficava com o dorso voltado uma para a outra, mas sem se tocarem. Foram seis rotações em torno da parceira, trocando olhares, antes de serem conduzidas pela música para lados opostos da fila. Ead rodeou Katryen antes de voltar para Sabran.

Sua parceira era uma dançarina notável. Cada passo era preciso, mas suave como veludo. Por todos aqueles anos em que não dançou na corte, Sabran devia ter praticado sozinha. Ela deslizava em torno de Ead como os ponteiros de uma relógios, se aproximando por breves instantes, com os passos sempre no mesmo ritmo. Quando Ead se virou, a testa das duas se tocaram e seus ombros roçaram um no outro, e então se afastaram de novo. Ead ficou sem fôlego em algum momento daquela interação.

Elas nunca tinham ficado tão próximas em público. O perfume dela, o calor fugaz do seu corpo, era uma tortura que ninguém mais era capaz de ver. Ead deu uma volta em Loth antes de se unir de novo a Sabran, e a pulsação estava tão alta nos ouvidos quanto a música, talvez até mais.

A dança continuou pelo que pareceu ser uma eternidade. Ela estava perdida em um sonho com vozes sofridas, ao som da flauta e da harpa e da charamela, e com Sabran, semiocultada pela sombra.

Mal percebeu quando a música terminou. Tudo o que ouvia era o forte tambor em seu peito. Houve um silêncio em uma espécie de transe antes que o salão irrompesse em aplausos. Sabran envolveu sua vela com a mão e a soprou.

— Nós vamos nos retirar para dormir. — Uma dama de companhia pegou sua vela. — Peço para que vocês fiquem e desfrutem das festividades. Boa noite.

— Boa noite, Majestade — respondeu a corte, fazendo mesuras enquanto a rainha se retirava.

À porta da Câmara Privativa, Sabran olhou por cima do ombro para Ead.

Aquele olhar era um convite. Ead soprou sua vela e entregou para um criado.

Ela sentiu o espartilho mais apertado do que estava antes. Uma dorzinha gostosa se instaurou em sua barriga. Ead ficou mais algum tempo entre os presentes, vendo Loth e Margret dançarem uma galharda, antes de deixar a Câmara da Presença. Os Cavaleiros do Corpo lhe deram passagem.

A Câmara Privativa estava escura e fria. Ead entrou, se lembrando da melodia do virginal, e abriu as portas da Grande Alcova.

Sabran a esperava junto ao fogo. Não vestia nada além de uma anágua e um espartilho rígido.

— Não se engane — disse ela. — Estou furiosa com você.

Ead ficou parada no batente.

— Eu compartilhei todos os meus segredos com você, Ead. — A voz dela era quase inaudível. — Você me viu na escuridão da noite. Meu eu mais verdadeiro. — Ela fez uma pausa. — Foi você que expulsou Fýredel.

— Sim.

Sabran fechou os olhos.

— Nada na minha vida era real. Até as tentativas de *tirar* minha vida eram farsas, criadas para me influenciar e me manipular. Mas você, Ead... pensei que fosse diferente. Chamei Combe de mentiroso quando ele me disse que você não era o que parecia. Agora não sei nem se tudo entre nós não foi só parte da sua encenação. Sua *tarefa*.

Ead ficou em busca das palavras certas a dizer.

— Me responda — disse Sabran, com a voz carregada de tensão. — Eu sou sua rainha.

— Você pode ser *uma* rainha, mas não é a *minha*. Eu não sou sua súdita, Sabran. — Ead entrou e fechou as portas. — E é por isso que você pode ter certeza de que o que aconteceu entre nós foi verdadeiro.

Sabran continuou olhando para o fogo.

— Eu revelei tudo sobre mim que conseguia — disse Ead. — Se fosse além disso, você teria ordenado a minha execução.

— Você acha que eu sou uma tirana?

— Acho que você é uma tola pretensiosa com uma cabeça dura que nem pedra. E eu nunca mudaria isso em você.

Finalmente, Sabran voltou os olhos para Ead.

— Me diga, Eadaz uq-Nāra — ela falou, baixinho. — Eu sou ainda mais tola por ainda querer você?

Ead atravessou a distância entre elas.

— Não mais do que eu, por amar você tanto assim — respondeu ela.

Ela estendeu a mão na direção de Sabran, prendendo uma mecha de cabelos atrás da orelha. Sabran a olhou bem nos olhos.

As duas estavam cara a cara, sem mal se tocarem. Por fim, Sabran segurou as mãos de Ead e as colocou na cintura. Ead as deslizou para a frente e começou a desamarrar o espartilho.

Sabran a observou. Ead queria que aquilo fosse uma repetição da dança da vela, saboreando a lenta escalada da intimidade, mas estava ávida demais pelo toque. Seus dedos desfizeram os laços e os arrancaram dos ilhós, um após o outro, e, por fim, a peça se abriu e foi ao chão, deixando Sabran apenas de anágua. Ead deslizou seda pelos ombros dela e a segurou pelos quadris.

Ela estava nua entre as sombras. Ead observou seus braços, suas pernas, seus cabelos, seus olhos luminosos como o fogo das fadas.

A distância entre elas desapareceu. Agora era Sabran que estava desamarrando o espartilho dela. Ead fechou os olhos e se deixou ser despida.

Elas se abraçaram como companheiras em sua primeira noite. Quando Sabran beijou seu pescoço, logo atrás da orelha, Ead deixou a cabeça cair para o lado. Sabran foi passando as mãos pelas suas costas.

Ead a deitou na cama. Lábios sedentos atacaram os seus, e Sabran murmurou seu nome. Parecia que séculos haviam se passado desde sua última vez ali.

Elas entrelaçaram seus corpos entre peles e lençóis, ofegantes e vorazes. Ead estremeceu de ansiedade ao relembrar cada detalhe da mulher que tinha deixado para trás. A pele lisa da testa. O pescoço reto como um pilar com um pequeno cálice na base. As covinhas na base da coluna, como se fossem marcas deixadas com dedos. Sabran abriu seus lábios com os dela, e Ead a beijou como se fosse seu último ato naquele mundo. Como se aquele enlace fosse capaz de manter o Inominado sob controle.

As línguas dançavam a mesma pavana dos quadris. Ead abaixou a cabeça e passou a boca pelas clavículas bem desenhadas dela, pelos botões de rosa na ponta dos seios. Beijou-a na barriga, onde o hematoma enfim desaparecera. O único vestígio da verdade era uma cicatriz abaixo do umbigo.

Sabran envolveu o rosto dela com as mãos. Ead observou os olhos que ao mesmo tempo a assombravam e a atraíam de forma irresistível. Seus dedos passearam pela cicatriz que percorria uma das coxas, e encontrou a umidade no ponto onde as duas se juntavam.

Então, Sabran a deitou com um sorriso cheio de malícia. Seus cabelos eclipsaram a luz das velas. Ead passou as mãos pela cintura dela, entrelaçou os dedos na base da coluna e a puxou para o meio de suas pernas.

O desejo a deixou em chamas. Sabran deslizou uma das mãos sob sua coxa e deu um beijo de leve em cada um de seus seios.

Aquilo só podia ser um sonho intranquilo. Ela se lançaria à mercê do deserto se isso significasse poder ter aquela mulher.

Sabran foi descendo pelo seu corpo. Ead fechou os olhos, prendendo a respiração. Os sentidos se fragmentaram para desfrutar de cada sensação. A pele quente. O cheiro de cremegralina e cravo. Quando um dedo roçou seu umbigo, seu corpo se enrijeceu, estremecendo e molhado de suor. Os quadris se erguerem, receptivos, e lábios macios foram mapeando os contornos de sua coxa.

Era como se cada tendão seu fosse a corda de um virginal, ansiando pelo toque de uma instrumentista. Os sentidos colocaram em alerta até mesmo os pontos mais recônditos, tensionados para vibrar no mesmo tom de Sabran Berethnet, e cada toque reverberava até seus ossos.

— Eu não sou a sua *rainha* — Sabran murmurou junto à sua pele —, mas sou sua. — Ead passou os dedos pelos cabelos escuros dela. — E você está prestes a descobrir que também posso ser muito generosa.

Elas só dormiram quando estavam exaustas e saciadas demais para resistirem à exaustão. Em algum momento da madrugada, acordaram com o som da chuva na janela, e seus corpos se procuraram de novo sob o brilho fraco das brasas na lareira.

Mais tarde, se entrelaçaram entre as cobertas.

— Você precisa continuar sendo minha Dama da Alcova — murmurou Sabran. — Por isto aqui. Por nós.

Ead estava com o olhar voltado para os entalhes em pedra no teto.

— Eu posso fazer o papel de Lady Nurtha, mas será sempre isso, um papel — respondeu ela.

— Eu sei. — Sabran voltou os olhos para a escuridão. — Me apaixonei por um papel que você estava representando.

Ead tentou não permitir que aquelas palavras atingissem seu coração, mas Sabran sempre conseguira fazer isso.

Chassar tinha criado Ead Duryan, e ela a incorporara tão plenamente que todos caíram na encenação. Pela primeira vez, ela se deu conta do quanto Sabran devia estar se sentindo traída e confusa.

Sabran pegou a mão de Ead e acariciou seu dedo. Aquele em que ficava o anel da pedra-do-sol.

— Você não usava isso antes.

Ead estava quase pegando no sono.

— É o símbolo do Priorado — explicou ela. — O anel de uma matadora.

— Você matou uma criatura dragônica, então.

— Há muito tempo. Com minha irmã, Jondu. Nós matamos um wyvern que despertou nas Espadas dos Deuses.

— Quantos anos você tinha?

— Quinze.

Sabran observou o anel por um tempo.

— Eu prefiro não acreditar na sua história sobre Galian e Cleolind. Rezei para eles a vida toda — murmurou ela. — Se a sua versão dos acontecimentos estiver correta, isso significa que nunca conheci nenhum dos dois.

Ead levou uma das mãos às costas dela.

— Você acredita em mim? — perguntou Ead. — Eu não tenho como provar nada do que disse.

— Eu sei — disse Sabran. O nariz das duas se tocaram. — Vou demorar algum tempo para absorver tudo isso… mas prefiro não aceitar essa ideia de que Galian Berethnet era apenas um homem de carne e osso.

A respiração dela foi desacelerando. Por um tempo, Ead pensou que Sabran tivesse dormido de novo. Então ela disse:

— Eu tenho medo da guerra que Fýredel deseja travar.

As duas entrelaçaram os dedos.

— E da sombra do Inominado — completou ela.

Ead se limitou a acariciar os cabelos dela com a outra mão.

— Vou discursar para o meu povo em breve. As pessoas precisam saber que vou enfrentar o Exército Dragônico, e que existe um plano em andamento para eliminar essa ameaça de uma vez por todas. Se você encontrar a Espada da Verdade, vou exibi-la em público. Para elevar o moral de todos. — Sabran levantou a cabeça. — Sua ambição é derrotar o Inominado. Se conseguir, o que vai fazer em seguida?

Ead fechou os olhos. Era uma pergunta que ela vinha tentando evitar ao máximo fazer a si mesma.

— O Priorado foi fundado para manter o Inominado sob controle — disse ela. — Se eu conseguir neutralizá-lo... acho que vou poder fazer o que quiser.

Um estranho silêncio se instalou entre elas. As duas ficaram caladas até Sabran se virar de costas.

— Sabran. — Ead continuou mantendo a distância. — O que foi?

— Estou com calor demais.

A voz dela tinha um tom defensivo. Voltada para a parte posterior do ombro de Sabran, Ead fez de tudo para voltar a dormir. Ela não tinha o direito de exigir a verdade de ninguém.

Ainda não tinha amanhecido quando ela acordou. Sabran dormia ao seu lado, tão imóvel que parecia até morta.

Tomando cuidado para não perturbar o sono dela, Ead se levantou. Sabran se mexeu na cama quando ela lhe deu um beijo na cabeça. Deveria avisar que estava saindo, mas, mesmo dormindo, Sabran parecia cansada. Pelo menos agora estava segura, cercada de pessoas que a amavam.

Ead deixou a Grande Alcova e voltou para seus aposentos, onde se lavou e se trocou. Margret já estava nos estábulos, com traje de montaria e um chapéu adornado com uma pluma de avestruz, montada em um palafrém com olhos sonolentos. Quando ela abriu um sorriso, Ead a abraçou.

— Estou muito feliz por você, Meg Beck. — Ela a beijou no rosto. — A futura Viscondessa de Morwe.

— Seria melhor que ele não precisasse se tornar o Visconde de Morwe para ser considerado digno de se casar comigo, mas as coisas são como são. — Margret desfez o abraço e segurou as mãos dela. — Ead, você me levaria para o altar?

— Seria uma honra. E agora você vai poder dar a boa notícia para os seus pais pessoalmente.

Margret suspirou. O pai às vezes não reconhecia os filhos.

— Ah, sim. Mamãe vai ficar muito contente. — Ela alisou a frente do casaco cor de creme. — Como eu estou?

— Exatamente como Lady Margret Beck. Um luminar da moda.

Margret respirou, aliviada.

— Que bom. Achei que poderia parecer a idiota da vila com este chapéu.

Elas cavalgaram pelas ruas sinuosas da cidade e cruzaram o Limber pela Ponte das Súplicas, onde havia entalhes das imagens de todas as rainhas da Casa de Berethnet. Caso seguissem em um bom ritmo, poderiam chegar ao Porto Estival, que servia a todos os condados nortenhos de Inys, por volta das dez.

— Sua dança com Sab ontem à noite despertou muitos comentários. — Margret lançou um olhar para ela. — Segundo os boatos, vocês duas são amantes.

— O que você diria se isso fosse verdade?

— Eu diria que vocês duas podem fazer o que bem entenderem.

Ela podia confiar em Margret. E só a Mãe sabia como seria bom ter alguém para conversar sobre seus sentimentos por Sabran. No entanto, algo a fazia manter tudo em segredo, transformar as horas com ela em minutos roubados.

— Os boatos não são nenhuma novidade na corte — Ead se limitou a dizer. — Mas, vamos, me conte sobre os seus planos para o casamento. Acho que você ficaria muito bem de amarelo. O que me diz?

O Palácio de Ascalon estava envolto pela neblina. Uma chuva caíra e congelara durante a noite, deixando os caminhos cobertos por uma camada transparente de gelo e enfeitando cada parapeito da janela com pingentes de gelo.

Loth estava entre as ruínas da Galeria de Mármore, onde ele e Sabran costumavam se sentar e conversar durante horas. Havia uma beleza assustadora na forma com a pedra tinha se desmanchado no chão feito cera.

Nenhum fogo natural poderia ter provocado aquele derretimento. Somente algo excretado pelo Monte Temível.

— Foi aqui que perdi minha filha.

Ele olhou por cima do ombro. Sabran estava perto dele, com o rosto vermelho de frio sob um gorro de pele. Os Cavaleiros do Corpo aguardavam a distância, com a armadura prateada de inverno.

— O nome dela era Glorian. O mais grandioso de minha linhagem. Todas as três que o receberam foram grandes rainhas. — O olhar dela estava voltado para o passado. — Muitas vezes penso em como ela seria. Se o nome acabaria sendo um fardo, ou se ela se tornaria ainda mais notável que as demais.

— Acho que ela seria destemida e virtuosa, como a mãe.

Sabran abriu um sorriso cansado.

— Você teria gostado de Aubrecht. — Ela foi se colocar ao seu lado. — Era gentil e honrado. Como você.

— Eu lamento não ter chegado a conhecê-lo — disse Loth.

Eles observaram o nascer do sol. Em algum lugar próximo, uma cotovia começou a cantar.

— Eu rezei esta manhã por Lorde Kitston. — Sabran apoiou a cabeça em seu ombro, e ele a puxou para mais perto. — Ead não acha que Halgalant esteja à nossa espera depois da morte. Talvez ela tenha razão, mas continuo acreditando, e sempre vou acreditar, que existe uma outra vida além desta. E acredito que é lá que ele está.

— E eu também preciso acreditar nisso. — Loth se lembrou do túnel. Daquela tumba solitária. — Obrigado, Sab. De verdade.

— Sei que a morte dele ainda deve doer em você, e com razão — falou Sabran. — Mas você não pode deixar que isso obscureça seu juízo.

— Eu sei. — Ele respirou fundo. — Preciso falar com Combe.

— Muito bem. Eu vou para a Biblioteca Privativa, tratar de assuntos de governo há muito negligenciados.

— Tem um dia revigorante pela frente, então.

— Pois é. — Com outro sorriso carregado de exaustão, Sabran se virou para a Torre da Rainha. — Tenha um bom-dia, Lorde Arteloth.

— Tenha um bom-dia, Majestade.

Apesar de tudo, era bom estar de volta à corte.

Na Torre da Solidão, Lorde Seyton Combe estava embrulhado em um cobertor, lendo um livro de orações com os olhos injetados. Estava trêmulo, e um pouco surpreso.

— Lorde Arteloth — disse o Gavião Noturno quando o carcereiro entrou com Loth. — Que bom vê-lo de volta à corte.

— Eu gostaria de poder oferecer a mesma recepção calorosa a você, Sua Graça.

— Ah, eu não esperaria tal cordialidade, milorde. Tive boas razões para mandá-lo embora, mas você não gostaria de ouvir.

Mantendo uma expressão impassível, Loth se sentou.

— Por ora, a Rainha Sabran me encarregou de investigar a tentativa de usurpação de seu trono — informou ele. — Então gostaria de ouvir tudo o que você sabe sobre Crest.

Combe se sentou. Loth sempre considerara aquele olhar perturbador.

— Quando a Rainha Sabran estava trancada em convalescência — Combe começou —, a princípio eu não vi motivos para suspeitar de que havia algo de errado na maneira como seus cuidados estavam sendo conduzidos. Ela concordara em se fechar na Torre da Rainha para esconder a perda da criança, e Lady Roslain estava disposta a acompanhá-la enquanto sua saúde permanecesse ruim. E então, não muito depois que a Mestra Duryan foi embora da capital...

— Fugiu — corrigiu Loth. — Temendo pela própria vida. Banir os amigos da rainha é uma espécie de hábito seu, Sua Graça.

— Zelar pela proteção dela é um hábito meu, milorde.

— Nisso você fracassou.

Combe soltou um longo suspiro ao ouvir aquilo.

— Sim. — Ele esfregou as manchas escuras sob os olhos. — Sim, milorde. Eu fracassei.

Para sua irritação, Loth sentiu uma pontinha de empatia por Combe.

— Continue — pediu ele.

Combe fez uma pausa antes de prosseguir.

— O Doutor Bourn me procurou — contou ele. — Tinha sido expulso da Torre da Rainha. Explicou que temia que, em vez de tratada, Sua Majestade estivesse sendo *confinada*. Apenas Lady Igrain e Lady Roslain tinham permissão para lhe dispensar cuidados. Eu vinha me sentindo... intranquilo em relação a Igrain há bastante tempo. Nunca gostei de seu tipo de devoção impiedosa. — Combe massageou as têmporas com movimentos circulares. — Eu havia revelado a ela o que ouvira de meus espiões. Que Lady Nurtha, como é chamada hoje, mantinha relações carnais com a rainha. Alguma coisa mudou no olhar dela. Igrain fez um comentário aludindo à Rainha Rosarian e sua... conduta conjugal.

Uma lembrança surgiu na mente de Loth, do retrato dela em Cárscaro, rasgada em um surto de raiva e ciúme.

— Comecei a juntar as peças do quebra-cabeça, e não gostei da imagem que formavam — prosseguiu Combe. — Senti que Igrain estava inebriada pelo poder concedido pela virtude de sua própria padroeira. E que estava tramando para substituir a rainha por outra pessoa.

— Roslain.

Combe assentiu.

— A futura chefe da família Crest. Quando tentei entrar nos aposentos reais, fui barrado pelos atendentes dela, que me disseram que a rainha não estava bem o bastante para receber visitas. Fui embora sem protestar, mas, naquela noite... Eu, hum, detive o secretário de Igrain. A duquesa é uma mulher astuciosa. Sabia que não deveria manter nada arquivado em seu gabinete, mas o secretário, sob pressão, entregou documentos relativos às finanças dela. — Ele abriu um sorriso triste. — Havia remessas recorrentes do Ducado de Askrdal. Uma grande quantia paga por Cárscaro depois da morte da Rainha Mãe. Roupas finas e joias usadas para subornos. Uma quantia significativa em coroas foi transferida dos cofres dela para um mercador de nome Tam Atkin, que descobri ser um meio-irmão de Bess Weald, que atirou em Lievelyn.

— Uma conspiração de mais de uma década de duração e ninguém viu nada — comentou Loth, curvando o lábio em um meio-sorriso. — Um gavião tem olhos afiados. Talvez você deveria ser chamado de Toupeira Noturna. Farejando às cegas no escuro.

Combe deu uma risadinha amarga, que se transformou em uma tosse.

— Eu mereceria — ele falou, ainda rouco. — Pois, apesar de ter olhos em todo lugar, eu os fechei para aqueles com sangue sagrado. Eu *presumi* a lealdade dos demais Duques Espirituais. E por isso não mantive a vigilância.

Ele estava tremendo mais do que nunca.

— Eu tinha evidências contra Igrain — Combe continuou —, mas precisava agir com cautela. Ela ocupou a Torre da Rainha, veja bem, e qualquer movimentação brusca poderia pôr em risco a vida de Sua Majestade. Consultei Lady Nelda e Lorde Lemand, e decidimos que a melhor opção era nos retirarmos para nossas propriedades, voltarmos com nossos séquitos e então abafar a fagulha da usurpação. Felizmente, milorde, você chegou primeiro, ou haveria muito mais derramamento de sangue.

Um silêncio se fez enquanto Loth pensava sobre o que ouviu. Por mais que não gostasse do homem, parecia estar dizendo a verdade.

— Eu entendo que Igrain fez sua investida justamente quando determinei o banimento de Lady Nurtha, e isso me faz parecer cúmplice de seus crimes — Combe falou enquanto Loth continuava a digerir as informações. — Mas, com o Santo como testemunha, eu garanto que não fiz nada indigno de um homem honesto. Nem nada que fosse indigno de minha posição junto à Rainha de Inys. — O olhar dele demonstrava firmeza. — Ela pode ser a última Berethnet, mas *ainda* é uma Berethnet. E meu desejo é que governe ainda por muito tempo.

Loth observou o homem responsável por seu exílio para a morte quase certa. Havia algo naqueles olhos que demonstravam sinceridade, porém Loth não era mais o rapaz ingênuo que foi banido da corte por ele. Tinha visto muita coisa depois disso.

— Está disposto a depor contra Crest e entregar as evidências físicas de que dispõe? — perguntou ele por fim.

— Sim.

— E a enviar uma quantia em dinheiro para o Conde e a Condessa de Honeybrook? — questionou Loth. — Pela perda de seu único herdeiro, Kitston Glade, seu amado filho? — Ele sentiu um nó na garganta. — E também o melhor amigo que alguém poderia ter?

— Sim, claro. — Combe abaixou a cabeça. — Que a Cavaleira da Justiça guie sua mão, milorde. Só rezo para que seja mais bondoso que a descendente dela.

17
Leste

O Mar do Sol Dançante era tão cristalino que o crepúsculo o transformava em puro rubi. Niclays Roos estava na proa do *Perseguidor*, vendo as ondas subirem e descerem.

Era bom estar em movimento. O *Perseguidor* tinha passado semanas ancorado na cidade em ruínas de Kawontay, onde mercadores e piratas que desafiavam o embargo marítimo construíram um próspero mercado das sombras. A tripulação abastecera o navio com provisões e água doce suficientes para uma viagem de volta, e pólvora e munição de artilharia para destruir uma cidade inteira.

No fim, não venderam Nayimathun. A Imperatriz Dourada decidira mantê-la para usá-la como um escudo contra a Guarda Superior do Mar.

Niclays apertou a túnica, onde um frasco com sangue e uma escama que arrancara da criatura estava escondido. Todas as noites, ele examinava a escama, mas só o que conseguia pensar quando passava o dedo naquela superfície era a maneira como a dragoa o olhara enquanto ele arrancava um pedaço da armadura da carne dela.

Um farfalhar o fez erguer o olhar. O *Perseguição* navegava com as velas vermelhas de um navio acometido pela peste, compradas para facilitar sua passagem pelo Mar do Sol Dançante. Mesmo assim, continuava sendo a embarcação mais conhecida do Leste, e em breve atrairia o olhar vingativo de Seiiki. Quando a Guarda Superior do Mar e seus ginetes de dragões os encontraram, a Imperatriz Dourada enviara um bote a remo com um mensageiro. Ela abriria a grande Nayimathun ao meio e a estriparia como um peixe ao menor estrago provocado em seu navio, ou se sofressem perseguição. Como uma prova de que ainda estava com a dragoa, mandara um dos dentes dela.

Todos os dragões e embarcações recuaram. Não tinham muita escolha nesse sentido. Porém, era provável que estivessem os acompanhando a distância.

— Aí está você.

Niclays se virou. Laya Yidagé veio ficar ao seu lado.

— Você parece pensativo — comentou ela.

— Esse é o comportamento padrão para os alquimistas, minha cara dama.

Ao menos estavam em movimento. A cada estrela que passavam, chegavam mais perto do fim da linha.

— Fiz uma visita ao dragão. — Laya puxou o xale para junto do corpo. — Acho que está morrendo.

— Não está mais sendo alimentado?

— As escamas estão secando. A tripulação está jogando baldes de água do mar, mas precisa de um mergulho.

Um vento soprou pelo navio. Niclays mal notou o toque gelado. Seu manto era grosso o bastante e o protegia como a pelagem de um urso. A Imperatriz Dourada o presenteara com algumas coisas quando o nomeou como Mestre das Receitas, o título dado aos alquimistas da corte no Império dos Doze Lagos.

— Niclays — Laya disse, baixinho. — Acho que você e eu precisamos elaborar um plano.

— Por quê?

— Porque, se não houver amoreira nenhuma no fim do caminho, a Imperatriz Dourada vai mandar arrancar sua cabeça.

Niclays engoliu em seco.

— E se houver?

— Bom, nesse caso talvez você não morra. Mas eu já estou cansada desta frota. Estou vivendo aqui como maruja, mas não tenho a menor intenção de morrer como uma. — Ela o encarou. — Quero ir para casa. Você não?

Aquela palavra fez Niclays parar para pensar.

Ele não tinha uma *casa* há muito tempo. Seu nome era Roos por causa de Rozentun — uma cidade pacata à beira do Estuário de Vatten, onde ninguém se lembrava dele. A única pessoa que restava lá era a mãe, que o detestava.

Truyde poderia ter interesse se ele estivesse vivo ou morto, ele supunha. Niclays se perguntou como ela estava. Se ainda estava mobilizando uma aliança com o Leste, ou chorando em silêncio por seu amante.

Por um bom tempo, seu lar fora a corte mentendônia, onde contara com o favorecimento real, onde encontrara o amor — mas Edvart estava morto; sua linhagem, desfeita; e sua lembrança, confinada a estátuas e retratos. Não havia mais lugar para Niclays por lá. E, quanto à sua passagem por Inys, foi no mínimo calamitosa.

No fim, seu lar sempre fora Jannart.

— Jan morreu por isso. — Ele umedeceu os lábios. — Pela árvore. Não posso ir embora sem descobrir esse segredo.

— Você é o Mestre das Receitas. Sem dúvida vai ter algum tempo para estudar a árvore — murmurou Laya. — Se descobrirmos o elixir, desconfio que a Imperatriz Dourada vá nos levar ao norte da Cidade das Mil Folhas. Vai tentar vendê-lo para a Casa de Lakseng em troca do fim do embargo marítimo. Nós poderíamos fugir para a cidade, e de lá seguir a pé para Kawontay. Você poderia levar algumas amostras do elixir.

— A pé. — Niclays riu, baixinho. — Na hipótese improvável de sobrevivermos a uma jornada como *esta*, para onde iríamos depois?

— Existem contrabandistas ersyrios em Kawontay que atuam no Mar de Carmentum. Nós poderíamos convencê-los a nos levar junto na travessia do Abismo. Minha família pagaria uma recompensa.

Não havia ninguém que pudesse pagar pela travessia dele.

— Eles pagariam pela sua viagem também — complementou Laya, ao ver a cara de Niclays. — Eu vou me certificar disso.

— É muita bondade sua. — Ele hesitou. — E se não houver amoreira nenhuma no fim do caminho?

Laya o encarou.

— Se não encontrarem nada — ela disse, baixinho —, se jogue no mar, Niclays. Vai ser um fim mais digno do que sofrer a ira dela.

Ele engoliu em seco.

— Imagino que sim — concordou ele. — Seria mesmo.

— Alguma coisa nós vamos encontrar — disse ela, em um tom mais gentil. — Jannart acreditava na lenda. E acredito que esteja olhando por você, Niclays. Para garantir que volte para casa.

Para *casa*.

Ele poderia entregar o elixir a qualquer governante que quisesse, e assim conseguiria proteção contra Sabran. Brygstad era o lugar para onde mais desejava ir. Poderia alugar um sótão no Bairro Velho e se manter dando aulas de alquimia para aprendizes. Poderia encontrar um pouco de contentamento frequentando as bibliotecas da cidade e as palestras nas universidades. Se não pudesse ser lá, que fosse em Hróth.

E então encontraria Truyde. Seria um avô para ela, e deixaria Jannart orgulhoso.

Enquanto o *Perseguição* singrava as águas profundas, Niclays permaneceu ao lado de Laya, olhando para o céu enquanto as estrelas surgiam. Seja lá o que os aguardava, uma coisa era certa. Ou ele, ou sua alma, enfim teriam seu descanso.

18

Oeste

O *Flor de Ascalon*, um navio de passageiros que percorria a costa leste de Inys, aportou na velha cidade litorânea de Calibur-do-mar ao meio-dia. Ead e Margret partiram em cavalgada pelos Prados, seguindo a margem das águas congeladas do Rio Lissom.

A neve caíra durante a noite no norte, e se acumulava pelos campos como uma cobertura de sobremesa alisada com uma faca. Conforme as duas seguiam viagem, os plebeus tiravam os chapéus para saudar Margret, que sorria e acenava. Ela teria feito muito bem o papel de Condessa de Goldenbirch, caso fosse a filha mais velha.

Elas se afastaram pelo rio e atravessaram a neve que chegava até os joelhos das montarias. Não havia trabalhadores nos campos em pleno inverno, com a terra gelada demais para ser arada, mas Ead manteve a cabeça coberta com o capuz mesmo assim.

A família Beck vivia em uma prodigiosa residência de nome Serinhall. Ficava a cerca de um quilômetro e meio de Goldenbirch, onde Galian Berethnet nascera. Do vilarejo em si só restavam as ruínas, mas continuava sendo um local de peregrinação dentro da Virtandade. Ficava à sombra do Haith, o bosque que separava os Prados dos Lagos.

Depois de horas de cavalgada, o rosto das duas estava ressecado pelo frio. Margret diminuiu o ritmo da montaria ao pé de um morro. Ead observou a grande extensão do gramado coberto de branco. Serinhall se erguia diante delas, austera e magnífica, ostentando janelas salientes e telhados abobadados.

— Muito bem, aqui estamos — anunciou Margret. — Quer ir direto para Goldenbirch?

— Ainda não — respondeu Ead. — Se Galian escondeu Ascalon aqui nesta província, acho que teria avisado seus guardiões. Era sua posse mais valiosa. O símbolo da Casa de Berethnet.

— E você acha que a minha família escondeu a espada de todas as rainhas durante todos esses séculos?

— É possível que sim.

Margret franziu a testa.

— O Santo veio a Serinhall uma vez, no ano do nascimento da Princesa Sabran. Se houvesse alguma evidência de que ele deixou *mesmo* a espada por aqui, papai saberia. Ele dedicou a vida a aprender tudo sobe este lugar.

Lorde Clarent Beck estava doente fazia um tempo. Antes um cavaleiro vigoroso, sofrera uma queda enquanto montava que provocara um ferimento na cabeça e o deixara com o que os inysianos chamavam de *névoa mental*.

— Então vamos. Não temos tempo a perder — disse Margret. Um olhar malicioso faiscou em seus olhos. — Que tal uma corrida, Lady Nurtha?

Ead sacudiu as rédeas em resposta. Quando o alazão saiu em galope pelo morro, atravessando o gramado e assustando um grupo de veados-vermelhos, Margret gritou algo explicitamente descortês atrás dela. Ead caiu na risada enquanto o vento arrancava o capuz da cabeça.

Ela chegou na frente de Margret ao portão por muito pouco. Criados usando a insígnia da família Beck estavam tirando a neve da entrada com uma pá.

— Lady Margret! — Um homem magro com uma barba pontuda fez uma mesura para ela. — Seja bem-vinda de volta, milady.

— Um bom-dia para você, Mestre Brooke. — Margret desceu da sela. — Esta é Eadaz uq-Nāra, a Viscondessa de Nurtha. Você faria a gentileza de nos conduzir até a Condessa?

— Claro, claro. — Ao colocar os olhos em Ead, o sujeito fez outra mesura. — Lady Nurtha. Bem-vinda a Serinhall.

Ead se forçou a responder com um aceno, mas aquele título jamais lhe seria confortável.

Ela entregou as reinas a um outro criado. Margret entrou com ela pelas portas abertas.

No saguão de entrada, havia um retrato que cobria uma parede inteira. Mostrava um homem de pele cor de ébano e olhar severo, usando um gibão apertado e as calças apertadas que foram moda em Inys há vários séculos.

— Lorde Rothurt Beck — Margret falou quando elas passaram. — Protagonista de uma das grandes tragédias da história de Inys. Carnelian III se apaixonou por Lorde Rothurt, mas ele já era casado. E essa — Margret falou, apontando para outro retrato —, é Margret, a Indômita, minha xará. Ela liderou nossas forças durante a Rebelião de Gorse Hill.

Ead ergueu as sobrancelhas.

— Lorde Morwe está se juntando a uma linhagem bem nobre mesmo.

— Sim, pobre homem — Margret falou com um tom de exaustão. — Mamãe vai lembrá-lo disso pelo resto da vida.

O Mestre Brooke as conduziu por um verdadeiro labirinto de corredores revestidos com painéis de madeira e enormes portas de carvalho maciço. Todo aquele espaço para apenas duas pessoas e seus criados.

Lady Annes Beck estava lendo na câmara principal quando elas entraram. Uma mulher alta, usava ainda um *attifet* que acrescentava vários centímetros à sua estatura. Sua pele marrom era lisa e sem linhas de expressão, embora alguns fios grisalhos já se insinuassem entre seus cachos.

— O que foi, Mestre Brooke? — Ela ergueu a cabeça e tirou os óculos. — Mas será o Santo? É Margret!

Margret fez uma mesura.

— Ainda não estou à altura do Santo, mamãe, me dê um pouco mais de tempo.

— Ah, minha menina.

Lady Ames abriu os braços para a filha. Ao contrário de Loth e Margret, tinha um sotaque sulino.

— Fiquei sabendo esta manhã de seu noivado com Lorde Morwe — disse ela, dando um abraço em Margret. — Eu deveria lhe dar uma bronca por ter assumido o compromisso sem minha permissão, mas como a Rainha Sabran deu seu consentimento... — Ela abriu um enorme sorriso. — Ah, que esplendor esse homem conseguiu para a vida, minha querida.

— Obrigada, mamãe...

— Muito bem, já encomendei o cetim mais fino para seu vestido. Um azul bem intenso que vai ficar muito bem em você. Meu lojista de confiança em Greensward vai mandar vir o tecido de Kantmarkt. Você vai usar um *attifet* também, claro, com pérolas brancas e safiras, e *precisa* se casar no Santuário de Calibur-do-mar, assim como eu. Não existe lugar mais bonito no mundo.

— Ora, mamãe, ao que parece você já tem tudo sob controle para o meu casamento. — Margret a beijou no rosto. — Mamãe, você deve se lembrar da Mestra Duryan. Agora ela é a Dama Eadaz uq-Nāra, a Viscondessa de Nurtha. E minha amiga mais querida. Ead, eu lhe apresento a minha mãe, a Condessa de Goldenbirch.

Ead fez uma mesura. Já encontrara Lady Annes uma ou duas vezes na corte, quando a condessa fora visitar os filhos, mas não por tempo suficiente para nenhuma das duas ficarem com uma impressão guardada na memória.

— Dama Eadaz — Lady Annes falou, um pouco tensa. — Menos de

quatro dias atrás, os mensageiros vieram dizer que você era procurada por heresia.

— Esses mensageiros eram pagos por traidores, milady — disse Ead. — Sua Majestade não confirma nenhuma dessas palavras.

— Humm. — Lady Annes a olhou dos pés à cabeça. — Clarent sempre pensou que você se casaria com meu filho, sabe. Espero que não tenha acontecido nada impróprio entre os dois, embora *agora* você seja uma consorte apropriada para o futuro Conde de Goldenbirch. — Antes que Ead pudesse formular uma resposta, a condessa bateu as mãos uma na outra. — Brooke! Prepare nossa refeição noturna.

— Sim, milady — veio uma resposta distante.

— Mamãe — protestou Margret —, nós não podemos ficar para o jantar. Precisamos conversar com você sobre...

— Não seja tola, Margret. Você precisa ganhar um pouco mais de peso se quiser dar um herdeiro para Lorde Morwe.

Margret parecia prestes a morrer de vergonha. Lady Annes se retirou, agitada.

Ficaram as duas sozinhas na câmara principal. Ead foi até a janela que dava para o gramado onde ficavam os veados.

— É uma bela propriedade — comentou ela.

— Sim. Eu sinto muita falta daqui. — Margret passou os dedos pelo virginal. — Peço desculpas por mamãe. Ela é... bastante direta, mas no geral é bem-intencionada.

— Assim como a maioria das mães.

— Pois é. — Margret sorriu. — Venha. Nós precisamos trocar de roupa.

Ela conduziu Ead por ainda mais corredores e um lance de escada, até um quarto de hóspedes na ala leste da residência. Ead tirou as roupas de cavalgada. Enquanto lavava o rosto na bacia, algo chamou sua atenção na janela. Quando chegou lá, não havia mais nada.

Ela estava começando a ficar inquieta. Suas irmãs viriam mais cedo ou mais tarde, ou para silenciá-la, ou para obrigá-la a voltar à Lássia.

Afastando esses pensamentos, verificou se suas lâminas estavam todas nos devidos lugares e se arrumou para o jantar. Encontrou Margret do lado de fora do quarto, e elas desceram para o salão, onde Lady Annes já estava sentada. Os criados encheram as taças com sidra de pera — uma especialidade da província —, antes que um guisado de carne de caça com um caldo espesso fosse servido com um pão de casca grossa.

— Agora vocês duas me contem como andam as coisas na corte — disse Lady Ames. — Fiquei muito triste quando soube que a Rainha Sabran perdeu a filha.

Ela levou a mão à barriga. Ead sabia que Lady Annes tinha perdido uma menina antes de ter Margret.

— Sua Majestade está bem, mamãe — respondeu Margret. — Os que tentaram usurpar seu trono já foram detidos.

— Usurpar seu trono — repetiu a condessa. — Quem foi?

— Crest.

Lady Annes ficou sem reação.

— Igrain. — Com gestos lentos, ela baixou a faca de comer. — Santo, eu não consigo acreditar.

— Mamãe — Margret continuou, em um tom mais gentil —, ela também estava por trás da morte da Rainha Rosarian. Em conspiração com Sigoso Vetalda.

Ao ouvir isso, Lady Ames segurou a respiração. Toda uma gama de emoções surgiu no rosto dela.

— Eu sabia que Sigoso ainda guardava rancor. Ele foi um pretendente dos mais determinados. — A voz dela soou carregada de amargura. — E também sei que Rosarian e Igrain não se davam bem, por motivos que é melhor nem comentar. Mas Igrain então *assassinar* a rainha, e daquela forma...

Ead se perguntou se Annes Beck, uma antiga Dama da Alcova, não saberia do caso de Rosarian com Harlowe. Ou, talvez, que a princesa era uma filha bastarda.

— Sinto muito, mamãe. — Margret segurou a mãe dela. — Mas Crest nunca mais vai fazer mal a ninguém.

Lady Annes assentiu.

— Ao menos agora podemos pôr uma pedra nesse assunto. — Ela enxugou os olhos. — Só lamento que Arbella não tenha vivido para saber disso. Ela sempre se culpou pela morte de Rosarian.

Elas continuaram comendo em silêncio por um breve instante.

— E Lorde Goldenbirch, como está, milady? — perguntou Ead.

— Infelizmente Clarent não é mais o mesmo. Às vezes está no presente; às vezes, no passado; e às vezes, perdido em lugar nenhum.

— Ele ainda está perguntando por mim, mamãe? — Margret quis saber.

— Sim. Todos os dias — Lady Annes respondeu, com ares de cansaço. — Você pode subir para vê-lo, por favor?

Margret lançou um olhar para Ead, do outro lado da mesa.

— Sim, mamãe — ela falou. — Claro que posso.

───

Lady Annes tinha orgulho de ser uma boa anfitriã. Aquilo significava que Ead e Margret continuavam na mesa de jantar duas horas depois do início da refeição.

Uma lareira de canto mantinha o ambiente quente e seco. A comida que aquecia continuava a vir das cozinhas. A conversa se voltou para o futuro casamento, e Lady Annes começou a aconselhar a filha sobre a noite de Núpcias ("Você deve *esperar* por uma decepção, querida, pois o ato em si muitas vezes não cumpre o que promete"). Enquanto isso, Margret manteve no rosto o sorriso forçado que Ead já a vira exibir tantas vezes na corte.

— Mamãe — ela falou assim que encontrou uma brecha para se manifestar —, eu estava comentando com Ead sobre as lendas da família. Que o Santo já visitou Serinhall.

Lady Annes deu um gole em sua bebida.

— Então você gosta de história, Dama Eadaz?

— Eu tenho um interesse por esse tema, milady.

— Pois bem — disse a condessa —, segundo os registros, Serinhall hospedou o Santo por três dias logo depois que a Rainha Cleolind morreu ao dar à luz. Nossa família era amiga e aliada de longa data do Rei Galian. Dizem que eram as únicas pessoas em quem ele confiava de fato, mais até do que em seu Séquito Sagrado.

Enquanto tortas de creme, maçãs assadas e leite engrossado com calda de açúcar eram servidos sem parar, Ead trocou olhares com Margret.

Quando a refeição enfim terminou, Lady Annes as liberou de sua presença. Margret conduziu Ead escada acima, com uma vela na mão.

— Pelo Santo — comentou Margret. — Me desculpe, Ead. Ela esperou anos pelo casamento de um de nós dois, para poder planejar tudo, e Loth se revelou uma grande decepção nesse quesito.

— Não tem problema. Ela só quer o melhor para você.

Quando chegaram às portas com entalhes elaborados da ala norte, Margret deteve o passo.

— E se... — Ela contorceu o anel no dedo médio. — E se papai não se lembrar de mim?

Ead pôs a mão nas costas delas.

— Ele pediu para ver você.

Margret respirou fundo, entregou a vela para Ead e abriu a porta.

O quarto estava mais do que abafado. Lorde Clarent Beck cochilava em uma poltrona, com uma colcha ao redor dos ombros. Só o branco de seu cabelo e algumas poucas rugas no rosto o diferenciavam de Loth, tamanha era a semelhança com o filho. Porém, as pernas tinham definhado desde a última vez que Ead o viu.

— Quem é? — Ele se mexeu um pouco. — Annes?

Margret se aproximou e segurou o rosto dele entre as mãos.

— Papai — disse ela. — Papai, sou eu, Margret.

Os olhos dele se abriram.

— Meg. — Ele pousou a mão no braço dela. — Margret. É você mesmo?

— Sim. — Um riso escapou dos lábios dela. — Sim, Papai, eu estou aqui. Me desculpe por ter passado tanto tempo longe. — Ela o beijou na mão. — Perdão.

Ele ergueu o queixo dela com um único dedo.

— Margret, você é minha filha — respondeu ele. — Já perdoei todos os seus pecados no dia em que nasceu.

Margret o envolveu com os braços e afundou o rosto no pescoço dele. Lorde Clarent acariciou os cabelos dela com uma mão firme e uma expressão de serenidade absoluta. Ead nunca soube quem era seu pai biológico, mas naquele momento lamentou esse fato.

— Papai — Margret falou, dando um passo para trás. — Você se lembra de Ead?

Os olhos escuros, com pálpebras pesadas, se fixaram em Ead. Transmitiam a mesma bondade de que ela se lembrava.

— Ead — ele falou, com a voz um pouco falha. — Puxa. Ead Duryan. — Ele estendeu a mão, e Ead beijou seu anel. — Que bom ver você, criança. Já se casou com meu filho?

Ela se perguntou se ele sequer ficara sabendo que Loth fora exilado.

— Não, milorde — ela respondeu em um tom gentil. — Loth e eu não compartilhamos esse tipo de amor.

— Bem que achei bom demais para ser verdade. — Lorde Clarent deu uma risadinha. — Eu esperava vê-lo casado, mas receio que nunca vai acontecer.

Ele franziu a testa, e seu rosto assumiu uma expressão de desânimo. Margret o segurou entre as mãos, para manter a atenção do pai voltada para ela.

— Papai — disse ela. — Mamãe me disse que você está pedindo para me chamar aqui há tempos.

Lorde Clarent piscou algumas vezes.

— Chamar você... — Ele assentiu com gestos lentos. — Sim, tenho uma coisa importante para lhe dizer, Margret.

— Aqui estou eu.

— Então você deve manter o segredo. Loth está morto — ele falou com a voz trêmula —, e você agora é a herdeira. Apenas quem herdar Goldenbirch pode saber. — As rugas em sua testa se aprofundaram. — Loth está *morto*.

Ele deve ter se esquecido de que Loth estava de volta. Margret lançou um olhar para Ead antes de voltar se concentrar no pai, acariciando as maçãs do rosto dele com o polegar.

Era preciso fazê-lo acreditar que Loth estava morto. Era a única forma de descobrirem onde a espada estava escondida.

— Ele está... provavelmente morto, Papai — Margret disse, baixinho. — Eu sou a herdeira.

O rosto dele se franziu entre as mãos da filha. Ead sabia que deveria ser doloroso para Margret contar uma mentira que causava tanto sofrimento, mas mandar Loth vir de Ascalon levaria dias, dos quais elas não dispunham.

— Se Loth está morto, então... precisa ficar com você, Margret — Clarent falou com os olhos marejados. — *Hildistérron*.

Aquela palavra atingiu Ead como um soco no estômago.

— *Hildistérron* — murmurou Margret. — Ascalon.

— Quando me tornei Conde de Goldenbirch, a senhora sua avó me explicou. — Clarent continuava segurando a mão dela. — Precisa ser passada de mão em mão para meus descendentes, e para os seus. Caso *ela* volte para buscar.

— Ela — interrompeu Ead. — Lorde Clarent, ela quem?

— Ela. A Dama do Bosque.

Kalyba.

Eu procuro Ascalon há séculos, mas Galian a escondeu muito bem.

Clarent parecia ficar mais agitado. E as encarou com medo nos olhos.

— Eu não conheço vocês — ele murmurou. — Quem são vocês?

— Papai, sou eu, Margret — ela se apressou em dizer. Ao ver os olhos dele ainda confusos, a voz dela estremeceu. — Papai, por favor, fique comigo. Se não me contar agora, isso vai se perder para sempre na névoa da sua mente. — Margret apertou as mãos dele. — Por favor. Me diga onde Ascalon está escondida.

Ele se agarrou a ela como se fosse a corporificação das memórias que lhe restavam. Margret aguentou firme enquanto ele se inclinava e aproximava os lábios rachados do ouvido dela. Ead observou tudo com o coração disparado.

Naquele momento, a porta se abriu, e Lady Annes entrou no quarto.

— Hora de sua água-de-dormir, Clarent — disse ela. — Margret, ele precisa descansar agora.

Clarent segurou a cabeça entre as mãos.

— Meu filho. — Os ombros dele começaram a tremer em um choro convulsivo. — Meu filho está morto.

Lady Annes deu um passo à frente, com a testa franzida.

— Não, Clarent, nós recebemos boas notícias. Loth está de volta...

— Meu filho está morto.

Os soluços o sacudiam inteiro. Margret levou a mão à boca, com os olhos marejados. Ead a segurou pelo cotovelo e a puxou para fora do quarto, deixando Lady Annes para cuidar do companheiro.

— Que coisa mais horrível para dizer a ele — Margret falou com a voz embargada.

— Era necessário.

Margret assentiu. Enxugando os olhos úmidos, ela levou Ead para seus aposentos, onde procurou uma pena e um pergaminho para escrever uma mensagem.

— Antes que eu me esqueça do que papai me falou — murmurou ela.

Sou citada nas canções. Minha verdade não foi cantada jamais.
Estou onde a luz das estrelas não pode chegar.
Fui forjada no fogo, e pelo que o cometa deixou para trás.
Estou sobre as folhas e sob a árvore a me abrigar,
Meus adoradores têm pelagens, deixam presentes excrementais.
Apague o fogo, quebre a pedra, para poder me libertar.

— Mais uma maldita *charada*. — Talvez, por causa da tensão das últimas semanas, Ead estivesse tão frustrada que aquilo a deixou à beira da insanidade. — Que a Mãe amaldiçoe os antigos e suas charadas. Nós não temos tempo para...

— Eu sei exatamente o que isso significa. — Margret já estava guardando o pergaminho no corpete do vestido. — E sei onde está Ascalon. Venha comigo.

———

Margret mandou avisar o administrador da propriedade que elas fariam uma cavalgada noturna, e que Lady Annes não deveria esperar acordada. Também pediu uma pá para cada uma. O cavalariço providenciou tudo, além das montarias mais velozes dos estábulos, equipadas com lamparinas nas selas.

Vestidas com mantos pesados, elas galoparam para longe de Serinhall. Tudo o que Margret disse para Ead era que iriam para Goldenbirch. Para chegar lá, era preciso pegar o antigo caminho dos cadáveres. Estava coberto de neve, mas Margret sabia se locomover por lá.

Nos tempos dos antigos reis, os corpos eram levados de Goldenbirch e outros vilarejos por aquele caminho até a extinta cidade de Arondine para serem sepultados. Durante a primavera, os peregrinos andavam em procissão por lá, à luz de velas, descalços e entoando cantos. Ao fim do caminho, deixavam oferendas no local onde ficava o antigo Lar dos Berethnet.

Elas passaram por entre carvalhos retorcidos, atravessaram relvados e viram um círculo de pedras dos primórdios de Inys.

— Margret — disse Ead. — O que significa essa charada?

Margret diminuiu a velocidade da montaria.

— Eu me dei conta assim que papai me disse essas palavras. Tinha só seis anos, mas eu me lembro.

Ead abaixou a cabeça para passar um galho carregado de neve.

— Por favor, me explique.

— Loth e eu crescemos separados, como você sabe. Ele foi morar na corte com mamãe desde pequeno, e eu fiquei aqui com papai, mas Loth vinha para casa na primavera para a peregrinação. Eu detestava quando ele precisava voltar para a corte. Um certo ano, fiquei tão aborrecida com ele por me abandonar que prometi que nunca mais iríamos nos falar. Para me agradar, ele prometeu que passaríamos seu último dia de estadia inteiro juntos, e ainda o obriguei a prometer que ele faria *qualquer coisa* que eu quisesse — contou ela. — E depois eu declarei que nós iríamos fazer uma visita ao Haith.

— Um ato de coragem para uma filha do norte.

Margret soltou um risinho de deboche.

— Está mais para um ato de tolice. Loth tinha feito uma promessa e, apesar de ter só doze anos, era honrado demais para quebrá-la. Ao amanhecer, nós pulamos da cama e seguimos por esta mesma estrada até Goldenbirch. Então, pela primeira vez na nossa vida, continuamos andamos até chegar ao lar da Dama do Bosque. Nós paramos no local onde as árvores começavam. Pareciam gigantes sem rosto para uma garotinha, mas eu achei tudo muito empolgante. Dei a mão para Loth e fiquei lá, paralisada à sombra do Haith, imaginando se a bruxa viria nos raptar e arrancar nossa pele e mastigar nossos ossos assim que colocássemos o pé na floresta. No fim, eu perdi a paciência e dei um belo empurrão em Loth.

Ead teve que se segurar para não rir.

— Ele soltou um grito tão grande — lembrou Margret. — Mas, como não teve um fim sangrento, nós dois ficamos mais ousados, e em pouco tempo estávamos colhendo frutas silvestres e perambulando por lá. Quando a tarde caiu, decidimos voltar para casa. Foi quando Loth encontrou uma pequena clareira. Ele disse que era só uma toca de coelho. Eu achava que devia ser a toca de um wyrm, e que eu poderia matar o wyvernin que estivesse escondido lá dentro. Loth deu risada ao ouvir isso, o que me desafiou a rastejar lá para dentro. Era uma abertura bem pequena — contou Margret. — Precisei escavar com as mãos. Entrei de cabeça, com uma vela na mão… e de início só tinha terra mesmo. Mas, quando fui me virar, escorreguei e caí, e acabei em um túnel com altura suficiente para ficar de pé. De alguma forma, a minha vela continuou acesa, então me aventurei um pouco mais adiante. Estava claro que não era um túnel feito por coelhos. Não me lembro até onde cheguei. Só que o meu pavor crescia a cada instante. Finalmente, quando achei que já estava mais apavorada do que deveria, corri de volta para fora, saí cambaleando e contei para Loth que não tinha nada lá. — A neve se acumulava em seus cílios. — Durante anos, tive pesadelos com aquele túnel. Com meu sangue sendo drenado do corpo, ou sendo enterrada viva.

Era raro Margret demonstrar medo. Mesmo dezoito anos depois, aquela lembrança ainda a perseguia.

— Acho que acabei esquecendo, no fim das contas — ela complementou. — Mas quando papai falou comigo... eu me lembrei. *Estou sobre as folhas e sob a árvore a me abrigar, meus adoradores têm pelagens, deixam presentes excrementais.*

— Coelhos — murmurou Ead. — Kalyba me contou que raramente ia ao Haith, mas Galian pode ter passado por lá. Ou talvez tenha sido o seu ancestral que contou para Galian sobre o túnel.

Margret assentiu, o maxilar tenso.

Elas seguiram cavalgando.

A escuridão já caíra quando as ruínas de Goldenbirch se tornaram visíveis. Naquele lugar venerado, o berço da Virtandade, o silêncio era absoluto. A neve era soprada como cinzas. Enquanto as montarias percorriam as ruínas intocadas há séculos, Ead quase chegou a pensar que o mundo tinha acabado e que ela e Margret eram as únicas sobreviventes. Elas voltaram no tempo, para uma época em que Inys era conhecida como Ilhas de Inysca.

Margret deteve sua montaria e desceu da sela.

— Foi aqui que Galian Berethnet nasceu. — Ela se agachou para espanar um pouco da neve. — Onde uma jovem costureira deu à luz um filho, que nasceu com a testa marcada pelas cinzas do espinheiro.

As luvas revelaram uma laje de mármore, encravada na terra.

AQUI SE ERGUIA O LAR DOS BERETHNET

ONDE NASCEU O REI GALIAN DE INYS

ELE QUE É O SANTO DE TODA A VIRTANDADE

— Ouvi dizer que Galian não teve os restos mortais enterrados em lugar nenhum — Ead se lembrou. — Isso não é incomum?

— Sim — admitiu Margret. — Bastante. Os inyscanos deveriam ter preservado os restos mortais de um rei. A não ser...?

O PRIORADO DA LARANJEIRA — A RAINHA

— A não ser?

— A não ser que ele tenha morrido de uma forma que seus atendentes não queriam relevar. — Margret subiu de volta na sela. — Ninguém sabe como o Santo morreu. Os livros só dizem que ele se juntou à Rainha Cleolind no céu, onde construiu Halgalant, assim como havia erguido Ascalon quando estava aqui.

Margret fez o sinal da espada em cima da pedra lisa antes de as duas esporearem as montarias e seguirem adiante.

O Haith era o símbolo do terror no norte de Inys. Quando se tornou visível, Ead entendeu o motivo. Antes que o Inominado tivesse ensinado os inyscanos a temer a luz do fogo, aquela floresta os ensinaram a ter medo do escuro. As árvores eram em sua maioria gigantescas, e próximas o suficiente umas das outras para formarem uma espécie de parede sombria. Apenas o ato de contemplá-la já era sufocante.

Elas cavalgaram até lá em um trote leve e amarraram as montarias.

— Você consegue encontrar o buraco de coelho? — Ead mantinha seu tom de voz baixo. Sabia que elas estavam sozinhas, mas aquele lugar a deixava inquieta.

— Imagino que sim. — Margret retirou a lamparina e as ferramentas da sela. — Só não saia de perto de mim.

A mata mais adiante engolia toda a luz. Ead pegou uma lamparina da sela antes de as duas entrelaçarem os dedos e darem o primeiro passo Haith adentro.

A neve estalava sob as botas de cavalgada. A vegetação era densa — as árvores gigantes nunca soltavam folhas e agulhas —, mas a neve caíra com força suficiente para se acumular no chão.

Enquanto caminhava, Ead se viu tomada por um profundo sentimento de desolação. Poderia ser efeito do frio e da escuridão absoluta, mas a lareira de Serinhall àquela altura lhe parecia tão distante quanto o Burlah. Ela afundou o queixo no forro de pele do manto. Margret detinha o passo de tempos em tempos, como se estivesse ouvindo alguma coisa. Quando um graveto estalou, até Ead ficou tensa. Sob sua camisa, a joia estava ficando gelada.

— Costumava ter lobos por aqui — Margret falou —, mas foram caçados até serem extintos.

Mais para manter os pensamentos de Margret ocupados, Ead perguntou:

— Por que o bosque se chama Haith?

— Nós achamos que *haith* era a palavra que os inyscanos usavam para os antigos modos. A veneração da natureza. Dos espinheiros, principalmente.

Elas caminharam pela neve por bastante tempo sem dizer nada. Loth e Margret foram mesmo crianças corajosas.

— É aqui. — Margret se aproximou de um acúmulo de neve no pé de um carvalho de tronco nodoso. — Me dê uma ajudinha, Ead.

Ead se agachou ao lado dela com uma das pás, e elas começaram a cavar. Por um tempo, pareceu que Margret estava enganada — mas, de repente, as pás atravessaram a neve e encontraram alguma coisa oca.

Ead removeu a neve que cercava a abertura. O buraco de coelho àquela altura era pequeno demais até para uma criança. Elas cavaram com as pás e com as mãos até haver espaço para as duas passarem. Margret encarou a abertura com um olhar apreensivo.

— Eu vou primeiro — Ead se ofereceu.

Ela chutou a terra solta para longe do buraco e deslizou para dentro, deixando a lamparina na entrada.

Mal havia espaço para um coelho bem nutrido, muito menos uma mulher. Ead acendeu seu fogo mágico e se arrastou de barriga. Ela rastejou até que o túnel, que como Margret descrevera, simplesmente despencava em um poço de escuridão. Como não era possível dar meia-volta, Ead não teve escolha a não ser mergulhar de cabeça.

A queda foi curta e dolorosa. Enquanto ela se ajeitava, o fogo mágico se acendeu, revelando um túnel com paredes de arenito e teto arqueado, com altura suficiente para ser atravessado de pé.

Margret se juntou a ela. Estava com a lamparina em uma das mãos e uma faca pequena na outra.

As paredes do túnel tinham reentrâncias escavadas, onde era possível ver tocos de velas. O interior daquele refúgio secreto era frio, mas nada comparável ao gelo da superfície. Margret ainda tremia sob o manto.

Em pouco tempo, elas chegaram a uma câmara com teto baixo, onde dois barris de ferro ficavam de guarda de outra laje, feita de uma pedra preta. Margret foi cheirar um dos barris.

— Óleo de eachy. Um barril deste tamanho queimaria por uma estação inteira — ela comentou. — Alguém cuida deste lugar.

— Quando foi mesmo que seu pai sofreu a queda? — Ead quis saber.

— Três anos.

— Antes disso, ele já tinha vindo ao Haith?

— Sim, muitas vezes. Como o Haith fica na nossa província, ele às vezes vinha com os criados, para se certificar de que estava tudo bem. Às vezes até sozinho. Eu o considerava o homem mais corajoso do mundo.

Sob a luz de seu fogo mágico, Ead leu a inscrição na laje.

EU SOU A LUZ DO FOGO E DAS ESTRELAS
O QUE EU BEBO SE AFOGARÁ

— Meg — chamou ela. — Loth explicou a minha magia para você, não?

— Se eu entendi direito, a sua magia é a do fogo — disse Margret. — É atraída de alguma forma pela magia da luz das estrelas, mas não tanto quanto a magia da luz das estrelas atrai a si mesma. É isso mesmo que eu entendi?

— Exatamente. Galian devia saber que a espada seria atraída pela sterren, que era uma coisa que Kalyba tinha. Ele não queria que ela ouvisse o chamado da espada. Quem enterrou Ascalon a cercou de fogo. Imagino que, durante os primeiros séculos, o Guardião dos Prados, fosse quem fosse, se encarregou de manter a entrada aberta e os braseiros acesos.

— Você acha que era isso que papai estava fazendo. — Margret assentiu lentamente. — Mas quando ele sofreu a queda…

— … o segredo quase se perdeu.

As duas olharam para a laje de pedra. Era pesada demais para ser movida com as mãos.

— Vou voltar para Serinhall e buscar uma marreta — disse Margret.

— Espere.

Ead tirou a joia minguante do pescoço. Estava fria como granizo em sua mão.

— A joia sente a presença de Ascalon — Ead disse —, mas a atração não é forte o bastante para arrastar a pedra. — Ela pensou um pouco. — Ascalon é feita de luz das estrelas, mas foi forjada com fogo. Uma união das duas magias.

Ela acendeu seu fogo mágico.

— E reage ao que é mais parecido com si mesma — Margret complementou, entendendo aonde Ead queria chegar.

A chama tocou a joia. Ead temeu que seu instinto estivesse errado, mas então uma luz brilhou lá dentro — uma luz branca, como o beijo da lua sobre a água. E ressoou como a corda de um instrumento musical.

A laje de pedra rachou bem ao meio, com o retumbar como o de um trovão. Ead se jogou para trás e protegeu o rosto enquanto a pedra preta se partia em pedaços. A joia saiu voando da mão, e a laje quebrada expeliu uma luz para dentro da câmara. Alguma coisa se chocou contra a parede, produzindo um retinido alto o bastante para fazer apitar seus ouvidos, e caiu fumegante ao lado da joia, que estremeceu em resposta. Ambos os objetos emitiam um brilho branco e prateado.

Quando a luz diminuiu, Margret caiu de joelhos.

Havia uma espada magnífica diante delas. Cada centímetro de sua extensão — cabo, guarda em cruz, lâmina — era de um prateado límpido e reluzente, que parecia a superfície de um espelho.

Fui forjada no fogo, e pelo que o cometa deixou para trás.

Ascalon. Feita de um metal que não vinha da terra. Criada por Kalyba, empunhada por Cleolind Onjenyu, marcada com o sangue do Inominado. Uma espada longa de dois gumes. Do pomo à ponta, era do tamanho de Loth.

— Ascalon — Margret falou com a voz embargada e cheia de reverência. — A Espada da Verdade.

Ead fechou a mão em torno do cabo. A lâmina exalava poder. A espada estremeceu sob seu toque, com a prata sendo atraída por seu sangue dourado. Quando se levantou, ela a empunhou, maravilhada e sem palavras. Era leve como o ar, e gelada ao toque. Um pedaço da Estrela de Longas Madeixas.

Me torne digna dela, Mãe. Ela levou os lábios à lâmina fria. *Vou terminar o que a senhora começou.*

Elas saíram do buraco de coelho e retraçaram os passos de volta pelo Haith. Naquele momento, o céu já estava todo pontilhado de estrelas. Ascalon, sem uma bainha, parecia beber da luz. Dentro da câmara, era parecida com aço, mas ao ar livre sua origem celestial era inconfundível.

Nenhuma embarcação zarpava à noite. Elas precisariam repousar em Serinhall e partir para Calibur-do-mar ao amanhecer. A perspectiva da jornada de volta já pesava sobre Ead. Mesmo com a espada em mãos, a escuridão Haith se infiltrava em seu coração e a deixava gelada.

— Alto, quem vem lá?

Ead ergueu a cabeça. Margret parou ao seu lado, com a lamparina na mão.

— Sou Lady Margret Beck, filha do Conde e da Condessa de Goldenbirch, e estas são terras dos Beck. Não vou admitir nenhum malfeito dentro do Haith. — Margret soou firme, mas Ead conhecia aquela voz bem o bastante para notar o medo que tentava esconder. — Trate de mostrar seu rosto.

Então, Ead viu. Havia um vulto entre as árvores, com as feições obscurecidas pela escuridão opressiva do bosque. Uma fração de segundo depois, se fundiu às sombras, como se nunca tivesse estado lá.

— Você viu isso?

— Vi, sim — Ead respondeu.

Um sussurro de vento agitou as árvores.

Elas voltaram para os cavalos, apertando o passo. Ead prendeu Ascalon a sua sela.

A lua do lobo estava alta sobre Goldenbirch. O brilho reluzia na neve enquanto cavalgavam de volta para o caminho dos cadáveres. Tinham acabado de passar por um dos caixões de pedra que o ladeavam quando Ead ouviu Margret soltar um grito agudo. Ela puxou as rédeas e virou sua montaria.

— Meg!

Ela ficou sem fôlego. A outra montaria não estava em nenhum lugar por perto.

E Meg estava de pé, com uma lâmina contra seu pescoço, nos braços da Bruxa de Inysca.

Essa magia é fria e elusiva, elegante e esquiva. Permite àqueles que a possuem criar ilusões, controlar a água... e até mudar de forma...

— Kalyba — disse Ead.

A bruxa estava descalça. Usava um vestido transparente, branco como a neve, plissado na cintura.

— Olá, Eadaz.

Ead ficou tensa como a corda de um arco.

— Você me seguiu desde a Lássia?

— Sim. Vi você fugir do Priorado, e vi você ir embora com o lorde inysiano no navio que partiu de Córvugar — Kalyba falou, com o rosto sem expressão. — Foi quando soube que você não tinha a menor intenção de voltar para minha Pérgola. Nem de honrar sua promessa.

Sob o poder dela, Margret tremia.

— Está com medo, queridinha? — perguntou Kalyba. — Sua ama de leite contava histórias sobre a Dama do Bosque? — Ela passou a lâmina sobre a garganta de Margret, que estremeceu. — Ao que parece foi a *sua* família que escondeu a minha espada de mim.

— Solte-a — disse Ead. A montaria batia os cascos no chão. — Ela não tem nada a ver com seu desentendimento comigo.

— Meu desentendimento. — Apesar do frio intenso, a pele da bruxa não estava nem um pouco arrepiada. — Você jurou que me traria o que desejo. Nesta ilha, em outros tempos, teria seu sangue derramado por quebrar tal promessa. Que sorte a sua estar com *outra* coisa que desejo.

Ascalon voltou a brilhar. Escondida sob a camisa e o manto, a joia minguante também.

— Estava aqui o tempo todo. No Haith. — Kalyba ficou olhando para Ascalon. — Minha espada, deixada na sujeira e na escuridão. Mesmo se estivesse enterrada em um lugar onde não poderia atender ao meu chamado, eu teria rastejado até ela como uma víbora. Galian continuou zombando de mim mesmo depois de morto.

Margret fechou os olhos. Os lábios dela se moviam em uma prece silenciosa.

— Suponho que fez isso pouco antes de partir para Nurtha. Onde encontrou seu fim. — Kalyba levantou os olhos. — Entregue-a para mim agora, Eadaz, e seu juramento estará cumprido. Você terá me dado o que desejo.

— Kalyba, eu sei que quebrei minha promessa a você — respondeu Ead. — E que vou pagar por isso. Mas preciso de Ascalon. Vou usá-la para matar o Inominado, fazer o que Cleolind não conseguiu fazer. A espada vai apagar o fogo que arde nele.

— Sim, vai mesmo — disse Kalyba. — Mas não será você quem vai empunhá-la.

A bruxa jogou Margret na neve. Imediatamente, Margret levou as mãos aos braços, engasgando como se estivesse com o peito cheio de água.

— Ead... — Ela conseguiu dizer, ofegante. — Ead, os espinhos...

— O que você está fazendo com ela? — Ead pulou da sela em um instante. — Deixe-a em paz.

— É só uma ilusão — disse Kalyba, andando em círculos ao redor de Margret. — Mas pelo jeito os mortais tendem a sofrer quando estão sob meus encantamentos. Às vezes seus corações param de bater de tanto medo. — Ela estendeu a mão. — É a sua última chance de me entregar a espada, Eadaz. Não deixe que Lady Margret Beck pague o preço pelo seu juramento quebrado.

Ead se manteve firme. Ela não abriria mão da espada. E também não tinha a menor intenção de deixar Margret morrer por isso.

A laranjeira não havia lhe cedido seu fruto à toa.

Ela virou a palma das mãos para cima. O fogo mágico lançado de suas mãos envolveu tanto Margret quanto a bruxa, desfazendo a ilusão.

Kalyba soltou um grito de gelar a alma, e o corpo dela se contorceu. Todos os fios de cabelo ruivo em sua cabeça foram queimados. A carne derreteu de seus ossos e esfriou de novo na forma de contornos pálidos. Uma cabeleira preta caiu até sua cintura.

Estupefata, Ead fechou as mãos. Quando as chamas diminuíram, Margret estava de quatro no chão, com a mão na garganta e os olhos vermelhos.

E Sabran Berethnet estava de pé ao lado dela.

Ead olhou para as mãos, e então de novo para Kalyba, que também era Sabran. Margret se afastou.

— *Sabran?* — ela falou, tossindo.

Kalyba abriu os olhos. Verdes como um salgueiro.

— Como? — Ead perguntou, ofegante. — Como você pode ter o rosto dela? — Ela sacou uma das facas. — Responda, bruxa.

Ead não conseguia desviar o olhar. Kalyba tinha a aparência *exata* de Sabran, desde a ponta do nariz à curvatura dos lábios. Sem cicatriz na coxa nem na barriga, mas tinha uma marca que Sabran não tinha no lado direito do corpo, embaixo do braço — mas, de resto, era como se fossem gêmeas.

— O rosto delas são coroas. E o meu é a verdade. — A voz que saía daqueles lábios era a da bruxa. — Você disse que queria aprender, Eadaz, quando foi à minha Pérgola. O que está vendo diante de si é o maior segredo da Virtandade.

— Você — murmurou Ead.

Quem foi a primeira Rainha de Inys?

— Isto não é um encantamento. — Com o coração aos pulos, Ead ergueu sua lâmina. — Essa é sua verdadeira forma.

Margret ficou de pé e foi cambaleando às pressas para trás de Ead, sacando de novo a faca do cintilho.

— Você desejava a verdade. Pois foi isso o que obteve — disse Kalyba, ignorando a ameaça das lâminas. — Sim, Eadaz. Esta é minha verdadeira forma. Minha primeira forma. A forma que usava antes de aprender a dominar a sterren. — Ela entrelaçou os dedos sobre a barriga, o que a fez se parecer ainda mais com Sabran, se é que era possível. — Nunca tive a intenção de revelar isso. Mas, como você já viu tudo... vou contar a minha história.

Ead manteve os olhos fixos nela, com a lâmina apontada para a garganta da bruxa. Kalyba se virou de costas, para ficar de frente para a lua.

— Galian era meu filho.

Não era isso o que Ead esperava ouvir.

— Não um filho nascido do meu ventre. Eu o roubei em Goldenbirch quando ainda era um bebê. Na época, pensava que o sangue dos inocentes me ajudaria a descobrir uma magia mais profunda, mas ele era tão adorável, com olhos de flores silvestres... Confesso que me afeiçoei, e o criei como se fosse meu em Nurtha, no oco do tronco do espinheiro.

Margret estava tão próxima dela que Ead conseguia senti-la tremendo.

— Aos vinte e cinco anos, ele partiu para se tornar um cavaleiro a serviço de Edrig de Arondine. Nove anos depois, o Inominado emergiu do Monte Temível. Passei muitos anos sem ver Galian. Mas, quando ele ouviu falar da peste e do terror que o Inominado espalhava pela Lássia, veio me pedir ajuda. O sonho dele era unir os reis e príncipes de Inys, que viviam em guerra, sob uma única coroa, e governar a nação de acordo com as Seis Virtudes da Cavalaria. Para esse fim, precisaria conquistar o respeito de todos realizando um grande feito. Ele queria matar o Inominado e, para isso, precisaria da minha magia. Como uma grande tola, eu concedi tal coisa, pois a essa altura não o amava mais como uma mãe. Meu amor por ele era como o dos companheiros. Em troca, Galian prometeu que seria só meu. Cega de amor, eu o presenteei com Ascalon, a espada que forjei no fogo com a luz das estrelas. Ele se dirigiu à Lássia, à cidade de Yikala.

Kalyba bufou.

— Para unir os governantes inyscanos e fortalecer sua reivindicação de poder, ele queria uma rainha com sangue da realeza, e quando colocou os olhos em Cleolind Onjenyu, seu desejo por ela se acendeu. Além de não ser casada e ser linda, tinha nas veias o sangue antigo do Sul. Você sabe uma parte do que aconteceu em seguida. Cleolind desdenhou de meu cavaleiro e tomou sua espada quando ele estava ferido. Ela feriu o Inominável e desapareceu com suas damas de honra na Bacia Lássia, para se vincular para sempre à laranjeira. Pensei que Galian viria me procurar, mas ele quebrou a promessa que fizera a mim e partiu meu coração. Eu estava doente de amor, e também enfurecida. — Ela desviou o olhar. — Galian começou sua jornada de volta para casa sem glórias, e sem uma rainha. Eu o segui.

— Você não me parece ser do tipo que fica ressentida por ser rejeitada — Ead comentou.

— O coração é uma coisa cruel. E o poder dele sobre o meu era imenso. — A bruxa começou a andar ao redor delas. — Galian estava arrasado por conta de seu fracasso, perdido em meio ao ódio e à raiva. Na época, eu ainda não sabia como mudar de forma. O que eu dominava eram sonhos e artifícios. — Ela fechou os olhos. — Saí do meio das árvores diante do cavalo dele. Seus olhos brilharam. Ele sorriu… e me chamou de Cleolind.

Ead não conseguia tirar os olhos dela.

— Como?

— Eu não posso revelar os mistérios das artes estelares, Eadaz. Só o que você precisa saber é que a sterren me deu controle sobre a mente dele. Com um encantamento, eu o fiz pensar que era a princesa que o rejeitara. Como em sonho, a memória dele ficou turva, e ele não conseguia se lembrar da aparência de Cleolind, ou que ela o banira de seu reino, ou da minha existência. Seu desejo o tornara maleável. Ele precisava de uma rainha, e lá estava eu. Fiz com que ele me desejasse, como havia acontecido com Cleolind no instante em que pôs os olhos nela. — Kalyba abriu um sorriso. — Ele me trouxe de volta para as Ilhas de Inysca, onde me tornou sua rainha, e eu o levei para minha cama.

— Ele era como um filho para você — Ead comentou, sentindo uma repulsa no estômago. — Foi você que o criou.

— O amor é uma coisa complexa, Eadaz.

Margret levou uma das mãos à boca.

— Em pouco tempo eu engravidei — murmurou Kalyba, colocando as mãos sobre a barriga. — Dar à luz a minha filha tomou boa parte das minhas forças. Perdi muito sangue. Quando estava de cama, febril, à beira da morte, não consegui mais manter meu controle sobre Galian. Enfim lúcido de novo, ele me jogou no calabouço. — O tom de voz dela se tornou sinistro. — Ele estava com a espada. Eu estava enfraquecida. Uma pessoa amiga me ajudou a fugir... mas tive que deixar minha Sabran. Minha princesinha.

Sabran I, a primeira rainha a governar Inys.

Todos os fragmentos esparsos da verdade estavam se alinhando, explicando aquilo que o Priorado nunca conseguira compreender.

O Impostor também fora enganado por uma impostora.

— Galian destruiu todas as imagens minhas que haviam sido pintadas ou entalhadas e proibiu para sempre que outras fossem criadas. Então foi para Nurtha, onde fora criado por mim, e se enforcou no meu espinheiro. Ou no que restara da árvore. — Ao dizer isso, a bruxa envolveu o próprio corpo com os braços. — Ele fez questão de levar sua vergonha consigo para o túmulo.

Ead ficou em silêncio, enojada.

— Eu fiquei observando enquanto uma casa governada por rainhas tomou seu lugar. Grandes rainhas, cujos nomes se tornaram conhecidos no mundo inteiro. Todas eram parecidas comigo, e não tinham nada dele. Cada uma teve uma única filha, sempre com olhos verdes. Um efeito imprevisto da sterren, creio eu.

Era uma história quase estranha demais para que pudesse ser acreditada. Porém, o fogo mágico não tinha obliterado aquele rosto.

E o fogo mágico nunca mentia.

— Quer saber por que Saban sonha com a minha Pérgola? — Kalyba disse para Ead. — Se não acredita em mim, então acredite em Sabran. Meu Sangue Primordial vive dentro dela.

— Você a atormentou tanto — Ead falou, com a voz rouca. — Se isso é mesmo verdade, se todas as rainhas Berethnet são suas descendentes diretas, por que as fazer sonhar com sangue?

— Eu dei a ela aqueles sonhos com os sofrimentos ao dar à luz para ela saber como sofri ao parir sua ancestral. E os sonhos com o Inominado, e comigo, para que conhecesse seu destino.

— E *qual* é esse destino?

— O que eu tracei para ela.

A bruxa se voltou para as duas, e o rosto dela se fraturou. A pele se desfez em escamas, e os olhos se tornaram serpentinos. O verde dos olhos invadiu a parte branca e se incendiou. Uma língua bifurcada surgiu entre seus dentes.

Quando a última peça do quebra-cabeça se encaixou, Ead sentiu as fundações que sustentavam seu mundo tremerem sob seus pés. Ela se viu no palácio de novo, abraçando Sabran, o sangue escorregadio nas mãos.

— O Wyrm Branco — murmurou ela. — Naquela noite. Era você. *Você* é a sexta Altaneira do Oeste.

Kalyba voltou a sua verdadeira forma, com a aparência de Sabran, com um leve sorriso nos lábios.

— Por quê? — Ead perguntou, aturdida. — Por que destruir a Casa de Berethnet, se foi você que a criou? Isso tudo foi alguma espécie de jogo para você, alguma vingança elaborada contra Galian?

— Eu não destruí a Casa de Berethnet — respondeu Kalyba. — Não. Eu a salvei naquela noite em que ataquei Sabran e sua filha ainda não nascida. Encerrando a linhagem, ganhei a confiança de Fýredel, que vai me recomendar para o Inominável. — Não havia sinal de alegria nem diversão em sua voz agora. — Ele voltará, Eadaz. Ninguém é capaz de detê-lo. Mesmo se você cravasse Ascalon em seu coração, mesmo se a Estrela de Longas Madeixas voltasse, ele sempre vai ressurgir. O desequilíbrio no universo, o desequilíbrio que o criou, sempre vai existir. Nunca poderá ser corrigido.

Ead segurou com mais força o cabo da espada. A joia estava geladíssima em seu peito.

— O Inominável vai me nomear Rainha de Carne e Osso nos dias que estão por vir — disse Kalyba. — Eu vou dar Sabran a ele como presente e tomar o lugar dela no trono de Inys. O trono que Galian tomou de mim. Ninguém vai notar a diferença. Vou dizer ao povo que *eu* sou Sabran, e o Inominado, em toda sua misericórdia, me permitiu manter minha coroa.

— Não — Ead disse, baixinho.

Kalyba estendeu a mão outra vez. Margret colocou a dela sobre Ascalon, ainda presa à sela.

— Me dê a espada e sua palavra terá sido cumprida — disse Kalyba. Em seguida, voltou seu olhar para Margret. — Ou talvez *você* possa devolvê-la, criança, para desfazer o mal que sua família me fez ao escondê-la.

Margret encarou a Dama do Bosque, seu maior medo dos tempos de infância, e não tirou as mãos de Ascalon.

— Foi um gesto de coragem dos meus ancestrais a esconderem de você — ela falou. — E eu não vou lhe entregar por *nada* no mundo.

Ead encarou Kalyba. A bruxa que ludibriara Galian, o Impostor. A Wyrm Branca. Ancestral de Sabran. Se ela ficasse com a espada, não haveria chance de vitória.

— Pois bem — disse Kalyba. — Se não pode ser por bem, que seja por mal.

Diante dos olhos das duas, ela começou a mudar de forma. A espinha se alongou com estalos que pareciam disparos de armas de fogo, e a pele enrijeceu entre os novos ossos. Em questão de instantes, estava do tamanho de uma casa, e a Wyrm Branca estava diante delas, imensa e assustadora. Ead puxou Margret momentos antes de dentes afiados como navalhas abocanhassem a montaria e engolissem a luz de Ascalon.

Asas de couro bateram com força, trazendo consigo um vento quente. O sangue equino caía como neve enquanto Kalyba decolava para o céu noturno.

Quando suas batidas de asas desapareceram a distância, Ead caiu de joelhos, sacudida pelos prantos. Toda respingada de sangue, Margret se ajoelhou ao seu lado.

— Tinha espinhos — ela falou, estremecendo. — Na minha... garganta. Na minha boca.

— Nada disso era real. — Ead se recostou nela. — Nós perdemos a espada. A *espada*, Meg.

As mãos queimavam, mas ela as manteve cerradas. Precisaria de toda sua siden para encarar o que viria pela frente.

— Não pode ser verdade. — Margret engoliu em seco. — Tudo o que ela falou sobre o Santo. O rosto que ela mostrou era um mero truque.

— Foi revelado pelo fogo mágico — murmurou Ead. — O fogo mágico é a revelação. Tudo o que mostra é a verdade.

Em algum lugar entre as árvores, uma coruja soltou um grito de gelar o sangue. Margret se encolheu, com o medo estampado no olhar, Ead estendeu o braço para apertar sua mão.

— Sem a Espada da Verdade, não podemos matar o Inominado. E, sem a segunda joia, não temos como aprisioná-lo — disse ela. — Mas pode ser possível montar um exército com força suficiente para mandá-lo para bem longe.

— Como? — Margret soava desolada. — Quem vai poder nos ajudar agora?

Ead se levantou, puxando Margret consigo, e elas ficaram de pé sobre a neve manchada de vermelho sob o luar.

— Preciso conversar com Sabran — ela falou. — Está na hora de abrir uma nova porta.

19
Oeste

Loth passara a manhã escrevendo para o Conselho das Virtudes, explicando a ameaça iminente e convocando seus membros para Ascalon. Fora um processo exaustivo, mas, desde que Seyton Combe fora solto e assumira a tarefa de elaborar a acusação contra Igrain Crest, uma parte do fardo fora liberada de seus ombros.

Sabran se juntou a ele durante a tarde. Um pombo estava empoleirado no antebraço dela, arrulhando. As penas malhadas indicavam sua procedência mentendônia.

— Recebi uma resposta da Alta Princesa Ermuna. Ela exige justiça pela execução ilegal de Lady Truyde. — Ela pôs a carta sobre a mesa. — Também contou que o Doutor Niclays Roos foi raptado por piratas, e põe a culpa em mim por ter lhe negado o perdão por tanto tempo.

Loth desdobrou a carta. Estava selada com o cisne da Casa de Lievelyn.

— A única justiça que posso oferecer em relação a Truyde é a cabeça de Igrain Crest. — Sabran abriu as portas da varanda. — Quanto a Roos... Eu deveria ter cedido aos apelos há muito tempo.

— Roos era um embusteiro — disse Loth. — Merecia uma punição.

— Mas não tão extrema.

Ele sentiu que não havia nada que pudesse dizer para dissuadi-la. De sua parte, Loth nunca gostara do alquimista.

— Felizmente, Ermuna concordou, diante da urgência de meu pedido, empreender uma busca na Biblioteca de Ostendeur por informações sobre o reinado da Imperatriz Mokwo — disse Sabran. — Ela mandou um criado vasculhar os arquivos, e vai mandar outro pássaro com a maior rapidez assim que encontrar os documentos.

— Ótimo.

Sabran levantou o braço. O pombo saltou e levantou voo.

— Sab.

Ela o encarou.

— Crest me contou uma coisa — disse Loth. — Sobre... o motivo para ter tramado a morte de sua mãe.

— Pois diga.

Loth esperou um momento antes de transmitir a informação. Tentou não pensar no rosto de Crest durante o interrogatório. O olhar de desdém, a nítida ausência de remorso.

— Ela me contou que a Rainha Mãe cometia adultério com um corsário. O Capitão Gian Harlowe. — Ele hesitou. — O caso começou um ano antes de ela engravidar de você.

Sabran fechou as portas da varanda e se sentou à cabeceira da mesa.

— Então eu posso ser uma filha bastarda — disse ela.

— Crest achava que sim. Foi por isso que assumiu um papel tão preponderante na sua educação. Queria moldá-la para que fosse uma rainha virtuosa.

— Uma rainha *obediente*. Uma marionete — Sabran falou com um tom de irritação. — Que pudesse ser manipulada.

— O Príncipe Wilstan pode muito bem ser seu pai. — Loth pôs uma das mãos sobre a dela. — Esse caso com Harlowe pode nunca ter acontecido. Crest claramente tem uma mente perturbada.

Sabran sacudiu a cabeça.

— Uma parte de mim sempre soube. Minha mãe e meu pai eram

calorosos em público, mas sempre frios quando estavam sozinhos. — Ela apertou sua mão. — Obrigado por me contar, Loth.

— Claro.

Em silêncio, ela apanhou seu cálamo de pluma de cisne. Loth aliviou a tensão do pescoço e continuou trabalhando.

Ficar sozinho com ela lhe transmitia uma sensação de paz. Ele se pegou pensando em sua amiga de infância, e fazendo certos questionamentos.

Será que Sabran estivera apaixonada por Lievelyn e se voltara para Ead em busca de consolo depois da morte dele? Ou o casamento fora por mera conveniência, e era Ead a dona do coração dela? Talvez a verdade estivesse em algum lugar entre esses dois extremos.

— Eu pretendo nomear Roslain como a nova Duquesa da Justiça. Ela é a herdeira designada.

— Isso seria prudente? — Vendo que ela continuava a escrever, Loth insistiu: — Sou amigo de Roslain há muitos anos. Sei da devoção dela a você... mas nós podemos garantir a inocência dela nisso tudo?

— Combe está convencido ao máximo de que ela atuou apenas para proteger a minha vida. Seus dedos quebrados são a maior prova de sua lealdade. — Ela mergulhou o cálamo na tinta outra vez. — A avó dela vai ser decapitada. Ead pode ter me aconselhado a ser clemente no passado, mas o excesso de misericórdia acaba se tornando um sinal de tolice.

Eles ouviram passos se aproximando do lado de fora da câmara. Sabran ficou tensa ao ouvir as partasanas se cruzando.

— Quem vem lá? — ela gritou.

— A Lady Chanceler, Majestade — foi a resposta.

Sabran relaxou um pouco.

— Pode mandá-la entrar.

Lady Nelda Stillwater entrou na Câmara do Conselho usando o grande-colar de rubis de seu ofício.

— Sua Graça — disse Sabran.

— Majestade. Lorde Arteloth. — A Duquesa da Coragem fez uma mesura. — Acabo de ser libertada da Torre da Solidão. Queria vir pessoalmente falar sobre a raiva que sinto por uma outra duquesa se rebelar contra a senhora. — O rosto dela estava tenso. — Minha lealdade sempre será sua.

Sabran fez um aceno de cabeça gracioso.

— Eu agradeço, Nelda, e fico muito contente com sua soltura.

— Em nome de meu filho e minha neta, também me vejo na obrigação de pedir clemência por Lady Roslain. Ela nunca disse nenhuma palavra de traição contra a senhora em minha presença, e duvido que pudesse lhe querer algum mal.

— Esteja certa de que Lady Roslain receberá um julgamento justo.

Loth assentiu em sinal de concordância. A pequena Elain, de apenas cinco anos, deveria estar preocupada com a mãe.

— Obrigada, Majestade — disse Stillwater. — Eu confio em seu veredito. Lorde Seyton também me pediu para lhe dizer que Lady Margret e Dama Eadaz chegaram ao Porto Estival ao meio-dia.

— Mande avisar a elas que devem comparecer à Câmara do Conselho assim que chegarem ao palácio.

Stillwater fez uma mesura de novo e se retirou.

— Ao que parece Lorde Seyton já retomou seu papel como seu incansável mestre espião — comentou Loth.

— De fato. — Sabran empunhou o cálamo de novo. — Tem certeza de que ele desconhecia o complô?

— *Certeza* é uma palavra perigosa — respondeu Loth —, mas estou certo de que tudo o que ele faz é pela coroa, e pela rainha que a usa. Por mais estranho que pareça, confio nele.

— Apesar de ter exilado você. Se não fosse por ele, Lorde Kitston ainda estaria vivo. — Sabran o encarou. — Eu ainda posso destituí-lo dos títulos que tem, Loth. Basta você me pedir.

— O Cavaleiro da Coragem prega a misericórdia e o perdão — Loth disse, baixinho. — E eu escolhi esse caminho.

Num leve aceno, Sabran retomou sua carta, e Loth voltou a seus escritos.

Foi no fim da tarde que uma agitação lá embaixo o fez erguer a cabeça de seus papéis. Ele foi até a varanda e se inclinou sobre a balaustrada. No pátio, ao menos cinquenta pessoas, minúsculas como formigas daquela altura, estavam reunidas no Jardim do Relógio de Sol, com a aglomeração crescendo a cada instante.

— Acredito que Ead esteja de volta. — Ele abriu um sorriso. — Com um presente.

— Um presente?

Ele já se retirava da Câmara da Presença. Sabran estava ao seu lado em questão de instantes, seguida com rapidez dos Cavaleiros do Corpo.

— Loth, que presente? — ela falou, em meio aos risos.

— Você vai ver.

Do lado de fora, o sol estava claro, mas não quente, e Margret e Ead ocupavam o centro da comoção. Elas flanqueavam Aralaq, que estava no meio dos curiosos demonstrando uma espécie de exaustão misturada com dignidade. Quando Sabran apareceu, Ead fez uma mesura, e a corte a acompanhou no gesto.

— Majestade.

Sabran ergueu as sobrancelhas.

— Lady Nurtha.

Ead voltou a ficar de pé com um sorriso.

— Senhora, encontramos essa nobre criatura em Goldenbirch, no local do antigo Lar dos Berethnet. — Ela colocou a mão sobre o ichneumon. — Este é Aralaq, descendente do ichneumon que trouxe a Rainha Cleolind para Inys. Ele veio oferecer seus serviços a Sua Majestade.

Aralaq observou a rainha com seus olhos enormes de contornos pretos. Sabran contemplou o milagre diante dela.

— Você é mais do que bem-vindo aqui, Aralaq. — Ela abaixou a cabeça. — Assim como seus ancestrais em outro tempo.

Aralaq se curvou diante da rainha, com o focinho quase tocando a grama. Loth notou as transformações nas expressões de todos. Para as pessoas da corte, era mais uma confirmação da divindade de Sabran.

— Vou protegê-la como faria com meu próprio filhote, Sabran de Inys — rugiu Aralaq —, pois a senhora tem o sangue do Rei Galian, algoz do Inominado. Declaro aqui minha lealdade a Sua Majestade.

Quando Aralaq passou o focinho na mão dela, os cortesãos observaram com reverência a interação de sua rainha com aquela criatura lendária. Sabran o acariciou entre as orelhas e sorriu de uma forma como raramente fazia desde que era menina.

— Mestre Wood — ela chamou, e o escudeiro com o rosto cheio de espinhas fez uma mesura. — Certifique-se de que Aralaq seja tratado como um de nossos irmãos na Virtandade.

— Sim, Majestade — disse Wood. Seu pomo de adão subiu e desceu. — Eu, há, posso perguntar de que Sir Aralaq se alimenta?

— De wyrms — respondeu Aralaq.

Sabran deu risada.

— Os wyrms estão em falta por aqui, mas temos vários outros tipos de víbora. Consulte-se com o cozinheiro, Mestre Wood.

Aralaq lambeu os beiços. Wood parecia pálido. Sabran voltou para a sombra da Torre Alabastrina. Ead conversou com o ichneumon, que a cutucou com o focinho antes que ela fosse atrás da rainha.

Loth abraçou a irmã.

— Como estão nossos pais? — ele quis saber.

Margret soltou um suspiro.

— Papai está definhando. Mamãe está contente com meu casamento com Lorde Morwe. Você precisa ir vê-los assim que puder.

— Vocês encontraram Ascalon?

— Sim — ela respondeu, mas sem nenhum sinal de alegria. — Loth, você se lembra daquele buraco de coelho em que eu entrei quando era criança?

Ele vasculhou a memória.

— Uma brincadeira boba que fizemos na infância. No Haith — ele falou. — O que tem isso?

Ela o segurou pelo braço.

—Vamos, irmão. Vou deixar que Ead conte para você essa triste história.

Quando estavam todos na Câmara do Conselho e as portas se fecharam atrás deles, Sabran se voltou para Ead. Margret tirou o chapéu adornado com a pluma e se sentou à mesa.

— Você trouxe um presente inesperado. — Sabran apoiou a mão no espaldar de sua cadeira. — Também está com a Espada da Verdade?

— Nós a encontramos — disse Ead. — Ao que parece, vinha sendo guardada pela família Beck há muitos séculos, com o conhecimento a respeito sendo passado de herdeiro para herdeiro.

— Que absurdo — protestou Loth. — Papai jamais a esconderia de suas rainhas.

— Ele a estava guardando para quando fosse mais necessária, Loth. E teria contado para você antes de lhe transmitir a propriedade como herança.

Loth ficou perplexo. Retirando o manto, Ead se sentou.

— Encontramos Ascalon em um buraco de coelho no Haith — ela revelou. — Kalyba apareceu. Vinha me seguindo desde a Lássia.

— A Dama do Bosque — disse Sabran.

— Sim. Ela tomou a espada.

Sabran cerrou os maxilares. Loth ficou olhando para sua irmã e para Ead. Havia algo de estranho nas expressões no rosto delas.

Estavam escondendo alguma coisa.

— Imagino que mandar mercenários caçarem uma metamorfa seja uma perda de tempo. — Sabran despencou na cadeira. — Se Ascalon está perdida, e não existe garantia de que vamos encontrar a segunda joia, então precisamos... nos preparar para nos defendermos. Uma segunda Era da Amargura vai começar assim que o Inominado despertar. Vou invocar o chamado sagrado às armas, para que o Rei Raunus e a Alta Princesa Ermuna estejam prontos para a luta.

O tom de voz dela era comedido, mas os olhos pareciam atormentados. Sabran dispunha de mais tempo para se preparar do que Glorian, a Defensora, que tinha apenas dezesseis anos e estivera febril e acamada quando a primeira Era da Amargura começara, mas poderiam ser apenas algumas poucas semanas. Ou dias.

Ou horas.

— Vamos precisar mais do que a Virtandade para estarmos prontos para o combate, Sabran — disse Ead. — Vamos precisar da Lássia. E do Ersyr. E todos neste mundo que sejam capazes de empunhar uma espada.

— Os outros governantes não vão querer se aliar à Virtandade.

— Então é preciso fazer um gesto para mostrar amor e respeito por eles — sugeriu Ead —, revogando a antiga proclamação de que todas as demais religiões são heresias. Alterando a lei para permitir que diferentes valores possam conviver em paz em seus territórios.

— É uma tradição de mil anos — Sabran retrucou, seca. — Foi o próprio Santo que escreveu que todas as outras fés eram falsas.

— Só porque uma coisa sempre foi de um jeito não significa que precisa *sempre* ser desse jeito.

— Eu concordo — Loth falou antes mesmo de se dar conta do que estava dizendo.

As três se voltaram para ele. Margret ergueu as sobrancelhas.

— Acho que seria útil — ele reconheceu, embora sua fé gritasse em contrário. — Durante a minha... *aventura*, eu aprendi o que era ser considerado herético. Era como se a minha própria existência estivesse sob ataque. Se Inys puder tomar a iniciativa de parar de usar essa palavra, acho que faríamos um belo serviço ao mundo.

Depois de um momento, Sabran assentiu.

— Vou propor a questão ao Conselho das Virtudes — ela disse. — Mas, mesmo se os governantes do Sul se juntarem a nós, não vejo como isso possa ser muito útil. Yscalin tem o maior exército do mundo, e vai estar contra nós. A humanidade não dispõe do poder para resistir ao fogo no momento.

— Então a humanidade vai precisar de ajuda — disse Ead.

Loth sacudiu a cabeça, perdido.

— Me digam — Ead continuou, sem se explicar —, já receberam uma resposta da Alta Princesa Ermuna?

— Sim — disse Sabran. — Ela vai me fornecer a data em breve.

— Ótimo. O Inominado vai ressurgir do Abismo nesse dia e, mesmo que *não* seja possível unir a espada e as joias, precisamos estar lá para expulsá-lo enquanto ainda estiver fraco por ter passado tanto tempo hibernando.

Loth franziu a testa.

— Expulsá-lo para onde? E como?

— Para o outro lado do Mar de Halassa, ou para além do Portão de Ungulus. Se o mal tiver que existir, que não seja entre nós. — Ela olhou para Sabran, diretamente nos olhos. — E não podemos executar nenhum desses planos sozinhos.

Sabran se recostou na cadeira.

— Está me dizendo para fazermos contato com o Leste — presumiu ela. — Como Lady Truyde queria.

O fim de um afastamento que durara séculos. Apenas Ead ousaria propor algo assim para uma Berethnet.

— Quando tomei conhecimento desse plano, considerei Lady Truyde uma pessoa imprudente e perigosa — Ead falou com um tom de arrependimento. — Agora vejo que a coragem dela era maior que a nossa.

Os dragões do Leste são feitos de sterren e, apesar de não serem capazes de destruir o Inominado, seus poderes, estejam fortalecidos ou enfraquecidos, vão nos ajudar a derrotá-lo. Para dividir as forças dragônicas, é preciso pedir aos demais governantes para que criem distrações.

— Talvez eles possam ajudar — Loth interveio. — Mas o povo do Leste jamais negociaria conosco.

— Seiiki mantém relações comerciais com Mentendon. E o Leste ajudaria Inys se recebessem uma proposta irrecusável.

— Me diga uma coisa, Ead. — Sabran não parecia nem um pouco convencida. — O que eu devo oferecer aos hereges do Leste?

— A primeira aliança da história com a Virtandade.

A Câmara do Conselho caiu em um silêncio sepulcral.

— Não — Loth respondeu com firmeza. — Isso é inadmissível. Não vai receber o apoio de ninguém. Nem o do Conselho das Virtudes, nem o do povo, nem o meu.

— Você acabou de defender que parássemos de nos referir aos outros como hereges. — Margret cruzou os braços. — Por acaso bateu a cabeça agora há pouco sem que eu tenha percebido, meu irmão?

— Eu estava me referindo às pessoas *deste* lado do Abismo. O povo do leste venera os wyrms. Não é a mesma coisa, Meg.

— Os dragões do Leste não são nossos inimigos, Loth. Eu achava que sim — explicou Ead —, mas antes de compreender a dualidade que compõe este mundo. Eles são o oposto das criaturas infernais como Fýredel.

Loth soltou um riso de deboche.

— Você está começando a falar como uma alquimista agora. Por acaso já viu um wyrm do Leste?

— Não. — Ela ergueu uma sobrancelha. — Você já?

— Eu não preciso ver um para saber que o povo do Leste foi coagido a venerá-los. E eu não vou me ajoelhar no altar da heresia.

— Eles podem não ter forçado essa veneração — sugeriu Margret. — Talvez compartilhem de um respeito mútuo com o povo em si.

— Você está ouvindo o que está dizendo, Margret? — Loth falou, perplexo. — Eles são *wyrms*.

— O Inominado também é temido no Leste — argumentou Ead. — Todas as religiões concordam que ele é o inimigo.

— E o inimigo de um inimigo é um amigo um potencial — reforçou Margret.

Loth mordeu a língua. Se os fundamentos de sua fé fossem atacados de novo, poderiam acabar ruindo.

— Você não sabe o que está pedindo, Ead. — Quando Sabran falou, o peso em sua voz parecia quase insustentável. — Nós mantivemos distância do Leste por causa das heresias, é verdade, mas que eu saiba o povo lá fechou seus portos para nós primeiro, por medo da peste. Eu não vou conseguir convencê-los a se juntarem a nós a não ser que faça uma oferta muito generosa.

— Banir o Inominável é um benefício para todos — rebateu Ead. — O Leste não saiu ileso da Era da Amargura, e não vai escapar desta.

— Mas seu povo pode ganhar tempo para se preocupar enquanto nossos pescoços estão em perigo — argumentou Sabran.

Um pássaro pousou do lado de fora. Loth olhou para a varanda, esperando ver um pombo com uma carta. No entanto, deu de cara com um corvo.

— Eu já disse que nem mesmo as nações da Virtandade viriam em socorro de Inys se seus próprios territórios estivessem sob ataque — Sabran falou, concentrada demais com Ead para reparar na ave. — Você pareceu surpresa.

— E fiquei.

— Pois não deveria. Minha avó disse certa vez que, quando um lobo aparece em um vilarejo, cada pastora trata de proteger primeiro seu próprio rebanho. O lobo se alimenta das outras ovelhas, e a pastora sabe que algum dia vai chegar sua vez, mas se agarra à esperança de que pode vir a escapar. Até que o lobo enfim surge na porta dela.

Loth concordou que aquilo parecia mesmo algo que a Rainha Jillian diria. Ela se tornara célebre por defender alianças mais firmes com o restante do mundo.

— É assim que a humanidade vem agindo desde a Era da Amargura — terminou Sabra.

— Se os governantes do Leste tiverem o mínimo de sensatez, vão compreender a necessidade de cooperação — insistiu Ead. — Eu tenho fé nas pastoras, por mais que a Rainha Jillian não tivesse.

Sabran olhou para a própria mão direita, estendida sobre a mesa. A mão que costumava ostentar um anel do nó do amor.

— Ead, eu gostaria de conversar com você a sós. — Ela se levantou. — Loth, Meg, por favor convoquem o Conselho das Virtudes imediatamente. Preciso de todos aqui para tratar sobre o futuro.

— Claro — Margret assentiu.

Sabran saiu da Câmara do Conselho junto com Ead. Quando as portas se fecharam, Margret olhou para Loth com uma expressão que ele reconheceu de sua época de aulas de música. Era o que a irmã lhe lançava sempre que ele tocava a nota errada.

— Espero que você não esteja pensando em argumentar contra esse plano.

— É uma loucura Ead sequer insinuar tal coisa — murmurou Loth. — Uma aliança com o Leste é a receita certa para a desgraça.

O corvo levantou voo.

— Eu não diria isso. — Margret pegou um cálamo e tinta. — Talvez os dragões deles não tenham nada a ver com wyrms. Durante esses dias fui obrigada a questionar tudo o que eu pensava que sabia.

— Não é nosso papel *questionar*, Meg. A fé é um ato de confiança no Santo.

— E você não está questionando a sua nem um pouco?

— Claro que estou. — Ele esfregou a testa com uma das mãos. — E todos os dias tenho medo de enfrentar a danação por isso. De não ter o meu lugar em Halgalant.

— Loth, eu amo você, mas o juízo que tem na cabeça caberia em um dedal.

Loth espremeu os lábios.

— E você, ao que parece, adquiriu toda a sabedoria do mundo.

— Eu já nasci sábia.

Ela desenrolou um pergaminho para junto de si.

— O que mais aconteceu em Goldenbirch? — perguntou Loth.

O sorriso desapareceu do rosto de Margret.

— Amanhã eu conto. E recomendo a você uma boa noite de sono antes de ouvir o que tenho para contar, Loth, porque sua fé vai ser colocada à prova outra vez. — Ela apontou com o queixo para a pilha de cartas. — Vamos logo, meu irmão. Preciso levar isso para o Mestre dos Correios.

Ele obedeceu. E, como em tantas outras vezes, se perguntou porque o Santo não fizera com que Margret fosse a irmã mais velha.

A noite caíra sobre Ascalon. Metade dos Cavaleiros do Corpo seguiu Ead e Sabran até o Jardim Privativo, mas a rainha ordenou que esperassem do outro lado do portão.

Apenas as estrelas conseguiam vê-las na escuridão coberta de neve. Ead se lembrava de andar com Sabran por aqueles caminhos no auge do verão. Foi a primeira vez que as duas ficaram a sós.

Sabran, a descendente de Kalyba, a fundadora da Casa de Berethnet.

Aquilo a atormentara durante todo o caminho de volta de Calibur--do-mar. E enquanto elas cavalgavam à procura de Aralaq. O segredo que dividiu o Priorado durante séculos.

Inebriado por um encantamento, Galian Berethnet se deitara com uma mulher que via como sua mãe e a engravidara. Ele construíra sua religião como uma parede em torno daquele ato vergonhoso. E, para salvar seu legado, não tivera escolha a não ser santificar a mentira.

A tensão exalava de Sabran como o calor de uma chama. Quando chegaram à fonte, com a água congelada, se viraram uma para a outra.

— Você sabe o que uma nova aliança pode representar.

Ead esperou que ela concluísse o raciocínio.

— O Leste já tem armas e dinheiro — argumentou Sabran. — Posso oferecer isso, mas não se esqueça do que eu falei. As alianças sempre foram forjadas através do matrimônio.

— Já houve alianças sem casamento no passado.

— Essa aliança é diferente. Precisaria unir duas regiões que não possuem nenhum contato há séculos. Costurando dois corpos, se costuram dois territórios. É por isso que os membros da realeza se casam entre si. Não por amor, mas para fortalecer nossas casas. É assim que o mundo funciona.

— Mas não precisa ser assim. Pelo menos tente, Sabran — insistiu Ead. — Mude a forma como o mundo funciona.

— Você fala como se fosse a coisa mais fácil do mundo. — Sabran sacudiu a cabeça. — Como se os costumes e as tradições não tivessem importância nenhuma. Mas são os costumes que moldam o mundo.

— Mas é, *sim*, fácil. Um ano atrás, você não teria acreditado que seria capaz de amar alguém que considerava uma herege. — Ead não desviou os olhos. — Não é verdade?

Sabran soltou o ar com força, lançando uma névoa branca entre elas.

— Sim — ela respondeu. — É verdade.

Os flocos de neve se acumulavam nos cílios e nos cabelos dela. Sabran tinha saído às pressas, sem um manto, e agora estava passando os braços em torno do próprio corpo para se manter aquecida.

— Vou tentar — decretou ela. — Eu vou... apresentar essa questão como uma aliança puramente militar. Estou determinada a continuar governando sem um consorte, como sempre desejei. Não tenho mais o dever de me casar para conceber uma criança. Mas, se for esse o costume no Leste, como é normalmente aqui...

— Pode não ser esse o costume por lá. — Ead fez uma pausa. — Mas se for... talvez seja bom reconsiderar a determinação de não se casar.

Sabran a encarou. Apesar do nó na garganta, Ead não desviou o olhar.

— Por que está falando dessa forma? — Sabran perguntou, baixinho. — Você sabe que eu nunca quis me casar, e que não tenho a menor intenção de fazer isso de novo. Além disso, é você quem eu quero. E mais ninguém.

— Mas, enquanto for governante, nunca vai poder ser vista comigo. Sou uma herege, e...

— Pare. — Sabran a abraçou naquele instante. — Pare com isso.

Ead a puxou para mais perto, sentindo o cheiro dela. As duas se acomodaram no setial de mármore.

— Sabran VII, minha xará, se apaixonou por sua Dama da Alcova — murmurou Sabran. — Depois de abdicar em favor da filha, elas passaram o resto de seus dias juntas. Se derrotarmos o Inominado, meu dever vai estar cumprido.

— Assim como o meu. — Ead envolveu as duas com seu manto. — Talvez eu possa fugir com você.

— Para onde?

Ead beijou a têmpora dela.

— Para algum lugar.

Era só mais um sonho tolo, mas, por um instante, ela se permitiu alimentá-lo. Uma vida com Sabran ao seu lado.

— Você e Meg estão escondendo alguma coisa de mim — disse Sabran. — O que aconteceu em Goldenbirch?

Ead demorou um bom tempo para se sentir pronta para se responder.

— Você me perguntou uma vez se eu sabia quem foi a primeira Rainha de Inys, se não foi Cleolind.

Sabran ergueu o olhar para Ead.

— Minha mãe sempre dizia que era melhor receber más notícias no inverno, quando tudo já está escuro e sombrio. Assim é possível se recuperar na primavera — ela falou, enquanto Ead buscava as palavras. — E nesta primavera em particular, eu vou precisar ser mais forte do que nunca.

Diante daqueles olhos — os olhos da bruxa —, Ead sabia que não podia mais adiar a revelação. Depois de oito anos de mentiras, Sabran merecia a verdade.

E foi o que Ead contou, sob a luz das estrelas.

20
Oeste

Em uma câmara subterrânea no Palácio de Ascalon, uma assassina de sangue santificado esperava por sua execução. Sabran, que durante todos aqueles anos que Loth a conhecia nunca tinha demonstrado a menor sede de sangue, decidira que Crest deveria ser enforcada, estripada e esquartejada em público, mas os demais Duques Espirituais aconselharam que o povo consideraria aquilo inquietante demais em tempos tão incertos. Era melhor fazer tudo de forma rápida e discreta.

Depois de uma noite andando de um lado para o outro sozinha e pensativa, Sabran cedera. A mulher que assumiu a figura do Copeiro morreria em particular, com apenas algumas testemunhas.

Crest não demonstrou nenhum remorso ao encarar aqueles que vieram assistir à sua morte. Roslain ficou em um canto do recinto, com um toucado de luto cobrindo os cabelos. Loth sabia que o maior luto dela não era pela avó, e sim pela traição que manchara o nome da família.

Lorde Calidor Stillwater mantinha a mão na cintura dela para reconfortá-la. Ele viajara do Castelo Cordain, a sede ancestral da família Crest, para estar com a companheira naquele momento de sofrimento.

Loth se mantinha por perto, de braços dados com Margret. Sabran estava lá, usando o colar que ganhara da mãe no aniversário de doze anos. Não era costume que a realeza acompanhasse execuções, mas Sabran considerava que seria um sinal de covardia não estar presente.

Um pequeno cadafalso foi montado e coberto com um tecido preto. Quando o relógio bateu as dez horas, Crest levantou a cabeça na direção da luz.

— Não peço misericórdia nem perdão — disse ela. — Aubrecht Lievelyn era um pecador e um parasita. Rosarian Berethnet era uma meretriz, e Sabran Berethnet é uma bastarda que nunca terá uma filha. — Ela cravou os olhos em Sabran. — Ao contrário dela, eu não fracassei em meu dever. Administrei um castigo justo. Vou por vontade própria para Halgalant, onde serei recebida pelo Santo.

Sabran não reagiu à provocação, mas sua expressão era de frieza absoluta.

Uma prima de Roslain, também usando um toucado de luto, retirou o manto e o anel do selo de Crest e a vendou. O carrasco estava parado ao lado, segurando com uma das mãos o cabo do machado.

Igrain Crest se ajoelhou diante do cadafalso, com as costas eretas, e fez o sinal da espada na testa.

— Em nome do Santo — disse ela. — Eu morro.

Depois dessas palavras, posicionou a cabeça no bloco de madeira. Loth pensou mais uma vez na Rainha Rosarian, cuja morte não fora nem de longe tão misericordiosa.

O carrasco brandiu o machado. Quando a lâmina atingiu a madeira, levou junto a cabeça da figura que representava o Copeiro.

Ninguém sequer emitiu um ruído. Um criado pegou a cabeça pelos cabelos e a ergueu para que todos vissem. O sangue santificado da Cavaleira da Justiça escorria pela madeira, e outro criado o apanhou com um cálice. Depois que o corpo foi envolvido em um sudário e retirado do cadafalso, a prima de Roslain foi até ela, que se afastou de seu companheiro.

O anel com o selo em geral era colocado na mão direita, mas a dela estava imobilizada por causa dos dedos quebrados. Roslain estendeu a esquerda em vez disso, e sua prima posicionou o anel.

— Eis aqui Sua Graça, Lady Roslain Crest, a Duquesa da Justiça — disse o cerimonialista. — Que seja correta em sua conduta, hoje e sempre.

Igrain Crest estava morta. A sombria figura do Copeiro nunca mais voltaria a ameaçar o Rainhado de Inys.

Sabran estava em sua poltrona favorita na Câmara Privativa. Um relógio com lamparina fazia seu tique-taque sobre o aparador da lareira.

Ela mal dissera uma palavra desde que Ead lhe contara sobre Kalyba. Depois de ouvir a história, ela sugeriu que fossem se recolher, e as duas passaram o resto da noite fechadas atrás das cortinas do leito real. Ead se manteve em silêncio enquanto ela olhava para o teto.

Agora, naquele instante, Sabran parecia transfixada nas próprias mãos. Ead a viu pressionar as articulações, esfregar a ponta nos polegares nos outros dedos e acariciar o rubi de seu anel de coroação.

— Sabran, não existe nada do poder dela dentro de você — disse Ead.

Sabran cerrou os dentes.

— Se eu tenho o sangue dela, então poderia empunhar a joia minguante — falou ela. — Alguma coisa dela vive em mim.

— Sem o resíduo estelar, ou um fruto da laranjeira, você não é capaz de usar nenhum dos dois ramos de magia — disse Ead. — Você não é uma maga, nem está prestes a se transformar em um wyrm.

Sabran continuava cutucando a pele dos dedos. Ead colocou a mão sobre a dela.

— No que você está pensando?

— Que provavelmente sou uma filha bastarda. Que sou descendente de um mentiroso e da Dama do Bosque, a mesma mulher que me tirou minha filha, e que nenhuma casa decente pode ser construída sobre um alicerce como esse. — Os cabelos dela caíam como uma cortina entre as duas. — Que tudo o que sou é uma mentira.

— A Casa de Berethnet fez muitas coisas boas. Sua origem não apaga isso. — Ead continuou segurando a mão dela. — Quanto a essa questão de ser uma filha bastarda, isso significa que seu pai está vivo. Não é uma coisa boa?

— Eu não conheço Gian Harlowe. Meu pai, para todos os efeitos, foi Lorde Wilstan Fynch — disse Sabran, baixinho. — E está morto. Como minha mãe, e Aubrecht, e outros também.

A coita mental a dominara. Ead tentou transmitir um pouco de calor para a mão dela, sem sucesso.

— Ainda não entendo porque ela lançou aquele espinho em mim. — Sabran passou a mão na cicatriz sobre a barriga. — Se estiver falando a verdade, então amava a filha que teve, Sabran I. E eu tenho o sangue dela.

O espinho em si tinha desaparecido. De acordo com o médico que o retirou, só o que restara foi uma mecha de cabelos no lugar.

— Kalyba abriu mão de sua humanidade agora. Você tem seu sangue, mas essa afinidade não basta para que ela ame você. Só o que ela deseja é o seu trono — disse Ead. — Nós provavelmente nunca vamos entendê-la. O que importa agora é que ela é uma aliada do Inominável, o que a torna nossa inimiga.

Elas ouviram uma batida na porta. Uma dama dos Cavaleiros do Corpo entrou, com sua armadura prateada.

— Majestade — disse ela com uma mesura —, um pássaro acabou de chegar de Brygstad. Com uma mensagem urgente de Sua Alteza Real, a Alta Princesa Ermuna, da Casa de Lievelyn.

Ela entregou a carta e saiu. Sabran rompeu o selo e se virou para a janela enquanto lia.

— O que diz a carta? — perguntou Ead.

Sabran respirou fundo pelo nariz.

— A data é... — A carta flutuou até o chão. — A data é o terceiro dia... *desta* primavera.

Assim, a ampulheta foi virada. Ead esperava que a informação fosse lhe encher de pavor, mas uma parte dela já sabia.

Os mil anos estão quase acabando.

— Neporo e Cleolind devem ter aprisionado o Inominado seis anos depois da Fundação de Ascalon. — Sabran apoiou as mãos no aparador da lareira. — Nós não temos muito tempo.

— É tempo suficiente para atravessar o Abismo — disse Ead. — Sabran, você precisa mandar embaixadores para o Leste com a maior urgência para negociar a aliança, e eu devo ir com eles. Para encontrar a outra joia. Pelo menos assim poderemos aprisioná-lo de novo.

— Você não pode atravessar o Abismo às cegas — disse Sabran, ficando tensa. — Preciso escrever para os governantes do Leste primeiro. Os seiikineses e lacustres vão executar qualquer forasteiro que puser os pés em suas praias. Preciso de permissão para mandar uma comitiva especial.

— Não temos tempo para isso. Um despacho seu demoraria semanas para chegar lá. — Ead tomou o caminho da porta. — Eu vou na frente em uma embarcação veloz e...

— Você não tem amor à vida? — questionou Sabran, irritada.

Ead deteve o passo.

— Passei *semanas* acreditando que você estava morta quando partiu de Ascalon. E agora você quer atravessar o mar sem tomar nenhuma precaução, e sem uma armadura, para ir a um lugar onde pode ser morta ou encarcerada.

— Eu já fiz isso antes, Sabran. No dia em que vim para Inys. — Ead abriu um sorriso cansado. — Se sobrevivi uma vez, consigo fazer isso de novo.

Sabran fechou os olhos e se agarrou no aparador da lareira até seus dedos ficarem pálidos.

— Eu sei que você precisa ir — disse ela. — Pedir para que ficasse seria como tentar engaiolar o vento... mas, por favor, Ead, espere um pouco. Me permita organizar a comitiva, para que pelo menos você tenha alguma ajuda. Não vá sozinha.

Ead segurou com força a maçaneta da porta.

Sabran estava certa. Alguns dias de espera significariam menos tempo no Leste, mas também poderiam salvar a pele dela.

Ela se virou e disse:

— Eu espero.

Ao ouvir isso, Sabran atravessou o quarto com os olhos marejados e a abraçou. Ead deu um beijo na testa dela e a puxou para si.

Sabran enfrentara baques cruéis do destino. Sua Dama da Alcova morrera durante o sono, seu companheiro em seus braços, a mãe diante de seus olhos. A filha nunca chegara a dar o primeiro suspiro. O pai — caso de fato o fosse — perecera em Yscalin, distante de qualquer ajuda que ela pudesse oferecer. As perdas a atormentaram durante toda a vida. Não era à toa que ela se agarrava com tanta força a Ead.

— Você se lembra da primeira caminhada que fizemos juntas? Quando me contou sobre o gaio-do-amor, que reconhece o canto do parceiro mesmo depois de passarem muito tempo separados? — murmurou Ead. — Meu coração conhece o seu canto, e o seu conhece o meu. Eu sempre vou voltar para você.

— Vou cobrar essa sua promessa, Eadaz uq-Nāra.

Ead tentou fixar na lembrança a altura, o cheiro e o tom exato da voz dela. Para trancá-la em sua memória.

— Aralaq vai ficar para protegê-la. Foi por isso que eu o trouxe para cá — disse ela. — Ele é uma criatura irritadiça, mas é fiel, e sabe muito bem como acabar com a raça de um wyrm.

— Eu vou cuidar bem dele. — Sabran deu um passo atrás. — Preciso me reunir com os Duques Espirituais imediatamente para falar sobre a comitiva. Quando o restante do Conselho das Virtudes chegar, eu vou propor essa... Solução do Leste. Se eu mostrar a joia minguante, e explicar o significado da data, estou certa de que vão votar a meu favor.

— Vão resistir o máximo que puderem — Ead falou —, mas você tem uma língua de ouro.

Sabran assentiu, determinada. Ead a deixou olhando pela janela, para sua cidade.

Ela desceu um lance de escadas e foi até uma galeria ao ar livre sob o Solário Real, onde havia doze pequenas varandas adornadas com flores invernais. Enquanto caminhava para seus aposentos, ouviu um passo atrás de si, suave e sutil.

Ela se virou em silêncio. Havia uma Donzela Vermelha posicionada sob um raio de sol. Nos lábios, levava uma zarabatana de madeira.

O projétil atravessou a camisa dela antes que Ead tivesse tempo sequer de respirar. A morte se espalhou vinda do golpe.

Os joelhos atingiram o chão com uma força de arrebentar os ossos. Ela ergueu a mão trêmula para a barriga e sentiu o projétil estreito alojado ali. Sua assassina a segurou e a deitou no chão.

— Perdão, Eadaz.

— Nairuj — disse Ead, tossindo.

Ela sabia que aquele momento chegaria. Uma irmã do Priorado conseguiria driblar suas égides.

O vidro derretido estava endurecendo em suas veias. Os músculos se contraíram ao redor do projétil, rejeitando o veneno.

— Você teve a criança — ela conseguiu dizer.

Dois olhos cor de ocre a encararam.

— Uma menina — Nairuj falou após certa hesitação. — Eu não queria fazer isso, irmã, mas a Prioresa ordenou que você fosse silenciada.

— Ead sentiu Nairuj retirar de seu dedo o anel com que tanto sonhara.

— Onde está a joia, a joia branca?

Ead não conseguiu responder. Não conseguia mais sentir seu corpo.

Teve a curiosa sensação de que suas costelas estavam desaparecendo. Enquanto Nairuj apalpava seu pescoço em busca da joia, Ead localizou o projétil em sua barriga e o arrancou.

Estava com muito frio. Todo o fogo que trazia dentro de si estava se apagando, deixando apenas cinzas.

— O Inominado está... — Até respirar causava dor. — Primavera. Terceiro d-dia da primavera.

— O que significa isso?

Sabran. Com a voz carregada de medo.

Nairuj se mexeu com a velocidade de uma flecha. Ead observou com os olhos lacrimejantes sua antiga irmã colocar um lenço de seda sobre a boca e saltar sobre a balaustrada mais próxima.

Os passos ecoaram no corredor.

— Ead... — Sabran a pegou nos braços, ofegante. — Ead!

As feições dela eram um borrão.

— Olhe para mim. Olhe para mim, Ead, por favor. M-me diga o que ela fez com você. Me diga qual veneno...

Ead tentou falar. Dizer o nome dela pela última vez. Pedir desculpas por quebrar sua promessa.

Eu sempre vou voltar para você.

A escuridão a envolveu como um casulo. Seus pensamentos se voltaram para a laranjeira. *Você não. Ead. Por favor.* A voz ia se tornando mais distante. *Por favor, não me deixe aqui sozinha.* Ela pensou nas coisas que fizeram juntas, da dança da vela à primeira vez que seus lábios se tocaram.

Então, não pensou em mais nada.

O sol se punha sobre Ascalon. Loth olhou pela janela da Torre Alabastrina, iluminada à luz de velas, onde o Conselho das Virtudes debatia a Solução do Leste naquele instante.

Ead estava na cama. Os lábios estavam da mesma cor preta dos cabelos, e o espartilho desamarrado revelava uma pequena perfuração na barriga.

Sabran não saía do lado dela. Olhava para Ead como se, caso desviasse a cabeça para o outro lado, a vida a abandonaria de uma vez por todas. Do lado de fora, Aralaq rondava o Jardim Privativo. Foi necessária uma boa dose de persuasão para convencê-lo a sair ao menos pelo tempo necessário para o Médico Real examinar Ead e, mesmo depois disso, ele quase mordera o homem quando tentara tocá-la.

O Doutor Bourn circundava a cama da paciente como o ponteiro de um relógio. Mediu os batimentos, sentiu a temperatura da testa e analisou o ferimento. Quando enfim tirou os óculos, Sabran levantou a cabeça.

— Lady Nurtha foi envenenada — explicou ele. — Mas não sei com o quê. Os sintomas são diferentes de tudo o que já vi.

— A irmã cruel — disse Loth. — É esse o nome.

Era um veneno feito para matar. Mais uma vez, Ead desafiava o destino. O Médico real franziu a testa.

— Nunca ouvi falar nesse veneno, milorde. Não sei como expurgá-lo do corpo dela. — Ele lançou outro olhar para Ead. — Majestade, ao que parece, Lady Nurtha está em um sono profundo. Talvez possa ser despertada. Talvez não. Só o que podemos fazer é mantê-la viva pelo maior tempo possível. E rezar por ela.

— Você *vai* despertá-la — sussurrou Sabran. — Vai encontrar uma forma. Se ela morrer...

Sua voz falhou, e ela escondeu o rosto entre as mãos. O Médico Real fez uma mesura.

— Sinto muito, Majestade — ele falou. — Nós faremos nosso melhor.

Ele se retirou do quarto. Quando a porta se fechou, Sabran começou a estremecer.

— Eu fui amaldiçoada desde o berço. A Dama do Bosque lançou um feitiço sobre mim. — Ela continuava com os olhos fixos em Ead.

— Não só minha coroa está perdida, mas as pessoas que amo estão morrendo como rosas no inverno. E sempre diante dos meus olhos.

Margret, que mantinha vigília do outro lado da cama, foi se sentar ao lado dela.

— Não pense nesse tipo de coisa. Você não é amaldiçoada, Sab — ela falou, em um tom gentil, porém firme. — Ead não está morta, então não vamos chorar sua perda. Vamos lutar por ela, e por tudo aquilo em que ela acredita. — Meg olhou para Ead. — Mas uma coisa eu digo: não vou me casar com Tharian enquanto ela não acordar. Se ela acha que só por essa bobagenzinha vai se livrar de me levar para o altar, está muito enganada.

Loth se sentou na cadeira que Margret deixou vaga. Ele levou o punho cerrado aos lábios.

Mesmo quando estava se esvaindo em sangue na Lássia, Ead não parecia tão vulnerável. Todo o calor vital parecia ter abandonado o corpo dela.

— Eu vou para o Leste — disse ele com a voz rouca. — Não importa o que o Conselho das Virtudes decidir, eu preciso atravessar o Abismo como seu representante, Sabran. Para negociar a aliança. Para procurar a outra joia.

Sabran se manteve em silêncio por um bom tempo. Do lado de fora, Aralaq soltou um uivo de gelar a alma.

— Quero que você procure primeiro o Imperador Perpétuo, Dranghien Lakseng — instruiu Sabran. — Ele não é casado, o que nos dá um maior poder de barganha. Caso possa convencê-lo a se juntar a nós, ele pode persuadir o Líder Guerreiro de Seiiki.

Loth a observou com um aperto no peito.

— Vou enviá-lo com uma comitiva de duzentas pessoas. Caso consiga chegar até o Imperador Perpétuo, precisa mostrar o poderio do Rainhado de Inys. — Ela o encarou. — Você vai convencê-lo a se encontrar conosco no Abismo com seus dragões no terceiro dia da primavera. Não vai haver tempo para você voltar, nem para trazer os termos propostos para serem debatidos em Inys. Confio em você para selar essa aliança tendo em mente nossos interesses, para conseguir o desfecho que queremos.

— Sim, eu juro.

Para Loth, a sensação era a de que aquele quarto já era uma cripta. Afastando aquele pensamento da cabeça, ele se aproximou de Ead e prendeu um cacho dos cabelos dela atrás da orelha. Ele não se permitiu acreditar que aquilo era um adeus.

Com dignidade, Sabran se levantou da cadeira.

— Você prometeu que voltaria para mim — ela disse para Ead. — As rainhas não se esquecem das promessas que lhes são feitas, Eadaz uq-Nāra.

A postura dela se mantinha rígida. Loth a pegou pelo braço e a conduziu gentilmente para fora do quarto, deixando apenas Margret de vigília.

Ele caminhou ao lado de sua rainha até o fim do corredor, quando Sabran finalmente desabou. Loth a segurou nos braços enquanto ela ia ao chão e chorava como se sua alma tivesse sido dilacerada.

PARTE III
Que venham os dragões

A palavra de quem seguiu de bom grado
Para ousar fazer essa perigosa viagem,
Encarar esses mares raivosos?

— Autor anônimo, extraído do *Man'yōshū*

21

Oeste

O *Galante* navegava há dias, mas pareciam mais séculos. Loth tinha perdido as contas de quanto tempo já estava no barco. Só o que sabia era que queria desembarcar e voltar para terra firme o quanto antes.

Sabran argumentara com grande fervor pela chamada Solução do Leste. Durante esse período, o Conselho das Virtudes não pregara o olho. A maior preocupação era como o povo inysiano reagiria a uma aliança com hereges e wyrms, o que era contrário a tudo o que acreditavam.

Depois de horas de debate sobre como justificar aquela ação a partir de uma perspectiva religiosa, diversas consultas ao Colegiado de Santários e argumentos acalorados a favor e contra, Sabran no fim conseguira direcionar a votação a seu favor. Em menos de um dia, a comitiva da embaixada já estava a caminho.

O plano, ainda que temerário, começou a tomar forma. Para elevar as chances de vitória no Abismo, seria preciso dividir o Exército Dragônico. Sabran tinha feito um chamado sagrado às armas e escrito aos governantes da Virtandade e do Sul, pedindo ajuda a Inys para o cerco e a reconquista de Cárscaro no segundo dia da primavera. Um ataque à única fortaleza dragônica poderia obrigar Fýredel e seus comandados a permanecerem em Yscalin para defendê-la.

Seria perigoso. Muita gente morreria. Era possível que *todos* morressem — mas não havia outra escolha. As opções eram atacar o Inominável assim que despertasse, ou não fazer nada e esperar que ele aniquilasse o mundo inteiro. Loth preferia morrer empunhando sua espada.

A mãe ficara arrasada ao vê-lo partir outra vez, mas pelo menos dessa vez houvera uma despedida. Ela e Margret o acompanharam até Poleiro, assim como Sabran, que lhe entregara seu anel de coroação para ser mostrado ao Imperador Perpétuo. Estava pendurado em uma corrente no pescoço de Loth.

A determinação dela era notável. Era visível seu temor em relação à aliança, mas Sabran faria qualquer coisa por seus súditos. E ele sentia que aquela era a forma que ela encontrara de honrar o sacrifício de Ead.

Ead. Toda vez que acordava, ele pensava que iria encontrá-la, acompanhando-o em sua viagem.

Houve uma batida na porta. Loth abriu os olhos.

— Sim?

Uma camareira entrou e fez uma mesura.

— Lorde Arteloth — disse ela —, já avistamos a outra embarcação. O senhor está pronto?

— Já chegamos à Fossa do Ossuário?

— Sim, milorde.

Ele apanhou as botas. A outra embarcação o levaria ao Império dos Doze Lagos.

— Claro — ele disse. — Só um momento. Eu já subirei para o convés.

A mulher fez outra mesura e se retirou. Loth pegou o manto e a mala.

Seus guarda-costas estavam à espera do lado de fora da cabine. Em vez da armadura completa, os Cavaleiros do Corpo que Sabran lhe emprestara usavam apenas suas sobrecotas, com a insígnia real de Inys. Eles seguiram Loth enquanto ele subia para o convés.

O céu estava pontilhado de estrelas. Loth tentou não olhar muito para a água enquanto caminhava até a proa do *Galante*, onde estava a capitã, com seus braços musculosos cruzados.

O Abismo era o lar de muitas coisas que não existiam nos outros mares. Ele tinha ouvido falar de sereias com dentes afiados como agulhas, peixes que brilhavam como velas, de baleias que eram capazes de engolir um navio inteiro. À distância, Loth conseguia distinguir a silhueta vultosa de uma caravela com luzes piscantes. Quando estavam perto o bastante para ver a insígnia e a bandeira, ele ergueu as sobrancelhas.

— O *Rosa Eterna*.

— O próprio — disse a capitã. Era uma inysiana de pele marrom de subtom avermelhado e estatura elevada. — O Capitão Harlowe conhece as águas do leste. Ele levará você a partir daqui.

— Harlowe — repetiu um dos Cavaleiros do Corpo. — Ele não é um pirata?

— É um corsário.

O cavaleiro deu um risinho de deboche.

O *Galante* se emparelhou com o *Rosa Eterna*. Nenhuma embarcação conseguia ancorar no Abismo, então as tripulações começaram a amarrar os navios um ao outro, flutuando sobre o breu sem fim.

— Puta que pariu, é Arteloth Beck. — Estina Melaugo bateu a mão nas pernas e sorriu para ele. — Não pensei que fosse vê-lo de novo, milorde.

— Boa noite, mestra Melaugo — gritou Loth, contente por ver um rosto conhecido. — Eu torcia para que pudéssemos nos encontrar em algum lugar mais hospitaleiro.

Melaugo estalou a língua.

— O homem vai para Yscalin, mas tem medo do Abismo. Seque suas lágrimas e traga seu traseiro nobre para cá, pequeno lorde. — Ela baixou uma escada de corda e tocou na aba do chapéu. — Obrigada, Capitã Lanthorn. Harlowe manda lembranças.

— Mande as minhas para ele — a capitã do Galante falou. — E boa sorte para vocês, Estina. Cuidem-se.

— Isso sempre.

Enquanto a comitiva se reunia, Loth subiu a escada. Ele invejava a Capitã Lanthorn, que navegaria de volta para as águas azuis. Quando chegou lá em cima, Melaugo o ajudou a embarcar e deu um tapinha em suas costas.

— Pensamos que estivesse morto — disse ela. — Por Halgalant, como foi que você saiu de Cárscaro?

— A Donmata Marosa — respondeu Loth. — Eu não teria conseguido sem ela.

Ele sentiu um nó na garganta ao pensar nela. Talvez a essa altura já fosse a Rainha de Carne e Osso de Yscalin, com os olhos cheios de cinzas.

— Marosa. — Melaugo ergueu uma sobrancelha escura. — Ora, por essa eu não esperava. Preciso ouvir essa história, mas o Capitão Harlowe quer falar com você primeiro. — Ela assobiou para os corsários enquanto os cavaleiros subiam a bordo com suas armaduras pesadas por cima da amurada. — Ajudem o pessoal do Lorde Arteloth a subir e levem todos até suas cabines. Vamos, mexam-se!

A tripulação obedeceu sem questionamentos. Alguns até inclinaram a cabeça para Loth enquanto ajudavam os membros da comitiva inysiana a embarcar no *Rosa Eterna*.

Melaugo o conduziu pelo convés. No interior iluminado à luz de velas de sua cabine particular, Gian Harlowe estava debruçado sobre um mapa junto com Gautfred Plume — o quartel-mestre — e uma mulher pálida de cabelos prateados.

— Ah. Lorde Arteloth. — O tom de voz dele era um pouco mais receptivo do que no encontro anterior dos dois. — Seja bem-vindo de volta. Sente-se. — Ele apontou para uma cadeira. — Esta é minha nova cartógrafa, Hafrid de Elding.

O PRIORADO DA LARANJEIRA — A RAINHA

A nortenha levou a mão ao peito em saudação.

— Que a alegria e a saúde o acompanhem, Lorde Arteloth.

Loth se sentou.

— Eu lhe desejo o mesmo, mestra.

Harlowe ergueu os olhos. Estava usando um gibão com fechos de ouro.

— Me diga, o que achou do Abismo, milorde?

— Não gostei nem um pouco.

— Humm. Eu o chamaria de covarde, mas essas águas deixam inquietos até os marujos mais duros na queda... E, de qualquer forma, ninguém pode ser chamado de covarde quando encara um destino cruel com tanta valentia. — Algo mudou no rosto dele. — Não vou lhe perguntar como escapou de Cárscaro. O que cada um faz para sobreviver é problema seu. E não vou perguntar o que aconteceu com seu amigo.

Loth ficou em silêncio, mas seu estômago se revirou. Harlowe fez um gesto para que ele se aproximasse do mapa.

— Pensei em mostrar para onde estamos indo, para você mostrar para o seu pessoal, caso comecem a reclamar da travessia.

Harlowe se inclinou sobre o mapa, que mostrava os três continentes conhecidos do mundo e as constelações de ilhas que os cercavam. Ele bateu com um dedo de juntas grossas no lado direito.

— Estamos a caminho da Cidade das Mil Flores. Para chegar lá, vamos atravessar as águas do sul do Abismo, para pegarmos os ventos do oeste, o que vai poupar uma ou duas semanas de viagem. Devemos chegar ao Mar do Sol Dançante em três ou quatro semanas. — Ele esfregou o queixo. — A viagem vai ser difícil quando chegarmos lá. Vamos precisar nos esquivar da marinha seiikinesa, já que o *Rosa* é uma embarcação inimiga para eles, e também dos wyrms que foram avistados no Leste, liderados por Valeysa.

Depois de ver Fýredel, Loth sabia que um encontro com algum de seus irmãos não seria nada agradável.

— Nosso destino é um porto fechado na costa sudoeste do Império dos Doze Lagos. — Harlowe indicou o local no mapa. — Existiam muitas fábricas por lá, quando a Casa de Lakseng fazia negócios com outras nações antes do embargo marítimo. Isso antes da Era da Amargura, claro. Aportar nesse lugar vai mandar uma mensagem clara para o Imperador.

— Mostrando que estamos dispostos a reabrir uma porta que foi fechada — complementou Loth. — O que você sabe sobre o Imperador Perpétuo?

— Quase nada. Lakseng vive em um palácio murado, sai para acompanhar os trabalhos no verão e é um pouco mais benevolente com a presença de intrusos do que os governantes de Seiiki.

— Por quê?

— Porque Seiiki é uma nação insular. Quando a peste dragônica conseguiu abocanhar as pessoas por lá, se espalhou como fogo em mato seco. Quase dizimou a população. Os lacustres têm mais espaço para fugir. — Harlowe encarou Loth com seu olhar duro. — Só se certifique de que o Imperador Perpétuo é digno da mão da Rainha Sabran, milorde. Ela merece um príncipe que saiba amá-la de forma digna.

Foi possível notar um leve espasmo muscular no rosto dele quando disse isso. Harlowe abaixou a cabeça de novo para o mapa, com os dentes cerrados, e chamou sua cartógrafa com um gesto.

— Vou fazer tudo o que puder pela Rainha Sabran, Capitão Harlowe — Loth disse, baixinho. — Palavra de honra.

Harlowe soltou um grunhido.

— Sua cabine já está preparada. Se alguma coisa se chocar contra o navio, tente não mijar nas calças. Provavelmente será uma baleia. — Ele acenou com o queixo para a porta. — Pode ir, Estina. Dê ao homem alguma coisa para beber.

Enquanto Melaugo o guiava pelo tombadilho, Loth deu uma última olhada para o *Galante*, que se afastava. Ele tentou não pensar muito no fato de que o *Rosa Eterna* agora estava sozinho no meio do Abismo.

Sua cabine era bem melhor que a anterior. Loth desconfiava que isso se dera não porque a tripulação passara a respeitar seu sangue nobre, e sim porque ele fora até Yscalin e vivera para contar a história.

E de fato contou. Narrou o que acontecera para Melaugo, que se sentou junto à escotilha e ficou ouvindo. Falou sobre a prisão em que vivia a Donmata Marosa e a verdade sobre o Rei de Carne e Osso de Yscalin, e descreveu o túnel onde Kit encontrara seu destino. Por lealdade a Ead, deixou de fora as partes sobre o Priorado da Laranjeira. Em vez de citá-lo, disse que atravessou os Espigões e fugiu de volta para Inys por Mentendon. Quando terminou a história, Melaugo sacudiu a cabeça.

— Eu sinto muito, de verdade. Lorde Kitston tinha um bom coração. — Ela bebeu do cantil que trazia na cintura. — E agora você está indo para o Leste. Sua coragem já foi comprovada, mas você vai passar por maus bocados por lá.

— Por tudo o que fiz, eu bem que mereço passar por maus bocados — respondeu Loth, molhando os lábios. — A morte de Kit foi culpa minha.

— Ora, não comece com isso. Ele fez uma escolha ao ir com você. Poderia ter ficado em Yscalin, ou a bordo do nosso navio, ou então em casa. — Ela lhe entregou o cantil, que ele hesitou um pouco antes de aceitar. — Você está tentando convencer o povo do leste de que eles precisam da ajuda do Oeste tanto quanto nós precisamos da cooperação deles, mas eles já estão se virando sozinhos há séculos. E uma aliança com a Rainha Sabran, que seria uma bênção para qualquer príncipe do nosso lado do mundo, pode não ser muito tentadora para o Imperador Perpétuo. Ela é da realeza para nós, mas para ele não passa de uma herege. A religião dela foi fundada no ódio pelos dragões, enquanto a dele se baseia na adoração deles.

— Não das espécies que cospem fogo. — Loth cheirou o cantil. — *Esses* o povo do leste não venera.

— Não. Eles têm medo do Inominado e sua corja tanto quanto nós — admitiu Melaugo. — Mas a Rainha Sabran ainda pode precisar sacrificar alguns de seus princípios se quiser levar isso adiante.

Loth bebeu, e imediatamente engasgou, expelindo pelo nariz o líquido que queimou sua garganta.

— Tente de novo — disse ela. — Desce mais fácil da segunda vez.

Ele deu outro gole. A bebida pareceu corroer o interior de sua boca, mas o aqueceu até o estômago.

— Pode ficar. Você vai precisar disso no Abismo. — Ela se colocou de pé. — O dever me chama, mas vou pedir para alguns marujos lacustres nossos ensinarem para você os costumes deles, e pelo menos algumas palavras do idioma de lá. Você não vai querer parecer um completo idiota na frente de Sua Majestade Imperial.

Uma névoa espessa envolvia o *Rosa Eterna*, mantendo-os na escuridão mesmo durante o dia. Para se livrar do frio, Loth se mantinha em sua cabine, onde um canhoneiro lacustre chamado Thim estava encarregado de instruí-lo a respeito do Império dos Doze Lagos.

Thim era um rapaz de dezoito anos que parecia dotado de uma paciência infinita. Ensinou Loth a respeito de seu país natal, que era dividido em doze regiões, cada qual contendo um dos Grandes Lagos. Era um domínio vasto, que terminava nos Senhores da Noite Escura — os montes que bloqueavam o caminho para o restante do continente, entre os quais o maior era o implacável Brhazat. Thim lhe disse que muitas pessoas do Leste tentaram fugir da Grande Desolação atravessando os Senhores da Noite Escura, inclusive a última Rainha de Sepul, mas ninguém nunca voltara para contar a história. Corpos congelados havia muito tempo ainda jaziam em suas neves.

O Imperador Perpétuo dos Doze Lagos era o atual chefe da Casa de

Lakseng, e tinha sido criado pela avó, a Grã-Imperatriz Viúva. Thim mostrou para Loth a maneira certa de fazer as reverências, de se dirigir a ele e de se comportar em sua presença.

Loth foi informado de que Dranghien Lakseng, apesar de não ser um deus, era quase isso aos olhos de seu povo. Sua casa afirmava ser descendente do primeiro humano a encontrar um dragão depois de sua queda do plano celestial. Circulavam boatos entre os plebeus ("que a Casa de Lakseng não confirma nem nega") de que alguns governantes da dinastia foram dragões que assumiram a forma humana. Porém, algo que estava acima de qualquer dúvida era que, quando um governante lacustre estava à beira da morte, a Dragoa Imperial escolhia um sucessor entre seus herdeiros legítimos.

O fato de na corte existir uma Dragoa Imperial deixou Loth apreensivo. Devia ser estranhíssimo se submeter a um wyrm.

— Essa palavra é proibida — Thim avisou, bem sério, quando Loth a citou. — Nós chamamos nossos dragões pelos nomes de verdade, e as feras aladas do Oeste de *cuspidores de fogo*.

Loth registrou aquelas informações. Sua vida poderia depender do que estava aprendendo durante a viagem.

Quando Thim estava ocupado com seus afazeres, Loth passava o tempo jogando cartas com os Cavaleiros do Corpo e às vezes com Melaugo, nos raros momentos em que ela estava livre. Ela ganhava todas as vezes. Quando a noite caía, tentava dormir — mas certa vez se aventurou a subir no deque, despertado por um canto dos mais inquietantes.

As lamparinas estavam apagadas, mas a luz das estrelas era forte o bastante para permitir que ele enxergasse. Harlowe estava fumando seu cachimbo na proa, onde Loth parou ao lado dele.

— Boa noite, Capitão…

— Shhh. — Harlowe estava imóvel como uma estátua. — Escute.

O canto pairava sobre as ondas escuras. Loth sentiu um calafrio.

— O que é isso?

— Sereias.

— Elas não vão nos atrair para a morte?

— Isso não passa de história. — Ele soltou uma lufada de fumaça pela boca. — Fique de olho no mar. É o mar que elas chamam.

A princípio, Loth enxergava apenas o vazio. E então, um botão de luz floresceu na água, iluminando sua superfície. Subitamente, era possível ver peixes, dezenas de milhares deles, exibindo um brilho como o do arco-íris.

Ele já tinha ouvido falar das luzes do céu noturno de Hróth. Porém, jamais imaginara que as veria debaixo d'água.

— Pois veja, milorde — murmurou Harlowe, com a luz oscilando em seus olhos. É possível encontrar beleza em todo lugar.

22
Leste

O *Rosa Eterna* rangia enquanto as ondas passavam sob o navio. A tempestade tinha começado uma semana depois de terminada a travessia para o Mar do Sol Dançante, e não havia dado trégua desde então.

A água atingia o casco com uma força de fazer ranger os dentes. O vento uivava e os trovões retumbavam, abafando os gritos da tripulação, que lutava contra a tormenta. Em sua cabine, Loth rezava baixinho para o Santo, de olhos fechados, tentando segurar o enjoo. Quando veio a onda seguinte, a lamparina mais acima estremeceu e apagou.

Ele não aguentava mais. Se fosse para morrer naquela noite, que não fosse ali dentro da cabine. Loth ajustou o manto, com os dedos escorregando na hora de travar o fecho, e saiu porta afora.

— Milorde, o capitão deu ordens para não sairmos das cabines — um de seus guarda-costas lhe disse quando ele passou.

— O Cavaleiro da Coragem nos manda encarar a morte diretamente nos olhos — respondeu ele. — E eu tenho a intenção de obedecer.

Suas palavras soaram mais audaciosas do que ele se sentia.

Quando saiu para o convés, foi possível sentir o cheiro da tempestade. O vento castigou seus olhos. As botas escorregavam nas tábuas enquanto ele caminhava até um dos mastros para se segurar, já encharcado até os ossos. Um raio espocou mais acima e ofuscou a vista.

— Volte para a sua cabine, jovem lorde — gritou Melaugo, com tinta preta escorrendo sob os olhos. — Você quer morrer aqui?

Harlowe estava no tombadilho, com o maxilar cerrado. Plume conduzia o leme. Quando o *Rosa* foi jogado para cima por uma onda gigantesca, os marujos gritaram. Uma delas foi jogada por sobre a amurada, e seu grito se perdeu em meio à trovoada, enquanto outro perdeu o ponto de apoio onde estava se segurando e saiu deslizando pelo convés. As velas infladas se sacudiam violentamente, deformando a imagem de Ascalon.

Loth colou o rosto ao mastro. O navio parecera bem robusto durante a travessia do Abismo, mas naquele momento, sua fragilidade era evidente. Ele sobrevivera à peste, encarara a morte nos olhos de uma cocatriz, mas ao que parecia seriam as águas do Leste que lhe trariam seu fim.

As ondas castigavam o *Rosa Eterna* de todos os lados, jogando a embarcação para cima e para baixo, ensopando a tripulação. A água escorria pelo convés. A chuva batia nas costas de todos. Plume virava o leme com vigor para bombordo, mas o *Rosa* parecia ter ganhado vida própria.

O mastro começou a rachar. O vento estava forte demais. Loth correu para o tombadilho quando teve a chance. Mesmo que Harlowe perdesse o controle do navio, Loth se sentia mais seguro ao lado dele do que em qualquer outro lugar. Aquele era o homem que enfrentara um chefe dos piratas em meio a um tufão, que navegara em todos os mares conhecidos do mundo. Enquanto Loth corria, Melaugo gritou uma palavra que ele não conseguiu escutar.

Uma onda repentina quebrou sobre o navio e arrebatou seus pés do chão. Sua boca e suas narinas se encheram de água. Ele estava afundado na água até os cotovelos. Plume puxava o leme para o outro lado, mas de repente o *Rosa* estava quase tombado, com o mastro mais alto já roçando o mar. Enquanto escorregava pelo convés, na direção das ondas,

Loth buscou algo a que se agarrar e encontrou o braço firme de um carpinteiro, que estava agarrado aos enfrechates pela ponta dos dedos.

O *Rosa* se endireitou. O carpinteiro soltou Loth, que começou a tossir e cuspir água.

— Obrigado — Loth conseguiu dizer.

O carpinteiro respondeu com um gesto, ofegante.

— Terra à vista — veio um grito distante. — Terra firme!

Harlowe ergueu a cabeça. Loth começou a piscar, com a água do mar e da chuva nos olhos, e um relâmpago espocou de novo. Em meio a um borrão molhado, viu o capitão abrir sua luneta noturna e espiar pela lente.

— Hafrid — berrou ele. — O que tem ali?

A cartógrafa protegeu o rosto da chuva com a mão.

— Não deveria haver nada assim tão ao sul.

— Mas está lá mesmo assim. — Harlowe fechou a luneta. — Mestre Plume, nos leve para aquela ilha.

— Se for habitada, corremos o risco de ser executados — gritou Plume de volta.

— Então o *Rosa* sobrevirá, e nós vamos morrer mais rápido do que ficando aqui — Harlowe rugiu para o quartel-mestre. Seus olhos foram iluminados pelo faiscar de um raio. — Estina, reúna a tripulação!

A contramestre pegou um apito com uma corrente de metal que levava ao redor do pescoço e o prendeu entre os dentes. O silvo agudo foi carregado pelo vento. Loth se segurou na amurada, com a água batendo nos olhos, enquanto Melaugo gritava ordens para os piratas. Eles iam dançando ao som dos trinados, escalando os enfrechates e se agarrando aos cabos enquanto o navio oscilava mais abaixo. Para os olhos de Loth, era o caos instaurado, mas em pouco tempo a ilha estava à vista, e cada vez mais próxima. Até demais. Houve mais apitos, e as imprecações começaram.

O *Rosa Eterna* não diminuiu a velocidade.

Harlowe estreitou os olhos. Seu navio continuava navegando rumo à ilha, mais rápido do que nunca.

— Isso não é natural. A corrente não deveria ter força suficiente para nos arrastar. — Ele crispou o rosto. — Nós vamos encalhar.

Limpando a água dos olhos, Loth viu algo piscando na parte inferior da ilha. Reluzente como um espelho refletindo a luz do sol.

— Pela donzelice, o que é aquilo? — Plume espremeu os olhos ao ver o facho de luz de novo. — Está vendo, capitão?

— Estou.

— Alguém deve estar sinalizando para nós. — Melaugo se agarrou a um cabo que pingava água. — Capitão?

Harlowe continuou com as mãos sobre a balaustrada do tombadilho, com os olhos voltados para a ilha, cujos pontos mais altos eram revelados de tempos em tempos pelos raios.

— Capitão — gritou o prumador. — Dezessete braças de profundidade. Estamos cercados de corais.

Melaugo foi até a lateral da embarcação para olhar.

— Estou vendo. Pelo amor da Donzela, estão por toda parte. — Ela segurou aba do chapéu. — Capitão, é como se o navio soubesse o caminho. Está se desviando por um triz.

Harlowe observava a ilha com uma expressão impassível. Loth procurou algum sinal de esperança no rosto dele.

— Mudança de planos — anunciou Harlowe. — Baixar âncora e recolher velas.

— Não podemos parar agora — gritou Plume.

— Podemos tentar. Se o *Rose* se chocar contra os corais, vai ser o seu fim. E isso eu não posso permitir.

— Nós podemos evitar isso. Se arriscar na tempestade...

— Mesmo se pudéssemos dar meia-volta no meio dos corais, acabaríamos muito mais ao sul e à deriva e sem vento quando a tempestade passar — rugiu Harlowe. — Você quer morrer dessa forma, Mestre Plume?

Melaugo trocou olhares de frustração com Plume antes de transmitir a ordem à tripulação. Os cabos foram puxados e as velas, baixadas. Os marujos subiram nas vergas, com as botas firmemente posicionadas nos apoios, e recolheram a lona com as mãos. Um deles foi desequilibrado pelo vento e caiu no convés. Ouviu-se o som de ossos se partindo. A visão de sangue se misturando à água do mar. Com uma tranquilidade que não correspondia ao caos ao seu redor, Harlowe desceu do tombadilho e tomou o leme das mãos do quartel-mestre.

Loth se segurava firme. Só o que conseguia sentir era o gosto do sal, e seus olhos ardendo. Quando a primeira das âncoras do *Rosa* atingiu o fundo do mar, a guinada abrupta pareceu desalojar os órgãos dentro de seu corpo.

A tripulação lançou a segunda âncora, e então a terceira. Ainda assim, a velocidade não diminuía. O prumador ia anunciando a profundidade, cada vez menor. Loth se preparou para o impacto enquanto o navio continuava arrastando as três âncoras.

Os trovões retumbavam. Os raios salpicavam o céu. A última âncora mergulhou nas ondas, mas a areia estava próxima demais àquela altura para evitar o choque. Harlowe se mantinha agarrado ao leme, com tanta força que os dedos estavam pálidos.

Ou eram os corais, ou a praia. E Loth soube pelo olhar nos olhos dele que Harlowe não se arriscaria a destruir o *Rosa* lançando-a sobre os dentes dos arrecifes.

Melaugo emitiu um silvo com seu apito. A tripulação abandonou os trabalhos e se todos se agarraram ao que foi possível.

A caravela estremeceu sob seus pés. Loth cerrou os dentes, esperando sentir o casco ser despedaçado. O tremor durou o que pareceu uma eternidade — e então, de repente, o *Rosa* estava quase tão imóvel quanto uma estátua. Tudo o que ele conseguia ouvir era o barulho da chuva sobre as tábuas do convés.

— Seis braças — anunciou o prumador, ofegante.

Gritos de celebração se elevaram da tripulação. Loth se levantou, com os joelhos bambos, e foi se juntar a Melaugo. Quando viu as ondas ao redor deles, ainda sustentando o navio, levou as mãos ao rosto e teve um ataque de riso que parecia não cessar nunca. Melaugo sorriu e cruzou os braços.

— Pois bem, jovem lorde. Você acaba de sobreviver à sua primeira tempestade.

— Mas como foi que o navio parou? — Loth viu a água do mar se chocando contra o casco. — Estávamos indo tão depressa...

— Foda-se a explicação. Vamos dizer que foi um milagre... do seu Santo, se preferir.

Apenas Harlowe parecia se recusar a celebrar. Ele olhou para a ilha com o maxilar cerrado.

— Capitão. — Melaugo tinha percebido o incômodo dele. — O que foi?

Harlowe continuava com o olhar voltado para a ilha.

— Sou um marujo há muitos e muitos anos — respondeu ele. — Nunca vi um navio se mover tão depressa quanto o *Rosa* acabou de fazer. Foi como se um deus tivesse nos salvado da tempestade.

Melaugo pareceu não saber o que dizer. Ela recolocou o chapéu encharcado sobre os cabelos.

— Veja se encontra pólvora seca e organize uma expedição — ordenou Harlowe. — Assim que recolhermos e limparmos o corpo do Mestre Lark, vamos precisar ir buscar água fresca e comida. Vou desembarcar com um pequeno grupo. Todos os demais, inclusive os membros do séquito de Inys, vão ficar para ajudar a remendar o navio.

— Eu gostaria de ir com você, se for possível — intercedeu Loth. — Perdão, Capitão Harlowe, mas, depois de uma experiência como essa, preciso de um tempo longe do mar. Vou ser mais útil em terra firme.

— Eu entendo. — Harlowe o mediu de cima a baixo. — Sabe caçar, Lorde Arteloth?

— Certamente. Eu caçava o tempo todo em Inys.

— Na corte, imagino eu. E provavelmente com um arco.

— Sim.

— Pois, bem, infelizmente aqui não temos arcos, mas podemos ensiná-lo a manejar uma pistola — disse Harlowe. Ele deu um tapinha no ombro de Loth ao passar. — Ainda vou transformá-lo em um pirata.

O *Rosa Eterna* estava ancorado e com as velas recolhidas, mas o vento continuava a balançar perigosamente o navio. Loth desceu para um barco a remo com dois dos Cavaleiros do Corpo, que se recusaram a portar armas de fogo. Suas espadas eram tudo de que precisavam em um combate.

Loth segurava sua pistola com firmeza. Melaugo havia lhe mostrado como carregar e disparar.

A chuva agitava o mar ao redor dos barcos. Eles passaram remando sob um arco natural em direção a uma praia que terminava em morros íngremes. Conforme se aproximavam da margem, Harlowe ergueu a luneta noturna.

— Tem pessoas — murmurou ele. — Na praia.

Ele falou algo com uma canhoneira em outro idioma. A mulher pegou a luneta e espiou pelo visor.

— Deve ser a Ilha da Pluma, um lugar sagrado, onde estão os documentos mais valiosos do Leste — traduziu Harlowe. — Só os estudiosos podem pôr os pés aí, e não andam armados.

— Mas ainda estão sujeitos às leis do Leste. — Melaugo engatilhou a pistola. — Para eles, não somos corsários, Harlowe. Somos piratas que trazem a peste. Como todos os outros que navegam por estas águas.

— Eles podem não precisar respeitar o bloqueio marítimo. — Harlowe se voltou para sua contramestra. — Tem alguma ideia melhor, Estina?

A canhoneira fez um sinal para ela baixar a arma. Melaugo contorceu os lábios, mas obedeceu.

Três pessoas os aguardavam na praia. Dois homens e uma mulher com túnicas de um vermelho bem escuro, que os observavam com expressões cautelosas.

Atrás deles estava o que Loth a princípio pensou ser os restos de uma embarcação naufragada. Porém, quando viu melhor, percebeu que era o esqueleto de um animal gigantesco.

Chegava a ocupar quase toda a praia. O que quer que tivesse morrido ali, era maior que uma baleia. Agora que não havia mais carne sobre o corpo, os ossos se tornavam iridescentes ao luar.

Loth desceu do barco e ajudou os outros marujos a puxá-lo para a areia, limpando a água dos olhos. Harlowe se aproximou dos desconhecidos e fez uma mesura. O gesto foi retribuído. Eles conversaram por um tempo, e o capitão voltou para junto da expedição.

— Os acadêmicos da Ilha da Pluma nos ofereceram abrigo enquanto durar a tempestade, e nos permitiram pegar água. Eles só têm espaço para quarenta de nós, mas vão deixar que o restante da tripulação durma em galpões vazios. — Harlowe precisava gritar para ser ouvido acima do vento. — A condição para isso é não levarmos armas para ilha e não encostar em seus habitantes. Eles têm medo de que estejamos carregando a peste.

— Tarde demais para avisar sobre as armas — comentou Melaugo.

— Não estou gostando nada disso, Harlowe — um dos Cavaleiros do Corpo gritou. — Eu diria para ficarmos no *Rosa*.

— E eu digo o contrário.

— Por quê?

Harlowe voltou seus olhos gélidos para o homem com uma leve expressão de desprezo. No meio da tempestade, ele inclusive se assemelhava a uma espécie de deus caótico do mar.

— Minha intenção era reabastecer nossos suprimentos em Kawontay — ele explicou —, mas com o desvio de rota por causa da tempestade não temos comida para chegar até lá. A maior parte da água estragou. — Ele retirou as facas de caça da bainha. — A tripulação não vai conseguir dormir em um mar assim, e preciso deles em sua melhor forma. Alguns vão ficar para vigiar o navio, claro... E, se alguém mais preferir ficar no *Rosa*, eu não vou impedir ninguém. Vejamos quanto tempo vão demorar para decidir que não vale a pena viver bebendo o próprio mijo.

Harlowe se aproximou dos desconhecidos mais uma vez e deitou as facas e sua pistola aos seus pés na areia. Melaugo estalou a língua antes de retirar das roupas toda uma variedade de lâminas. Os Cavaleiros do Corpo depuseram as espadas largas como um pai que abandonava um bebê recém-nascido. Loth entregou suas lâminas e sua pistola. Os acadêmicos os observavam em silêncio. Quando todos estavam desarmados, um dos homens saiu andando, e a expedição o seguiu.

A Ilha da Pluma se elevava acima deles. Os raios revelavam precipícios escarpados, matas verdejantes e alturas de tirar o fôlego. O acadêmico os levou pela praia até outro arco, onde uma escada fora escavada na encosta de um penhasco. Loth inclinou o pescoço para ver a altura da subida, que desaparecia de vista.

Eles seguiram pela escada por um bom tempo. O vento rugia forte contra seus corpos. A chuva encharcava suas botas, tornando cada passo perigoso. Quando chegaram ao alto, Loth sentia seus joelhos prestes a ceder.

O acadêmico os conduziu pela relva e entre árvores que pingavam águas das folhagens até um caminho ladeado por lanternas. Uma casa estava à espera, suspensa do chão por uma plataforma, com paredes brancas e um telhado inclinado, sustentado por pilares de madeira. Era diferente de qualquer outra moradia que Loth já vira antes. O acadêmico abriu as portas e tirou os calçados antes de entrar. Os recém-chegados fizeram o mesmo. Loth entrou atrás de Harlowe para o interior frio da construção.

As paredes não continham nenhum tipo de adornos. Em vez de tapetes, havia esteiras de um aroma doce. Uma lareira escavada no chão era cercada por almofadas quadradas. O acadêmico voltou a falar com Harlowe.

— É aqui que vamos ficar. Os galpões são aqui perto. — Harlowe olhou ao redor do recinto. — Assim que a tempestade acalmar, vou ver se consigo convencer os acadêmicos a nos venderem em um pouco de milhete. Só o suficiente para a viagem até Kawontay.

— Não temos nada para dar em troca — argumentou Loth. — Eles podem precisar desse milhete.

— Se continuar pensando assim, nunca vai ser um marujo, milorde.

— Eu não quero ser um marujo.

— Evidente que não.

A escuridão estava em sua maior profundeza. Tané observava a embarcação inysiana pelas janelas abertas da sala de convalescência.

— Eles vão embora em alguns dias — o Erudito Ivara murmurou para os demais. — A tempestade vai passar em breve.

— Ivara, eles vão esvaziar nossos depósitos de suprimentos — disse o ilustre Erudito Mor, em um tom baixo e irritado. — São centenas. Podemos sobreviver das frutas que colhemos na ilha por um tempo, mas se levarem o arroz e o milhete...

— Eles são piratas — intercedeu outro erudito. — Podem não ser da

Frota do Olho de Tigre, mas só existem piratas nestas águas. Claro que vão levar nosso alimento... à força, se for necessário.

— Eles não são piratas — tranquilizou o Erudito Ivara. — Segundo o capitão, vêm em nome da Rainha Sabran de Inys, com destino ao Império dos Doze Lagos. Então, em benefício da paz, acredito ser o melhor ajudá-los em sua jornada.

— Ao custo de arriscar a vida de quem está sob nossos cuidados — o mesmo erudito esbravejou. — E se eles forem portadores da doença vermelha?

Tané mal ouvia a discussão. Seu olhar estava voltado para o mar revolto pela tempestade.

A joia azul estava tranquila em seu esconderijo. Ela a mantinha em um estojo laqueado à prova-d'água sob a faixa que prendia em sua túnica, sempre ao alcance.

— Você é um grande tolo — rugiu o Erudito Mor, chamando a atenção de Tané de volta para a sala. — Deveria ter recusado abrigo para eles. Esta é uma terra sagrada.

— Precisamos demonstrar um pouco de compaixão, Erudito...

— Tente falar de *compaixão* com as pessoas que morreram, ou suas famílias, quando a doença vermelha chegou aos mares do Leste — bufou o erudito. — Você será responsabilizado pelo que acontecer.

Ele saiu pisando duro da sala, fazendo um breve aceno para Tané ao passar. Os demais eruditos o seguiram. O Erudito Ivara apertou o nariz entre os olhos.

— Nós temos alguma arma nesta ilha? — perguntou Tané.

— Algumas, embaixo do assoalho do refeitório, para quando a ilha está sob ameaça de invasores. Nesse caso, os eruditos protegeriam os arquivos enquanto os acadêmicos mais jovens enfrentariam a batalha.

— É melhor mantê-las ao alcance. A maioria dos acadêmicos tem treinamento no caminho da espada — disse Tané. — Se os piratas tentarem nos roubar, precisamos estar prontos.

— Eu não tenho a menor intenção de causar o pânico entre nossos estudantes, criança. Os forasteiros vão permanecer restritos ao vilarejo na encosta do penhasco. Aqui estamos em um lugar bem mais alto e fora de alcance. — Ele abriu um sorriso. — Você me ajudou muito hoje, mas já está tarde. É hora de seu merecido descanso.

— Não estou cansada.

— Seu rosto me diz outra coisa.

Era verdade. O suor frio brotava em sua testa, e suas olheiras eram mais do que visíveis. Ela fez uma reverência e se retirou da sala.

Os corredores da casa estavam vazios. A maioria dos acadêmicos desconhecia a presença dos piratas, e por isso dormiam sem a menor preocupação. Tané mantinha a mão sempre junto à lateral do corpo, perto do estojo.

Não demorou muito para ela entender como seu tesouro funcionava. Todos os dias, antes do momento de reflexão e depois do jantar, ela subia até o alto do vulcão dormente, onde a água se acumulava na cratera, e entrava em sintonia com as vibrações da joia. Descobriu um instinto, escondido no fundo de sua mente, que mostrava como direcionar essas vibrações para fora de seu corpo — como se já tivesse feito isso muito tempo antes, e seu corpo estivesse apenas se lembrando.

No início, usava a joia para causar ondulações. Depois, fez uma borboleta de dobradura em papel encerado e a pôs para voar para longe. E então, sob a proteção da escuridão, começou a escapulir para a praia.

Demorou dias para atrair as ondas. As marés se mantinham firmes em seus padrões.

Tané vira uma mulher em Cabo Hisan bordar uma túnica uma vez. A agulha entrava e saía, arrastando a linha consigo, e as cores iam surgindo na seda. Inspirada por essa lembrança, Tané imaginou que o poder da joia era uma agulha; a água, a linha; e ela, uma costureira do mar. *Lentamente*, as ondas foram tomando sua direção e envolvendo as pernas dela.

Por fim, certa noite, com a joia brilhando tanto que parecia um raio em sua mão, ela atraiu o mar para a praia até fazer desaparecer a faixa de areia. Aquilo deixara os acadêmicos boquiabertos antes da maré recuar mais uma vez.

Aquele esforço deixou seu corpo quase todo dormente, mas pelo menos ela sabia do que a joia era capaz.

Quando avistara a embarcação do Oeste, lutando contra a tempestade, ela correu para os penhascos. O grande Kwiriki havia lhe dado uma oportunidade, e enfim Tané estava pronta para aproveitá-la.

O mar respondeu a seu comando de bom grado daquela vez. Embora o navio tentasse resistir, ela conseguiu guiá-lo por entre os corais. E àquela altura, estava praticamente abandonado nas águas rasas.

Era o momento de empreender sua fuga. Já tinha perdido tempo demais naquele lugar. Ela sabia exatamente para onde ir. Para a ilha da amoreira, para onde a Imperatriz Dourada se dirigia com Nayimathun no porão de seu navio.

Tané pendurou a cabaça de água fresca na faixa que prendia a túnica e se dirigiu ao refeitório. As armas estavam escondidas sob o assoalho, como o Erudito Ivara dissera. Ela guardou as facas de arremesso na faixa da túnica e depois pegou uma espada seiikinesa e uma adaga.

— Imaginei que poderia encontrar você aqui.

Tané ficou paralisada.

— Eu sabia que você tentaria ir embora. Esse desejo estava estampado nos seus olhos quando contei sobre a Frota do Olho de Tigre. — O Erudito Ivara manteve o tom de voz bem baixo. — Você não pode conduzir aquele navio sozinha, Tané. Precisaria de uma tripulação de centenas de pessoas.

— Ou apenas preciso disso aqui.

Ela enfiou a mão no estojo e mostrou a joia, que naquele momento estava apagada. O Erudito Ivara observou o que estava diante dele.

— A joia crescente de Neporo. — Seu olhar era de reverência. — Em todos esses anos, nunca pensei...

Ela não o deixou terminar.

— Estava costurada na minha costela. Ficou comigo a minha vida inteira.

— Pela luz do grande Kwiriki. Durante séculos, a Ilha da Pluma preservou a carta celeste para Komoridu, como o local que abriga a joia crescente — murmurou ele. — E, ao que parece, ela nunca esteve lá.

— Você sabe onde fica essa ilha, Erudito Ivara? — Tané ficou de pé. — Minha ideia era vasculhar os mares até encontrar a Imperatriz Dourada, mas minhas chances são melhores se souber para onde ela está indo.

— Tané, você não deve ir para lá — respondeu o Erudito Ivara. — Mesmo se encontrasse a Frota do Olho de Tigre, não existe nenhuma garantia de que a grande Nayimathun esteja viva. E, se estiver, você não tem como derrotar um exército pirata inteiro para resgatá-la. Acabaria sendo morta.

— Eu preciso tentar. — Tané abriu um sorriso sem convicção. — Assim como a Menina-Sombra. Foi essa história que me encorajou, Erudito Ivara.

A hesitação no rosto dele era nítida.

— Eu compreendo — ele disse por fim. — Miduchi Tané morreu quando sua dragoa foi capturada. Desde então, você é apenas o espectro dela. Um espectro vingativo, inquieto, incapaz de seguir em frente.

Ela sentiu os olhos se encherem de lágrimas.

— Se eu fosse mais jovem, ou mais corajoso, iria com você. Arriscaria tudo pelo meu dragão — disse ele.

Tané o encarou.

— Você era um ginete.

— Você pode ter ouvido falar de mim. Muitos anos atrás, eu era chamado de Príncipe da Maré.

Um dos maiores ginetes de dragões de todos os tempos. Filho de uma cortesã seiikinesa e de um pirata de terras distantes, foi deixado na porta da Casa do Sul e acabou no topo da hierarquia da Guarda Superior do Mar. Certa noite, caiu da sela no meio de uma batalha, quebrou a perna e foi levado como refém pela Frota do Olho de Tigre.

Sua perna foi exibida como um troféu naquela noite. Segundo a lenda, ele foi jogado no mar para os peixes carnívoros, mas sobrevivera até o amanhecer e fora encontrado por uma embarcação amiga.

— Agora você já sabe — disse o Erudito Ivara. — Alguns ginetes continuam cumprindo o seu dever depois de sofrer ferimentos, mas aquela lembrança me marcou. Toda vez que vejo um navio, eu me lembro do som dos meus ossos se partindo. — Um sorriso sincero apareceu no rosto dele. — Às vezes meu dragão ainda vem até aqui. Para me ver.

Tané sentiu um arroubo de admiração surgir dentro dela como nunca antes.

— Eu me sinto em paz aqui, mas meu sangue é como o mar, e não pode ficar parado — respondeu ela.

— Não. Este lugar nunca esteve em seu destino. — O sorriso dele desapareceu. — Mas talvez Komoridu esteja.

Ele tirou da bolsa um pedaço de papel, um tinteiro e um pincel.

— Se o grande Kwiriki for bondoso conosco, a Imperatriz Dourada nunca vai sequer chegar a Komoridu — disse ele. — Mas se ela conseguiu juntar as peças... pode estar quase lá. — Ele escreveu as instruções. — Você deve navegar para leste, para a constelação da Cissa. Na nona hora da noite, posicione sua embarcação bem abaixo da estrela que representa o olho do pássaro e dê uma guinada a sudeste. Siga para o ponto mediano entre a Estrela Austral e a Estrela Sonhadora.

Tané guardou a joia.

— Por quanto tempo?

— A carta não diz, mas seguindo nessa direção você encontrará Komoridu. Siga essas duas estrelas, onde quer que estejam no céu. Com a joia, você deve ser capaz de alcançar o *Perseguidor*.

— Você vai me deixar ficar com a joia?

— Ela foi dada a você. — Ele lhe entregou as instruções. — Para onde você vai, Tané, depois de encontrar a grande Nayimathun?

Ela ainda não havia pensado tanto assim no futuro. Se sua dragoa estivesse viva, iria libertá-la dos piratas e levá-la de volta para o Império dos Doze Lagos. Se estivesse morta, trataria de vingá-la.

Depois disso, não sabia o que faria. Só tinha certeza de que seu coração ficaria em paz.

O Erudito Ivara pareceu ler em seu rosto que ela não tinha uma resposta.

— Você tem minha bênção para ir, Tané, desde que me prometa uma coisa — murmurou ele. — Que algum dia você vai se perdoar. Você ainda está na primavera da sua vida, criança, e tem muito a aprender sobre este mundo. Não negue a si mesma o privilégio que é viver.

Ela sentiu seu queixo tremer.

— Obrigada. Por tudo. — Ela fez uma reverência profunda. — Foi uma honra ser uma aluna do Príncipe da Maré.

Ele retribui o gesto.

— Foi uma honra ser seu professor, Tané. — Depois disso, ele a conduziu para a porta. — Agora vá. Antes que alguém encontre você.

A tempestade ainda caía sobre a ilha, porém os trovões estavam mais distantes. A chuva encharcava Tané enquanto ela atravessava as pontes de cordas e seguia para a escada oculta.

O vilarejo estava silencioso. Ela se agachou atrás de uma árvore caída e ficou atenta a qualquer movimentação. Havia uma luz bruxuleando em uma das antigas casas. Um sino de vento tocava do lado de fora.

O PRIORADO DA LARANJEIRA — A RAINHA

Duas pessoas estavam de vigia. Estavam ocupadas demais cochichando e fumando para vê-la. Ela passou pelas construções e correu pelo relvado, chegando à escada escavada na rocha que a levaria para a praia.

Os degraus voavam sob suas botas. Quando chegou lá embaixo, ela se viu diante do mar.

Os barcos a remo tinham sido puxados para a areia. Talvez haveria mais gente vigiando o navio, mas ela enfrentaria quem quer que fosse. Se precisasse derramar sangue, não veria problemas nisso. Já havia perdido sua honra, e seu nome, e sua dragoa. Não havia mais nada a perder.

Tané se virou e deu uma última olhada para a Ilha da Pluma, seu local de exílio. Mais uma casa que ela ganhara e depois perdera. Seu destino deveria ser o de não criar raízes, como uma semente soprada pelo vento.

Ela correu e mergulhou sob as ondas. A tempestade agitava o mar, mas Tané sabia como sobreviver à sua ira.

O coração estava voltando do mundo dos mortos. Ela vestira uma armadura para sobreviver ao exílio, tão espessa que quase se esquecera de como era ter sentimentos. Agora saboreava o abraço morno da água salgada, o ardor na boca, a sensação de que poderia ser arrastada para o fundo se fizesse um movimento em falso com a mão ou com o pé.

Quando subiu para respirar, observou o navio. As velas estavam recolhidas. Havia uma bandeira branca na popa, com a imagem de uma espada e uma coroa. Era a insígnia de Inys, a nação mais rica do Oeste. Depois de encher os pulmões, mergulhou de novo para baixo das ondas.

O casco estava quase ao alcance da mão. Ela esperou que o mar a suspendesse e se agarrou uma corda que descia pela lateral da embarcação.

Ela entendia de navios. Com a joia como tripulante, era capaz de domar aquele monstro de madeira.

Não havia ninguém na praia. O Erudito Ivara não a entregara para seus colegas. Pela manhã, não haveria sinal do espectro em que ela se transformara enquanto estivera lá.

Foram os sinos de vento que não deixaram Loth dormir. Não pararam de tocar a noite toda. Além disso, ele estava gelado e incrustado de sal, cercado pelo cheiro e pelos roncos de um bando de piratas sujos. Harlowe os mandara dormir antes de irem atrás de água fresca.

O próprio capitão mantivera a vigília junto à lareira. Loth viu as chamas dançarem no rosto dele, revelando a tatuagem branca que serpenteava por seu antebraço e refletindo no medalhão que ele observava.

Loth se sentou e apanhou a camisa. Harlowe lançou um olhar em sua direção, mas não disse nada quando ele saiu.

Ainda chovia lá fora. Melaugo, que estava de vigia, o olhou de cima a baixo.

— Resolveu fazer um passeio noturno?

— Infelizmente o sono não veio. — Loth abotoou a camisa. — Não vou demorar.

— Avisou os seus homens?

— Não. E agradeceria se você os deixasse descansar.

— Bem, eles devem estar bem cansados depois de carregar toda aquela cota de malha por aí. Não sei como não enferrujaram. Duvido que os acadêmicos tentem alguma coisa contra você, mas fique de olho aberto. E leve isto — Melaugo disse, jogando seu apito para ele. — Não sabemos o que eles realmente pensam de nós.

Loth assentiu enquanto punha os pés doloridos de volta nas botas.

Ele caminhou sob a copa das árvores, seguindo as poucas lanternas que ainda estavam acesas, e desceu a escada para a praia de novo. Seus passos nunca lhe pareceram tão pesados. Quando enfim chegou lá embaixo, encontrou um abrigo natural e se posicionou sobre a areia, lamentando ter se esquecido do manto.

Se a tempestade continuasse, eles poderiam ficar presos naquela ilha esquecida pelo Santo durante semanas, e o tempo estava se esgotando. Loth não poderia fracassar na missão que Sabran lhe entregara. Outro raio irrompeu na escuridão enquanto mais uma vez ele contemplava a queda de Inys — o resultado inevitável de seu fracasso.

Foi quando ele viu a mulher.

Ela estava atravessando a praia. No instante em que a noite se iluminou, ele viu que ela envergava uma túnica de seda escura e levava uma espada curva na cintura. Com um mergulho suave, desapareceu no mar.

Loth se empertigou para ver melhor. Observou a onda à procura de sinais dela, mas nenhum outro raio espocou no céu.

Ele só conseguia imaginar dois motivos para um dos acadêmicos ir nadando na calada da noite até o *Rosa Eterna*. Um motivo era liquidar os forasteiros, talvez para impedir um surto de peste dragônica. O outro era roubar o navio. Seu juízo lhe dizia para alertar Harlowe, mas ninguém ouviria o apito em meio ao barulho do vento.

Seja lá o que a mulher planejava fazer, Loth precisava impedir.

Os pés correram pela areia. Ele chegou à água. Era uma loucura mergulhar em meio a ondas tão fortes, mas não havia escolha.

Ele nadou por baixo do arco. Quando eram crianças, Loth e Margret às vezes mergulhavam no Lago Elsand, mas os nobres não costumavam ser bons nadadores, já que não havia essa necessidade. Em qualquer outra noite, ele sentiria medo de tentar fazer aquilo.

Uma onda quebrou sobre sua cabeça, o mandando para bem abaixo da superfície. Ele bateu as pernas com força e voltou à tona, cuspindo água.

Os gritos se elevaram do convés do *Rosa Eterna*. Um apito ressoou. As mãos de Loth encontraram uma corda, e depois os pedaços de madeira que serviam como degraus.

Thim estava caído junto ao mastro. A mulher vestida de seda vermelha já tinha subido para o tombadilho. A espada dela se chocou com a do carpinteiro. Os cabelos pretos revoavam em torno de seu rosto.

Loth ficou sem saber o que fazer, cerrando os punhos vazios. Depois de três golpes defendidos e um corte certeiro, o carpinteiro tombou, com a roupa machada de sangue. A mulher o empurrou com o pé por cima da amurada. Um outro homem a atacou por trás, mas ela se desvencilhou dele e o arremessou por cima do ombro. Um instante depois, estava junto com o carpinteiro afundando no mar.

— Parada — gritou Loth.

O olhar dela se voltou para ele. Em um piscar de olhos, a mulher pulou por cima da balaustrada do tombadilho e aterrissou, dobrando os joelhos.

Loth se virou e fugiu. Ele sabia bem como manejar uma espada, mas aquela mulher não era uma simples e pacata acadêmica. Quem quer que fosse, era como uma tormenta. Rápida como um raio, os movimentos fluidos como a água.

Enquanto corria pelo convés, Loth apanhou uma espada perdida. Atrás dele, a mulher desembainhou uma faca. Quando chegou à proa, Loth foi recuando até a amurada, com os dentes cerrados e sentindo a mão escorregadia por causa da chuva. Seria melhor pular antes que ela o alcançasse.

Algo o atingiu na base do crânio. Ele despencou no deque como um saco de cereais.

Um par de mãos o agarrou e o virou. A mulher levou a faca a seu pescoço. Nisso, Loth viu o que ela carregava na outra mão.

Tinha o mesmo formato da joia que estava em poder de Ead, e emitia o mesmo brilho sobrenatural. Como o luar refletido no mar.

— A outra joia — murmurou ele, tocando-a com um dedo. — Como... como você pode ter isso?

Os olhos da mulher se estreitaram. Ela olhou para a joia, depois para ele. Em seguida levantou a cabeça na direção dos gritos que vinham da praia, e uma expressão de determinação surgiu no rosto dela.

Isso foi a última coisa que Loth se lembrou de ter visto. O rosto dela, e a discreta cicatriz no formato de um anzol.

23
Leste

No Mar sem Fim, a uma distância que poucas embarcações ousavam se aventurar, na nona hora da noite, o *Perseguidor* estava sob o conjunto de estrelas que os seiikineses chamavam de Cissa.

Padar, o navegador, comprovou na prática o que dissera. Para ele, os corpos celestiais eram peças em um tabuleiro no céu. Não importava como e para onde se movessem, ele sabia como lê-los. Mesmo com todas as rotações, ele sabia bem onde a estrela estaria àquela hora, e como chegar ao local indicado. Ao seu lado no convés, Niclays Roos aguardava.

Jan, ele pensou, *estou quase lá*.

Laya Yidagé estava de braços cruzados ao seu lado. Sob a sombra do capuz, ela estava com uma expressão séria, com os dentes cerrados.

A Estrela Austral piscava. Observada pela tripulação, a Imperatriz Dourada virou o leme e, quando as velas se encheram de vento, o *Perseguidor* começou a se mover.

— Adiante — ela gritou, e seus piratas obedeceram.

Niclays sentiu a empolgação se multiplicar em seu coração. Sim, adiante, para onde os mapas terminavam. Rumo à amoreira, e a maravilhas desconhecidas.

24
Leste

Quando ele acordou, o frio era brutal, e o céu exibia o roxo profundo do crepúsculo, lançando tudo nas sombras. Loth demorou um instante para se dar conta de que estava amarrado.

Os respingos d'água molhavam seu rosto. O coração batia acelerado e arrebatador, e os sentidos estavam letárgicos.

Ele piscou algumas vezes para espantar o sono. No brilho fraco das lamparinas, conseguiu distinguir um vulto ao leme do *Rosa Eterna*.

— Capitão Harlowe?

Não houve resposta. Conforme a visão foi voltando, ele percebeu que era a mulher da Ilha da Pluma.

Não.

Não havia tempo para desvios de rota. Ele lutou contra as amarras, mas havia corda o bastante ao redor de seu corpo para segurar um gigante. Ao lado dele, Thim também estava preso ao mastro. Loth o cutucou com o ombro.

— Thim — sussurrou ele.

O canhoneiro não respondeu. Havia um hematoma se formando em sua têmpora.

Loth virou a cabeça para observar melhor sua captora. Uns vinte anos, talvez um pouco mais jovem, corpo esguio, cabelos pretos escuros emoldurando um rosto queimado pelo sol e pelo vento.

— Quem é você? — Loth gritou. A garganta queimava de sede. — Por que tomou o navio?

Ela o ignorou.

— Espero que você saiba que cometeu um ato de *pirataria*, mestra — Loth esbravejou. — Se não voltar agora, vou encarar isso como uma declaração de guerra à Rainha Sabran de Inys.

Nenhuma reação.

Quem quer que fosse aquela ladra silenciosa, estava com a outra joia. O destino colocou o que ele buscava em seu caminho.

Um estojo do tamanho de uma mão, pintado com flores, estava pendurado por uma faixa na cintura dela. Devia ser ali que ela a mantinha.

Loth cochilou por um tempo. A sede e a exaustão o maltratavam, e um lado da cabeça latejava. Em algum momento da noite, acordou com uma cabaça sendo colocada junto aos lábios, e bebeu sem questionamentos.

Thim também estava desperto a essa altura. A mulher lhe deu de beber e falou com ele em um idioma estrangeiro.

— Thim — murmurou Loth. — Você consegue entendê-la?

O canhoneiro ainda estava com os olhos pesados.

— Sim, milorde. Ela é seiikinesa — disse ele com a voz arrastada. — Está perguntando como o senhor sabe da joia.

Ela permaneceu agachada diante dos dois, observando-os. Sob o brilho da lamparina, Loth pôde distinguir a cicatriz no rosto dela.

— Diga que eu sei onde está a outra do par — pediu ele, e ficou encarando a mulher enquanto Thim traduzia e ela respondia.

— Ela diz que, se isso for verdade, você sabe que cor é a outra joia — Thim traduziu de volta.

— Branca.

Depois de ouvir o que Thim falou, ela se inclinou na direção de Loth e o agarrou pelo pescoço.

— Onde? — perguntou ela.

Então ela sabia alguma coisa de inysiano. Tinha uma voz fria e uma expressão que parecia moldada em ferro.

— Inys — respondeu ele.

Ela espremeu os lábios, revelando uma boca fina que parecia nunca sorrir.

— Você precisa me entregar essa joia — pediu Loth. — Tenho que levá-la à Rainha Sabran, para reuni-la à outra do par. Juntas, elas podem ser usadas para destruir o Inominável. Ele vai despertar de novo em breve, em questão de semanas. E vai ressurgir no Abismo.

Franzindo a testa, Thim traduziu as palavras para o seiikinês. Ela fechou a cara, se levantou e se afastou.

— Espere — Loth gritou, frustrado. — Pelo amor do Santo, você não ouviu o que eu disse?

— É melhor não a provocar, Lorde Arteloth — avisou Thim. — O resto da tripulação pode ficar encalhado na Ilha da Pluma por semanas, se não meses, sem um navio. Nós agora somos os únicos que podemos transmitir a proposta da Rainha Sabran para Sua Majestade Imperial.

Ele tinha razão. O plano estava à mercê daquela pirata. Loth desmoronou sob as amarras.

Thim jogou a cabeça para trás e espremeu os olhos. Loth demorou algum tempo para perceber que ele estava lendo as estrelas.

— Impossível — murmurou Thim. — Nós não podemos ter avançado tanto assim para o leste em tão pouco tempo.

Loth observou a mulher. Em uma das mãos segurava o leme. Na outra, uma pedra escura. Pela primeira vez, ele se deu conta do rugido sempre constante da água contra o navio.

Ela estava usando a joia para impulsionar o *Rosa*.

— Milorde — chamou Thim, baixinho. — Acho que sei para onde estamos indo.

— Me diga.

— Ouvi um boato no mar de que a Imperatriz Dourada, a líder da Frota do Olho de Tigre, estava navegando para leste à procura do elixir da vida. Seu navio-matadouro, o *Perseguidor*, zarpou de Kawontay não muito tempo atrás. Estava indo para o Mar sem Fim.

— O que é a Frota do Olho de Tigre?

— A maior frota de navios piratas que existe. Eles roubam e matam dragões sempre que podem. — Thim deu uma olhada para a mulher. — Se ela está atrás da Imperatriz Dourada, e não sei por que outro motivo estaria seguindo para o leste tão longe assim, então nós somos dois homens mortos.

Loth olhou para a mulher.

— Ela parece ser uma boa combatente.

— Uma combatente não tem como derrotar centenas de piratas, e nem mesmo o *Rosa* é páreo para o *Perseguidor*. É uma fortaleza marítima. — Thim engoliu em seco. — Acho que podemos retomar o navio.

— Como?

— Bem, quando ela o abandonar. Uma caravela precisa de uma tripulação enorme, mas... suponho que não temos opção a não ser tentar.

Eles ficaram em silêncio por um tempo. Só o que Loth conseguia ouvir era o barulho das ondas.

— Como não temos nada melhor para fazer, talvez possamos nos entreter com um jogo. — Ele abriu um sorriso para o canhoneiro. — Você é bom de charadas, Thim?

———

As estrelas brilhavam como candelabros cheios de velas. Tané mantinha os olhos no céu enquanto manobrava o navio inysiano, usando tanto o vento oeste como a joia para impulsioná-lo.

O lorde inysiano e o canhoneiro lacustre enfim tinham dormido.

Por uns bons quinze minutos, o rapaz penou para resolver uma charada ridiculamente simples, fazendo Tané ranger os dentes de irritação.

Me fecho de manhã, me abro ao anoitecer,
E nesse momento seus olhos podem me ver.
Minha cor é pálida como a lua, e com ela me vou,
Quando o sol se levanta, por aqui não mais estou.

Pelo menos agora ele tinha parado de tagarelar sobre o quanto a charada era inteligente, e Tané podia pensar. Caso seus cálculos estivessem certos, estaria sob o olho da Cissa naquela noite.

Usar a joia fazia com que uma fina camada de suor frio se acumulasse sobre sua pele. Sua respiração era lenta e profunda. Apesar de nunca drenar suas forças por muito tempo, ela sentia que joia extraía algo de si. Tané era a corda, e a joia era o arco. Apenas com as duas juntas era possível fazer o oceano cantar.

— Loth.

Com um sobressalto, Tané olhou para o outro lado do convés. O inysiano estava acordado de novo.

— Loth — ele repetiu, batendo no peito.

Tané voltou a olhar para as estrelas.

Na Casa do Sul, ela aprendera um pouco de todas os idiomas conhecidos no mundo. Conhecia o suficiente de inysiano, mas preferia que aqueles estranhos pensassem que não, para poderem conversar livremente.

— Posso saber seu nome? — perguntou o inysiano.

Grande Kwiriki, leve para longe esse tolo. Porém, ele sabia a respeito da joia minguante — e aquele era um motivo bom o suficiente para mantê-lo vivo.

— Tané — ela falou por fim.

— Tané.

O PRIORADO DA LARANJEIRA — A RAINHA

O tom de voz dele era gentil. Ela o encarou.

Não devia ter mais de trinta anos, mas pelas linhas de expressão em torno dos lábios cheios, parecia estar sempre com um sorriso no rosto — apesar de que naquele instante, nunca pareceu estar mais distante de um sorriso. A pele era da mesma cor escura dos olhos castanhos, grandes e calorosos. O nariz era largo, o queixo largo e com barba, e os cabelos pretos e volumosos formavam cachos bem apertados.

Ela ficou com a impressão de que se tratava de um homem bom.

Imediatamente, afastou aquele pensamento. Ele tinha vindo de uma terra que desprezava seus deuses.

— Se me soltar — Loth falou —, talvez eu possa ajudar. Você vai ter que parar em um dia ou dois. Para dormir.

— Você não tem ideia do quanto eu posso ficar sem dormir.

Ele levantou as sobrancelhas.

— Você fala inysiano.

— Um pouco.

O homem parecia querer dizer mais alguma coisa, mas pensou melhor e desistiu. Ele se apoiou no canhoneiro e fechou os olhos.

Ela teria que o interrogar mais cedo ou mais tarde. Se ele sabia onde estava a outra joia, então era preciso devolvê-la aos dragões — mas antes, Tané precisava encontrar Nayimathun.

Quando Loth enfim cochilou, Tané observou a esquerda e virou o leme. A joia era como uma pedra de gelo em sua mão. Se continuasse nesse ritmo, em breve estaria em Komoridu.

Ela bebeu um pouco de sua cabaça e piscou para aliviar a secura nos olhos.

Só o que precisava fazer era se manter acordada.

O Mar sem Fim tinha um tom de safira belíssimo, que se tornava quase violeta quando o sol se punha. Não havia aves no céu, e o vazio se espalhava até onde os olhos podiam alcançar.

Era aquele vazio que preocupava Niclays. A lendária ilha de Komoridu ainda não havia se mostrado.

Ele tomou um gole de vinho rosê em seu cantil. Os piratas tinham sido generosos naquela noite. A líder deixara claro que, se eles encontrassem as riquezas do mundo, seria por causa do Mestre das Receitas.

E, se não encontrassem nada, todos saberiam de quem seria a culpa.

A morte nunca exercera muito poder sobre ele. Niclays a encarava como uma velha conhecida que algum dia bateria em sua porta.

Durante anos, buscara o elixir da imortalidade mais pelo prazer da descoberta. Nunca teve a intenção de bebê-lo. A morte, afinal, colocaria um fim à dor do luto, ou então o reuniria mais uma vez com Jannart em qualquer além-vida que se revelasse o correto entre as várias versões existentes. A cada dia, a cada passo, a cada tique-taque do relógio, essa possibilidade se tornava mais certa. Ele estava cansado de não ter mais metade de sua alma.

Porém, agora que a morte parecia perto, ele a temia. Suas mãos tremeram quando ele deu mais um gole no vinho. Chegou até a contemplar brevemente a possibilidade de parar de beber, de se manter lúcido, mas nem mesmo sóbrio ele seria capaz de resistir ao ataque de um pirata. Era melhor que estivesse entorpecido.

O navio continuava singrando as águas. A noite tingia tudo de preto ao seu redor. Em pouco tempo, ele se viu sem vinho. Jogou o cantil no mar e ficou observando enquanto flutuava.

— Niclays.

Laya subia a escada às pressas, segurando o xale em torno de si. Ela o pegou pelo braço.

— Eles viram alguma coisa mais à frente — ela falou, com os olhos faiscando de medo ou empolgação. — Os vigias.

— Que tipo de coisa?
— Terra firme.

Niclays ficou embasbacado. Ofegante, ele a seguiu até a proa do navio, onde a Imperatriz Dourada estava ao lado de Padar.

— Você está com sorte, Roos — disse ela.

Ela lhe entregou sua luneta noturna. Niclays espiou pela lente.

Uma ilha. Sem dúvida. Pequena, quase certamente inabitada, mas mesmo assim uma ilha. Ele soltou um suspiro ao devolver a luneta.

— Fico contente, ilustríssima Imperatriz Dourada — disse ele com toda a sinceridade.

Ela observava a ilha com olhos de caçadora. Quando se virou para um dos oficiais, Niclays arriscou uma espiada nos nós do braço de madeira.

— Ela está sinalizando para o *Pombo Preto* circular a ilha — murmurou Laya. — A Guarda Superior do Mar ainda pode estar no nosso rastro. Ou os rumores da nossa expedição podem ter chegado a outro navio pirata.

— Certamente nenhum outro capitão pirata seria tolo o bastante para enfrentar um navio como este.

— O que não falta no mundo são tolos, Niclays. E se tornam ainda mais quando sentem o cheiro da vida eterna no ar.

Sabran era uma prova disso.

E Jannart.

Niclays batucou com os dedos na amurada. Quanto mais próxima ficava a ilha, ele sentia a boca cada vez mais seca.

— Vamos, Roos — a Imperatriz Dourada chamou, com um tom de voz dos mais suaves. — Você merece uma parte dos primeiros espólios. Afinal, foi você quem nos trouxe até aqui.

Ele não ousou contrariá-la.

Quando o navio ancorou, a Imperatriz Dourada se dirigiu a seus piratas. A ilha, segundo ela, abrigava um butim que resolveria todos os seus problemas. O elixir os tornaria todo-poderosos. Eles seriam os mestres do mar. Seus comandados gritaram e bateram os pés no convés até Niclays ficar trêmulo de medo. Podiam estar em um humor triunfante naquele momento, mas bastaria um indício de fracasso, um murmúrio de que tinham ido até lá para nada, e a alegria se transformaria em fúria homicida.

Um barco a remo foi preparado para a expedição inicial. Laya e Niclays se juntaram a vinte membros da tripulação, entre eles a Imperatriz Dourada, que seria a primeira a pôr os pés na ilha, e Ghonra, sua herdeira. Niclays considerou que uma herdeira poderia se tornar desnecessária, caso encontrassem o elixir.

O barco foi deslizando para longe da sombra do *Perseguidor*. Em pouco tempo ficou claro para Niclays que aquilo que viram da ilha era só seu ponto mais alto. A maior parte do restante tinha sido invadida pelo mar.

Quando não foi mais possível avançar, eles deixaram dois membros da expedição no barco e caminharam pela água pelo restante do caminho. Assim que pisou em terra firme, Niclays torceu a água da camisa.

Aquele lugar poderia ser seu túmulo. Imaginou que seria coberto pela terra de Orisima. Em vez disso, seus ossos repousariam em uma ilha escondida na vastidão de um mar distante.

A embriaguez o deixava lento. Quando Ghonra olhou por cima do ombro e arqueou uma sobrancelha para ele, Niclays respirou fundo e foi se arrastando atrás dela, subindo uma elevação de pedra escorregadia.

Seus passos os levaram para a escuridão de uma floresta. O único sinal de civilização era a ponte de pedra que usaram para atravessar um riacho. Ele distinguiu um lance de degraus escavados na rocha. A Imperatriz Dourada foi a primeira a subi-los.

Eles continuaram escada acima pelo que pareceram ser horas. O caminho serpenteava por entre bordos e abetos que pareciam infinitos.

Não havia habitações por ali. Nem guardiões para a amoreira. Somente a natureza, que ficou livre para seguir seu curso ao longo dos séculos. As vespas zumbiam e os pássaros piavam. Um cervo cruzou o caminho deles e logo voltou para a penumbra, causando um sobressalto em metade dos piratas, que sacaram suas espadas.

Niclays arfava. O suor encharcava sua camisa. Ele tentava enxugar inutilmente a testa enquanto as gotas escorriam sobre suas sobrancelhas. Fazia muito tempo que não exigia tanto de seu corpo.

— Niclays — Laya falou, baixinho. — Como você está?

— Morrendo — respondeu ele entredentes. — Com a graça da Donzela, vou soltar o último suspiro antes de chegarmos ao topo.

Ele só percebeu que os demais haviam parado quando esbarrou em Ghonra, que o empurrou de volta para trás com uma cotovelada na barriga. Com as pernas trêmulas, Niclays ergueu a cabeça para contemplar uma árvore. Uma amoreira antiga e retorcida, maior que qualquer uma que já tinha visto na vida.

Uma árvore cortada.

Niclays observou a gigante tombada. Suas pernas ficaram dormente. Seus lábios começaram a tremer, e seus olhos, a se encher de lágrimas.

Ele estava lá. No fim do Caminho dos Proscritos. Era o que Jannart queria ver, o segredo pelo qual perdera sua vida. Niclays estava realizando o sonho dele.

O sonho pelo qual fora traído.

A amoreira não tinha mais flores nem frutos. Parecia uma coisa quase grotesca, que tinha crescido muito além de suas proporções naturais, como um corpo esticado em um instrumento de tortura. O tronco era grosso como o corpo de uma baleia. Os galhos mortos apontavam para as estrelas, como se fossem capazes de estender suas mãos prateadas e ajudar a árvore a se levantar de novo.

A Imperatriz Dourada caminhou lentamente entre aqueles membros mortos. Laya segurou Niclays pelo braço. Ele a sentiu estremecer, e colocou a mão sobre a dela.

— Yidagé, Roos — chamou a Imperatriz Dourada. — Venham até aqui.

Laya fechou os olhos.

— Está tudo bem. — Niclays manteve o tom de voz baixo. — Ela não vai fazer nada com você, Laya. Você ainda é muito útil.

— Eu não quero ser obrigada a assistir quando ela te machucar.

— Estou magoado com a pouca fé que você tem na minha capacidade de lutar, Mestra Yidagé. — Ele ergueu a bengala com um sorriso fraco. — Eu consigo dar conta de todos com isto aqui, você não acha?

Ela abafou uma risada.

— Tem algumas palavras entalhadas aqui — a Imperatriz Dourada disse para Laya quando eles chegaram mais perto. — Traduza.

A expressão no rosto dela não revelava nada. Laya se soltou de Niclays e passou por cima de um galho antes de se ajoelhar ao lado do tronco. Um dos piratas lhe entregou uma tocha, que ela aproximou com cuidado da árvore. A chama jogou luz sobre uma cascata de palavras entalhadas.

— Perdão, ilustríssima Imperatriz Dourada, mas não consigo traduzir isso. Algumas coisas eu conheço, mas a maior parte não — disse Laya. — Infelizmente, está além da minha capacidade.

— Talvez eu consiga.

Niclays olhou por cima do ombro. O acadêmico seiikinês que nunca se afastava da Imperatriz Dourada colocou uma mão enrugada no tronco como se fossem os restos mortais de um velho amigo.

— A tocha, por favor — pediu ele. — Isso não vai demorar muito.

Não havia luar no céu para denunciar a presença da embarcação do Oeste. Do alto das vergas, Tané viu os piratas desembarcarem.

O *Rosa Eterna* estava ancorado em um local onde os piratas não conseguiam vê-lo. Depois de fazer a guinada a sudeste no momento preciso, ela seguiu navegando até sua luneta noturna revelar a presença de uma ilha.

O Erudito Ivara acreditava que a joia crescente vinha de lá. Talvez o local também revelasse porque tinha sido costurada em suas costelas — ou talvez não. Só o que importava era Nayimathun.

O vento soprava as mechas de cabelo para longe do rosto. Ela conhecia aqueles navios de seus tempos na Casa do Sul, onde precisara aprender a identificar as embarcações mais conhecidas da Frota do Olho de Tigre. Ambas tinham as velas vermelhas como a própria doença. O *Pombo Preto*, que tinha metade do comprimento do *Perseguidor*, circundava a ilha com as escotilhas dos canhões abertas.

Tané desceu para o convés. Tinha libertado os dois prisioneiros para que pudessem ajudá-la.

— Você — disse ela para Thim. — Enquanto eu estiver fora, tome conta do navio.

Thim se virou para ela.

— Para onde você vai?

— Para o *Perseguidor*.

— Eles vão acabar com você.

— Se me ajudar a sobreviver, eu garanto que levo você de volta são e salvo para o Império dos Doze Lagos. Se me trair, vai ser deixado aqui para morrer — Tané falou. — A escolha é sua.

— Quem é *você*, afinal? — Thim questionou, franzindo a testa. — Luta melhor que qualquer soldado. Ninguém na tripulação teve a menor chance. Por que foi recrutada para as fileiras dos acadêmicos, e não dos Miduchi?

Tané entregou para ele a luneta noturna.

— Se virem você, dê um tiro de aviso com um dos canhões — foi tudo o que ela falou.

No entanto, a essa altura Thim já tinha se dado conta. Ela viu o olhar de deferência no rosto dele.

— Você era, *sim*, uma Miduchi. — Thim observou seu rosto. — Por que foi banida?

— Quem eu sou ou deixei de ser não é da sua conta. — Ela acenou com o queixo para Loth. — Você. Venha comigo.

— Pelo mar? — Loth a encarou, incrédulo. — Nós vamos morrer congelados.

— É só se manter em movimento.

— O que você quer fazer naquele navio?

— Libertar uma prisioneira.

Tané se preparou para enfrentar o mar enquanto descia pela lateral do navio, estremecendo de frio. Por fim, se soltou.

Seu corpo mergulhou na escuridão. O frio expulsou o ar de seus pulmões, e as bolhas explodiram da sua boca.

Era pior do que ela esperava. Tané nadava todos os dias em Seiiki, não importava a estação, mas o Mar do Sol Dançante não era assim tão gelado. Quando veio à superfície, a respiração que saía de sua boca se condensou em nuvens de vapor. Atrás dela, Loth soltava grunhidos incomodados. Estava no último degrau da escada.

— Só pule — Tané se esforçou para dizer. — Logo p-passa.

Loth fechou os olhos com força, e o rosto dele assumiu o aspecto de tolerância de um homem conformado com a morte. Ele afundou e veio à superfície no instante seguinte, arfando.

— Pelo *Santo*... — O queixo tremia. — Estou c-congelando.

— Então é melhor se mexer — disse Tané, e saiu nadando.

As lamparinas do *Perseguidor* estavam apagadas. O navio era tão alto que Tané não tinha por que temer os vigias. Eles jamais veriam duas cabeças naquela água escura. Afinal, aqueles galeões de nove mastros eram as maiores embarcações do mundo. Com espaço de sobra para abrigar um dragão.

O movimento era difícil. O frio enrijecia as articulações. Tané tomou fôlego e foi para debaixo das ondas de novo. Quando emergiu ao lado do *Perseguidor*, Loth apareceu logo atrás, tremendo incontrolavelmente. Ela pretendia entrar pelas escotilhas dos canhões, mas estavam fechadas, e não havia nenhum apoio para as mãos e os pés.

A âncora. Aquela era a única ligação entre a água e o convés. Ela nadou ao lado do casco até chegar à popa do navio.

A água salgada se misturou com o suor enquanto ela se elevava do mar e subia pela corda, ouvindo Loth se esforçar para acompanhá-la. Cada centímetro de avanço cobrava seu preço. Os membros lutavam para recuperar as forças.

Já perto do alto, as mãos soltaram.

Aconteceu rápido demais. Não deu tempo nem para respirar, nem ao menos gritar. Em um momento estava subindo; no seguinte, caindo — e então atingiu alguma coisa quente e sólida. Ela olhou para baixo e viu Loth. O pé tinha pousado sobre o ombro dele.

Dava para ver que ele estava fazendo força para sustentar o peso dos dois, mas mesmo assim ele abriu um sorriso. Tané desviou os olhos e retomou a escalada.

Os braços estavam tremendo quando ela chegou à escultura desfigurada da Dragoa Imperial na popa do navio. Ela a contornou, saltou sobre a amurada e aterrissou sem fazer barulho no convés. A Imperatriz Dourada devia estar na ilha, mas certamente deixaria guardas na embarcação.

Mantendo-se agachada, Tané torceu a água gelada da túnica. Loth caiu abaixado ao seu lado. Ela só conseguiu ver os vultos de centenas de piratas que ainda estavam a bordo.

O *Perseguidor* era uma cidade sem lei dos mares. Como todo navio pirata, recebia malfeitores de todas as partes do mundo. No meio daquela escuridão, desde que não fossem abordados por ninguém, eles poderiam se misturar aos demais. Três lances de escadas os levariam para o convés inferior do navio.

Ela ficou de pé e saiu de seu esconderijo. Loth veio atrás, de cabeça baixa.

Estavam cercados de piratas. Tané mal conseguia enxergar o rosto deles. Só ouviu fragmentos de conversa.

— ... estripar o velho se tiver nos enganado.

— Ele não é nenhum tolo. Por que iria querer...?

— Ele é mentendônio. Os seiikineses o deixaram preso como um passarinho na gaiola em Orisima — disse uma mulher. — Pode ser que prefira morrer a viver preso. Como o resto de nós.

Roos.

Não havia outro mentendônio de quem pudessem estar falando.

Ela sentiu a ponta de seus dedos esquentarem. Estava ansiosa para pôr as mãos na garganta dele.

Não era culpa de Roos que a mandaram para a Ilha da Pluma. Essa culpa era da própria Tané. No entanto, ele a chantageara. E tivera a audácia de pedir que ela ferisse Nayimathun. Agora estava mancomunado com piratas que capturavam e matavam dragões. Por tudo isso, merecia morrer.

Ela tentou aplacar aquele desejo. Não era o momento de se distrair.

Eles desceram a escada que os levariam ao porão. No último degrau, uma lamparina bruxuleava. Sua chama revelou dois piratas marcados por cicatrizes, ambos armados de pistolas e espadas. Tané foi andando na direção deles.

— Quem vem lá? — um deles perguntou com um tom áspero.

Um grito de alerta atrairia uma multidão de piratas para lá. Ela precisava matá-los, e silenciosamente.

Como a água.

A faca saiu das sombras diretamente para um coração pulsante. Antes que o outro vigia pudesse reagir, cortou a garganta dele. O olhar naquele rosto era algo que Tané nunca vira antes. O choque. A percepção da própria mortalidade. A sensação de que todo seu ser está se esvaindo junto com a umidade que escorre do pescoço. Um som gorgolejante escapou dos lábios dele, que desabou a seus pés.

Ela sentiu um gosto metálico na boca. Ficou olhando o sangue escorrer, escuro sob a luz da lamparina.

— Tané — disse Loth.

A pele dela estava tão fria quanto a espada em sua mão.

— Tané. — A voz dele estava rouca. — Por favor. Vamos logo.

Havia dois cadáveres diante dela. Seu estômago ficou embrulhado, e a escuridão tomou conta dela como uma nuvem de moscas.

Tané havia matado. Porém, não da mesma forma como matara Susa. Dessa vez, tirara aquelas vidas com as próprias mãos.

Atordoada, ela ergueu a cabeça. Loth pegou a lamparina pendurada sobre os cadáveres e ofereceu para ela. Tané a pegou, com a mão ainda trêmula, e foi andando para as entranhas do navio.

Poderia pedir o perdão do grande Kwiriki em outro momento. Por ora, sua preocupação era encontrar Nayimathun.

De início, tudo o que viu foram suprimentos. Barris de água. Sacas de arroz e milhete. Baús que deviam estar cheios de tesouros roubados. Quando viu um brilho verde, soltou um suspiro.

Nayimathun.

Ela ainda estava respirando. Acorrentada, e com uma ferida infectada onde as escamas foram arrancadas de sua carne, mas estava viva.

Loth desenhou algo com os dedos sobre o peito. Parecia que estava diante de seu próprio fim.

Tané se ajoelhou diante da deusa que um dia fora sua companheira, deixando de lado a espada e a lamparina.

— Nayimathun.

Não houve resposta. Tané tentou engolir em seco por cima do nó na garganta. Os olhos se encheram de lágrimas quando viram o estrago que as correntes tinham feito.

Uma lágrima escorreu até seu queixo. Ela fervilhava de raiva. Apenas um desalmado poderia fazer isso a uma criatura viva. Ninguém com o mínimo de dignidade trataria uma deusa dessa forma. Os dragões haviam sacrificado muita coisa para proteger os mortais com quem compartilhavam o mundo. Os mortais, por sua vez, só demonstravam maldade e ganância.

Naymathun ainda estava respirando. Tané passou a mão em seu focinho, onde as escamas estavam secas como um pergaminho. Era uma crueldade inenarrável da parte deles tê-la deixado tanto tempo fora da água.

— Grande Nayimathun — sussurrou ela. — Por favor. Sou eu. Tané. Me deixe levá-la de volta para casa.

Um olho se abriu lentamente. O azul estava opaco, como o último lampejo de brilho de uma estrela morta.

— Tané.

Ela nunca acreditara de verdade que voltaria a ouvir aquela voz.

— Sim. — Mais uma lágrima escorreu pelo rosto. — Sim, grande Nayimathun. Eu estou aqui.

— Você veio — disse Nayimathun, respirando com dificuldade. — Não deveria ter vindo.

— Eu deveria ter vindo antes. — Tané abaixou a cabeça. — Perdão. Por deixar que a levassem.

— Você foi levada primeiro — grunhiu a dragoa. Havia um dente faltando em seu maxilar inferior. — E está ferida.

— Esse sangue não é meu. — Com as mãos trêmulas, Tané abriu o estojo que levava na cintura e pegou a joia. — Encontrei uma das joias de que você falou. Estava costurada no meio das minhas costelas. — Ela a estendeu para que a dragoa a visse. — Este homem aqui diz que sabe onde está o par.

Nayimathun contemplou a joia por um bom tempo, e depois olhou para Loth, que tremia sem parar.

— Podemos falar sobre isso quando estivermos em um lugar seguro, mas, ao encontrar essas joias, você nos proporcionou uma forma de combater o Inominado — ela falou. — E por isso, Tané, todos os dragões que existem no mundo estão em dívida com você. — Uma luz pálida percorreu as escamas dela. — Ainda tenho força suficiente para romper o casco do navio, mas para isso preciso estar livre. Você vai precisar da chave das correntes.

— Me diga com quem está.

A dragoa fechou os olhos de novo.

— Com a Imperatriz Dourada — respondeu ela.

25
Leste

O acadêmico estava cercado de tochas acesas. Para Niclays, parecia que ele estava rodeando a amoreira havia horas, lendo à luz do fogo. Durante aquele tempo, os piratas quase não se manifestaram.

Quando o acadêmico enfim se levantou, todos os olhares se voltaram na direção dele. A Imperatriz Dourada estava sentada nas imediações, afiando a espada com a mão boa e usando o braço de madeira para mantê-la no lugar. Cada raspada da pedra de amolar na lâmina provocava calafrios em Niclays.

— Está terminado — anunciou o acadêmico.

— Ótimo. — A Imperatriz Dourada sequer se dignou a erguer os olhos. — Pois diga o que você descobriu.

Tentando controlar a respiração, Niclays enfiou a mão dentro do manto para pegar o lenço e enxugou a testa.

— A inscrição é feita em uma forma antiga de escrita seiikinesa — explicou o acadêmico. — Conta a história de uma mulher chamada Neporo. Ela viveu mais de mil anos atrás nesta ilha. Komoridu.

— Estamos todos ansiosos para ouvir essa história — disse a Imperatriz Dourada.

O acadêmico olhou novamente para os galhos da amoreira. Algo na expressão no rosto dele causou um mau pressentimento em Niclays.

— Neporo vivia no vilarejo de pescadores de Ampiki. Levava uma vida miserável como coletora de pérolas, mas, mesmo trabalhando com afinco, assim como seus pais, sua família ficava tão desprovida em certas épocas que não havia escolha a não ser se alimentar de folhas e de terra, que recolhiam na floresta.

Era por isso que Niclays nunca fora capaz de entender a obsessão de Jannart. A história humana era repleta de sofrimento.

— Quando a irmã mais nova morreu, Neporo decidiu pôr um fim naquela vida de miséria. Ela mergulharia atrás das pérolas douradas no Mar sem Fim, onde outros coletores não ousavam ir. Eram águas frias e agitadas, mas para Neporo não havia outra escolha. Ela partiu com seu barquinho de Ampiki para o alto-mar. Enquanto mergulhava, um grande tufão levou embora seu barco, e a deixou à deriva em meio às ondas inclementes. De alguma forma, ela conseguiu se manter à superfície. Como não sabia ler as estrelas, simplesmente nadou na direção da estrela mais brilhante que viu no céu. Por fim, encontrou uma ilha. Era desabitada, mas em uma clareira havia uma amoreira de uma altura impressionante. Fraca e faminta, ela provou de seu fruto. — Ele passou o dedo sobre algumas palavras. — Neporo *se inebriou com o vinho de mil flores*. Nos tempos antigos, essa era a metáfora poética para o elixir da vida.

A Imperatriz Dourada continuava a afiar sua espada.

— Neporo finalmente conseguiu ir embora da ilha e voltar para casa. Durante dez anos, tentou viver uma vida normal. Ela se casou com um bom homem, um pintor, e teve um filho. No entanto, seus amigos e vizinhos notaram que ela não envelhecia, nem adoecia ou se enfraquecia. Alguns passaram a se referir a ela como uma deusa. Outros a temiam. Ela acabou indo embora de Seiiki e voltou a Komoridu, onde ninguém a veria como uma abominação. O fardo da imortalidade era tão grande que ela pensou em tirar a própria vida, mas, decidiu continuar vivendo por causa do filho.

— A árvore a concedeu imortalidade — disse a Imperatriz Dourada, ainda afiando a lâmina —, mas ainda assim ela acreditou que era capaz de tirar a própria vida.

— A árvore a protegia apenas contra o envelhecimento. No entanto, ela ainda poderia ser ferida ou morta por outros meios. — O acadêmico contemplou a árvore. — Ao longo dos anos, muitas pessoas vieram atrás de Neporo em sua ilha. Pombos pretos e corvos brancos eram atraídos por ela, que era a mãe dos proscritos.

Laya segurou com mais força a mão de Niclays, que apertou a dela.

— É melhor irmos embora — ela murmurou em seu ouvido. — A árvore está morta, Niclays. Não tem elixir nenhum aqui.

Niclays engoliu em seco. A Imperatriz Dourada parecia distraída; ele poderia escapulir sem ser notado.

Mesmo assim, se sentia pregado no chão, incapaz de deixar de ouvir a história de Neporo.

— Espere — disse ele com o canto da boca.

— Na época em que o Monte Temível entrou em erupção — continuou o acadêmico —, Neporo recebeu dois presentes de um dragão. Eram as chamadas joias celestiais, e segundo o dragão, com elas Neporo seria capaz de manter a Fera da Montanha aprisionada por mil anos.

— Me responda uma coisa — interrompeu Padar. — Por que o dragão precisou pedir a ajuda de uma humana?

— Isso a árvore não diz — foi a resposta em um tom plácido. — Embora Neporo estivesse disposta a lutar, só era capaz de controlar uma das joias. Precisava de alguém para empunhar a segunda. Foi quando um milagre aconteceu. Uma princesa do Sul apareceu nas praias de Komoridu. Seu nome era Cleolind.

Niclays trocou um olhar de perplexidade com Laya. Os livros de oração não diziam nada sobre aquilo.

— Cleolind também possuía o dom da vida eterna. Tinha rechaçado o Inominado antes, mas acreditava que em breve ele se recuperaria dos ferimentos. Determinada a liquidá-lo de uma vez por todas, saiu em busca de outras pessoas que pudessem ajudá-la. Neporo era sua última esperança. — O acadêmico fez uma pausa para umedecer os lábios. — Cleolind, Princesa da Lássia, ficou com a joia minguante. Neporo, Rainha de Komoridu, com seu par. Juntas, elas aprisionaram o Inominado no Abismo, onde ficaria preso por mil anos, porém nem um nascer do sol a mais.

Niclays estava boquiaberto.

Se aquela história fosse verdadeira, a lenda sobre a qual a Casa de Berethnet era fundada não passava de conversa-fiada. Não era a linhagem de filhas que mantinha o Inominado em seu cativeiro, e sim duas joias.

Ah, Sabran certamente ficaria *muito* chateada.

— Cleolind estava enfraquecida pelo primeiro embate com o Inominado. O segundo enfrentamento a destruiu. Neporo enviou o corpo de volta ao Sul, junto com a joia minguante.

— E a outra joia... a joia crescente — falou a Imperatriz Dourada, com um tom de voz comedido. — Que fim levou?

O acadêmico colocou a mão ossuda sobre a árvore de novo.

— Uma parte da história se perdeu — disse ele. Niclays reparou que a casca havia sido violentamente arrancada. — Felizmente, ainda podemos ler o final.

— E?

— Ao que parece, alguém queria tomar a joia para si. Para mantê-la em segurança, um descendente de Neporo costurou a joia crescente junto às costelas, para que nunca pudesse ser arrancada dele. Depois, foi embora de Komoridu e foi viver uma vida humilde em Ampiki, no mesmo casebre onde Neporo morara. Quando morreu, a joia foi retirada de seu corpo e colocada no de sua filha. E assim sucessivamente. — Houve uma pausa. — A joia continua viva com uma descendente de Neporo.

A Imperatriz Dourada ergueu os olhos da espada. Niclays só conseguia ouvir sua própria pulsação.

— A árvore está morta — disse ela —, e a joia se perdeu. O que isso significa para nós?

— Mesmo que não estivesse morta, o que diz aqui é que a árvore só concedeu a imortalidade à primeira pessoa que provou de seu fruto. Depois disso, essa bênção deixou de ser dada — murmurou o acadêmico. — Sinto muito, ilustríssima. Chegamos aqui com séculos de atraso. Não há nada nesta ilha além de fantasmas.

Niclays começou a se sentir mal. Essa sensação se intensificou quando a Imperatriz Dourada se levantou, com os olhos fixos nele.

— Ilustríssima capitã — ele falou com a voz trêmula. — Eu a trouxe para o lugar certo. Não foi?

Ela continuou caminhando em sua direção, com a espada na mão. Niclays se agarrou à bengala com tanta força que os dedos ficaram pálidos.

— Sua recompensa pode não estar perdida. Jannart tinha outros livros em Mentendon — ele tentou argumentar, mas a voz falhou. — Pelo amor do Santo, não fui *eu* que lhe dei o maldito mapa, para começo de conversa...

— Não mesmo — concordou a Imperatriz Dourada. — Mas foi você quem me trouxe até aqui, para esta empreitada inútil.

— Não. Espere... Eu ainda posso fazer o elixir com a escama de dragão. Tenho *certeza*. Me deixe ajudá-la...

Ela continuou avançando.

Foi quando Laya agarrou Niclays pelo braço. Sua bengala foi ao chão enquanto ela o puxava para o meio das árvores.

A movimentação repentina pegou os piratas de surpresa. Ignorando a escadaria, ela se lançou sobre a vegetação rasteira, arrastando Niclays consigo. Atrás deles, a expedição soltava gritos de fúria. Terríveis como o toque da trombeta antes da caçada.

— Laya — falou Niclays, resfolegado. — É um ato muito heroico, mas os meus joelhos jamais vão me permitir escapar de um bando de piratas sedentos de sangue.

— Seus joelhos precisam dar um jeito, Velho Rubro, caso contrário você não vai ter mais joelhos — Laya gritou de volta. A voz dela estava esganiçada de pânico, mas havia um tom de humor perceptível ali também. — Vamos chegar antes deles ao barco.

— Eles deixaram vigias!

Quando ela saltou para uma escarpa rochosa mais baixa, Laya sacou a adaga da cinta com uma das mãos.

— Que foi? — ela falou, estendendo a outra mão para ele. — Pensa que depois de todo esse tempo em navios piratas eu não aprendi nada sobre como lutar?

Niclays aterrissou com uma força de arrebentar os joelhos. Laya o puxou para junto de uma árvore.

Eles ficaram imóveis no oco do tronco. Os joelhos gritavam de dor, e o tornozelo latejava. Três piratas passaram correndo por eles. Assim que desapareceram na mata, Laya se levantou de novo, ajudando Niclays a se pôr de pé.

— Fique comigo, Velho Rubro. — Ela continuava segurando sua mão com firmeza. — Venha comigo. Vamos voltar para casa.

Para *casa*.

Eles seguiram em frente, afundando nos locais onde o barro estava mole, e correndo quando possível. Quando Niclays se deu conta, a praia já estava à vista. E lá estava o barco a remo, com apenas dois vigias.

Eles conseguiriam. Eles remariam para o norte até chegarem ao Império dos Doze Lagos, e de lá iriam embora do Leste de uma vez por todas.

Laya soltou a mão dele, sacou a adaga e correu pela areia, com o manto inflando atrás de si. Ela era veloz. Antes que pudesse atacar o primeiro vigia, Niclays sentiu mãos o agarrando. Os piratas os tinham alcançado.

— Laya — gritou ele, mas era tarde demais.

Ela também foi pega, e deu um grito quando Ghonra torceu seu braço.

Padar colocou Niclays de joelhos.

— Padar, Ghonra, não façam isso — suplicou Laya. — Nós já nos conhecemos há tanto tempo. Por favor, tenha misericórdia...

— Você nos conhece bem demais para pedir isso. — Ghonra tomou a faca da mão dela e a apertou contra seu pescoço. — Fui eu que lhe dei essa lâmina, como uma gentileza, Yidagé — esbravejou ela. — Tente implorar misericórdia de novo e vai perder a língua.

Laya fechou a boca. Niclays queria desesperadamente poder dizer que estava tudo bem, para desviar o olhar e não dizer nada. Qualquer coisa que impedisse que a matassem também.

Sua bexiga ameaçava despejar seu conteúdo a qualquer momento. Tensionando cada músculo do corpo, ele tentou desassociar a mente da carne. Flutuar para fora de si mesmo, perder-se em suas memórias.

Ele estremeceu quando a Imperatriz Dourada, parecendo inabalada pela tentativa de fuga, se agachou diante dele. Niclays se imaginou como um nó no braço dela.

E então se deu conta.

Ele queria sentir o sol no rosto. Queria ler livros e caminhar pelas ruas de pedra de Brygstad. Queria ouvir música, visitar museus e galerias de arte e teatros, se maravilhar com a beleza das criações humanas. Queria viajar para o Sul e o Norte e se deliciar com o que tinham a oferecer. Queria poder rir de novo.

Ele queria *viver*.

— Fiz minha tripulação atravessar dois mares — falou a Imperatriz Dourada com uma voz tão baixa que ele mal conseguia ouvir —, só para ouvir uma história. Eles vão querer pôr a culpa por essa decepção em alguém... e eu garanto a você, Mestre das Receitas, que não vai ser em mim. E, a não ser que queira que Yidagé pague o preço no seu lugar, precisa ser você. — Ela encostou a faca sob seu queixo. — Eles podem não querer matá-lo, mas acredito que logo você acabará pedindo por essa misericórdia.

O rosto dela se tornou um borrão. Ali perto, Ghonra agarrou Laya pelo pescoço, pronta para a acabar com a vida dela.

— Eu posso arrumar um jeito de fazer parecer que foi culpa dela. — A Imperatriz Dourada olhou para a intérprete, com quem havia navegado por décadas, sem demonstrar nenhum sentimento. — Uma mentira não custa nada, afinal.

Houvera um tempo em que Niclays permitira que uma musicista fosse torturada para poupá-lo do mesmo destino. O ato de um homem que tinha se esquecido do que significava se preocupar com qualquer um que não fosse ele mesmo. Se quisesse morrer com alguma dignidade, não permitiria que Laya sofresse ainda mais por sua causa.

— Não é preciso fazer isso — disse ele, baixinho.

Laya sacudiu a cabeça, contorcendo o rosto em uma expressão de desespero.

— Levem-no de volta para o *Perseguidor*, e contem à tripulação o que encontramos. — A Imperatriz Dourada se levantou. — Vamos ver o que eles...

Ela parou. Niclays olhou para cima.

A Imperatriz Dourada deixou sua lâmina cair. Havia uma espada curvada colada a seu pescoço, e Tané Miduchi estava logo atrás dela.

Niclays não conseguia acreditar nos próprios olhos. Boquiaberto, ficou observando a mulher que tentara chantagear.

— Você — balbuciou ele.

Por onde quer que tenha andado, o passar dos meses não fez bem para ela. Estava mais magra, com olheiras profundas, e sangue fresco tingia as mãos.

— Me dê a chave — ela falou em lacustre, com a voz grave e impregnada de ódio. — A chave das correntes.

Nenhum dos piratas esboçou reação. A capitã se manteve tão imóvel quanto seus lacaios, com as sobrancelhas levantadas.

— Andem logo — disse a ginete —, ou a líder de vocês morre. — A mão dela se mantinha bem firme. — A chave.

— Alguém entregue para ela — ordenou a Imperatriz Dourada, parecendo quase irritada com aquela interrupção. — Se ela quer seu bicho de volta, então que leve.

Ghonra se aproximou. Se a mãe adotiva morresse naquele momento, ela se tornaria a nova Imperatriz Dourada, mas Niclays notou que havia um forte sentimento filial ali. Ela enfiou a mão no colarinho e sacou uma chave de bronze.

— Não — disse a ginete. — A chave é feita de ferro. — A lâmina começou a tirar sangue. — Se tentarem me fazer de boba de novo, ela morre.

Ghonra deu uma risadinha. Em seguida, pegou uma nova chave e a arremessou.

— É toda sua, amante de dragões — provocou ela. — Boa sorte para chegar ao navio.

— Se me deixarem ir em paz, eu posso não usar isto.

A ginete jogou a Imperatriz Dourada de lado e ergueu a mão livre, onde havia uma joia do tamanho de uma noz, e azul como vidro de cobalto.

Não podia ser.

Niclays começou a rir. Logo o riso se tornou uma gargalhada enlouquecida.

— A joia crescente — suspirou o acadêmico, com os olhos vidrados. — Você. A descendente de Neporo é *você*.

A ginete se manteve em silêncio.

Tané Miduchi. Herdeira da Rainha de Komoridu. Herdeira de um rochedo desabitado e uma árvore morta. Pela expressão no rosto dela, estava claro que não fazia a menor ideia disso. Os cavaleiros muitas vezes eram retirados de lares depauperados. Ela devia ter sido separada da família antes de saber a verdade.

— Leve minha amiga com você — Niclays falou de repente, com as lágrimas da gargalhada ainda quente nos olhos. Ele apontou com o queixo para Laya, cujos lábios se moviam em uma oração. — Eu imploro, Dama Tané. Ela não tem culpa de nada disso.

— Para você, eu não faço *nada* — a ginete respondeu com um desprezo absoluto.

— E quanto a mim? — questionou a Imperatriz Dourada. — Você também não me quer morta, ginete?

A jovem cerrou os dentes. Os dedos dela apertaram com mais força o cabo da espada.

— Pois venha. Eu sou velha e lenta, criança. Você pode pôr um fim na matança de dragões agora mesmo. — A Imperatriz Dourada bateu a lâmina da espada contra a palma da mão. — Venha cortar minha garganta. Recupere sua honra.

Com um sorriso frio, a ginete envolveu a joia crescente com a mão.

— Não vou matar você esta noite, açougueira — disse ela. — Mas o que vocês estão vendo diante de si é um espectro. Quando menos esperarem, vou voltar para assombrar vocês. Vou caçá-los até os confins do mundo. E juro que, se nos encontrarmos de novo, vou tingir o mar de vermelho.

Ela embainhou a espada e desapareceu na escuridão, levando consigo a única chance possível de fuga.

Naquele momento, um dos piratas disparou um tiro com sua pistola.

Tané Miduchi deteve o passo. Niclays viu a mão dela se fechar em torno da joia, e sentiu um leve tremor.

Um rugido úmido tomou conta do ar. Laya deu um grito. Niclays mal teve tempo de ver a parede de água que vinha na direção da praia antes de ser envolvido pela escuridão gelada.

Ele saiu rolando. As narinas queimaram ao inalar água salgada. Cego de medo, ele tentou lutar contra aquela enchente, soltando bolhas pela boca. Só o que conseguiu ver eram suas mãos. Quando surgiu à superfície, notou que tinha perdido os óculos. No entanto, pelo que podia ver, os piratas estava todos dispersos, e o barco em que vieram para a praia estava vazio. Tané Miduchi tinha desaparecido.

— Encontrem a ginete — rugiu a Imperatriz Dourada.

Niclays tossiu a água que tinha inalado.

— De volta para o navio — gritou a Imperatriz. — E me tragam aquela joia!

O mar recuou rapidamente, como se estivesse sendo sugado para a barriga de um deus. Niclays estava de quatro na areia, engasgado, os cabelos pingando água sobre seus olhos.

Havia uma espada diante dele. Sua mão se fechou em torno do cabo. Se pudesse encontrar Laya, ainda teriam uma chance. Eles poderiam abrir caminho até o barco a remo e desaparecer...

Quando chamou o nome dela, ele notou a presença de uma sombra. Imediatamente levantou a espada em seguida, mas a Imperatriz Dourada a derrubou de sua mão.

Um vislumbre do brilho do aço, depois mais outro.

Sangue na areia.

Um som gorgolejante escapou de sua garganta. Ele cambaleou, com uma das mãos na garganta. A outra não estava mais em seu corpo. Em algum lugar meio ao caos, Laya gritava o nome dele.

— Minha tripulação vai querer sangue.

A Imperatriz Dourada recolheu a mão do chão como se fosse um peixe morto. Ele ficou nauseado ao vê-la. Ainda tinha cor, como se estivesse viva, exibindo as manchas da idade.

— Considere isso um gesto de misericórdia — disse ela. — Eu levaria o restante do seu corpo, mas minha carga é perigosa, e carregar você só iria nos atrasar. Você entende, Roos. Sabe reconhecer uma boa barganha.

O líquido escuro jorrava da boca aberta em seu braço. Era uma dor diferente de tudo o que sentira antes. Óleo fervente. Madeira carbonizada. Ele nunca mais voltaria a empunhar um cálamo com aquela mão. Era só nisso que conseguia pensar, mesmo com o sangue escorrendo da garganta. Logo em seguida Laya estava junto dele, pressionando o ferimento.

— Aguente firme — ela falou com a voz embargada. — Aguente firme, Niclays. — Laya o puxou para junto de si. — Eu estou aqui. E vou ficar ao seu lado. Você vai ter seu descanso em Mentendon, não aqui. Não agora. Eu prometo.

As palavras dela se perderam em meio a um zunido. Pouco antes do mundo inteiro se cobrir de preto, ele olhou para o céu e enfim contemplou a silhueta da morte.

E a morte, no fim das contas, tinha asas.

O *Perseguidor* era um navio tão grande que as ondas mal o moviam. Quase era possível fingir que não se estava no mar. Loth estava sentado no porão, ouvindo a comoção no convés, mais do que ciente de que estava em um covil de criminosos. Ele não ousou soltar sua baselarda, mas apagara a lamparina, só por precaução. Era um milagre ninguém ter descido até lá ainda. Sua impressão era que fazia uma eternidade que Tané tinha saído.

O wyrm — não, a *dragoa* — o observava com um olho azul assustador. Loth olhava apenas para baixo.

Era verdade que aquela criatura não tinha a aparência, nem o comportamento, das feras dragônicas do Oeste, embora fosse tão grande quanto. Os chifres não eram muito diferentes daqueles de um Altaneiro do Oeste, mas as semelhanças acabavam ali. A crina escorria como algas pelo pescoço. O rosto era largo; os olhos, redondos como broquéis; e as escamas pareciam mais as de um peixe do que as de um lagarto. Loth ainda não se sentia nem um pouco inclinado a confiar nela ou começar uma conversa. Bastou uma olhada para aqueles dentes brancos e afiados para saber que aquela criatura era capaz de despedaçá-lo com a mesma facilidade que Fýredel.

Ele ouviu passos, e se escondeu atrás de um caixote com a baselarda em punho.

A testa estava molhada de suor. Loth nunca matara nada. Nem mesmo a cocatriz. Depois de toda aquela loucura, de alguma forma havia conseguido se livrar dessa mácula — mas em algum momento seria necessário, para sobreviver. Para salvar sua nação.

Tané apareceu com a respiração ofegante, os passos incertos e ensopada até os ossos. Sem dizer uma palavra, tirou uma chave da faixa que prendia a túnica e abriu o primeiro cadeado. Loth a ajudou a desacorrentar a dragoa por completo.

A dragou se sacudiu e soltou um grunhido grave. Tané deu um passo atrás, pedindo a Loth com um gesto que fizesse o mesmo, enquanto a criatura erguia a cabeça e alongava o corpo, revelando toda sua impressionante extensão. Loth obedeceu de bom grado. Pela primeira vez, a fera pareceu furiosa. As narinas se alargaram. Os olhos faiscaram. Ela se apoiou sobre os pés, se equilibrou e, com um movimento bem amplo, bateu com a cauda na lateral do navio.

O *Perseguidor* estremeceu. Loth quase caiu quando o chão se sacudiu sob seus pés.

Os gritos ecoaram lá em cima. A dragoa ofegou. Se estivesse fraca demais para conseguir arrebentar o casco, eles morreriam ali.

Tané deu um grito. Seja lá o que dissera, funcionou. A dragou se ajeitou e, cerrando os dentes, golpeou com a cauda de novo. A madeira estalou. Outro golpe. Um baú deslizou pelo chão. Outro golpe. Os gritos dos piratas estavam mais próximos, e era possível ouvir os passos nas escadas. Com um rosnado, a dragoa arremessou o corpo todo contra o casco, deu uma cabeçada poderosa e, dessa vez, a água começou a entrar com toda a força. Tané correu até a dragoa e montou nas costas dela.

Um pecado capital ou a morte certa. A morte era a opção que o Cavaleiro da Coragem teria escolhido, mas ele nunca precisara chegar ao Império dos Doze Lagos com extrema urgência, como era o caso de Loth. Abandonando as esperanças de algum dia chegar a Halgalant, Loth foi caminhando no meio da água até a assassina adoradora de wyrms. Tentou desesperadamente montar na dragoa, mas aquelas escamas eram escorregadias como óleo.

Tané estendeu a mão, que ele agarrou, já sentindo o gosto de sal na boca. Ela o ergueu. Enquanto procurava algo a que se agarrar, Loth tentou controlar seu medo. Ele estava *montado* em um wyrm.

— Thim — gritou ele. — E quanto a Thim?

Suas palavras se perderam em meio ao ruído que a dragoa fez ao escapar de sua prisão. Em pânico, Loth se agarrou a Tané, que abaixou a cabeça e se segurou na crina molhada que os cercava. Com um último impulso, a dragoa se lançou para fora do buraco aberto no *Perseguidor*. Loth deu um berro quando ela mergulhou no mar.

Um rugido em seus ouvidos. Sal em seus lábios. O golpear de um vento congelado. Pistolas eram disparadas do convés do *Perseguidor*, as escotilhas dos canhões estavam se abrindo, mas Loth ainda estava em cima da dragoa. Ela deslizava por entre as ondas, se esquivando de todos os tiros. Tané gritou algumas palavras que pareceram desesperadas, ainda agarrada à crina da criatura.

A dragoa se ergueu como uma pena carregada pelo vento. A água escorria de suas crinas à medida que ela se afastava do mar. Com as pernas ardendo pelo esforço de permanecer sentado, Loth se segurou com mais força a Tané e viu os piratas se tornarem meras fagulhas.

— Que o Santo seja misericordioso. — A voz dele estava embargada. — Abençoada Donzela, proteja este seu pobre servo.

Um brilho repentino o fez voltar o olhar para Oeste. As velas do *Pombo Preto* estavam em chamas, e de repente os wyrms apareceram. O Exército Dragônico. Loth esquadrinhou a escuridão, com o coração aos pulos.

Sempre havia alguém liderando o ataque.

A Altaneira do Oeste anunciou sua presença com um jato de fogo. Voava em cima do *Pombo Preto*, golpeando os mastros com a cauda.

Valeysa. A Chama do Desespero. Harlowe avisara que ela estava por perto. Suas escamas, quentes como carvões em brasa, pareciam beber do fogo que consumia a frota. Enquanto seus comandados se dirigiam para o avariado *Perseguidor*, ela soltou um rugido que fez Loth estremecer até os ossos.

Tané instigou sua dragoa a ir mais depressa. O *Rosa Eterna* estava visível. Se descessem naquele momento, Valeysa certamente os veriam. Se fugissem, Thim seria abandonado à própria sorte. Loth pensou que seu estômago fosse sair pela boca quando a montaria deu seu mergulho gracioso.

Thim estava no cesto da gávea. Quando viu o resgate chegando, subiu ainda mais, para o topo do mastro principal, onde se equilibrou de forma precária. Ao passar, a dragoa o apanhou com a cauda. Ele deu um grito, sacudindo as pernas enquanto era arrancado do *Rosa Eterna*.

A dragoa estava levantando voo de novo, rumo à cobertura das nuvens. Ela se movia pelo ar como se estivesse nadando. Thim rastejou às duras penas pelo corpo dela, usando as escamas como pontos de apoio para as mãos e para os pés. Quando chegou mais perto, Loth estendeu a mão para ajudá-lo a chegar até o pescoço.

Um guincho fez todos os pelos de seus braços se arrepiarem. Um wyvern os perseguia, cuspindo fogo.

A dragoa parecia tão preocupada com a ameaça quanto estaria com uma mosca. O jato de fogo seguinte chegou tão perto que Loth sentiu o cheiro de enxofre. Thim engatilhou sua pistola e atirou na criatura, que deu um berro, mas continuou voando na direção deles. Loth fechou os olhos com força. Ou despencaria para a morte ou acabaria assado como um ganso.

Antes que qualquer uma das duas coisas acontecesse, um vento poderoso soprou do nada, quase derrubando os três. Seu uivo era ensurdecedor. Quando conseguiu abrir um dos olhos, Loth percebeu que a dragoa estava *cuspindo* vento, da mesma forma que as feras dragônicas cuspiam fogo. Os olhos dela emitiam um brilho azul-celeste. A fumaça escapava por suas narinas. A água batia em suas escamas e depois se espalhava como uma chuva.

O wyrm guinchou de raiva. Sua carapaça fumegava com vapor, e a boca se mantinha aberta, mas a chama estava apagada, empurrada de volta para o fundo da garganta. Por fim, ele recolheu as asas e despencou para o mar.

A chuva golpeou o rosto de Loth. Ele cuspiu a água. Um raio espocou quando a dragou adentrou as nuvens, triunfante, se envolvendo na névoa enquanto subia.

Foi quando Tané tombou para o lado. Naquele momento, um instinto misericordioso fez Loth estender a própria mão. A ponta de seus dedos encontraram as costas da túnica dela no momento exato. A dragoa soltou um grunhido. Respirando fundo, Loth puxou Tané para perto, e Thim passou um braço em torno dos dois.

Tané estava inerte, com a cabeça tombada. Loth verificou se o estojo ainda estava preso à cinta da túnica dela. Caso se soltasse, a joia se perderia para sempre no fundo do mar.

— Espero que você saiba falar com dragões — gritou ele para Thim. — Você pode dizer a ela para onde ir?

Não houve resposta. Quando olhou por cima do ombro, Loth notou que Thim estava observando o céu, maravilhado.

— Estou sentado sobre uma deusa — disse ele, perplexo. — Eu não sou digno de tal coisa.

Pelo menos alguém considerava aquele pesadelo uma bênção. Loth se empertigou e se dirigiu à dragoa.

— Satisfação em conhecê-la, grande dragoa do Leste — ele arriscou dizer, gritando para ser ouvido em meio ao vento. — Não sei se consegue me entender, mas preciso ter uma conversa com o Imperador Perpétuo dos Doze Lagos. É um assunto de extrema importância. Você poderia nos levar ao palácio dele?

Um rugido reverberou pelo corpo da criatura.

— Continue segurando Tané — disse a dragoa em inysiano. — E, sim, filho do Oeste, vou levá-lo à Cidade das Mil Flores.

26

Leste

Quando acordou, Tané se viu diante de uma janela. O céu lá fora estava da cor das cinzas de ossos.

Ela estava deitada em uma cama com dossel. Alguém a vestira com um traje limpo de seda, mas a pele ainda estava áspera por causa do sal. Havia uma tigela com carvão em brasa ao seu lado, lançando um brilho avermelhado para o teto.

Quando sua memória voltou, ela levou imediatamente a mão à cintura.

A cinta de sua túnica não estava lá. Tomada de pavor, ela remexeu entre as cobertas, quase se queimando com o aquecedor a carvão, mas no fim encontrou seu estojo ao lado da cama.

A joia crescente reluzia lá dentro. Tané afundou nos travesseiros e agarrou o estojo junto ao peito.

Permaneceu na cama por um bom tempo, cochilando. Em dada altura, uma mulher entrou no quarto. Usava roupas com camadas de tecido azul e branco, e a bainha da saia tocava o chão.

— Nobre ginete. — Ela fez uma reverência para Tané com as mãos unidas. — É um alívio para minha humilde pessoa vê-la acordada.

O quarto parecia um borrão.

— Onde eu estou?

— Esta é a Cidade das Mil Flores, e você está no lar de Sua Majestade Imperial, o Imperador Perpétuo dos Doze Lagos, que governa sobre este lindo céu estrelado. É um prazer para ele tê-la como sua hóspede — respondeu a mulher com um sorriso. — Vou lhe trazer algo de comer. Foi uma longa jornada até aqui.

— Espere, por favor — Tané pediu, sentando-se na cama. — Onde está Nayimathun?

— A reluzente Nayimathun das Neves Profundas está descansando. Quanto a seus amigos, também estão hospedados no palácio.

— Vocês não devem punir o homem do Oeste por furar o bloqueio marítimo. Ele tem informações das quais eu preciso.

— Nada de ruim aconteceu com seus companheiros de viagem — garantiu a mulher. — Aqui vocês estão seguros.

Em seguida, ela se retirou do quarto.

Tané observou o teto ornamentado, a mobília de madeira escura. Era como se fosse uma ginete mais uma vez.

A Cidade das Mil Flores. A capital milenar do Império dos Doze Lagos. Seu palácio era o lar não só do ilustre Imperador Perpétuo e da ilustre Grã-Imperatriz Viúva, como também da própria Dragoa Imperial. Os dragões de Seiiki se voltavam para seus anciãos em busca de orientação, mas seus primos lacustres só respondiam a um único governante.

A coxa de Tané latejava. Ela afastou as cobertas e viu o curativo.

Então se lembrou do homem seiikinês, usando uma túnica vermelha escura. Outro acadêmico que fugiu de seu destino. Ele se referiu a Tané como descendente da ilustríssima Neporo.

Impossível, certamente. Neporo tinha sido uma rainha. Seus descendentes não podiam ter ido parar em um vilarejo de pescadores, lutando para sobreviver em um dos confins mais distantes de Seiiki.

A serviçal voltou com uma bandeja, chá vermelho, mingau e ovos cozidos com uma porção de abóbora-d'água.

— Vou encher a banheira para você.

— Obrigada — disse Tané.

O PRIORADO DA LARANJEIRA — A RAINHA

Ela comeu um pouco enquanto esperava. O Imperador Perpétuo não a manteria como hóspede por muito tempo quando descobrisse quem ela era. Uma fugitiva. Uma assassina.

— Bom dia.

Thim apareceu na porta, com a barba feita e usando trajes lacustres. Ele se acomodou em uma cadeira ao lado de sua cama.

— A serviçal me disse que você tinha acordado — ele falou em seiikinês.

O tom de voz dele era frio. Apesar de terem trabalhado juntos no navio, ela o havia arrancado da tripulação da qual fazia parte.

— Como você pode ver — respondeu Tané.

— Eu queria agradecer você — ele acrescentou, fazendo um aceno de cabeça. — Por salvar a minha vida.

— Foi a grande Nayimathun que salvou você. — Tané baixou a xícara de chá. — Onde está o outro homem, honrável Thim?

— Lorde Arteloth está nos Jardins do Crepúsculo. E deseja conversar.

— Eu vou até lá quando estiver vestida. — Ela fez uma pausa antes de voltar a falar. — Por que você estava navegando com gente do outro lado do Abismo?

Thim franziu a testa.

— Eles não odeiam só os cuspidores de fogo, mas os nossos dragões também — Tané lembrou. — Mesmo sabendo disso, como pôde ter se juntado a eles?

— Talvez a pergunta que deva fazer a si mesma é outra, honrada Miduchi — ele respondeu. — O mundo seria mesmo tão melhor se fôssemos todos iguais?

Ele fechou a porta ao sair. Tané refletiu sobre as palavras dele, e concluiu que não tinha uma resposta.

A serviçal logo voltou para levá-la para o banho. Com a ajuda dela, Tané se levantou da cama e foi mancando até o cômodo ao lado.

— As roupas estão no armário — informou a serviçal. — Precisa de ajuda para se vestir, nobre ginete?

— Não. Obrigada.

— Muito bem. Fique à vontade para se locomover pelo palácio, só não entre no pátio interno. Sua Majestade Imperial requer sua presença no Pavilhão da Estrela Cadente amanhã.

Com isso, Tané foi deixada sozinha de novo, na sombra tranquila da sala de banho, ouvindo o canto dos pássaros.

A banheira estava cheia de água quente até a boca. Tané tirou o robe e a bandagem da perna. Espichando o pescoço para a frente, era possível ver os pontos que tinham dado para fechar o ferimento provocado pelo tiro de raspão. Ela teria sorte se não acabasse com uma febre alta.

Os braços se arrepiaram quando ela entrou na banheira. Tané tirou o sal dos cabelos e depois relaxou, sentindo-se exausta até os ossos.

Ela não merecia ser tratada como uma dama, nem receber acomodações de luxo. Aquela tranquilidade não duraria muito.

Depois de se limpar, Tané se vestiu. Uma camisa e uma túnica preta de seda, e então calças, meias e botas confortáveis de tecido macio. Um casaco azul sem mangas com forro de pele veio a seguir, e por fim o estojo, acomodada em uma nova faixa para sua túnica.

Seu coração disparou ao pensar em encarar Nayimathun. Sua dragoa tinha visto o sangue em suas mãos.

Alguém deixara uma muleta junto à porta. Tané a pegou e saiu dos aposentos para um corredor com janelas com treliças e paredes revestidas com painéis decorados. Pinturas das constelações adornavam o teto. O chão era revestido de pedras, com aquecimento por baixo.

Do lado de fora, viu um pátio tão imenso que poderia abrigar um rebanho inteiro de dragões. As lanternas queimavam em meio à névoa cinzenta. Ela podia ver dali o grande pavilhão, erguido sobre um terraço com várias camadas de mármore, cada qual com um tom mais escuro de azul.

— Soldado — Tané chamou um guarda. — Minha humilde pessoa pode lhe perguntar como chegar aos Jardins do Crepúsculo?

— Nobre dama, os Jardins do Crepúsculo ficam naquela direção — respondeu ele, apontando para um portão distante.

Atravessar o pátio levou uma eternidade. O Pavilhão da Estrela Cadente pairava acima dela. No dia seguinte, ela estaria lá dentro, diante do chefe da Casa de Lakseng.

Outros guardas foram lhe indicando o caminho. Por fim, Tané chegou ao portão certo. A neve fora retirada do chão do pátio, mas ali permanecia intocada.

Os Jardins do Crepúsculo eram lendários em Cabo Hisan. Diziam que, ao anoitecer, se enchia de vida com o brilho dos vagalumes. As flores noturnas perfumavam os caminhos com seu aroma doce. Havia espelhos posicionados para direcionar a luz do luar, e as lagoas eram plácidas e límpidas, para melhor refletir as estrelas.

Mesmo durante o dia, aquele lugar de retiro era como uma pintura. Ela foi caminhando lentamente, observando as estátuas de antigos governantes lacustres e suas consortes, alguns acompanhados de jovens dragões. Cada consorte segurava um vaso com rosas amarelas. Havia as árvores de estação também, cobertas de branco no inverno, o que fez Tané se lembrar de Seiiki. De seu lar.

Ela atravessou uma fonte sobre um riacho. Em meio à névoa, podia ver alguns pinheiros e a encosta de uma montanha. Se caminhasse por entre aquelas árvores por um bom tempo, chegaria ao Lago dos Longos Dias.

Nayimathun estava encolhida na neve do outro nado da ponte, com a ponta da cauda dançando em um lago de lótus. Loth e Thim conversavam compenetrados em um coreto ali perto. Quando Tané se aproximou, Nayimathun soltou uma nuvem pelas narinas. Tané largou a muleta e fez uma reverência.

— Grande Nayimathun.

Ela ouviu um grunhido grave e fechou os olhos.

— Levante-se, Tané — disse a dragoa. — Eu já disse. Você deve conversar comigo como se estivesse falando com uma amiga.

— Não, grande Nayimathun. Eu não fui uma amiga para você. — Tané ergueu a cabeça, mas o nó em sua garganta era tão denso que parecia uma pedra. — A ilustre Governadora de Ginura fez bem em me exilar de Seiiki. Você estava na praia naquela noite por minha causa. Tudo isso aconteceu porque você me escolheu como sua igual, e não um dos outros. — A voz dela estremeceu. — Você não deveria me dirigir palavras gentis. Eu matei e menti e agi em benefício próprio. Fugi do meu castigo. A água em mim nunca foi pura.

A dragoa inclinou a cabeça. Tané tentou encará-la, mas a vergonha a fez baixar os olhos.

— Para ser tratada como igual por um dragão, não basta ter uma alma da água — respondeu Nayimathun. — É preciso ter o sangue do mar, e a água do mar nem sempre é pura. Nunca é uma coisa só. Existe escuridão nela, e também perigo e crueldade. Ela pode destruir grandes cidades com sua fúria. Suas profundezas são insondáveis, e nunca recebem o toque dos raios de sol. Ser uma Miduchi não significa ser pura, Tané. Significa ser como o mar. Foi por isso que a escolhi. Você tem um coração de dragão.

Um coração de dragão. Não poderia haver honra maior. Tané queria falar, recusar aquilo, mas, quando Nayimathun passou o focinho nela como se fosse uma filhote, ela desmoronou. As lágrimas escorreram pelo seu rosto, e ela abraçou sua amiga enquanto era sacudida pelo choro.

— Obrigada — murmurou ela. — Obrigada, Nayimathun.

Um rugido de contentamento foi o que recebeu em resposta.

— Deixe de lado essa culpa, ginete. Preserve seu sal.

Elas permaneceram assim por um longo tempo. Tané estremeceu sob os soluços quando pressionou o rosto contra o corpo de Nayimathun. Ela vinha carregando um peso inominável sobre os ombros desde a morte de Susa, mas naquele momento não parecia tão insuportável. Quando sentiu que conseguia respirar sem chorar, levou a mão ao ferimento de Nayimathun. Uma escama de metal cobria sua carne, gravada com palavras com desejos de melhoras.

— Quem fez isso?

— Não faz mais diferença. O que aconteceu no navio ficou no passado. — Nayimathun a cutucou com o focinho. — O Inominado vai despertar. Todos os dragões do Leste estão sentindo.

Tané limpou as lágrimas e pôs a mão em seu estojo.

— Isto aqui pertence a você.

Ela estendeu a joia na palma da mão. Nayimathun deu uma farejada de leve.

— Você disse que estava costurada junto às suas costelas.

— Sim — respondeu Tané. — Eu sempre sentia que tinha um inchaço ali. — Ela sentiu o nó na garganta de novo. — Não sei nada sobre a minha família, nem porque costuraram isso em mim, mas na ilha um homem da tripulação do *Perseguidor* viu a joia. Ele falou que eu era uma descendente de... Neporo.

Nayimathun expeliu mais uma nuvem.

— Neporo — repetiu ela. — Sim... era esse o nome dela. Foi quem empunhou a joia pela primeira vez.

— Mas, Nayimathun, eu não posso ser descendente de uma rainha — argumentou Tané. — Minha família era muito pobre.

— Você está com a joia, Tané. Essa pode ser a única explicação para isso — disse Nayimathun. — A Grã-Imperatriz Viúva era uma governante moderada, mas seu neto é jovem e impulsivo. Seria melhor manter a informação sobre a verdadeira natureza da joia só entre nós, caso contrário pode ser tirada de você. — Ela lançou um olhar para Loth. — Aquele ali sabe onde está, mas tem medo de mim. Talvez confie em outro ser humano.

Tané seguiu o olhar da dragoa. Quando viu que as duas o encaravam, Loth parou de falar com Thim.

— Você precisa apoiar a solicitação dele amanhã. Ele pretende propor uma aliança entre o Imperador Perpétuo e a Rainha Sabran de Inys — disse Nayimathun.

— O ilustre Imperador Perpétuo jamais vai concordar com isso. — Tané estava perplexa. — Seria uma loucura até fazer uma proposta como essa.

— O Imperador pode se sentir tentado. Agora que o Inominado está a caminho, a união é de importância fundamental.

— Ele está vindo, então?

— Nós sentimos isso. Nosso poder diminuiu, e o dele cresceu. O fogo está queimando com ainda mais intensidade. — Nayimathun a empurrou de leve. — Agora vá. Pergunte ao enviado dela sobre a joia minguante. Nós precisamos da joia.

Tané guardou a joia crescente. Seja lá o que Loth sabia sobre a outra do par, era improvável que concordasse em entregá-la aos dragões, ou para Tané, sem resistência.

Ela atravessou a ponte e se juntou aos dois no coreto do jardim.

— Me diga onde está a joia minguante — Tané disse para o homem do Oeste. — Ela deve ser devolvida para os dragões.

Loth piscou algumas vezes, confuso, antes de mostrar uma expressão mais resoluta.

— Isso está totalmente fora de questão — disse ele. — Uma amiga querida minha em Inys é quem está de posse da joia.

— Que amiga é essa?

— O nome dela é Eadaz uq-Nāra. Lady Nurtha. Ela é uma maga.

Tané nunca ouvira aquela palavra.

— Acho que ele quis dizer *feiticeira* — Thim falou para Tané em seiikinês.

— A joia não pertence a essa tal Lady Nurtha — retrucou Tané, irritada. — Pertence aos dragões.

— São as próprias joias que escolhem quem irá empunhá-las. E só a morte pode desfazer a conexão entre Ead e a joia minguante.

— Ela pode vir para cá?

— Ela está gravemente doente.

— E vai se recuperar?

Um brilho se acendeu nos olhos dele. Loth apoiou os braços na balaustrada e se virou para os pinheiros.

— Pode haver uma forma de curá-la — murmurou ele. — No Sul, existe uma laranjeira, protegida por matadoras de wyrms. É possível que o fruto desfaça os efeitos do veneno.

— Matadoras de wyrms. — Tané não gostou nada de ouvir aquela revelação. — E essa Eadaz uq-Nāra também é uma matadora de wyrms?

— Sim.

Tané ficou tensa.

— Sei que do outro lado do Abismo vocês consideram que todos os dragões são malignos — disse ela. — Que os consideram tão cruéis e assustadores quanto o Inominável.

— É verdade que já houve... mal-entendidos, mas tenho certeza de que Ead nunca fez nada contra os dragões do Leste. — Ele se virou para olhar para ela. — Preciso da sua ajuda, Lady Tané. Para realizar minha missão.

— E qual seria?

— Há algumas semanas, Ead encontrou uma carta de uma mulher do Leste chamada Neporo, que no passado empunhou a sua joia.

Neporo, de novo. O nome dela estava na boca do mundo todo, assombrando Tané como um espectro sem rosto.

— Você conhece esse nome? — perguntou Loth, observando a reação dela.

— Sim. O que dizia a carta?

— Que o Inominado voltaria mil anos depois de ser aprisionado no Abismo com as duas joias. Isso aconteceu no terceiro dia da primavera do vigésimo ano do reinado da Imperatriz Mokwo de Seiiki.

Tané fez os cálculos.

— Nesta primavera.

Ao lado dela, Thim praguejou baixinho.

— A Rainha Sabran quer que nós o confrontemos assim que despertar. Não é possível destruí-lo, não sem a espada Ascalon, mas podemos aprisioná-lo de novo com as joias. — Loth fez uma pausa. — Não nos resta muito tempo. Sei que não tenho provas muito concretas do que estou dizendo, e que você pode não acreditar em mim. Porém, pode ao menos confiar em mim?

O olhar no rosto dele era receptivo e sincero.

No fim, acabou sendo uma decisão fácil. Não havia escolha a não ser reunir as joias novamente.

— A grande Nayimathun disse que não devemos contar a mais ninguém sobre as joias, porque outras pessoas podem querer se apoderar delas — explicou Tané. — Em nosso encontro com Sua Majestade Imperial amanhã, você vai apresentar a proposta da sua rainha. Se ele concordar com a aliança… vou pedir permissão para voar até Inys com Nayimathun para informar a decisão dele à sua rainha. No caminho, passaremos pelo Sul. Vou encontrar essa fruta curativa, e vamos levá-la para Eadaz uq-Nāra.

Loth sorriu, e o suspiro de alívio dele se transformou em uma nuvem de vapor.

— Muito obrigado, Tané.

— Eu não gosto da ideia de esconder isso de Sua Majestade Imperial — murmurou Thim. — Ele é o representante eleito da Dragoa Imperial. A grande Nayimathun não confia nele?

— Não é nosso papel questionar os deuses.

Ele comprimiu os lábios, mas assentiu em concordância.

— Trate de ser bem persuasivo ao apresentar seus argumentos ao ilustre Imperador Perpétuo, Lorde Arteloth Beck — Tané disse para Loth. — E deixe o resto comigo.

A luz da manhã escorria como óleo para dentro do palácio. Loth observou seu reflexo. Em vez de calça e gibão, usava uma túnica azul e botas sem salto no estilo da corte lacustre. Já tinha sido examinado pelo médico, que não encontrara nenhum indício da peste.

O plano sugerido por Tané poderia funcionar. Se ela tivesse sangue de maga, como Ead, poderia ser capaz de conseguir uma laranja. Pensar nisso o deixou nervoso para o encontro que viria a seguir.

A dragoa, Nayimathun, não era nada parecida com Fýredel, a não ser pelo imenso tamanho. Por mais assustadora que parecesse, com dentes grandes e olhos incandescentes, parecia quase gentil. Ela aninhara Tané com a cauda como uma mãe. Tinha salvado Thim. Constatar que aquela criatura era capaz de demonstrar compaixão por um ser humano fez Loth duvidar de sua religião outra vez. Ou aquele ano era um grande teste imposto pelo Santo, ou Loth estava prestes a se tornar um apóstata.

Uma serviçal logo apareceu para levá-lo ao Pavilhão da Estrela Cadente, onde o Imperador Perpétuo receberia seus visitantes inesperados. Os outros já estavam do lado de fora. Thim estava vestido quase igual a Loth, mas para Tané fora dada outra sobrecota com forro de pele, que talvez fosse uma marca de status. Os ginetes de dragão deviam desfrutar de grande reputação.

— Lembre-se — disse ela. — Nada de mencionar a joia.

Ela levou a mão ao estojo na cintura. Loth contemplou o pavilhão e respirou fundo.

Guardas armados os conduziram por uma série de portas azuis adornadas e flanqueadas por estátuas de dragões. Havia mais guardas em ambos os lados do caminho de madeira escura polida que levava à parte central do pavilhão. Loth olhou, admirado, para os grandes pilares de pedra preta.

Um teto com treliças ficava lá no alto, e painéis ficavam dispostos em torno do entalhe de um dragão. Cada painel mostrava uma fase da lua. As lanternas eram penduradas uma abaixo da outra, para parecerem estrelas cadentes.

Dranghien Lakseng, o Imperador Perpétuo dos Doze Lagos, estava sentado em um trono que parecia feito de prata derretida. Era uma figura imponente. Cabelos pretos, presos em um coque no alto da cabeça ornamentado com pérolas e flores com folhas prateadas. Olhos que eram como lascas de ônix. Sobrancelhas espessas. Lábios angulosos como a ossatura do rosto formavam um sorriso discreto. Sua túnica era preta, com estrelas bordadas, o que fazia parecer que estava vestindo a própria noite. Não devia ter mais de trinta anos.

Tané e Thim se ajoelharam. Loth fez o mesmo.

— Levantem-se — disse uma voz límpida e suave.

Eles obedeceram.

— Não sei nem a quem me dirigir primeiro — comentou o Imperador Perpétuo, depois de um longo momento de silêncio. — Uma mulher de Seiiki, um homem do Oeste e um de meus próprios súditos. Uma combinação fascinante. Acho que devemos conversar em inysiano, já que, pelo que me disseram, Lorde Arteloth, você não domina nenhuma oura língua. Felizmente, eu me propus, quando menino, a aprender um idioma de cada um dos quatro cantos do mundo.

Loth pigarreou.

— Sua Majestade Imperial fala o inysiano muito bem — disse ele.

— Não há necessidade alguma de bajulações. Isso eu já recebo de sobra de meu Grão-Secretariado. — O Imperador Perpétuo abriu um sorriso para os três. — Você é o primeiro inysiano a colocar os pés no Império dos Doze Lagos em muitos séculos. Meus assessores me informaram de que você traz uma mensagem da Rainha Sabran de Inys, apesar de ter chegado aqui montado em uma dragoa, com uma aparência bem mais rústica do que aquela que os embaixadores oficiais costumam ter.

— Ah, sim. Eu peço desculpas por...

— Caso este humilde súdito possa se manifestar, Majestade — interferiu Thim. O Imperador Perpétuo assentiu com um gesto discreto. — Sou um corsário a serviço da Rainha Sabran.

— Um marujo lacustre a serviço da rainha de Inys. Este é mesmo um dia de grandes surpresas.

Thim engoliu em seco.

— Sofremos um desvio de rota por causa de uma tempestade e fomos parar na Ilha da Pluma, onde meu capitão e companheiros de tripulação ainda estão abrigados — continuou ele. — Nosso navio foi capturado pela nobre ginete de Seiiki, que saiu em busca do *Perseguidor*, navegando para leste. Nós libertamos Nayimathun, a louvável dragoa, e ela nos trouxe até o senhor.

— Ah — murmurou o Imperador Perpétuo. — Me diga, Dama Tané, você encontrou aquela que se intitula Imperatriz Dourada?

— Sim, Majestade — respondeu Tané. — Mas a deixei com vida. Meu objetivo era libertar minha estimada amiga, a reluzente Nayimathun das Neves Profundas.

— Majestade. — Thim se ajoelhou de novo. — Humildemente suplico que envie a marinha lacustre em auxílio do Capitão Harlowe, e para recuperar seu navio de combate, o *Rosa*...

— Falaremos sobre sua tripulação em um outro momento — interrompeu o Imperador Perpétuo, fazendo um gesto com a mão. Um anel largo adornava seu dedo polegar. — Antes disso, quero ouvir a mensagem da Rainha Sabran.

Sentindo um arrepio, Loth respirou fundo pelo nariz. Suas palavras determinariam o que aconteceria a seguir.

— Majestade Imperial — começou ele —, o Inominado, nosso inimigo em comum, retornará em breve.

Não houve resposta.

— A Rainha Sabran dispõe de provas disso. Uma carta de uma certa Neporo de Komoridu. Ele foi aprisionado com as joias celestiais, que imagino serem conhecidas pelos dragões do Leste. O aprisionamento foi feito para durar mil anos, que chegarão ao fim no terceiro dia da próxima primavera.

— Neporo de Komoridu não passa de um mito — afirmou o Imperador Perpétuo. — Está zombando de mim?

— Não. — Loth abaixou a cabeça. — Só estou dizendo a verdade, Majestade.

— Você está em poder desta carta?

— Não.

— Então eu sou obrigado a confiar em sua afirmação de que ela existe mesmo. — Ele contorceu o canto da boca. — Pois bem. Se o Inominado está *mesmo* a caminho, o que você quer de mim?

— A Rainha Sabran deseja enfrentar a fera no Abismo no dia de seu despertar — Loth continuou, tentando não apressar suas palavras. — Para isso, precisaremos de ajuda, e deixar de lado os séculos de medos e desconfianças. Se Sua Majestade Imperial concordar em intervir em conjunto com os dragões do Império dos Doze Lagos em seu auxílio, a Rainha Sabran oferece uma aliança formal entre a Virtandade e o Leste. Ela implora ao senhor que pense no que é melhor para o mundo como um todo, pois o Inominado pretende aniquilar todos nós.

O Imperador Perpétuo ficou em silêncio por um bom tempo. Loth tentou manter uma expressão neutra, mas estava suando sob o colarinho.

— Isto... não é o que eu esperava — o Imperador Perpétuo disse por fim. O olhar no rosto dele era penetrante. — A Rainha Sabran já tem um plano?

— Sua Majestade propôs um ataque em duas frentes — explicou Loth. — Primeiro, os governantes do Oeste, do Norte e do Sul juntariam seus exércitos para libertar Cárscaro do domínio dragônico.

Enquanto falava, Loth se lembrou do rosto da Donmata Marosa. Será que ela conseguiria sobreviver se a cidade fosse atacada?

— Isso vai atrair a atenção de Fýredel, a asa direita da fera — continuou ele. — Nossa expectativa é que ele desvie pelo menos uma parte do Exército Dragônico para se defender, deixando o Inominável mais vulnerável.

— E imagino que ela também tenha um plano para lidar com a fera em si.

— Sim.

— A Rainha Sabran é de fato ambiciosa — o Imperador Perpétuo comentou, erguendo uma sobrancelha. — Mas o que ela oferece à minha nação em troca do trabalho de nossos deuses?

Diante do olhar o Imperador Perpétuo, Loth de repente se lembrou do artesão de Rauca que fazia objetos de vidro. A barganha nunca fora seu ponto forte. E agora ele precisaria negociar o futuro do mundo.

— Em primeiro lugar, uma chance de fazer história — começou ele. — Com esse ato, o senhor seria o Imperador que ergueu uma ponte sobre o Abismo. Imagine um mundo em que o comércio seja livre de novo, em que todos possamos nos beneficiar de um conhecimento compartilhado, desde...

— ... os *meus* dragões — interrompeu o Imperador Perpétuo. — E os de meus irmãos em armas de Seiiki, presumo. O mundo que você pinta é muito bonito, mas a doença vermelha segue sendo uma ameaça maior do que nunca aos nossos territórios.

— Se derrotarmos nossos inimigos em comum, e desmantelarmos as estruturas dragônicas de poder, a doença vermelha vai desaparecer.

— Isso não passa de uma esperança. O que mais?

Loth apresentou as propostas que o Conselho das Virtudes lhe permitira fazer. Um novo tratado comercial entre a Virtandade e o Leste. Garantia de que os inysianos apoiariam os lacustres, tanto em termos financeiros como militares, no caso de um conflito ou desastre natural enquanto durasse a aliança. Um tributo em joias e ouro para os dragões do Leste.

— Isso tudo parece bastante razoável — respondeu o Imperador Perpétuo. — Mas vejo que você não falou em casamento, Lorde Arteloth. Sua Majestade de fato oferece *também* sua mão?

Loth umedeceu os lábios.

— Minha rainha se sentiria honrada em fortalecer essa aliança histórica através do matrimônio — começou ele, abrindo um sorriso. Até Margret admitia que seu sorriso era capaz de atenuar qualquer resistência. — No entanto, ficou viúva muito recentemente. Ela preferiria que essa fosse uma aliança apenas militar. No entanto, ela entende, claro, se a tradição lacustre proíbe que isso aconteça sem um casamento.

— Eu lamento por Sua Majestade, e rogo para que encontre forças para superar o luto. — O Imperador Perpétuo fez uma pausa. — É admirável da parte dela supor que possamos superar nossas diferenças *sem* o matrimônio e o herdeiro que viria a seguir. De fato, é um passo na direção da modernidade.

Ele tamborilou com os dedos nos braços do trono, observando Loth com um ligeiro interesse.

— Vejo que você não é um diplomata de carreira, Lorde Arteloth, mas que suas tentativas de me agradar são bem-intencionadas, apesar de pouco habilidosas. Por outro lado, são tempos que exigem medidas extremas — concluiu o Imperador Perpétuo. — Para o benefício de uma aliança em termos mais modernos... Eu não exigirei que o matrimônio seja um pré-requisito para o acordo.

— É mesmo? — Loth deixou escapar. — Sua Majestade Imperial — ele acrescentou, sentindo o rosto ferver.

— Você parece surpreso com minha pronta concordância.

— De fato eu esperava mais dificuldades — admitiu Loth.

— Eu gosto de pensar que sou um governante voltado para o futuro. E também não estou com a menor disposição de me casar no momento. — O rosto dele ficou tenso por um instante. — Mas devo esclarecer, Lorde Arteloth, que só concordo com a questão do enfrentamento do Inominado. Os demais assuntos, como o comércio, exigirão mais tempo para serem resolvidos. Em razão da ameaça persistente da doença vermelha.

— Sim, Majestade Imperial.

— Obviamente, meu consentimento *pessoal* para uma batalha marinha, embora tenha grande valor para você, não é uma garantia de que as coisas se darão dessa forma. Preciso consultar meu Grão-Secretariado primeiro, pois meu povo espera que com uma aliança venha uma imperatriz, e imagino que os mais antiquados entre eles exigirão isso. De qualquer forma, a discussão deve ser conduzida com cautela.

Loth estava aliviado demais para se deixar levar por preocupações.

— Mas é claro.

— Também preciso consultar a Dragoa Imperial, que é minha estrela-guia. Os dragões lacustres são súditos dela, não meus, e só concordarei com a aliança se for de seu agrado.

— Eu compreendo. — Loth fez uma mesura profunda. — Obrigado, Majestade. — Em seguida se levantou e limpou a garganta. — Existem grandes riscos envolvidos para todos nós, tenho ciência disso. Mas que governantes fizeram história se recusando a tomar parte dela?

Naquele momento, o Imperador Perpétuo se permitiu um leve sorriso.

— Até que o acordo seja selado, Lorde Arteloth, você permanecerá aqui como meu convidado de honra — respondeu ele. — E, a não ser que meus ministros levantem questões que exijam discussões adicionais, sua resposta será dada ao amanhecer.

— Obrigado. — Loth hesitou. — Majestade, por acaso... por acaso Dama Tané poderia ir montada em sua dragoa para levar essa notícia à Rainha Sabran?

Tané o encarou.

— A Dama Tané não é uma súdita minha, Lorde Arteloth — disse o Imperador Perpétuo. — Sobre esse assunto, você precisará tratar com ela pessoalmente. Mas, antes, eu gostaria que a Dama Tané se juntasse a mim para o desjejum — disse ele.

Quando o Imperador Perpétuo se levantou, os guardas entraram em posição de sentido. Ele se dirigiu a Tané em outro idioma e, com um aceno, ela o acompanhou.

Loth voltou com Thim para os Jardins do Crepúsculo. O jovem lacustre jogou uma pedra que saiu quicando pela superfície da lagoa.

— Não importa o que os ministros disserem.

Loth franziu a testa.

— Como assim?

— Os únicos conselhos que Sua Majestade Imperial segue, além dos que vêm da reluzente Dragoa Imperial, são os de sua avó, a Grã-Imperatriz Viúva. — Thim ficou observando as ondulações se espalharem pela água. — Ele a respeita mais do que qualquer outra pessoa. Ela já deve estar sabendo de tudo o que foi dito na sala do trono.

Loth olhou para trás.

— Se ela desaconselhar a aliança...

— Pelo contrário — respondeu Thim. — Acho que ela incentivaria. Para que ele possa fazer jus ao nome que ostenta. Afinal, como um mortal pode se tornar *perpétuo*, a não ser com feitos memoráveis e históricos?

— Então pode haver esperança. — Loth soltou um suspiro. — Eu peço sua licença, Thim. Para tudo isso dar certo, eu preciso fazer minha parte e rezar para que aconteça.

Quando era criança, Tané imaginara muitos futuros possíveis para sua vida. Em seus sonhos, ela vencia os demônios cuspidores de fogo montada em seu dragão. Ela se tonava a maior ginete de Seiiki, superando até a Princesa Dumai, e as crianças rezariam para ser como ela algum dia. Sua imagem seria pintada em todas as grandes casas, e seu nome entraria para a história.

Durante todo aquele tempo, jamais sonhara que algum dia estaria com o Imperador Perpétuo dos Doze Lagos na Cidade das Mil Flores.

O Imperador Perpétuo usava um manto com forro de pele. Enquanto os dois andavam pelos caminhos dos quais a neve já havia sido retirada, os guarda-costas dele os seguiam de perto. Quando chegaram a um pavilhão à beira de uma lagoa, o Imperador Perpétuo apontou para uma cadeira.

— Por favor — disse ele.

Tané se sentou, e ele também.

— Pensei em convidá-la para fazer o desjejum comigo.

— É uma honra para minha humilde pessoa, Majestade.

— Você sabe que tipo de ave é aquela?

Tané olhou na direção apontada. Ali perto, um cisne cuidava de seu ninho.

— Sim, claro — respondeu ela. — Um cisne.

— Ah, não é um cisne qualquer. Em lacustre, esses são chamados de cisnes *silenciosos*. Dizem que o Inominado queimou a voz deles na garganta, e que só cantarão novamente quando nascer o governante que vai pôr um fim naquele monstro de uma vez por todas. Dizem que, na noite em que vim ao mundo, cantaram pela primeira vez em séculos. — Ele abriu um sorriso. — E as pessoas ainda se perguntam porque os governantes têm uma opinião tão elevada sobre si mesmos. As pessoas nos fazem pensar que até as aves se interessam em nossas vidas.

Tané retribuiu um sorriso pequeno.

— Considero sua história intrigante. Soube que era uma guardiã do mar promissora, mas que um mal-entendido em Ginura levou a seu exílio na Ilha da Pluma.

— Sim, Majestade — confirmou Tané.

— Sou apaixonado por histórias. Você me faria a gentileza de me contar a sua?

As palmas das mãos dela transpiravam.

— Muita coisa aconteceu comigo — ela respondeu por fim. — Isso pode acabar tomando boa parte da sua manhã, Majestade.

— Ah, eu não tenho nada para fazer a não ser ficar vendo meus conselheiros baterem boca enquanto discutem a proposta de Lorde Arteloth.

Os serviçais apareceram com o chá e as bandejas de comida: tâmaras com mel vermelho da montanha, peras ensolaradas e frutos de ameixeiras, castanhas preparadas no vapor e arroz selvagem. Cada prato vinha coberto com um guardanapo de seda com estrelas bordadas. Ela jurara nunca mais falar sobre o passado, mas o sorriso dele a deixou à vontade. Enquanto ele comia, ela contou sobre sua violação do recolhimento e sobre ter testemunhado a chegada de Sulyard, o preço que Susa pagara pela imprudente tentativa de escondê-lo, e tudo o que ocorrera desde então.

Tudo menos a descoberta da joia costurada em suas costelas.

— Então você desafiou o exílio para libertar sua dragoa, mesmo com poucas chances de sucesso — murmurou o Imperador Perpétuo. — Eu a parabenizo por isso. E ao que parece também encontrou a ilha perdida. — Ele limpou a boca. — Me diga uma coisa... você por acaso encontrou a amoreira de Komoridu?

Tané levantou a cabeça e encontrou um olhar faiscante.

— Havia uma árvore morta — contou ela. — Morta e retorcida, e coberta de palavras entalhadas. Eu não tive tempo de ler.

— Dizem que o espírito de Neporo está nessa árvore. Quem comer de seu fruto absorve a imortalidade dela.

— A árvore não tinha nenhum fruto, Majestade.

Um sentimento que ela não conseguiu identificar apareceu no rosto dele.

— Isso não importa — falou ele, erguendo o copo para pedir mais chá. Uma serviçal se encarregou de enchê-lo. — Agora que conheço seu passado, estou curioso quanto a seu futuro. O que pretende fazer a partir de agora?

Tané entrelaçou os dedos sobre o colo.

— Primeiro quero cumprir meu papel na destruição do Inominado — disse ela. — Depois, desejo voltar a Seiiki. — Tané hesitou. — Se Sua Majestade Imperial puder me ajudar nisso, eu ficaria muito grata.

— Como eu poderia ajudar?

— Escrevendo a meu favor para o ilustríssimo Líder Guerreiro. Se disser que eu recuperei Nayimathun, uma súdita da reluzente Dragoa Imperial, ele pode ouvir meu apelo e permitir meu retorno.

O Imperador Perpétuo deu um gole em seu chá.

— É verdade que você resgatou uma dragoa da Frota do Olho de Tigre, arriscando a própria vida para isso. Um feito notável — admitiu ele. — Como recompensa por sua coragem, eu farei o que me pediu... mas saiba que não posso permitir seu retorno a Seiiki antes de obter uma resposta. Seria muito negligente de minha parte devolver uma fugitiva para lá sem autorização prévia.

— Eu compreendo.

— Muito bem, então.

Ele se levantou e caminhou até a balaustrada. Tané o acompanhou.

— Ao que parece, Lorde Arteloth deseja que você leve a notícia para Inys caso eu aceite a proposta dele — falou o Imperador Perpétuo. — Você tem assim tanto interesse de ser minha embaixadora?

— Isso aceleraria as providências, Majestade. Caso permita que uma cidadã de Seiiki seja sua mensageira em tal ocasião.

A joia pesou em sua cintura. Caso ele se recusasse, ela não poderia fazer sua parada no Sul.

— Seria bem heterodoxo. Você não é minha súdita, e caiu em desgraça em sua terra — considerou o Imperador Perpétuo. — Mas parece que estamos destinados a fazer mudanças na maneira como conduzimos as coisas. Além disso, eu gosto de desafiar as convenções em algumas coisas. Nenhum governante jamais fez progressos agindo com excesso de prudência. E isso coloca meus assessores em seus devidos lugares. — A luz do sol brilhou sobre os cabelos escuros dele. — Eles nunca esperam que nós governemos de verdade, sabe. Quando fazemos isso, somos tachados como loucos. Somos moldados para ser suaves como seda, distraídos pelo luxo e a riqueza além de qualquer medida, para nunca querermos sacudir o barco que nos conduz. Eles nos querem entediados com o poder, para que deixemos que governem em nosso lugar. Atrás de cada trono existe um servo mascarado tentando transformar seu ocupante em marionete. Minha estimada avó me ensinou essa lição.

Tané ficou à espera, sem saber o que dizer.

O Imperador Perpétuo juntou as mãos nas costas. Um suspiro profundo fez os ombros dele se erguerem.

— Você provou sua capacidade de cumprir missões difíceis, e não temos tempo a perder — disse ele. — Se está disposta a ser minha mensageira no Oeste, como Lorde Arteloth deseja, não vejo motivo para não permitir isso. Já que este é um ano de quebras de tradições.

— Seria uma honra, Majestade Imperial.

— Fico contente de ouvir isso. — Ele a encarou. — Você deve estar cansada de sua jornada. Por favor, volte a seus aposentos e descanse. Você será informada quando eu chegar a uma decisão a ser comunicada a Sabran.

— Obrigada, Majestade Imperial.

Ela o deixou terminando o desjejum e fez o caminho de volta pelo labirinto de corredores. Sem muito o que fazer a não ser esperar, foi para a cama.

No meio da noite, uma batida na porta a acordou. Ela abriu e convidou Loth e Thim a entrar.

— E então?

— O ilustríssimo Imperador Perpétuo tomou sua decisão — Thim falou em seiikinês. — Ele aceitou a proposta.

Tané fechou a porta.

— Ótimo — disse ela.

Loth afundou em uma cadeira.

— Por que ele está assim tão desolado? — perguntou ela a Thim.

— Porque foi solicitado a permanecer no palácio. Eu também, para orientar a marinha sobre como chegar ao local onde deixamos o *Rosa Eterna*.

Um pequeno calafrio percorreu o corpo de Tané. Pela primeira vez na vida, ela deixaria o Leste. Era um pensamento que em outro momento a amedrontaria, mas pelo menos não estaria sozinha. Com Nayimathun, se sentia capaz de fazer qualquer coisa.

— Tané, você vai passar pelo Sul antes de ir para Inys? — perguntou Loth.

Ela precisava livrar Lady Nurtha do veneno. Seria preciso usar as duas joias contra o Inominado.

— Sim — respondeu ela. — Me diga como encontrar a casa das matadoras de dragões.

Ele explicou da melhor maneira que pôde.

— Você precisa tomar muito cuidado — falou Loth. — Essas mulheres provavelmente vão matar sua dragoa se colocarem os olhos nela.

— Ninguém irá tocar nela — garantiu Tané.

— Ead me contou que a atual Prioresa não é de confiança. Se for pega, você deve falar *apenas* com Chassar uq-Ispad. Ele gosta de Ead. Com certeza vai ajudar você, se souber que sua intenção é curá-la. — Loth tirou uma corrente do pescoço. — Leve isto.

Tané pegou o objeto que lhe foi oferecido. Um anel de prata. Com uma pedra preciosa vermelha incrustada, cercada de diamantes.

— Isso pertence à Rainha Sabran. Se entregar o anel, ela vai saber que você está lá em meu nome. — Loth estendeu uma carta selada. — Peço a você que também lhe entregue isso. Para que ela saiba que eu estou bem.

Tané assentiu, guardando o anel no estojo e enrolando a carta em um tamanho pequeno o bastante para encaixá-la logo ao lado.

— O ilustre Grão-Secretário Chefe vai se encontrar com você de manhã para entregar a carta de Sua Majestade Imperial para a Rainha Sabran. Você vai sair da cidade sob a proteção da escuridão — explicou Thim. — Se for bem-sucedida em sua missão, Dama Tané, estaremos todos em dívida com você.

Tané olhou pela janela. Mais uma jornada pela frente.

— Eu vou fazer o que for preciso, honorável Thim — respondeu ela. — Pode ter certeza disso.

27
Leste

Pela manhã, o ilustre Grão-Secretário Chefe entregou a Tané a carta que ela levaria a Inys. Não haveria nenhuma comitiva cruzando os mares, tampouco pompa ou cerimônia. Uma dragoa e uma mulher levariam a notícia.

Suas armas lhe foram devolvidas. Além disso, ela recebeu uma pistola seiikinesa e uma espada de melhor qualidade, além de um par de armas lacustres que eram aros circulares cercados de lâminas.

Havia comida suficiente para duas semanas de viagem com um dragão. Nayimathun caçaria peixes e aves para se alimentar.

Quando a noite caiu sobre a Cidade das Mil Flores, Tané encontrou Nayimathun no pátio. Uma sela de couro preto, com detalhes em madeira e esmalte dourado, tinha sido fixada às costas dela, embora *sela* fosse uma palavra que não fizesse jus ao objeto — parecia mais um palanquim aberto, que permitia ao ginete que dormisse em um voo de longa duração. A missão era tão secreta que nenhum cortesão ou administrador lacustre estava lá para acompanhar sua partida. Apenas Thim e Loth receberam essa permissão.

— Boa noite, Tané — disse Nayimathun.

— Nayimathun. — Tané a acariciou no pescoço. — Tem certeza de que está recuperada o bastante para uma jornada como essa?

— Absoluta — disse a dragoa, acariciando Tané com o focinho. —

Além disso, você parece ter uma tendência a encontrar problemas quando está sem mim.

Um sorriso se abriu no rosto de Tané. Como era bom sorrir.

Thim permaneceu onde estava, mas Loth se aproximou. Tané estava ocupada prendendo as sacolas na sela.

— Tané, por favor diga à Rainha Sabran que estou são e salvo — ele falou. Em seguida, fez uma pausa. — E se conseguir fazer Ead despertar... diga que estou com saudade, e que nós nos veremos em breve.

Tané se virou para ele. A tensão estava estampada no rosto de Loth. Ele estava, assim como ela, tentando disfarçar o medo.

— Eu passarei seu recado adiante — disse ela. — E talvez, quando voltar, eu possa trazê-la comigo.

— Duvido que Ead aceitaria montar em uma dragoa, mesmo que seja a serviço da paz — Loth falou com uma risadinha. — Mas já tive uma boa dose de surpresas este ano. — O sorriso dele deixava transparecer o cansaço, mas era sincero. — Adeus, e boa sorte. E... — ele hesitou um pouco —, ... para você também, Nayimathun.

— Até mais ver, homem de Inys — respondeu Nayimathun.

Toda a luminosidade do crepúsculo desapareceu da cidade. Tané subiu na sela e se certificou de que o manto estava bem preso e envolvendo todo o corpo. Nayimathun decolou. Tané ficou observando a Cidade das Mil Flores até o palácio se tornar apenas uma fagulha em meio a um labirinto branco. Envolvidas pela escuridão da lua nova, elas deixaram a capital para trás.

Elas sobrevoaram os lagos perolados e os pinheiros cobertos de branco, seguindo o curso do Rio Shim. O frio mantinha Tané acordada, mas também fazia seus olhos lacrimejarem.

Nayimathun se mantinha acima das nuvens durante o dia, e evitava as áreas habitadas à noite. Às vezes elas avistavam uma coluna de fumaça a distância, um sinal de que os cuspidores de fogo haviam atacado um assentamento humano. Quanto mais avançavam para o oeste, mais fumaça escura viam.

No segundo dia, chegaram ao Mar Insone, onde Nayimathun aterrissou em uma pequena ilha para descansar. Não haveria onde pousar quando atravessassem o Abismo, pelo menos até que enveredassem para o Norte. Os dragões podiam passar muito tempo sem dormir, mas Tané sabia que seria uma dura jornada para Nayimathun. Ela passara fome durante o tempo que ficara com os piratas.

Elas dormiram em uma caverna à beira do mar. Quando Nayimathun acordou, mergulhou nas ondas enquanto Tané enchia suas cabaças com água de um córrego.

— Se estiver com fome, é só me avisar. Eu lhe dou alguma coisa para comer — ela disse para Nayimathun. — E, se precisar nadar no Abismo, não precisa se preocupar comigo. Minhas roupas vão secar ao sol

Nayimathun rolava preguiçosamente nas ondas. De repente, bateu com a cauda no mar, espirrando água e encharcando Tané até os ossos.

Pela primeira vez em muito tempo, ela riu. Até sua barriga doer. Nayimathun continuou espalhando água, brincando, enquanto Tané usava a joia para fazer as ondas recuarem, e o sol formava arco-íris nas cortinas de névoa que se levantaram.

Ela não conseguia nem se lembrar da última vez que dera risada. Devia ter sido com Susa.

Ao pôr do sol, levantaram voo mais uma vez. Tané se agarrou à sela e respirou o ar puro. Apesar de tudo o que ainda viria pela frente, nunca tinha se sentido mais em paz em toda sua vida.

O breu do Abismo se espalhava como uma mancha no Mar do Sol Dançante. Assim que Nayimathun deixou as águas esverdeadas para trás, Tané sentiu um calafrio. Havia uma prisão de escuridão abaixo de onde estavam — onde Neporo de Komoridu tinha aprisionado o Inominado.

Os dias se passaram. Nayimathun passou a maior parte da jornada acima das nuvens. Tané mastigava pedaços de gengibre e tentava se manter acordada. A doença da altitude era comum entre os ginetes.

O coração batia, pulsando forte. Às vezes Nayimathun descia para nadar, e Tané aproveitava para liberar a tensão e alongar o corpo na água, mas só relaxava quando estava de volta à sela. Ela não se sentia bem-vinda naquele mar.

— O que você sabe de Inys? — perguntou a dragoa.

— A Rainha Sabran é descendente do guerreiro Berethnet, que derrotou o Inominado muito tempo atrás — disse Tané. — Cada rainha tem uma filha, e todas têm o mesmo rosto da mãe. Elas vivem na cidade de Ascalon. — Ela afastou os cabelos molhados do rosto. — Além disso, acreditam que as pessoas do leste são hereges, e consideram nosso ponto de vista como oposto ao seu, um pecado em comparação à sua virtude.

— Sim, mas, se está procurando nossa ajuda, a Rainha Sabran deve ter entendido a diferença entre o fogo e a água — disse Nayimathun. — Lembre-se de ser compassiva no julgamento que faz dela, Tané. É uma mulher jovem, e responsável pelo bem-estar de todo um povo.

O frio das noites sobre o Abismo era o pior que Tané já tinha sentido. Um vento inclemente rachou seus lábios e queimou suas bochechas. Em uma noite, ela acordou respirando o vapor das nuvens, e quando olhou para baixo viu a posição das estrelas refletidas na água.

Quando acordou de novo, havia uma faixa de uma névoa dourada sobre o horizonte.

— Que lugar é este?

Ela sentiu a voz sair áspera. Pegou uma cabaça e deu um bom gole de água para umedecer a língua.

— O Ersyr. A Terra Dourada — disse Nayimathun. — Tané, vou precisar nadar antes de entrarmos no deserto.

Tané se agarrou com força à sela. Ficou até zonza enquanto Nayimathun mergulhava.

A água do mar fez seu rosto arder. Era mais quente ali, e límpida como vidro. Ela conseguiu ver detritos e restos de naufrágio presos entre os corais. Os metais reluziam do fundo do mar.

— Tudo isso é da República Serena de Carmentum, que é de onde veio o nome deste mar — Nayimathun explicou quando elas voltaram à superfície. Suas escamas brilhavam como pedras preciosas sob o sol. — Boa parte da nação foi destruída pelo cuspidor de fogo Fýredel. O povo jogou muitos de seus tesouros no mar para protegê-los do fogo. Os piratas costumam mergulhar aqui para encontrá-los e vendê-los.

Ela nadou até se aproximar da costa e então alçou voo outra vez. Um deserto se estendia diante delas, vasto e estéril, o calor ondulando em sua superfície. Tané sentiu sede só de olhar.

Não havia nuvens nas quais se esconder. Elas precisariam voar mais alto do que nunca para evitar os olhares curiosos.

— O nome desse deserto é Burlah — contou Nayimathun. — Precisamos atravessá-lo para chegar à Lássia.

— Nayimathun, você não é feita para este clima. O sol vai secar suas escamas.

— Não temos escolha. Se não acordarmos Lady Nurtha, podemos não encontrar outra pessoa habilitada a empunhar a joia minguante.

A umidade nas escamas dela secou tão rápido quanto havia aparecido. Os dragões podiam produzir sua própria água por um tempo, mas, no fim, aquele sol inclemente acabaria cobrando um preço alto de Nayimathun. Nos dias seguintes, ela ficaria mais fraca do que nunca.

Elas voaram. E voaram. Tané tirou o manto e usou para cobrir a escama de metal, para que não esquentasse demais.

Aquele dia durou uma eternidade. A cabeça latejava. O sol queimava seu rosto e sua pele e até a risca que dividia os cabelos. Não havia como se esconder. No fim do dia, ela começou a tremer tanto que precisou vestir o manto outra vez, apesar de sentir a pele quente.

— Tané, você está com febre do sol — disse Nayimathun. — Precisa usar o manto também durante o dia.

Tané enxugou a testa.

— Não podemos continuar assim. Vamos acabar morrendo antes de chegar à Lássia.

— Nós não temos escolha — repetiu Nayimathun. — O Rio Minara atravessa aquelas terras. Nós podemos descansar por lá.

Tané queria responder. Porém, antes que pudesse fazer isso, caiu em um sono agitado.

No dia seguinte, manteve o manto enrolado no corpo e na cabeça. Estava encharcada de suor, mas isso pelo menos mantinha o sol longe de sua pele. Ela só o tirava para verificar como estava Nayimathun e molhar a escama de metal, o que a fazia fervilhar e sibilar.

O deserto não terminou. As cabaças ficaram secas como ossos. Ela afundou no leito da sela e abandonou seus pensamentos.

Quando abriu os olhos de novo estava caindo.

Galhos se enroscavam em seu manto e cabelos. Não houve sequer tempo de gritar antes de ser envolvida pela água.

O pânico tomou conta de seu corpo. Ela começou a bater as pernas às cegas. A cabeça emergiu na superfície. Na escuridão da noite, só conseguia ver uma árvore caída na beira da água, quase alta demais para ser alcançada. Quando a correnteza a levou para lá, Tané se segurou a um dos galhos. O rio puxava suas pernas. Ela conseguiu subir na árvore e se deitou sobre ela, tremendo.

Por um bom tempo, ficou ali, ferida e abalada demais para se mexer. Uma chuva morna caía sobre sua cabeça. Quando enfim recobrou os sentidos, começou a se mover, apoiando o peso do corpo sobre as mãos e os joelhos sobre a árvore, que tremia a cada centímetro de avanço.

Enquanto lutava para manter a calma, ela se lembrou do Monte Tego. De como conseguira lidar com o vento congelante e a neve até os joelhos e a dor que tomava seu corpo. De como conseguira escalar uma rocha com as mãos nuas, respirando um ar rarefeito, a um escorregão da morte. De como se recusara a desistir. Afinal, os ginetes de dragões precisavam aprender a se manterem ágeis e fortes em grandes altitudes. Não podiam temer a queda.

Ela esteve no topo do mundo. Atravessou o Abismo montada em uma dragoa.

Poderia sair daquela situação.

Seu medo se dissipou, e os movimentos se aceleraram. Quando chegou à base da árvore, suas botas afundaram na lama.

— Nayimathun — ela gritou.

O rugido da água foi a única resposta.

O estojo com a joia ainda estava na faixa que prendia sua túnica. Ela estava na margem de um rio, perto do local onde suas águas se transformavam em corredeiras de águas espumantes. Se não tivesse acordado a tempo com o susto, teria sido arrastada para a morte. Ela pressionou as costas contra uma árvore e deslizou até o chão.

Tané caíra da sela. Ou Nayimathun a estava procurando ou também tinha caído. Se fosse esse o caso, não devia estar muito longe.

Aquele só podia ser o Rio Minara, o que significava que elas estavam na Bacia Lássia. Ela tentou se lembrar dos mapas que vira quando criança. A parte oeste daquela nação, pelo que se recordava, era coberta de florestas. Era onde Loth lhe dissera que ficava o Priorado.

Tané engoliu em seco e piscou algumas vezes para afastar a água dos olhos. Se quisesse sobreviver, precisava manter a mente lúcida. A pistola não servia para nada agora que estava molhada, e o arco e a espada estavam presos à sela, mas ela ainda contava com a faca e com o aro laminado.

Alguns de seus pertences caíram com ela. Tané rastejou até a sacola mais próxima e a abriu com os dedos doloridos. Quando sentiu a bússola na mão, soltou um suspiro de alívio.

Tané recolheu o máximo que conseguia carregar. Usando um pedaço do manto, um galho e um pouco de resina, fez uma tocha e a acendeu produzindo uma faísca com duas pedras. Poderia acabar atraindo um ou outro animal, mas era melhor ser vista do que correr o risco de pisar em uma cobra, ou de não ver um caçador na escuridão.

As árvores ficavam próximas a ponto de parecer que estavam conspirando. Só de olhar para elas sua coragem quase se perdia.

Você tem um coração de dragão.

Ela foi se embrenhando pela floresta, para longe do rugido do Minara. As botas afundavam no barro. O cheiro era como o de Seiiki depois de uma chuva fértil. Aromático e terroso. Reconfortante.

Seu corpo era como uma faca desembainhada, a lâmina se mostrando. Apesar do cheiro familiar, os primeiros passos foram os mais difíceis que ela já dera. Caminhava com pisadas leves como a de um grou. Quando um graveto estalou sob suas botas, pássaros de diversas cores saíram voando das árvores. Em pouco tempo, ela viu o estrago produzido nas copas. Alguma coisa grande tinha caído ali perto. Alguns passos adiante, a tocha revelou uma poça de sangue prateado.

Sangue de dragão.

A floresta parecia decidida a deter seu avanço. Raízes escondidas prendiam seus tornozelos. Em determinado momento, um galho se deslocou sob seu pé, e ela se viu atolada até a cintura em um brejo. Mesmo assim ela não soltou a tocha, e com isso demorou bem mais para sair dali.

A mão tremia enquanto ela seguia mancando, seguindo o rastro do sangue. Nayimathun estava ferida, mas não era nada grave o bastante para matá-la. Porém, seu sangue poderia atrair predadores. Aquele pensamento fez Tané começar a correr. No Leste, às vezes os tigres ousavam atacar os dragões, mas o cheiro de Nayimathun seria desconhecido para os animais daquela floresta. Ela rezou para que isso fosse suficiente para mantê-los a distância.

Quando ouviu vozes, ela apagou a tocha. Em um idioma desconhecido, que não era o lássio. Com a faca presa aos dentes, ela subiu em uma árvore.

Nayimathun estava caída em uma clareira. Uma flecha estava presa à sua coroa — a parte do corpo que lhe permitia voar. Seis vultos estavam ao seu redor, usando mantos escarlates.

Tané ficou tensa. Uma das figuras desconhecidas empunhava o arco, passando os dedos por toda sua extensão. Aquelas deviam ser as Donzelas Vermelhas, as guerreiras do Priorado — e agora sabiam que havia uma ginete por perto.

A qualquer momento, uma delas poderia cravar uma espada em Nayimathun. Ela não teria como resistir naquele estado.

Depois do que pareceram ser horas, restaram apenas duas Donzelas Vermelhas, enquanto as demais desapareceram entre as árvores. Elas assumiram o papel de caçadoras, e Tané seria a presa. A feitiçaria que elas dominavam a deixava em desvantagem, mas nem por isso eram todo-poderosas.

Ela desceu da árvore silenciosamente. Sua melhor arma no momento era a surpresa. Era preciso garantir a segurança de Nayimathun, e depois seguir as Donzelas Vermelhas até o Priorado.

Nayimathun abriu um dos olhos, e Tané percebeu que ela a avistara. A dragoa esperou que ela se aproximasse um pouco mais antes de atacar com a cauda. Nos momentos preciosos em que as Donzelas Vermelhas estavam distraídas, Tané se moveu como uma sombra na direção delas. Ela viu os olhos escuros sob um capuz — da mesma cor dos seus —, e por um estranho momento sentiu como se o sol estivesse batendo em seu rosto.

A sensação passou assim que ela chegou mais perto. Tané atacou com todas as forças. O primeiro golpe de seu aro atingiu a pele, mas o segundo foi detido por uma lâmina, desviando seu braço e fazendo-o subir até a altura do ombro. A força da colisão reverberou até nos dentes. Enquanto as caçadoras as cercavam, com o manto girando ao redor do corpo, ela se defendeu com um aro laminado em cada mão. Elas eram rápidas como dois peixes fugindo do anzol, mas era evidente que nunca haviam enfrentado aquele tipo de arma. Tané se entregou de novo à luta.

A tranquilidade inicial logo se esvaiu. Enquanto se esquivava das espadas, ela se deu conta da apavorante ideia de que nunca tinha enfrentado antes um combate mortal. Os piratas do Oeste foram alvos fáceis — brutais, mas indisciplinados. Tané lutara com outros aprendizes na infância, e treinara com eles quando era mais velha, mas seu conhecimento sobre a batalha era mais teórico do que prático. Aquelas magas passaram quase a vida toda em guerra, e se moviam como parceiras em uma dança. Uma guerreira formada em uma sala de aula, sozinha e ferida, não seria páreo para elas. Tané jamais deveria tê-las enfrentado em campo aberto.

A sede e a exaustão a tornavam mais lenta. A cada passo, as espadas das oponentes se aproximavam mais de sua pele, enquanto os aros permaneciam distantes delas.

Seus passos se tornaram desorientados. Seus braços doíam. Ela sibilou ao sentir uma lâmina abrir um corte no braço, e depois no queixo. Duas cicatrizes a mais para sua coleção. O golpe seguinte a fez sentir sua barriga em chamas. O sangue encharcou sua túnica. Quando as duas

Donzelas Vermelhas atacaram juntas, ela mal teve tempo de desviar as lâminas com seus aros.

Tané perderia aquela luta.

Uma finta a pegou de surpresa. O metal rasgou sua coxa. Um dos joelhos cedeu, e ela largou as armas.

Foi quando Nayimathun ergueu a cabeça. Com um rugido, pegou uma das magas entre os dentes e a arremessou para o outro lado da clareira.

A outra mulher se virou tão rápido que Tané mal conseguiu ver. Tinha chamas sobre a palma das mãos.

Nayimathun se encolheu ao ver o fogo. Enquanto a mulher se aproximava, ela se contraiu, dando mordidas no ar. Tané fez pontaria e cravou a faca no brocado vermelho, entre duas costelas. A mulher desabou, e Tané se desviou dela para chegar à sua dragoa.

Houve um tempo em que ela sentiria vergonha de matar na frente Nayimathun. Aquilo era contrário à essência do caminho — mas a vida dela estava em perigo. A vida das duas. Agora Tané matara por Nayimathun, e Nayimathun por ela. Depois de tudo por que tinham passado, ela não estava nem um pouco arrependida disso.

— Tané — Nayimathun abaixou a cabeça. — A flecha.

Só de olhar, Tané sentiu seu estômago fraquejar. Com o maior cuidado possível, estendeu a mão e removeu o projétil da carne tenra. Foi necessário aplicar uma força suficiente para fazer os braços tremerem.

Nayimathun estremeceu ao se ver livre. O sangue escorria pelo focinho. Tané pôs a mão no queixo dela.

— Você consegue voar?

— Só quando a ferida cicatrizar — disse Nayimathun, ofegante. — Elas eram do Priorado. Siga as outras. Encontre o fruto.

— Não — Tané respondeu sem hesitar, sentindo um aperto no peito. — Não. Eu *não* vou abandonar você de novo.

— Faça o que estou dizendo. — A dragoa arreganhou os dentes. Estavam manchados de sangue. — Eu vou voltar a voar, mas não vou conseguir chegar a Inys ainda. Encontre outra maneira de ir para lá. Salve essa Lady Nurtha. Entregue a mensagem para a Rainha Sabran.

— E eu vou deixar você aqui, sozinha?

— Vou seguir o rio até o mar para me curar. Quando puder voar de novo, eu encontrarei você.

Poucos dias depois do reencontro, estavam sendo separadas de novo.

— Como eu vou chegar a Inys sem você? — Tané perguntou com a voz embargada.

— Você vai abrir um caminho — Nayimathun respondeu, em um tom mais gentil. — É o que água sempre faz. — Ela empurrou Tané de leve. — Nós nos vemos de novo em breve.

Tané estremeceu. Ela se agarrou à dragoa pelo máximo de tempo que sua audácia permitiu, com o rosto colado às escamas.

— Então vá, Nayimathun. Vá agora — sussurrou ela, e tomou o rumo da floresta.

As demais Damas Vermelhas tinham seguido para norte. Tané se manteve agachada enquanto seguia as pegadas. Não havia tempo para improvisar outra tocha, mas a essa altura seus olhos já estavam acostumados à escuridão.

Mesmo quando perdia o rastro, ela sabia por onde as mulheres tinham ido. Estava seguindo uma sensação. Era como se elas deixassem um calor em seu rastro, que se comunicava diretamente com seu sangue.

A trilha terminou em outra clareira. Ela parou para respirar, levando a mão ao corpo ensanguentado. Não havia nada ali. Somente árvores. Incontáveis árvores.

Suas pálpebras ficaram pesadas. Seus passos oscilaram. Uma mulher de branco surgiu à sua frente, e o sol irradiava dos dedos dela.

Essa foi a última lembrança da floresta.

28
Sul

A joia crescente se fora. Foi a primeira coisa que Tané notou quando acordou: o vazio de sua ausência. Ela estava em um quarto revestido em pedra cor de salmão, as mãos amarradas atrás das costas.

Uma mulher de cabeça raspada e pele marrom estava diante da porta.

— Quem é você?

Ela falava ersyrio. Tané sabia um pouco do idioma, mas não disse nada.

A mulher a observou.

— Você estava com um anel que pertence à Rainha Sabran de Inys — disse ela. — Quero saber se foi ela que mandou você até aqui.

Tané desviou o olhar, e a mulher franziu os lábios.

— Você também estava com uma joia azul. Onde foi que a encontrou?

Ela sabia como resistir a interrogatórios. Os piratas faziam de tudo para arrancar os segredos dos inimigos. A fim de se preparar para o pior, todos os aprendizes precisavam provar que eram capazes de resistir a surras sem revelar seus nomes.

Tané não emitiu som nenhum em sua sessão de tortura.

Como não houve resposta, a mulher resolveu mudar o tom da conversa.

— Você e sua fera do mar feriram uma de nossas irmãs e mataram outra — disse ela. — Se não me der nenhuma justificativa para seu crime, não temos opção a não ser executá-la. Mesmo que não tivesse derramado nosso sangue, a associação a um wyrm já bastaria para aplicarmos a pena de morte.

Tané não podia revelar a verdade. Elas jamais entregariam o fruto de sua árvore sagrada a uma ginete de dragões.

— Pelo menos me diga quem você é — insistiu a mulher, com um tom mais suave. — Tente se salvar, criança.

— Eu só falarei com Chassar uq-Ispad — disse Tané. — E mais ninguém.

A mulher franziu a testa de leve e se retirou.

Tané tentou organizar os pensamentos. Pela luminosidade, o pôr do sol aconteceria em breve. Ela lutou para permanecer acordada, mas acabou cochilando como se seu corpo buscasse por conta própria o repouso que sua mente recusava.

Nayimathun conseguiria fugir. Era capaz de nadar pelo rio mais depressa do que qualquer ser humano poderia se locomover.

Um homem entrou na prisão, despertando-a do cochilo. Era possível ver a faca na faixa amarrada em sua barriga. Uma túnica roxa de brocado, adornada com fios prateados, cobria seu peito largo.

— Eu sou Chassar uq-Ispad — anunciou ele, com um tom de voz grave e gentil. — Me disseram que você fala ersyrio.

Tané ficou observando enquanto ele se sentava diante dela.

— Vim buscar um fruto da laranjeira — disse ela. — Para ser levado a Eadaz uq-Nāra.

— Eadaz. — Um olhar surpreso surgiu nos olhos dele, logo substituído por outro de pesar. — Criança, não sei o que você sabe sobre Eadaz, nem como tomou conhecimento do nome dela, mas o fruto não é capaz de acordar os mortos.

— Ela não está morta. Envenenada, mas viva. Com o fruto, eu posso salvá-la.

Ele ficou paralisado, como se tivesse levado um tapa.

— Quem foi que lhe contou sobre mim? — ele perguntou em um tom rouco. — Sobre o Priorado?

— Lorde Arteloth Beck.

Ao ouvir aquilo, Chassar uq-Ispad assumiu um ar de cansaço.

— Compreendo. — Ele esfregou as têmporas. — Acho que sua intenção também é levar a joia azul para Eadaz. A Prioresa está com ela agora, e a intenção dela é executar você.

— Por quê?

— Porque você assassinou uma irmã. E porque veio para cá montada em um wyrm do mar. E, além disso — disse ele —, porque matar você permitiria a ela controlar a joia crescente.

— Você poderia me ajudar a fugir.

— Eadaz conseguiu roubar a joia minguante de Mita Yedanya, a Prioresa. Ela não vai permitir que a outra do par seja levada — Chassar falou em um tom pesaroso. — Eu precisaria matá-la primeiro. E isso não posso fazer.

Tané ficou à espera, enquanto ele permanecia em silêncio.

— Acho que você terá que pensar em alguma coisa, Embaixador uq-Ispad — ela falou. — Ou Eadaz vai *mesmo* morrer.

Ele a encarou.

— Se me deixar ir embora, talvez não. A escolha é sua.

Chassar uq-Ispad não voltou. Deveria ter escolhido se manter leal à Prioresa.

Estava tudo perdido.

Duas mulheres apareceram ao anoitecer. Seus mantos eram de um brocado claro. Tané permitiu que elas a conduzissem pelo chão de lajotas por corredores que nunca deviam ter visto um raio de sol. Em cada nicho e reentrância nas paredes, havia figuras de bronze fundido de uma mulher segurando um orbe.

Tané sabia que precisava lutar, mas naquele momento se sentia fraca e frágil como uma folha de relva. Suas captoras a levaram por uma arcada até uma protuberância estreita na rocha. Uma cachoeira formava um véu diante dos olhos. O rugido era tão alto que ela não conseguia mais ouvir nem seus próprios passos.

Pelo menos seu fim viria junto da água. O som trovejante da cachoeira a fez lembrar de Seiiki.

— Irmãs.

Tané ergueu a cabeça. Chassar uq-Ispad caminhava na direção delas.

— A Prioresa me pediu para interrogá-la mais uma vez — ele falou em ersyrio. — Não vou demorar.

As duas mulheres trocaram olhares antes de a soltarem. Chassar esperou até que elas sumissem das vistas, então pegou Tané pelo braço e a conduziu de volta pela beirada da cachoeira.

— Nós não temos muito tempo — ele falou em seu ouvido. — Faça o que precisa fazer, e depois desapareça para nunca mais voltar. Só o que existe para você aqui é a forca.

— Elas não vão saber que você me ajudou?

— Não precisa se preocupar comigo. — Chassar lhe mostrou uma escada entalhada na rocha. — Daqui você pode descer para o vale. Só a árvore pode decidir quem é digno de receber um fruto. — Ele enfiou a mão na túnica e pegou o estojo laqueado. — Isto é seu. O anel de coroação e carta ainda estão aqui dentro. — Em seguida, lhe entregou um pedaço de seda. — Leve o fruto embrulhado nisto.

Com a ajuda dele, Tané amarrou a seda em seu corpo.

— Como eu faço para chegar até Inys? — perguntou ela. — Minha dragoa se foi.

— Siga o Rio Minara até o local onde tem uma bifurcação, e depois siga pela direita. Esse é o caminho que leva para o Norte. Vou mandar ajuda, mas até lá não pare por nada. As irmãs vão sair à caça assim que notarem sua ausência. — Ele apertou de leve seu ombro. — Vou fazer o que puder para atrasá-las.

— Não posso ir embora sem a joia crescente — disse Tané. — Ela obedece apenas a mim.

Chassar manteve uma expressão séria.

— Se eu conseguir tomá-la de volta dela, mando alguém lhe entregar — ele respondeu. — Mas você precisa ir embora.

Ele desapareceu antes que Tané pudesse agradecer.

Não havia corrimão na escada. Ela se apoiou na rocha à sua esquerda, tomando cuidado com o posicionamento dos pés nos degraus. A escada contornava a face do penhasco, e foi então que ela viu.

Quando Loth mencionara uma laranjeira, ela imaginou uma que fosse como as de Seiiki, pequenas e pouco impressionantes. Aquela tinha a altura de um cedro, e um perfume que a fez salivar. Era uma irmã ainda viva da amoreira de Komoridu.

Seus galhos eram salpicados de flores brancas. As folhas eram verdes e lisas. As raízes retorcidas se espalhavam ao redor do tronco, serpenteando pelo chão do vale como uma estampa na seda. O Minara fluía ao redor e abaixo delas.

Não era o momento de ficar maravilhada. Uma sombra passou voando, tão próxima dela que agitou seus cabelos. Tané colou o rosto à encosta rochosa, observando o céu, se sentindo uma presa sob o olhar do caçador.

Por um bom tempo, não havia nada além do silêncio. E então, do nada, uma tempestade de fogo.

Seu corpo reagiu antes de sua mente. Ela correu para longe do caminho do fogo, mas a escada era estreita e pequena demais, e em pouco tempo, Tané estava rolando pelos degraus descontroladamente, sentindo a pedra martelar suas costas. Quase cega de pânico, ela se agarrou a algo para deter sua trajetória enquanto o corpo rolava para uma queda certa.

No último instante, conseguiu estender o braço e se segurar à escada. Ficou pendurada apenas pela mão, ofegante.

Ela se imaginou no Monte Tego mais uma vez. Acalmando os nervos, se virou para ver o que tinha acontecido.

Cuspidores de fogo. Estavam por toda parte. Sem parar para questionar de onde teriam vindo, Tané ousou olhar para baixo. Estava mais próxima do chão do vale do que imaginava, e o tempo estava se esgotando. Ela se soltou da escada, deslizando com as costas pela encosta rochosa, e caiu de pé sobre a relva com uma força de arrebentar os joelhos.

As raízes. Eram grossas e densas o bastante para protegê-la. Enquanto mergulhava para o meio delas, um cuspidor de fogo guinchou e caiu no rio, tão próximo de Tané que a água respingou nela. Uma flecha, com uma pena clara na ponta, estava enterrada na garganta dele.

O caos se espalhou pelo vale. As árvores ao redor já estavam em chamas. Tané rastejava pelo chão, tensionando cada vez que sentia um vento quente soprar mais acima. Quando encontrou uma abertura entre as raízes, voltou para o relvado e foi cambaleando até o pé da árvore.

De alguma forma, ela sabia o que fazer, e ficou de joelhos com a palma das mãos para cima.

As cinzas caíam como neve sobre os cabelos. Ela pensou que tinha fracassado em seu intento, mas então ouviu um estalo mais acima, e um orbe redondo e dourado caiu lá do alto, só que não exatamente em suas mãos, e saiu rolando em meio ao emaranhado de raízes gigantes. Praguejando baixinho, ela foi atrás.

O fruto rolava na direção das águas do Minara. Tané se lançou para a frente e o segurou com a mão.

Uma movimentação chamou sua atenção. Em meio às raízes, ela viu uma ave pousar e, diante de seus olhos aturdidos, se transformar em uma mulher nua.

As penas se esticaram até assumirem a forma de membros. O bico se transformou em lábios vermelhos. Cabelos cor de cobre escorreram até a base das costas magras.

Uma metamorfa. Todos em Seiiki sabiam que houve uma época em que os dragões eram capazes de mudar de forma, mas fazia muito tempo que alguém comprovava isso com os próprios olhos.

Uma outra mulher vinha correndo pelo vale. Uma trança escura serpenteava sobre seu ombro. Usava um colar de ouro e uma túnica escarlate de mangas compridas, mais escura e com mais bordados do que as das demais. Quando um cuspidor de fogo mergulhou em sua direção, ela se desvencilhou das chamas como se espantasse uma mosca. No pescoço dela, preso a uma corrente, estava a joia crescente.

— Kalyba — disse ela.

— Mita — respondeu a ruiva.

Elas trocaram palavras por algum tempo, cercando uma à outra. Mesmo se Tané tivesse compreendido a conversa, o conteúdo não faria muita diferença. Só o que importava era qual das duas iria triunfar.

A Prioresa avançou sobre a outra mulher. O rosto dela estava crispado e cheio de ódio. O sol reluziu na espada quando ela a brandiu. Kalyba se transformou de novo em um gavião e voou sobre a cabeça dela. Um instante depois, estava de volta à forma humana. O riso de Kalyba gelou Tané até os ossos. Com um grito de frustração, a Prioresa lançou um punhado de fogo vermelho.

A batalha das duas foi se aproximando cada vez mais das raízes. Tané se recolheu para as sombras.

As mulheres lutavam usando fogo e vento. Lutaram pelo que parecia uma eternidade. E, quando parecia que nenhuma das duas levaria a melhor, Kalyba desapareceu como se nunca tivesse estado lá. A Prioresa estava tão próxima que Tané conseguia ouvir a respiração dela.

Foi então que a bruxa surgiu silenciosamente da relva. Ela devia ter assumido a forma de algo pequeno demais para ser visto — um inseto, talvez. A Prioresa se virou um pouco tarde demais.

Depois de um som como o de um pé esmagando uma concha, ela caiu de joelhos. Kalyba pôs a mão na cabeça dela, como se estivesse consolando uma criança. Mita Yedanya desabou na relva.

Kalyba segurava nas mãos o coração da inimiga. O sangue escorria por entre os dedos. Quando falou, foi em uma língua que Tané nunca tinha ouvido. A voz ecoou por todo o vale.

Tané tirou a mão da boca. O corpo dela estava próximo o bastante para ser tocado. Se corresse um último risco, poderia deixar aquela loucura para trás. Ela voltou a se deitar de bruços e foi rastejando até o corpo sem vida da Prioresa.

Uma flecha zuniu, vinda de algum lugar da clareira, e errou Kalyba por muito pouco. Tané se encolheu. O suor escorria pelo rosto quando ela chegou ao cadáver, mas os dedos estavam atrapalhados demais. Mal ousando respirar, ela se inclinou sobre o cadáver, sobre o buraco deixado onde antes ficava o coração. Seus dedos sacudiram e puxaram a corrente, e então colocou a corrente sobre o próprio pescoço. Tané escondeu a joia sob sua túnica.

Quando Kalyba olhou para trás, tanto ela quanto Tané ficaram paralisadas. Uma expressão de reconhecimento surgiu nos olhos dela.

— Neporo.

Tané percebeu que o olhar dela mudou. Kalyba começou a rir.

— Neporo! — exclamou ela. — Eu me perguntei... durante todos esses séculos. Eu me perguntei muitas e muitas vezes se você tinha sobrevivido, minha irmã. Que coisa maravilhosamente estranha ter sido aqui que encontrei minha resposta. — Um sorriso contorceu a boca dela, belo e terrível. — Veja o que fiz. Toda essa destruição é por *sua* causa. E agora você está aqui, de quatro, implorando pela misericórdia da laranjeira.

Tané recuou cambaleando, as botas escorregando na lama. Ela nunca temera lutar na vida, mas aquela mulher, aquela *criatura*, retinia em seu sangue como uma espada sendo retirada da bainha.

— Você chegou tarde demais. O Inominado vai despertar, e não vai haver nenhuma chuva de meteoros para enfraquecê-lo. Ele aceitaria você, Neporo. — Kalyba caminhou em sua direção, com o sangue escorrendo da palma da mão. — Como a Rainha de Carne e Osso de Komoridu.

— Eu não sou Neporo — respondeu ela, encontrando sua voz em um recanto escuro da árvore. — Meu nome é Tané.

Kalyba deteve o passo.

Ela era uma coisa *errada*. Como uma barata envolvida em âmbar, preservada na época errada.

Mesmo assim, Tané se sentia irresistivelmente atraída pela presença dela. Seu sangue respondia àquela mulher, ainda que seu corpo a rejeitasse.

— Eu quase me esqueci de que ela teve uma filha — disse Kalyba. — Como é possível que as descendentes dela tenham durado todo esse tempo sem meu conhecimento, e que além disso você apareça aqui no mesmo dia que eu?

Aquele pequeno capricho do destino pareceu diverti-la.

— Saiba de uma coisa, sangue da amoreira. Sua ancestral é responsável por isso. Você nasceu de uma semente maculada.

O som do rio estava mais próximo àquela altura. Kalyba a observava enquanto ela se embrenhava nas raízes, recuando.

— Você é... tão parecida com ela. — A bruxa amenizou o tom de voz. — Como um fantasma dela.

Uma flecha atravessou a clareira e acertou Kalyba no ombro pelas costas, fazendo-a se virar, furiosa. Uma mulher de olhos dourados surgiu das cavernas, com uma segunda flecha já posicionada no arco. Ela olhou bem para Tané, e seus olhos pareciam transmitir uma ordem.

Fuja.

Tané hesitou. A honra lhe dizia para ficar e lutar, mas o instinto falou mais alto. Só o que importava era que chegasse a Inys, e que Kalyba não soubesse o que ela levava para lá.

Ela se arremessou no rio, que a tomou de novo nos braços.

Por um bom tempo, tudo o que ela fez foi lutar para manter a cabeça acima da água. Enquanto o rio a levava para longe do vale, ela manteve um braço sobre o fruto e usou o outro para nadar. A fumaça a seguiu por todo o caminho até a bifurcação, onde ela saiu, escorrendo, do meio dos juncos, tão ferida e cansada e com os pés tão doloridos que só conseguiu ficar deitada, tremendo.

O crepúsculo trouxe o anoitecer, que se estabeleceu como uma noite sem luar.

Tané se levantou, com as pernas bambas, e saiu andando.

O instinto lhe fez tirar a joia do estojo para iluminar seu caminho. Entre os galhos das árvores, ela encontrou a estrela certa e seguiu seu brilho. Em um determinado momento, viu os olhos de um animal a espiando do meio das árvores, mas manteve distância. Assim como todas as outras coisas.

Em um certo ponto, suas botas encontraram uma trilha de terra batida, e ela seguiu andando até as árvores se tornarem menos densas. Quando saiu da floresta, a céu aberto, finalmente desabou.

Tané usou os próprios cabelos como travesseiro. Respirava com dificuldade, sentindo um nó na garganta, e desejando estar em meio de tudo o que amava em Seiiki, onde as árvores eram belas e perfumadas.

Um baque de fazer estremecer o chão a obrigou a abrir os olhos. O vento bagunçou seus cabelos, e quando levantou a cabeça Tané viu uma ave de pé ao seu lado. Branca como o luar, com asas de cor de bronze.

O PRIORADO DA LARANJEIRA — A RAINHA

O Palácio de Ascalon reluzia com os primeiros raios de sol. Um círculo de torres altas na curva de um rio. Tané mancou naquela direção, passando pelos moradores que já tinham se levantado da cama.

A grande ave branca encontrara uma brecha nas defesas costeiras e a levara até uma floresta ao norte de Ascalon. De lá, ela seguiu por uma estrada com marcas de tráfego intenso até o horizonte revelar uma cidade.

Os portões do palácio estavam adornados de flores. Quando ela se aproximou, um grupo de guardas com armaduras prateadas detiveram seu avanço.

— Alto lá. — Lanças foram apontadas para seu peito. — Você não pode passar, mestra. Anuncie o que veio fazer aqui.

Ela ergueu a cabeça para que pudessem ver seu rosto. As lanças foram erguidas ainda mais alto enquanto os guardas a encaravam.

— Pelo Santo — murmurou um deles. — Alguém do Leste.

— Quem é você? — perguntou um outro.

Tané tentou articular as palavras, mas a boca estava seca, e as pernas tremiam.

Franzindo a testa, o segundo homem aliviou a pressão com que segurava o cabo da espada.

— Chame a Embaixadora Residente de Mentendon — ele falou para a mulher ao seu lado.

Quando se afastou, a armadura se sacudiu em sons ruidosos. Os demais continuavam com as lanças apontadas para a desconhecida.

Demorou algum tempo até que uma mulher aparecesse nos portões, com cabelos trançados de um ruivo intenso, vestindo trajes pretos que achatavam os contornos dos seios e da cintura, e saias largas a partir dos quadris. Sua pele marrom estava coberta de renda até o pescoço.

— Quem é você, honorável desconhecida? — disse ela em um seiikinês impecável. — Por que veio para a Ascalon?

Tané não disse seu nome. Em vez disso, mostrou o anel de rubi.

— Me leve até Lady Nurtha — falou ela.

PARTE IV
As chaves do Abismo

Qualquer coisa que de um lugar venha a cair,
com a maré fica até que outra seja levada;
Pois não há coisa perdida que, caso se procure,
não possa ser encontrada.

— Edmund Spenser

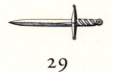

29
Oeste

O mundo dela se tornara uma noite sem estrelas. Era como o sono, mas não precisamente — uma escuridão sem limites, assentada sobre a alma. Ela permaneceu acorrentada ali por mil anos, mas agora, enfim, estava despertando.

Um sol dourado ganhou vida dentro dela. Quando o fogo consumiu sua pele, ela se lembrou do ataque da irmã cruel. Podia ver os contornos das pessoas ao seu redor, mas as feições não eram distintas.

— Ead.

Ela se sentia como se fosse esculpida em mármore. O corpo aderia à cama, como uma efígie presa para sempre à tumba. Em meio às manchas escuras em sua visão, alguém estava rezando por sua alma.

Ead, volte para nós.

Ela conhecia aquela voz, aquele cheiro de cerefólio, mas os lábios eram como pedra e não se abriam.

Ead.

Um calor renovado ardia em seus ossos, queimando as amarras que os aprisionavam. Os cálices que a cercavam racharam e, por fim, a ardência abriu sua garganta.

— Meg — murmurou ela. — Acho que é a segunda vez que encontro você cuidando de mim.

Ela ouviu uma risada abafada.

— Então você deveria parar de me dar motivo para cuidar de você, sua tola. — Margret a envolveu nos braços. — Ah, Ead, pensei que esse maldito fruto não fosse funcionar... — Ela se virou para os criados. — Mandem avisar a Sua Majestade imediatamente que Lady Nurtha acordou. Ao Doutor Bourn também.

— Sua Majestade está reunida em conselho, Lady Margret.

— Eu garanto que Sua Majestade vai mandar castrar vocês se essa informação não for transmitida de prontidão. Agora vão.

Maldito fruto. Ead se deu conta do que Margret tinha dito e olhou por cima do ombro. Na mesinha de centro havia uma laranja mordida. Uma doçura inebriante se espalhou por seus sentidos.

— Meg. — A garganta estava seca demais. — Meg, não me diga que foi ao Priorado por minha causa.

— Eu não sou tola a ponto de me enfiar sem ser convidada em uma casa de matadoras de dragões. — Margret deu um beijo no topo de sua cabeça. — Você pode não acreditar no Santo, mas existe uma força maior que olha por você, Eadaz uq-Nāra.

— Exatamente. A força maior de Lady Margret Beck. — Ead segurou a mão dela. — Quem me trouxe o fruto?

— Essa é uma história fascinante — disse Margret. — E eu vou contar assim que você tomar sua gemada.

— Tem alguma coisa que esse negócio horroroso não cure?

— Úlcera. Fora isso, não.

Foi Tallys quem levou a gemada até a cama. Ao ver Ead, ela foi às lágrimas.

— Ah, Mestra Duryan — disse ela, aos soluços. — Pensei que fosse morrer, milady.

— Ainda não, Tallys, apesar de tantos esforços trabalhando para o contrário. — Ead sorriu. — Que bom ver você de novo.

Tallys fez várias mesuras antes de se retirar. Margret fechou a porta atrás dela.

— Agora estou tomando minha gemada — Ead disse para Margret. — Então me conte tudo.

— Mais três colheradas, por favor.

Ead fez uma careta e obedeceu. Depois de se forçar a engolir tudo, Margret cumpriu o prometido.

Ela contou que Loth se oferecera como embaixador inysiano no Leste, e que atravessara o Abismo para fazer uma proposta ao Imperador Perpétuo. Semanas tinham se passado. Os wyrms haviam incendiado as plantações. E uma garota seiikinesa chegara se arrastando até o palácio com sangue nas mãos, trazendo um fruto dourado e o anel de coração de Inys, que antes estava com Loth.

— E isso não foi tudo o que ela trouxe. — Margret olhou para a porta. — Ead, ela está com a outra joia. A joia crescente.

Ead quase derrubou a taça.

— Não pode ser — disse ela, com a voz ainda áspera. — Está no Leste.

— Não mais.

— Me deixe ver. — Ela tentou se sentar, com os braços tremendo por causa do esforço. — Me deixe ver a joia.

— Já chega. — Margret a obrigou a se deitar de novo. — Você passou semanas à base de umas poucas gotas de mel.

— Me diga *exatamente* onde ela a encontrou.

— Como se eu soubesse. Assim que entregou o fruto, ela desmaiou de exaustão.

— Quem mais sabe que ela está aqui?

— Eu, o Doutor Bourn e alguns dos Cavaleiros do Corpo. Tharian ficou com medo de que, se alguém visse uma mulher do Leste no Palácio de Ascalon, acabariam mandando a pobre criança para a fogueira.

— Eu entendo a precaução — disse Ead. — Mas, Meg, eu preciso falar com ela.

— Você pode falar com quem quiser quando eu tiver a certeza de que não vai desmaiar de fraqueza no meio da conversa.

Ead franziu os lábios e bebeu.

— Minha querida Meg — ela falou, em um tom mais baixo, segurando a mão dela. — Eu perdi seu casamento?

— Claro que não. Eu adiei por sua causa. — Margret pegou a taça da mão dela. — Eu não fazia ideia de como isso tudo ia ser cansativo. Mamãe agora faz questão que eu use branco. Quem é que usa *branco* no dia do casamento?

Ead estava prestes a dizer que ela ficaria muito bem de branco quando a porta foi aberta de repente — e então Sabran estava no quarto, vestida de seda vermelha, com a respiração arfando.

Margret ficou de pé.

— Eu vou ver se o Doutor Bourn recebeu meu recado — ela falou com um sorriso bem discreto, fechando a porta silenciosamente atrás de si.

Por um bom tempo, as duas ficaram em silêncio. Então, Ead estendeu a mão, e Sabran se aproximou da cama e a abraçou, ofegante como se tivesse corrido várias léguas. Ead a puxou para junto de si.

— Maldita seja, Eadaz uq-Nāra.

Ead soltou o ar com força, em parte um suspiro, em parte uma risada.

— Quantas vezes nós já amaldiçoamos uma à outra até hoje?

— Nem de longe o quanto deveríamos.

Sabran permaneceu ao seu lado até um aflito Tharian Lintley aparecer para levá-la de volta à Câmara do Conselho. Os Duques Espirituais estavam falando sobre a carta de Loth, e a presença dela era requisitada.

Ao meio-dia, Margret deixou que Aralaq entrasse no quarto. Ele lambeu o rosto de Ead até a pele ficar áspera, disse que ela jamais deveria entrar no caminho de dardos envenenados ("Sim, Aralaq, não sei como nunca pensei nisso antes"), e passou o resto do dia deitado sobre ela como um cobertor de pele.

Sabran insistira para que o Médico Real a examinasse antes de sair da cama, mas, ao pôr do sol, Ead estava ansiando para esticar as pernas. Quando o Doutor Bourn enfim apareceu, sabiamente julgou que ela já estava bem o suficiente para se levantar. Ela retirou as pernas de baixo de Aralaq, que estava cochilando, e o beijou entre as orelhas. O nariz dele se franziu.

No dia seguinte, ela faria uma visita à desconhecida.

Aquela noite era de Sabran.

O aposento mais alto da Torre da Rainha era dominado por uma imensa banheira abaixo do nível do piso. A água vinha de uma fonte e era aquecida no fogão da Cozinha Privativa, para que a rainha pudesse tomar banhos quentes em qualquer época do ano.

Uma vela de longa duração era a única fonte de luz. O resto do ambiente era só vapor e sombras. Pelas janelas grandes, Ead via o brilho das estrelas sobre Ascalon.

Sabran estava sentada na beirada da banheira apenas de anágua, com os cabelos enfeitados por pérolas. Ead tirou o robe entrou na água fumegante. Ela apreciou o calor que envolveu seu corpo enquanto despejou cremegralina de um jarro nas mãos, esfregando nas palmas e passando nos cabelos.

Ela afundou a cabeça e lavou a espuma perfumada. Afundada até os ombros, foi até Sabran e deitou no colo dela. Dedos frios desembaraçaram seus cachos. A água quente soltava sua musculatura, e a fazia se sentir viva de novo.

— Pensei que você tinha me abandonado para sempre desta vez — disse Sabran. A voz dela reverberou pelas paredes.

— O veneno que me deram vem do fruto da árvore depois que apodrece. É feito para matar — disse Ead. — Nairuj deve ter diluído de propósito. Ela quis me poupar.

— Não só isso, como a outra joia agora está conosco. Como se tivesse sido trazida pela maré. — Sabran passou os dedos por cima da água. — Até você deve ver isso como uma intervenção divina.

— Talvez. Vou conversar com nossa hóspede seiikinesa pela manhã.

Ead recuou e deixou os cabelos se espalharem ao seu redor pela superfície da água.

— Loth está bem?

— Ao que tudo indica, sim. Viveu ainda mais aventuras, desta vez envolvendo piratas — Sabran falou em um tom seco. — Mas, sim. Foi o Imperador Perpétuo que o convidou a ficar na Cidade das Mil Flores. Ele diz que não está ferido.

Sem dúvida Loth seria mantido por lá até Sabran cumprir o que prometera. Era um tipo de acordo comum. Ele se sairia bem; já tinha passado por cortes muito mais traiçoeiras.

— Então a última defesa da humanidade vai ser posicionada entre os dois lados opostos do mundo — murmurou Sabran. — Nós não vamos durar muito no Abismo. Não com navios de madeira. O Lorde Almirante me assegurou de que existem maneiras de proteger nossas embarcações das chamas, e que vai ter água de sobra para apagar o fogo, mas não acredito que esses métodos vão garantir mais do que alguns minutos de proteção. — Sabran a encarou. — Você acha que a bruxa vai aparecer?

Era quase uma certeza.

— Aposto que ela vai tentar acabar com a sua vida com a Espada da Verdade. A lâmina que Galian reverenciava vai ser usada para pôr um fim à linhagem dele. À linhagem *deles* — disse Ead. — Ela consideraria isso uma coisa poética.

— Que maravilha de ancestral eu tenho — Sabran falou calmamente.

— Você aceitou o que eu contei, então. — Ead observou o rosto dela. — Que você tem sangue de maga.

— Eu aceitei muitas coisas.

Ead viu nos olhos de Sabran que aquilo era verdade. Havia neles uma nova espécie de determinação, fria e decidida.

Era um ano de duras realidades. Os muros erguidos para proteger as crenças dela desabaram, e Sabran viu sua fé começar a desmoronar junto.

— Passei a vida acreditando que no meu sangue havia o poder para manter um monstro acorrentado. Agora preciso encarar a fera sabendo que não é verdade. — Sabran fechou os olhos. — Tenho medo do que o futuro vai trazer. Tenho medo de que não estejamos aqui para ver o primeiro dia do verão.

Ead foi até Sabran e segurou o rosto dela entre as mãos.

— Nós não temos nada a temer — disse ela, com mais convicção do que na verdade sentia. — O Inominado já foi derrotado antes. Pode ser derrotado de novo.

Sabran assentiu.

— Eu rezo para que seja verdade.

A anágua dela estava ensopada. Ead sentiu seu corpo se derreter quando Sabran a puxou para fora da banheira com um sorriso.

Os lábios dela se encontraram na escuridão. Ead puxou Sabran, que beijou as gotas-d'água sobre sua pele. Elas haviam se separado duas vezes, e Ead sabia, como sempre soubera, que em breve se afastariam de novo, fosse pela guerra ou pelo destino.

Ela deslizou a mão por baixo do cetim da anágua. Quando suas palmas encontraram uma pele fervilhante, Ead recuou.

— Sabran, você está pelando.

Ela achou que poderia ser o calor da banheira, mas Sabran estava quente como brasa.

— Não é nada, Ead, de verdade. — Sabran passou um polegar pelo seu rosto. — O Doutor Bourn disse que a inflamação vai voltar de tempos em tempos.

— Então você precisa descansar.

— Eu não posso ficar na cama em um momento como este.

— Você pode ir para a cama ou para o caixão. A escolha é sua.

Fazendo uma careta, Sabran se sentou.

— Tudo bem. Mas você não vai ficar bancando a babá. — Ela observou Ead enquanto se levantava e se secava. — Precisa falar com a seiikinesa logo de manhã. Tudo depende de conseguirmos conviver pacificamente.

Ead vestiu a camisola.

— Eu não prometo nada — foi sua resposta.

Em seus anos de estudos na Casa do Sul, Tané só aprendeu o que era considerado necessário saber sobre o Rainhado de Inys. Tinha aprendido sobre a monarquia e a religião das Seis Virtudes. Aprendera sobre a capital chamada Ascalon, e a maior e mais bem armada marinha do mundo. E estava descobrindo que eles viviam em um lugar úmido e frio, mantinham imagens de ídolos no quarto em que dormiam e forçavam os doentes a beber um mingau empelotado que lhe dava calafrios.

Felizmente, ninguém tentara lhe empurrar aquilo naquela manhã. Uma serviçal lhe trouxera uma jarra de cerveja, três fatias grossas de pão doce e um ensopado de carne vermelha. Aquilo a deixara com o estômago pesado. Tané só tinha bebido cerveja uma vez, quando Susa roubara um copo para ela em Orisima, e achara horrível.

Na Casa do Sul, havia pouquíssimos móveis e obras de arte. Ela sempre apreciara aquela simplicidade — aquilo permitia espaço para pensar. Os castelos eram mais ornamentados, claro, mas os inysianos pareciam se esbaldar com as *coisas*. Com os *ornamentos*. Até as cortinas eram exageradas. E havia também a cama, com tantas camadas de cobertas que parecia prestes a engoli-la a qualquer momento.

Mesmo assim, era bom se sentir aquecida. Depois de uma jornada tão longa, só o que conseguiu fazer durante um dia todo foi dormir.

A Embaixadora Residente de Mentendon voltou quando o sol já estava alto.

— Lady Nurtha está aqui, honorável Tané — disse ela em seiikinês. — Posso deixá-la entrar?

Finalmente.

— Sim. — Tané deixou a refeição de lado. — Vou falar com ela.

Quando se viu sozinha, Tané pousou as mãos sobre as cobertas. Parecia que havia enguias vivas passeando em seu estômago. Ela queria receber Lady Nurtha de pé, mas os inysianos a vestiram com um traje com barrados de renda que a fazia se sentir como uma boba. Era melhor manter uma aparência de dignidade.

Uma mulher apareceu na porta, com botas de montaria que não faziam barulho nenhum ao bater no chão.

Tané observou a matadora. Tinha a pele lisa e de um marrom com tons dourados, e os cabelos, enrolados como lascas de serragem, eram grossos e escuros e caíam pelos ombros. Havia nela algo de Chassar, o homem que a salvara, no contorno do maxilar e na testa. Tané se perguntou se seriam parentes.

— A Embaixadora Residente me disse que você fala inysiano. — O sotaque dela era do sul. — Eu não sabia que era ensinado em Seiiki.

— Não para todo mundo — respondeu Tané. — Só para quem está em treinamento para ingressar na Guarda Superior do Mar.

— Compreendo. — A matadora cruzou os braços. — Sou Eadaz uq-Nāra. Pode me chamar de Ead.

— Tané.

— Você não tem sobrenome.
— Por um tempo, foi Miduchi.
Houve um breve silêncio entre as duas.
— Me disseram que você fez uma viagem perigosa até o Priorado para salvar a minha vida. Eu agradeço por isso. — Ead foi se sentar perto da janela. — Imagino que Lorde Arteloth tenha dito quem eu sou.
— Uma matadora de wyrms.
— Sim. E você é uma adoradora de wyrms.
— Você mataria minha dragoa se ela estivesse aqui.
— Você estaria certa até algumas semanas atrás. Minhas irmãs certa vez mataram um wyrm do Leste que achara uma boa ideia voar sobre a Lássia. — Ead falava sem remorsos, e Tané precisou segurar sua raiva. — Se puder me dizer, Tané, eu gostaria de saber como sua jornada começou.
Se a matadora estava disposta a manter as boas maneiras, Tané faria o mesmo. Ela contou para Ead sobre a joia crescente, sobre sua escaramuça com os piratas e sobre a breve e violenta passagem pelo Priorado.
Naquele momento, Ead começou a caminhar de um lado para o outro. Duas pequenas rugas apareceram em sua testa.
— Então a Prioresa está morta, e a Bruxa de Inysca se apossou da laranjeira — disse ela. — Vamos torcer para ela mantê-la só para si, e que não a ofereça de presente para o Inominado.
Tané lhe deu um tempo para absorver as informações.
— Quem é a Bruxa de Inysca? — ela perguntou por fim, baixinho.
Ead fechou os olhos.
— É uma longa história, mas se quiser eu posso contar — ela disse. — Posso contar tudo o que aconteceu comigo no último ano. Depois de enfrentar uma jornada como essa, você merece saber toda a verdade.
Enquanto a chuva escorria pela janela, ela contou tudo. Tané escutou sem fazer nenhuma interrupção.
Ouviu Ead contar a história do Priorado da Laranjeira, e da carta de

Neporo que encontrara. Ouviu falar sobre a Bruxa de Inysca e da Casa de Berethnet. Sobre os dois ramos de magia, e sobre o cometa, e sobre a espada Ascalon, e sobre como as joias entravam naquela história. Uma serviçal trouxe vinho quente enquanto Ead falava, mas, quando ela terminou, as duas taças tinham esfriado, intocadas.

— Eu entendo se você considerar isso difícil de acreditar — disse Ead. — Parece tudo muito absurdo.

— Não. — Tané respirou aliviada pela primeira vez no que pareceram ser horas. — Quer dizer, parece mesmo. Mas eu acredito.

Ela se deu conta de que estava tremendo. Ead estalou os dedos, e o fogo se acendeu na lareira.

— Neporo tinha uma amoreira — disse Tané, com a maior tranquilidade de que era capaz diante daquela evidência de mágica. — Talvez eu seja descendente dela. Foi assim que a joia crescente veio para as minhas mãos.

Por um tempo, Ead pareceu digerir a informação.

— Essa amoreira ainda está viva?

— Não.

Ead cerrou os maxilares visivelmente.

— Cleolind e Neporo — disse ela. — Uma maga do Sul. Uma do Leste. Ao que parece, a história está se repetindo.

— Então eu sou como você. — Tané viu as chamas dançando atrás da grade. — Kalyba tinha uma árvore, e a Rainha Sabran é descendente dela. Então nós duas também somos feiticeiras?

— Magas — Ead corrigiu, apesar de parecer distraída. — Ter sangue de maga não faz de você uma. Você precisa provar do fruto para poder se definir dessa forma. Mas foi por *isso* que a árvore lhe concedeu um fruto, aliás. — Ela voltou a se sentar junto à janela. — Você disse que as minhas irmãs feriram seu wyrm. Acabei nem perguntando como você conseguiu chegar a Inys.

— Em um pássaro gigante.
Os olhos de Ead se voltaram abruptamente para Tané.
— Parspa — falou ela. — Deve ter sido mandada por Chassar.
— Sim.
— Fico surpresa por ele ter confiado em você. O Priorado não tolera adoradores de wyrms.
— Você não desprezaria nossos dragões se soubesse alguma coisa sobre eles, que não têm nada a ver com os cuspidores de fogo. — Tané a encarou. — Eu detesto o Inominado. Os lacaios dele mataram nossos deuses na Grande Desolação, e eu pretendo acabar com ele em retribuição por isso. De qualquer forma — ela complementou —, vocês não têm escolha a não ser confiar em mim.
— Eu poderia matar você. E ficar com a joia.
Pelo olhar no rosto dela, poderia mesmo. Ela carregava uma faca embainhada na cintura.
— E usar as duas joias sozinha? — Tané questionou, sem se deixar abalar. — Imagino que você saiba como fazer isso. — Ela tirou o estojo de baixo dos travesseiros e colocou a joia crescente na palma da mão. — Eu usei a minha para guiar um navio por um mar sem vento. Usei para atrair as ondas para a areia. Então sei que isso drena as energias. Aos poucos no começo, para você conseguir suportar, como se fosse um dente podre. No entanto, depois faz seu sangue gelar, e deixa seu corpo pesado, e você não quer fazer mais nada além de dormir por vários anos. — Ela estendeu a joia. — Esse fardo deve ser compartilhado.
Com gestos lentos, Ead a pegou. Com a outra mão, soltou uma corrente do pescoço.
A joia minguante. Uma luazinha, redonda e leitosa. Com o brilho de uma estrela em seu interior, constante e tranquilo, enquanto seu par estava sempre reluzindo. Ead colocou uma em cada palma da mão.
— As chaves do Abismo.

Tané sentiu um calafrio.

Parecia inacreditável que tivessem conseguido reuni-las.

— Existe um plano em andamento para derrotar o Inominado. Imagino que Loth tenha mencionado isso para você. — Ead devolveu a joia azul. — Você e eu vamos usar essas chaves para aprisioná-lo para sempre nas profundezas.

Assim como Neporo tinha feito mil anos antes, com a ajuda de uma maga amiga ao seu lado.

— É bom que você saiba que não temos como matar o Inominado sem Ascalon — avisou Ead. — Alguém precisa cravá-la no coração dele antes que possamos usar as joias. Para aplacar o fogo. A minha esperança é que a Bruxa de Inysca a leve até nós, e que seja possível tomá-la das mãos dela. Caso contrário, talvez os seus wyr... dragões consigam enfraquecê-lo o bastante para usarmos as joias sem a espada. Talvez dessa forma ele possa ser aprisionado por mais mil anos. Essa opção não me agrada, porque significa que outra geração vai precisar assumir esse compromisso.

— Eu concordo — disse Tané. — Isso precisa terminar aqui.

— Ótimo. Vamos praticar juntas com as joias.

Ead enfiou a mão na bolsinha que carregava na cintura e pegou o fruto dourado que Tané levara para Inys.

— Dê uma mordida — disse ela. — A siden vai ajudar você nessa batalha. Principalmente se Kalyba aparecer.

Tané a observou enquanto ela colocava o fruto na mesinha de cabeceira.

— Mas não demore. Vai apodrecer ainda hoje.

Depois de um momento de hesitação, Tané assentiu.

— Derrotar o Inominado pode ser o nosso fim — disse Ead, em um tom mais brando. — Você está disposta a correr esse risco?

— Morrer a serviço de um mundo melhor seria a maior entre as honras.

Ead abriu um pequeno sorriso.

— Acho que nós nos entendemos, então. Pelo menos nesse ponto.

Para sua surpresa, Tané se pegou retribuindo o sorriso.

— Venha me procurar quando estiver mais disposta — disse Ead. — Tem um lago na Floresta de Chesten onde podemos aprender a usar as joias e ver se conseguimos cooperar, sem que queiramos nos matar.

Depois disso, ela se retirou. Tané guardou a joia crescente, ainda brilhando, de volta no estojo.

O fruto dourado reluzia. Ela o segurou entre as mãos por um bom tempo antes de provar de sua polpa. Um sabor doce se espalhou por seus dentes e sua língua. Quando ela engoliu, sentiu que o suco era quente.

O fruto foi ao chão, e o corpo dela se incendiou.

Na Grande Alcova, a Rainha de Inys ardia em febre. O Doutor Bourn a vigiara o dia todo, mas agora Ead estava ao lado dela, ao contrário do que prometera.

Sabran dormia nas garras da febre. Ead estava sentada na cama com um pano úmido na mão.

A Prioresa estava morta, e o Priorado estava nas mãos da bruxa. A ideia de que o Vale de Sangue estava tomado por wyrms, levados até lá por uma maga, era amarga como artemísia para Ead.

Pelo menos Kalyba não atacara a laranjeira. Era a única fonte disponível de siden, que ela desejava.

Ead esfriou a testa quente de Sabran. Poderia não estar de luto por Mita Yedanya, mas sim por suas irmãs, que perderam a segunda matriarca em poucos anos. Com a Prioresa morta, ou fugiriam para outro lugar e elegeriam uma nova líder — provavelmente Nairuj —, ou se submeteriam a Kalyba se quisessem permanecer perto da árvore. Qualquer que fosse a escolha, Ead rezava para que Chassar estivesse seguro.

Sabran se acalmou ao cair da noite. Ead estava aparando o pavio das velas quando o silêncio foi quebrado.

— O que a mulher do Leste disse?

Ead olhou por cima do ombro. Sabran a observava.

Falando baixo, para que ninguém do outro lado da porta conseguisse ouvir, Ead narrou seu encontro com Tané. Quando terminou, Sabran olhou com os olhos marejados para o dossel da cama.

— Vou discursar para o meu povo depois de amanhã — disse ela. — Para comunicar a aliança.

— Você não está bem. Com certeza pode adiar o discurso em um ou dois dias.

— Uma rainha não abandona seus planos por causa de uma simples febre. — Ela suspirou quando Ead a cobriu com a manta. — Eu falei para você não bancar a babá.

— E eu falei que não era sua súdita.

Sabran resmungou alguma coisa com a boca colada ao travesseiro.

Quando ela adormeceu de novo, Ead pegou a joia minguante. Aquele objeto era capaz de sentir a *outra* magia, e se conectar com ela, apesar de ser de uma natureza totalmente oposta.

Uma batida na porta a fez esconder a joia. Ela abriu e encontrou Margret parada diante da soleira.

— Ead. — Ela parecia apreensiva. — Os governantes do Sul acabaram de desembarcar em Porto Estival. O que será que eles querem?

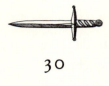

30
Oeste

Uma pele úmida roçava a sua, e uma mão acariciava seus cabelos. Foram essas as primeiras coisas que ele percebeu antes que a dor invadisse seu sono com todas as forças.

O ar ardia em sua boca, fedendo a enxofre. Um gemido escapou dos lábios.

— Jan.

— Shh, Niclays.

Ele conhecia aquela voz. Tentou dizer "Laya", mas só conseguiu emitir um grunhido.

— Ah, Niclays, graças aos deuses. — Ela pressionou um pano em sua testa enquanto ele gemia. — Você precisa ficar quietinho.

Os acontecimentos de Komoridu voltaram à sua mente em um instante. Ignorando os apelos dela para que ele não se mexesse, levou a mão à garganta. Onde antes havia uma segunda boca, ele sentiu pele sensível e fina — uma cicatriz cauterizada. Ergueu o braço e viu que terminava em um cotoco inchado, cheio de pontos com linha preta. Lágrimas escorreram de seus olhos.

Ele era um anatomista. Mesmo naquele estado, sabia que aquele ferimento quase certamente o mataria.

— Shh. — Laya acariciou seus cabelos. O rosto dela estava molhado também. — Eu sinto muito, Niclays.

Um latejar terrível subia pelo braço. Ele pegou o pedaço de couro que Laya ofereceu e mordeu com todas as forças para não gritar.

Um rangido chamou sua atenção. Pouco a pouco, foi se dando conta de que a sensação de estar oscilando não era por causa da dor, e sim porque ele e Laya estavam suspensos em uma jaula de ferro.

Se antes estava tomado pelo medo, àquela altura estava quase enlouquecendo de pavor. Seu primeiro pensamento foi que a Imperatriz Dourada os levara para terra firme e os deixara lá para morrer de fome — então, se lembrou da última coisa que ouvira antes de desmaiar. O bater de asas dragônicas.

— Onde? — ele se obrigou a falar. O vômito ameaçou sair junto com suas palavras. — Laya. Onde?

Laya engoliu em seco, fazendo um esforço visível que permitiu a ele que visse o movimento na garganta dela.

— O Monte Temível. — Ela o abraçou com mais força. — Os veios vermelhos na rocha. Nenhuma outra montanha tem isso.

O local de nascimento do Inominado. Niclays sabia que deveria estar se mijando de medo, mas só conseguia pensar na pouca distância que o separava de Brygstad.

Ele tentou controlar os gemidos. As grades eram afastadas o bastante para permitir a passagem dos dois, mas a queda os mataria. Na caverna onde o sol não batia, ele só conseguia ver a massa de escamas.

Escamas vermelhas.

Não em uma fera viva — aquilo, não, mas estavam pintadas na parede da caverna como uma lembrança. Mostrava uma mulher com toucado de guerra lássio enfrentando o Inominado, perfurando-o no peito com uma espada.

A espada sem dúvida era Ascalon. E quem a empunhava era Cleolind Onjenyu, Protetora do Domínio da Lássia.

Quantas mentiras.

Escamas vermelhas. Asas vermelhas. A dimensão colossal da fera cobria quase toda a parede. Delirante, Niclays começou a contar as escamas uma por uma enquanto Laya secava sua testa. Qualquer coisa que pudesse distraí-lo daquela agonia. Ele contara duas vezes quando enfim caiu no sono, e sonhou com espadas e sangue e um cadáver de cabelos vermelhos. Quando Laya ficou tensa junto ao seu corpo, ele abriu os olhos.

Uma mulher aparecera na jaula, vestida de branco. Foi quando ele se deu conta de que estava delirando.

— Sabran — murmurou ele.

Era um sonho febril. Sabran Berethnet estava diante dele, com os cabelos pretos contrastando com a pele clara. A tão comentada beleza que sempre lhe dera calafrios, como se estivesse pisando no gelo.

O rosto dela se aproximou. Aqueles olhos cor de jade.

— Olá, Niclays — disse ela. — Meu nome é Kalyba.

Ele não conseguiu emitir nenhum ruído. Seu corpo parecia não ter mais nervos, estava imóvel e frio.

— Suponho que deva estar confuso. — Os lábios dela eram vermelhos como maçãs. — Desculpe tê-lo trazido para tão longe, mas você estava bem próximo da morte. Considero a perda da vida uma coisa de mau gosto. — Ela colocou uma mão glacial em sua testa. — Me permita explicar. Eu tenho o Sangue Primordial, como Neporo, cuja história você ouviu em Komoridu. Comi o fruto do espinheiro na época em que Inys não tinha rainha nenhuma.

Mesmo se fosse capaz de se comunicar com algo além de gemidos, Niclays não teria o que dizer na presença daquele ser. Laya o abraçou com mais força, estremecendo.

— Imagino que saiba onde está. E imagino que esteja com medo, mas é um lugar seguro. Eu venho o preparando, sabe. Para a primavera. — Kalyba afastou alguns fios de cabelos dos olhos dele. — O Inominado veio para cá depois que Cleolind o feriu. E me ordenou que encontrasse um artista para retratar a história, para mostrar o que acontecera naquele dia na Lássia. Para que ele sempre pudesse se lembrar.

Caso não estivesse sentindo que tinha enlouquecido, Niclays poderia considerar que a louca era ela. Aquilo só podia ser um pesadelo.

— A imortalidade é o meu dom — sussurrou Kalyba. — Ao contrário de Neporo, eu aprendi a compartilhá-la. E até a trazer os mortos de volta à vida.

Jannart.

O hálito dela era gelado como o vento do inverno. Niclays a encarava, hipnotizado por aqueles olhos.

— Sei que você é um alquimista. Me permita compartilhar o meu dom com você. Mostrar como desfazer as costuras da passagem do tempo. Eu poderia lhe ensinar como construir um homem a partir das cinzas de seus ossos.

O rosto dela começou a mudar. O verde dos olhos se tornou cinzento, e os cabelos, vermelhos como sangue.

— Só o que preciso — disse Jannart —, é de um pequeno favor em retribuição.

Era a primeira vez em muitas décadas que a Casa de Berethnet recebia governantes do Sul. Ead estava à direita de Sabran, observando tudo.

Jentar Taumargam, que era chamado de o Esplêndido, tinha uma presença que fazia jus ao epíteto. Não que fosse imponente em termos físicos — tinha uma estrutura óssea estreita, era magro como uma pluma, quase delicado à primeira vista —, mas seus olhos eram como calabouços. Quando os cravava em alguém, a pessoa não conseguia mais se desviar. Usava uma túnica de brocado safira de gola alta, que mantinha fechado com um cinto de ouro. Sua rainha, Saiyma, também estava a caminho de Brygstad.

Ao lado dele estava a Alta Governante da Lássia.

Com vinte e cinco anos, Kagudo Onjenyu era a monarca mais jovem do mundo conhecido, mas sua postura deixava claro que quem não a levasse a sério pagaria um preço alto por isso. Sua pele era de um marrom profundo. O pescoço e os pulsos estavam enfeitados com búzios, e cada um de seus dedos reluzia o brilho do ouro. Um xale de seda do mar, confeccionado à moda de Kumenga, caía sobre os ombros. Quatro irmãs do Priorado haviam sido designadas para protegê-la desde o dia em que nasceu.

Não que Kagudo precisasse ser protegida. Segundo os rumores, era uma guerreira tão valiosa quanto Cleolind tinha sido.

— Como sabem, o exército terrestre mentendônio é pequeno — Sabran ia dizendo. — Os casacos-de-lobo de Hróth vão ser de grande ajuda, assim como sua marinha do meu lado na batalha, porém precisamos de mais soldados. — Ela fez uma pausa para respirar. Combe lançou um olhar preocupado em sua direção. — Vocês dois têm soldados e armas à disposição, o suficiente para causar estragos nas forças de Sigoso.

As orelhas dela estavam bastante destacadas. Ela insistira em se levantar para receber os governantes sulinos, mas Ead sabia que ainda estava ardendo de febre.

Tané estava de cama, também febril. No entanto, em seu caso era por ter provado do fruto. Sabran queria que ela estivesse presente, mas era melhor deixá-la dormir. Ela precisaria de todas as suas forças para a missão que tinha pela frente.

— O Ersyr não se envolve em conflitos — disse Jentar. — O Arauto da Alvorada pregava contra a guerra. No entanto, se os rumores que se espalharam por minha nação forem verdadeiros, parece que não temos escolha a não ser pegar em armas.

Os monarcas sulinos chegaram sob a proteção da noite. Em seguida, se juntariam a Saiyma em Brygstad para ter com a Alta Princesa Ermuna. Era arriscado demais discutir estratégias por carta.

Nenhum dos governantes usava coroas. Naquela mesa, conversavam como iguais.

— Cárscaro nunca foi tomada — comentou Kagudo. Seu tom de voz carregava uma autoridade que fazia todos corrigirem a postura na cadeira. — Os Vetalda a construíram nas montanhas por uma boa razão. Uma aproximação pela planície vulcânica seria loucura.

— Eu concordo. — Jentar se inclinou para a frente para estudar o mapa. — Os Espigões estão infestados por wyrms. — Ele bateu com um dedo na superfície. — Yscalin tem defesas naturais por todos os lados, menos de um. A fronteira com a Lássia.

Kagudo olhou para o mapa sem alterar sua expressão.

— Lorde Arteloth Beck esteve no Palácio da Salvação no verão — disse Sabran. — Ele descobriu que o povo de Cárscaro não serve ao Inominado por iniciativa própria. Se encontrarmos uma forma de derrubar o Rei Sigoso, Cárscaro irá cair internamente, talvez sem derramamento de sangue. — Ela apontou para a cidade no mapa. — Existe uma passagem que corre por baixo do palácio. Ao que tudo indica, a Donmata Marosa é uma aliada, e pode nos ajudar lá dentro. Se um pequeno grupo de soldados conseguir subir pela passagem e entrar no palácio antes do início do ataque, é possível dar fim em Sigoso.

— Isso não vai acabar com os wyrms que defendem Cárscaro — disse Kagudo.

Um criado apareceu para servir mais vinho. Ead recusou. Ela precisava estar lúcida.

— Você deve saber, Sabran, que eu não concordaria com esse cerco se não fosse algo crucial para a Lássia — continuou Kagudo. — Francamente, a ideia de que devemos sacrificar nossos soldados como uma tática diversionista enquanto vocês enfrentam o Inominado é bastante questionável. Foi decidido que vamos encarar os filhotes, e vocês, o gato, apesar de sabermos que ele pode muito bem vir atrás de nós com a mesma facilidade.

— A tática diversionista foi ideia minha, Majestade — interveio Ead.

Foi nesse momento que a Alta Governante da Lássia a encarou pela primeira vez. Ead sentiu os cabelos da nuca se arrepiarem.

— Lady Nurtha — disse Kagudo.

— A Rainha Sabran propôs um ataque a Cárscaro, mas eu sugeri que ela enfrentasse o Inominado no Abismo.

— Compreendo.

— Obviamente, a senhora é descendente de sangue da Casa de Onjenyu, cujo território o Inominado ameaçou antes de qualquer outro — continuou ela. — Caso deseje se vingar dessa crueldade contra seu povo, deixe um de seus generais no comando do cerco a Cárscaro. Junte-se a nós na luta no mar.

— Eu ficaria grata por contar com sua espada, Kagudo — disse Sabran. — Se escolher participar da minha frente de batalha.

— Ah, sim. — Kagudo tomou um gole no vinho. — Eu imagino que você vá apreciar muito a companhia de uma herege.

— Nós não nos referimos mais a vocês como hereges. Como prometi em minha carta, esses dias ficaram no passado.

— Pelo que vejo, para a Casa de Berethnet foram necessários mil anos e uma crise dessa magnitude para seguir seus próprios ensinamentos sobre a cortesia.

Sabran teve a prudência de deixá-la fazer esses comentários. Kagudo observou Ead por um tempo.

— Não — disse ela por fim. — Raunus pode acompanhar vocês. Ele é um homem do mar, e o bem-estar do meu povo tem prioridade em relação a um antigo rancor. Os lássios vão querer sua governante na frente de batalha mais próxima de casa. De qualquer forma, Cárscaro já ameaçou nosso domínio por tempo demais.

A partir daí, a conversa se voltou inteiramente para a estratégia. Ead tentou escutar, mas sua mente estava distante. As paredes de Câmara do Conselho pareciam se fechar sobre ela, que por fim falou:

— Se Suas Majestades puderem me dar licença.

Todos pararam de falar.

— Mas é claro, Lady Nurtha — Jentar falou com um sorriso breve.

Sabran a observou enquanto se retirava. Kagudo fez o mesmo.

Do lado de fora, a noite estava no fim. Ead usou sua chave para entrar no Jardim Privativo, onde se sentou em um banco de pedra e se agarrou à balaustrada.

Ela deve ter ficado horas sentada ali, perdida em seus pensamentos. Pela primeira vez, sentia o peso de sua responsabilidade como uma rocha que precisaria carregar nos ombros.

Tudo agora dependia de sua habilidade de usar as joias junto com Tané. Milhares de vidas e a própria sobrevivência da humanidade estavam vinculadas a esse pré-requisito. Não havia outro plano. Apenas a esperança de que dois fragmentos de uma lenda fossem capazes de aprisionar a Fera da Montanha. Cada minuto que permanecesse viva significaria mais tempo em que soldados morreriam ao pé das montanhas de Cárscaro. Mais tempo para outro navio ser incendiado.

— Lady Nurtha.

Ead ergueu a cabeça. Com o céu começando a clarear, Kagudo Onjenyu estava diante dela.

— Majestade — ela falou, ficando de pé.

— Por favor — disse Kagudo. Usava um manto com forro de pele agora, preso com um broche sobre um dos ombros. — Sei que as irmãs do Priorado não respeitam outra autoridade que não a da Mãe.

Ead fez uma cortesia mesmo assim. Era verdade que o Piorado não devia obediência a ninguém além da Prioresa, mas Kagudo tinha o sangue dos Onjenyu, dinastia à qual pertenceu a Mãe.

Kagudo a observou com um interesse aparente. A Alta Governante era tão bela que fez seu coração palpitar por um momento. Os olhos eram compridos e estreitos, curvando-se para cima nos cantos, posicionados sobre maçãs do rosto bem largas. Agora que estava de pé, Ead pôde ver o tecido alaranjado e fino de sua saia. Na cabeça, levava o toucado de uma guerreira da realeza.

— Você parecia bem absorta em suas reflexões — comentou ela.

— Eu tenho muito em que pensar, Majestade.

— Assim como todos nós. — Kagudo voltou o olhar para a Torre Alabastrina. — Nosso conselho de guerra terminou, por enquanto. Talvez você possa fazer uma caminhada comigo. Estou precisando de ar fresco.

— Seria uma honra.

Elas tomaram o caminho de cascalho que serpenteava pelos Jardins Privativos. Os guardas de Kagudo, que usavam braceletes de ouro nos bíceps e portavam lanças que pareciam mortais, as acompanharam a uma curta distância.

— Eu sei quem você é, Eadaz uq-Nāra. — Kagudo começou a falar em selinyiano. — Chassar uq-Ispad me contou anos atrás sobre a jovem cujo dever era proteger a Rainha de Inys.

Ead torceu para não deixar transparecer tanto a surpresa que sentia.

— Imagino que já saiba que a Prioresa está morta. Quanto ao priorado, ao que parece, está sendo ocupado por uma bruxa.

— Eu estava rezando para que não fosse verdade — disse Ead.

— Nossas preces nem sempre são ouvidas — respondeu Kagudo. — O seu povo e o meu têm um acordo de longa data. Cleolind da Lássia era da minha casa real. Assim como meus ancestrais, sempre honrei nossas relações com as donzelas dela.

— Seu apoio foi fundamental para o nosso sucesso.

Kagudo deteve o passo e se virou para ela.

— Vou falar sem rodeios — disse ela. — Pedi para que caminhasse comigo porque queria conhecê-la. Falar com você pessoalmente. Afinal, em breve as Donzelas Vermelhas devem eleger outra Prioresa.

Ela sentiu um peso no estômago.

— Eu não participarei disso. Sou considerada uma traidora no Priorado.

— Pode até ser, mas é possível que você venha a enfrentar seu inimigo mais antigo. E se conseguir matar o Inominado... seu crimes certamente serão perdoados.

Bom seria se isso fosse verdade.

— Mita Yedanya, ao contrário de sua predecessora — continuou Kagudo —, estava preocupada com o que acontecia dentro do Priorado. Isso é razoável, e até necessário. Mas, se a sua ascensão até a posição que ocupa na corte inysiana significa alguma coisa, Eadaz, vocês também olham para fora. E uma governante deve fazer as duas coisas.

Ead permitiu que aquelas palavras se enraizassem dentro dela. Poderiam nunca frutificar em nada, mas a semente estava plantada.

— Você já sonhou em ser a Prioresa? — perguntou Kagudo. — Afinal de contas, é uma descendente de Siyāti uq-Nāra. A mulher que Cleolind considerou digna de sucedê-la.

Claro que Ead já sonhara com aquilo. Toda menina do Priorado queria ser uma Donzela Vermelha, e toda Donzela Vermelha alimentava a esperança de algum dia ser a representante da Mãe.

— Não sei se olhar para fora me fez muito bem — Ead disse, baixinho. — Fui banida e chamada de bruxa. Uma de minhas próprias irmãs foi mandada para cá a fim de me matar. Tive oito anos para proteger a Rainha Sabran, acreditando que ela poderia ter o sangue da Mãe, só para no fim descobrir que isso nunca foi sequer uma possibilidade.

Kagudo deu um leve sorriso ao ouvir isso.

— Você nunca acreditou? — perguntou Ead.

— Ah, nem por um instante. Nós duas sabemos que Cleolind Onjenyu, que estava disposta a morrer pelo seu povo, jamais abandonaria sua gente por causa de Galian Berethnet. Você também sabia, apesar de não ter provas... mas a verdade sempre dá um jeito de aparecer.

A Alta Governante levantou a cabeça. A lua estava sumindo do céu.

— Sabran me prometeu que, depois das batalhas que enfrentarmos, ela vai informar ao mundo quem foi que de fato derrotou o Inominado mil anos atrás. Vai reinstituir a proeminência da Mãe.

A verdade abalaria as fundações da Virtandade. Aquilo reverberaria como um sino por todos os continentes.

— Você parece tão surpresa quanto eu — comentou Kagudo, com um sorriso que não era bem um sorriso. — Séculos de mentiras não podem ser desfeitos em um único dia, claro. As pessoas do passado morreram acreditando que foi Galian Berethnet que brandiu a espada, e que Cleolind Onjenyu não era nada além do que sua noiva apaixonada. Isso nunca pode ser desfeito, nem corrigido... mas as pessoas do futuro conhecerão a verdade.

Ead compreendia a dor que isso causaria a Sabran. Romper publicamente os laços com a mulher que conheceu como a Donzela, uma mulher que ela nunca verdadeiramente conhecera.

No entanto, ela faria isso. Porque era a coisa certa a fazer — a única opção.

— Eu confio no Priorado. Sempre confiei — disse Kagudo, colocando uma das mãos em seu ombro. — Que os deuses a acompanhem, Eadaz uq-Nāra. Espero muito encontrá-la de novo um dia.

— Eu também.

Ead fez uma mesura para o sangue dos Onjenyu. E ficou surpresa quando Kagudo retribuiu o gesto.

Elas se despediram nos portões do Jardim Privativo. Ead se recostou no muro enquanto a alvorada despontava no horizonte. Sua cabeça girava em meio às novas e incertas possibilidades.

Prioresa. Se conseguisse derrotar o Inominável, a Alta Governante a apoiaria em sua candidatura a essa posição. Aquilo não era pouca coisa.

Poucas Prioresas do passado contaram com a honra de ter os Onjenyu ao seu lado.

Ela voltou ao presente com um sobressalto ao ouvir uma voz chamar seu nome. Margret estava correndo até ela com a maior velocidade que suas saias permitiam.

— Ead — disse ela, segurando suas mãos. — O Rei Jentar recebeu minha carta. Ele trouxe Valentia.

Ead abriu um sorriso.

— Fico contente em saber.

Margret franziu a testa.

— Está tudo bem?

— Perfeitamente.

As duas se voltaram para os portões do palácio, onde os cortesãos se aglomeravam para ouvir o discurso de Sabran. Margret a segurou pelo braço.

— Eu estava certa de que esse dia jamais chegaria — disse ela enquanto as duas seguiam o restante da corte com passos lentos. — O dia em que uma rainha Berethnet teria que anunciar que estamos de novo em guerra contra o Exército Dragônico.

Os portões do palácio ainda não tinham sido abertos. Os guardas da cidade estavam posicionados em massa diante deles, enquanto a corte se reunia do outro lado. Nobres e plebeus se encaravam através das grades.

— Você perguntou sobre o meu casamento. Eu pretendia me casar com Tharian assim que você acordasse, mas agora não posso fazer isso — disse Margret. — Não sem Loth aqui.

— Então quando?

— Depois da batalha.

— Você consegue esperar tanto assim?

Margret deu uma cotovelada nela.

— A Cavaleira da Confraternidade *exige* que eu espere.

A multidão do lado de fora foi ficando maior e mais ruidosa, à espera de sua rainha. Quando os ponteiros do relógio se aproximaram das seis, Tané foi se colocar ao lado delas. Alguém tinha desfeito os nós em seus cabelos e a vestira com uma camisa e uma calça.

Ead retribuiu o aceno dela. Ela conseguia sentir a siden na mulher agora, brilhante como carvão em brasa.

Os sinos ressoaram na torre. Quando a banda marcial real começou a tocar, a multidão enfim ficou em silêncio, logo quebrado pelo batucar de cascos. Sabran veio montada em um cavalo branco, paramentado com uma barda completa.

Ela usava a armadura prateada de inverno. O manto era de um veludo escarlate, colocado de modo que a espada cerimonial pudesse ser vista na cintura, e os lábios dela estavam vermelhos como um botão de rosa. Os cabelos estavam trançados e presos em dois caracóis nas laterais da cabeça, no estilo predileto usado por Glorian III. Os Duques Espirituais cavalgavam logo atrás, cada qual portando o estandarte de sua família. Tané os viu passar com uma expressão impenetrável.

O cavalo de batalha parou diante dos portões. Sabran segurava as rédeas, e Aralaq se aproximou por trás e se posicionou em uma postura defensiva, emitindo um rosnado grave. De cabeça erguida, a Rainha de Inys encarou os olhos perplexos dos moradores da cidade.

— Amado povo da Virtandade — bradou ela, transmitindo com a voz todo seu poder. — O Exército Dragônico está de volta.

31
Leste

Há séculos que uma frota do Leste não atravessava o Abismo. Inteiramente armadas com arpões, roqueiras e balistas, as quarenta embarcações estavam cobertas com grandes placas de ferro. Até mesmo as velas eram revestidas com uma cera iridescente, feita com a bile dos wyrms seiikineses, que tornava o tecido menos inflamável. O colossal *Pérola Dançante* ia à frente, com o *Desafio*, que levava o Líder Guerreiro de Seiiki, ao lado.

E por todas as imediações, os dragões iam nadando.

Loth observava um deles de uma das cabines do *Pérola Dançante*. De tempos em tempos, a cabeça despontava na superfície, assim como sua ginete, que sentada na sela podia enfim respirar. A mulher usava uma armadura facial e um elmo com lamês para proteger o pescoço. Ela poderia estar seca e aquecida em um navio, mas em vez disso preferia mergulhar nas águas escuras com seu wyrm.

Se os dois lados do mundo pudessem se reconciliar, aquilo poderia em breve se tornar uma visão comum em todos os mares.

O Imperador Perpétuo bebia uma taça de vinho rosé lacustre. Eles estavam envolvidos em um jogo de Valetes e Donzelas, que Loth havia lhe ensinado no dia anterior.

— Me fale sobre sua rainha.

Loth ergueu os olhos das cartas.

— Majestade?

— Você quer saber por que pergunto. — O Imperador Perpétuo abriu um sorriso. — Eu sei muito pouco sobre os governantes do outro lado do Abismo, milorde. Se a Rainha Sabran será uma aliada de meu país, seria conveniente para mim saber algo sobre ela além de seu célebre nome. Não concorda comigo?

— Sim, Majestade Imperial. — Loth limpou a garganta. — O que gostaria de saber?

— Você é amigo dela.

Loth ficou pensativo por um tempo. Como compor um retrato de Sabran, que fazia parte da vida dele desde os seis anos de idade? Desde um tempo em que suas únicas preocupações eram quantas aventuras conseguiriam viver em um único dia?

— A Rainha Sabran é leal com quem demonstra lealdade a ela — Loth disse por fim. — Tem um bom coração, mas esconde isso para se proteger. Para parecer intocável. O povo espera isso de sua rainha.

— Na verdade, o povo espera isso de todos os governantes.

Aquilo devia ser verdade.

— Às vezes, ela é acometida de uma grande melancolia — continuou Loth —, e fica de cama durante vários dias. Chamamos esses momentos de suas horas de sombra. A mãe dela, a Rainha Rosarian, foi assassinada quando Sabran tinha catorze anos. Sabran foi testemunha da morte. Desde então, nunca mais foi feliz de verdade.

— E o pai?

— Wilstan Fynch, o antigo Duque da Temperança, também é falecido.

O Imperador Perpétuo soltou um suspiro.

— Infelizmente a orfandade é algo que temos em comum. Meus pais foram vítimas da varíola quando eu tinha oito anos, mas minha avó me levou às pressas para nossa residência de caça ao norte quando adoeceram. Eu me ressenti de não estar presente para me despedir. Hoje vejo que foi um ato de misericórdia. — Ele bebeu do vinho. — Quantos anos tinha Sua Majestade quando foi coroada?

— Catorze.

A coroação acontecera no Santuário de Nossa Dama em um manhã escura com muita neve. Ao contrário da mãe, memoravelmente coroada em uma barcaça, Sabran percorreu as ruas de carruagem, ovacionada por duzentos mil de seus futuros súditos, que viajaram de toda Inys para ver a princesa se tornar uma jovem rainha.

— Imagino que devia haver um regente — comentou o Imperador Perpétuo.

— O pai dela foi o Lorde Protetor, com o auxílio de Lady Igrain Crest, a Duquesa da Justiça. Mais tarde, descobrimos que Crest teve participação na morte da Rainha Rosarian. E... em outras atrocidades.

O Imperador Perpétuo ergueu as sobrancelhas.

— Outra coisa que temos em comum. Depois que fui entronado, foram quase nove anos de regência. E um dos regentes se tornou ambicioso demais para poder continuar fazendo parte da corte. — Ele baixou a taça. — O que mais?

— Ela gosta de caçar e de tocar música. Quando criança, adorava dançar. Todas as manhãs, dançava as seis galhardas. — Ele sentiu um aperto no peito ao pensar nessa época. — Depois que a mãe morreu, ela parou de dançar por muitos anos.

O Imperador Perpétuo observou o rosto de Loth. Sob a luz da lamparina de bronze sobre a mesa, os olhos pareciam infinitos.

— Agora me diga se ela tem um amante — disse ele.

— Majestade — Loth começou, sem saber o que dizer.

— Fique tranquilo. Acho que você não seria um bom governante, com um rosto assim tão transparente. — O Imperador Perpétuo sacudiu a cabeça. — Eu fiquei me perguntando a respeito disso. Ela se recusou a ceder sua mão, e eu compreendo. — Ele deu outro gole no vinho.

— Talvez Sua Majestade seja mais corajosa do que eu nessa questão por tentar mudar a tradição.

Loth o observou enquanto ele se servia de mais bebida.

— Eu me apaixonei uma vez, sabe. Tinha vinte anos quando a conheci no palácio. Eu poderia falar da beleza dela, Lorde Arteloth, mas duvido que até mesmo o maior escritor da história seria capaz de lhe fazer justiça, e infelizmente nunca fui muito habilidoso com as palavras. Porém, posso dizer que eu conversava com ela durante horas. Como nunca consegui fazer com mais ninguém.

— Qual era o nome dela?

O Imperador Perpétuo fechou os olhos por um instante. Loth viu que ele estava engolindo em seco.

— Vamos chamá-la apenas de... Donzela do Mar.

Loth esperou que ele continuasse.

— Obviamente, as pessoas começaram a comentar. O Grão-Secretariado logo ficou sabendo de nosso relacionamento. Ninguém ficou satisfeito, considerando a posição dela e o fato de eu ainda não ter me casado com uma mulher considerada apropriada, mas eu sabia do poder que tinha. Disse que faria o que fosse do meu agrado. — Ele soltou o ar com força pelo nariz. — Quanta arrogância. Eu tinha muito poder, mas devia isso à Dragoa Imperial, minha estrela-guia. Implorei para ela, mas, apesar de ver meu sofrimento, ela não aprovou a união. Disse que havia uma sombra sobre minha amada que ninguém poderia controlar, e que o poder intensificaria isso. Para o bem dos dois, eu deveria abrir mão dela. De início, eu resisti. Estava vivendo em negação, e não terminei nosso caso. Não parei de levá-la para nadar nos lagos sagrados quando ela pedia, nem de enchê-la de presentes em meus palácios. Porém, a estabilidade de minha nação dependia da aliança entre humanos e dragões. Eu não poderia romper isso, da mesma forma que não poderia interromper a trajetória de um cometa... e temia que, caso me casasse com a mulher que amava, o Grão-Secretariado poderia arrumar um jeito de fazê-la desaparecer. A não ser que eu a tratasse com uma prisioneira, sempre cercada de guarda-costas, eu precisaria ceder aos desejos dos outros.

Loth pensou no Conselho das Virtudes e como Ead fora banida. O único crime que cometera era o de amar.

— Eu pedi para ela me abandonar. Ela se recusou. No fim, acabei dizendo que nunca a quis de verdade, que ela jamais seria minha imperatriz. Dessa vez, fui capaz de ver a mágoa nela. E a raiva. Ela me disse que criaria seu próprio império para me desafiar, e que um dia cravaria uma lâmina em meu peito, assim como eu fizera com ela. — Ele cerrou os dentes. — E eu nunca mais a vi.

Foi a vez de Loth se servir de uma bebida.

Durante toda a vida, ele quis encontrar companhia. E nesse momento, ele se perguntou se não havia sido uma sorte nunca ter se apaixonado.

O Imperador Perpétuo se deitou na cama, apoiando a cabeça em um dos braços, olhando para o teto com uma expressão pesada.

— No Império dos Doze Lagos, existe um pássaro de penas roxas. — A bebida havia se infiltrado na voz dele. — Se o visse em pleno voo, pensaria que se trata de uma joia com asas. Muitos já o caçaram... mas, se capturá-lo, suas mãos vão queimar. As penas, por mais preciosas que sejam, são venenosas. — Ele fechou os olhos. — Agradeça a seus cavaleiros, Lorde Arteloth, por não ter nascido para ocupar um trono.

32
Oeste

Bem longe dali, do outro lado do Abismo, as praias de Seiiki a chamavam. Ela sonhara durante dias com a chuva fértil, com a areia preta, com o beijo do mar aquecido pelo sol em sua pele. Sentia falta do cheiro de incenso e da névoa que coroava as montanhas. Sentia falta dos passeios pelas florestas de cedros no inverno. E, acima de tudo, sentia falta de seus deuses.

Era o segundo dia da primavera, e Nayimathun não aparecera. Tané sabia que levaria um tempo para ela conseguir voar novamente, mas, se tivesse chegado ao mar, aquilo aceleraria a cura. Isso significava que talvez ela houvesse ficado pelo caminho. Que talvez as magas poderiam tê-la perseguido e a assassinado.

Deixe de lado essa culpa, ginete.

Ela queria obedecer, mas sua mente não conseguia. Continuava cutucando as feridas antigas até sangrarem de novo.

Uma batida na porta a interrompeu, enquanto ela caminhava de um lado para o outro. Ead estava do lado de fora, com os cabelos molhados de chuva.

Na cabine, Tané acendeu o que restava da vela de sebo.

— Como está se sentindo? — perguntou Ead, fechando a porta atrás de si.

— Mais forte.

— Ótimo. Sua siden se assentou. — Ead a encarou. — Só queria saber se estava tudo bem com você.

— Eu estou bem.

— Não parece.

Tané se sentou em seu catre. Ela queria fingir que não, mas sentia confiança em se abrir com Ead.

— E se nós fracassarmos? — questionou ela. — E se não conseguirmos usar as joias como Cleolind e Neporo fizeram?

— Você tem o sangue de Neporo, e semanas de treinamento a seu favor. — Ela abriu um sorriso rápido. — Aconteça o que acontecer, acho que vamos conseguir Ascalon, Tané. Acho que vamos conseguir derrotá-lo de uma vez por todas.

— Por quê?

— Porque a sterren atrai sterren. Quando usarmos as joias, elas exercerão um efeito sobre Kalyba. Imagino que elas fazem seu chamado para a bruxa desde que nós duas começamos a usá-las. — A expressão dela era de determinação. — Ela virá.

— Espero que você esteja certa. — Tané brincou com uma mecha dos próprios cabelos. — Como nós vamos derrotá-la?

— Ela é muito poderosa. Se der tudo certo, evitaremos entrar em um combate corpo a corpo com ela. Mas, se isso acontecer, eu tenho uma teoria — disse Ead. — Kalyba extrai sua habilidade de mudar de forma do resíduo estelar, e sua reserva deve estar baixa. Assumir uma forma que não é a dela consome a substância e, quanto *mais* ela se transforma, desconfio que maior seja o consumo. Forçá-la a mudar de forma várias vezes pode enfraquecê-la. E ela pode acabar ficando presa em uma forma.

— Você não tem certeza disso.

— Não — admitiu Ead. — Mas esse é o nosso único trunfo.

— Que reconfortante.

Com mais um sorriso, Ead se sentou no baú ao pé da cama.

— Uma de nós precisa empunhar Ascalon. Cravá-la no coração do Inominado — disse ela. — Você foi exposta à sterren da joia crescente durante anos. A espada deve obedecer com mais facilidade ao seu comando.

Tané demorou alguns instantes para absorver aquela informação. Ead estava lhe oferecendo o artefato que lutara para obter, um marco de sua religião, para uma ginete de dragões. Alguém que, em teoria, ainda deveria considerar uma inimiga.

— A Princesa Cleolind usou a espada primeiro — Tané falou, após alguma hesitação. — Uma de suas donzelas deveria empunhá-la agora.

— Não podemos brigar por causa disso. Ele precisa morrer amanhã, ou vai destruir todos nós.

Tané olhou para as mãos. Manchadas com o sangue de sua melhor amiga. Indignas de Ascalon.

— Se houver uma oportunidade, eu usarei a espada — ela disse.

— Muito bem. — Ead abriu um sorrisinho. — Boa noite, ginete.

— Boa noite, matadora.

A porta se fechou, bloqueando uma lufada de vento gelado.

Do lado de fora as estrelas brilhavam sobre o Abismo. Os olhos dos dragões caídos e não nascidos. Tané pediu a elas uma última bênção. *Me permitam fazer o que preciso*, rogou ela, *e depois não deixem que eu peça mais nada.*

O *Reconciliação* era uma caravela colossal. Com exceção do *Rosa Eterna*, que fora perdido no Leste, era o navio mais bem equipado da marinha inysiana.

Na cabine real, Ead estava deitada sob uma pilha de cobertores de pele. Sabran cochilava ao seu lado. Era a primeira vez em vários dias que parecia tranquila.

Ead se aninhou na cama. A irmã cruel deixara uma marca em algum lugar dentro dela, e isso a gelava até os ossos.

Na noite seguinte, estariam à vista das demais embarcações. A ideia de rever Loth não era suficiente para aplacar a dor que sentia quando pensava na irmã dele. Margret devia estar em Nzene àquela altura.

Antes de partirem de Ascalon, os governantes sulinos solicitaram a Sabran que enviasse voluntários inysianos com aptidão para cuidar dos feridos para os Espigões. Embora fosse uma Dama da Alcova, Margret solicitara a Sabran a permissão para atender ao chamado. *No navio eu só vou atrapalhar*, foi o argumento dela. *Não sou capaz de usar espadas, mas sei remendar o estrago que elas causam.*

Ead esperava que Sabran recusasse o pedido, mas no fim das contas, ela só deu um abraço apertado em Margret, recomendou que tomasse cuidado e voltasse viva. Em mais uma quebra de protocolo, ordenou que Sir Tharian Lintley escoltasse a noiva e comandasse os soldados inysianos. Nem mesmo o Capitão dos Cavaleiros do Corpo seria capaz de proteger sua rainha do Inominado. Lintley se mostrara resistente, mas não a ponto de descumprir uma ordem.

Sabran se mexeu. Ela olhou por cima do ombro enquanto Ead a beijou bem ali.

— Você disse uma vez que me levaria embora — Sabran disse, baixinho. — Para algum lugar.

Ead passou o dedo no contorno da maçã do rosto dela. Sabran se virou para encará-la.

— Eu quero que você faça isso — continuou ela. — Algum dia.

Sabran colocou uma das pernas sobre as dela. Ead a puxou mais para perto, para compartilharem do calor de seus corpos.

— Quando nossos deveres estivessem cumpridos, mas nós duas sabemos que era uma esperança bem sonhadora — Ead murmurou, procurando o olhar dela. — Você é uma rainha amada pelo seu povo,

Sabran. A rainha de que Inys precisa. Não pode renunciar ao trono amanhã, aconteça o que acontecer com o Inominado. E eu não posso desistir do Priorado.

— Eu sei. — Sabran chegou mais perto. — Mesmo enquanto nós dizíamos isso na neve, eu já sabia. Somos comprometidas com nossas responsabilidades.

— Vamos encontrar um jeito — prometeu Ead. — De alguma forma.

— Não vamos pensar no futuro esta noite — Sabran disse, baixinho. — Ainda não amanheceu. — Ela segurou o rosto de Ead entre as mãos com um leve sorriso. — Ainda temos tempo para esperanças sonhadoras.

Ead encostou a testa à dela.

— Agora é você que está dizendo as palavras certas para me confortar.

Era uma distração, mas bastante bem-vinda. Enquanto a vela terminava de se consumir, Ead deslizou os dedos entre o corpo das duas, e Sabran a beijou ora com desejo, ora com ternura.

Em pouco tempo, elas enfrentariam o Inominado. No conforto inebriante daquela união, com Sabran nos braços e a carne ardendo em desejo, Ead se permitiu esquecer. Ela arqueou as costas para juntar ainda mais seus corpos. Em busca daquele *algum lugar* tão fugaz e elusivo. Ela estremeceu com os toques suaves em sua pele, incapaz de prever de onde viriam em meio à escuridão, e saboreou os tremores que abalavam Sabran quando ela devolvia as carícias.

Depois, as duas ficaram deitadas, abraçadas e imóveis.

— Pode acender outra vela — disse Ead. — A luz não me incomoda.

— Não preciso. — Sabran levou a mão à nuca de Ead. — Não quando estou com você.

Ead aninhou a cabeça sob o queixo de Sabran e escutou as batidas do coração dela, rezando para que aquele som nunca parasse.

Ainda estava um breu quando ela despertou na mesma posição, com alguém batendo na porta da cabine.

— Majestade.

Sabran apanhou a camisola. Em seguida foi até a porta, onde conversou em voz baixa com um de seus Cavaleiros do Corpo.

— A tripulação resgatou uma pessoa da água — disse ela para Ead quando voltou.

— Como alguém pode ter nadado para o meio do Abismo?

— Estava em um barco a remo. — Ela acendeu uma vela. — Você vem comigo?

Ead assentiu, e se levantou para se vestir.

Seis Cavaleiros do Corpo as escoltaram pelo *Reconciliação* até a cabine do capitão, naquele momento ocupada por um único homem.

Alguém o havia embrulhado em um cobertor. Estava pálido e sujo, usando uma túnica lacustre surrada, e com a cabeleira grisalha grudenta e maltratada pela água salgada. O braço esquerdo só ia até pouco abaixo do cotovelo. Pelo cheiro, a amputação havia sido recente.

Ele levantou a cabeça com os olhos vermelhos. Ead o reconheceu de imediato, mas foi Sabran quem se manifestou primeiro.

— Doutor Roos — ela falou com um tom gélido.

Sabran IX. Trigésima sexta rainha da Casa de Berethnet. Depois de quase uma década detestando-a a distância, lá estava ela.

E bem ao lado dela, estava a pessoa que ele foi mandado até lá para matar.

Durante a época em que Niclays viveu na corte, era conhecida como Ead Duryan. Uma ersyria com uma posição relativamente modesta no Alto Escalão de Serviço. No entanto, claramente não tinha nada de modesta agora. Ele se lembrava daqueles olhos, escuros e penetrantes, e do orgulho com que ela se conduzia.

— Doutor Roos — disse Sabran.

Era como se estivesse se dirigindo a um rato.

— *Majestade* — respondeu Niclays, deixando claro no tom de voz todo o seu desdém. Ele abaixou a cabeça como uma mesura. — Que grande prazer revê-la.

A Rainha de Inys se sentou do outro lado da mesa.

— Estou certa de que se lembra da Mestra Ead Duryan — disse ela. — Ela agora é mais conhecida como Dama Eadaz uq-Nāra, Viscondessa de Nurtha.

— Lady Nurtha — disse Niclays, inclinando a cabeça. Ele não conseguia sequer imaginar o que aquela jovem dama de companhia tinha feito para conseguir aquele título tão elevado.

Ela se manteve de pé, com os braços cruzados.

— Doutor Roos.

O rosto dela não revelava nada do que sentia a seu respeito, mas ele desconfiava, pela postura quase protetora que assumiu em relação a Sabran, que não nutria simpatia alguma por ele.

Niclays tentou não a encarar. Sabia muito bem mascarar suas intenções, mas alguma coisa naqueles olhos o fazia pensar que ela era capaz de adivinhá-las.

Ele sentiu a lâmina fria na palma da mão. Kalyba o alertara de que Ead Duryan era bem mais veloz que qualquer mulher, mas não fazia ideia de que Niclays portava algo capaz de feri-la. Era preciso atacar de forma repentina, e com todas as suas foças. E com a mão errada.

Sabran pôs as mãos sobre a mesa, mal a tocando com os dedos.

— Como foi que veio parar no meio do Abismo?

Era chegada a hora da mentira.

— Eu estava tentando fugir do exílio que a senhora me impôs — respondeu ele.

— E achou que conseguiria atravessar o Abismo em um barco a remo?

— O desespero leva qualquer homem à loucura.

— Ou mulher. Talvez isso explique o motivo de eu ter requerido seus serviços tantos anos atrás.

Ele abriu um meio-sorriso com o canto da boca.

— Majestade, estou impressionado — comentou ele. — Não sabia que o coração de alguém era capaz de guardar tanto rancor.

— Eu tenho boa memória — rebateu Sabran.

Ele fervilhava de ódio. Sete anos de prisão em Orisima não significavam nada para ela. Sabran ainda lhe negaria o retorno a Mentendon, só porque ele a fizera passar vergonha. Porque fez uma rainha se sentir pequena. Dava para ver aquilo naqueles olhos implacáveis.

Kalyba faria aqueles olhos chorarem. A bruxa garantira que a morte de Ead Duryan deixaria Sabran Berethnet de joelhos e, quando isso acontecesse, Kalyba a entregaria ao Inominável. E foi isso o que Niclays desejou ao encará-la. Desejou que ela sofresse. Que se arrependesse. Só precisava matar uma dama de companhia e pegar a joia branca que ela carregava consigo.

Kalyba o ressuscitaria se os guardas o matassem. Ele poderia voltar a Mentendon não apenas rico, mas com Jannart ao seu lado. Ela lhe traria Jannart de volta.

Se ele não cumprisse sua missão, Laya morreria.

— Eu quero que saiba de uma coisa, Sabran Berethnet — murmurou Niclays. A dor em seu braço fazia os olhos lacrimejarem. — Sinto desprezo por você. Por cada um dos cílios de seus olhos, cada dedo de suas mãos e cada dente de sua boca. E até pelo tutano dos seus ossos.

Sabran o encarou sem esboçar reação.

— Você não faz ideia do tamanho do meu ódio. Eu amaldiçoo seu nome a cada amanhecer. É a ideia de um dia poder criar o elixir da vida e negá-lo a você que motiva cada uma das minhas ambições. Tudo o que eu sempre quis foi arruinar sua ambição.

— Você não pode falar com Sua Majestade dessa maneira — interrompeu um dos cavaleiros de armadura reluzente.

— Eu falo com Sua Majestade da maneira que quiser. Se ela quiser que eu me cale, pois que venha me calar — Niclays retrucou —, em vez de usar um marionete de roupas de metal para isso.

Ainda assim, Sabran não disse nada. O cavaleiro olhou para ela à espera de uma ordem antes de desistir de intervir, com os lábios crispados.

— Eu passei anos naquela ilha — Niclays continuou, entredentes. — Anos em um pedacinho de terra isolado de Cabo Hisan, vigiado e visto com desconfiança. Anos andando pelas mesmas ruas, com saudade de casa. Tudo porque prometi algo que nunca foi concebido, e você, a Rainha de Inys, foi ingênua o bastante para acreditar. Sim, eu merecia uma punição. Sim, eu fui um escroque, e um ano ou dois de cadeia poderiam até me fazer bem. Mas *sete*... Pelo Santo, a morte da fogueira seria um castigo misericordioso perto disso.

A mão apertava a lâmina com tanta força que as unhas fizeram a palma de sua mão arder.

— Eu poderia perdoar o roubo do meu dinheiro — sussurrou Sabran. — Poderia perdoar suas mentiras, mas você agiu como um predador, Roos. Eu era uma jovem assustada, e confessei meu maior medo a você. Um medo que escondia até das minhas Damas da Alcova.

— E isso vale sete anos de exílio.

— Isso vale alguma coisa. Talvez eu possa me desculpar quando você concordar em fazer um gesto reparação por suas mentiras, por menor que seja.

— Eu escrevi para você, *suplicando* — esbravejou Niclays —, depois que Aubrecht Lievelyn recusou meu pedido de voltar para casa. O desejo dele pela sua boceta da realeza era tamanho que...

Sabran se ergueu, furiosa, e todas as partasanas no recinto foram apontadas para o peito dele.

— Nunca mais toque no nome de Aubrecht Lievelyn — disse ela, em um tom baixo e mortal. — Ou vai ser arremessado deste navio em pedaços.

Ele tinha ido longe demais. Os Cavaleiros do Corpo não baixavam os visores em ambientes fechados. Niclays viu o choque estampado no rosto deles, e uma aversão muito maior do que um simples insulto obsceno causaria.

— Ele morreu — deduziu Niclays. — É isso?

O silêncio no recinto confirmou a suposição.

— Eu não recebi carta nenhuma. — Sabran mantinha seu tom de voz controlado. — Por que não me revela seu conteúdo agora?

Ele deu uma risadinha amarga.

— Ah, Sabran. Você não mudou nada em sete anos. Será que preciso lhe dizer por que estou aqui de verdade?

A lâmina era o gelo contra o fogo de sua mão. Atrás de Sabran, Ead Duryan era um alvo fácil. Bastava um bote para alcançar o pescoço dela. Ele ouviria Sabran gritar. E a máscara que usava sobre o rosto se romper.

Foi nesse momento que a porta se abriu, e ninguém menos que Tané Miduchi entrou na cabine.

Ele ficou boquiaberto. Os Cavaleiros do Corpo cruzaram as partasanas diante dela imediatamente, mas ela empurrou as armas, parecendo mais do que disposta a degolá-lo ali mesmo.

— Você não pode confiar nesse homem — gritou ela para Sabran. — Ele é um chantagista, um *monstro*...

— Ah, Dama Tané — Niclays falou em um tom sarcástico. — Eis que nos encontramos de novo. Nossos destinos parecem estar interligados.

Na verdade, ele estava chocado por vê-la. Imaginou que tivesse morrido afogada, ou que a Imperatriz Dourada a tivesse perseguido e capturado. O que ela estava fazendo ao lado da Rainha de Inys, Niclays não fazia a menor ideia.

— Eu deixei você vivo em Komoridu, mas agora basta — sibilou ela em sua direção. — Você sempre acaba voltando. Como uma erva daninha. — Ela se debateu entre os Cavaleiros do Corpo. — Vou estripar você com minha própria espada, seu maldito...

— Espere. — Ead pôs a mão no ombro dele. — Doutor Roos, você falou que contaria porque está aqui *de verdade*. Recomendo que faça isso agora, antes que o rastro de destruição que deixou para trás cobre seu preço.

— Ele está aqui para nos fazer mal, para seu próprio benefício — disse a Miduchi, encarando-o. — É o que ele sempre faz.

— Então deixe que confesse.

Miduchi fez um gesto de desprezo com a mão, mas desistiu de tentar passar pelos guardas. Os ombros estreitos desabaram.

Niclays afundou de volta no assento. O braço era puro fogo. A cabeça latejava.

— A Miduchi tem razão — ele falou, ofegante. — Eu fui mandado por uma... feiticeira, ou metamorfa. Kalyba.

Ead se virou para encará-lo.

— O quê?

— Eu nem sabia que essas coisas existiam, mas a esta altura da vida acho que deveria parar de me surpreender. — Ele sentiu uma pontada de dor no braço decepado. — Ao revelar isso, estou condenando uma amiga à morte. — O queixo dele tremeu. — Mas... acredito que é isso que minha amiga gostaria que eu fizesse.

Ele depositou o metal afiado sobre a mesa. Um dos Cavaleiros do Corpo fez menção de pegar, mas Ead o impediu com um gesto com a mão.

— Kalyba me deu isso. F-foi ela que me deixou no barco. Mandou que me aproximasse no barco em que você estivesse, Lady Nurtha — continuou Niclays. — P-para cravar isso no seu coração.

— Uma lâmina de sterren — Ead comentou ao observá-la. — Como

Ascalon. Não tem o tamanho necessário para ser usada contra o Inominado, mas teria perfurado a *minha* pele muito bem. — Os olhos dela se acenderam. — Só posso supor que ela está com mais medo de mim agora do que antes. Talvez tenha sentido o chamado das joias.

— Joias. — Niclays ergueu as sobrancelhas. — Vocês estão com as duas?

Confirmando com um aceno de cabeça, Ead se sentou ao lado de Sabran.

— A Bruxa de Inysca é bem persuasiva — disse ela. — Deve ter prometido todas as riquezas que você deseja. Por que a confissão?

— Ah, ela me prometeu muito mais do que riquezas, Lady Nurtha. Algo pelo qual eu sacrificaria o pouco que me resta — respondeu Niclays com um sorriso amargurado. — Ela se mostrou para mim com o rosto do meu único amor. E prometeu devolvê-lo para mim.

— E mesmo assim você não cumpriu seu comando.

— Em outros tempos, eu faria isso — admitiu ele. — Se ela não tivesse usado o rosto dele, se só tivesse prometido que eu o veria mais uma vez, eu poderia muito bem virar seu marionete. Mas quando o vi... eu senti repulsa. Porque Jannart... — Aquele nome fez a garganta arder. — Jannart está morto. Ele escolheu como morreria, e ao ressuscitá-lo dessa forma, Kalyba desonrou sua memória.

Ead se limitou a observá-lo.

— Eu sou um alquimista. Durante toda minha vida, acreditei que o grande objetivo da alquimia era a gloriosa transformação da imperfeição em pureza. Chumbo se transformando em ouro, doença em saúde, deterioração em vida eterna. Mas agora eu entendo. Vi com meus próprios olhos. São objetivos enganosos.

Sua professora tinha razão, como sempre. Ela costumava dizer que a verdadeira alquimia era o processo, não a conclusão. Niclays sempre achara que era a maneira dela de consolar aqueles que nunca cumpriam seus objetivos.

— Parece bobagem, eu sei — continuou ele. — Os delírios de um louco... mas era justamente isso que Jannart sempre soube, e que eu não conseguia entender. Para ele, a busca pela amoreira no Leste era seu grande feito. Ele tinha a peça que faltava, mas não o resto.

— Jannart utt Zeedeur — Ead disse, baixinho.

Ele a encarou com os olhos faiscantes.

— Jannart era meu sol da meia-noite — sussurrou ele. — A luz da minha vida. Meu luto por ele me levou para Inys, e de lá para o Leste, onde tentei concluir seu feito na esperança de que assim me aproximaria dele. E, enquanto fazia tudo isso, eu concluí sem me dar conta o primeiro estágio da alquimia, do *meu* trabalho. A putrefação da minha alma. Com a morte dele, o meu trabalho começou. Eu encarei as sombras que existem dentro de mim.

Ninguém se moveu nem disse nada. Ead o encarava com uma expressão estranha. Parecida com piedade, mas não precisamente aquilo. Niclays continuou, tentando não dar atenção à temperatura de sua testa. Seu corpo e sua mente ardiam.

— Pois vejam vocês, o trabalho a ser feito estava dentro de mim — disse ele. — Eu mergulhei nas sombras, e agora preciso sair delas, para poder ser um homem melhor.

— Isso levaria tempo demais — disse a ginete.

— Ah, vai mesmo — Niclays concordou, se sentindo inflamado tanto pela empolgação como pelo ferimento. — Mas a questão é justamente *essa*. Você não está vendo?

— Estou vendo que você enlouqueceu.

— Não, não. Eu estou me aproximando do próximo estágio da transmutação. O sol branco. A limpeza das impurezas, a iluminação da mente! Qualquer tolo pode dizer que nada é capaz de trazer Jannart de volta, portanto eu devo *resistir* a Kalyba — prosseguiu ele, determinado. — Ela representa as impurezas do meu passado, que vieram desfazer meu progresso e me fazer recorrer aos antigos instintos. Para conquistar o sol branco, eu vou lhes dar a chave que destrói toda a escuridão.

— Que é? — perguntou Ead.

— O conhecimento — concluiu ele, triunfante. — O Inominado tem uma fraqueza. A vigésima escama de seu peito é a que Cleolind Onjenyu danificou tantos anos atrás. Ela não acertou o alvo, mas abriu uma brecha. Na armadura dele.

Ead o observou, estreitando os olhos de leve.

— Vocês não podem confiar nele — disse a Miduchi. — Ele venderia a própria alma por um punhado de prata.

— Eu não tenho uma alma para vender, honrada Miduchi. Mas posso conquistar uma — respondeu Niclays. Pelo Santo, como estava febril. — Jan deixou alguém para trás, alguém com quem me importo. Truyde utt Zeedeur, sua neta. Quero ser o que ele representava na vida dela e, para isso, preciso melhorar. Preciso ser *bom*. E esta é a forma de fazer isso.

Ele concluiu o que tinha a dizer, olhando ao redor cheio de empolgação, mas só o que viu foi um estupor. Sabran baixou os olhos, e Ead fechou os dela por um momento.

— Ela ainda está em Inys. Como uma dama de companhia. — Niclays olhou para as duas, e o sorriso desapareceu de seu rosto. — Não é verdade?

— Nos deixem a sós — Sabran disse para seus Cavaleiros do Corpo. — Por favor.

Eles obedeceram à ordem da rainha.

— Não — murmurou Niclays, estremecendo. — Não. — Sua voz ficou embargada. — O que você fez com ela?

— Foi Igrain Crest — disse Ead. — Truyde conspirou com seu companheiro, Triam Sulyard, pela reconciliação entre Leste e Oeste. Ela encenou um atentado à Rainha Sabran, em que Crest se infiltrou para causar a morte de Aubrecht Lievelyn.

Niclays tentou absorver aquela informação. Truyde nunca revelara opiniões políticas tão fortes, mas, da última vez que a vira, ela não passava de uma menina de pouco mais de dez anos de idade.

Enquanto escutava, um torpor tomou conta dele. Os ouvidos zumbiam. Seu campo de visão escureceu nos cantos, e uma corrente parecia esmagá-lo, cortando a respiração. Quando Ead terminou de falar, Niclays não sentia mais nada além do latejar na extremidade do braço.

As chamas dentro dele tinham se apagado de repente. As sombras voltaram.

— Você a trancou na Torre da Solidão — ele se forçou a dizer. — Ela deveria ter sido mandada para Brygstad para receber um julgamento justo. Mas não. Você se encarregou da punição, assim como fez comigo. — Uma lágrima escorreu até o canto da boca. — Os ossos delas estão de um lado do mundo, e os de Triam Sulyard, do outro. Quanto sofrimento poderia ter sido evitado se eles se sentissem seguros para expor suas ideias a você, Sabran, em vez de tentarem agir por conta própria?

Sabran não desviou o olhar.

— Não é só você que está em busca de um sol branco — disse ela.

Com gestos lentos, Niclays se levantou. Um suor frio tinha brotado em sua testa. A dor em seu braço estava tão forte que ele mal conseguia enxergar.

— Crest está morta?

— Sim — respondeu Sabran. — Seu reinado à sombra do meu trono chegou ao fim.

Aquilo deveria reconfortá-lo. E talvez um dia viesse a acontecer. Porém, isso não a traria de volta.

Ele imaginou Truyde em sua mente, a neta que nunca tivera e nunca teria. Com as sardas e olhos que puxou à mãe, mas com os cabelos ruivos que eram uma herança do avô. Nada daquilo existia mais. Tudo isso estava perdido. Niclays se lembrou de como o rosto dela se iluminava quando ele visitava o Pavilhão das Sedas, e como ela corria em sua direção com os braços cheios de livros implorando para que lhe ensinasse o que havia neles. *Tudo*, dizia ela, *eu quero saber tudo*. Acima de tudo, era aquela mente brilhante e sempre curiosa que a tornava mais parecida com Jannart.

— A Alta Princesa Ermuna enviou um convite para que você possa voltar para casa — Sabran disse, baixinho. — Não pediu permissão de Inys e, mesmo se tivesse feito isso, eu não interferiria.

Era a notícia que ele desejara ouvir durante sete anos. A vitória nunca teve um sabor tão parecido com o das cinzas.

— Para casa. Sim. — Uma risada triste escapou dos seus lábios. — Fique com o conhecimento com que a presenteei. Destrua o Inominado, para que haja mais crianças com vontade de mudar o mundo. E depois disso eu rogo a você, Majestade, que me deixe a sós com as minhas sombras. Infelizmente, acho que elas são tudo o que me resta.

33
O Abismo

O *Reconciliação* era como um navio fantasma a distância. Loth viu outras embarcações emergindo da névoa atrás dele.

Era o fim do segundo dia da primavera, e estavam logo acima da Fossa do Ossuário, a parte mais profunda do Abismo. Em Cárscaro, um grupo de mercenários estaria abrindo caminho pela passagem sob a montanha para matar o Rei Sigoso e proteger a Donmata Marosa.

Caso ela ainda estivesse viva. Se o Rei de Carne e Osso já tivesse morrido, a filha já seria uma marionete àquela altura.

Os brasões de todas as nações, com exceção de uma, ondulavam nas velas dos navios. O Imperador Perpétuo os contemplava, com as mãos atrás das costas. Usava uma couraça de escamas sobre uma túnica escura, com uma sobrecota pesada por cima, e um elmo aberto de ferro ornamentado com luas e estrelas de prata.

— Então está começando — disse ele, olhando para Loth. — Eu lhe agradeço, Lorde Arteloth. Pelo prazer de sua companhia.

— O prazer foi todo meu, Majestade.

Demorou algum tempo para as embarcações serem amarradas uma à outra. Por fim, Sabran subiu a bordo do *Pérola Dançante* com Lady Nelda Stillwater e Lorde Lemand Fynch, um de cada lado, seguida pela maioria de seus Cavaleiros de Corpo e vários oficiais navais e soldados inysianos.

Apropriadas para a ocasião, as vestes exibiam um delicado equilíbrio entre o esplendor e a praticidade. Um traje que parecia mais uma casaca do que um vestido, sem armação e aberto logo acima dos tornozelos, com botas de montaria nos pés. Uma coroa com doze estrelas, intercaladas com pérolas dançantes, estava posicionada sobre os cabelos trançados. E, apesar de não ser uma guerreira, levava na cintura a Espada da Virtandade, a substituta de Ascalon.

Quando Loth viu Ead na comitiva, envolvida em um manto com gola de pele, respirou aliviado pela primeira vez em muitos dias. Ela estava viva. Tané manteve sua palavra.

A própria Tané estava entre aqueles que subiram a bordo, mas sua dragoa não parecia estar por perto. Quando seus olhares se cruzaram, ela fez um leve aceno de cabeça. Loth retribuiu o gesto.

O Imperador Perpétuo parou a uma curta distância de Sabran. Ele se curvou, e Sabran retribuiu a mesura ao estilo feminino, flexionando os joelhos.

— Sua Majestade — disse o Imperador Perpétuo.

O rosto dela parecia esculpido em mármore.

— Sua Majestade Imperial.

Houve um momento em que os dois apenas se observaram, dois soberanos que governavam sob premissas inconciliáveis, que passaram a vida sob a sombra de gigantes.

— Perdoe nossa ignorância de seu idioma — Sabran disse por fim. — Pelo que sabemos, você sabe falar o nosso.

— De fato — respondeu o Imperador Perpétuo. — Mas garanto que sou ignorante na maioria das questões relativas a Inys. Os idiomas são uma paixão que alimento desde a infância. — Ele abriu um sorriso cortês. — Vejo que também tem sua paixão vinda do meu lado do mundo. Pérolas dançantes.

— Gostamos muito delas. Esta coroa foi confeccionada antes da Era da Amargura, quando Inys ainda fazia comércio com Seiiki.

— São magníficas. Temos pérolas preciosas no Império dos Doze Lagos também. Pérolas de água doce.

— Nós certamente gostaríamos de vê-las — disse Sabran. — E agradecemos a Sua Majestade Imperial, e ao ilustríssimo Líder Guerreiro, pela celeridade com que atenderam a nosso pedido de auxílio.

— Meus irmãos em armas e eu não poderíamos recusar, Majestade, diante da urgência da situação. E diante da eloquência com que Lorde Arteloth argumentou a favor da aliança.

— Nós não esperávamos dele nada menos que isso.

Loth capturou o olhar dela, que abriu um discretíssimo sorriso.

— Nos permite perguntar se os dragões do Leste estão por perto? — acrescentou ela. — Estamos ansiosos para vê-los. Ou talvez sejam menores do que imaginávamos.

Algumas risadinhas nervosas foram ouvidas.

— Bem, segundo a lenda, são capazes de se tornar menores que uma ameixa — respondeu o Imperador Perpétuo. — Por ora, no entanto, são tão grandes quanto possa ter imaginado. — A boca dele se curvou em um meio-sorriso. — Estão sob as ondas, Majestade. Submersos na água, reunindo forças. Espero sinceramente que possa conhecer minha Dragoa Imperial, minha estrela-guia, depois da batalha.

Sabran manteve uma expressão neutra.

— Certamente seria uma honra — respondeu ela. — Por acaso Sua Majestade Imperial… — a voz de Sabran se tornou um pouco tensa —, … monta nesse… ser?

— Quando saio em desfile. E talvez nesta noite. — Ele se inclinou levemente na direção dela. — Mas sou obrigado a confessar que possuo um certo medo de altura. Minha virtuosa avó me diz que não sou nada parecido com meus predecessores na Casa de Lakseng nesse sentido.

— Talvez seja um bom presságio. Afinal, hoje é um dia de forjar novas tradições — disse Sabran.

Ele sorriu ao ouvir isso.

— De fato.

Depois do toque de outra banda marcial, o Líder Guerreiro de Seiiki se juntou ao encontro. Com cabelos grisalhos e um bigode fino, Pitosu Nadama tinha a compleição física e a conduta de um homem que já havia sido um soldado, mas que não encontrara ocasião de pegar em armas havia muitos anos. Um casaco sem mangas dourado cobria sua armadura. Vinha acompanhado de trinta ginetes de dragões de Seiiki, que fizeram suas reverências aos governantes estrangeiros.

A ginete que Loth avistara na água estava entre eles. Estava sem o elmo e a máscara, revelando o rosto queimado de sol e os cabelos presos em um coque. O olhar dela estava voltado para Tané, que o devolvia.

Nadama saudou o Imperador Perpétuo em seu próprio idioma antes de se voltar para Sabran.

— Majestade. — Até a voz dele era militar, tensa e articulada. — Meus companheiros ginetes lutarão ao seu lado neste dia. Apesar de nossas diferenças. — Ele lançou um olhar para o Imperador Perpétuo. — Desta vez, vamos garantir que o Inominável não volte mais para nos atormentar.

— Esteja certo de que Inys está ao seu lado, ilustríssimo Líder Guerreiro — respondeu Sabran. Uma nuvem de vapor se desprendia da boca dela. — Neste dia, e pelo restante dos tempos.

Nadama assentiu.

Em seguida soaram as trombetas, anunciando o Rei Raunus, da Casa de Hraustr. Um gigante de pele clara e cabelos dourados, olhos da cor do ferro e uma montanha de músculos. Cumprimentou Sabran com um abraço de esmagar os ossos antes de se apresentar de forma um pouco bruta para os governantes do Leste. Sua mão permanecia o tempo todo perto da rapieira folheada a ouro que levava na cintura.

Apesar do clima aparentemente amistoso do início das conversas, a tensão entre os quatro fervia em fogo brando. Um passo em falso poderia servir como o catalisador de um incêndio. Depois de séculos de distanciamento, Loth considerou que não era nada surpreendente que as partes se encarassem com desconfiança.

Depois de conversarem em voz baixa por um tempo, os governantes se retiraram cada qual para seu navio. Os ginetes de dragões marcharam atrás do Líder Guerreiro. Assim que começaram a se afastar, Tané virou as costas e seguiu na direção contrária.

Ead foi com Sabran para a cabine dela, mas fez um gesto para que Loth as acompanhasse. Loth esperou que a maioria dos convidados esvaziasse o convés. Assim que passou pelos Cavaleiros do Corpo e entrou pela porta, deu um abraço em Ead que tirou os pés dela do chão.

— Ser seu amigo é um exercício de constante tensão, sabia? — disse ele, sentindo o sorriso dela junto ao seu rosto. Ele puxou Sabran para si com o outro braço. — E isso se aplica às duas.

— Palavras bastante ousadas para um homem que viajou para o Leste com piratas — Sabran falou junto ao seu ombro.

Ele deu uma risadinha. Quando pôs Ead no chão, viu que a mancha nos lábios já tinha desaparecido, mas ela ainda parecia cansada.

— Eu estou bem — garantiu ela. — Graças a Tané. E a você.

Ele segurou o rosto dela entre as mãos.

— Você ainda está gelada.

— Vai passar.

Loth se virou para Sabran e ajeitou a coroa de pérolas dela, que havia entortado com o abraço.

— Lembro-me da sua mãe usando isso. Ela ficaria orgulhosa dessa aliança, Sab.

Ela abriu um sorriso.

— Espero que sim.

— Falta uma hora para o terceiro dia da primavera começar. É melhor eu ir falar com Meg.

— Meg não está aqui — informou Ead.

Loth ficou paralisado.

— Quê?

Ela contou tudo o que acontecera desde que tinha acordado daquele sono de morte. Que Tané comera do fruto, e que os governantes do Sul apareceram para negociar uma aliança. Quando revelou exatamente onde estava sua irmã, Loth prendeu o fôlego.

— Vocês deixaram que ela fosse para Cárscaro — disse ele. — Para participar de um cerco.

— Loth, foi uma escolha da própria Meg — respondeu Ead.

— Ela estava determinada a ter um papel a cumprir, e não vi motivo para não permitir isso — explicou Sabran. — O Capitão Lintley está com ela.

Ele imaginou sua irmã naquela planície estéril, enfiada em um hospital de campanha em meio à imundice e à sujeira da guerra. Pensou no sangue de Meg fervendo com a peste, e isso o deixou nauseado.

— Eu preciso discursar para os marujos inysianos — murmurou Sabran. — Rezo para que vejamos o dia amanhecer.

Loth engoliu em seco, sentindo um nó na garganta de medo.

— Que Cleolind olhe por todos nós — disse ele.

No convés do *Pérola Dançante*, Tané estava entre os soldados e arqueiros que se reuniram para esperar a hora chegar.

O Imperador Perpétuo estava no convés superior. Atrás dele, como uma imensa sombra, estava a Dragoa Imperial. Tinha escamas de um dourado-escuro, e olhos azuis como geleiras. As crinas compridas eram da mesma cor dos chifres. Na popa havia três dos dragões seiikineses anciãos. Apesar de haver passado tanto tempo na companhia de dragões, aqueles eram os mais colossais que ela já tinha visto.

Perto dos anciãos, o Líder Guerreiro de Seiiki mantinha guarda ao lado do General do Mar. Tané sabia que seu antigo comandante estava mais do que ciente de sua presença. Todas as vezes que tirava os olhos dele, sentia que a atenção do homem se voltava para o rosto dela.

Onren e Kanperu estavam entre os ginetes. Ele havia ganhado uma cicatriz em um dos olhos desde o último encontro com Tané. Os dragões deles aguardavam atrás do *Desafio*.

Um toque em seu braço a fez se virar para trás. Uma figura emergiu das sombras atrás dela, usando um manto com capuz.

Ead.

— Onde está Roos? — perguntou Tané, baixinho.

— Está com febre. A luta dele hoje vai ser pela própria vida. — Ead não tirava os olhos de Sabran. — Sua dragoa chegou?

Tané fez que não com a cabeça.

— Você não pode montar em outro?

— Eu não sou mais ginete.

— Mas com certeza hoje...

— Você não entende — Tané interrompeu, curta. — Eu caí em desgraça. Eles sequer falam comigo.

No fim, Ead concordou com a cabeça.

— Mantenha a joia sempre à mão — foi tudo o que ela disse antes de se retirar de volta para as sombras.

Tané tentou se concentrar. Um sopro de vento acariciou suas costas, bagunçou seus cabelos e subiu para encher as velas do *Pérola Dançante*.

Nas profundezas do Abismo, houve uma movimentação. Sutil como o bater de asas de uma borboleta, ou a sacudidela de uma criança no ventre.

— Ele está vindo — disse a Dragoa Imperial.

A voz dela ressoou pelos navios.

Tané levou a mão ao estojo. A joia estava tão fria que gelou a madeira e o esmalte.

O vento uivava contra as velas. Era chegado o momento. As nuvens se juntaram sobre as embarcações. A Dragoa Imperial convocou os irmãos na língua de sua própria espécie. Os dragões seiikineses juntaram suas vozes à dela, com a água borbulhando sobre as escamas. A névoa se tornou mais espessa quando eles evocaram a tempestade e, com ela, sua força. Enquanto saíam do mar, a água escorria de seus corpos, ensopando os humanos logo abaixo. Tané enxugou os olhos.

Aconteceu de uma forma rápida. Em um instante, tudo era silêncio, a não ser pela chuva.

Então, caos.

A primeira coisa que ela pensou foi que o sol tinha nascido, tão forte era a luz que se acendeu ao norte. Em seguida veio um calor que arrancou o ar de seus pulmões. O fogo explodiu no navio de guerra seiikinês *Crisântemo* momentos antes de um segundo incêndio atingir a frota do rei nortenho e um rugido poderoso anunciar a chegada do inimigo.

Quando o Altaneiro do Oeste preto apareceu, o vento provocado pelo bater de suas asas apagou as lamparinas de todas as embarcações.

— Fýredel — berrou alguém.

Tané engasgou com o fedor acre e quente das escamas dele. Os gritos se espalharam. À luz do fogo, ela viu Loth correndo para entregar a Rainha Sabran aos Cavaleiros do Corpo, e a Guarda Imperial cercando o Imperador Perpétuo antes de ser atingida por um golpe no ombro que a jogou no chão.

Uma concha de guerra soou na escuridão. Os ginetes desapareceram com seus dragões para dentro do mar. Mesmo com o caos ao redor, o desejo de Tané era estar entre eles.

O Altaneiro do Oeste preto rodeava a frota. Seus lacaios desceram sobre as embarcações, se engalfinhando com os dragões do Leste. Asas, infinitas asas, como um bando de morcegos. Caudas espalhando clarões pelo céu.

Um wyvern voou sobre o mastro principal do *Reconciliação*, que rangeu e cedeu, derrubando a maior de suas velas. Um grito de pavor se elevou do convés.

As velas do encouraçado *Crisântemo* estavam em chamas. Tané corria no meio da multidão, com a pistola em punho. A força do poder que havia dentro dela — sua siden — fazia o sangue pulsar como um segundo coração.

Um cuspidor de fogo aterrissou diante dela. Maior do que um cavalo garanhão. Duas pernas. Com uma língua vermelha serpenteando na boca.

Um wyvern.

Durante toda a vida, ela se preparara para aquele momento. Era nascida para aquilo.

Tané sacou a joia crescente, que emitiu sua luz branca, fazendo o wyvern gritar de fúria e esconder os olhos atrás das asas. Ela o fez recuar para longe dos arqueiros.

Outro wyvern pousou logo atrás dela, sacudindo o convés, com olhos que pareciam carvões em brasa. Presa no meio dos dois, Tané colocou a joia de volta no estojo com uma das mãos enquanto sacava sua espada inysiana da bainha com a outra. O peso da arma prejudicou seu equilíbrio, e o primeiro golpe saiu descalibrado, mas o segundo acertou o alvo. Um sangue vermelho e quente jorrou entre escamas e carne e ossos. O wyvern desabou no convés, sem cabeça, com o corpo ainda se debatendo.

E, por um breve instante, ela viu Susa naquela poça de sangue, uma cabeça escura rolando para a vala, e não conseguiu se mexer. O primeiro wyvern expeliu um jato de fogo às suas costas.

Ela se virou bem a tempo. Parecendo agir por vontade própria, a mão se ergueu, e a luz dourada se desprendeu de suas palmas. O fogo dragônico a atingiu de raspão, queimando o ombro da camisa e a fazendo gritar de dor enquanto as bolhas se formaram, porém o restante das chamas se perdeu na névoa.

O wyvern inclinou a cabeça, estreitando as pupilas, antes de soltar um rosnado horrendo e lançar mais de seu fogo temperado com tons de azul. Tané recuou, com a espada a postos. Ela precisava de uma lâmina seiikinesa. Ninguém seria capaz de se mover com a fluidez da água segurando aquele peso morto nas mãos.

O inimigo cuspia jatos de fogo. A chuva caía sobre seu flanco. Quando se aproximou o bastante, Tané se esquivou de uma mordida dos dentes pútridos e cortou as pernas. O movimento seguinte foi lento demais, e uma cauda poderosa a acertou no abdome, por pouco não a atingindo com os espinhos. Ela voou pelo convés.

A espada escapou da mão pouco antes de ela acertar um dos mastros e ir ao chão mais uma vez, batendo a cabeça. O choque do impacto a imobilizou. Enquanto o wyvern caminhava em sua direção, fumegando pelas narinas, um soldado seiikinês cravou uma lâmina no flanco da criatura. Em seguida, circundou o wyvern furioso e mirou em seu olho. A criatura mordeu a perna dele e bateu seu corpo contra o convés várias vezes, sem parar, como se fosse apenas um pedaço de carne. Tané ouviu os ossos se estilhaçando, e os gritos assumindo uma textura gorgolejante. A fera jogou o que restou no mar.

Um soldado carbonizado estava caído ao seu lado, usando uma armadura azul e prateada. Tané pegou o escudo com o brasão do Reino de Hróth e o prendeu ao braço esquerdo, cerrando os dentes por causa da dor nas costelas. Com a outra mão, pegou a espada ensanguentada.

O calor do fogo a fez suar. A espada estava escorregadia em sua mão.

Ela perdeu de vista os outros cuspidores de fogo que cercavam os navios, rasgando as velas e soltando grandes nuvens de chamas, ou os soldados que lutavam ao seu redor. Apenas se concentrou no wyvern, e o wyvern estava concentrado apenas nela.

Quando ele deu o bote, ela rolou para longe da mordida e saltou a cauda que mirava os joelhos. Como não tinha as pernas da frente, o corpo não era feito para combates a curta distância com uma criatura tão pequena e ágil como um ser humano. Aquela coisa tinha sido feita para agarrar e despedaçar. Como uma ave de rapina. Enquanto a fera perseguia, a espada encontrou o ferimento aberto pelo soldado. Seu escudo bloqueou uma chama. O wyvern conseguiu tirar o escudo dela. Tané investiu com a espada, acertando-o sob o queixo e atravessando até o céu da boca. O fogo nos olhos dele se extinguiu. Ela se afastou do cadáver.

A siden a energizou de novo antes mesmo que o cansaço batesse. Nada seria capaz de tocá-la. Nem mesmo a morte. Quando o Altaneiro do Oeste preto derrubou o mastro do *Mãe-D'Água*, Tané apanhou uma lança caída.

Os olhos ardiam. Ela via os cuspidores de fogo como se poeira revoando sob um raio de sol. Com um movimento do braço, a lança voou na direção do monstro com cabeça de ave e atravessou sua asa, prendendo-a ao corpo. Batendo loucamente a outra, ele mergulhou na direção das ondas.

O *Reconciliação* tinha se afastado do *Pérola Dançante*, assim como o *Desafio* e o *Crisântemo*. Os canhões faziam disparos para cima. Ela ouviu o disparo de uma roqueira antes de o *Reconciliação* lançar toda sua carga. A pedra amarrada com corrente subiu ao céu e foi arrastando asas e caudas. As explosões ensurdecedoras começaram com os disparos dos canhões. Os projéteis das balistas zuniam dos navios lacustres, com estilhaços de bronze reluzindo à luz do fogo. Ela ouvia os capitães berrando ordens e as pistolas sendo descarregadas nos conveses do *Desafio*, além do reverberar das cordas dos arcos de toda a frota.

O ruído era excessivo. A cabeça dela girava. Tané estava inebriada de siden, vendo toda a batalha como se fosse uma miragem.

Uma arma. Ela precisava de outra arma. Se conseguisse chegar ao

Desafio, encontraria alguma coisa. Com um passo subiu na amurada e mergulhou no mar.

O silêncio sob a água aplacou o fogo dentro dela. Tané veio à superfície e nadou com todas as forças na direção do *Desafio*. Ali perto, um navio ersyrio tinha sucumbido ao fogo, e a tripulação se espalhava por todos os lados.

Devia haver pólvora naquela embarcação. E muita. Ela respirou fundo e mergulhou.

Quando o navio explodiu, ela sentiu o calor se espalhar através da água. Uma luz alaranjada e terrível tingiu o Abismo. A força da explosão a tirou de seu curso. Ela começou a bater as pernas loucamente, sem conseguir ver nada por causa dos cabelos nos olhos. Quando se aproximou do *Desafio*, voltou à superfície.

Uma fumaça preta subia da carcaça do navio em chamas. Por um momento, Tané só conseguiu ter olhos para a destruição que havia diante de si.

O Altaneiro do Oeste preto pousou nas ruínas como se fossem seu trono. Alimentado de carne e repleto de músculos, tinha um tamanho grotesco. Os espinhos de sua cauda tinham três metros de comprimento.

Fýredel.

— Sabran Berethnet. — A voz dele emanava ódio. — Meu mestre finalmente vem ao seu encontro. Onde está a criança que vai mantê-lo aprisionado?

Enquanto ele zombava da Rainha de Inys, um dragão ancião seiikinês, com o corpo reluzente, irrompeu da superfície do abismo. Com um grande salto, se elevou acima do *Pérola Dançante* para pegar um wyvern com a boca. Relâmpagos espocavam entre seus dentes. Os olhos brilhavam em tons azulados e brancos. Tané viu o wyvern irromper em chamas antes de o dragão mergulhar de volta no mar, levando consigo seu troféu. Fýredel observou tudo com os dentes arreganhados.

— Dranghien Lakseng. — O chamado reverberou pela superfície da água. — Não vai mostrar seu rosto?

Tané continuou nadando. Os canhões do *Desafio* eram altos como trovões. Ela encontrou os apoios para as mãos e os pés e começou a escalar o casco.

— Eis o Rugido de Hróth, que se esconde na neve — ironizou Fýredel, arreganhando os dentes de novo. Em resposta, os canhões do *Guarda Ursina* dispararam uma saraivada. — Eis o Líder Guerreiro de Seiiki, que prega união entre os humanos e as lesmas do mar. Vamos derrubar seus guardiões e esquartejá-los como cordeiros, como fizemos séculos atrás. Vamos deixar suas areias pretas de costa a costa.

Tané chegou ao convés do *Desafio*. Os soldados seiikineses empunhavam arcos longos e pistolas. Uma flecha acertou um wyvern de raspão. Ela pegou uma espada da mão de uma mulher morta. Em algum lugar em meio à escuridão, um dragão soltava um lamento.

— O tempo dos heróis ficou no passado — proclamou Fýredel. — De Norte a Sul, e de Oeste a Leste, seu mundo vai queimar.

Tané tirou a joia crescente do estojo. Se Kalyba estivesse por perto, seria atraída por aquele poder.

A sterren penetrou as ondas como a agulha em um pedaço de seda e as elevou como uma mortalha sobre Fýredel. Ele se lançou para o céu com um rosnado, com gotas-d'água chovendo das asas e as escamas soltando vapor.

— Velas pretas a sul-sudoeste! — gritou alguém.

À distância, em meio à névoa de fumaça, Tané as viu.

— É o brasão yscalino — berrou o capitão do *Reconciliação*. — A Marinha Dragônica!

Tané contou as embarcações. Vinte navios.

Um outro wyvern deu um voo rasante, e ela rolou para trás de um mastro. Uma fileira inteira de arqueiros caiu sob o golpe da cauda. Um soldado brandiu a alabarda contra a criatura, acertando-a bem nas ancas.

Um arqueiro caiu sobre a amurada, com os ossos esmigalhados. Tané guardou a joia e pegou o arco e a aljava que ele deixara. Restavam quatro projéteis.

— Cuspidor de fogo — um vigia berrou mais acima. — A bombordo, a bombordo!

Os arqueiros restantes se viraram enquanto as pistolas eram recarregadas. Tané lançou uma flecha.

Um segundo Altaneiro do Oeste, branco como um grou, surgiu em meio à noite. Tané viu as asas se dobrarem para dentro, as escamas se transformarem em pele e as partes brancas surgirem nos olhos verdes, além dos cabelos pretos fluindo onde antes estavam os chifres. Quando pousou no *Desafio*, o wyrm tinha se transformado na mulher que Tané vira na Lássia. Os lábios vermelhos cobriram o último serpentear da língua bifurcada.

— Criança, me entregue essa joia — Kalyba disse em inysiano.

Alguma coisa dentro de Tané a impelia a obedecer.

— Isso não é uma arma. É o equilíbrio. — A bruxa vinha caminhando em sua direção. — Me *entregue*.

Abalada, Tané retesou a corda do arco e se forçou a não olhar para o que Kalyba tinha na mão. A lâmina tinha o brilho prateado e reluzente de uma estrela.

Ascalon.

— Um arco. Ah, minha criança. Eadaz deveria ter avisado que não é possível matar uma bruxa com uma lasca de madeira. Nem com fogo. — Kalyba continuou se aproximando, nua e com um olhar enlouquecido. — Eu já deveria esperar esse tipo de rebeldia de uma descendente de Neporo.

A cada passo que Kalyba dava para frente, Tané dava um para trás. Em pouco tempo, não teria mais espaço para recuar. O arco era inútil — sua inimiga podia mudar de forma para escapar de uma flechada em um piscar de olhos, e estava claro que a espada se transformaria junto. Quando estava nas mãos dela, era como se fosse uma parte do corpo da bruxa.

— Será que você é capaz de me superar no combate corpo a corpo? — provocou Kalyba. — Afinal, você tem o Sangue Primordial. — Ela abriu um sorriso. — Venha, sangue da amoreira. Vejamos quem é a bruxa superior.

Tané baixou o arco. Afastando os pés em postura de luta, deixou sua siden se erguer como o sol em suas mãos.

34
O Abismo

No *Reconciliação*, Loth montava guarda ao lado de sua rainha à sombra do tombadilho, cercado por doze Cavaleiros do Corpo.

Uma das velas de gávea estava em chamas. Havia cadáveres espalhados pelos conveses. Os canhões lançavam balas com barras e correntes, entre gritos de "Fogo" do contramestre, enquanto as armas de cerco de Poleiro lançavam ganchos que agarravam patas e asas.

Isso era tudo o que os canhoneiros podiam fazer para ajudar os dragões do Leste. Embora alguns estivessem em pleno voo, estrangulando as espécies que soltavam fogo da mesma forma como as cobras faziam com suas presas, outros tinham aderido a uma outra forma de matar. Eles mergulhavam sob as ondas depois subiam com todas as forças e saltavam para fora d'água. Fechando os maxilares, mergulhavam com o inimigo de volta para as profundezas.

A água escorria das escamas quando passavam por cima do *Reconciliação*. As chamas gaguejavam, e se aplacavam.

Sabran mantinha uma das mãos na Espada da Virtandade. Ficaram observando enquanto o wyrm pálido se transformava em uma mulher e por fim pousou sobre o *Desafio*.

Kalyba.

A Bruxa de Inysca.

— Ead vai até ela — Sabran gritou para ele acima do ruído da batalha. — Alguém precisa distrair a bruxa para ela poder atacar.

A Marinha Dragônica se aproximava mais a cada momento. Uma embarcação com velas vermelhas já ameaçava o *Reconciliação*.

— Para bombordo — berrou o capitão. — Canhoneiros, nova ordem! Fogo naquele navio!

Um guincho terrível de madeira contra metal. O navio se chocou diretamente contra o *Rainha dos Sereianos*, que estava ali próximo.

— Muito bem — Loth gritou para Sabran. — Para o *Desafio*.

Os Cavaleiros do Corpo se puseram em movimento imediatamente. Mantendo Sabran ocultada entre eles, abriram caminho pelo convés. Enquanto corriam, desvencilhavam-se das peças mais pesadas da armadura. Peitorais, grevas e ombreiras caíam ruidosamente em seu rastro. Enquanto isso, os canhões arrebentavam o navio inimigo.

— Espadas! — O capitão sacou seu sabre. — Levem Sua Majestade para o barco a remo!

— Não temos tempo — gritou Loth.

O capitão cerrou os dentes, com os cabelos grudados no rosto.

— Vá em frente, então, Lorde Arteloth, e não olhe para atrás — ele respondeu. — Depressa!

Sabran saltou a amurada do navio. Loth a acompanhou e segurou a mão dela.

As ondas engoliram todos.

Tané lançou fogo sobre Kalyba por todo o *Desafio*. As chamas dançavam pelo convés, iluminando as poças de sangue dragônico. Quando a bruxa contra-atacou com chamas vermelhas intensas, tão quentes que secavam a umidade do ar, Tané se agarrou à joia crescente. A água do mar saltou para o navio, que oscilou sob os pés delas, e o fogo foi aplacado.

Todos os soldados e arqueiros tinham se afastado do duelo. O navio se tornou um campo de batalha particular entre as duas.

Kalyba alternava fluidamente entre a forma de ave e mulher, com a rapidez de um relâmpago. Tané soltou um grito de frustração quando o bico rasgou a pele do rosto e uma garra quase arrancou seu olho. A cada metamorfose da bruxa, Ascalon se transformava junto. Quando estava na forma humana, ela brandia a espada, e quando Tané sacava a sua e as lâminas se chocavam, a joia emitia um ruído em resposta.

— Eu estou ouvindo o chamado — sussurrou Kalyba. — Me entregue a joia.

Tané bateu na testa dela com a própria cabeça, e atacou com uma faca escondida, acertando a bruxa na bochecha. Kalyba cambaleou, os olhos faiscando e o rosto manchado de vermelho. Galhadas surgiram em sua cabeça, e então ela era um cervo branco ensanguentado, sinistro e *imenso*, e a espada não estava mais lá.

Tané usou a joia para repelir uma cocatriz. A siden tornava seus sentidos mais afiados, fazendo o corpo se mover mais depressa do que ela considerava possível quando o cervo atravessou o convés a galope. Ela viu que uma das galhadas tinha uma ponta de prata e, quando o animal abaixou a cabeça para chifrá-la, ergueu sua espada e a decepou.

Kalyba foi ao chão na forma humana. O sangue jorrava de seu ombro, onde um pedaço de carne tinha sido arrancado, e Ascalon estava caída ao lado dela, manchada de uma cor rubi. Tané avançou na direção da lâmina, mas a bruxa já estava com fogo nas mãos.

Tané se protegeu atrás do mastro principal. O fogo vermelho atingiu sua perna, quente como ferro derretido, e a fez gritar. Com os olhos úmidos, ela engoliu a dor e avançou pelo convés. Estava quase na popa quando deteve o passo de forma abrupta.

A Rainha Sabran estava no *Desafio*. Loth estava ao lado dela, com a espada larga em punho, e doze guarda-costas estavam dispostos ao redor dos dois. Todos encharcados.

— Sabran — murmurou Kalyba.

A rainha encarou sua ancestral. O rosto das duas eram idênticos.

— M-majestade — gaguejou um dos guardas. Todos alternavam seus olhares entre sua rainha e a sósia perante a eles. — Isso é feitiçaria.

— Mantenham distância — Sabran ordenou a seus guardas.

— *Sim*, isso mesmo, galantes cavaleiros. Façam o que minha descendente mandou. — Kalyba enrodilhou os dedos em torno da chama na palma da mão. — Não estão vendo que eu sou sua Donzela, a mãe ancestral de Inys?

Os cavaleiros se mantiveram imóveis. Assim como a rainha. A mão esquerda dela segurava o cabo da espada.

— Você é só uma mera imitação — Kalyba disse a Sabran, com um tom venenoso. — Assim como sua espada é uma imitação barata desta aqui.

Ela ergueu Ascalon. Sabran estremeceu no lugar.

— Eu não quis acreditar em Ead, mas agora vejo que minha proximidade em relação a você é inegável. — Ela caminhou na direção de Kalyba. — Você me roubou minha filha, Bruxa de Inysca. Me diga, depois de tanto esforço para fundar a Casa de Berethnet, por que quer destruí-la?

Kalyba cerrou o punho, apagando a chama.

— Um dos pontos negativos da imortalidade é que tudo o que você constrói parece insignificante e transitório demais — respondeu ela. — Uma pintura, uma canção, um livro, tudo isso se esvai. Porém, uma obra-prima construída ao longo de muitos anos, muitos séculos... não consigo nem explicar a satisfação que isso traz. Ver suas ações se estabelecerem como um legado, ainda em vida. — Kalyba ergueu Ascalon. — Galian desejou Cleolind Onjenyu assim que colocou os olhos nela. Apesar de ter sido amamentado no meu peito, de ter recebido das minhas mãos a espada que era a soma de todas as minhas realizações, e apesar da minha beleza, ele a queria acima de qualquer coisa. Até mesmo de mim.

— Então foi um amor não correspondido — disse Sabran. — Ou será que foi ciúme?

— Um pouco de cada coisa, suponho. Eu era mais jovem na época. Refém de um coração frágil.

Tané viu um brilho surgir em meio às sombras.

Sabran se mexeu um pouco para a esquerda. Kalyba a acompanhou. Naquele pedacinho do navio, como se estivessem no olho de uma tormenta, nenhum wyrm ousava cuspir fogo perto da bruxa.

— Eu vi Inys se transformar em uma grande nação. No início, isso bastou — admitiu Kalyba. — Ver minhas filhas prosperarem.

— Você ainda poderia fazer isso — Sabran respondeu em um tom mais brando. — Eu não tenho mais mãe, Kalyba. Eu aceitaria outra de bom grado.

Kalyba ficou em silêncio por um momento. Por uma fração de segundo, o rosto dela pareceu tão desnudado quanto o restante do corpo.

— Não, minha *imagem* e *semelhança* — ela falou no mesmo tom suave. — Eu sou destinada a me tornar uma rainha, como fui um dia. Vou assumir o trono que você não tem mais como manter.

Kalyba caminhou na direção de Sabran. Os Cavaleiros do Corpo apontaram suas espadas para ela.

— Vi minhas filhas governarem uma nação por mil anos. Vi vocês pregarem contra o Inominado. O que vocês não compreenderam é que o único caminho é se juntar a ele. Quando eu for rainha, Inys nunca mais vai perecer sobre o fogo. Será um território dragônico, protegido. O povo sequer vai perceber que você se foi. Em vez disso, se alegrarão em saber que Sabran IX, depois de resolver suas diferenças com o Inominado, foi abençoada por ele com a imortalidade, e reinará para sempre.

Sabran segurou com mais força o cabo da espada.

Tané se deu conta de que ela estava esperando por alguma coisa. O olhar de Sabran se desviou de sua ancestral para a proa do navio.

— Eu não acredito nessa conversa de grandiosidade — a rainha falou com um tom de pena. — Acredito que é simplesmente o último ato da sua vingança. Do seu desejo de destruir os últimos traços de Galian Berethnet. — O sorriso dela era igualmente piedoso. — Você continua tão refém do seu coração, como sempre foi.

De repente, Kalyba estava bem diante dela. Os Cavaleiros do Corpo avançaram, mas a bruxa já estava perto demais, perto o suficiente para matar a rainha caso fizessem alguma tentativa de ataque. Sabran ficou absolutamente imóvel quando Kalyba afastou uma mecha de cabelos molhados do rosto dela.

— Vai doer em mim fazer isso com você — sussurrou Kalyba. — Você é minha... mas o Inominado vai trazer muitas coisas boas para este mundo. Muito mais do que você poderia ser capaz de trazer. — Ela a beijou na testa. — Quando eu oferecer você para ele, o Inominável vai entender de uma vez por todas que eu o aprecio acima de todas as coisas.

Em um movimento súbito, Sabran envolveu a bruxa em um abraço. Tané ficou tensa, perplexa.

— Peço perdão — disse a rainha.

Kalyba se afastou com os olhos faiscando. Com a rapidez de um escorpião, ela se virou, com o fogo aceso outra vez sobre a palma da mão.

Uma lâmina fina havia penetrado seu corpo. A lâmina de sterren.

O resquício de um cometa.

Kalyba respirou fundo. Quando viu o metal cravado no peito, a matadora escondida sob o capuz se revelou.

— É por você que eu faço isso. — Ead cravou a lâmina mais fundo. Não havia nenhuma maldade na expressão do rosto dela. — Vou levá-la de volta para o espinheiro, Kalyba. Que a árvore lhe traga a paz que não conseguiu encontrar aqui.

O sangue vital escuro jorrava da bruxa, escorrendo do peito para o umbigo. Até mesmo os imortais sangravam.

— Eadaz uq-Nāra. — Ela disse aquele nome como se fosse uma maldição. — Você é tão parecida com Cleolind, sabia? — Os lábios dela estavam manchados de sangue. — Depois de tanto tempo, ainda vejo o espírito dela. De alguma forma... ela conseguiu viver mais do que eu.

Quando se curvou sobre o ferimento, a Bruxa de Inysca soltou um grito que ecoou pela água até as profundezas do Abismo. Ascalon caiu de suas mãos, e Sabran a apanhou. No último instante, Kalyba a agarrou pela garganta.

— Sua casa foi construída sobre terreno infértil — murmurou ela para a rainha.

Sabran fez força para se livrar dela, mas os dedos da bruxa eram como tenazes.

— Eu vejo o caos, Sabran IX. Cuidado com a água doce.

Ead arrancou a lâmina, e mais sangue jorrou de Kalyba, como o vinho pulsando de uma cabaça. Quando enfim desabou no convés, foi com olhos frios e sem vida como esmeraldas.

Sabran observou em silêncio o corpo nu de sua ancestral, com uma das mãos no pescoço, onde as manchas vermelhas eram visíveis. Ead tirou o manto e cobriu a bruxa, enquanto Tané apanhava outra espada.

Um sino soou na frota inysiana. As velas do *Desafio* balançaram. Tané notou quando o mesmo vento agitou a bandeira seiikinesa. Até os tiros de canhões pareciam ficar mais baixos em meio àquele ruído sobrenatural.

— Chegou a hora — Ead falou, a voz tranquila. — Ele está a caminho.

No céu, os cuspidores de fogo começaram a esvoaçar como pássaros, girando em meio a grandes nuvens de fumaça. Era uma dança de boas--vindas.

Em um ponto mais distante, o mar explodiu para cima.

As águas do Abismo se convulsionaram. Gritos de pânico se elevaram na noite enquanto as ondas agitavam as embarcações. Tané se chocou contra a amurada quando o *Desafio* foi jogado para cima, incapaz de desviar os olhos do horizonte.

A erupção de água foi alta o bastante para encobrir as estrelas. Em meio ao caos, um vulto tomou forma.

Ela já escutara histórias sobre a fera. Toda criança crescia ouvindo sobre o pesadelo que saiu de uma montanha para consumir o mundo inteiro. Tinha visto imagens dele, ricamente compostas de folhas de ouro e laca vermelha, com manchas de tinta preta no lugar dos olhos.

Artista nenhum foi capaz de capturar a magnitude do inimigo, nem a maneira como o fogo dentro dele ardia. Afinal, nunca o viram pessoalmente. A envergadura de suas asas era equivalente a dois navios lacustres enfileirados. Os dentes eram tão pretos quanto os olhos. As ondas quebravam e os trovões retumbavam.

Preces eram recitadas em todos os idiomas. Os dragões emergiam do mar para encarar o inimigo, emitindo chamados assombrados. Os soldados no *Desafio* brandiram suas armas e, no *Senhor do Trovão*, os arqueiros trocaram os arcos curtos pelos longos, com penachos roxos. Flechas envenenadas podiam derrubar um wyvern ou uma cocatriz, mas nada passaria por aquelas escamas. Só havia uma espada que teria chance de fazer isso.

Ead apanhou Ascalon.

— Tané — gritou ela sobre a balbúrdia. — Pegue.

Tané sentiu o peso da arma em suas mãos suadas. Esperava que fosse pesada, mas parecia até que era oca.

A espada que poderia aniquilar o verdadeiro inimigo do Leste. A lâmina que poderia trazer de volta sua honra.

— Vá. — Ead a empurrou. — Vá!

Tané juntou todo seu medo e o esmagou em um lugar obscuro dentro de sua mente. Ela se certificou de que a espada emprestada estava bem presa ao seu flanco. Em seguida, sem tirar a mão de Ascalon, dirigiu-se até a vela mais próxima e foi escalando a armação, encarando o vento e a chuva, até chegar lá no alto.

— Tané!

Ela se virou. Um dragão seiikinês com escamas prateadas estava emergindo das ondas.

— Tané — chamou a ginete. — Pule!

Tané não teve tempo sequer de pensar. Ela se arremessou da verga para o nada.

Uma mão escondida sob uma manopla a segurou pelo braço e a puxou para cima da sela. Ascalon quase escapou de seu poder, mas ela a prendeu ao corpo com o cotovelo.

— Há quanto tempo — gritou Onren.

A sela tinha espaço o suficiente para dois, mas não havia nada a que uma segunda pessoa pudesse se agarrar.

— Onren —Tané começou a dizer. — Se o ilustre General do Mar descobrir que você me deixou montar...

— Você é uma ginete, Tané. — A voz dela saía abafada por causa da máscara. — E aqui não é lugar para se preocupar com as regras.

Tané encaixou Ascalon em uma bainha presa à sela, prendendo-a bem. Os dedos estavam molhados e frios, segurando o cabo de forma atrapalhada. A bainha não era feita para uma lâmina tão longa, mas seguraria a espada melhor que as mãos. Percebendo sua dificuldade, Onren pegou em uma das bolsas da sela um par de manoplas e entregou para Tané, que ela calçou nas mãos.

— Pelo que estou vendo, você descobriu uma forma de matar o Inominado em suas viagens — disse Onren.

— Uma das escamas no torso dele está solta. — Tané precisou gritar por cima do som das armas e dos rugidos dos wyrms e do fogo para ser ouvida. — Precisamos arrancá-la e perfurar a carne dele com essa espada.

— Acho que conseguimos fazer isso. — Onren se segurou firme na sela. — Não é mesmo, Norumo?

O dragão dela confirmou com um sibilado. Uma nuvem de vapor saía das narinas dele. Tané se segurou em Onren, com os cabelos chicoteando loucamente no rosto.

Os dragões seiikineses estavam se agrupando. A maioria dos ginetes empunhava arcos longos ou pistolas. Ao mesmo tempo, os cuspidores de fogo se juntavam para proteger seu mestre, formando um enxame assustador diante dele. Tané sentiu Onren se enrijecer. Apesar de tudo o que tinham aprendido, de todos os sacrifícios que fizeram, nada era capaz de prepará-los para aquilo. Para a guerra.

Elas estavam bem próximas do início da formação, logo atrás dos anciãos. Tukupa, a Prateada, liderava o ataque, com o General do Mar montado na sela nas costas dela. A Dragoa Imperial seguia ao lado, liderando os dragões lacustres. Tané protegeu os olhos da chuva, lutando para enxergar. O Imperador Perpétuo era uma figura minúscula sobre sua co-governante.

Preparando-se para o impacto, Tané passou os braços em torno de Onren. Com um grunhido, o grande Norumo abaixou a cabeça.

Quando se chocaram contra o bando, a colisão quase derrubou Tané da sela. Ela se agarrou a Onren, que com sua espada cortava asas e caudas, enquanto Norumo chifrava qualquer coisa em seu caminho. Tudo ao redor era rugido e trovão, gritos e morte, chuva e ruína. Ela teve uma efêmera sensação de que tudo não passava de um sonho terrível.

A luminosidade de um raio atravessou suas pálpebras. Quando levantou a cabeça, deu de cara com os olhos do Inominado. Ele contemplava sua alma. E, quando abriu a boca, ela viu seu fim.

O fogo e a fumaça se projetaram das mandíbulas dele.

Era como se um vulcão tivesse entrado em erupção em meio à noite. Os dragões anciãos se separaram para cercar o Inominado, mordendo seus flancos, mas Norumo, assim como sua ginete, tinham um certo gosto por desrespeitar as regras.

Ele mergulhou sob aquela visão infernal e se virou de barriga para cima. Tané se segurou com toda força a Onren quando o mundo ficou de ponta-cabeça. Uma outra dragoa tentou se esquivar da boca cavernosa, mas o Inominado a partiu no meio com uma única mordida. As escamas brilharam ao serem lançadas longe pelos dentes dele, como um punhado de moedas lançado ao ar. Com o estômago embrulhado, Tané viu as duas metades do corpo da dragoa despencarem no mar.

A fumaça estava impregnada nos olhos e nos pulmões. O sangue subia para sua cabeça. Passaram por baixo do Inominado, perto o bastante para o calor da barriga dele ressecar a pele e roubar o ar que restava no peito. Enquanto Norumo fazia um movimento espiralado, Onren atacou com a espada, que soltou faíscas contra as escamas vermelhas, mas não deixou nenhuma marca. Norumo ondulou entre os espinhos de uma cauda infindável, e então elas se viram voando ainda mais alto, acima da fera, voltando para a direção onde estava o bando.

Estou vendo você, ginete.

Tané olhou para o Inominado. O olho dele estava cravado em seu rosto.

Você carrega uma espada que conheço bem. Aquela voz ressoava em todos os recantos de sua mente. *Antes estava em posse da Wyrm Branca. Você a matou para pegá-la, e agora pretende me matar?*

Ela levou a mão à têmpora. Conseguia sentir a raiva dele reverberar em seus ossos e dentro de sua cabeça.

— Precisamos chegar mais perto — falou Onren, ofegante.

Norumo estava voando na direção da formação, mas a respiração dele estava tão acelerada quanto a das ginetes. O calor fizera a umidade evaporar de suas escamas.

Sinto o cheiro do fogo dentro de você, filha do Leste. Em breve suas cinzas serão espalhadas no mar. Considero esse um destino apropriado para quem nada com as lesmas do mar.

As lágrimas escorriam pelo rosto de Tané. Seu crânio parecia prestes a se romper e abrir ao meio.

— Onren — disse ela, arfando. — Está escutando a voz dele?

— De quem?

Ela não pode me ouvir. Isso é só para quem provou das árvores do conhecimento, disse o Inominado. Tané chorava, em agonia. *Eu nasci do fogo oculto, forjado na fornalha vital que lhe forneceu apenas uma única fagulha. Enquanto estiver viva, eu viverei dentro de você, em cada um de seus pensamentos e lembranças.*

Um dragão seiikinês se desprendeu do restante da formação e se lançou sobre o pescoço dele. A pressão em sua cabeça se aliviou. Ela despencou sobre o corpo de Onren, estremecendo.

— Tané!

O bando atacou Norumo. A Dragoa Imperial, que era quase tão grande quanto aquele monstro, abriu caminho em meio à aglomeração, soltando um rugido poderoso, e atacou o Inominado com as garras. Escamas douradas voaram e, pela primeira vez, apareceram brechas naquela armadura antiga. O Inominado virou a cabeça, com os dentes arreganhados, mas a Dragoa Imperial já estava fora de alcance.

Onren deu um soco no ar.

— Por Seiiki! — gritou ela, logo acompanhada pelos demais ginetes.

Tané berrou até a garganta secar.

O General do Mar soprou sua concha de guerra, reunindo os dragões para uma segunda investida. Dessa vez, o bando que enfrentaram era ainda maior, um paredão de asas. Os cuspidores de fogo estavam abandonando os enfrentamentos com as embarcações e subindo para defender seu mestre. As fileiras deles se fechavam em torno do Inominado, que chegava cada vez mais perto da frota.

O PRIORADO DA LARANJEIRA — A RAINHA

— Nós não vamos conseguir passar por isso. — Onren se segurou com força na sela. — Norumo, nos leve lá para a frente.

O dragão grunhiu baixinho e se emparelhou com os anciãos. Tané ficou tensa quando o General do Mar se virou para elas. Onren abriu um leque e fez o sinal para ele interromper a ofensiva.

O General do Mar sinalizou em resposta com um leque. Ele queria uma aproximação por cima. Outros ginetes passaram a mensagem adiante.

Eles subiram na direção da lua. Quando mergulharam, em sincronia perfeita, Tané espremeu os olhos. O vento fazia seus cabelos esvoaçarem. Ela sacou Ascalon da bainha.

Dessa vez, ela atacaria.

Em um instante, os cuspidores de fogo estavam subindo para enfrentá-los. No instante seguinte, só o que ela via era a escuridão.

Norumo soltou um rugido. Um brilho azulado surgiu entre as escamas do dragão antes de um raio se projetar da boca dele. Todos os pelos do corpo de Tané se arrepiaram. Enquanto acertava um anfíptero com os chifres, um outro raio espocou em meio ao tumulto. Passou perto de Onren, triscando a armadura e acertando o braço desprotegido de Tané.

Ela sentiu seu coração parar.

O raio acertou um wyvern, mas não sem antes incendiar as roupas dela. Onren gritou seu nome uma fração de segundo antes de Tané ser derrubada das costas do dragão e lançada ao caos que tomava conta do céu.

O vento abafou o fogo em sua camisa, mas não a chama quente que ardia sob sua pele. Por um instante, ela se sentiu como se não tivesse peso nenhum. Não ouvia nada, não enxergava nada.

Quando recobrou os sentidos, os cuspidores de fogo já estavam bem acima dela, e o mar de águas pretas cada vez mais próximo. Ascalon foi arrancada de sua mão. Com um faiscar prateado, desapareceu.

Ela fracassara. A espada estava perdida. Tudo que os aguardava no fim daquele dia era a morte.

As esperanças estavam perdidas, mas seu corpo se recuava a desistir sem tentar ao menos alguma coisa. Um instinto dormente há tempos a fez se voltar para seu treinamento. Todos os alunos das Casas de Aprendizado recebiam lições sobre como aumentar suas chances de sobrevivência caso caíssem de um dragão. Ela se virou para o Abismo e abriu os braços, como se fosse abraçá-lo.

Então, uma mancha esverdeada surgiu abaixo dela. Tané foi segurada por uma cauda.

— Peguei você, irmãzinha. — Nayimathun a colocou nas costas. — Segure firme.

Ela espalmou os dedos sobre as escamas molhadas.

— Nayimathun — sussurrou Tané.

Marcas vermelhas se espalhavam a partir do ombro, descendo pelo braço e atravessando o pescoço.

— Nayimathun — chamou ela, arfando. — Eu perdi Ascalon.

— Não — disse a dragoa. — Não há nada perdido. A espada caiu no convés do *Pérola Dançante*.

Tané olhou para os navios. Parecia impossível que a espada não tivesse caído naquela infinidade de água preta.

Outra embarcação se fez em pedaços quando a pólvora entrou em combustão. Sangrando, e com a asa ferida, Fýredel jogou a cabeça para trás e emitiu um longo ruído vindo das profundezas de seu ser. Até mesmo Tané entendeu o que aquilo significava. Um chamado de guerra.

A revoada acima delas debandou. Tané viu metade dos cuspidores de fogo se afastarem do Inominado e irem para junto de Fýredel.

— Agora — gritou Tané. — Agora, Nayimathun!

Sua dragoa não hesitou. Foi voando diretamente na direção do inimigo.

— Mire no peito. — Tané desembainhou a espada que levava na

cintura. A chuva batia forte em seu rosto. — Precisamos perfurar as escamas dele.

Nayimathun escancarou os dentes. Ela passou pelo meio do que restava da vanguarda. Os outros dragões a chamaram, mas ela não deu ouvidos. Com o fogo rugindo na direção das duas, ela passou por cima do Inominado e se enrolou em torno dele, com a cabeça sob a dele, para ficar longe do alcance dos dentes de das chamas. Tané ouviu as escamas dela começarem a ferver.

— Vá, Tané — ela se forçou a dizer.

Deixando de lado o medo, Tané saltou da dragoa e agarrou uma escama. O calor atravessou suas manoplas, mas ela continuou escalando o Inominado, usando as escamas afiadas como apoio para as mãos e os pés, contando a partir do alto da garganta da fera. Quando alcançou a vigésima escama, notou a imperfeição, o local que nunca tinha se assentado de volta à mesma posição sobre a cicatriz mais abaixo. Segurando-se com uma das mãos, cravou a espada sob a escama, apoiando as botas na que ficava logo abaixo, e puxou o cabo com a maior força de que era capaz.

O Inominado abriu a boca e lançou um jorro infernal, mas, embora a tenha feito transpirar por todos os poros e a deixado sem fôlego, Tané continuou fazendo força. Soltando um grito por causa do esforço, usou todo o peso do corpo para fazer um movimento de alavanca.

A lâmina se partiu. Tané caiu uns três metros antes de conseguir estender a mão e se agarrar a outra escama.

Os braços tremiam. Ela ia escorregar.

Então, com um grito de guerra que reverberou até nos ossos de Tané, Nayimathun jogou a cabeça para trás. O cabo da espada estava entre os dentes dela. Com um movimento do pescoço, a dragoa arrancou a escama.

Um vapor se desprendeu da carne do Inominado. Tané soltou um dos braços para não se queimar e, assim, começou a cair.

Os dedos agarraram uma crina da cor das algas de água doce. Ela montou de novo em Nayimathun. Imediatamente, a dragoa desenrolou o corpo, com as escamas quentes e secas, e mergulhou na direção do oceano. Tané não conseguia respirar por causa do fedor de metal queimado. O Inominado se lançou atrás delas, abrindo as mandíbulas para revelar o brilho no fundo de sua garganta. Nayimathun gemeu quando dentes afiadíssimos se fecharam sobre sua cauda.

Aquele som reverberou pelo corpo de Tané. Ela sacou sua faca, se virou e a lançou nas profundezas de um olho preto. As mandíbulas se abriram, mas não sem levarem consigo carne e escamas. Nayimathun despencou para longe dele, na direção do Abismo, com sangue jorrando do corpo.

— Nayimathun... — Tané sentiu sua garganta se fechar. — Nayimathun!

A cor da chuva se tornou prateada.

— Encontre a espada — foi tudo o que sua dragoa disse. A voz dela estava cada vez mais fraca. — Isso precisa acabar aqui. Precisa ser agora.

O soldado brandia a partasana contra Ead, quase a acertando no rosto. Estava com o rosto melado de suor, tinha se mijado inteiro e tremia tanto que batia os dentes.

— Pare de resistir, seu idiota sem cérebro — gritou Ead. — Largue a arma, ou então eu não tenho outra escolha.

Ele usava cota de malha e um elmo escamado. Mesmo com os vermelhos de exaustão, estava possuído por um furor inexplicável. Quando arremeteu de novo contra Ead, com um golpe pendular, ela passou por baixo dele e fez um movimento com a espada de baixo para cima, abrindo o homem ao meio da barriga até o ombro.

Era um combatente da Marinha Dragônica. Os soldados lutavam como possuídos, e talvez estivessem mesmo — pelo medo do que aconteceria com suas famílias em Cárscaro caso perdessem aquela batalha.

O Inominável circundava as embarcações lá do alto. Ead viu quando ele se contorceu, e um filete verde-claro desprendeu de seu corpo. O som do idioma dragônico ecoou pelas ondas.

— A espada! — berrou Fýredel. — Encontrem a espada!

Metade dos soldados yscalinos se apressou em obedecer, enquanto outros se jogavam ao mar. O sangue se espalhava pela água, junto com a cera que protegia os navios do fogo.

Um wyvern que voava logo acima incendiou uma pilha de detritos. Os uivos de dor se elevaram enquanto soldados e marujos eram queimados vivos.

Ead pôs uma das mãos ensanguentadas sobre a joia minguante. Havia uma vibração dentro dela. Uma pequena pulsação.

Encontre a espada.

A joia evocava a própria substância. Estava em busca das estrelas.

Ead passou por cima de mais um cadáver em direção à proa. O zumbido diminuiu. Quando voltou para a popa, ficou mais forte. O *Pérola Dançante* era o navio mais próximo, logo à sua frente, ainda flutuando.

Ela mergulhou. O corpo afundou na água. Uma luz forte iluminou seu caminho quando mais uma carga de pólvora explodiu.

Filha de Zāla.

Ela sabia que aquela voz estava dentro de sua cabeça. Soava clara e límpida demais, como se quem falasse estivesse próximo o bastante para ser possível sentir seu hálito, mas, debaixo d'água, parecia vir do próprio Abismo.

Era a voz do Inominável.

Eu conheço seu nome, Eadaz uq-Nāra. Meus servos o sussurravam com vozes carregadas de medo. Falaram sobre uma raiz da laranjeira, uma raiz que podia percorrer meio mundo e ainda assim arder como o sol.

Eu sou uma donzela de Cleolind, serpente. De alguma forma, Ead sabia como se comunicar com ele. *E hoje concluirei o trabalho dela.*

Sem mim, não haverá nada para uni-los. Entrarão em guerra por causa de riquezas e religiões. Se tornarão seus próprios inimigos. Como sempre fizeram. E exterminarão uns aos outros.

Ead continuou a nadar. A joia branca ressoava contra sua pele.

Não precisa abrir mão de sua vida. A cabeça dela emergiu na superfície, e ela seguiu dando braçadas. *Há outro fogo ardendo em seu coração. Seja uma de minhas donzelas, e eu pouparei Sabran Berethnet. Se não fizer isso,* disse a voz, *eu acabarei com ela.*

Terá que acabar comigo primeiro. E eu já mostrei que isso é mais difícil do que parece.

Ela subiu no navio e ficou de pé.

Então que seja.

O Inominado, o terror de todas as nações, se arremessou na direção do navio.

Todos os incêndios no Abismo se apagaram. Tudo o que Ead conseguia ouvir eram os gritos de medo à medida que a morte se aproximava na forma de uma sombra vinda de cima. Só a luz das estrelas era capaz de romper a escuridão, mas, sob esse brilho, Ascalon reluzia.

Ela correu pelo convés do *Pérola Dançante*. O mundo escureceu até restarem apenas as batidas de seu coração e a lâmina. Ead desejou que a Mãe lhe desse a força que sentira naquele dia na Lássia.

Um metal sobrenatural, que parecia vivo ao toque. O Inominado abriu a boca, e um sol branco surgiu entre suas mandíbulas. Ead viu o lugar onde a armadura dele tinha sido arrancada. Ela ergueu a espada forjada por Kalyba e empunhada por Cleolind, a lâmina que permanecera viva nas lendas por mil anos.

E então, ela a cravou até o cabo na carne exposta.

Ascalon reluzia tanto que seu brilho ofuscou sua visão. Ela só conseguiu ver por um instante a pele de suas mãos fervilhar por causa do calor — um instante, uma eternidade, algo entre uma coisa e outra — antes que a espada escapasse de seu controle. Ead foi arremessada do convés por cima da amurada e caiu no mar. As escamas se chocaram contra o *Pérola Dançante*, partindo-o ao meio.

Aquela força a abandonou com a mesma velocidade com que surgira.

Ead cravara a lâmina no coração dele, o que a Mãe não conseguira fazer, mas aquilo não bastava. Ele precisava ser aprisionado no Abismo para morrer. E ela estava com a chave da prisão.

A joia boiou diante dela. A estrela dentro da esfera brilhou na escuridão. Ead desejou poder dormir por toda a eternidade.

Mais uma luz surgiu nas sombras. Como um raio que espocava em um imenso par de olhos.

Tané e sua dragoa. Um braço se estendeu na água, e Ead o agarrou.

Elas se ergueram para longe do mar, na direção das estrelas. Tané segurava a joia azul com uma das mãos. O Inominado se debatia no Abismo, com cabeça jogada para trás e fogo emergindo de sua boca como a lava do manto terrestre, com Ascalon ainda encravada no peito.

Tané colocou a mão direita sobre a de Ead, envolvendo suas juntas com os dedos, de modo que as duas segurassem a joia minguante ao mesmo tempo, pressionada contra seu coração, que batia cada vez mais devagar.

— Juntas — murmurou Tané. — Por Neporo. Por Cleolind.

Com gestos lentos, Ead levantou a outra mão, e os dedos das duas se entrelaçaram em torno da joia crescente.

Seus pensamentos se tornavam mais distantes a cada respiração, mas seu sangue sabia o que fazer. Era puro instinto, tão enraizado e antigo quanto a árvore.

O oceano se ergueu ao comando delas. As duas deram sua última cartada passo a passo, sem se soltarem em nenhum momento.

Elas o envolveram em um casulo, como duas costureiras tecendo as ondas. O vapor se elevou no ar enquanto Tané e Ead misturavam o Inominado com o mar, e a escuridão apagava o carvão em brasas que era o coração dele.

Ele olhou uma última vez para Ead, que o encarou de volta. Uma luz a ofuscava no local onde Ascalon o acertara. A Fera da Montanha soltou um grito antes de desaparecer de vez.

Ead sabia que aquele som ficaria impregnado em sua memória pelo resto da vida. Ecoaria em seus sonhos inquietos, como uma canção no deserto. Os dragões do Leste mergulharam atrás dele, para levá-lo até o túmulo. O mar se fechou acima da cabeça deles.

E, por fim, o Abismo ficou imóvel.

35
Oeste

No sopé dos Espigões, a wyrm Valeysa jazia sem vida, abatida por um arpão. Ao redor dela, o chão estava coberto de restos mortais de humanos e wyrms.

Fýredel não ficara para defender seu território dragônico. Em vez disso, convocou o irmão e a irmã para atacar os exércitos coligados do Norte, do Sul e do Oeste. Eles fracassaram. Quanto ao próprio Fýredel, fugiu assim que o Inominado desapareceu sob as ondas, e seus seguidores debandaram mais uma vez.

O sol estava se levantando sobre Yscalin. Sua luz pousava sobre o sangue e os restos carbonizados, sobre o fogo e sobre os ossos. Uma mulher seiikinesa chamada Onren levara Loth até lá com seu dragão para que ele procurasse por Margret. De pé na planície desolada, ele voltou os olhos para Cárscaro.

A fumaça se elevava da outrora grandiosa cidade. Ninguém fora capaz de lhe dizer se a Donmata Marosa sobrevivera àquela noite. A única *certeza* era que o Rei Sigoso, assassino de rainhas, estava morto. Seu cadáver definhado estava pendurado no Portão de Niunda. Ao vê-lo, seus soldados desertaram.

Loth rezou para que a princesa estivesse viva. Com toda sua alma, rogou para que estivesse lá em cima, pronta para ser coroada.

O hospital de campanha ficava a uma légua de onde a batalha

começara. Diversas barracas foram montadas perto de um córrego que corria da montanha, com as bandeiras de todas as nações ao redor.

Os feridos gritavam em agonia. Alguns tinham queimaduras profundas na carne. Outros estavam tão cobertos de sangue que se tornavam irreconhecíveis. Loth viu o Rei Jentar do Ersyr entre os gravemente feridos, deitado junto de seus guerreiros, recebendo cuidados por várias pessoas. Uma mulher, com a perna estraçalhada, mordia uma tira de couro enquanto os cirurgiões serravam o osso logo abaixo dos joelhos. Voluntários traziam baldes com água.

Ele encontrou Margret em uma barraca cheia de inysianos. As abas da entrada estavam abertas, para ventilar o cheiro de vinagre.

Um avental ensanguentado cobria a saia dela. Margret estava ajoelhada ao lado de Sir Tharian Lintley, ferido e deitado sobre um estrado. Uma ferida profunda se estendia do queixo até a têmpora do homem. Tinha sido costurada com cuidado, mas deixaria uma cicatriz para o resto da vida.

Margret levantou a cabeça e o viu. Por um momento, os olhos dela ficaram vazios, como se ela tivesse se esquecido de quem ele era.

— Loth.

Ele se agachou ao lado dela. Quando Margret se inclinou em sua direção, Loth a envolveu nos braços e apoiou o queixo na cabeça da irmã.

— Acho que ele vai ficar bem — disse ela. Cheirava a fumaça. — Foi um soldado. Não um wyrm.

Margret se aninhou junto ao seu peito.

— Ele está morto. — Loth deu-lhe um beijo na testa. — Acabou, Meg.

O rosto dela estava todo sujo de cinzas. As lágrimas escorreram pelos olhos, e ela levou a mão trêmula à boca.

Do lado de fora, um raio de luz irrompia do horizonte, rosado como uma flor silvestre. Com uma nova primavera despontando sobre os Espigões, eles se abraçaram e observaram enquanto o sol coloria o céu.

36
Oeste

Brygstad, capital do Estado Livre de Mentendon, a joia da coroa do conhecimento no Oeste. Durante anos, ele sonhara em voltar àquelas ruas.

Lá estavam as casas altas e estreitas, todas com um campanário. Lá estavam os telhados ainda brancos. Lá estava o pináculo revestido em cerâmica do Santuário do Santo, elevando-se do coração da cidade.

Niclays Roos estava sentado em uma carruagem aquecida, envolvido em um manto com forro de pele. Durante sua convalescência no Palácio de Ascalon, a Alta Princesa Ermuna escreveu uma carta requisitando sua presença na corte. Seu conhecimento sobre o Leste, segundo o comunicado, ajudaria a fortalecer as relações entre Mentendon e Seiiki. Ele poderia até mesmo ser convocado para ajudar a abrir as negociações para um novo acordo comercial com o Império dos Doze Lagos.

Ele não queria nada daquilo. Aquela corte era um lugar assombrado para ele. Se andasse por lá, tudo o que veria eram os fantasmas de seu passado.

Ainda assim, era preciso se apresentar. Ninguém recusava um convite da realeza, em especial se não quisesse ser banido outra vez.

A carruagem atravessou a Ponte do Sol. Pela janela, ele viu as águas ainda congelada do Rio Bugen e os campanários cobertos de neve da cidade que tinha perdido. Ele cruzara a ponte a pé quando chegou à corte pela primeira vez, recém-chegado de Rozentun, de onde viera em uma carroça de feno. Naquela época, não tinha condições de andar em carruagens. A mãe havia tomado sua herança, com a justificativa, nem de todo equivocada, que equivalia ao preço de seu diploma. Tudo de que dispunha era uma língua afiada e a roupa do corpo.

Aquilo bastou para Jannart.

Seu braço esquerdo agora acabava pouco abaixo do cotovelo. Embora latejasse às vezes, era uma dor fácil de ignorar.

A morte beijara o rosto dele no *Pérola Dançante*. Os médicos inysianos garantiam que o pior já passara, que o que restara do membro iria cicatrizar. Ele nunca confiara naqueles médicos inysianos — charlatões e fanáticos religiosos, todos eles —, mas não havia escolha a não ser acreditar.

Foi Eadaz uq-Nāra quem feriu mortalmente o Inominável com a Espada da Verdade. E ainda por cima, como se tanto heroísmo não bastasse para uma noite, ela e Tané Miduchi o mataram de vez com as joias. Era um feito lendário, uma história destinada a ser cantada por menestréis — e Niclays ficara dormindo enquanto tudo acontecia. Essa ideia colocou um meio-sorriso no rosto. Jannart teria morrido de rir ao ouvir aquilo.

Em algum lugar da cidade, os sinos soavam. Alguém se casara naquele dia.

A carruagem passou pelo Teatro do Estado Livre. Em determinadas noites, Edvart se vestia como um nobre de posição inferior e escapulia com Jannart e Niclays para assistir a uma ópera, um concerto ou uma peça de teatro. Eles sempre acabavam indo beber no Bairro Velho depois, para Edvart se esquecer de suas preocupações por um tempo. Niclays fechou os olhos, lembrando-se dos risos de seus amigos mortos há tanto tempo.

Pelo menos alguns de seus amigos tinham conseguido não morrer. Depois do Cerco de Cárscaro, uma comitiva foi mandada atrás de Laya.

O PRIORADO DA LARANJEIRA — A RAINHA

Enquanto estava de cama no *Pérola Dançante*, ardendo em febre, conseguiu se lembrar de alguns detalhes da caverna que os aprisionara — em especial dos veios vermelhos que serpenteavam pelas paredes.

Eles a encontraram no Monte Temível. Quase morta de sede, recuperou a saúde em um hospital de campanha, e a Alta Governante Kagudo a levara de volta para Nzene no navio da realeza. Depois de décadas de exílio, ela estava em casa, e já mandara uma carta convidando Niclays para fazer uma visita.

Ele iria em breve, depois que passasse um tempo em Mentendon e visse tudo com os próprios olhos. Para se certificar de que sua terra natal existia mesmo.

A carruagem parou diante dos portões do Palácio de Brygstad, uma construção austera de arenito escuro, que escondia um interior de mármore branco e detalhes dourados. Um mordomo abriu a porta.

— Doutor Roos — disse ele. — Sua Alteza Real, a Alta Princesa Ermuna, lhe dá boas-vindas de volta à corte mentendônia.

Ele sentiu seus olhos se encherem de lágrimas. Olhou para a janela com vitral do cômodo mais alto do palácio.

— Ainda não.

O mordomo pareceu perplexo.

— Doutor, Sua Alteza Real estará à sua espera ao meio-dia.

— Ao meio-dia, meu rapaz. Isso ainda não é agora. — Ele se recostou. — Pode descarregar meus pertences, mas eu vou até o Bairro Velho.

Com relutância, o mordomo deu a ordem.

A carruagem partiu para o norte da cidade, passando por livrarias, museus, guildas e padarias. Com os olhos ávidos por aquela paisagem, Niclays apoiou no cotovelo para ver da janela. A feira a céu aberto emitia seus aromas, com os quais ele sonhara com tanta frequência em Orisima. Biscoito de gengibre e marmelos açucarados. Tortas com crostas feitas para serem partidas com a faca, revelando o recheio de pera, queijo e pedaços de ovo cozido. Panquecas fritas no conhaque. Tortinhas de maçã que adorava comer em suas caminhadas à beira do rio.

A cada esquina, barracas vendiam panfletos e tratados. Isso o fez pensar em Purumé e Eizaru, seus amigos do outro lado do mundo. Talvez, quando o bloqueio marítimo fosse abolido, eles pudessem percorrer juntos aquelas ruas.

A carruagem parou diante de uma hospedaria um tanto dilapidada em uma rua que terminava na Praça Brunna. A tinta dourada do letreiro estava descascando, mas do lado de dentro a Sol em Esplendor era exatamente como ele se lembrava.

Havia uma coisa que Niclays precisava fazer antes de encarar a corte. Ele iria ao encontro dos fantasmas antes que eles o encontrassem.

Era tradicional em Mentendon que as pessoas fossem sepultadas em seu local de nascimento. Eram raros os casos em que se permitia que os restos mortais descansassem em outro lugar.

Jannart foi um desses raros casos. Segundo os costumes locais, ele deveria ter sido enterrado em Zeedeur, mas Edvart, arrasado pelo luto, deu a seu grande amigo a honra de uma tumba no Cemitério Prateado, onde os membros da Casa de Lievelyn estavam sepultados. Não muito tempo depois, Edvart pegara a doença do suor e se juntara a ele por lá, junto com sua filha pequena.

O cemitério ficava a uma curta caminhada do Bairro Velho. A neve ainda estava alta e intocada dentro do perímetro.

Niclays nunca tinha visitado o mausoléu. Em vez disso, ele fugira para Inys, em negação. Por não acreditar no além-vida, não entendia o sentido de falar com uma laje de pedra.

O mausoléu estava gelado. Uma efígie esculpida em alabastro se destacava acima do túmulo.

Conforme se aproximava, Niclays começou a respirar mais fundo. O artista que esculpira a imagem conhecera Jannart bem depois dos quarenta anos. No escudo da estátua, que representava a proteção do Santo na hora da morte, havia uma inscrição.

JANNART UTT ZEEDEUR
NÃO PROCURES O SOL DA MEIA-NOITE NA TERRA
E SIM DENTRO DE TI

Niclays pôs a mão espalmada sobre aquelas palavras.
— Seus ossos ficaram para trás. Não há nada pela frente. Você está morto, e eu sou um velho — murmurou ele. — Fiquei ressentido com você por um bom tempo, Jannart. Eu tinha o conforto da crença de que morreria antes de você. Talvez até tenha tentado garantir tal coisa. Fiquei com ódio de você, das nossas lembranças, por ter partido primeiro. Por ter me deixado.
Com um nó na garganta, ele se virou e se sentou no chão, com as costas apoiadas no túmulo.
— Eu fracassei, Jan. — A voz saiu tão baixa que era quase impossível ouvi-la. — Eu me perdi, e perdi de vista a sua neta. Quando os lobos cercaram Truyde, eu não estava por perto para espantá-los. Eu pensei... — Niclays sacudiu a cabeça. — Eu pensei em morrer. Quando me tiraram do *Pérola Dançarina*, eu vi o mar em chamas. A luz surgir da escuridão. Fogo e estrelas. Olhei pelo Abismo e quase me joguei. — Ele deu uma risadinha seca. — Mas então dei um passo atrás. Magoado demais para viver, covarde demais para morrer. Por outro lado... você me fez partir para essa jornada por um motivo. A única forma de honrar sua memória era continuar vivendo. Você me amou. Incondicionalmente. Via a pessoa que eu poderia ser. E é essa pessoa que eu serei, Jan. Eu vou persistir, meu sol da meia-noite. — Niclays tocou o rosto de pedra

mais uma vez, os lábios tão parecidos com o que eram em vida. — Vou ensinar o meu coração a bater de novo.

Foi doloroso deixá-lo na escuridão. Mesmo assim, ele partiu. Aqueles ossos o tinham deixado partir havia muito tempo.

Do lado de fora, a neve tinha aliviado um pouco, mas o frio permanecia. Enquanto saía do cemitério, com lágrimas geladas no rosto, uma mulher entrou pelos portões de ferro fundido, usando um manto com forro de pele de marta. Quando levantou a cabeça, ela ficou boquiaberta, e Niclays, paralisado.

Ele a conhecia bem.

Aleidine Teldan utt Kantmarkt estava parada ali, no cemitério.

— Niclays — sussurrou ela.

— Aleidine — respondeu ele, incrédulo.

Ela ainda era uma mulher bonita, mesmo na velhice. Os cabelos vermelhos, grossos como sempre, temperados com fios brancos, estavam presos em um toucado. O anel do nó do amor ainda estava em sua mão, mas não no indicador, onde costumava ficar. Nenhuma outra peça o substituíra naquele dedo.

Eles se limitaram a uma longa troca de olhares. Aleidine se recuperou do susto primeiro.

— Você voltou mesmo. — Um som escapou da boca dela, quase uma risada. — Eu ouvi os boatos, mas não consegui acreditar.

— É verdade. Depois de algumas provações. — Niclays tentou se recompor, mas a garganta estava fechada. — Eu, há... você mora aqui agora, então? Em Brygstad. Não no cemitério.

— Não, não. Ainda continuo no Pavilhão das Sedas, mas Oscarde mora aqui agora. Eu vim visitá-lo. Pensei em fazer uma visita a Jannart também.

— Claro.

Um silêncio se instaurou por um momento.

— Venha se sentar comigo, Niclays — Aleidine falou com um breve sorriso. — Por favor.

Ele questionou se seria prudente acompanhá-la, mas mesmo assim a seguiu até um banco de pedra perto do muro do cemitério. Aleidine espanou a neve antes de se sentar. Ele se lembrou de que ela fazia questão de executar tarefas que em geral eram deixadas a cargo dos criados, como polir a marchetaria e tirar o pó dos retratos que Jannart pendurava pela casa.

Por um bom tempo, o silêncio persistiu, sem ser rompido. Niclays ficou observando os flocos de neve caírem. Durante anos, ele se perguntou se veria Aleidine de novo. E agora não sabia o que dizer.

— Niclays, o seu braço.

Seu manto estava afastado, revelando a amputação.

— Ah, sim. Piratas, acredite se quiser — ele falou, com um sorriso forçado.

— Eu acredito, sim. Os boatos circulam por esta cidade. Você já tem uma reputação de aventureiro. — Ela abriu um sorrisinho em resposta, que aprofundou as rugas ao redor de seus olhos. — Niclays, eu sei que nós... nunca conversamos direito depois que Jannart morreu. Você foi embora para Inys tão depressa...

— Não. — A voz dele ficou embargada. — Eu sei que você devia saber. Durante todos esses anos...

— Minha intenção não é repreender você, Niclays. — O tom de voz de Aleidine era gentil. — Eu gostava muito de Jannart, mas o coração dele não me pertencia. Nosso casamento foi arranjado por nossas famílias, como você bem sabe. Não foi uma escolha dele. — Os flocos de neve se acumularam nos cílios dela. — Ele era um homem extraordinário. Eu só queria que ele fosse feliz. E essa felicidade era você, Niclays. Não tenho nenhum ressentimento quanto a isso. Na verdade, sou grata a você.

— Jannart jurou não se entregar a ninguém além de você. Ele jurou isso em um santuário, diante de testemunhas — respondeu Niclays, com a voz carregada de tensão. — Você sempre foi uma mulher devota, Ally.

— E continuo sendo — admitiu ela. — É por isso que, apesar de Jannart ter quebrado o voto dele, eu me recusei a quebrar o meu. E o que jurei, acima de tudo, foi amá-lo e defendê-lo. — Ela pôs a mão delicadamente sobre a de Niclays. — Ele precisava do seu amor. A melhor maneira de honrar as promessas que fiz era deixá-lo desfrutar disso em paz. E poder deixar que ele o amasse em troca.

Ela estava falando sério. A sinceridade dessa crença estava estampada no rosto de Aleidine. Niclays tentou falar, mas as palavras acabaram entaladas em sua garganta. Em vez disso, segurou a mão dela.

— Truyde — disse ele por fim. — Onde ela foi enterrada?

A dor que transpareceu nos olhos dela era intolerável.

— A Rainha Sabran mandou os restos mortais para mim — disse ela. — Estão na propriedade da família em Zeedeur.

Niclays apertou a mão dela com mais força.

— Ela sentia muito a sua falta, Niclays — disse Aleidine. — Era bastante parecida com Jannart. Eu o via no sorriso dela, nos cabelos, na inteligência... Gostaria que você a tivesse visto depois que se tornou mulher.

O aperto em seu peito tornou difícil sua respiração. O queixo tremeu com o esforço de manter aquela sensação reprimida.

— O que você vai fazer agora, Niclays?

Ele engoliu a sensação de luto e tristeza.

— Nossa jovem princesa pretende me oferecer uma posição na corte — contou ele. — Mas prefiro um emprego como professor. Não acho que alguém vá querer me conceder isso, mas não há o que fazer.

— Peça a ela — aconselhou Aleidine. — Tenho certeza de que a Universidade de Brygstad o receberia de braços abertos.

— Um antigo exilado que mexe com alquimia e passou semanas a serviço de piratas — falou ele em tom sarcástico. — Sim, parece mesmo alguém que iriam querer para moldar a mente da nova geração.

— Você viu muito mais do mundo do que está escrito nos livros. Imagine a sabedoria que poderia transmitir, Niclays. Você pode sacudir a poeira dos púlpitos, levar um sopro de vida para dentro dos livros.

Aquela possibilidade o animou. Não tinha pensado seriamente a respeito, mas *talvez* pedisse a Ermuna se ela lhe daria uma recomendação à universidade.

Aleidine olhou para o mausoléu. A respiração dela se condensou em uma nuvem de vapor.

— Niclays, eu entendo se prefere retomar sua vida aqui deixando o passado para trás — ela falou. — Mas se quiser me dar o prazer de sua companhia de tempos em tempos...

— Sim. — Ele deu um tapinha na mão dela. — Claro que sim, Aleidine.

— Eu ficaria muito contente. E, obviamente, eu posso reintroduzi-lo ao convívio social. Tenho um amigo muito querido na universidade, mais ou menos da nossa idade, e sei que adoraria conhecê-lo. Alariks. Ele ensina astronomia. — Os olhos dela brilharam. — Tenho *certeza* de que você gostaria dele.

— Ora, me parece...

— E Oscarde... ah, ele ficaria tão feliz em vê-lo de novo. E, claro, você é bem-vindo para ficar o tempo que quiser...

— Eu certamente não gostaria de abusar de sua hospitalidade...

— Niclays, você é da família — disse ela. — É sempre bem-vindo.

— É muita gentileza sua.

Eles se encararam, um tanto surpresos com a troca tão intensa de cortesia. Por fim, Niclays conseguiu abrir um sorriso sincero, assim como Aleidine.

— Pois bem, eu sei que você tem uma audiência com a Alta Princesa — ela disse. — Não precisa ir se arrumar?

— Preciso, sim — admitiu Niclays. — Mas gostaria de pedir um pequeno favor antes.

— Claro.

— Gostaria que você me contasse tudo o que aconteceu depois que fui embora de Ostendeur em... — ele consultou o relógio de bolso —, ... duas horas. Estou anos defasado em termos de notícias e acontecimentos políticos, e não quero fazer papel de tolo diante da nova princesa. Jannart era o historiador, eu sei — ele falou em tom de leveza —, mas era em você que todos confiavam quando o assunto eram as fofocas.

Aleidine deu uma risadinha.

— Seria um prazer — respondeu ela. — Venha. Vamos conversar à beira do Bugen. E você pode me contar tudo a respeito de sua aventura.

— Ah, minha cara dama — disse Niclays. — Eu tenho histórias suficientes para preencher um livro inteiro.

37
Oeste

Em Serinhall, Lorde Arteloth Beck trabalhava em um escritório, com uma pilha de cartas e um caderno com capa de couro ao lado. Os pais tinham viajado naquela semana, em teoria para uma breve mudança de ares, mas Loth sabia que a intenção de sua mãe era prepará-lo para o futuro. Para ser o Conde de Goldenbirch, com um assento no Conselho das Virtudes, o responsável pela maior província de Inys.

Ele esperava que, com o passar dos anos, algo mudasse dentro de si, como um mecanismo se acionando, a fim de prepará-lo para aquilo. Em vez disso, só conseguia sentir saudade da corte.

Um de seus amigos mais queridos estava morto. Quanto a Ead, sabia que ela não ficaria em Inys por muito tempo. A notícia de que ela matara o Inominado se espalhara, e sua amiga queria distância da fama que isso lhe traria. Mais cedo ou mais tarde, o caminho dela se voltaria para o Sul.

A corte nunca mais seria a mesma sem os dois. Mesmo assim, era onde ele se sentia mais à vontade. Era onde Sabran governaria por muitos anos. E Loth queria estar ao lado dela, no coração pulsante da nação, para ajudar a promover uma nova era de ouro para Inys.

— Boa noite.

Margret entrou no escritório.

— Acho que seria de bom tom bater na porta — disse Loth, suprimindo um bocejo.

— Eu bati, meu irmão. Várias vezes. — Ela pôs a mão em seu ombro. — Tome isso. É vinho quente.

— Obrigado. — Ele deu um bom gole na bebida. — Que horas são?

— Já passou da hora de nós dois estarmos dormindo. — Margret esfregou os olhos. — Que sensação estranha, essa de estarmos sozinhos. Sem mamãe e papai. O que você ficou fazendo aqui por horas e horas?

— Tudo.

Loth percebeu que ela deu uma espiada quando ele fechou o caderno. Estava preenchido com anotações das despesas da casa.

— Você preferiria estar no palácio — Margret falou em um tom gentil.

Ela o conhecia bem demais. Loth se limitou a beber o vinho, deixando a bebida aquecer o vazio em seu estômago.

— Eu sempre adorei Serinhall. E você sempre adorou a corte. Mas eu sou a segunda filha, você nasceu primeiro, então precisa ser o Conde de Goldenbirch. — Margret soltou um suspiro. — Suponho que mamãe achou que você merecia passar a infância longe de Goldenbirch, já que precisaria se fixar aqui quando fosse mais velho. No fim, ela fez com que nós dois nos apaixonássemos pelo lugar errado.

— Pois é. — O absurdo da situação o fez sorrir. — Bem, não há nada que possa ser feito sobre isso.

— Não sei, não. Inys está mudando — disse Margret, com um brilho nos olhos. — Os próximos anos vão ser difíceis, mas vão definir a nova face da nação. Nós deveríamos tentar expandir nossos horizontes.

Loth a encarou com as sobrancelhas franzidas.

— São palavras bem estranhas, essas suas, minha irmã.

— Os mais sábios dificilmente são valorizados em seu próprio tempo. — Ela apertou de leve seu ombro antes de lhe entregar uma carta. — Chegou hoje de manhã. Tente dormir um pouco, meu irmão.

Ela se retirou. Loth virou a carta e viu o selo do lacre. Era a pera da Casa de Vetalda.

Seu coração se comprimiu dentro do peito. Ele rompeu o lacre e desdobrou a carta, escrita com uma caligrafia elegante.

Enquanto lia, uma brisa entrou pela janela aberta. Trazia o cheiro da grama recém-cortada e do feno e da vida da qual ele sentia quando estava longe de casa. Os aromas de Goldenbirch.

Porém, agora alguma coisa tinha mudado. Outros cheiros tinham penetrado em seus sonhos. O do sal e do alcatrão e do vento frio do mar. O do vinho temperado com gengibre e noz-moscada. E o de lavanda. A flor que perfumava seu sonho com Yscalin.

Ele apanhou seu cálamo e começou a escrever.

A lenha ardia lentamente na Câmara Privativa da Casa Briar. O branco da geada se acumulava em todas as janelas, formando padrões rendados. Na penumbra, Sabran estava deitada em um setial, entorpecida pelo vinho, parecendo prestes a cair no sono. Ao lado da lareira, exausta até não poder mais, Ead a observava.

Às vezes, quando olhava para Sabran, quase acreditava que ela era o Rei Melancólico, perseguindo uma miragem entre as dunas. Porém, em seguida Sabran juntava os lábios aos seus, ou vinha se deitar ao seu lado sob o luar, e Ead se certificava de que era tudo real.

— Eu tenho uma coisa para contar.

Sabran se voltou para ela.

— Sarsun chegou há alguns dias — murmurou Ead. — Com uma carta de Chassar.

A águia das areias entrara no Palácio de Ascalon e pousara em seu braço para entregar uma mensagem. Ead demorara um bom tempo para tomar coragem para ler, e ainda mais para refletir sobre como se sentia a respeito.

Querida,

Não tenho palavras para expressar o orgulho que senti quando ouvimos sobre seus feitos no Abismo, nem o alívio em saber que seu coração continua batendo firme e forte como sempre. Quando a Prioresa enviou sua irmã para silenciá-la, não pude fazer nada. Covarde como sou, eu falhei com você, algo que prometi a Zāla que nunca faria.

E, no entanto, fui lembrado — como sempre — que você nunca precisou de minha proteção. Você é seu próprio escudo.

Escrevo com boas novas há muito aguardadas. As Donzelas Vermelhas desejam seu retorno à Lássia para assumir o manto da Prioresa. Caso aceite, eu me disponho a encontrá-la em Kumenga no primeiro dia do inverno. Elas precisam de sua mão firme e sua cabeça lúcida. E, acima de tudo, de seu coração.

Espero que possa me perdoar. De qualquer forma, a laranjeira está à sua espera.

— A notícia de que a morte se deu pelas minhas mãos se espalhou — contou ela. — É a maior honra que elas podem conceder.

Com gestos lentos, Sabran se sentou.

— Fico feliz por você. — Ela segurou a mão de Ead. — Você matou o Inominável. E esse era seu sonho.

As duas se olharam.

— Você vai aceitar?

— Se eu for, terei a chance de determinar o futuro do Priorado — disse Ead, entrelaçando os dedos com os de Sabran. — Quatro dos Altaneiros do Oeste estão mortos. Isso significa que os wyverns, e os descendentes que geraram, perderam seu fogo… mas, mesmo sem isso, eles são um perigo para o mundo. Precisam ser caçados e exterminados, não importa onde estejam escondidos. E obviamente… um grande inimigo permanece à solta.

— Fýredel.

Ead assentiu.

— Ele precisa ser caçado — disse ela. — Mas, como Prioresa, eu também poderia fazer as Donzelas Vermelhas trabalharem para proteger a estabilidade deste novo mundo. Um mundo que não está mais à sombra do Inominado.

Sabran serviu para as duas mais uma taça de sidra de pera.

— Você teria que ir para a Lássia — ela falou com um tom de cautela.

— Sim.

A atmosfera se tornou carregada.

Ead nunca fora ingênua a ponto de acreditar que as duas poderiam construir uma vida juntas em Inys. Como viscondessa, até tinha a posição necessária para se casar com uma rainha, mas não admitia a ideia de ser a princesa consorte. Não queria mais títulos, nem um lugar sentado ao lado de um trono de mármore. O casamento com uma rainha exigia a lealdade exclusiva à nação dela, e Ead não devia lealdade a ninguém além da Mãe.

Ainda assim, o que havia entre elas não podia ser negado. Era Sabran Berethnet quem fazia sua alma vibrar.

— Eu poderia visitá-la — disse Ead. — Não com frequência... você entende. O lugar da Prioresa é no Sul. Mas eu daria um jeito. — Ela pegou sua taça. — Sei que já disse isso antes para você, Sabran, mas não a culparia se preferisse não viver assim.

— Eu passaria cinquenta anos sozinha em troca de um dia com você.

Ead se levantou e foi ficar ao lado dela. Sabran se ajeitou, e as duas se sentaram com as pernas entrelaçadas.

— Eu também tenho algo a contar — informou Sabran. — Daqui a uma década, mais ou menos, pretendo abdicar do trono. Enquanto isso, vou tratar de garantir uma transição suave da Casa de Berethnet para outros governantes.

Ead ergueu as sobrancelhas.

— Seu povo acredita na divindade de sua linhagem — argumentou ela. — Como vai explicar isso para as pessoas?

— Vou dizer que, agora que Inominado está morto, o voto milenar da Casa de Berethnet de mantê-lo sob controle foi cumprido. E então honrarei a promessa que fiz a Kagudo — complementou ela. — Vou contar a verdade ao povo. Sobre Galian. Sobre Cleolind. Haverá uma Grande Reforma da Virtandade. — Sabran soltou um longo suspiro. — Não vai ser nada fácil. Sei que vou enfrentar anos de negação, de raiva... mas isso precisa ser feito.

Ead viu a determinação nos olhos dela.

— Então que seja. — Ela apoiou a cabeça no ombro de Sabran. — Mas quem governaria depois de você?

Sabran encostou o rosto na testa de Ead.

— Acho que a princípio alguém da próxima geração de Duques Espirituais. Para o povo, vai ser mais fácil aceitar alguém da nobreza. Mas na verdade... eu não acredito que o futuro de nenhuma nação deva depender do nascimento de descendentes. Uma mulher é mais que seu ventre. Talvez eu possa ir além nessa Grande Reforma. Talvez possa mexer nas fundações dos princípios de sucessão.

— Acho que você conseguiria. — Ead passou o dedo pela clavícula dela. — Você sabe ser persuasiva.

— Suponho que foi um dom que herdei da minha ancestral.

Ead sabia que Kalyba ainda a assombrava, e também a profecia que fez antes de morrer. Sabran costumava acordar no meio da noite se lembrando da bruxa, cujo rosto era idêntico ao seu.

Depois de se recuperar da batalha, Ead levara o cadáver de Kalyba para Nurtha. Encontrar alguém que a transportasse para a ilha fora difícil, mas no fim, depois de reconhecê-la como a Viscondessa de Nurtha, uma jovem aceitara fazer a travessia do Mar Pequeno com ela.

As poucas pessoas que viviam em Nurtha falavam apenas o idioma morguês, penduravam guirlandas de espinheiros na porta das casas. Ninguém conversara com ela enquanto fazia a travessia pela floresta.

O espinheiro estava caído, mas não tinha apodrecido. Ead constatou que um dia deveria ter sido tão magnífico quanto sua irmã sulina. Ela passeou entre seus galhos e imaginou um jovem inysiana colhendo um fruto vermelho de seus galhos, e que aquele fruto a transformara para sempre.

Ead deixara a Bruxa de Inysca descansando sob seus ramos. O único Sangue Primordial que restava vivia dentro de Sabran e de Tané.

Por um tempo, apenas o crepitar do fogo rompeu o silêncio. Por fim, Sabran foi se sentar em um banquinho diante de Ead, para que as duas pudessem ficar frente a frente. Elas entrelaçaram os dedos.

— Não ria de mim.

— Você vai dizer alguma bobagem?

— Provavelmente. — Sabran fez uma pausa para se preparar. — Na época anterior à Virtandade, o povo de Inysca fazia juramentos para as pessoas amadas. Uma promessa de que construiriam um lar. — Ela sustentou o olhar de Ead. — Você precisa cumprir seu dever como Prioresa. E eu, o meu como Rainha de Inys. Por um tempo, nossos caminhos devem seguir separados... mas, daqui a dez anos, vou esperar por você nas areias de Poleiro. E vamos encontrar nosso lugar.

Ead olhou para suas mãos entrelaçadas.

Dez anos sem poder estar com ela todos os dias. Dez anos de separação. Era uma ideia desoladora.

Porém, ela sabia como era nutrir a expectativa de algo distante. E sabia perseverar.

Sabran a observava. Por fim, Ead se inclinou para a frente e a beijou.

— Dez anos, e nem um nascer do sol a mais — disse ela.

38
Leste

O Palácio Imperial não havia mudado quase nada desde que a Dama Tané do Clã Miduchi pisara em seus pavilhões. Quando o sol e pôs, ela saiu do Pavilhão da Estrela Cadente, passando pelos serventes que limpavam a neve dos caminhos com pás, soprando as mãos para esquentá-las.

Enquanto recobrava as forças em preparação para seu retorno formal às fileiras da Guarda Superior do Mar, ela atuara como embaixadora extraoficial de Seiiki no Império dos Doze Lagos. O Imperador Perpétuo foi muito cortês, como sempre. Entregara uma carta para ser levada a Ginura, como era de seu costume, e eles conversaram por um tempo sobre o que vinha acontecendo nos outros continentes.

Tudo parecia tranquilo no mundo, mas Tané estava inquieta. Algo parecia chamá-la de um passado distante.

Nayimathun a aguardava no Grande Pátio, cercada de cortesãos lacustres bem-vestidos, que tocavam com cautela suas escamas em busca de bênçãos. Tané subiu na sela e calçou as manoplas.

— Pegou a carta? — perguntou a dragoa.

— Sim. — Tané acariciou o pescoço dela. — Está pronta, Nayimathun?

— Sempre.

Elas subiram para o céu e, em pouco tempo, sobrevoavam o Mar do Sol Dançante. Os piratas ainda infestavam aquelas águas. Embora as conversas com Inys avançassem, a doença vermelha ainda não tinha sido erradicada e, por ora, o Grande Édito permanecia em vigência, e Tané desconfiava que ainda continuaria por um bom tempo.

A Imperatriz Dourada estava à solta em algum lugar. Ela viveria enquanto o bloqueio marítimo vigorasse e, enquanto estivesse viva, o comércio de dragões seguiria existindo. Tané pretendia cumprir o que prometera em Komoridu, à sombra da amoreira. Quando se recuperara de seus ferimentos, começara a fortalecer seu corpo mais uma vez com a ajuda de Onren e Dumusa. Em pouco tempo, poderia voltar ao mar.

O Líder Guerreiro de Seiiki a recompensara por seus feitos no Abismo. Tané ganhara uma mansão em Nanta e sua antiga vida de volta.

A não ser por Susa. Era uma perda que permanecia como uma flecha cravada em seu corpo, em um ponto profundo demais para ser removida. Todos os dias, ela esperava ver outro fantasma d'água sair do mar. Um espectro sem cabeça.

Nayimathun a levou de volta para Ginura, onde Tané entregou a carta e voltou para o Castelo da Flor de Sal. Enquanto penteava os cabelos, fixou o olhar no espelho com moldura de bronze e passou o dedo pela cicatriz em sua bochecha. A marca que a colocara no caminho do Abismo.

Ela trocou as roupas sujas de viagem e vestiu um manto. Ao anoitecer, caminhou até a Baía de Ginura, onde Nayimathun se banhava na mesma praia onde fora capturada. Tané foi até a beira da água.

— Nayimathun — disse ela, colocando a mão sobre as escamas da dragoa. — Eu gostaria de fazer uma visita a um lugar agora. Se concordar em me levar.

Aquele olhar impressionante se voltou para o seu.

— Sim — disse a dragoa. — Vamos a Komoridu.

Não muito tempo antes, Tané voltara ao vilarejo de Ampiki — sua primeira visita ao local desde que era criança — em busca de sinais de Neporo de Komoridu. O lugar nunca fora reconstruído depois do incêndio. As únicas pessoas que havia por lá eram um jovem e uma moça que coletavam algas na praia.

Ela também voltara à Ilha da Pluma para conversar com o Erudito Ivara, que a recebera de braços abertos. Ele lhe contara tudo o que sabia sobre Neporo, embora fosse muito pouco. Havia registros do casamento dela com um pintor, várias cartas que tratavam da ascensão de uma nova governante no Leste e alguns desenhos que tentavam adivinhar como seria a aparência da Rainha de Komoridu.

No fim, só restava um lugar onde encontrá-la.

A luz pulsava pelo corpo de Nayimathun enquanto ela voava. Quando Komoridu apareceu — como uma mancha de tinta na superfície do mar —, a dragoa desceu para suas areias, e Tané desmontou da sela.

— Vou esperar aqui — disse Nayimathun.

Tané a acariciou em resposta. Ela acendeu sua lamparina e se embrenhou nas árvores.

Aquela era sua herança. Uma ilha para proscritos.

Em um dia fatídico, quando era uma criança em Ampiki, Tané seguiu uma borboleta até o mar. O Erudito Ivara lhe contara que, em algumas lendas, as borboletas eram os espíritos de mortos, mandados pelo grande Kwiriki. Como os dragões, mudavam de forma, e o grande Kwiriki, em sua sabedoria, escolhera as borboletas como suas mensageiras do plano celestial. Se não fosse a borboleta, Tané teria morrido junto com os pais, e a joia teria sido perdida.

Durante horas, ela andou pela floresta silenciosa. Aqui e ali, encontrou sinais do que poderia ter existido ali, mil anos antes. Fundações de casas desmoronadas há tempos. Lascas de cerâmicas com marcas de cordas. A lâmina de um machado. Ela se perguntou se, debaixo da terra, o solo não estaria repleto de ossos. Sem saber o que procurava, nem o motivo, caminhou até encontrar uma caverna. Lá dentro havia a estátua de uma mulher, entalhada na rocha, com o rosto desgastado, mas inteiro.

Tané conhecia aquele rosto. Era o seu.

Ela baixou a lamparina e se ajoelhou diante da portadora do Sangue Primordial. Em sua mente, tinha uma porção de coisas para lhe dizer, mas, quando se viu frente a frente com ela, só conseguiu falar uma.

— Obrigada.

Neporo permaneceu impassível.

Tané a observou, sentindo-se como se estivesse em um sonho. Permaneceu por lá até a lamparina apagar. Na escuridão, pegou a escada por onde tinha subido antes, até a amoreira derrubada que tinha morrido sob as estrelas. Tané se deitou ao lado da árvore e adormeceu.

Pela manhã, uma borboleta branca estava pousada em sua mão, e a lateral de seu corpo estava úmida de sangue.

39
Oeste

O *Rosa Eterna* percorria a costa oeste de Yscalin. Desde o desaparecimento de Fýredel, o povo estava tentando reconstruir o estrago causado pelos Anos Dragônicos. Os altares e santuários eram erguidos dos detritos. As lavandas eram plantadas nos campos calcinados. E, em pouco tempo, as pereiras vermelhas voltariam a enfeitar as ruas de Cárscaro.

Os focenídeos saltavam em sincronia com as ondas, espirrando água para todos os lados. A noite caíra, mas Ead nunca havia se sentido mais desperta na vida. O vento salgado dançava com seus cabelos, e ela respirou, sorvendo o ar profundamente.

Prioresa. Aquela que ocupava a posição que tinha sido da Mãe. Guardiã da laranjeira.

Durante toda a vida, ela tinha sido uma dama de honra. Nunca soubera o que era governar. Pelo tempo que passara com Sabran, também compreendera que uma coroa era um grande peso sobre a cabeça — mas o Priorado da Laranjeira não tinha uma coroa. Ela não era uma imperatriz nem uma rainha, apenas mais um manto entre tantos outros.

Ead descobriria onde Fýredel estava escondido, e ela o mataria, assim como fizera com seu mestre. Não descansaria enquanto o único fogo que ascendesse fosse o da laranjeira e o das magas que provavam de seu fruto. E, quando a Estrela de Longas Madeixas voltasse, o equilíbrio seria restaurado.

Gian Harlowe foi se juntar a ela na popa do navio, com o cachimbo de barro na mão. Ele o acendeu com uma vela, tragou profundamente e soltou uma lufada de fumaça azulada. Ead observou enquanto a nuvem se dispersava.

— A Rainha Marosa vai convidar os governantes estrangeiros para visitar a corte na primavera, pelo que ouvi dizer — contou ele. — Para reabrir as fronteiras de Yscalin.

Ead assentiu.

— Vamos torcer para que essa paz dure muito tempo.

— Sim.

Por um tempo, o único som que eles ouviram foi o das ondas.

— Capitão — disse Ead

Harlowe respondeu com um grunhido.

— Na corte inysiana existem boatos sobre você, cochichados nas sombras. Rumores dando conta de que você cortejou a Rainha Rosarian. — Ead notou que a expressão dele se tornou mais séria. — Dizem que sua intenção era levá-la para a Lagoa Láctea.

— A Lagoa Láctea não passa de uma lenda — respondeu ele, curto e grosso. — Uma historinha contada para crianças e amantes desesperados.

— Uma jovem muito sábia certa vez me disse que toda lenda ganha corpo a partir de uma semente da verdade.

— É você ou a Rainha de Inys que deseja saber essa verdade?

Ead se manteve em silêncio, só observando. Os olhos dele estavam voltados para um passado distante.

— Ela nunca foi muito parecida com Rose. — O tom de voz dele se atenuou. — Nasceu à noite, sabe. Dizem que isso deixa a criança mais séria... mas Rose veio ao mundo junto com o canto da cotovia.

Ele tragou do cachimbo de novo.

— Algumas verdades ficam mais seguras quando estão muito bem enterradas — disse ele. — E alguns castelos é melhor manter nos céus. As lendas mais promissoras são as que ainda não foram contadas. Estão no reino das sombras, desconhecido pela imensa maioria. — Ele a encarou. — Você deve saber do que estou falando, Eadaz uq-Nāra. Você, cujos segredos algum dia vão ser cantados em prosa e verso.

Com um sorriso discreto, Ead elevou o olhar para as estrelas.

— Um dia, talvez — respondeu ela. — Mas não hoje.

Personagens da trama

Os nomes do povo do Leste estão listados com o sobrenome primeiro. Os do Oeste, Norte e Sul, com o primeiro nome na frente.

✦

PROTAGONISTAS

- **Arteloth Beck, ou "Loth"**: Primeiro na linha de sucessão da próspera província dos Prados, no norte de Inys, e futuro herdeiro da propriedade de Goldenbirch. Filho mais velho de Lorde Clarent e Lady Annes Beck, irmão de Margret Beck, e amigo próximo de Sabran IX de Inys.
- **Eadaz du Zāla uq-Nāra**: (*também conhecida como* Ead Duryan): Uma iniciada do Priorado da Laranjeira, atualmente posando no papel de Dama de Câmara de Segunda Classe do Alto Escalão de Serviço de Sabran IX de Inys. Descendente de Siyāti uq-Nāra, melhor amiga de Cleolind Onjenyu.
- **Niclays Roos**: Anatomista e alquimista do Estado Livre de Mentendon e ex-amigo de Edvart II. Banido por Sabran IX de Inys para Orisima, o último entreposto comercial do Oeste em Seiiki.
- **Tané**: Órfã seiikinesa recrutada pelas Casas de Aprendizado para ser treinada para a Guarda Superior do Mar. Principal aprendiz da Casa do Sul.

LESTE

- **Dranghien VI**: Imperador Perpétuo dos Doze Lagos, atual chefe da Casa de Lakseng. Como todos de sua linhagem, afirma ser descendente do Porta-voz da Luz, que os lacustres acreditam ter sido a primeira pessoa a fazer contato com um dragão quando caiu do céu.
- **Dumusa**: Principal aprendiz da Casa do Oeste, descendente do Clã Miduchi. Seu avô paterno foi um explorador sulino, executado por desafiar o Grande Édito.
- **Erudito Ivara**: Curandeiro e arquivista no Pavilhão da Veleta, na Ilha da Pluma.
- **General do Mar**: Comandante da Guarda Superior do Mar seiikinesa. Chefe do Clã Miduchi. Ginete de Tukupa, a Prateada.
- **Ghonra**: Herdeira da Frota do Olho de Tigre, filha adotiva da Imperatriz Dourada e capitã do *Corvo Branco*. Autodenominada "Princesa do Mar do Sol Dançante".
- **Governador de Cabo Hisan**: A autoridade encarregada de administrar a região seiikinesa de Cabo Hisan. Responsável por garantir que os colonos lacustres e mentendônios obedeçam às leis seiikinesas.
- **Governadora de Ginura**: Autoridade encarregada de administrar a capital seiikinesa de Ginura. É também a magistrada-chefe de Seiiki, um posto tradicionalmente ocupado por um membro da Casa de Nadama.
- **Grã-Imperatriz Viúva**: Membro da Casa de Lakseng através do matrimônio. Serviu como regente oficial para o neto, o Imperador Perpétuo dos Doze Lagos, até que atingisse a maioridade.
- **Imperatriz Dourada**: Líder da Frota do Olho de Tigre — a esquadra pirata mais temida do Leste, com uma força de 40 mil piratas — e capitã de seu maior navio, o *Perseguidor*. Ela comanda o comércio ilegal de carne, ossos e escamas de dragões.

- **Ishari**: Aprendiz da Casa do Sul. Divide o quarto nos alojamentos com Tané.
- **Kanperu**: Aprendiz da Casa do Oeste.
- **Laya Yidagé**: Intérprete da Imperatriz Dourada. Foi feita prisioneira pela Frota do Olho de Tigre enquanto tentava seguir seu pai aventureiro e chegar a Seiiki.
- **Moyaka Eizaru**: Médico de Ginura. Pai de Purumé. Amigo e antigo aluno de Niclays Roos.
- **Moyaka Purumé**: Anatomista e botânica de Ginura. Filha de Eizaru. Amiga e antiga aluna de Niclays Roos.
- **Muste**: Assistente de Niclays Roos em Orisima. Companheiro de Panaya.
- **Nadama Pitosu**: Líder Guerreiro de Seiiki e chefe da Casa de Nadama. Descendente do Primeiro Líder-Guerreiro, que pegou em armas para vingar a extinta Casa de Noziken.
- **Oficial-Chefe**: Responsável pela segurança do entreposto comercial mentendônio de Orisima.
- **Onren**: Principal aprendiz da Casa do Leste.
- **Padar**: Navegador do *Perseguidor*.
- **Panaya**: Residente de Cabo Hisan e intérprete dos colonos de Orisima. Companheira de Muste.
- **Susa**: Residente de Cabo Hisan e amiga de infância de Tané. Uma menina de rua que foi adotada pela dona de uma hospedaria.
- **Turosa**: Principal aprendiz da Casa do Norte. Descendente do Clã Miduchi, e famoso por sua habilidade com lâminas. Rival de longa data de Tané.
- **Vice-Rainha de Orisima**: Autoridade mentendônia que supervisiona o entreposto comercial de Orisima.

PESSOAS FALECIDAS E FIGURAS HISTÓRICAS DO LESTE

- **Donzela da Neve**: Uma figura quase lendária, cuidou de Kwiriki até que se recuperasse quando ele estava ferido e disfarçado como um pássaro. Como forma de agradecimento, Kwiriki entalhou o Trono do Arco-Íris e lhe deu o poder de governar Seiiki. Ela foi a fundadora da Casa de Noziken e a primeira imperatriz seiikinesa.
- **Menina-Sombra**: Figura das lendas, uma plebeia que sacrificou a vida para devolver à Dragoa da Primavera a pérola que lhe tinha sido roubada.
- **Neporo**: Autodeclarada Rainha de Komoridu. Pouco se sabe a seu respeito.
- **Noziken Mokwo**: Antiga Imperatriz de Seiiki. Chefe da Casa de Noziken durante seu reinado.

SUL

- **Chassar uq-Ispad**: Mago do Priorado da Laranjeira e seu principal ponto de contato com o mundo exterior. Para obter acesso a cortes estrangeiras, apresenta-se como embaixador do Rei Jentar e da Rainha Saiyma do Ersyr. Ajudou a criar Eadaz uq-Nāra depois da morte súbita de sua mãe biológica. Chassar tem o dom de domar aves, e muitas vezes se vale de Sarsun e Parspa para executar seu trabalho.
- **Jentar I** (o Esplêndido): Rei do Ersyr e chefe da Casa de Taumargam. Cônjuge da Rainha Saiyma e aliado do Priorado de Laranjeira.
- **Jondu du Ishruka uq-Nāra**: Amiga de infância e mentora de Eadaz uq-Nāra. Foi mandada para Inys para encontrar Ascalon. Assim como Eadaz, é descendente de Siyāti uq-Nāra.
- **Kagudo Onjenyu**: Alta Governante do Domínio da Lássia e chefe da Casa de Onjenyu. Descendente de Selinu, o Detentor do Juramento por parte de pai, meio-irmão de Cleolind Onjenyu. Kagudo é aliada

do Priorado da Laranjeira, protegida pelas Donzelas Vermelhas desde o dia em que nasceu.
- **Mita Yedanya**: Prioresa da Laranjeira, a antiga *munguna*, ou herdeira designada.
- **Nairuj Yedanya**: Donzela Vermelha do Priorado da Laranjeira e, presumidamente, sua *munguna*.
- **Saiyma Taumargam**: Rainha consorte do Ersyr e cônjuge de Jentar I.

PESSOAS FALECIDAS E FIGURAS HISTÓRICAS DO SUL

- **Arauto do Fim**: Um profeta do antigo Ersyr. Entre outras previsões, afirmou que o sol se elevaria do Monte Temível e destruiria Gulthaga, que estava sendo solapada por uma violenta guerra civil.
- **Cleolind Onjenyu** (a Mãe, *ou* a Donzela): Princesa herdeira do Domínio da Lássia e filha de Selinu, o Detentor do Juramento. Fundadora do Priorado da Laranjeira. A religião das Virtudes da Cavalaria professa que ela se casou com Sir Galian Berethnet e se tornou a rainha consorte de Inys depois que ele derrotou o Inominado para salvá-la. Os membros do Priorado acreditam que foi Cleolind quem aprisionou a fera, e a maioria crê que ela não partiu com Galian. Cleolind morreu depois de deixar o Priorado em uma missão desconhecida, não muito tempo depois de sua fundação.
- **Rainha Borboleta**: Figura em parte mítica, era uma amada rainha consorte do Ersyr, mas morreu jovem, o que fez seu rei mergulhar em um luto sem fim.
- **Rei Melancólico**: Figura em parte mítica, que teria sido um antigo rei da Casa de Taumargam. Ele vagou pelo deserto seguindo uma miragem da esposa, a Rainha Borboleta, e morreu de sede. Os ersyrios usam sua história como um alerta, principalmente contra a insensatez causada pelo amor.

- **Selinu, o Detentor do Juramento**: Alto Governante da Lássia e chefe da Casa de Onjenyu quando o Inominado se instalou em Yikala. Ele organizou um sorteio de pessoas que seriam sacrificadas para aplacar a fera, uma prática interrompida apenas quando sua própria filha, Cleolind, foi sorteada como próximo sacrifício.
- **Siyāti uq-Nāra**: Amada amiga e dama de honra de Cleolind Onjenyu, que se tornou a Prioresa da Laranjeira depois que Cleolind morreu em terras distantes. Muitas irmãs e irmãos do Priorado são descendentes de Siyāti e seus sete filhos.
- **Zāla du Agriya uq-Nāra**: Irmã do Priorado da Laranjeira e mãe biológica de Eadaz du Zāla uq-Nāra. Foi envenenada quando Eadaz tinha 6 anos.

VIRTANDADE

- **Aleidine Teldan utt Kantmarkt**: Membro da próspera família Teldan, ingressou na nobreza por meio do matrimônio com Lorde Jannart utt Zeedeur, o futuro Duque de Zeedeur. É conhecida como a Duquesa Viúva de Zeedeur. Avó de Truyde.
- **Annes Beck** (Lady Goldenbirch): Filha do Barão e da Baronesa de Greensward. Condessa de Goldenbirch através do matrimônio com Lorde Clarent Beck. Mãe de Arteloth e Margret. Antiga Dama da Alcova de Rosarian IV de Inys.
- **Arbella Glenn, ou "Bella"** (Viscondessa de Suth): Uma das três Dama da Alcova de Sabran IX de Inys e Guardiã das Joias da Rainha. Foi também Dama da Alcova, ama de leite e Mestra dos Trajes da falecida Rosarian IV. Desde a morte de Rosarian, nunca mais emitiu uma palavra.
- **Aubrecht II** (o Príncipe Rubro): Alto Príncipe do Estado Livre de Mentendon, Arquiduque de Brygstad e chefe da Casa de Lievelyn.

Sobrinho-neto do falecido Príncipe Leovart e sobrinho do falecido Príncipe Edvart. Irmão mais velho de Ermuna, Bedona e Betriese.

- **Bedona Lievelyn**: Princesa do Estado Livre de Mentendon. Irmã de Aubrecht, Ermuna e Betriese.
- **Betriese Lievelyn**: Princesa do Estado Livre de Mentendon. Irmã de Aubrecht, Ermuna e Bedona. É a mais nova da família, nascida pouco depois de Bedona, sua gêmea idêntica.
- **Calidor Stillwater**: Segundo filho de Nelda Stillwater, a Duquesa da Coragem. Companheiro de Lady Roslain Crest e pai de Lady Elain Crest.
- **Caudilho de Askrdal**: Nobre de posição mais elevada no antigo Ducado de Askrdal, em Hróth. Amigo de Lady Igrain Crest.
- **Clarent Beck** (Lorde Goldenbirch): Conde de Goldenbirch e Guardião dos Prados. Companheiro de Lady Annes Beck. Pai de Arteloth e Margret.
- **Elain Crest**: Filha de Lady Roslain Crest e Lorde Calidor Stillwater. Possível herdeira do Ducado da Justiça depois da mãe, a primeira na linha sucessória.
- **Ermuna Lievelyn**: Princesa herdeira do Estado Livre de Mentendon e Arquiduquesa de Ostendeur. Irmã de Aubrecht, Bedona e Betriese.
- **Estina Melaugo**: Contramestra do *Rosa Eterna*.
- **Gautfred Plume**: Quartel-mestre do *Rosa Eterna*.
- **Gian Harlowe**: Corsário inysiano e capitão do *Rosa Eterna*. Segundo boatos, foi amante de Rosarian IV, que o presenteou com o navio.
- **Grance Lambren**: Membro dos Cavaleiros do Corpo.
- **Gules Heath**: Membro mais antigo dos Cavaleiros do Corpo.
- **Hallan Bourn**: Médico Real de Sabran IX de Inys.
- **Helchen Roos**: Mãe de Niclays Roos. Distanciada do filho há décadas.
- **Igrain Crest**: Duquesa da Justiça, Lady Tesoureira de Inys e chefe da família Crest. Regente em todos os sentidos menos em título durante os

anos de minoridade de Sabran IX de Inys e voz influente no Conselho das Virtudes.
- **Jillet Lidden**: Dama de companhia do Alto Escalão de Serviço de Sabran IX de Inys. Costuma cantar na corte.
- **Joan Dale**: Membro dos Cavaleiros do Corpo e segunda no comando, depois de Sir Tharian Lintley. Parente distante de Sir Antor Dale.
- **Kalyba** (a Dama do Bosque, *ou* Bruxa de Inysca): Figura misteriosa na história inysiana, foi quem forjou Ascalon. Segundo as lendas, vivia no bosque Haith, no norte de Inys, onde raptava e matava crianças.
- **Katryen Withy, ou "Kate"**: Mestra dos Trajes e uma das três Damas da Alcova de Sabran IX de Inys. Sobrinha favorita de Lorde Bartal Withy, o Duque da Confraternidade.
- **Kitston Glade**: Poeta da corte de Sabran IX de Inys e amigo de Lorde Arteloth Beck. Único filho do Conde e da Condessa de Honeybrook. Primeiro na linha de sucessão da província das Terras Baixas.
- **Lemand Fynch**: Duque da Temperança e Lorde Almirante em exercício de Inys no lugar de seu tio desaparecido, Lorde Wilstan Fynch, cuja posição ocupa interinamente no Conselho das Virtudes. Chefe extraoficial da família Fynch.
- **Linora Payling**: Filha do Conde e da Condessa de Payling Hill. Dama de Câmara de Segunda Classe do Alto Escalão de Serviço de Sabran IX de Inys.
- **Margret Beck, ou "Meg"**: Filha mais nova de Lorde Clarent e Lady Annes Beck. Dama de Câmara de Segunda Classe do Alto Escalão de Serviço de Sabran IX de Inys e Guardiã da Biblioteca Privativa. Irmã de Arteloth Beck.
- **Marke Birchen**: Membro dos Cavaleiros do Corpo.
- **Marosa Vetalda**: Donmata de Yscalin. Filha de Sigoso III e sua falecida companheira, a Rainha Sahar.

- **Nelda Stillwater**: Duquesa da Coragem e Lady Chanceler de Inys. Chefe da família Stillwater.
- **Oliva Marchyn**: Matrona das Damas, que supervisiona as damas de companhia.
- **Oscarde utt Zeedeur**: Duque de Zeedeur e embaixador mentendônio no Rainhado de Inys. Filho de Lorde Jannart utt Zeedeur e Lady Aleidine Teldan utt Kantmarkt.
- **Priessa Yelarigas**: Dama Primeira da Alcova da Donmata Marosa de Yscalin.
- **Ranulf Heath, o Jovem**: Conde de Deorn e Guardião dos Lagos. Seu pai, Ranulf Heath, o Velho, foi o príncipe consorte de Jillian VI de Inys, avó de Sabran IX.
- **Raunus III**: Rei de Hróth e atual chefe da Casa de Hraustr.
- **Ritshard Eller**: Duque da Generosidade e chefe da família Eller. Um membro dos Duques Espirituais.
- **Roslain Crest**: Dama Primeira da Alcova da Rainha Sabran IX de Inys e primeira na linha de sucessão do Ducado da Justiça. Sua mãe, Lady Helain Crest, ocupou a mesma posição a serviço de Rosarian IV. Roslain é a companheira de Lorde Calidor Stillwater, mãe de Lady Elain Crest e neta de Lady Igrain Crest.
- **Sabran IX** (a Magnífica): Trigésima sexta rainha de Inys e chefe da Casa de Berethnet. Filha de Rosarian IV. Como todos os membros de sua dinastia, afirma ser descendente de Sir Galian Berethnet e da Princesa Cleolind da Lássia.
- **Seyton Combe** (o Gavião Noturno): Duque da Cortesia, Secretário Principal e mestre espião de Sabran IX de Inys.
- **Sigoso III**: Rei de Yscalin e chefe da Casa de Vetalda, atualmente autodenominado com o título de *Rei de Carne e Osso*. Outrora leal à Virtandade, renunciou às Virtudes da Cavalaria para prometer lealdade ao Inominado. Pai de Marosa Vetalda, sua filha com Sahar Taumargam.

- **Tallys**: Uma ajudante de cozinha do Baixo Escalão de Serviço de Sabran IX de Inys.
- **Tharian Lintley**: Capitão dos Cavaleiros do Corpo, a guarda pessoal de Sabran IX de Inys. De sangue plebeu, tornou-se membro do Conselho das Virtudes quando foi consagrado cavaleiro.
- **Thim**: Um desertor do *Pombo Preto* que se tornou canhoneiro no *Rosa Eterna*.
- **Triam Sulyard**: Antigo pajem no Baixo Escalão de Serviço de Sabran IX de Inys, mais tarde escudeiro de Sir Marke Birchen. Secretamente casado com Lady Truyde utt Zeedeur.
- **Truyde utt Zeedeur**: Primeira na linha de sucessão do Ducado de Zeedeur. Filha de Oscarde utt Zeedeur e de sua falecida companheira. Desempenha o papel de dama de companhia no Alto Escalão de Serviço de Sabran IX de Inys.
- **Wilstan Fynch**: Duque da Temperança, Lorde Almirante de Inys e príncipe consorte da falecida Rosarian IV de Inys. Tornou-se embaixador residente de Inys no reino de Yscalin depois da morte da companheira. Seu sobrinho, Lorde Lemand Fynch, ocupa sua posição no Conselho das Virtudes em sua ausência.

PESSOAS FALECIDAS E FIGURAS HISTÓRICAS DA VIRTANDADE

- **Antor Dale**: Um cavaleiro que se casou com Rosarian I de Inys depois de uma disputa pública pelo amor da dama. O pai da noiva, Isalarico IV de Yscalin, concedeu permissão especial para o casamento, que agradava ao povo. Sir Antor é a encarnação dos ideais da cavalaria.
- **Brilda Glade**: Dama Primeira da Alcova de Sabran VII de Inys, que mais tarde tornou-se sua companheira.
- **Carnelian I** (a Flor de Ascalon): Quarta rainha da Casa de Berethnet.

- **Carnelian III**: Vigésima quinta rainha da Casa de Berethnet. Causou burburinho por se recusar a recrutar uma ama de leite para a filha, Princesa Marian. Apaixonou-se pelo Lorde Rothurt Beck, mas não pôde se casar com ele.
- **Carnelian V** (a Pomba Lamentosa): Trigésima terceira rainha da Casa de Berethnet, famosa pela linda voz e pelos períodos de tristeza. Bisavó de Sabran IX de Inys.
- **Edrig de Arondine**: Amigo fiel de Sir Galian Berethnet, que foi seu cavaleiro. Quando Galian foi coroado Rei de Inys, Edrig foi nomeado Guardião dos Lagos e recebeu o sobrenome *Beck*.
- **Edvart II**: Alto Príncipe do Estado Livre de Mentendon. Edvart e sua filha pequena morreram não muito depois de Jannart utt Zeedeur, durante o Terror de Brygstad, quando metade da corte mentendônia morreu por causa da doença do suor. Foi sucedido por seu tio, Leovart.
- **Galian Berethnet** (o Santo, *ou* Galian, o Impostor): O primeiro rei de Inys. Galian nasceu no vilarejo de Goldenbirch, em Inysca, mas tornou-se escudeiro de Edrig de Arondine. A religião das Virtudes da Cavalaria, que Galian criou usando como base o código de conduta dos cavaleiros, professa que ele derrotou o Inominado na Lássia, casou-se com a Princesa Cleolind da Casa de Onjenyu e, em conjunto, fundaram a Casa de Berethnet. Cultuado na Virtandade, mas vilipendiado em muitas partes do Sul, Galian é considerado por seus seguidores o governante de Halgalant, a corte celestial, onde ele aguarda pelos justos em sua Grande Távola.
- **Glorian II** (Glorian, a Temida dos Cervos): Décima rainha da Casa de Berethnet. Uma caçadora talentosa. Seu casamento com Isalarico IV de Yscalin foi o que trouxe a nação dele para a Virtandade.
- **Glorian III** (Glorian, a Defensora): Vigésima rainha da Casa de Berethnet, e talvez sua monarca mais conhecida e amada. Liderou Inys durante a Era da Amargura e, em um célebre episódio, levou a

filha recém-nascida, Sabran VII, para o campo de batalha. Sua atitude inspirou os soldados a não desistirem e lutarem até o fim.

- **Haynrick Vatten:** Administrador em Exercício de Mentendon durante a Era da Amargura. Foi prometido em casamento a Sabran VII aos 4 anos de idade. Os Vatten, que governaram Mentendon durante séculos em nome da Casa de Hraustr, acabaram por serem destronados e exilados para Hróth, mas seus descendentes ainda detinham certo poder entre os mentendônios.
- **Isalarico IV** (o Benevolente): Rei de Yscalin e príncipe consorte de Inys. Converteu sua nação à Virtandade ao se casar com Glorian II de Inys.
- **Jannart utt Zeedeur**: O falecido Duque de Zeedeur, antigo Marquês de Zeedeur. Amigo próximo de Edvart II de Mentendon, amante secreto de Niclays Roos e companheiro de Lady Aleidine Teldan utt Kantmarkt. Jannart era um historiador apaixonado pelo ofício.
- **Jillian VI**: Trigésima quarta rainha da Casa de Berethnet. Avó materna de Sabran IX de Inys. Jillian tinha talento para a música, era tolerante em termos religiosos e pregava uma maior proximidade da Virtandade com o restante do mundo.
- **Leovart I**: Alto Príncipe do Estado Livre de Mentendon. Teoricamente não deveria ter sido entronado, mas convenceu o Conselho Privativo a ocupar a posição no lugar do sobrinho-neto, Aubrecht, que Leovart dizia ser pacato e inexperiente demais para governar. Tornou-se notório por pedir inúmeras mulheres da nobreza e da realeza em casamento.
- **Lorain Crest**: Um dos seis membros do Séquito Sagrado, amiga de Sir Galian Berethnet. Dama Lorain é lembrada em Inys como a Cavaleira da Justiça.
- **Rainha do Nunca**: Apelido da Princesa Sabran de Inys, filha de Marian IV. Foi a vigésima quarta na linhagem de realeza da Casa de Berethnet, mas morreu dando à luz a futura soberana Rosarian II antes de ser coroada.

- **Rosarian I** (a Menina de Todos os Olhos): Décima primeira rainha da Casa de Berethnet. Seu popular reinado integrou novas tradições vindas de Yscalin, o reino de seu pai, Isalarico IV.
- **Rosarian II** (a Arquiteta de Inys): Vigésima quarta rainha da Casa de Berethnet. Era uma arquiteta talentosa que fez longas viagens na juventude, enquanto ainda era princesa. Rosarian projetou pessoalmente muitas construções de Inys, inclusive a torre de relógio revestida em mármore do Palácio de Ascalon.
- **Rosarian IV** (a Rainha Sereiana): Trigésima quinta rainha da Casa de Berethnet, mãe de Sabran IX de Inys. Foi morta por um veneno embebido em um de seus vestidos.
- **Rothurt Beck**: Um dos condes de Goldenbirch. Carnelian III se apaixonou por ele, que já era casado.
- **Sabran V**: Décima sexta rainha da Casa de Berethnet. Seu reinado marcou o início do Século do Descontentamento, com três rainhas impopulares em sequência. Era famosa pela crueldade e pelo estilo de vida extravagante.
- **Sabran VI** (a Ambiciosa): Décima nona rainha da Casa de Berethnet. Ficou notória por integrar Hróth à Virtandade se casando por amor com Bardholt Hraustr. Sua coroação pôs fim ao Século de Descontentamento. Sabran e Bardholt foram mortos por Fýredel, o que forçou a filha do casal, Glorian III, a reinar durante a Era da Amargura.
- **Sabran VII:** Vigésima primeira rainha da Casa de Berethnet. Filha de Glorian III de Inys. Foi prometida em casamento a Haynrick Vatten, Administrador em Exercício de Mentendon, no dia em que nasceu. Depois da morte dele, e de sua abdicação, Sabran casou-se com sua Dama Primeira da Alcova, Lady Brilda Glade.
- **Sahar Taumargam**: Princesa do Ersyr que se tornou rainha consorte de Yscalin ao se casar com Sigoso III. Irmã de Jentar I do Ersyr. Sua morte se deu sob circunstâncias suspeitas.

- **Wulf Glenn**: Amigo e guarda-costas de Glorian III de Inys. Um dos mais famosos cavaleiros da história inysiana, um ideal de coragem e galhardia. É um ancestral de Lady Arbella Glenn.

PERSONAGENS NÃO HUMANOS

- **Aralaq**: Um ichneumon, criado no Priorado da Laranjeira por Eadaz e Jondu uq-Nāra.
- **Dragoa Imperial**: Líder de todos os dragões lacustres, cuja eleição se deu por meios desconhecidos. A atual Dragoa Imperial é uma fêmea chocada no Lago das Folhas Douradas no ano 209 EC. A Dragoa Imperial tradicionalmente atua como conselheira da família real humana do Império dos Doze Lagos e escolhe qual de seus herdeiros é entronado.
- **Fýredel**: Líder do Exército Dragônico, leal ao Inominável e conhecido como sua *asa direita*. Liderou um ataque violento à humanidade no ano 511 EC. Alguns dizem que emergiu do Monte Temível na mesma época em que o Inominável, enquanto outros acreditam que tenha nascido junto de seus irmãos, durante a Segunda Grande Erupção.
- **Inominável**: Um wyrm vermelho gigantesco, criado pela proliferação de *siden* no núcleo terrestre. Acredita-se que foi a primeira criatura a emergir do Monte Temível. É o comandante supremo do Exército Dragônico, criado para ele por Fýredel. Pouco se sabe sobre o Inominável, mas supõe-se que seu maior objetivo é semear o caos e subjugar a humanidade. Seu confronto com Cleolind Onjenyu e Galian Berethnet na Lássia no ano 2 AEC deu origem a religiões e lendas por todo o mundo.
- **Kwiriki**: Segundo os seiikineses, o primeiro dragão a aceitar ser montado por um humano, cultuado como uma deidade. Foi quem entalhou o Trono do Arco-Íris — que mais tarde foi destruído — utilizando seu próprio chifre. Os seiikineses acreditam que Kwiriki partiu para

o plano celestial, de onde enviou o cometa que pôs um fim à Grande Desolação. As borboletas são suas mensageiras.
- **Nayimathun das Neves Profundas**: Dragoa lacustre que lutou na época da Grande Desolação. Nômade por natureza, tornou-se membro da Guarda Superior do Mar de Seiiki.
- **Norumo**: Dragão seiikinês, membro da Guarda Superior do Mar de Seiiki.
- **Orsul**: Um dos cinco Altaneiros do Oeste que lideraram o Exército Dragônico durante a Era da Amargura.
- **Parspa**: A última *hawiz* de que se tem conhecimento — uma espécie de ave herbívora gigante, nativa do Sul. Obedece apenas a Chassar uq-Ispad, que foi quem a domou.
- **Sarsun**: Um macho da espécie das águias das areias. Amigo de Chassar uq-Ispad e mensageiro do Priorado da Laranjeira.
- **Tukupa** (a Prateada): Dragoa seiikinesa anciã, descendente de Kwiriki. Tradicionalmente, é montada pelo General do Mar de Seiiki, mas também pode levar o Líder Guerreiro seiikinês e os membros de sua família.
- **Valeysa**: Uma Altaneira do Oeste, membro do grupo de cinco irmãos que liderou o Exército Dragônico durante a Era da Amargura.

Glossário

alabarda: Arma seiikinesa manipulada com as duas mãos, com uma lâmina larga e curvada na ponta.
anteface: Uma máscara de veludo com forro de seda. O usuário precisa morder uma conta para mantê-la no lugar, o que o impede de falar.
attifet: Adereço de cabeça usado pelas mulheres das províncias do norte de Inys. Tem um vinco no meio, o que lhe empresta um formato de coração.
bacamarte: Peixe que se alimenta de sedimentos no fundo do mar. Em inysiano, a palavra é usada como um insulto com diversos significados.
baldaquim: Um caramanchão ornamentado que fica sobre a *bossa* de um *santuário*.
barda: Armadura para cavalos.
bodmin: Felino selvagem que ronda os terrenos alagadiços de Inys. Sua pele é quente; em razão da raridade, seu custo é dispendioso.
bossa: O centro elevado de um escudo. Em Inys, é o nome dado à plataforma no coração de um *santuário*, onde um santário faz pregações e preside cerimônias.
broquel: Um pequeno escudo.
charamela: Instrumento de sopro feito de madeira.
cintilho: Uma corrente cravejada de pedras preciosas, presa em torno da cintura.

coita mental: Termo inysiano para depressão ou desânimo profundo. É um mal que afeta a Casa de Berethnet.

cremegralina: Uma flor inysiana. A seiva que produz é uma mercadoria valiosa — quando misturada com água, forma um creme espesso que limpa e perfuma os cabelos. Quando preparada corretamente, sua raiz induz o sono.

dipsas: Veneno de uma pequena cobra nativa do Ersyr.

dote: Transferência de dinheiro em razão de um casamento.

eachy: Uma vaca marinha.

égide: Uma magia protetora que exige o uso de *siden* para ser criada. As égides podem ter duas formas: terrenas ou eólicas. Uma égide terrena pode ser acionada pela terra, por madeira ou por pedras, alertando quem a criou sobre a aproximação de alguém. Uma égide eólica, que consome mais siden, é uma barreira contra o fogo dragônico.

entaçado: Bêbado.

Eria: Um imenso deserto de sal além do Portão de Ungulus. Ninguém nunca terminou vivo sua travessia.

erva-gato: Valeriana.

escudeiro: Atendente a serviço de um cavaleiro ou cavaleiro andante, que em geral tem entre 14 e 20 anos de idade.

fantóchio: Um boneco.

febre da rosa: Febre do feno.

focenídeo: Um golfinho ou boto.

fogo das fadas: Bioluminescência, causada pela decomposição de fungos.

fustão: Tecido pesado e encordoado, usado como coberta.

gibão: Casaco de caimento justo com mangas longas e colarinho alto.

Haith: Bosque antiquíssimo no norte de Inys, que divide as províncias dos Prados e dos Lagos. É associada à lenda da Dama do Bosque.

Halgalant: O local do além-vida na religião das Virtudes da Cavalaria, que segundo se diz foi construído nos céus por Sir Galian Berethnet depois de seu falecimento. Um lindo castelo em uma terra fértil, onde o Rei Galian recebe os justos na Grande Távola.

inflamante: Um tipo de arma mentendônia que usa um mecanismo de acionamento automático para acender um pavio, causando uma explosão.

justilho: Um casaco sem mangas.

lançadiço: Um espião.

maçapão: Marzipã.

manganela: Dispositivo semelhante a uma catapulta. A princípio usado como arma de cerco, foi adaptado como defesa contra o Exército Dragônico na Era da Amargura.

medusa: Uma água-viva.

morgues: Idioma originário da ilha inysiana de Morga.

munguna: A herdeira designada do Priorado da Laranjeira.

neumosso: Osso de ichneumon. É usado no Priorado da Laranjeira para fabricar arcos.

opalanda: Veste usada pelos santários de Inys, em geral verde ou branca. Alguns acreditam que as cores representam as folhas e flores do espinheiro.

orris: Lírio-florentino.

pajem: Serviçal dos palácios reais inysiano, em geral crianças de 6 a 12 anos, que levam mensagens e fazem pequenas tarefas para membros da nobreza.

palanquim: Uma liteira fechada.

pargh: Um tecido que envolve o rosto e a cabeça para afastar a areia dos olhos, usada principalmente no Ersyr.

partasana: Arma inysiana semelhante a uma lança.

pesareiro: Pássaro preto seiikinês cujo canto lembra o choramingo de uma criança. Segundo a lenda, uma imperatriz de Seiiki acabou enlouquecida de tanto ouvir seus chamados. Alguns dizem que os pesareiros são possuídos pelos espíritos de bebês natimortos, enquanto outros acreditam que seu canto pode provocar abortos espontâneos. Isso fez com que fossem periodicamente caçados ao longo da história seiikinesa.

pestilência: A peste bubônica. Em outros tempos, uma ameaça séria, mas já quase extinta.

Pomar das Divindades: O além-vida na religião politeísta predominante na Lássia.

priorado: Construção onde os cavaleiros das Ilhas de Inysca costumavam se reunir em tempos antigos. Foram sucedidos por *santuários*.

roedor-dos-carvalhos: Um esquilo.

rogatórias: Orações.

samito: Um material pesado e caro, usado em trajes e cortinas.

sangue-de-concha: Um corante azulado, extraído de caracóis do Mar do Sol Dançante. Usados em tintas e cosméticos seiikineses.

Santuário: Construção religiosa inysiana onde os adeptos das Seis Virtudes da Cavalaria podem rezar e ouvir ensinamentos. Os santuários surgiram a partir dos antigos *priorados*, onde os cavaleiros buscavam conforto e orientação. A câmara principal é redonda como um escudo, e seu centro é chamado de *bossa*. Em geral há um *solo sepulcral* anexo.

selinyiano: Um idioma antigo do Sul, possivelmente originado além do *Eria*. Com o passar dos anos, foi incorporado aos diversos dialetos lássios, mas ainda é falado em sua forma original pela Casa de Onjenyu e pelas damas de honra do Priorado da Laranjeira.

sereiano: Um termo do antigo idioma morguês para se referir ao povo que vivia no mar.

setial: Um assento estofado de madeira, não muito diferente de um sofá. Pode não ser estofado em residências mais desfavorecidas.

siden: Um outro nome para a magia terrena. Vem do Ventre de Fogo e é canalizada através das árvores de siden. É mantida sob controle pela *sterren*.

sidra de pera: Bebida fermentada feita com a famosa pera vermelha, oriunda da cidade de Córvugar, em Yscalin.

sobreveste: Peça longa utilizada por cima da camisola para proporcionar um aquecimento adicional, em geral sem mangas e amarrada com uma faixa.

sobrevestido: Uma peça única sem mangas. Pode ser usado sozinho sobre a anágua ou como uma camada extra em trajes mais formais.

sóis: A moeda corrente no Ersyr.

sol da meia-noite: Na escola de alquimia ensinada a Niclays Roos, o sol da meia-noite (também conhecido como céu vermelho ou Sol de Rosarian) representa o estágio final da Grande Obra. O sol branco, que precede o vermelho, é um símbolo da purificação depois do primeiro estágio, o da putrefação.

solo sepulcral: Local onde ossos são enterrados, em geral anexo a um *santuário*.

sterren: Outro nome para a magia sideral. Vem da Estrela de Longas Madeixas na forma de uma substância chamada "resíduo estelar".

trepadeira: Glicínias, florescem no verão.

Ventre de Fogo: O centro do mundo. É a fonte da *siden* e o local de nascimento do Inominável e seus seguidores, os Altaneiros do Oeste. A siden brota naturalmente do Ventre de Fogo através das árvores de siden como parte do equilíbrio universal, mas as abominações dragônicas — resultado de um desiquilíbrio — surgem do Monte Temível.

verdugada: Uma armação de saia enrijecida com osso de baleia, usado sob os vestidos inysianos e yscalinos para lhes conferir o formato de sino característico.

vidro de cobalto: Um material azulado profundo.

wyvernin: Um *wyvern* filhote ou pequeno.

wyvern: Uma criatura dragônica alada de duas pernas. Como os Altaneiros do Oeste, os wyverns vêm do Monte Temível. Fýredel os cruzou com diferentes animais para criar os soldados rasos de seu Exército Dragônico, como as cocatrizes. Cada wyvern é vinculado a um Altaneiro do Oeste. Caso o Altaneiro do Oeste designado morra, a chama do wyvern se apaga, assim como a de todos seus descendentes.

Linha do tempo

ANTES DA ERA COMUM (AEC)

2 AEC: Primeira Grande Erupção do Monte Temível. O Inominável emerge do Ventre de Fogo e se instala na cidade lássia de Yikala, trazendo consigo a peste dragônica.
    O Inominado é derrotado e desaparece.
    O Priorado da Laranjeira é fundado.

A ERA COMUM (EC)

1 EC: Fundação de Ascalon.
279 EC: A Cota de Malha da Virtandade se estabelece, quando Isalarico IV de Yscalin casa-se com Glorian II de Inys.
509 EC: A Segunda Grande Erupção do Monte Temível dá origem aos Altaneiros do Oeste e seus wyverns.
    Fýredel cria o Exército Dragônico.
511 EC: Começa a Era da Amargura, ou a Grande Desolação, e a peste dragônica volta a assolar o mundo.
512 EC: Queda da Casa de Noziken. A Era da Amargura, ou Grande Desolação, termina com a chegada da Estrela de Longas Madeixas.

O PRIORADO DA LARANJEIRA — A RAINHA

—

960 EC: Niclays Roos chega à corte de Edvart II de Mentendon e conhece Jannart utt Zeedeur.

974 EC: A Princesa Rosarian Berethnet é coroada Rainha de Inys.

991 EC: A Rainha Rosarian IV morre. Sua filha, a Princesa Sabran, é coroada, e começa seu período de regência devido à minoridade. Tané inicia oficialmente sua educação e seu treinamento para a Guarda Superior do Mar.

993 EC: Jannart utt Zeedeur morre, deixando viúva sua companheira, Aleidine Teldan utt Kantmarkt. Edvart II de Mentendon e sua filha morrem da doença do suor alguns meses depois. Edvart é sucedido pelo tio, Leovart.

994 EC: A Rainha Sahar de Yscalin morre, deixando a Princesa Marosa Vetalda como única herdeira do Rei Sigoso.

995 EC: Terminam os anos de minoridade da Rainha Sabran. Niclays Roos se torna o alquimista da corte.

997 EC: Ead Duryan chega à corte. Tané conhece Susa.

998 EC: Niclays Roos é banido da corte para o entreposto comercial mentendônio de Orisima, em Cabo Hisan.

1000 EC: Celebração dos mil anos do governo da Casa de Berethnet.

1003 EC: Truyde utt Zeedeur chega à corte inysiana. Fýredel desperta sob o Monte Fruma e assume o controle de Cárscaro. Sob suas ordens, Yscalin declara lealdade ao Inominado.

1005 EC: Começam os acontecimentos narrados em *O Priorado da Laranjeira*. Tané tem 19 anos, Ead tem 26, Loth tem 30 e Niclays tem 64.

Agradecimentos

O Priorado da Laranjeira é uma das minhas mais longas obras publicadas, e demorou mais de três anos para ser concluída. Escrevi as primeiras palavras em abril de 2015 e fiz os últimos ajustes em junho de 2018. Quando você se aventura em uma jornada como essa, precisa de um exército para ajudá-la a chegar até o fim.

Agradeço a vocês, meus leitores, por explorar este mundo comigo. Sem vocês, eu sou só uma garota com a cabeça cheia de ideias inusitadas. Não importa quem sejam ou onde estiverem, lembrem-se de que o reino da aventura estará sempre de portas abertas. Vocês são seus próprios escudos.

Agradeço ao meu agente, David Godwin, que acreditou no *Priorado* tanto quanto acreditara em meu projeto anterior, *Temporada dos ossos*, e sempre esteve presente para me incentivar e me apoiar. E também a Heather Godwin, Kirsty McLachlan, Lisette Verhagen, Philippa Sitters e o restante da equipe da DGA por continuarem sendo fantásticos.

Agradeço ao meu Séquito Sagrado de editores: Alexa von Hirschberg, Callum Kenny, Genevieve Herr e Marigold Atkey. Vocês foram extraordinários em fazer florescer o que o *Priorado* tinha de melhor. Muito obrigada por sua paciência, sabedoria e comprometimento, e por entender o que eu queria transmitir com esta história.

Agradeço à equipe internacional da Bloomsbury: Alexandra Pringle, Amanda Shipp, Ben Turner, Carrie Hsieh, Cesca Hopwood, Cindy

Loh, Cristina Gilbert, Francesca Sturiale, Genevieve Nelsson, Hermione Davis, Imogen Denny, Jack Birch, Janet Aspey, Jasmine Horsey, Josh Moorby, Kathleen Farrar, Laura Keefe, Laura Phillips, Lea Beresford, Marie Coolman, Meenakshi Singh, Nancy Miller, Sarah Knight, Phil Beresford, Nicole Jarvis, Philippa Cotton, Sara Mercurio, Trâm-Anh Doan e todos os demais — obrigada por continuarem a publicar os frutos da minha imaginação peculiar. É um grande privilégio e um sonho poder trabalhar com vocês.

Agradeço a David Mann e Ivan Belikov, os talentos por trás da magnífica capa. Obrigada aos dois pela atenção aos detalhes, por capturarem tão bem a essência da história e por ouvirem tão prontamente minhas sugestões.

Agradeço a Lin Vasey, Sarah-Jane Forder e Veronica Lyons, que mergulharam em busca de pérolas no vasto mar que é esta história para encontrar todas as coisas que eu deixei passar.

Agradeço a Emily Faccini pelos mapas e as ilustrações que tornaram o *Priorado* este livro tão bonito.

Agradeço a Katherine Webber, Lisa Lueddecke e Melinda Salisbury — eu me lembro claramente de vocês me dizendo para *mostrar logo* esta história de dragões enquanto eu fazia apenas comentários enigmáticos a respeito. Seus incentivos intensos e entusiasmo inesgotável me motivaram a prosseguir durante meses, que viraram anos. Eu demoraria muito mais para terminar se não tivesse vocês comigo, à espera da parte seguinte. Obrigada. Eu amo vocês.

Agradeço a Alwyn Hamilton, Laure Eve e Nina Douglas, minha galera de Londres. Obrigada pelos cafés, pelas risadas e pelos dias de procrastinação na escrita, e por me transmitirem a força de vontade para escalar a montanha infinita de modificações estruturais na tela do meu computador.

Agradeço às pessoas maravilhosas — entre elas Dhonielle Clayton,

Kevin Tsang, Molly Night, Natasha Pulley e Tammi Gill — que me ofereceram opiniões e ajuda em diversos aspectos da história. Obrigada por sua perspicácia e generosidade.

Agradeço a Claire Donnelly, Ilana Fernandes-Lassman, John Moore, Kiran Milwood Hargrave, Krystal Sutherland, Laini Taylor, Leiana Leatutufu, Victoria Aveyard, Richard Smith e Vickie Morrish, que foram amigos e apoiadores incríveis.

Agradeço à Prof. Dra. Siân Grønlie, que me apresentou ao inglês antigo e despertou meu interesse pela etimologia.

Para todos os fãs da minha série anterior, obrigada pela paciência enquanto eu estava me dedicando a outra coisa, e por se juntarem a mim nesta nova jornada.

Agradeço a todos os livreiros, bibliotecários, resenhistas e blogueiros de todas as plataformas, colegas escritores e aos devoradores de livros em geral. Tenho muito orgulho e muita sorte de fazer parte desta comunidade tão generosa.

Esta história contesta, incorpora, reimagina e/ou é influenciada por elementos de diversos mitos, lendas e ficções históricas, entre elas a de Hohodemi, conforme contado em *Kijiki* e *Nihongi*, *The Faerie Queene*, de Edmund Spenser, e várias versões da lenda de São Jorge e o Dragão, como as apresentadas em *The Golden Legend*, de Jacobus de Voraigne, *The Renowned History of the Seven Champions of Christedom*, de Richard Johnson, e o *Codex Romanus Angelicus*.

Devo boa parte da minha inspiração a eventos verídicos e contextos existentes no passado. Sinto uma gratidão profunda pelos historiadores e linguistas cujas publicações me ajudaram a decidir como incorporar tais elementos à história, como construir seu contexto e como dar nomes da melhor forma a lugares e personagens. A British Library me proporcionou acesso a muitos dos textos que precisei consultar durante a minha pesquisa. Jamais devemos subestimar o valor das bibliotecas, ou a necessidade urgente de preservá-las em um mundo que parece negligenciar cada vez mais a importância das histórias.

Meu último agradecimento vai para minha incrível família, principalmente à minha mãe, Amanda Jones — minha melhor amiga —, que me inspirou a levar a minha imaginação às alturas para criar este mundo ficcional.

SUA OPINIÃO É MUITO IMPORTANTE

Mande um e-mail para **opiniao@vreditoras.com.br**
com o título deste livro no campo **"Assunto"**.

1ª edição, ago. 2022
FONTE Garamond 11,25/16,3pt
PAPEL Ivory Cold 65 g/m²
IMPRESSÃO Geográfica
LOTE GEO30062022